大周互娱
DA ZHOU HU YU

声临其境

李望水 / 乔幸运 ◎著

百花洲文艺出版社
BAIHUAZHOU LITERATURE AND ART PRESS

图书在版编目(CIP)数据

声临其境 / 李望水, 乔幸运著. — 南昌 : 百花洲文艺出版社，2018.10

ISBN 978-7-5500-2757-2

Ⅰ. ①声… Ⅱ. ①李… ②乔… Ⅲ. ①长篇小说—中国—当代 Ⅳ. ①I247.5

中国版本图书馆CIP数据核字（2018）第211239号

出 版 者　百花洲文艺出版社
社　　址　江西省南昌市红谷滩世贸路898号博能中心Ⅰ期A座20楼　邮编：330038
电　　话　0791-86895108（发行热线）　0791-86894790（编辑热线）
网　　址　http://www.bhzwy.com
E-mail　bhzwy0791@163.com

书　　名　声临其境
　　　　　SHENG LIN QI JING
作　　者　李望水　乔幸运
出 版 人　姚雪雪
出 品 人　周　政
特约监制　杨翔森　曾筱佳
特约策划　李龙飞　段金燕
责任编辑　游灵通　程　玥
特约编辑　张　靓　段金燕
封面设计　小　乔
版式设计　黄贝贝
经　　销　全国新华书店
印　　刷　湖南关山美印有限公司
开　　本　880mm × 1230mm　1/32
印　　张　12
字　　数　440千字
版　　次　2018年10月第1版
印　　次　2018年10月第1次印刷
书　　号　ISBN 978-7-5500-2757-2
定　　价　38.80元

赣版权登字：05-2018-378

Contents

目　录

楔子

迷　雾

她从梦中猛地惊醒后，大口大口地喘着粗气，用手捂着心口，试图压住那正狂乱跳动着的心。等她慢慢回过神时，才发现她正处在一间干净整洁的房间里。

沙发上，有两个女孩儿微笑着依偎在一起，一个有着肉嘟嘟的圆脸，一个眼睛亮得像星辰。她们面前摆放着一个精致的蛋糕。

她怔怔地朝其中有着明亮眼睛的女孩伸出手。忽然，当那个女孩快要握住她的手时，猩红而黏稠的液体从天而降，泼在那个女孩的身上。

她仿佛看见了这世上最恐怖的画面，抱头闭眼发出了尖叫声。

她睁开眼时，发现她竟站在一条公路上。公路依山而建，路面上都是积雪。一辆车子迎面而来，她看见之前看见的那两个女孩坐在车里，她们在兴高采烈地唱着歌。

阻止她们……必须让她们的车停下来！

她的脑子里倏忽出现这样的念头，无比强烈。

她张了张嘴，想让她们停下来，却什么声音都发不出来。她只能闭上眼睛，咬紧牙关，张开双手，冲到了公路中间……她想用自己的身体阻止那辆车前行。短暂的黑暗袭来，她没看见那辆车竟直直穿过了她的身体。

嬉笑声在她的耳边回荡，她睁开眼睛，不知何时她也坐进了那辆车里。她坐在车后座上，只能看见那两个女孩的后脑勺。她们说着话，依旧是那么开心。

可她的目光却落在驾驶座的安全带卡扣上。那个安全带的卡扣坏了，她一次次想帮驾驶座上的女孩拉好安全带，可她的手却一次次地从空中穿过。

她什么都做不了。

无论是尖叫，还是哭喊，都是徒劳的。

那两个女孩根本没有发现她的存在。

在道路的前方，不知从哪儿跳出一只羚羊，它在白茫茫的雪地中瑟瑟发抖，孱弱无助地望着前路。驾驶座上的女孩惊呼一声，猛地朝副驾驶座的方向打方向盘。

激烈的撞击声随之而来，那犹如山崩地裂的震感仿佛要将整个世界吞噬。那熟悉而又令人恐惧的感觉，让她再次闭上了眼睛。

她的耳畔传来羚羊的叫声，羸弱、仓皇，听起来像一首挽歌。

她不敢再睁开眼睛，因为她知道，只要她一睁开眼睛，看到的依旧是那些场景。那些场景一遍又一遍地在她的眼前重复，永不停歇，就是为了提醒她，她失去了多么重要的东西。

在这个一片漆黑的黑暗空间里，终于只剩下了她一个人。

那么……孤独。

暗夜中忽然亮起了一束光，那光诱惑着她，让她不安地睁开了双眼。于是，她便看见一只纤长的手从那光芒中朝她伸了过来，逆光中有一抹纯白色的裙摆。

她怔怔地看着不知何时出现在她眼前的那个女孩。对方有着一头柔顺而乌黑的长发，衣袂一尘不染，给人的感觉是那样的恬静，模样是那样的温婉，眼睛是那么的明亮美丽。

她忍不住握住了女孩的手。

然而，女孩的掌心却那样的冷。

她听见女孩的声音在她的耳边响起："醒来吧。"

因这一句话，她倏地掉下泪来。

"不。"

女孩静静地看着她，仿佛一眼就猜透了她心中所想。

女孩笑着说道："我不想你留下。"

她一下子慌乱起来，任凭泪水肆意流淌，语气倔强地道："不……不……让我留下来陪你。"

女孩无奈地看着她，朝她张开双臂，然后轻柔地抱住了她。女孩在她耳边道：“可我想你醒过来啊，悄悄。”

那声音犹如一汪清泉，带着她汇入山川大海，她觉得有一种无形的力量在她的身体内流淌。渐渐地，她可以感知到一丝温暖，以及那些从四面八方传来的喊她名字的声音。

“悄悄！”

“悄悄！”

“悄悄！”

……

孟悄悄缓缓睁开眼睛，映入眼帘的是她父亲那张似乎一夜苍老的脸。随后，刺鼻的消毒水味钻进她的鼻子，接着，她看见一个穿着白大褂的俊秀男人站在她的床边。

“你终于醒了。”穿白大褂的男人垂下头看着她，朝她露出一抹笑容。

他说道：“欢迎回来。”

第一章

我们苦心等待许久的，往往只是一次擦身而过

一个男人眼睛一眨不眨地盯着前方银幕中的那个老人。

——光线昏暗的木屋里，老人慢慢地从床上坐了起来。

男人的手中捏着一块布，手边放着裹着布的海绵。他用两块布轻轻地互相摩擦，发出窸窸窣窣的声音。

——老人坐在床边，怔怔地望着窗外还没有亮起来的景色，然后，他用颤抖的手拿起放在床头的烟和打火机。

男人用手按着打火机，先在桌上拖了一阵，然后打开烟盒，抽出一根烟，再轻按打火机，发出“啪”的一声响。

——老人抽着烟，他的脚漫无目的地在地上摩挲着，直到他找到他的拖鞋，然后他的脚穿进拖鞋里去。

男人叼着一根没有点燃的烟，脚在地上摩挲着，然后用脚穿进一双拖鞋里。他随着老人的步伐，在一块木板上走动，发出“嘎吱嘎吱”的声音。

——老人走到门前，打开门，他看见远方一望无际的大海和盘旋在天际的海鸥。

男人双手搅着一桶水，发出汩汩的声音，然后他拉抻着布条，声音干脆，就像海鸥拍打着翅膀。

——老人走出木屋，双脚踩在铺陈在地的碎石子上。他沿着这条路，步履蹒跚地走向大海深处。

男人穿着皮鞋，在碎石子上碾磨，发出“嘎吱嘎吱”的声音。他的步伐越来越轻，越来越轻，仿佛终究会被大海吞没。

……

男人关上灯，走出电影拟音室。

秘书亚澜看见自家 Boss 走出来，赶紧迎上去，将眼镜递了过去。

即使成了陆寻的秘书已一月有余，亚澜还是不由自主地被这个男人的美貌所惑。

陆寻长着一张由上帝精心雕刻的脸，脸部轮廓分明，皮肤白皙无瑕。在灯光的照射下，他散发着温润光泽，偏偏总是冷漠如霜，犹如一块澄澈的冷玉；黑眸冷冽深邃，望一眼，静寂之中仿佛有寒冬腊月天的纯白大雪落下，恍惚之间似乎还能闻到一丝梅的冷香。

整个人的气质冷峻，如高岭之花。

陆寻从盒子里取出一副眼镜，慢条斯理地擦了擦镜片。那手指骨节分明，白皙修长。他抬手把那副金边眼镜架在高挺的鼻梁上，他的容貌顿时如被封印了一般。此时，陆寻虽然还是眉清目秀的，却不复美人之貌。

该死的眼镜！亚澜表面微笑，内心吐槽。

“下班。”陆寻拿起搭在沙发上的西装外套，头也不回地离去。

深冬的夜有些萧索。

一辆崭新的白色卡宴驶入街道，狭窄的道路让它不得不减缓速度。街道两旁的每家店铺前都摆放着自家的招牌，这个片区的店面大多是做饮食生意，装修多以低调文艺的风格为主。整条街上人流量不是很大，有些冷冷清清的。

卡宴在街角的停车区停好，车门被打开，陆寻从车上下来，他把那件黑白条纹的西服穿上，西服修身，越发衬得他身姿挺拔。他伸手推了推眼镜，周身的高冷气质扑面而来。

陆寻低头看了下手机确认地址，然后朝着街道里面大步走去。

陆寻到达周旭发来的聚会地点时正是八点十分，距离他们约定的时间晚了十分钟。

这是一间藏匿于饮食街道中的小清吧，装修风格保持了这条街一贯的文艺风格。陆寻一推开门，就看见这间店的老板——一个年逾四十的大叔。老板正抱着一把吉他坐在台上，自弹自唱《花房姑娘》。陆寻推开门，裹挟着一股寒风进来，老板似是被他的容貌气质所慑，竟忘了继续弹唱。

陆寻往清吧里面走，余光里看到一个娇俏的少女像个小炮弹一样冲过来，堪堪要落入他的怀里时，却硬生生被他身上骤然升起的冷冽气息给逼停。

陆寻稳稳地站着没动，面无表情地看着少女。吴语徽挤出一抹笑容，露出甜甜的酒窝，企图用撒娇来暖化对方身上的寒意。

吴语徽身着一条款式简单的背带牛仔裙、一件白色 T 恤，青春洋溢。

她仰着头看他，娇气地埋怨道：“你怎么才来呀？我们等你好久啦。”

“好了，语徽，先让人家陆美人坐下吧。”周旭的笑容一如既往的从容优雅。他身为陆寻的唯一好友，有着时刻拯救好友于水火的超高觉悟，虽然也许人家并不需要他拯救。

见陆寻坐下还是没说话，吴语徽的眼珠滴溜溜地转了几圈，问道：“周旭，为什么你总是叫陆寻‘陆美人’啊？”

“你把他的眼镜摘下来看看……”周旭眉头轻挑，笑道。

“有部电影的导演找了我，我刚在棚里做拟音。”陆寻冷淡地打断周旭的话，然后转向吴语徽，问，“你为什么在这儿？”

陆寻是动画导演，也是一名拟音师。有时候，一些大导演如果拍了什么想要冲击国际奖项的电影，会找他做后期的拟音。

吴语徽闻言，有些生气，道：“我难道不能在这儿吗？”

吴语徽是陆寻任职的“LD”配音公司总裁吴天的千金。虽然她才十七岁，但她六岁出道，进入配音圈，已经配了大大小小上百部影视作品，也算是出道十几年的配音“老前辈”。她说起话来自有一派气势，可惜的是，她初中时患上哮喘。为此，对她百般宠爱的周旭在美国攻读脑科时特意兼修了呼吸科，回国后，成了他们医院里为数不多的跨科室医生。

陆寻没有说话，只冷淡地看了周旭一眼。周旭和陆寻是多年的好友，自然能看出陆寻眼中的不善和质问。

“是我带语徽来的，她差不多可以出院了，我正好带她出来透透气。”周旭连忙解释道，他刮了刮吴语徽的鼻子，“忘了我和你说过什么了？乖乖坐好。”

“知道啦，周医生。”吴语徽吐了吐舌头，却十分听话地回到角落的位置上坐下，一双杏眼却始终留在陆寻的身上。

周旭扭头看向陆寻：“怎么样，回国有一段时间了，还习惯吗？”

“还好。”

周旭看着陆寻千年不变的冷脸，理所当然地点了点头。

虽说陆寻这十几年一直独自生活在海外，换成其他突然回国的人，不适应国内的生活是很正常的，但陆寻是正常人吗？

周旭就没看到过陆寻想要做某件事时，最后做失败过。

“陆寻，你好狠心啊。”这时，吴语徽插嘴道，她撇着嘴巴的样子看起来无比委屈，“要不是我爸亲自请你，你还不打算回来，是吗？”

“该回来了。”陆寻神色淡淡，说道，“这儿毕竟是我的家。”

虽然这个家已经支离破碎，但是，这里还有很重要的事情等着他去做。

周旭揶揄道："我还以为你是冲着LD副总裁的那个位子才回来的。"

陆寻还没说话，吴语徽就替他辩护道："陆寻才不是那种势利的人！LD本来就是他的，我爸说了，只要他想，总裁的位子都可以给他！"

周旭无奈："我这才开玩笑说了一句，你就回了我这么多句。"

吴语徽不假思索地说道："我喜欢陆寻，当然要帮他啊。"

周旭微笑着看她，不再说话。

吴语徽被周旭深沉的眼神看得莫名有点心虚，她端起杯子喝了口水，错开那复杂的眼神。

"陆寻，我听江老师说，他向你推荐了我做《动画制作人》的女主角，但你拒绝了，为什么？"

陆寻早料到吴语徽出现在这里是没那么简单的，道："不合适。"

吴语徽气道："你总说不合适不合适，那你说，什么才叫合适？"

"你其实知道，又何必问我？"

"《动画制作人》中的牧禅是一个从小没有父母、四处流浪长大的女孩。画画是她唯一的兴趣，可她的画风并不是所有人都能接受。因为她缺乏爱，所以，她的画画得再好，也缺乏温度，但是她身上有的，是其他人没有的鲜活。她倔强、野性，像长在山崖边上的草，有着非常强大的生命力。而你，是温室里的花朵。你和她没有共鸣，所以，你不适合。"

吴语徽涨红了脸："我是新生代里面最成熟的配音演员了，没有人比我更优秀！"

"但这跟你能不能配牧禅的音有什么关系呢？"陆寻的表情漠然。

吴语徽没想到会被自己喜欢的人这样打击，这让她像一只斗败的公鸡，精致可爱的脸憋屈地皱成一团。

"周旭！"吴语徽跺着脚，委屈地寻找帮手，"你都不帮我！"

周旭无奈地拍拍吴语徽的肩膀，笑道："好了，不要生气了。"

"我懒得和你们说，走了！"周旭不痛不痒的安慰并不能让吴语徽消气，她凶巴巴地撂下这句话后，挎着她的小包气势汹汹地走了。

周旭一脸无奈地拿起她落在沙发上的衣服和自己的包，没好气地看着陆寻，对方却对他的无奈置之不理。

周旭叹口气，站起来，穿上外套准备离开。

周旭走了一段，才听到身后冷冷的声音穿过四周嘈杂的莺歌燕语，在他的耳畔清晰地响起。

"不是要给我接风？"

周旭转过身来，异常坦荡地看着陆寻。陆寻的表情波澜不惊，手指摩挲着酒杯，就好像刚刚那句话不是他说的一般。

“你走吧。”

周旭笑了，转过身，摆摆手，走得潇潇洒洒。

陆寻喝掉杯子里最后一口饮料，便起身去买单，却被老板告知周旭离开时已经付过了。

是了，他不该忘记，周旭是个面面俱到的人。

来时陆寻将车停在露天停车场，在上车之前，他站在路边先点了一根烟。

这时，不远处传来骚动声。

一个穿着宽大羽绒服的女孩拦在一辆轿车前面，看似是司机的人正大声喊着让她不要耽误他做生意，可她也不知是不是听不见，就是一动不动，甚至连句话都不肯说。那司机似乎急了，用力推了那女孩一把，女孩猝不及防地摔倒在地，手背上蹭出擦痕，隐隐有血丝渗出来。

陆寻漠然地移开了视线。

有路人在窃窃私语，陆寻的听觉天生敏锐，那些叽叽喳喳的议论声他听得清清楚楚。

“那姑娘是不是有毛病？”

“我看她就是吃饱了撑的！你说她叫个滴滴，哪儿那么多事儿啊？不就是驾驶座上安全带的卡扣坏了吗？她居然让人司机把车拖去修。人家师傅还要做生意的，会听她的才有鬼了。”

“就是，不就是个安全带吗，大惊小怪啊！”

这时，司机的声音传来：“我说这位小姐，你怎么样才肯放过我？我上有老，下有小，要挣钱养家的，你要不去投诉我好吧？我求求你了，你让我走吧！”

女孩坚定地摇了摇头，她举起自己的手机，一下一下地指着手机屏幕，上面写着“去修车”三个大字。

陆寻敛眉将烟灭掉，拉开车门打着方向盘驶上车道，而那辆滴滴车正好堵住了他的去路。他摇下车窗，对着那个司机冷声道：“麻烦让开一下。”

那司机被陆寻冷酷无情的眼神一盯，心里有点发怵。司机终于认输，当着女孩的面拨通了拖车的电话，一脸无奈地求饶道：“小祖宗，算我怕了你了，我现在去修，行了吧？满意了吧？”说完，司机就把车开到路边停好，给陆寻让出道来。

女孩点点头，默默地将手机收起，又从随身带着的包里拿出两百块钱塞到了司机手里，这才头也不回地一瘸一拐地转身离开。

围观人群散去，道路终于空了出来，陆寻重新启动车子。女孩经过他的车旁时，突然停下来，弯着腰把手机屏幕给他看，上面是："谢谢你。"

女孩背对着月光，陆寻不太看得清楚她的脸，宽大的羽绒服挂在她身上晃荡着，让她像个没有灵魂的骷髅。

"他们太吵了。"陆寻冷冷道。

白色的车子与女孩擦身而过。

孟悄悄回到家时，灯亮着，她张了张嘴想叫父亲，却想起现在的她还说不了话。她有些黯然地垂下眼睛，徒劳地摸了摸自己的喉咙，心情有些沉重。

而这时，另一个声音自她耳边响起：就算以后都说不了话，也不是什么大不了的事。

这让孟悄悄的眸光更黯淡。

父亲不在家，孟悄悄有些奇怪，父亲并不是一个喜欢浪费电的人。她回到自己的房间，打开灯才发现自己满身狼狈，膝盖、手背上一大片血痕。她拖着受伤的腿慢吞吞地走到客厅，从电视柜中取出医药箱，为自己简单地处理了伤口。

孟悄悄将医药箱放回去的时候，看见角落里的那本相册。她摩挲了一下相册封面，还是拿了出来，坐到沙发上翻看起来。

相册里原本装着他们一家三口的合照，可现在照片中所有关于母亲的都被剪掉了。孟悄悄对此习以为常，四岁以后，她就没在家中看见过母亲的照片了。她继续往下翻，照片里的那个小女孩随着她的动作慢慢长大，那小女孩上了幼儿园，上了小学……

忽然，孟悄悄的动作一顿。她难以置信地看着那些残缺的照片，又快速地往后翻了好几页，在发现后面的照片也都无一幸免后，她猛地起身。膝盖上传来了火辣辣的痛感，可是她已经顾不上了，抱着相册就往外走。

玄关处传来声响，原来是孟荣回来了。孟荣手里的钥匙还没放下，看见孟悄悄便问道："你不是早发微信跟我说你坐上车了吗，怎么现在才回来？"

孟悄悄看见父亲脚上踩着的人字拖和冻得通红的脚趾，立刻明白父亲应该是收到她的信息又见她久未归家后，便出门找她了。

这个发现让她有些心酸。

谁知，孟荣看见她怀中抱着的相册，脸立刻沉了下来。

"不是和你说过吗，没事不要看相册。"

孟悄悄翻到相册的某一页，指着上面一张被剪去一半、剩下彼时在上小学五年级的自己的照片，她吃力地张嘴想说话，说出来的声音支离破碎，却还是固执地问：“云……真……照片……呢？”

看着女儿这样，孟荣的心里有点闷闷的，很难受。

孟悄悄出院没多久，现在还在做声带复健，医生说她不能受到刺激，孟荣便自作主张，替她剪掉那些可能会让她不高兴的照片。可现在看来，他的自作主张似乎起到了反作用。

孟荣嘴硬道：“逝者已矣，那些照片你留着也没有用。”

孟悄悄看着父亲，无法开口质问父亲的感觉让她十分痛苦。她心中那些汹涌澎湃的情绪找不到突破口，似乎要将她的五脏六腑都烧起来。

原来不能说话的感觉是这样痛苦的。

孟悄悄偏不肯屈服于这种痛苦，她用尽全身的力气强迫自己发声，可发出的声音沉闷又扭曲：“剪……就……不……存……在？云……真……还有……妈……妈……”

竭力发出声音的孟悄悄让孟荣心痛，可当他听见“妈妈”这个词的时候，瞬间失去了理智，暴躁的情绪瞬间被点燃，便斥道：“我说过，不要再提那个抛夫弃女的女人！她不配做你的妈妈！”

孟悄悄对提到母亲一词时父亲的失控已经习以为常，但她攥着相册的微微颤抖的手还是暴露了她的情绪。

孟荣看着孟悄悄这副模样，心里更加难过：“你在乎你的妈妈、在乎云真！可是，你有没有在乎过你自己、在乎过我？”

孟悄悄的鼻子一酸，可她强忍着，生生把眼泪逼了回去。

她怎么会不知道呢？从住医院到现在，一直是父亲无微不至地照顾她。半年没见，父亲看起来苍老了不少。他明明是那么不善言辞的人，却为了她忙前忙后。她知道，这半年来，父亲的日子一定也不好过。母亲离开后，她是父亲唯一的亲人了。

孟荣不愿意再说这些，他放缓了语气，道：“我知道，你心里一直觉得是你害死了云真。可那不是你的错，那是意外，天灾人祸这种事情，谁都料不到。”

孟悄悄闭上眼睛，她下意识地将所有推脱的话排除在耳外——她没有开脱的资格。她深吸一口气，情绪慢慢地平复了下来，等她再睁开眼睛时，眼底是一片冷静。

她用手指戳了戳自己的胸口，好像已经感觉不到疼痛。

她的眼神是那么的固执。

她无声地告诉她的父亲：是我的错。

孟荣心痛地看着孟悄悄拖着身躯回到她自己的房间，他这才注意到她的腿受了伤。这让他懊恼起来，她那硬脾气，恐怕是随了他。

他想和孟悄悄好好说话的，在她昏迷的那半年里，他无数次地想过，如果女儿醒了，他要当一个多关心她、多照顾她的好父亲。可是，为什么真到两人相处的时候，他还是做不到呢？

孟荣丧气地跌坐在沙发上，一脸颓然。

第二章

无忧无虑意味着无悲无喜

好天气没持续多久，老天爷就变了脸，开始大幅度降温，路上的行人穿起了厚实的外套，这让冬天的寒冷更加切肤刻骨。

陆寻一早就到了办公室，暖气管道不断输送着暖气。室内宜人的温度和窗外萧索的北风形成鲜明的对比。

陆寻坐在办公桌后，他穿着修身的深蓝色西服，戴着金边眼镜，显得既斯文又冰冷，两种截然不同的气质碰撞出不一样的感觉。

他戴着一副黑色耳机，各种各样的声音不断从耳机里传出，他葱白的手指有一下没一下地叩着桌子。

秘书亚澜敲门进来，提醒道："Boss，要开会了。"

陆寻一动不动，但亚澜知道陆寻已经听到，便关上门轻轻退了出去。

陆寻又听了两段声音，才把耳机摘下来。他缓缓起身，走到窗边。

沐浴在寒风中的城市，人们裹着厚重的衣服在街市上行走，皆是神色匆匆的，好像谁和谁都不认识，谁和谁都没有关系。

陆寻想起小时候，那个男人曾说过：想在茫茫人海中挑选出一个合适的人来不是易事，小到器物的零件，大到恋爱的对象，挑选合适的，反而难过挑选优秀的。

陆寻收回目光，对着投映在玻璃中的剪影整理了下衣领，隐约从泛着冷光的玻璃面中看见一张无表情的脸。

必要的时候，人必须要学会做取舍。

会议室里面，该到的人差不多到了。

陆寻推开会议室大门，严肃冷漠地走进去，原本嘈杂的会议室顷刻间陷入紧张的氛围，变得安静。他走到自己的位置——主位的左手边坐下，他的下首第一位坐着当红流量小生陈与均。

陈与均长了一张乖巧秀气的脸，被称为"国民初恋"，私下里却是十足的省电模式。像他那样的小鲜肉，大多是不被专业人士看好的。偏偏他一站到银幕前，就像打通了任督二脉似的，出道后拍的第一部戏就让他一炮而红。

总的来说，他算得上是人生开挂的天之骄子了。

陆寻冰冷如雕塑般地端坐着，翻看着手里的资料。未等陈与均说话，他的经纪人罗彬捏着嗓子娇滴滴地笑了起来："陆总。"

陆寻推了推眼镜，面无表情地点点头。

罗彬戴着一副红框黑底的眼镜，穿着一件桃红色的一字领线衫和紧身牛仔裤。他的皮肤极嫩，保养得倒比场上几个女孩还要好。他眼波流转，极具风情地勾了陆寻一眼，笑得花枝乱颤。

陈与均礼貌地打招呼："陆先生。"

陆寻抬头看了陈与均一眼，冷声问道："你是周旭的弟弟？"

听到周旭的名字，陈与均脸上闪过一丝窘迫和僵硬。

"是的。"陈与均不情不愿地回答道。他的本音原是非常清亮的少年音，低声说话的时候却十分低沉。

会议室的大门再次被推开，"LD"的总裁吴天从门外走了进来，他在主位右边的位置上坐下，并宣布会议开始。

吴天今年四十八岁，对于一家公司的总裁来说，这并不算是一个很大的年纪，除了一丝不苟的装束外，吴天的脸上却布满了许多他这个年纪不该有的皱纹。LD 的员工私下里讨论过，总裁一定是每天殚精竭虑地思索公司的战略，才会看起来那么苍老。

吴天扫了一圈在场的人，看到陈与均和他的经纪人罗彬时停了一下，对他们露出一个礼貌客气的笑容。

"麻烦你们跑这一趟了。"

陈与均不善于处理这些台面上的寒暄，罗彬倒是从善如流，他捏着嗓子笑道："吴总，您太客气了！《动画制作人》是我们家与均的第一部配音作品，在各方面难免会有不足。您就不同了，您可是配音界泰山北斗般的人物啊！我家与均能向您取经，是我们求之不得的啊。"

"不敢当，陈先生是炙手可热的新生代骄子，我个人很感谢陈先生能选择和我们'LD'合作。"吴天的语气中满是谦逊与诚挚。

罗彬翘着兰花指推了推眼镜："吴总，您太谦虚了。放眼望去，国内还有哪家配音公司能和你们'LD'比啊？我们家与均在配音界还是个新人，以后还要拜托吴总多多提携了啊。"

罗彬说着还拍了拍陈与均的后背，似在示意陈与均给点反应，陈与均这才慢吞吞地冲吴天点了点头。

“开会吧。”陆寻冷冷地打断他们你一言我一语的客套话，直接进入主题。

“对，咱们先开会。”吴天接话道，他扭头看向一个角落时，眉头一下就皱了起来。原本应该坐在那个位置上的艺术总监江自谦不在，只有一个名叫杨亮的小助理一脸惶恐地坐在那里。对上他的目光后，杨亮更是唯唯诺诺的。

“江指导呢？”

杨亮哆嗦着答道：“江老师在录音棚里，他说手头上还有一部剧没配完，让我替他参加会议。”

会议室里其他部门的人不免心中哗然，毕竟这次会议事关 LD 和星耀集团联合制作的重磅级动画——《动画制作人》，而吴天在动画领域精心准备了许久。吴天早就要求这次会议各个部门的老大必须亲自到场。更何况，江自谦还是主管公司内部新人培训的老师，如今，江自谦以这样的理由拒绝参与会议，着实有点不将吴天放在眼里的意思。

可吴天也没多追问什么，只是嘱咐助理杨亮帮江自谦做好会议记录，随即，吴天示意会议正式开始。

市场部的总监为在座的每一个人送上一份简报，而后说道：“星耀方面已经提前开始《动画制作人》的官宣。上周，我们的官方微博公布了陈与均先生将担任《动画制作人》的男主配音演员后，《动画制作人》的搜索率在同时段提升了 20%。陈与均先生的粉丝持续发力，《动画制作人》连续霸占着微博热搜榜的第一名。”

“《动画制作人》是 LD 近期最重要的项目，也是我们冲击动画领域的重要一步，不管是各个角色的配音，还是动画制作，一定要精益求精。”吴天说完，看向陆寻，和颜悦色道，“你是动画制作的总导演，《动画制作人》也是你带到 LD 的项目，我也充分相信你的能力。这次你要多多辛苦了，咱们这个作品必须成功！”

《动画制作人》是陆寻及其团队在美国筹划了两年的项目。这次，吴天不仅把陆寻挖回国，还把他的整个团队挖到了 LD，当然也包括《动画制作人》这个即将完成的项目。

“我明白，这个项目我们团队筹划多年，我不可能让它失败。”陆寻眸中的冷光一闪而过。

吴天早已习惯这个世侄的冷漠，不以为忤，继续开会。

吴天问：“各个角色的配音演员确定好了吗？”

杨亮哆哆嗦嗦地回答：“除了女主角牧禅的以外，所有角色的配音演员都已经挑选好了。”

吴天皱了皱眉头，道：“配音部就找不到一个合适的女配音演员吗？”

杨亮缩了缩脖子，无比委屈地答道：“江老师挑了几个人给陆总，可陆总……”

“都不行。”

杨亮顶住巨大的压力，小心翼翼问道：“江老师把语徽小姐也推荐给了你，她也不合适吗？”

在场的人都知道，吴语徽是吴天的女儿，年仅十八岁就已经交出一张漂亮的成绩单。无论是从商业角度，还是从专业素养来说，她都是目前最合适的。

“语徽是玫瑰，牧禅是杂草，你说合适吗？”陆寻瞥了杨亮一眼，他的声音不大不小，却寒冷刺骨。

杨亮不敢再说话，会议室里的气氛一时陷入凝滞中。

吴天也有点无奈。

市场总监见众人是“出师未捷身先死”，只得硬着头皮自己上，他哭丧着脸道：“陆总，动画制作已经接近尾声，马上要开始筹备配音工作。我们和陈先生签的合同也是有期限的，如果因为女主角的配音事宜使合同不得不延期，公司会面临巨大的损失。”

罗彬立刻插话道：“这个倒是的，你们坚持要以对戏的方式配音，那女主角的配音演员就要早点定下来。与均接下来的档期已经定死了，时间上，恐怕我们真的没办法延期了。”

“时间上……也不是不能协调。”一直沉默着的陈与均忽然开口，他对着罗彬说道，“已经签出去的档期不能改变，但我还有一些私人时间可以协调的，对吧？”

像是怕罗彬反对，陈与均又道：“毕竟《动画制作人》是我的第一部配音作品，我希望做到最好。彬哥，你觉得呢？”

罗彬怎么可能看不出来陈与均的意思，一脸无奈地点点头。

“好了。”吴天忽然发声，终止了这场没有硝烟的争辩，他转头对陆寻说道，“我知道你肯定已经有对策了，你不妨说出来，指点一下他们。”

吴天深知陆寻的聪明才智，陆寻年纪轻轻的，就捧回了一座奥斯卡最佳动画片奖，靠的不是运气，而是实实在在的能力。

《动画制作人》女主角配音演员这件事，陆寻必然已经有了解决方案。

陆寻冷声开口：“让星耀方面做好宣推准备。”

“怎么做？”

“去年，LD 是不是做了一款声音社交 APP？”

“你是说D音？可D音的用户并不多，它只在小圈子里有点影响。”

“那是因为它的定位不够精准。我已经联系了一个APP研发的团队，他们可重新为‘D音’添加功能，加上我们后期做营销手段，它会成为年轻人都在玩的声音APP。”

“功能？什么功能？”

“除了现有的ASMR直播外，必须让用户可以参与直播和互动，让用户可以自己配音，配音时长一分钟之内，再请名家对用户的作品做指导点评。D音有小圈子的基础，我们可配合推出‘病毒视频’，然后在朋友圈、微博、地铁里大量投放广告，并邀请流量明星大肆宣传。D音玩的时间短，可以随时随地玩，便于年轻人更快地接受它。”

“盘活D音，只是我计划中的第一步。”陆寻顿了一下，没有任何情绪地继续说道，“现在，各位先把第一步达成。”

虽然吴天不知道陆寻的具体计划，但是注册“D音”的人多了，甚至还可能在其中挑到一些好苗子，这对公司的好处是显而易见的，所以，吴天并不反对，全力支持陆寻的工作。

“就按你说的办。”吴天一锤定音。

散会之后，吴天微笑着来到陆寻的办公室。此时，吴天看着一脸冷漠的陆寻，眸子里多了一些对晚辈的欣赏。

想当年，陆风把陆寻这孩子托付给吴天的时候，陆寻还只是个十岁的小孩，那时的他虽然也冷冰冰的，但是比起现在来，还是那时的他有人情味一点。

“小寻，回国之后有去找你的父亲吗？”

陆寻闻言，眼神更加冷冽：“我没父亲。”

吴天轻叹一口气：“他毕竟是你父亲。他也许做错了事，但想必他也是很心痛的。不然，他也不会因为无法面对一切，而选择逃离。”

当年，陆家起火的那件事疑点重重，陆寻并不认为事故起因在于那个男人，但他遇事只会逃避的态度，只会让陆寻对他绝情。

吴天仍不肯放弃：“事情已经过去了这么多年……人啊，有时候就要活得糊涂点。”

吴天越劝说，陆寻的神色就越冷硬，生生让经历了无数人生风浪的吴天也没办法继续说下去，他只能无奈地叹气：“哎……行吧，那你工作。”

吴天深知陆寻的性格如此，不管自己说什么，恐怕都没用。

陆寻走到楼梯间，漠然地点上一根烟，并没有吸，只让它燃烧着。烟雾缭绕中，有些记忆在脑海中若隐若现……

“哥哥，为什么人总是先看到闪电，才听到打雷？”

“因为眼睛长在耳朵的前面。”

“小寻，人们总是容易注重画面，而忽略声音。其实，相比画面，声音更是不可或缺的，只有意识到声音的重要性，才能创造出好的作品。”

……

过往的记忆像被打碎了的玻璃，一块一块的，扎入人心，让人疼得很。

陆寻在心中冷笑一声，把已经熄灭的烟头丢进垃圾桶里，转身回了办公室。

正巧，陈与均和罗彬从会议室里走了出来，与陆寻打了个照面。陈与均不经意被楼梯间飘出来的烟味熏了个正着，他微微皱着眉咳了几下。

罗彬显然很喜欢陆寻，他满面笑容道：“陆总，我们谈完了事，就先回去了。”

陆寻对罗彬的热情无动于衷，面无表情地点了下头。

罗彬也不生气，柔情似水地说：“那我们下次再见。”

冷漠无情，足智多谋。

陈与均突然想起周旭对陆寻的评价。足智多谋，他暂时是没看出来，冷漠无情却是真正到了极致。

陈与均不满的表情写在脸上，他将脊背挺得直直的，连带走起路来的样子都像是在和谁较着劲儿，他完全想不明白，周旭怎么会跟这样的“冰块人”做朋友。

陆寻刚到办公室，亚澜就送进来一个快递。

快递上没写寄件人信息，陆寻拿在手里感觉很轻，他拆开快递，是一封信和一张光碟。

信上的文字是打印的。信里说，十五年前烧死五岁陆可的那场大火并不是意外，而是人为。写信人曾亲眼看到有人潜入了陆家纵火行凶，只要陆寻给他二十万，他就告诉陆寻当年的真相！

陆寻心想：来得好，自己还没找对方算账，对方倒是按捺不住，主动送上门来了！这次，他定会揪出那纵火之人，给陆可一个交代。

陆寻从小就是个感情不怎么丰富的孩子，因为他的性格过于冷漠，他的母亲并不太喜欢他。他五岁的那年，母亲早产，生下了陆可。对于那个蜷缩起来只有小小的一团、据说是他的亲妹妹的女孩，他没有任何特别的感觉。

陆可胆小、怯弱，就像一朵柔弱的菟丝花，需要缠缠绕绕地攀附着一棵大树才能生存。那样弱小的生物，陆寻是完全看不上的。兴许他们是血脉相连，陆可从小就喜欢黏着陆寻，像条小尾巴一样跟在陆寻后面。

是什么时候，陆寻对陆可的态度开始有所转变的呢？是陆可四岁那年，他把她丢在尚未开放的迷宫，然后冷冷地站在迷宫的出口等她。当时他想，如果她能走出来，他就认可她；要是她走不出来……不过十几分钟，只见她不慌不忙地做着标记，开开心心地从迷宫中走出来。年幼的她，还以为这是哥哥在陪她玩游戏。

可能陆家的孩子都是怪物，一个个聪明得可怕。

从那时起，陆寻就默认陆可的跟随，还会在暗地里护着她。

陆可五岁那年的冬天，他们一家人本来要一起去乡下祭祖。然而，自从陆可四岁时被祖屋附近的狗吓到后，她就再也不肯回乡下。那天，不论母亲怎么劝说都没用，气急败坏的母亲拿她毫无办法，又因为母亲和父亲爆发了激烈的争吵，最后，陆寻做了决定，父亲和她留守家中，母亲和他回乡下去祭祖。

可那天晚上，陆家起了大火，陆可年纪尚幼，又在睡梦中，逃生不及，葬于火海。她的生命，永远停留在她五岁的那一年。

陆家就这么被毁了。

接下来，父母离婚，母亲伤心地远走他乡，父亲一蹶不振。

那场火灾有蹊跷。在陆可生命的最后时刻，她手里紧紧抱着一个黑猫警长的玩偶，这明显是她在传递某些信息，但那时，陆寻只是一个孩子，小孩的话是没人会用心听的。

但陆寻没料到，父亲会在一次醉酒后去警察局自首，自称是他出门时忘记关掉炖锅，才导致家中失火、发生惨剧的。法院判他无罪，接着他就把陆寻托付给吴天，随后彻底消失。

懦弱！

陆寻讥诮一声，将随信寄来的光碟塞进电脑里，没一会儿，电脑上弹出一段视频，视频中拍摄者是在陆家大门外拍摄的。

视频中显示的时间是晚上十点，一个裹着大衣的女人匆匆地从陆家走出。因为是夜里，对方又低着头，走得匆忙，所以，陆寻看不清那个女人的样子，只能看到女人抬手撩发的手腕上有块红色的椭圆胎记。女人离开陆家后没多久，陆风也神色匆匆地出来了，看样子是追着她去的。

视频到了这里，停顿了一下，就跳到下一个画面：陆家里里外外燃起了熊熊大火。然后画面停止，视频结束。

很明显，这个视频被人剪辑过。

陆寻坐在巨大的办公桌后，整个人隐在半明半暗的阴影之下，注视着前方的虚空，幽远深长。

第三章

没有被时光侵蚀这件事，本身就是一件无比美好的事

陈与均在这间小小的蛋糕店里等了一个多小时，他皱着眉头看着几步之外的小哥——那个娃娃脸店员，对方在一个多小时之前卖了个蛋糕给他，如今对方正一脸惶恐地看着他。

一窗之隔的街道上围满了闻讯赶来的陈与均的粉丝，他们被保安拦在外面，疯了一样地喊他的名字。

陈与均眉头紧皱，烦躁地把玩着手中的硬币，把一直在响的电话调成静音模式，罗彬的名字在手机上不停地闪烁，像极了一张张催命符。陈与均索性把手机倒扣在桌上，眼不见为净。

他又盯着眼前的蛋糕发起呆来。

陈与均开始觉得今天发生的一切变得奇妙起来。那天，他和罗彬从LD 出来，就接到周旭的电话，他本不想接，但他怀疑是不是陆寻真的跟周旭说了什么，最终，他还是接了电话。

“别这么紧张嘛，我又不会吃了你。”

陈与均记得，周旭的语气就是这么的不怀好意。

随后，周旭又在电话那头温柔地笑：“小均喜欢吃蛋糕，对吧？”

原来，周旭说他的一个病人家的蛋糕店卖的蛋糕特别好吃，连他这种从不吃甜食的人都忍不住多吃几口。所以，关爱弟弟的他特意打电话来，推荐那家店给陈与均。

陈与均不想理会周旭对他的“特别关爱”，他喜欢吃蛋糕纯属私人原因。不料，他这个嗜好被周旭发现之后，一直被周旭调侃。

因为陈与均太忙了，那家据说很好吃的蛋糕店，他一直都没有时间去试。今天他难得休息，本想在家好好看书，却终究没抵住蛋糕的诱惑，趁着天色已晚，他穿好衣服独自出门。他想着应该不会被人发现，没想到，他还是低估了自己的知名度。

不，这都不是重点，重点是，眼前的这个小蛋糕让他产生一种无比

熟悉的感觉，那味道久到他都快要忘了，不想它忽然霸占了他的味蕾，唤醒了他的记忆。

他忽然就想确认些什么。

窗外的吵闹声越来越大，大概是粉丝和驱逐他们的保安发生了冲突。陈与均焦急起来，又问那个娃娃脸的店员："蛋糕师傅还没回来吗？"

娃娃脸店员哭丧着一张脸："已经发信息了，就回来了吧……"

陈与均攥紧拳头，他很少任性，但此刻他却希望自己的坚持是对的。

就在这时，门口的风铃叮当作响，陈与均一个激灵，猛地抬头朝门口望去，让他失望的是，来人是他的经纪人罗彬。

尽管罗彬已经气喘吁吁的，但他粉色的衬衫依旧精致得体，丝毫不见凌乱。他踩着小碎步，快速移动时带着一阵香风来到陈与均的面前，埋怨道："我的小祖宗，你这是干什么呀？！你要吓死我啊！"

陈与均在心中叹了口气，知道自己无法再在这里待下去了。他站起身，窗外再次传来撕心裂肺的尖叫声。

陈与均低声道："对不起。"

罗彬撇撇嘴，他向来心软，带陈与均的时间也不算短，哪里舍得真的和对方置气。而且，总的来说，陈与均十分听话懂事，并不是个太让他头疼的艺人，像现在这样落寞无奈的样子，他还真的没怎么见过。

罗彬有点心疼，他瞥了眼桌子上的蛋糕，说道："下次想吃蛋糕和我说一声，我让小张去给你买。"

陈与均没什么反应，仿佛他对这间小店的执着不过是心血来潮的。

罗彬转身问娃娃脸店员店里有没有后门，店员颤颤巍巍地挪了挪身子，露出身后通往厨房的路。他立马打了个电话，通知司机小张把车子绕到后门，而后，他带着陈与均离去。

所谓的后门，是厨房平时用来倒厨余的，它通往一条小巷，小巷隐蔽，暂时没被粉丝发现。罗彬挡在陈与均前面，正准备拉开门，不料，却和一个人撞了个满怀。

罗彬捂着肚子痛呼一声，撞了他的那个人却一点动静也没有。陈与均以为是循迹而至的粉丝，正准备说话时，却在看见对方时有了短暂的失神。

那是个二十岁左右的女孩，扎着个高高的马尾，露出饱满的额头，她微微蹙着眉头，似乎是刚才那一下也把她撞疼了。更让陈与均感到惊讶的是，她穿着极不合身的衣服，这让她看起来滑稽极了，毕竟看起来，那件羽绒服能装得下两个她，宽大的羽绒服下又是一双纤细瘦削的腿。她的面色呈现着极不自然的病态，唯有一双大眼睛在白皙的脸上犹如黑曜石一般剔透。

陈与均狐疑的目光一直在女孩身上打量，他觉得眼前的女孩有些熟悉，可他更多的还是茫然与陌生。

孟悄悄也愣住了，她没想到会在这种情境下遇到陈与均，而眼前的陈与均已经高出她很多个头了。

闻声而出的娃娃脸店员——乔又泽来到门口，看到孟悄悄犹如看见救星，喊道：“小老板，你可算回来了！”

孟悄悄接到乔又泽的信息后，便立刻从家里赶来店里。蛋糕店的前门被粉丝堵截的盛况，她也是头一次见，更别提要从他们之中挤进店里。她只好绕来后门，没想到，她刚开门就撞到那个打扮精致的男人身上。

想到这里，孟悄悄的额角突突地疼了起来。

“你是这里的老板？”陈与均眼中立刻多了几分无法形容的失望。

孟悄悄一脸平静地点头。

陈与均不死心，又问道：“店里的蛋糕都是你做的？”

这次，孟悄悄点头的速度更快，表情更笃定。

“那你认不认识一个中年男人，大概五十岁，国字脸，留着胡子，做蛋糕很好吃？”

孟悄悄摇了摇头。

陈与均微微皱眉，小心翼翼地问道：“你……不会说话吗？”

孟悄悄再次点了点头，她直视着陈与均的眼睛，让他不得不相信她。

陈与均再次打量着眼前的这个女孩，她柳叶弯眉、樱桃小嘴，长得和他记忆中的那个人着实有很大的出入。

“不好意思，我可能是认错人了。”陈与均收起黯然的表情，认真道歉，“给你们添麻烦了。我走之后，外面的人自然就会散了。”

孟悄悄知道陈与均说的是外面的那些粉丝，她摆摆手表示没关系。

罗彬揉着肚子，嗲着嗓音催促陈与均离开，陈与均朝女孩点了点头，就准备上车离开。

孟悄悄在陈与均经过时，闻到对方留下的一阵淡淡的香味，味道她似曾相识，像雨后青草上的露珠，沾染着得天独厚的清新。

孟悄悄忍不住抬头，悄无声息地打量了陈与均一眼，身侧的那个男孩早已经长开，眉目如画，虽然还是有些少年气，但再也不是那个稚嫩又沉默寡言的小男孩模样了。

“对了。”

孟悄悄一愣，转过头看着那个走到车旁又叫住她的男人。

陈与均朝孟悄悄笑了笑，说：“蛋糕很好吃，谢谢。”

孟悄悄报以淡淡的微笑。

车子缓缓开走，陈与均离开的方向早已空空如也，孟悄悄无法看见那辆载他离去的黑车，但是，她的眼前却好像浮现着他的表情——木讷而羞涩，拘谨而内敛。

时光偶尔也是留了情面的，它总会眷顾一些人，不在那些人的身上留下痕迹。而没有被时光侵蚀这件事，本身就是一件无比美好的事了。

乔又泽突然开口道："小老板，你说谎了。"

孟悄悄一双乌黑眼眸，清凌凌地看着乔又泽。

乔又泽仿佛没看到小老板无声的威胁，眯起眼睛说道："店里的蛋糕明明是大老板做的，你为什么要说成是你做的？而且，大老板就是国字脸，留着胡子，年纪五十岁左右，你为什么说你不认识？还有，你明明只是暂时不能说话，为什么搞得你像个哑巴一样？"

孟悄悄决定岔开这个话题。她用手机打字："你告诉我爸这事了吗？"

乔又泽一脸抱怨："大老板的电话打不通，我只好给你发短信啦。"

孟悄悄想到孟荣今天去进货的地方是信号不太好的，想必他是因此才没接到乔又泽的电话。她稍微放了心，拍了拍乔又泽的肩膀，又打字："把刚才那件事咽进肚子里，永远别让我爸知道。"

"为什么啊？"

乔又泽说完，猛地打了个哆嗦，大概想到了孟荣平时严厉、冷酷的态度，他又认真地想了想，恍然大悟似的一拍脑袋："我知道了，因为陈与均是《动画制作人》的男主角配音演员，对吧？"

乔又泽拍了拍胸脯，神神秘秘地撞了撞孟悄悄，道："放心放心，我懂的，在咱们店里，所有和配音有关的人和事物都是禁忌。小老板，我很机智的！"

孟悄悄弯了弯嘴角，朝乔又泽比了个手势道："我帮你打烊。"

23：40 分。

一个头上戴鸭舌帽、脸上戴着口罩的男人出现在略显偏僻冷清的香樟路上，他鬼鬼祟祟地四下张望。

冬日的深夜，除了几盏路灯孤零零地立在路边，路上已经空无一人。他在巷尾的第三个大垃圾箱旁兜兜转转了好几次，神情紧张、小心翼翼地探首进垃圾箱里查看着。

这时，他终于有了动作。他左顾右盼地走到垃圾箱旁，俯身探手进垃圾箱翻着什么。几秒钟后，他翻出一个鼓鼓囊囊的黑色大包，然后他迅速拉开一点大包拉链，那包里竟是一沓沓的百元大钞。他的脸上露出狂喜的表情，还未反应过来，就眼前一黑，被人一脚踢到了垃圾箱里。

鸭舌帽心中暗道不好，连忙从垃圾箱里爬起来，还未站稳，又迎面遭到一拳重击，再次跌坐到垃圾箱里。鸭舌帽一眼看过去，这才注意到来人的样子。

对方身穿长款黑色大衣，衣服敞开着，寒风吹过来，他的衣摆翻飞犹如黑浪翻涌。昏黄的路灯照在他的脸上，那容貌竟如神圣不可侵犯般高贵、俊美。

男人薄唇紧抿，神情冷漠地注视着鸭舌帽，那眼神犹如在看一具尸体。

电光石火之间，鸭舌帽突然明白了对方的身份。

陆家的公子，陆寻。

恐怕陆寻已经把鸭舌帽一切的后路都堵死了，早早布置好了一切，此时，他只是在这儿守株待兔了。鸭舌帽从垃圾箱箱的右侧旁探手摸去，果然，那个连接下水道井盖的洞口已经被堵住，看来，今晚没有一番苦战，自己是脱不了身的。鸭舌帽有了迎战的准备，反而稳了下来，便迅速起身，挥手一拳冲了上去。

鸭舌帽本就是亡命之徒，陆寻胜在年轻力壮，两人的身上都已挂彩，一时半会竟分不出胜负。为了制服鸭舌帽，陆寻眉头都没动一下，就使出伤敌八百，自损一千的这种不要命的打法。鸭舌帽没想到陆寻这么狠辣，反而有点束手束脚起来。不过片刻，陆寻已经伤痕累累，鸭舌帽也好不到哪里去。

陆寻脸上挨了一记重拳，口腔里立刻涌上了浓浓的血腥味，他顺势抓住鸭舌帽的手，将对方掀翻在地。鸭舌帽的帽子掉了，陆寻扯掉他的口罩，口罩之下的脸已经肿得变形，眼神里是慌张和恐惧。陆寻反手将对方压住，冷声逼问：“你背后的人是谁？”

“我不知道什么人啊，不知道啊！我就是帮人跑腿。”鸭舌帽开始求饶。

“谁？”

“我就接了个电话，有人让我来这里拿个包，说事成之后给我钱，我真的什么都不知道。”

“说实话，或者去警察局？”陆寻声音冰寒刺骨，对鸭舌帽的说辞不为所动，直接抛出两个选择给他。

“好好，您轻点啊！我说我说。”

陆寻听到后方有轻微的脚步声在接近自己，下一秒，他眼前一黑，意识陷入无边的黑暗中。

等陆寻再次醒来时，已经是凌晨一点，他昏迷了十几分钟。鸭舌帽男人和黑色大包都已经不见，他摸了一下自己的后脑勺，摸到满手凝固的血迹。

他早料到鸭舌帽有同伙，为了引出对方的同伙，他提前在这周围布了高清摄像头，并不惜以自身为饵，打算引出那背后之人，却还是被对方偷袭了。

陆寻想要站起来，结果发现经过刚才那一番打斗，他已经浑身湿透，如今被冷风一吹，他的头疼了起来，轻喘着勉力站了起来，走了几步。

又是一阵冷风吹来，他眼前一黑，跌坐在地。

他不再做无谓的挣扎，反而倚靠着墙壁端坐着，静待体力的恢复。他感觉到有什么温热而黏稠的液体沿着他的手臂缓缓流下来，是刚刚扯动了伤口，本来愈合的伤口又裂开了。

寒意顺着陆寻的脚底一路爬上了他的心脏，让他犹如坠入九层冰窖，四肢百骸的血液都被冻住，连意识都在被寒冷蚕食。而意识渐渐从体内抽离的时候，他依稀听到一阵轻微的脚步声。他准确地辨认出脚步声的方向，伸手抓住来人，被他抓住的人猛地停下脚步。

陆寻抬头看向来人，即使身受重伤，即将失去意识，他的表情还是犹如覆盖在雪山之巅的终年大雪，寒冷、纯粹，没有色彩。

是她，上次在停车场上见到的那个女孩。

昏黄的路灯，寒冷的冬夜，就连天上的星星都黯淡无光，可这个女孩，却有着一双剔透明亮的眼睛，平静地、居高临下地看着他。

一阵剧痛传来，陆寻垂下手，终于晕了过去……

孟悄悄帮乔又泽打完烊已经凌晨时分了。

她想着明天一早还要去医院复健，为了能早点回家，便鬼使神差地从一条小巷子里抄了近路。这个时间点，除了远处时不时传来的猫叫狗吠，再也没有其他声音。

迎着刺骨的北风，孟悄悄加快了步伐，经过一个拐角处，昏暗的角落里突然伸出一只手抓住她的脚踝。孟悄悄吓了一跳，她定睛一看，在看到对方仰起来的脸时，发现是上次那个冷漠俊美的男人。

男人看起来受了很重的伤，还有血顺着衣袖在往下滴，他整个人的状态看起来不太好。孟悄悄还未想好要怎么处理眼前的情况，男人就晕了过去。

孟悄悄探了探男人的额头，才发现他身上的温度高得吓人，应该是发烧了。她实在搬不动这么重的一个人，只能脱下身上的羽绒服给他盖上，还剥了一颗大白兔奶糖塞进他嘴里，给他补充一些能量。之后，她才加快步伐，跑去附近的二十四小时药房买药，并寻求医护人员的帮助。

可等她带着医护人员回来时，男人已经不见了，只留下地上的一摊血迹。

跟着男人不见的，还有她的羽绒服。

医护人员显然认为这是她的恶作剧，将她狠狠地数落了一顿，有口不能言。事实上，她也不知道要怎么为自己辩解，只能诚恳地向医护人员道歉。

等医护人员离去，被留在原地的孟悄悄才觉得冷。

孟悄悄轻轻地叹了口气，她用力地抱了抱自己，像什么事都没有发生一样，拿着那袋完全派不上用场的药，朝家的方向走去。

第四章

如果睡觉能忘掉所有痛苦，人们会选择永远沉睡

周旭前脚刚送走在他这儿流连许久、絮絮叨叨说了许多八卦的护士们，后脚便听见有人敲门。

“请进。”

话音落了三秒后，门才被人轻轻推开，孟悄悄提着一个精致的纸袋站在门外。周旭不用想都知道，那纸袋里面装着连不好甜食的他也吃得赞不绝口的蛋糕。

“孟悄悄，你又瘦了啊。”

孟悄悄笑了笑，安静地将手中的纸袋放到周旭面前，并对他做了个请的手势。

周旭笑了起来：“你说谁当医生能当成我这样，你要是每次来复健都带蛋糕给我吃，我的体脂可是很快就要超标了。”

孟悄悄一字一句、慢慢地说道：“我……爸……给……的。”

她现在跟人沟通尽量是用说的方式，尽管现阶段她能说的不多，且说得很慢，但是她谨遵医嘱，只要多说多练，她的嗓子会慢慢恢复的。

“孟悄悄，你要不要这么耿直？”周旭失笑，“你知不知道，如果我对你有意思的话，你刚才那个回答可是断绝了我们所有的可能啊？”

孟悄悄有点着急，想要解释。

周旭连忙拦住孟悄悄，笑道：“我跟你开玩笑的。你能醒过来，全凭你的意志力，我只是做了所有医生会做的事而已。”

温柔、幽默的周旭总让人感觉如沐春风，孟悄悄也跟着微笑，顺便揉了揉鼻子。

电话在这个时候响了起来，周旭扫了一眼手机的来电显示，脸上的表情立刻柔和了下来。往日，周旭给人的感觉已十分谦和、温柔，但是都不如他现在这样，好像在刹那间展露了他所有的鲜活和真实。

周旭接通电话，带着笑意轻声应了两句。他挂了电话后，对孟悄悄

说道：“有个朋友来找我，你先等我一下，我马上回来。”

孟悄悄只好将她其实只是来道谢的本意吞回肚里。

周旭走后，孟悄悄走到窗前，看着窗台上摆放的绿萝发起呆来。

云真的卧室里就有一盆绿萝。

绿萝是云真唯一能养活的植物，还记得，那时科学课老师安排的作业就是观察植物，但云真却是养什么死什么。孟悄悄看云真闷闷不乐的，就送给她一盆自己养好的绿萝。绿萝坚韧，生命力顽强，就像孟悄悄一样。

不知道绿萝是真的足够顽强，还是云真足够珍惜，那盆绿萝不但没被云真养死，反而被她照顾得枝繁叶茂，生机勃勃。

午后的阳光过于猛烈，它肆无忌惮地照射在绿萝上，嫩绿色的叶子在阳光下轻颤，又像在瑟瑟发抖。

云真说过，绿萝是阴性植物，忌阳光直射。孟悄悄小心翼翼地抬起手，替那些茁壮茂盛的枝叶挡住了阳光。

陆寻推开周旭办公室的门。

瘦弱纤细的女孩站在窗边，把双手围成扇子的形状笼在一盆绿萝之上，用手阻挡阳光的照射，给绿萝遮阳。

就像当年的陆可。

小时候，因为陆可是早产儿，身体弱，不能经常出去玩，便喜欢上了家里的花花草草。而她总是害怕她的那些宝贝植物被太阳晒死，每到夏天就固执地在院子里撑开伞为那些植物遮阳，无论父母怎么劝，她都不听。

开门声很快惊扰到了那女孩，她立刻抬起头来。午后的阳光打在她的脸上，把她的脸照得莹白如玉。虽然她站在阳光下，却像身处无妄苦海，无边孤寂。

又是那个女孩。

陆寻想起那条深夜的小巷。

当时，陆寻醒来时身上盖着一件羽绒服，嘴里有着甜腻的奶香，四周却空无一人。他已经恢复了些体力，慢慢起身去取事先布好的高清摄像头，然后回到自己的车上，再打电话给周旭，让周旭过来帮他包扎伤口。

那羽绒服定是那个女孩心有不忍给他盖上的。如今这女孩鼻子红红的，一副重感冒、病恹恹的模样，因为什么而感冒，是一目了然的。

他见她两次。

第一次，她以一人之力螳臂当车，愚不可及。

第二次，她对陌生人动恻隐之心，蠢笨不堪。

所有的善良都是要付出代价的，这么简单的道理，却总有人不明白。

孟悄悄看到陆寻时一愣，是那个有过两面之缘的男人。如今这个男人，即使脑袋上缠着纱布、脸色苍白，也丝毫不损他的清冷俊美，反而为他添加了一丝脆弱的美感。

陆寻没有向她道谢，也没有向她打招呼，径直坐到沙发上，拿起一本医学类杂志翻看起来。

冷漠的气息在空气中流转。

孟悄悄想起那件羽绒服是自己醒来之后才买的，如果这样丢了未免可惜。她想了想，拿出手机，打了一串字："我那件羽绒服是在你那儿吗？"

然后，她拍了拍陆寻的肩膀，把手机递到他的面前，面色平静地看着他。

陆寻抬眸看了孟悄悄一眼，再扫了一眼手机，冷淡地道："我会把衣服给周旭。"

孟悄悄点了点头，回到椅子上坐下。

他到底是怎样的男人，才会平白无故受那样重的伤，还这么冷漠无情？自己当时明明是帮了他，他却连一句谢谢都不曾说过，真是奇怪又满身是谜的人。孟悄悄想着，又看了陆寻一眼。随即，她的思绪又飞到别的地方去了，她本就不是好奇心重的人。

"你在想，我为什么不谢你。"陆寻突然开口说道。

孟悄悄心里的想法轻易被人看穿，心下一惊，表面上却不动声色，用手机打字道："不谢也没关系，这并不重要。"

"你不该救我。"

孟悄悄无言以对，她看向陆寻的眼睛，那瞳仁冷酷无情，黑白分明。

"你听好了，下面我说的这些，就是谢礼。"陆寻冷冷地开口。

"如果你上次遇到的不是我，也许你付出的代价就不是感冒这么简单了。深更半夜的，你救一个满身是血的陌生男人，你的下场有无数种可能。"

陆寻的语气冷漠，说出来的话却隐隐藏着骇人的血色。

"不敢苟同。"这句话孟悄悄是说出来的，她语气平淡，一字一句。她的声音是久未说话的干涩、粗糙、沙哑，却又充满力量。

言尽于此，陆寻不再说话。

孟悄悄也沉默了，于是，整个气氛更加凝滞起来。

重新暴露在阳光下的绿萝在风中轻轻颤动着，似乎在为这场莫名其妙的对峙而偷笑。

此时，周旭的全部注意力都被那个站在阳光下的少女吸引了。

吴语徽穿着简单的 T 恤和及膝的短裙，提着两个大塑料袋在等周旭。她百无聊赖地等着，又或许阳光太猛烈，她笨手笨脚地抬起一只手遮挡太阳，却没料到塑料袋不留情面地撞在她的脸上，她懊恼地揉了揉脸。

周旭瞬间笑了。

身边路过几个护士，揶揄笑如春风的周旭，道：“周医生，你的小宝贝又来给你送好吃的啦。”

周旭心情很好，并不反驳她们。他三步并作两步来到吴语徽的面前，将她手中的袋子接了过来。

吴语徽的眼睛顿时亮了，可很快，她又气呼呼地捶了周旭一拳：“慢死了！”

“抱歉抱歉，不然，你再打我一拳消消气？”

吴语徽见周旭低眉顺眼地和她说话，苦等的怨气消了一大半。她抻着脖子越过周旭看向那些正朝他们偷偷张望的小护士们，皱着眉头道：“你是被她们拖住，才晚下来的？”

“不是，是我的一个病人。”

吴语徽哼了一声，才作罢。

“好好的，你怎么想起来看我？”

“你还说呢，上次是谁跟我说，到下午会饿得胃痛的？明明是个医生，却一点都不懂得照顾自己，所以，我给你送吃的来啦。以后下午你饿的时候，就可以吃这些，我买的都是健康的零食，所以，你不许说我！”

周旭笑了，心想：语徽果然还是小孩心性，她自己喜欢吃零食，来看他也是带的零食。他掂了掂手中的塑料袋，道：“这么多？”

吴语徽的脸一红：“不全是给你的，你一袋，陆寻一袋，你帮我拿给他。”

周旭的笑容微敛：“上次你不是还说被他气死了吗？怎么，这么快就不气了？”

吴语徽有些不好意思：“我想了想，他说得也没错，我应该用自己的实力说服他！”

周旭摇摇头，道：“所以，你来找我的真正目的是这个吧，让我当你的说客？”

吴语徽气道：“什么说客，我是真的来给你送吃的！”

周旭失笑：“好了，和你闹着玩呢！”

吴语徽嗔怪地瞪着周旭。

若不是周旭的手上提着东西，恐怕他又忍不住伸出手，揉揉此刻吴语徽毛茸茸的脑袋，虽然这样的举动一定会换来她的暴击。

周旭道：“谢谢你的零食，陆寻的那袋我会帮你转交的。现在，你该回家了，我去帮你叫车。”

吴语徽见目的达成，也没再做过多要求，乖顺又有力地点了点头。

十分钟后，周旭望着出租车渐行渐远，轻轻叹了一口气。

于是偷瞄他的护士又多了些，他不用想都知道她们应该是在议论“周医生怎么变脸比变天还快”。

周旭低头看着左手拎着的那袋零食。

“真想把你扔掉。”他嘟囔道。

想到孟悄悄还在办公室等自己，周旭赶紧赶回办公室。

却不料，周旭刚推开自己办公室的门，看见的居然是陆寻与孟悄悄共处一室，两人各坐一边，楚河汉界泾渭分明，似乎陆寻方圆十里的空气都是冰冷的，这让他不免有些同情起孟悄悄来。

“陆美人，你来多久了？”

“你迟到了十分钟。”陆寻语气森冷。

“嘿嘿，那不是语徽来了，我下去见了下她。”周旭打着哈哈。陆寻向来守时，他们本是约了十一点见面。

孟悄悄看周旭回来了，连忙起身，一字一句地说道：“谢谢……周……医生，我没事……先走了。”

“是我不好，白让你等我这么长时间。”周旭歉然道，“你乖乖听李医生的话，复健的时候积极一点，这样才能赶快恢复。我听老李说，按照你现在的复健计划，再过半个月，你就能正常说话了。”

孟悄悄向周旭礼貌示意后便准备离去。她路过陆寻身边的时候，稍微犹豫了一下，还是朝陆寻点点头才离开。

周旭将一塑料袋零食递给陆寻：“语徽让我给你的。”

陆寻看都没看一眼，一动不动地端坐在沙发上。

“好了，就知道你不会要，这样正合我意。”周旭开心地收回塑料袋，小心翼翼地将两袋零食按类别往自己的柜子里塞。

待收拾完，周旭准备好药物和器材，再洗手消毒，一边给陆寻换药一边笑道：“还好这个伤口在后脑勺，这要是伤到脸……”

陆寻冷漠地打断周旭：“晚上去趟我家。”

周旭来了兴趣，笑道：“你要请我吃晚餐？”

陆寻做菜的手艺很好，只是很少做。周旭认识陆寻这么多年，也就吃过不到三次，但每次都给他留下了深刻的印象。

“刚刚那女孩的衣服在我家，你带给她。”

周旭沉默了，陆寻的话给了他无尽遐想……

过了好一会儿，周旭还是没忍住，吞吞吐吐地问道："你和孟悄悄……你们……都发展到……"

陆寻看了周旭一眼，眼中的寒气四溢："我受伤那晚，给我身上盖羽绒服的女孩就是她。"

"哦……"周旭恍然大悟，感叹道，"这都什么缘分啊。"

周旭自言自语道："那天晚上我见到你的时候，你都惨得像块破抹布一样。当时，我就想到底什么样的女孩，会给你羽绒服取暖。如果那人是孟悄悄，那就不奇怪了。"

"怎么？"

周旭道："还记得我和你说过，半年前我们科接的一个病人，脑神经受损，一直昏迷的那个吗？那就是孟悄悄。"

"你的医术倒是见长。"

"不是，她能醒来，全靠奇迹。"

半年前，昏迷不醒的孟悄悄被送来周旭在的医院时，还是个一百六十斤的胖子。

当时，那小胖子被送到医院里来时还引起了不小的风波。她是从法国的医院转过来的，脑部受到严重撞击才昏迷不醒，只能维持生命体征。她的父亲坚持将她带回国内照顾，其他医院都不敢接这烫手山芋，最后还是周旭他们医院的院长拍了板。

因为无法摄入更多的营养，每天只能靠点滴吊着命的孟悄悄日渐消瘦下去，等她醒过来时，竟然已经生生掉了七十斤肉。周旭还和她开过玩笑，让她试着写本和减肥有关的书，说不定能大卖。

所以，孟悄悄总穿着那些不合身的衣服，身上有着淡淡的疏离感。那是因为，从鬼门关前面走过一圈的人，感受到了生与死的重量，也看淡了生死。

周旭继续道："听说当时，孟悄悄是和闺密一起出去玩的时候发生了车祸。她还算好，因为发生车祸时，她系着安全带，捡回了一条命。她的闺密就没这么幸运了，好像是因为她的闺蜜当时没系安全带，当场就被甩出车外，至今下落不明……"

安全带——陆寻第一时间抓到了重要的信息。他第一次见孟悄悄时，她那些乖张的行为都有了解释。

只有失去过的人，才会变得小心翼翼，不想重蹈覆辙，还是她愚蠢？

亚澜抱着厚厚的文件夹，踩着一双恨天高，小跑着才能跟上陆寻的步伐。她在心中叫苦不迭，人都说病来如山倒，陆寻偏偏与之相反，他受过伤后战斗力直线上升，搞得他们这群小的好久都没休息了。

其他部门的员工幸灾乐祸地看着亚澜，而她只得在追陆寻的间隙中偷偷瞪他们几眼，以示愤慨。

会议室门前，陆寻忽然顿住脚步。还好亚澜极有眼力见，也立刻顿住脚步，才没撞到他的背上。陆寻头也不回，只是伸出手，亚澜立刻把怀中的文件夹递了上去，然后帮他推开会议室的大门。

连日来的天气不错，阳光不遗余力地普照着大地。会议室的三面安装着巨大的玻璃窗户，可以看见林立在 CBD 的高楼大厦。据说，这样的设计是吴天提出的，用意是不断提醒 LD 的员工要眼观六路，耳听八方。

陆寻走到自己的座位旁坐下来，仿佛周身自带结界，散发出“生人勿近”的气场。就在这时，会议室的门被人撞开。来人四五十岁，穿着一件皮衣，手中捏着一个便携式的酒壶，下巴上长着青色的胡茬，脸上布满了皱纹，唯有一双眼睛的眼神无比专注坚定。

男人走到陆寻身边的位子坐下，像是宿醉未醒似的哼哧着。

亚澜笑眯眯地和来人打招呼：“早啊，江指导。”

江自谦不紧不慢地“嗯”了一声，却看也没看她。他拧开酒壶的瓶盖，仰起脖子豪迈地大口喝了起来。

亚澜也不介意，江指导一贯如此。她眯起眼睛打量了一眼，发现江自谦的酒壶是圆形的，大概是成年男人的一个拳头般大，酒壶外面用一层牛皮缝制了一个皮套，皮套上面有许多的褶子和划痕，一看就是用了很多年的物件。

临近会议时间，吴天踩着点走进会议室里。他在场上扫视一圈，目光在陆寻旁边的江自谦身上停了停，很快掠过。

这一次，他一分钟都没有浪费，宣布会议开始。

改版后的“D 音”已经试运营了一段时间，一切的确如陆寻所说的，“D 音”果然吸引了不少配音发烧友的关注，粉丝们自发在微博上推荐、参与互动。再加上，江自谦等配音界的大咖坐镇，陈与均、阮丽翘等流量小生、小花卖力宣传，“D 音”很快爆了。

吴天看着陆寻，开门见山地问道：“第一步已经完成，接下来你有什么计划？”

会议室里一时鸦雀无声，大家屏住呼吸等待陆寻发言，只有江自谦，旁若无人地举起酒壶又喝了一口酒。

“亚澜，把文件分发下去。”

坐在陆寻身后的亚澜立刻将早就准备好的文件夹分发到在座高管的

手里。

吴天打开文件夹，内里的策划案上赫然写着几个大字：音为遇见你——《动画制作人》女主之声公开选拔赛。

吴天想了想，心下已经明了陆寻想要做什么。

近几年，他们的老对手——一声公司旗下的好几个配音演员因为配了一部爆火的游戏而火了起来。游戏粉丝和“声控”们对他们无比追捧，使得一声最近的风头一时无二。

近年来，配音科班的毕业生已经越来越少，就算是科班毕业的，他们在学校所接受的训练离真正入行还有很大一段距离。吴天对配音演员的要求高，想要大肆撒网，可池中的大鱼不是被捞走，就是只剩下鱼苗。

优质鱼苗也是好的，可以慢慢培养，如果操作得当，这确实不失为一步好棋。

其实，吴天心中早有培养新人的想法，难得陆寻和他想一块去了……不愧是陆寻。

陆寻漠然地扫过在座的其他人，大家看着文件，有些人若有所思，有些人一脸迷茫。他说道：“D 音已经有了一定的受众群，接下来，我们利用 D 音推出《动画制作人》女主角的配音演员招募计划，将整个招募配音演员的过程包装成一场大型的秀，一来，可以持续为《动画制作人》制造话题，维持热度，选出女主角的配音演员；二来，可以为 LD 广募声源，做好人才储备。”

陆寻的声音没有温度，却似乎有着蛊惑人心的魔力，大家仿佛看到成功就在眼前，没人质疑他的决定。

吴天看向江自谦，目光灼灼：“江指导觉得呢？”

江自谦又喝了一口酒，道：“可行。业内现状，配音演员故步自封，配音演员和市场需求的比例失衡。观众们听来听去只有那么几个人的声音，早就听腻了。寻找声源，不论是对 LD，还是对行业发展，都是百利而无一害的。”

亚澜及时为友方加血：“江老师不愧是业内泰斗，有远见。”

吴天沉思了一会儿，又问陆寻：“我要一个具体的时间。”

“三个月。”

吴天合上手中的文件夹，说道：“各部门注意，接下来的工作，都以配合陆总完成《动画制作人》的女主配音演员的选拔赛为主。”

散了会，吴天和市场总监他们先走了。陆寻带着亚澜准备离开时，被江自谦叫住。

“陆寻，我们最终能选出合适的女主角吗？”

"从那场秀里选出来的，就是最合适的。"

江自谦明白陆寻的意思，合适的定位有很多种，从选拔赛里决出的女主角，至少代表了市场的合适。他看了陆寻一眼，倒是没再说什么。

这时，亚澜插嘴问道："江指导，我一直想问您，您每天都带着这个酒壶，不知道这其中有什么故事吗？"

"亡妻送我的。"江自谦语气平淡。

亚澜一怔，连忙道歉。江自谦不在意地挥了挥手。

亚澜忍不住又问道："江老师你天天喝酒，怎么身上却一点酒味儿也没有？"

"谁告诉你这是酒的？"江自谦冷哼一声，"这里面装的是泡好的胖大海，润嗓的。"

江自谦不再搭理他们，抱着他的小圆酒壶，潇洒地头也不回地离开了。

亚澜跟着陆寻回办公室，她边走边感叹："酒壶泡胖大海，江指导真有个性，怪不得这么多年一直单着。"

第五章

留下来的那个，才是最痛苦的

陆寻坐在车后座，挂掉电话，脸色越发阴沉。

司机战战兢兢地驾驶着车，感受着背后骤起的寒气，吓得憋出一身冷汗。他真的很冤枉，这真的不能怪他车技不好，着实是这路实在太堵。

司机根本不知道他会错了意，此时的陆寻想着那个匿名快递的事。

那晚从小巷子回去之后，陆寻查看了高清摄像头拍到的画面，视频中确实有那个鸭舌帽的同伙，但那人也是全副武装，把整个头部都遮住了。从视频中，他只能看出那男人大概一米七，中等身材，偏瘦。

这一切早在陆寻的意料之中，他本就没想仅凭一个摄像头就能拍到鸭舌帽同伙的真面目，他真正的目的，就是要确认那男人的身高。

从快递光盘里那个视频的拍摄角度和高度，他计算出拍摄人大概是一米七四，而那个同伙的身高正好吻合这一点。陆寻肯定，出现在视频里的那个同伙，手里有完整的纵火视频，那个视频就是他拍摄的。

刚刚那个电话是快递公司打来的，他顺着快递公司那条线去查，没查到任何线索。不过没关系，即使他已经打草惊蛇，那条“蛇”还是会再次出现在他面前的。

手里的手机振了起来，周旭发来微信，问他什么时候到，今天是他最后一次换药，可千万别忘了。

陆寻回：“二十分钟后。”

发完消息，他抬头冷漠地看向窗外。

然后，他再次看见了孟悄悄，她步伐迟缓，神情恍惚，脸上满是泪水。

此刻的孟悄悄旁若无人地哭着，似乎沉浸在某种难以名状的悲伤里。她一个人走在人行道上，身旁的人来来往往的，却没有人注意到她，好像偌大的世界只剩下她一个人。

陆寻的车子，在拥堵的道路上缓慢地向前挪动着。他们一个在车里，一个在车外，虽并排着，却隔着来来往往的人群。

孟悄悄像具行尸走肉似的向前走着。

深冬的风像刀子一样锋利，来往的路人神色匆匆，似乎并没有注意到这个女孩儿的异样，自然也不会有人发觉，不远处的一辆车里，有人冷眼地注视着这边。

过了路口，便是一条有些岁月的痕迹的小巷。巷子两旁是古老的红砖墙，墙缝中的水泥已有了斑驳的痕迹，墙角里长着碧色的苔藓植物，大约是常年在潮湿的环境里而疯长出来的。

不知何时，天空飘起了蒙蒙细雨，水雾像一层薄纱笼在孟悄悄的身上，在她毛茸茸的头发上结成晶莹的露珠。

孟悄悄就这样停了下来。

车子也恰好停了下来。

这时，那个女孩慢慢蹲下来抱住她自己，陆寻听见那她压抑的啜泣声。

孟悄悄哭得撕心裂肺，上气不接下气。她的双腿似乎再也承担不了身体的重量，她干脆跪坐在地上，双手撑住地面，旁若无人地大哭着。

饶是她哭得那么厉害，还是一点喊声都发不出来。

大悲无声——陆寻突然想到了这个词。

她为什么哭？她又为自己的善良付出代价了吗？陆寻甚至想下车给她纸巾，告诉她不要再哭了，以后学着聪明点。

他人生中第一次对一个女孩产生了从未有过的好奇心。

他摇下窗户，点了根烟，但他没抽，烟草在空气中自然地燃烧着。雨雾之中，烟卷很快就潮湿了，这让烟草混杂了雨水和泥土的气息。

这时，道路终于通畅起来。

“走吧。”陆寻最后看了那女孩一眼，收回了视线。

孟悄悄回到家时，孟荣正准备出去。他见到孟悄悄一身的狼狈与颓丧，先是一愣，连忙问道：“这是怎么了？”

孟悄悄摇摇头，神情颇为肃然。

孟荣哪里肯信她的话，追问：“你不是说去看你云阿姨吗？是不是她跟你说了什么？是……云真……”

孟悄悄猛地抬起头来，她的这动作打断了孟荣的话。孟荣一怔，眼前的孟悄悄看起来似乎有些不一样了，可具体是哪里不一样，他说不上来。

孟悄悄用手机打字道：“从今天开始，我想加大复健的强度。”

孟荣迟疑着点点头。自打孟悄悄醒后，她的声音复健一直没什么特别好的进展，他去问过医生几次，医生说这和她的心态有关，也不知道今天这是怎么了，她好像忽然想通了似的积极起来。

孟悄悄有了这样的决心，孟荣也高兴起来，他搓搓手，道：“那我给你做晚饭，你等等，很快就能吃了。”

随着父亲的离开，孟悄悄紧绷的情绪这才松懈了下来。她回到自己的房间里，将房门关好，坐在书桌前发起呆来。

时间倒回到几个小时之前。她接到云叔叔的电话，说云阿姨在家晕倒了，他因为有课必须赶回学校，所以，他想拜托她去医院照顾一下云阿姨。

孟悄悄哪里敢耽搁，挂了电话就往医院里跑。从四岁起，孟悄悄就没有享受过母爱了，云阿姨的关怀补上了她生命中缺失的那一部分。所以，孟悄悄时常在想，若不是因为云真，她怕是连这借来的母爱都不能享受到。

孟悄悄赶到病房时，云阿姨正倚着枕头半卧在床上，望着正随风摆动的窗帘出着神。她犹豫了一下，还是走上前去，将窗子合上，阻止窗外的冷风灌进来。

“悄悄，你来了。”

孟悄悄像只受了惊的兔子，一股酥麻之意顺着她的尾椎一路爬上了她的背，使得她转身的这个动作都变得无比的艰难。

“怎么了？是不是不舒服？”

孟悄悄这才转过身，云阿姨还是一如以往知性温柔的模样。可细细看去，她双眸含愁，两鬓有了几绺藏不住的银发，整个人憔悴苍老了不少。

孟悄悄朝云阿姨笑了笑，示意自己没事。

云阿姨朝孟悄悄伸出手：“来，到我这儿来。”

孟悄悄走到床边坐下，云阿姨握住她的手，轻轻抚着她的头发，柔声道：“看你现在瘦得。”

孟悄悄摇了摇头，回握住云阿姨的手。

“你看，你叔叔小题大做，非要送我来医院。”

孟悄悄懊恼自己不能说太多的话，不然，她就能多说点什么安慰云阿姨了。她知道，云叔叔和云阿姨现在正处在沉重的痛苦之中，他们已经失去了对他们而言最宝贵的云真，又怎么敢再失去对方呢？

孟悄悄试图用力地发出自己的声音，道：“我……照顾……您。”

云阿姨忽然问：“悄悄，你最近会梦到真儿吗？”

孟悄悄一怔，她总会想起云真开着车的样子。那时，她坐在副驾驶座上，将车窗摇下，云真则打开车里的播放器。她们跟着音乐的节奏歌唱，相约要一起去看雪、泡温泉。

一路上的雪泛着白色的光，那样的光反射到云真的脸上，让她的脸部线条更加柔和。她一直都是这样的。从孟悄悄认识她的第一天起，她就又香又白的，是孟悄悄在这个世上见过的最好看的人。

云真对孟悄悄说：“悄悄，我有一个秘密想告诉你……”她的话未说完，孟悄悄就感觉到一阵剧烈的撞击声，随之，她的意识陷入永恒的黑暗。

孟悄悄看着云阿姨，轻轻地摇了摇头。

云阿姨笑了笑，继续说道：“是吗？可最近我总是梦到她。她一直在梦里哭，对我说：‘妈妈，我迷路了，我找不到家在哪儿。’然后我就被吓醒了。醒来之后，我看着空荡荡的家，我不知道究竟是梦里好，还是醒过来好。”

云阿姨说到最后，已经止不住哽咽。孟悄悄只好握住云阿姨的手，试图将自己的温暖全部传递给她。

在她最难过的时候，云真也是这样用力地握住她的手。云真从不会轻易对她说“没关系的”“会好的”这样的话。任何的话语，随意地脱口而出都会变成希望，而希望，是不能被随便施与的。

对于无法感同身受的旁人来说，尽管这些话带着善意，却有一半的可能在最后变成刺伤人的刀子。

因为希望越多，失望就会越大。

被安慰的人相信了那些好听的话，不断以此来告诫和鼓励自己。然后呢？然后安慰人的人随时抽身而去，陷在泥潭里的人只能沉入谷底。

这些云真教会她的小事，她始终铭记在心。

也许是她掌心里的温度起了作用，云阿姨的情绪渐渐平复了下来。云阿姨用手擦了一把脸，把那些伤心的泪水通通藏进掌心，又扯出一抹笑容，对她说道：“让你看笑话了。”

孟悄悄摇摇头。

“你知道吧？阿姨的第一个孩子在生下来的第三天，就去世了。”

孟悄悄“嗯”了一声。

“之后，阿姨再也生不了孩子，就和你云叔叔领养了云真。那个时候，真儿才一岁，不比福利院里的孩子大多少，甚至她比那里的孩子更弱。其他孩子有健康的身体，她却被心脏病所累。从我把她抱在怀里的那一刻起，我发誓一定要把她养大，让她做这个世界上最幸福的孩子。”

孟悄悄又“嗯”了一声，没有人比她更清楚云阿姨这些年的辛苦并没有白费。云真一如云阿姨期望的那样长大，就像太阳一样，不遗余力地散发着光和热，照着每一个黑暗渺小的角落。

“你说，在我们家的那些年，她觉得幸福吗？”

仿佛并不需要孟悄悄回答什么，云阿姨带着哭腔说："可我没想到，她居然每年过生日后就会写遗书。"云阿姨轻轻地颤抖起来，从她瘦弱的身躯中传递出来的，是压抑着的痛苦与哀切。

孟悄悄心中一惊，更加用力地握住了云阿姨的手。

云阿姨从枕头底下拿出一封信，那封信上面写着"悄悄收"。孟悄悄认得，那是云真的字迹，可她却前所未有地害怕起来。

她不敢接。

她怕她接了，就在潜意识中默认了什么事。

云阿姨道："今天，我终于鼓起勇气去清理云真的遗物。没想到，我在床底下的盒子里发现了她的许多遗书，有给我的，给她爸爸的，给她姥姥姥爷、爷爷奶奶的，还有给你的。我才知道，原来她每一年的生日都会给我们写遗书，如果她能活到第二年，她就把去年写的遗书烧掉，然后再写新的……"

云阿姨说到这里，已经泣不成声。

孟悄悄的心像被一只手狠狠地揪住，让她无法呼吸。她从来不知道云真会做这些事，枉她还以为自己是云真最好的朋友，却不知道云真终日都沉浸在惴惴不安里。云真是那么害怕离开这个世界，却又因为害怕自己的那种害怕会成为身边人的负担，只好选择闭口不提。

她不知道，她什么都不知道。

是她，是她害了云真。

孟悄悄捏紧拳头，用指甲狠狠地抠着自己的掌心，以示惩罚，直到她的手被一双布满老茧却异常柔软的手握住。

云阿姨深吸一口气，说道："是我让你云叔叔找个借口把你喊来的，我把这封信拿给你，不是为了让你惩罚自己，明白吗？"

孟悄悄抬起头，云阿姨看着她，露出一个温柔的笑容："你这孩子，平时不声不响的，其实你是把什么都埋在自己的心里。那场车祸不关你的事，我和你云叔叔从来没有怪过你，你也不要怪你自己，知道吗？"

"对……不……起。"孟悄悄努力让自己不要说得太含糊，努力地克制着自己的眼泪。

云阿姨将她搂在怀里，低声说："真儿以前总和我说，她最喜欢你的声音，想让你和她一起做配音演员。悄悄，你很快会好起来的，知道吗？"

后来，孟悄悄是怎么离开医院的，她已经不记得了。她只是一直走一直走，脑子里反反复复出现的都是云真的遗书上的内容。她终是再也克制不住她的情绪，蹲在地上，不管不顾地号啕大哭。

她的朋友离开了，而她被留下了。

窗外吹进一阵冷风，唤醒了沉浸在思绪中的孟悄悄。

她打开台灯，看着静静放置在书桌上的那封信。她将那封信打开，再次看了起来。

云真娟秀的字迹立刻呈现在她的眼前，云真写的每一字、每一句，都好像是在她的耳边说着悄悄话。

云真说：悄悄，答应我两件事，不要放弃你对配音的热爱，就当是帮我完成配音的梦想。还有，如果我真的离开这个世界，永远都不要让他知道，我死了。

孟悄悄拿着信的手剧烈地颤抖起来。她明白，云真这么做，绝非只是想让她继承并追逐她们的梦想这么简单。

云真曾不止一次称赞过她的声音，甚至每次录制作品时，都要拉着她一起，让她接触和配音有关的一切，就是为了让她不要放弃对声音的执着。

云真总是和她说："悄悄啊，我的梦想是有生之年，能成为最专业的配音演员，我们一起吧？"

她何尝不想呢？这是云真的梦想，也是她的。但是，配音却是他们家的一个禁忌，一个会让父亲勃然大怒的禁忌。

可是，现在除了自己，还有谁能帮云真完成她的梦想呢？

所以，她必须去做。

孟悄悄摸了摸自己的喉咙，从今天开始，哪怕是为了云真，她也必须快点好起来。

她打开窗户，按照医生教给她的方式努力做复健。她想找回她的声音，就必须付出比别人多一倍的时间，不论多苦多累，她都得受着。

窗外的天色渐渐沉了下来，孟悄悄的房间被黑暗笼罩。那黑暗模糊了时间和空间，那晚，她做了一个梦，梦到了久未出现在她梦里的云真。

那是小学五年级，虽然是在梦中，但是孟悄悄却记得很清楚。

放学的铃声已经响了很久，学校里的学生早就走得七七八八了。孟悄悄紧紧地抓着书包的带子，直到听见从走廊那头传来的脚步声，她才鼓起勇气走了出来。她看着穿着和自己一样的校服，离自己有几步之遥的女孩。

"云真……"

云真猛地抬起头，有点意外孟悄悄居然会出现在这里。云真下意识地朝她的朋友孟悄悄迈出了一步，可是，她又慢慢地将脚缩了回来。

孟悄悄看到了云真的这个小动作，有点儿难过，可她还是扯出一抹笑容问道："一起回家吗？"

云真的眼睛一下子就红了。她本就生得白皙，如今红着一双眼睛，让她看起来像只楚楚可怜的小兔子。

"对不起……"云真小声说道，她低着头，擦过孟悄悄的肩膀快步离去。

孟悄悄被留在原地，她握着书包带子的手越来越紧，鼻子也越来越酸。她用力地抹了一把脸，把那些沁出来的眼泪通通藏进掌心里。

不怪云真，孟悄悄知道云真忽然疏远自己的原因。

孟悄悄是个胖妹，一直是班里被同学排挤的对象。自从她和云真成为朋友以后，云真也被其他同学孤立了。昨天放学的时候，云真说要去厕所，可她等了好久都不见云真回来。她去找云真的时候，发现云真被班上的几个同学堵在厕所里。

"云真，你天天跟孟悄悄在一起玩，不觉得她臭吗？"

"不想被我们也讨厌的话，就不要和孟悄悄玩。"

……

躲在外面的孟悄悄的手脚都跟着凉了起来，她屏住呼吸，内心忐忑地等待着云真的回答。她想听到云真拒绝她们，继续维持和自己的友情。可是，她等了很久，云真都没有说话。

孟悄悄有些伤心，可是没有人比她更清楚，云真是有多不容易才恢复到正常人的生活中来的。如果自己使云真受到牵连的话，那她宁愿云真从现在开始再也不要理她。

可是……可是云真也是她好不容易才找回来的朋友啊！大颗大颗的眼泪从她的眼中滑出来，她紧紧咬着嘴巴，不敢哭出声。

那天晚上放学回家，孟悄悄和云真谁都没有和谁说话，也许是因为好朋友之间心有灵犀，她们选择对那件事绝口不提。从那之后，云真就开始疏远孟悄悄了，孟悄悄并不甘心，她鼓起勇气主动邀云真一起回家，但还是被云真拒绝了。

谁知道，云真拒绝与孟悄悄一起上学之后，就再也没有来过学校。三天，五天，一周……半个月后，同学之间开始窃窃私语，有人说在医院看见了云真，她可能快要死了。

孟悄悄害怕极了，别人不知道云真的情况，她却清楚得很，云真是有心脏病的。那时候，虽然孟悄悄不太明白心脏病到底是什么，但从电视里和云真的讲述中，她也能猜到个大概，心脏病一定是很可怕很可怕的魔鬼。

孟悄悄犹豫了很久，还是决定去一趟医院。她和自己说好了，只是偷偷地看云真一眼。如果顺利的话，她可以把妈妈留给她的长命锁项链偷偷藏到云真的枕头下。

据说，孟悄悄出生的时候，妈妈就给她戴上了这个长命锁。孟悄悄一直把它当成自己的护身符，既然它能保护自己，那它一定也能保护云真。

也不知道孟悄悄哪里来的勇气，当天就逃了课，学着大人的样子乘地铁、公交，兜兜转转后，她才来到医院。可这时，她才发现，她并不知道云真的病房在哪里。

偌大的医院，来来往往的人都是在与病痛做斗争的人们。他们步伐匆忙又陌生，没有人留意站在角落里的孟悄悄，尽管，她胖得那么显眼。

“悄悄？”

孟悄悄也不知道自己站了多久，忽然，她听到云阿姨的声音。她惊喜地抬头，发现喊她的人果然是云阿姨。她高兴地朝云阿姨挥了挥手，可她很快就清醒了过来：糟糕！我只打算偷偷来看云真一眼的，现在却被云阿姨发现了！

孟悄悄刚想逃，就被云阿姨抓住了肩膀。云阿姨看着她，笑得温柔，似乎十分感动：“你是来看云真的吧？走，我带你去。”

孟悄悄根本不懂得拒绝云阿姨。她是那么喜欢云阿姨，也那么喜欢云真。

云阿姨牵着孟悄悄的手推开了一间病房的门，在猝不及防的情况下，她的视线就和云真的相对，慌张与尴尬糅杂在一起。

云真的眼里满是懊悔。

云阿姨把孟悄悄带到云真的床边，看了看两个心口不一的孩子一眼，笑着摇摇头，将空间留给了两个孩子，自己退出去了。

孟悄悄垂着头，她手足无措地揉着衣角，只能发出像蚊子一样细小的声音：“云真。”

云真也有点不好意思：“你怎么来了呀？”

“我听同学说，你在医院快要死了。我就想来医院把这个送给你……”孟悄悄摊开掌心，她的长命锁已经被掌心的汗水浸湿了。

云真久久没有说话，也没有接。孟悄悄连忙说：“这个长命锁很有用的，是我妈妈给我的，它一定能保佑你健健康康的。我……我走了……”

孟悄悄把长命锁往云真的床上一放，转身就想跑，却被云真拉住了手。

云真仰起脸，笑声带着哽咽：“悄悄，我们一起看电视吧。”

孟悄悄有点难以相信自己听到的，她小心翼翼地确认着，盯着云真的表情。云真在笑，可眼睛却红红的，像一只小白兔。

那天下午，她们依偎在一起，看了一部香港武侠剧，叫作《叱咤江湖》。

那是八十年代末一部非常出名的港剧，也是内地观众第一次接触香港同胞天马行空的快意江湖。当时，那部剧获得了收视热潮，那仗剑江湖、鲜衣怒马的世界同样吸引着她和云真。不过，与其他人不同的是，让她们心中狂热的不是帅气、美丽的演员，而是男主角萧寒的配音演员吴天。

她们简直难以相信这世上还有人的声音能好听成那样，轻狂张扬时的嬉笑怒骂，情到浓时的深情款款，挺身而出时的大义凛然。

“我决定了，从今天开始，吴天就是我的偶像！”云真一脸崇拜地说道。

“也是我的！”孟悄悄不甘示弱。

“你害不害臊啊？”

“你都不害臊，我害臊什么！”

她们相视一眼，笑成一团。云真的笑声在孟悄悄的耳边响起时，孟悄悄忍不住偷偷红了眼眶，然后，她就被云真抱住了。

孟悄悄的脸埋在医院的被子里，闻着消毒水的味道，她却并不觉得难闻。她感觉云真把脸埋在她的颈窝里，然后她听到云真带着哭腔的声音。

“悄悄，对不起。”

孟悄悄用力地摇了摇头，她的眼泪渗进柔软的被子里，很快没有了踪迹。

还好，云真很快就出了院，她特意在回学校上课的前一天打电话给孟悄悄，约她一起去上学。

第二天，在学校门口，受宠若惊的孟悄悄心中有些忐忑，可是，朝她翩翩走来的云真主动牵起了她的手。

“我们做一辈子的好朋友吧。”云真冲她眨眨眼睛，笑着说道。

孟悄悄微微一愣，更加用力地回握云真的手。

“好。”她无比笃定地点着头。

一辈子的誓言啊，少了一天都不算是完整的。

而为了遵守这个诺言，从那之后，她们再也没有分开过，直到车祸发生……

第六章

藏宝游戏的背后，是离开的真相

“孟悄悄，你做得很好。”李医生看着孟悄悄笑眯眯地说。

孟悄悄的额头上早就冒出了汗，她的喉咙又干又痒，还有点儿火辣辣的感觉。她赶紧喝了口水，用李医生教给她的发音技巧，低声说道：“我们……再练……一会儿。”

李医生笑道：“你不怕伤你的嗓子，我还要下班呢！”

孟悄悄这才意识到她耽误了李医生的时间，连忙道歉。

李医生又笑：“跟你开开玩笑，你还当真了。听我说，你已经是我见过最不怕苦的病人了。可欲速则不达，你现在嗓子恢复的速度已经很快了，你不能再勉强自己了，否则会变严重的，知道吗？”

孟悄悄点了点头。

这段时间，她按照李医生教给她的方式努力练习，多苦多累，她都不怕，她只想尽快恢复声音。为了这个，无论要付出什么她都可以。

告别了李医生，孟悄悄回到店里，乔又泽神秘兮兮地指着店中的角落让孟悄悄看。

孟悄悄不看还好，一看脑袋里“嗡”的一声，几乎想要掉头就走——坐在角落里的不是别人，正是周旭和陈与均。

别问孟悄悄是怎么认出戴着口罩和帽子、全副武装的陈与均的。事实上，以陈与均的气质来说，想让人不认出他也难。她只是一时想不明白，为什么他会和周医生一起出现。

孟悄悄压低声音问乔又泽：“我爸呢？”

“在后厨做蛋糕。”

这时，周旭看到了孟悄悄，扬起一抹笑容朝她挥手打招呼。她心知躲不过，叮嘱乔又泽无论如何都不要让孟荣出来，才硬着头皮走上前。孟荣肯定能认出陈与均，可她……并不想和陈与均相认。

乔又泽拍拍胸脯，表示一切都包在他身上。

孟悄悄走到周旭和陈与均的面前。陈与均的大半张脸都藏在帽檐下，目光却落在孟悄悄的身上。

“周医生。”孟悄悄先是向周旭打了个招呼，随后又朝陈与均客气地点了点头。

陈与均愣了一下，惊讶道：“原来你会说话啊？”

周旭屈起一根手指，敲了敲陈与均的帽檐：“又想把你粉丝招来啊！”

陈与均有点委屈，还是顺从地安静了下来。

孟悄悄颇为惊奇地看着这一切，她没想到陈与均和周旭之间的关系居然这么亲密。

周旭道：“给你介绍一下，这是我的弟弟，陈与均。不过我想，你们应该已经见过面了。小均和我说，上次他在这儿给你添了不小的麻烦。”

弟弟？孟悄悄的目光在两人身上打量了一会儿，大约猜到了两人之间的关系，应该是陈阿姨带着陈与均改嫁给了周旭的父亲。她有点想不到，人和人之间的缘分竟是这么巧合又奇妙。

孟悄悄摇摇头，问道：“吃什么？”

周旭眼睛一亮：“看来你最近的复健很有效果。我听老李说了，他说你是他负责过的最不怕苦的病人。”

“我想……快点……恢复。”孟悄悄说道。

“那我们就吃小均最爱吃的草莓蛋糕，顺便为你加油吧！”周旭笑眯眯地看着陈与均，而陈与均一脸嫌弃。

孟悄悄忍俊不禁，难得看到陈与均吃瘪的样子，也知道他一定是信任周旭才会这样的。

却不料，她这一笑，陈与均落在她身上的目光变得更深沉。

孟悄悄连忙避开陈与均的视线，朝周旭说道：“稍等。”

眼见孟悄悄走远，陈与均的目光还停留在她的身上，周旭又敲了敲他的帽檐，成功换来了他的怒目。

周旭笑了：“怎么，不是你约我出来的吗？愣什么神啊，这么呆，拍不了戏吧？”

陈与均无视周旭的调戏，犹豫了一下，才问道：“下个月是我妈的生日，你觉得，我送她什么礼物比较好？”

周旭闻言，笑得意味深长。他这笑容立刻引来了陈与均的不满，陈与均压低声音表达自己的不满：“你正经一点！”

周旭道：“你这口是心非的毛病，什么时候能改改？你明明很在乎陈阿姨，为什么面对她的时候偏偏那么冷淡呢？”

“是我先问你问题的。”陈与均声音冷冷的。

正巧这时，孟悄悄端着蛋糕走了过来，周旭突然问：“孟悄悄，问你个问题。”

孟悄悄察觉到陈与均在听到她的名字后，立刻投来的锐利而迷茫的视线，她故作淡定，维持着手上的动作，回道：“嗯？”

“女人最喜欢什么生日礼物？”

孟悄悄愣了一下，她看了眼陈与均，立刻想起陈阿姨似乎是下个月生日。再加上，刚才走过来时，她从二人的谈话中捕捉到了陈阿姨的名字，便猜想这个问题应该是周旭代陈与均发问的。

“自己……喜欢的……东西。”孟悄悄认真地答道。

周旭“扑哧”一声笑了出来：“你这回答跟没回答我有什么区别？”

孟悄悄有点不好意思，又答道：“那……玫瑰花？”

周旭笑得快停不下来：“你这到底是什么直男审美？你想一想，男孩子送什么礼物给你的时候，你最开心？”

孟悄悄认真地想了一下，道：“我……没收过……礼物。”

周旭一愣，随即笑道：“那你把你的生日写给我，今年你过生日的时候，我做第一个给你送礼物的男生。”

孟悄悄本打算拒绝，可她的余光瞥见目光灼灼的陈与均后犹豫了一下，就随口报了个日子。果然，在她说出这个日子后，他眼中的光芒渐渐消散，取而代之的是深深的失望。

孟悄悄走后，陈与均问周旭道：“你确定她叫孟悄悄？”

周旭觉得陈与均的这个问题问得有些奇怪：“你哥我还不至于弄错自己病人的名字吧。”

陈与均慢吞吞地“哦”了一声，用叉子戳了戳盘子里的草莓蛋糕，兴味索然地吃了起来。

陈与均的反应让周旭有些意外，关切地问道：“怎么了？”

“没事。”陈与均的回答都是有气无力的，“我认错人了。”

周旭挑了挑眉。

陈与均和周旭没坐多久就走了，孟悄悄一直悬着的心总算落回肚子里，孟荣一直在后厨忙着，自然没和陈与均打到照面。

黄昏时分，店里的客人渐渐多起来，孟悄悄就在收银台前坐了好一会儿，盯着她的手机出神。

手机界面停留在某个音乐 APP 上，她端详良久，终于决定用手机连上店内播放器的蓝牙播放音乐，一段悠扬婉转的钢琴声从音箱中流淌而出，似乎藏着一种浓浓的思念和爱意。

接着，一个女孩的声音轻轻地唱了起来：

我们在茫茫人海中相遇，
不曾记得今夕是何夕。
你看遍春雷夏雨，
我路过秋风冬意。

孟悄悄闭上了眼睛，这是云真的声音。

云真爱上配音以后，除了系统地学习之外，还加入了网络上的声优社团，做做网配，偶尔还会录些歌，这首歌就是她的原创。那时，她紧张地录歌时，孟悄悄还因为给她打气，而被她强行要求唱和音的部分。

从某种意义上来说，这是属于孟悄悄和云真的歌。

自从云真走后，这是孟悄悄第一次听这首歌，也是她必须在这个时候播放的一首歌。

不多时，歌曲到了副歌部分，孟悄悄的声音在这时加入，为云真和音：

再次遇见你，
在这流动的四季。
时间没有停留，
容颜不曾老去。
我们念念不语，
我们一如往昔。

"悄悄，这是谁的声音？！"孟荣暴怒的声音响起。

孟悄悄早有心理准备，她慢慢地睁开眼睛，看着火冒三丈的父亲。

她知道父亲抗拒配音，抗拒所有和配音有关的事情。这首歌中，虽然她的声音和云真的极为相似，她发出的和声也不算太大，如果不仔细分辨，根本听不出来区别，但是旁人不在意、听不出来，并不代表孟荣听不出来。

"悄悄，这是怎么回事？"孟荣的声音犹如平地惊雷，吓得店内的那些食客朝他们的方向看过来，孟荣却不管不顾的，"悄悄，你告诉我，这首歌里的和音是不是你？"

孟悄悄捏紧拳头，慢慢地说道："是……我。"

"砰！"

孟荣抄起孟悄悄的手机，用力地往地上一砸，"咚"的一声，她的手机顿时被摔得四分五裂了。

歌声停了。

乔又泽和食客们目瞪口呆地看着这一切，大气不敢出一下。

也不知道为什么，孟悄悄忽然没那么紧张害怕了。也许是这种状况，她太熟悉了，熟悉到她觉得无所谓了；又也许，因为一切如她料想的那样进展着，所以她不紧张，不害怕了。

孟荣陷在突如其来的怒火中，他凶狠地说道："我和你说过的，你都忘了？你也想像你的妈妈一样，是吗？"

父亲的声音像一道惊雷，在孟悄悄的心里猛地炸开，让那些急速流淌的血液趋于冰冷，趋于绝望。

孟荣看起来愤怒极了："我知道，我知道你一直向着你妈妈，没有你，她也走不了！"

孟悄悄愕然地看着孟荣，不明白父亲话里的意思。

"我把她的护照藏起来的时候，只有你看见了，不是你，你妈妈她怎么可能知道那本护照藏在哪里？"

孟悄悄一怔，父亲说的话让她隐约想起了一些事情。那时，她看见父亲把一个红色的小本子藏了起来，便好奇地问父亲，父亲说是在和母亲玩藏宝游戏。那个时候，她太小了，并不能看出父亲神色之间的异样，她以为那只是一场单纯的寻宝游戏，她又不想母亲输给父亲，所以，她偷偷地把父亲藏护照的位置告诉了母亲。

孟悄悄再次想起母亲的脸，那时，母亲听到她说了父亲藏护照的地方后，脸上瞬间百感交集。

那时，母亲似乎揉了揉眼睛才捧着她的脑袋，轻声说："悄悄，乖，这件事不要告诉爸爸，好吗？"

原来，母亲的离开也有自己的一臂之力。

孟荣看起来极为失望，再也不肯多看孟悄悄一眼，就径自从店里走开了。

孟悄悄觉得，她的喉咙深处被一团泡在醋里的棉花堵着，又酸又胀。

孟荣离开了店里。孟悄悄深吸一口气，才从战栗中缓过神来。她对那些顾客说："不好……意思。"

店内僵持的气氛总算缓和了一些。乔又泽凑上来，担忧地向她问道："小老板，你还好吧？"

"没事。"孟悄悄低声道，蹲下来捡那已经被父亲摔成四分五裂的手机。

"你怎么这么不小心呢？明明知道大老板在，还要放你唱的歌。"

"我……故意的。"

“啊？”乔又泽惊讶地看着孟悄悄。

“我想……试……一下……他的态度……”

孟悄悄没有把话说完，就失望地摇了摇头。

她知道，与配音相关的一切一直是自己家里的禁忌。只是她没想到，这么多年过去了，父亲还是放不下。

在孟悄悄四岁那年，母亲为了配音的梦想和父亲离婚，只身去美国发展。从那之后，父亲就非常厌恶与配音相关的事，他不喜欢孟悄悄做任何与配音有关的事情，甚至不喜欢她听歌。

孟悄悄故意在店里放了那首她和云真合唱的歌曲，就是想试探父亲的态度，不想父亲还是那么厌恶和反感她做那些事，她更加不知道，儿时的自己曾给父亲造成了那么大的伤害。

乔又泽抓耳挠腮，他觉得孟悄悄的表情有些悲凉，也不敢贸然问什么，只能干笑两声，然后转移话题：“小老板，你刚才放的那首歌是CV大神真真的吧？想不到，你还认识真真啊。”

“嗯。”孟悄悄淡淡地应了一声。

“那你应该知道真真的情况吧？她都销声匿迹大半年了，网上都传她自杀了，不会是真的吧？”

孟悄悄拾手机碎片的手一顿，抬起头来，表情无比认真：“她……比任何人……都珍惜……生命，她……不会……自杀。”

乔又泽愣愣地看着孟悄悄，拖着长音，“哦”了一声。

孟悄悄终于将地上的手机碎片收拾好。她知道，父亲始终不能放下往事，可为了云真，她不能放弃。

之后的事情就只能在暗地里进行了。孟悄悄想。

而此时的孟悄悄不知道的是，她很快就要迎来她人生中的重要转折点。

一个月后，LD大楼外。

随着高空中的工人“三、二、一”的倒数，“音为遇见你”的大幅海报缓缓垂下，引来路人的阵阵惊叹。

“音为遇见你”在“D音”推出之后，舆论的反响如陆寻所说的那样火爆，不但吸引了很多专业、非专业人士，还有不少路人也在关注这场比赛。“音为遇见你”就这样排上了日程，亚澜已经在着手筛选一些选手。公司投入了重金，前期宣传做得不错，再加上有陈与均，现在全公司的人都对这个比赛充满信心。

亚澜敲门进办公室，递给陆寻一封快递。

正如陆寻所料，那个人果然又出现了。他将快递拆开，里面依旧是一封信。

神秘人在信中说，上次双方交易时，陆寻太不老实了，所以，对方就不能给陆寻想要的东西。如果陆寻还对过去陆家着火的事感兴趣，那就准备五十万。只是这一次，对方指明了交易的时间和地点，是在七日后的下午七点，地铁4号线的桐梓坡站。信的末尾，对方向陆寻保证，只要陆寻肯给钱并老实配合，就一定会将所有的证据和线索双手奉上。

陆寻冷笑一声，将快递丢到脚边的垃圾桶里，露出一副势在必得的表情。

同一时间，孟悄悄待在云真的房间里。经过一番努力后，她终于可以正常说话了。对于孟悄悄来说，这是一个好消息。

她坐在云真的电脑前，登录了云真的Skype。随即，留言如潮水一般涌了进来，都是这半年间云真粉丝的关切询问。显然，云真这大半年的销声匿迹让那些网上的朋友们陷入担忧中，因而，他们产生各种各样的猜测。

孟悄悄照例没有回复那些留言，而是点开了一个名叫“熊猫姑娘”的对话框：

真真：《铜皮少女历险记》的第一集我已经录好音了，可以马上发给你。

熊猫姑娘：太好了！我们已经策划过了，在正式发布第一集之前，会先发一个五分钟的超长预告。我想大家知道你回来了，一定会很开心的！

真真：麻烦你们了。

熊猫姑娘：你这么说就见外了，半年前你找我说要做《铜皮少女历险记》，我可是觉得十分荣幸呢！现在还有机会能把这个作品做出来，我很开心。

真真：谢谢你们。

熊猫姑娘：不过，真真大神，你的声音，怎么好像和以前有点不一样了？

真真：半年前，我出了车祸，声带有些受损，声音恐怕不能恢复成以前的那样了。

熊猫姑娘：不要紧不要紧，现在也很好！

熊猫姑娘和“真真”寒暄完后就去忙了。

孟悄悄摘下了耳机，将麦克风推开了些，疲惫地揉了揉眉心，她不知道现在的自己能为云真做些什么，思来想去，只有先帮云真完成其未完成的事。

《铜皮少女历险记》是云真一直和孟悄悄说的一个项目。云真想要做一部个人广播剧，为了这部剧，她付出了不少的时间和心血。只是，意外来得太过突然，所有人都措手不及。

孟悄悄决定，她要以云真的名义完成这个故事。无论如何，她都不能让云真这个人从这个世界上消失。

处理完正事，另一件让孟悄悄头疼的事还等着她去处理。她犹豫了一会儿，还是打开了被云真置顶的那个对话框，备注是“小哥哥”，最新发来的信息是两个月前的。

小哥哥：我回国了。

时间在默默地流逝，孟悄悄差不多已经把这四个字盯穿了。

这个小哥哥就是云真信上说的那个“他”，而孟悄悄需要做的，则是向对方撒一个谎。她的手指在麦克风的标志上徘徊了许久，终于下定决心，摁了下去。

她对着话筒，模仿着云真的语气和声音，回复了小哥哥。

真真：抱歉，我家里有事，以后没时间上 Skype 了。祝你一切顺利。

一句话说完，孟悄悄的心剧烈地跳动起来，她松开手指，看着那条语音信息发了出去。她又害怕对方在线，连忙退出了 Skype。

刚才那最后一句是她自作主张加上去的。她总觉得，如果是云真回复对方，哪怕是道别，也会给对方留下善意。当然，还有一句话，是她没来得及说出口的：对不起。

孟悄悄在心中默念这三个字。即使对方于她而言只是陌生人，她依旧心怀愧疚，只能用这拙劣的方式安慰自己。因为她比任何人都清楚，对云真来说，那个小哥哥有多重要，也正是因为对方重要，云真才会在给自己的信中，把那个重任交给自己。

云真是不想让小哥哥难过，才让自己留下这样一个善意的谎言。

也许，有的时候，谎言比真相更能让人接受。

如果我也能得到那样的谎言，就好了。孟悄悄愣愣地想，那样的话，就不用直面鲜血淋漓的现实，不用终日生活在懊悔和痛苦中；那样的话，在自己的世界里，云真永远鲜活。

夜幕降临，这意味着，新的一天马上就要到来了。

第七章

未经过风雨，谈何云淡风轻；未尝过荣辱，如何宠辱不惊

孟家蛋糕店的生意日渐火爆，自打上次陈与均来过之后，他的粉丝口口相传，居然把蛋糕店炒成了网红店。

这倒可怜了乔又泽。

孟悄悄收拾好后厨便走出来，乔又泽累得双目无神，趴在收银台上，整个人像条脱水的鱼儿。还好这时候已经是十一点，客流量小了，店里终于不那么忙了。

孟悄悄和孟荣之间的气氛并没有缓和，但是也不再是剑拔弩张的。父女二人尽量避免和对方碰面，这让店中的气氛极为尴尬。

乔又泽用电脑刷着微博，忽然，他叫了一声："小老板，你快来看！"

乔又泽给孟悄悄看的都是网友们对《铜皮少女历险记》的讨论。为了能多争取一些配音的时间，她把她和云真之间的事告诉了乔又泽，听完她们的事之后，哭得眼泪横飞的乔又泽拍着胸脯表示，一定会帮她打好马虎眼。

熊猫姑娘将五分钟的超长预告发出后，"网配大神真真回归"的消息刷爆了微博。不只真真的粉丝奔走相告，连不少配音爱好者也参与了这件事的讨论。再加上，熊猫姑娘代真真做了一些为何消失了半年的解释，大家也开始关心那场车祸之后的真真恢复得如何了。

孟悄悄忽然被一种无法形容的感动裹挟着，她觉得自己应该是做了一个正确的决定。至少对于那些关心云真的人来说，他们的心中始终还有一个希望。

这一定也是云真想看到的。

"小老板，看来你很受欢迎啊！"乔又泽喜滋滋地夸赞道。

"是云真。"孟悄悄淡淡地笑了。

乔又泽又点开了一条微博，对孟悄悄说道："你再看这个！"

孟悄悄扫了一眼乔又泽打开的页面，那页面上写着：音为遇见你——

《动画制作人》女主之声公开选拔赛。

“小老板，你知道《动画制作人》在选女主的配音演员吗？”

孟悄悄的视线落在发布者的 ID 上——LD。

“LD？”孟悄悄一愣，“吴天？”

乔又泽诧异道：“小老板你也知道吴天啊？当年，他也是实力派配音演员啊！如今，他已经隐退多年，很少有人知道他现在是 LD 的老板。”

孟悄悄笑了笑，问道：“《动画制作人》，这是什么？”

“这是 LD 即将推出的重磅动画电影。听说，LD 这次下了大手笔，他们从美国挖来了一支动画原创团队，团队的领头人可是拿过奥斯卡最佳动画长片奖的。我敢保证，这部动画一定会大火！这场选秀也是 LD 和星耀联合举办的，面向所有人，除了选出女主牧禅的配音演员之外，动画里的其他角色的配音演员也会公开招募。配音界的选秀，这可是破天荒的头一遭啊！”

乔又泽有点激动，喘了口气，接着说：“最重要的是，所有参与选秀的人都有机会成为 LD 的练习生。而他们进入 LD，可以拥有专业的培训，得到业内大佬的指导教学，LD 可是配音界的造星工厂。”

“确实是个很好的机会。”孟悄悄喃喃自语着。诚如乔又泽所说，LD 可以称为所有配音演员的梦工厂。尤其是，在如今配音行业还不够成熟，多以工作室的形式来运营的市场环境下，LD 可谓是财大气粗，资源丰富。

“所以……小老板，你要不要去试试？”

“我？”孟悄悄压根没想过这个，下意识地摇了摇头。

“试试而已。你不是也说，LD 是云真一直想去的地方吗？”

孟悄悄有些动摇，可依旧有许多顾虑。她道：“上镜要露脸，那样的话，我会被我爸发现的。”

顿时，乔又泽蔫了，孟悄悄所说的确实是一个大问题。以大老板的那种态度，如果知道了小老板参加配音演员的选秀比赛……他简直不敢想下去，只好托腮苦思，不经意瞥到自己微博上的钢铁侠头像，眼睛登时亮了。

乔又泽道：“这个比赛也没要求所有参赛选手要露脸啊！到时候，你戴着面具上台，不就没人知道你是谁了吗？”

不用露脸，不用被人看到……孟悄悄的心开始激烈地跳动起来，有一种酥酥麻麻的感觉从她的心底传出，像一只手在摩挲着她的心房，而在血液中，有什么东西奔腾、热烈了起来。她觉得冥冥中有一股力量在推动着她，让什么东西自她心底破土而出，从一片脆弱的嫩芽慢慢生长起来了。

也许，乔又泽所说的，的确是个好的办法。孟悄悄想，这世上最可怕的事她都经历过了，还有什么是她不能面对的呢？

亚澜抱着 iPad，一脸兴奋地走进陆寻的办公室里，道："Boss，你听听这个。"

陆寻抬头，看了一眼亚澜。

亚澜打了个激灵，急忙笑着补救道："Boss，没打扰到您吧？"

"什么事？"

亚澜在 iPad 上点了几下，放到陆寻面前给他看："配音大神真真，这是她的最新作品《铜皮少女历险记》，我正在听她的作品，感觉特别好，而且，她也打算来参赛了！"

"真真？"

"如果类比的话，大概是网配界的吴语徽。"亚澜又列出许多资料，"我搜过，《铜皮少女历险记》第一集发布以后，试听量一直位居榜首，点赞数和评论数远远超过了后面的作品。"

"这个数据还不错。"

"不但数据好，内容也非常不错！"亚澜作势擦了擦眼泪，一脸哀伤地说，"连我这个铁石心肠的人，都被那个故事打动了。"

"广播剧配得好，不代表配音也能配得好。"陆寻说道，"广播剧大多是由小说、漫画改编的，不需要看着画面配合演员的嘴型，个中情绪也多由配音演员自由发挥。"

"不愧是 Boss 啊，听君一席话，胜读十年书！"亚澜奉承着，又小小表达了一下自己的想法，"不过，《铜皮少女历险记》还是不错的！这次，她的数据冲得这么快也是有缘由的。距离她上一次发表作品，已经过去大半年时间了！她消失的那大半年，粉丝还有说她自杀的。"

"她消失的原因是什么？"

"听说是出了车祸，好像还影响了声带。她的粉丝都在说，她现在的声音和以前不太一样了。不过，她现在的声音也很好，既纯真又很沧桑，配《铜皮少女历险记》这种暗黑童话的时候，有种耐人寻味的反差感。"

"把它发给我。"

"是！"

"选拔赛的报名情况怎么样？"

亚澜把一沓文件递给陆寻，说道："多亏 Boss 英明，除了海选女主角以外，还挑了好几个重要配角的角色出来海选。据统计，'音为遇见你’这个话题的点击量已经突破十亿。”

陆寻挥手让亚澜出去，他在座位上翻看了一会儿文件，而后戴上耳机。

他闭上眼睛，从耳机里听到大段大段的风声。

那是混杂着腥味的海风，呼啸奔腾的风卷着粗糙的沙石，汹涌澎湃的海浪不断拍打礁石，然后是自行车车轮向前滚动，链条摩擦的声音，鞋底沾着沙砾的脚踩在脚踏板上，摩擦出嘎吱嘎吱的声音渐入。

忽然，自行车行进的声音戛然而止。有人从车上跳了下来，踩下自行车的车蹬，将自行车停好。那人迈开步伐，踩在松软的沙子上，一步一步向前走去。终于，步伐停下，传出衣摆摩擦的声音。

“你是谁？”

回答懵懂而青涩的女音的，只有呼啸的海风。

“你别怕！我的爸爸是一个铁匠，虽然我只是一个铜皮人偶，但我不是坏人。”女音又问：“你呢？你是谁？说真的，你是我见过的长得最漂亮的人！”

女音停下之后，依然没有第二个声音响起。过了一会儿，只听女音惋惜地说：“原来……原来你不会说话啊。”

远处传来几声海鸥的嘶鸣，凄凉而悲哀。

女音的声调高了几分，朝气蓬勃的，她说道：“你愿意跟我一起去冒险吗？说不定，我可以帮你把声音找回来！……你同意啦？！太好了！那以后我们就是朋友了！”

少女把手在衣角上蹭了蹭，将手伸了出去。

“你好，我叫铜皮，很高兴认识你。你叫什么名字啊？”

忽然响起一阵钢琴声，跳跃的音符像一颗颗投入湖中的石子儿，激起了阵阵涟漪。悠扬的钢琴曲适时响起，将海风和海浪的声音越带越远，那钢琴声像一个温暖而坚定的怀抱，大方而宽容地拥抱着那两个依偎在沙滩上的女孩。

细微的沙子流动声后，是铜皮少女充满力量的呼声：“那以后，我就叫你小公主吧！”

……

陆寻摘掉耳机，目光沉沉，他思考着。

亚澜说得不错，这个声音和之前的已经不同了。之前真真的声音治愈、温柔，现在，她的声音却多了几分空灵与纯真。而且这声音，陆寻认识。

即使他只听她说过一句话，他也能辨认出来——孟悄悄。

原来孟悄悄就是真真。原来，她是故人来。

陆寻点开Skype。

真真的对话框已经有半年没有动静了，这时，对话框里却弹出一条语音信息："抱歉，我家里有事，以后没时间上Skype了。祝你一切顺利。"

陆寻回想起他和真真重逢的那天。

其实，那算不上是真正意义上的重逢。因为他们的重逢从开始到现在，都只限于Skype。

那天，正值万圣节，他独自在洛杉矶的湖心公园里写生。下午的湖心公园热闹极了，来来往往的都是当地人，即使陆寻冷着一张脸，周身都是生人勿近的气息，那些路人也丝毫不受影响，还是会时不时地驻足看他画画。

就在这个时候，一个戴着女巫帽、提着南瓜灯的金发碧眼的小女孩来到他的面前。小女孩手里拿着一根棒棒糖，吃得十分满足。

"不给糖，就捣乱！"

"没有。"陆寻的声音生硬得就像贝加尔湖里凝固的湖水。

小女孩一点都不会看人脸色，她奶声奶气地说道："那就给我你的Skype账号吧？我想和你交个朋友。"

陆寻抬起头向四周看去，他怀疑有人联合这个小女孩一起捉弄他。但放眼望去，他并没有看到什么可疑的对象。

于是，他问那小女孩儿："谁让你来的？"

"只要给我你的Skype账号，你将收获一个可爱的妹妹。"

这句话触动了陆寻冷漠的心，他在一张画纸上写下自己正确的Skype账号。金发碧眼的小女孩看了一眼，忽然朝他露出一个灿烂的笑容。

"祝贺你！"

然后，小女孩拿着画纸蹦蹦跳跳地走远了。

真相是在几个小时之后揭晓的。

陆寻回到家里，用电脑登录Skype，果然发现一条好友申请。加他的人名叫真真，她说：还记得江指导那儿的小妹妹吗？

陆寻当然没有忘记，那个声音很像陆可的女孩子。

他果然收获了一个妹妹，在陆可离开之后。

他同意对方的好友申请以后，真真发来了一个糖果的表情，紧跟其后的，是一个奸计得逞的笑脸。

后来，真真主动承认那个美国小女孩就是她指使的，因为她不好意思直接找他要账号。

而此后，真真就像当年的陆可一样，喜欢缠着他，在Skype上问他各种稀奇古怪的问题。

而他就像补偿一样，将当年没给陆可的耐心，都给了真真。

而真真，居然就是孟悄悄，那个善良的、笨笨的孟悄悄。

亚澜跟着陆寻来到江自谦的办公室。

江自谦顶着一对黑眼圈，正猫在电脑前抽烟，整个办公室里烟雾缭绕的。

亚澜呛得直咳嗽，道："江指导，我们公司禁烟，你这样是要被扣钱的。"

"我在我的办公室里抽，我碍着谁了？"江自谦脾气向来算不上好。

亚澜吐了吐舌头，把怀里的文件夹递给陆寻。陆寻把文件夹推到江自谦面前。江自谦狐疑地将文件夹打开，发现里面夹了一个 iPad。

"什么意思？"江自谦眯着眼睛看向陆寻。

陆寻示意江自谦戴上耳机。江自谦将耳机戴上，皱着眉头听了一会儿，然后，他眉宇间的褶皱慢慢舒展开，布满红血丝的眼睛中渐渐有了光亮。

江自谦摘下耳机，颇为激动地问："这声音……你在哪里找的？"

陆寻打开文件夹，江自谦连忙凑上来仔细阅读那些文件。文件上记录的是一个叫"真真"的 CV 资料。江自谦看着看着，眉头又皱了起来。

"搞网配的？"他问道。

"这个声音配牧禅，你觉得合适吗？"

江自谦停顿了一下，显然正认真地思考着这个问题。他点上一根烟，又向后一倒，整个人窝进柔软舒适的办公椅中。他皱着眉头吞云吐雾，亚澜实在忍无可忍，把空气净化器调到最大，又把窗户打开。

春风灌入，卷走了一些烟味儿。

江自谦这才说道："声音的辨识度和可塑性都很强，但是……缺点同样明显，气息不稳、演技稚嫩，是个没有商配经验的新人。"

"江指导，我只是在问合不合适。"陆寻面无表情地推了推鼻梁上的眼镜。

江自谦斟酌了片刻："无论是实力还是人气，吴语徽都是顶尖的，她没有胜算。"

办公室里一下子安静了下来，除了窗外的风声和屋内空气净化器的抽送声，再也没有其他任何多余的声音。

"确实没有胜算。"陆寻忽然说道。

江自谦一愣，陆寻干脆利落地起身离开，亚澜亦步亦趋地跟在陆寻的身后。

“Boss，你要干什么？”

“亚澜，联系记者和媒体，把真真消失半年、重新回归的事情炒起来。”

“你要利用她的人气，为比赛增加关注度？”

“只有这样，她在比赛中才有一丝胜算。”

Boss 真的是个蛇蝎美人，所有人都像是他棋局里的棋子，不知道最后到底谁能收了他——亚澜默默地想。

窗外阳光明媚，一切正好。

第八章

风孕育了云，云吞噬了时光，直到水滴诞生降落之日

孟悄悄确认父亲已经离开了家，才打开自己的电脑。熊猫姑娘告诉她，要她录一些东西用作新一集的预告。她推托不掉，只好应了下来。她也不好意思总是去云真家打扰云叔叔和云阿姨，于是，她用她存下来的钱偷偷购买了一套录音设备。当然，这些只有在父亲不在家的时候，她才能拿出来用。

这时，手机响了，屏幕上显示这是一个陌生的号码。孟悄悄将手机接通，一道从容、有礼貌的女音在电话那头响起。

"你好，我是LD'音为遇见你'的负责人亚澜。请问，你是真真吗？"

孟悄悄握着手机的手紧了紧，低声答道："是，你好。"

亚澜的语气扬了起来，听声音就知道，她的脸上此刻一定是带着笑容的。她说道："恭喜你，你通过了海选。我是正式来通知你，可以为复赛做准备了。具体的复赛时间安排稍后我会发到你的邮箱。"

好消息来得太过突然，孟悄悄没想到，一切居然会这么顺利。可她立刻想起一个更重要的问题，于是，她说道："不好意思，请问你们的复赛要面对镜头吗？"

"当然啦，我们会全程录制，然后在平台上播出。"

"我想戴着面具参赛，不知道可不可以？"

"我能问一下为什么吗？"

"你们要挑选的只是声音，不是吗？我的样子并不重要。"

"好吧，我接受你的理由。不过，这个我现在做不了主，我得向领导请示一下，答复会和复赛时间安排一起发给你。"

"谢谢，麻烦了。"

孟悄悄挂了电话，长长吐出一口气。她这才发现，她的掌心早就沁出了汗，看来，她远比她想象中的要更紧张这场比赛。

她已经做了所有她能做的事，剩下的就只能交给LD那边去定夺了。

而眼下，她能做好的，就只有《铜皮少女历险记》了。

但是，要说些什么呢？孟悄悄向来嘴笨，既不懂得表达自己，更加不会说些什么鼓励人的话。毕竟，那些事情平时都是云真在做的，如果是云真的话，她会对喜欢她的人们说些什么呢？

孟悄悄在话筒前发了好一会儿呆，才把话筒拉到嘴边，她按下录音键，录音软件中立刻出现了由她的呼吸声所造成的声纹。

她犹豫了一下，说道："大家好，我是真真。前段时间，我的事一定给大家造成了困扰，抱歉，让你们担心了。我……"她顿了一下，坚定地说道，"我很好。"

"我还是很好地生活着，享受着阳光、雨露。每天早上，我会去楼下的早点店买豆浆和油条；中午，妈妈会炖一锅玉米排骨汤；晚上，等爸爸回来了，我们吃完饭，一家人就会一起去散步。现在，我的每一天还是和从前一样，所以，我很好。"

云真总是用稚嫩的肩膀为她撑起一片天，现在，该轮到她去还云真一个世界了。

在那个世界里，云真会过得比任何一个人都要幸福。

孟悄悄把新的录音发给熊猫姑娘以后，对方很快回复她《铜皮少女历险记》最新的一集，让她听听还有没有哪里有问题。她没有多想，直接打开音频，主题曲播放完后，她的声音就在家中响了起来。

勇敢的铜皮少女认识了不会说话的小公主以后，终于有了同伴。从此，铜皮少女的自行车好像有了魔力，那魔力强大到可以带着小公主到任何地方冒险。这一次，她们去了一个名叫布拉斯彻的国度，那里的人们都没有耳朵，从来没有听到过声音。铜皮少女和小公主觉得，那真是世界上最残酷的一件事了。于是，她们决定，要帮那里的人们找回耳朵。

英勇无畏的铜皮少女和小公主经过一番调查才发现，原来是因为那里的国王得到了一只会唱歌的鹦鹉，国王不愿意让其他人听见珍贵的鹦鹉的歌声，才用魔法没收了所有人的耳朵。

终于，铜皮少女和小公主打败了邪恶的国王，解除了魔法，把耳朵还给了布拉斯彻的人们。故事的最后，铜皮少女站在高高的山头上，迎着渐暖的春风，唱歌给她的小公主听。

她唱风，唱云，唱迟来的雨，唱广袤的土地。

孟悄悄睁开眼睛，脸上还留着淡淡的笑意。她凝视着粉丝为铜皮少女和小公主创作的 Q 版画像，手指停留在铜皮少女勇敢而坚毅的脸上。

云真就是她的铜皮少女。

可让孟悄悄完全没想到的是，一个身影忽然冲过来，她不但被挤到一边，对方还用颤抖的手握住了她的鼠标，开始删除那些音频文件！

“爸！”孟悄悄反应了过来，她扑了上去，想拉开孟荣，“你要干什么？！”

“我要干什么？这句话应该是我问你，你到底想干什么？！”孟荣删掉了文件，挡着孟悄悄不肯让她上前。

孟荣看着孟悄悄，一脸沉痛，但眼中也有愤怒，更多的则是伤心。

“如果不是我想起来落了东西回家来拿，你要瞒着我搞配音到什么时候？”

“对不起。”孟悄悄只能道歉。

孟荣的情绪几近崩溃，他指着孟悄悄，一字一句地说道：“我最后跟你说一次，除非我死，否则，你这辈子都别想再碰配音！”

孟悄悄知道，这是父亲的最后通牒，他在用他自己当筹码，逼她做出选择。她能理解父亲的暴怒，可她想不明白。

她问：“因为妈妈是为了配音离开家，你就要连配音一起恨吗？！”

“住口！”

孟荣大喝一声，面露痛苦，捂住了胸口，他费力地喘着气，脸却涨得通红。孟悄悄见状，猛地停下，不再说话。

她意识到，在这点上，她和父亲无比相像。他们都想说服对方向前看，可事实上，他们都是惯于生活在过去的人。她无法劝父亲放下母亲，就像父亲无法劝自己放下云真。他们说服不了对方，也改变不了对方，所以，他们只能在无用的交涉中互相伤害。

孟荣神色复杂地看着孟悄悄，他几度欲言又止，最后还是选择转身离去。

漫无边际的黑暗。

突然，一束冷清的月光从窗外射进来。

隐隐地，从天边传来一阵阵沉闷的雷声，接着，窗外下起了瓢泼大雨，雨水敲打在窗沿上，发出噼里啪啦的声响。

从很远很远的地方，传来了一首童谣。

温柔的女音这样唱道：

天上的星星不说话，
地上的娃娃想妈妈。
夜夜想起妈妈的话，
闪闪的泪光鲁冰花。

温柔的女音混杂着稚嫩而天真的童音，童音嘻嘻地笑着……突然，笑声扭曲起来，变成呜咽的哭声。

孟悄悄从梦中猛地惊醒，大口大口地喘着粗气。她用手扶住心口，试图压住那正狂乱跳动着的心脏。慢慢回过神时，她这才发现，她正处在一间温馨的客厅里。

墙上挂着全家福，大人、孩子都笑得一脸幸福，茶几上还有歪歪扭扭的涂鸦画，墙边堆满了各式各样的玩具。

雷声乍响，一道闪电划破雨幕。

孟悄悄看到一个三四岁的小女孩抱着兔子，躲在角落里抽泣，让人很想抱抱她。孟悄悄却如同一个旁观者，只能安静地旁观着。

那个女人，那个总是抱着她，给她讲神奇的睡前故事的女人，如今，她却怎么也看不清那个女人的面目了。女人穿着那件她最喜欢的总是有太阳味道的连衣裙，会为她拂去泪水的手中握着行李箱的拉杆；女人穿着高跟鞋的脚迟疑地向哭泣的小女孩儿迈出了一步，最后，女人还是决绝地将脚收回去了。

小女孩儿似乎意识到了什么，她朝那个女人跑了过去，抱住了女人微微颤抖着的腿。

“抱……抱抱！”小女孩儿仰着头，不断重复着这句话。也许是因为她记得，每一次，只要她这么说，那个女人都会给她一个拥抱。

终于，那个女人弯下腰来。可是，女人没有拥抱她，而是抓住了她的手，开始一根、一根地掰着她的手指头。

小女孩儿吓坏了，胡乱地喊道：“不要，不要！”

然而，无论她怎么尖叫、哭喊，那个女人掰开她稚嫩手指的动作都没有停下来。女人很快掰开了她的手，再拉起行李箱，然后头也不回地向外走去。

“啊！”小女孩儿像疯了一样，哭得撕心裂肺的，她好像不再畏惧雷声和闪电，追着女人的脚步跑了出去，小小的身影很快被夜色吞噬。

她追了出去，漫天的瓢泼雨幕里，没有了无情的女人，没有了脆弱的女童，只有不停歇的雨，还有那只被遗落在地上、已被雨水打湿、被泥巴弄脏的玩偶兔子。

冰冷的雨像一把把刀子，一刀一刀地剜在她的心上。可她的心早已麻木，这让那些疼痛的感觉也变得迟钝了起来。

她的耳中只剩下雨声、雷声以及行李箱与地面摩擦的轱辘声。

很快，轱辘声消失了，雨水消失了，闪电和惊雷消失了，地上的玩偶兔子也消失了。

孟悄悄被冻醒了，她从床上坐了起来，用力地抱住自己。房间里面很黑，只有一束惨淡的月光。

窗外一记闷雷响起，孟悄悄立刻堵住耳朵。

忽然传来了一阵歌声，温柔的女音唱着一首童谣，那童谣使孟悄悄狂乱跳动着的心渐渐平静下来。她像着了魔一样，朝声音的方向走去。

孟悄悄打开儿童房的房门，来到主人门前。窗外雷鸣电闪，她却不再觉得害怕，她用颤抖的手缓缓按下门把手，门口的房间里安静、祥和得如同另一个世界。

年轻的孟荣抱着一个四岁的小姑娘，小姑娘咯咯地笑着，伸出两只小胖手捏着孟荣的脸。孟荣笑意盈盈，对小姑娘的放肆照单全收。他们共同望向窗户，那儿拉着布帘，帘后是昏黄的光线。

各种各样鸟儿的声音从帘后传来。无论是声音清脆的黄鹂，还是歌声婉转的黄莺，抑或是哀切缠绵的大雁，鸟儿们争相鸣叫朝拜，最后，一声长鸣，石破天惊，竟是那浴火重生的凤凰，它拍打着羽翼，在天际中翱翔。

百鸟朝凤，当如是也。

孟悄悄看着看着，就红了眼眶，她感觉到湿润的液体溢出眼眶，顺着脸颊滑至嘴角，使她尝到一片苦涩。

“妈妈……”孟悄悄轻声喃道。

孟悄悄想上前，可她却一脚踏空，在无边无际的黑暗里永无止境地坠落。

失重感像一记重锤，狠狠砸在孟悄悄的心上。

清晨六点五十八。

孟悄悄毫无征兆地睁开眼睛，看见悬挂在天花板上的云朵灯。灯罩上有些灰尘，是要有些年月的积累才会留下来的痕迹。

孟悄悄从床上坐了起来，她揉着自己的额头，额上已有一层冷汗。

原来是个梦。

孟悄悄大口大口地喝着放在床边的水，平复着自己的心绪。

孟悄悄起身走到窗边，窗外的天虽然还没有完全亮起来，但依然能从密布云层中透出的光预见今天会有个不错的天气。

几只南迁的鸟儿停在窗外伸展着的枝头上，大约是飞累了，才停下来小憩的。孟悄悄推开窗户，北风扑面而来，她不由自主地打了个哆嗦，又因为屋内的暖气，而并没有觉得太冷。

鸟儿站在干枯的枝头上交头接耳，各自整理着羽翼，间或发出几声啼鸣。

孟悄悄仰着头看了它们一会儿，觉得有趣，忍不住捏起嗓子，学着鸟儿的声音逗弄着它们。

一墙之隔的厨房忽然传出锅碗碰撞的声音。

孟悄悄将打开没多久的窗户合上，平复了一下呼吸，这才慢吞吞地拉开房门。

厨房里，孟荣正笨手笨脚地从锅里捞着面条，面条因为被煮煳了，都黏在一起了。他懊恼地啧了一声，想重新煮，就发现傻站在厨房门口的孟悄悄。

孟荣有些尴尬。

孟悄悄更加尴尬。

父女俩大眼瞪小眼差不多有半分钟，孟荣才支支吾吾地开了口："那个，本来想煮碗面条当早餐。"他看了一眼手里黏黏糊糊的一碗面，叹口气，"我们还是出去吃吧。"

孟悄悄走到父亲身边，从他手中接过面条，默不作声地下起面来。

孟荣似乎想说话，又不知道说什么，默默地退到一边。他看着女儿手脚麻利地切菜，看着看着，突然意识到，这么多年，他几乎没有给她做过几次饭，所以，就连如此简单地煮个面条也被他搞砸了，他甚至还是个老糕点师。

孟悄悄的动作很快，先把切好的番茄和鸡蛋过油炒香，再加水烧开，等汤汁弥漫着浓郁的番茄味时，再把汤淋在孟荣煮好的面条上。

孟荣看着面前这碗热气腾腾的番茄鸡蛋面，眼睛有些发红。孟悄悄在他对面坐下，递了一双筷子给他。他用粗大的手掌擦了擦筷子，声音干涩道："你长大了。"

孟悄悄吃面的动作顿了一下，她很少听见父亲和她说这样的话，一时不知道如何反应。

孟荣酝酿了许久，又低声说道："昨天……对不起。"

孟悄悄闷闷地答道："没关系。"

孟荣哽了哽，说道："其实你能醒过来，我真的很高兴。你是我唯一的女儿，我不会害你的。"

孟悄悄只觉得喉咙深处有一团浓得化不开的酸涩，她用力吃了一口面，把这团酸涩咽进肚子里。她和孟荣很少有这样交谈的机会，母亲的事，让父亲陷在痛苦中不能自拔，而她的每一天更是过得小心翼翼。他们在竭力避开与对方的相处，因为相处的这个过程会让他们不约而同地回忆起一些不好的事情。

他们搬了家，离开了昔日的小屋，他甚至给她改了名字，就是为了他们能开始新的生活，虽然，之后的每一天他们过得味同嚼蜡。

可是现在，她的父亲即使笨拙，也会试着给她做一顿饭；即使羞涩，也会试着向她表露内心的情感。

这时，孟荣拿出一张宣传单递给孟悄悄，那是一张法国米其林餐厅指定的西点学校的进修单，虽然宣传单制作得非常精致，但标在下面的学费是非常昂贵的。

孟荣道："这段时间店里生意很好，以后我会把烟也戒了，多攒点钱，让你去这里学习。相信爸爸，你从小就学做西点，这门手艺一定能养活你，让你过上好日子。"

父亲手中的传单好似有千斤重，这份沉重让孟悄悄没有办法拒绝殷切的父亲。在固执这一点上，她和父亲简直一模一样。

在人生的这条路上，孟悄悄忽然焦虑、纠结了起来。

亚澜敲开陆寻办公室的门，将一沓文件放到陆寻的桌子上，道："这是参加'音为遇见你'复赛的选手名单，以及复赛的录制流程，我们已经和陈与均那边谈好了，当天复赛，他也会到场，作为特邀嘉宾为选手们鼓劲儿。"

"好。"

"对了，那个真真提出了一个要求，她希望她能戴着面具参赛，我不敢自作主张，所以想来请示一下你的意思。"亚澜小心翼翼道，"她说她不想露脸，还说这本来只是一个有关声音的比赛。"

"按她说的办。"

亚澜点点头，又担忧地说道："但是，其他的选手都露脸，只有她一个人戴着面具，会不会有点格格不入？"

陆寻冷漠开口："格格不入的人才能获得关注。"

亚澜立刻反应过来，朝陆寻露出一个了然于心的笑容："我知道怎么做了。"但亚澜很快又苦下脸，"可你交给我办的另外一件事，我没办好。"

"没查到？"

"对方太谨慎了，我查不到是谁寄的。"亚澜苦着脸道歉，"对不起，Boss。"

"没查到正常，下班吧。"

虽说陆寻让亚澜去查对方，但他早有预料，对方既然选择用这种方式来勒索，就不会让他这么轻易地查出来。而且，从对方寄给他的两次信件中的语气、措辞，以及索要钱财的方式来看，他能看出对方的心思并不深，手法也并不高明，就像是个行走江湖多年的老油条。

所以，他只要明面上不理会对方，到了约定的交款时间不出现，对方必定会按捺不住。

那时，才是他布局的时机。

第九章

我走过千山万水，你踏破宇宙洪荒，我们必将相遇

收到LD发来的复赛通知时，孟悄悄正在店里。对方在邮件中明确回复了孟悄悄上次提出的要求：她可以戴着面具参赛。

然而……父亲从那天坦白之后，真的如他所说开始发奋挣钱，似乎打定了主意，一定要将她送去法国学习西点。

将父亲和云真放在天平两端去取舍，这是不公平的。

乔又泽凑过来，不经意瞄到了孟悄悄的电脑，惊喜地叫道："小老板，你要去复赛啦？我就说你行的吧！"

"我还没有想好。"

"这还有什么可想的？这可是天大的好机会啊！"乔又泽忽然明白了过来，他问道，"还是因为大老板？"

孟悄悄点了点头。

乔又泽为难地挠了挠头："可是，你都长大了，总不能还是他让你做什么，你就做什么吧？关键是，你自己是怎么打算的？你真的不想去吗？"

她怎么会不想去呢？LD和吴天，不仅是云真的梦想，也是她的啊！只是，她到底不如云真勇敢、纯粹，敢于去追寻梦想。她的身上有太多的枷锁，她不知道该如何挣脱。

"小老板，如果你去，一定会有很多人开心的。"

乔又泽说着打开了一个视频，播给孟悄悄看。视频是真真的粉丝自录的。自从《铜皮少女历险记》发布后，他们感念于云真的回归，便自发为真真录制了一段应援视频，一是，关心她的身体；二是，鼓励她在配音的道路上继续前行。

其中，有个三十岁左右的抱着女儿的女人对着镜头笑道："真真，我喜欢你有很多年了。这次，你的《铜皮少女历险记》我全部有听，我还会把它当成睡前故事，放给我的女儿听。我们都很喜欢你，也很喜欢这个美好的故事。听说你前段时间生病了，希望你早日痊愈，身体健康，加油！"

“这是什么？”

“我就知道你最近没上网，这是粉丝们送给真真的打气视频。”乔又泽想了想，又说道，“我想，也有送给你的。”

孟悄悄紧紧地咬着下唇。

这是她第一次感受到这么直接、强大的力量，让她知道，原来在这个世界上还有这么多人在关心着她们。她似乎有点明白为什么云真那么执着于配音，即使天南海北，通过声音这座桥梁，也可以把人跟人之间的距离拉得很近。

原来她们说的每一句话，都在潜移默化地影响别人，也成了别人的力量。

也许，这就是云真拜托自己帮她实现梦想的真正用意。

孟荣从门外走来，乔又泽赶紧关掉视频，装作什么事都没发生过的样子。看见孟悄悄宛若灵魂出窍的模样有些奇怪，孟荣问道：“怎么了这是，发什么呆呢？”

乔又泽紧张地偷偷地拉了拉孟悄悄的衣角，希望她赶快回过神来，不要暴露了。

孟悄悄却忽然有种释然的感觉，她看着父亲的眼睛，问道：“爸，如果朋友有事相托，我该怎么办？”

孟荣虽然觉得奇怪，想了想，还是回答道：“既然是朋友，当然得受人之托，忠人之事。”

孟悄悄忽然笑了起来，孟荣却被女儿突然的笑容弄得莫名其妙，这大概是女儿自醒来之后，露出的第一抹真心的笑容。

这个答案让她这么开心吗？孟荣在心中嘀咕。

孟悄悄却在这时说道：“我知道了，谢谢爸。”

黑色的保姆车飞快地行驶在公路上。

陈与均坐在车里，手中不断摆弄着一枚一块钱的硬币。硬币表面十分光滑，一看就知道经常被人拿在手中把玩。

深知陈与均性格的罗彬叹了口气，把“音为遇见你”的复赛流程表交到陈与均的手里。陈与均表情不变，却还是敬业地一页一页地认真地翻看起来。

“其实，你也不用太在意，今天你只是特邀嘉宾，复赛快结束时，你上台给那些选手打打气就行。”

他问道：“LD的初赛这么快就完了？”

罗彬哼笑，道：“那当然，陆总聪明着呢！他删繁就简，把亮点集中在后面。据我所知，今天来的人里面，可有不少是网上赫赫有名的……那话怎么说来着？对对……大神。”

陈与均并没有露出多大的兴趣：“陆寻到底和我们公司说了什么，才说动上面同意他的提议，让我担任决赛的评委？”

罗彬推了推眼镜，又娇笑道：“还能说什么呀？上面怎么可能不知道陆总那是想借你的热度炒作。不过，我们和LD本来就是合作关系，真要拒绝对方，咱们面子上也挂不住的。再说，‘新晋影帝平易近人，亲临比赛现场为明日之星打气’这样的通稿标题，不也挺好的吗，咱们也不太费事儿。要我说，陆总是把一切算得妥妥儿的，根本没给上面的人留拒绝的机会。”

陈与均皱了皱眉，但到底没说什么。

罗彬好奇：“我发现，你似乎不怎么喜欢陆总，陆总长得多好看啊！”

罗彬干经纪人这一行干了也有十几年，当然不会完全以貌取人。虽说陆寻看起来冷冰冰的，但是，胜在才华横溢又聪明。他只是想不明白，陈与均为什么对陆寻不太感冒。

陈与均合上手中的流程表，一双似乎能看透人心的剔透的眼睛看着罗彬，表情认真地说道：“他让人感觉不真实。”

罗彬咋舌：“你这话太深奥了，我看周医生不和他挺好的吗？”

“那是周旭的事。”

罗彬捏着嗓子笑了起来：“我看哪，你是吃周医生的醋了。”

陈与均没好气地将流程表还给罗彬，闭上眼睛，靠在座椅上补起眠来。

保姆车继续向前行驶，从前窗玻璃中可以隐约看见比赛的会场大楼了。那人声鼎沸的喧嚣中仿佛夹杂着紧张与暗涌，早早地响彻天际。

孟悄悄站在人群中，颇有一种腹背受敌的感觉。虽然她没有任何高调、张扬的打算，但她的这个面具还是让她成了众人的焦点。从她身后的某个方向传来的声音不偏不倚地飘进她的耳朵里。

“哎哎，那个戴面具的人是谁啊？”

“听说是真真。”

“就是她！我听说，她和LD提出了条件，让LD准许她不露脸，她才来参加复赛。”

“这是对她的外貌没信心吗？”

“我看是哗众取宠，想博大家的关注吧。”

孟悄悄把头垂得更低了，她也没想到，事情有越闹越大的趋势。起初，她戴面具只是为了掩饰自己的真实身份，不让父亲发现她来参加配音复赛，没曾想，LD 为了制造此次大赛的话题度，居然提前把这个消息丢出去了，还将真真的身份和面具这个点拿出去大做文章。甚至还有人将这个比赛定为真真和吴语徽的“一姐对决”，打出“名门正派大战江湖草莽”的噱头。

孟悄悄可谓是未出战人先火，她虽然涉世未深，但是，也能猜到 LD 这么做的意图，无非是提前造势。

就在这时，门口传来一阵欢呼声，孟悄悄循声望去，原来是吴语徽在媒体记者的簇拥下走了进来。

吴语徽的到来掀起了场上的一个小高潮，有人争相与她合影，有人则在她的背后窃窃私语。她高昂着头，脸上带着志在必得的笑容，仿佛场上的那些人都不在她的眼里。

又有人开始议论，说吴语徽目中无人，不过是仗着她有好的家世背景才走到现在，看她一脸骄傲的样子，不过是出身好带来的幸运罢了。

孟悄悄倒是挺羡慕吴语徽那种与生俱来的自信的，一时好奇，不由得朝吴语徽的方向多看了两眼，谁知这一看，她便发现周旭居然也在。他在吴语徽身旁几米开外的地方，抱着胸靠在门框上，笑意盈盈地看着众星捧月的吴语徽。

孟悄悄第一反应是躲，毕竟周旭是她的主治医生，又和陈与均有着千丝万缕的关系，难免不会被他发现。她想找个隐蔽的角落待着，却不想，她不动还好，她这一动，立刻被跟在吴语徽身后的眼尖的媒体记者们看见了，立即有几个记者举着话筒和相机朝她走过来，把她团团围了起来。

“这位选手，你是不是就是真真？”

“真真”这两个字声音不大不小，像颗小小的炸弹，立刻在周围引起了不小的反响。吴语徽瞪着眼睛看向“真真”，眼中像燃烧着熊熊战火，却也不失好奇地一直打量着孟悄悄。周旭默默地走上前，安抚性地拍了拍吴语徽的肩膀，却也朝孟悄悄的方向看去。

周旭微微皱眉，他觉得那个穿着极不合身的衣服，又戴着搞笑的钢铁侠面具的女孩儿莫名眼熟。

吴语徽发现周旭居然也在看那个女版“钢铁侠”，有点生气。她屈起手肘，狠狠撞了他的胸口一下，他吃痛，倒吸一口冷气，脸上却挂着纵容的笑意。

“对于外界流传的你来参赛就是为了给吴语徽一个下马威，你有什么回应？”

孟悄悄摇摇头，她知道说多错多的道理，干脆以不变应万变。

“那你为什么要戴面具呢？”

一只话筒递到孟悄悄面前，她下意识向后一退，谁知，她竟然撞上了一个结实的胸膛。随后，一只凉得几乎没有温度的手扶住了她，冰冷如雪的气息立刻团团将她包围，她怔怔地抬起头，撞进一双凉薄无情的瞳仁里。

他怎么会在这里？

孟悄悄迅速朝前走了两步，然后，她再往男人身后一瞟，难免心惊胆战。男人身后跟着的竟然是陈与均和他的经纪人罗彬！这下，休息室里再度沸腾了起来，记者们转移注意力，争相对着陈与均按下快门，无暇再顾及孟悄悄。

“谢谢。”孟悄悄匆忙向他低声道谢，趁机溜了，免得再引起不必要的麻烦。

这时，场外的主持人赶过来解救被粉丝团团围住的陈与均。主持人将陈与均与陆寻请到场外的舞台上进行简短的采访：“感谢各位对 LD 的信任，欢迎大家来到本次选拔赛。”

主持人举手安抚沸腾的粉丝，等整个场面稍静下来，才继续说道：“今天，我们特意请来了陈与均先生担任表演嘉宾，而陈先生也将会担任决赛的评委。如果大家是他的粉丝的话，那今天可要努力了，这样到了决赛的时候，你们就能听到他对你们一对一的点评。”

场上的女孩子们发出兴奋的尖叫声，拿出手机对着陈与均疯狂拍照。

“陈与均先生有什么想对粉丝说的吗？”

主持人笑着对陈与均做了个请的手势，陈与均脸上带着职业性的微笑，言简意赅道：“大家加油，决赛见。”

从陈与均这利落干脆的鼓劲儿中，大家着实不难听出他敷衍的味道，为了不让他这个话题终结者在媒体面前失了形象，又拂了陆寻的面子，罗彬大喊一声：“好！”然后用力鼓起掌来，这才把场面再次炒热。

主持人冷汗涔涔，继续说道：“陆总作为 LD 的负责人，有什么要对粉丝说的吗？”然后把话筒递给陆寻。

陆寻穿着一身修身的深蓝色西服，一张脸白皙如玉、冰冷如雪，薄唇轻抿，冷漠地站在台上，完全是一副芝兰玉树的贵公子模样。“国民初恋”陈与均站在他身旁，都无法夺去他的光彩，台下众人不由自主地噤了声，静静等待他的发言。

“希望此次选拔赛，能为配音行业注入更多的新鲜血液。诸君，请全力以赴。”陆寻声音依旧冷漠，但大家偏偏听出了热血。

在场的年轻配音演员对即将到来的冲锋陷阵充满了激情和期待，众人都忍不住鼓起了掌。孟悄悄看了看四周，也跟着鼓起掌来。

工作人员带着记者们前往媒体区，比赛选手和评委、高层们分别去了休息室。采访大厅里瞬间冷寂下来，仿佛刚才的人潮涌动不过是一场梦。

孟悄悄身边的对手们投入了赛前的最后一次练习中。吴语徽也卸下了光环，静静地坐在角落里，周旭适时为她递上一杯水和一个小小的药盒，她苦着脸不想吃，到底没逃过周医生的软磨硬泡，乖乖地吃了药和水，不过她倒是没忘记多瞪孟悄悄两眼。

孟悄悄还是第一次看见周旭这副温柔的模样，她觉得，现在的周旭和给她看病的时候有些不一样，可到底哪里不一样，她又说不上来。

一门之外的舞台上响起准备比赛的提示音，让所有人不由得紧张了起来。

复赛采取的方式是三人 PK 形式，由选手自行抽签决定分组，组内三人分别为经典影视、动漫的片段配音，再由评委从三人中选出一人晋级，一人待定，一人淘汰，最终每个角色将选出十人晋级总决赛。

与孟悄悄同为一组的，一个是颇有经验的专业配音演员，另一个则是在网络上颇有人气的粉红级 CV。三人需要配音的选段是《金陵十三钗》中，玉墨和十二钗商议由她们代替女学生去做日本人的慰安妇的那一段。

三人在挑选角色时有了分歧。主办方挑选出来的角色是玉墨、红菱和小蚊子，但在这场戏中，小蚊子的台词只有一句话，但谁都知道，在比赛现场，更多的表现意味着更大的晋级机会。在这个片段里，毫不出彩的小蚊子成了一块烫手的山芋。

专业配音演员杨懿认为以她的水平，拿下玉墨这个角色当仁不让；粉红 CV 和她据理力争半天，到底还是没争过她，只好把目光放在女配角红菱身上。当然，在这之前，粉红 CV 还是先友好地和孟悄悄讨论了一番。毕竟，孟悄悄也算是和粉红 CV 同出一门，因为这些事闹了不愉快也不好，以后她们在网上总归是要抬头不见低头见的。

粉红 CV 叫洛冰倩，她试探地问孟悄悄想选哪个角色。

孟悄悄答道："我都可以。"

洛冰倩狐疑地看了看孟悄悄，她并不太能确认此刻的孟悄悄是在和她客气，还是真有此意。她犹豫了一下，又问道："现在能选的角色只有红菱和小蚊子了。嗯，其实我的声线比较尖细，我觉得红菱可能比较适合我……"

孟悄悄又点头："可以。"

洛冰倩难以相信自己听到的，再次确认道："那……我配红菱，你配小蚊子？"

"行。"

孟悄悄的爽快反倒让洛冰倩有些不好意思，但她冷淡的态度又让洛冰倩多少有些下不来台。洛冰倩只好握了握她的手，真诚地说道："谢谢啊！"

"没事。"孟悄悄还是言简意赅。

洛冰倩走后，孟悄悄看看手中的扉页，找了个角落坐下来，然后，在手机上看起电影来。

台词总共只有一句，不难背。难的是小蚊子在剧中到底是个什么性格的人，又因为什么才会在那个时候说出那句话。

此刻，孟悄悄尚未产生所谓的竞争意识，或者说，她打从心眼里觉得自己是不够那些对手打的。一个是身经百战的专业配音演员，另外一个是久经沙场的粉红 CV，而她只不过是一个李代桃僵的入门新手。

孟悄悄不是不在意结果，她当然想见到吴天，但是，对于现在的她来说，更珍贵的是能与那些人比拼的经验，和配音这件事本身带给她的挑战和快感，她这才能暂时忽略胜负本身。

一部电影看完，孟悄悄才抬起头来，她轻轻喘着气，胸膛微微起伏着，还沉浸在由电影带来的震撼中。

比赛已经过了大半，头顶上的电视里正在直播着赛场上的情况，此时恰好轮到吴语徽那组出场。孟悄悄听主持人说，吴语徽那一组表演的片段是《士兵突击》中的。

孟悄悄一愣，如果她没记错的话，《士兵突击》这部电视剧是军旅题材，里面好像没有女性角色啊，而吴语徽那一组，另外两个组员是男人。

电视中比赛已经开始，选取的剧中片段是 A 大队选拔赛后，袁朗对吴哲和成才的评价。

吴语徽和她的对手分开而立，站在立麦前，他们身后的大屏幕上正播放着电视剧的片段。

给袁朗配音的男人手捧剧本，气定神闲地开了口，直白地表达着袁朗对吴哲的喜爱。那个配音演员压低嗓音，乍听起来，他的声线与剧中袁朗的毫无违和感。他的话音刚落，吴语徽踩着节奏接话。

让孟悄悄感到惊讶的是，吴语徽的手中并没有剧本，而当她发出声音时，更让人意外的事情发生了——她竟然仿了男音。

不同于一般女生模仿男生发音时刻意压低声音、加粗声线，吴语徽的男音清亮而沉稳，很符合她配的角色。原剧中，吴哲的人设是骄傲又阳光的少校，他的声音属于稳健、朝气的青年音。此时，她配的声音让人恍惚觉得，这应该就是他的声音。她灵动、游刃有余地说着话，完美地还原了在那个情境下角色的心态。

对，是说话，而不是单纯地复述台词。

他们这一组的配音结束，评委们几乎没有商量便给出了结果，吴语徽以压倒性的优势成功晋级。晋级后，吴语徽并没有表现出太强烈的喜悦，好像晋级本就是她的囊中之物。她谦恭有礼地向评委老师致谢，眼底却是藏不住的喜悦。

孟悄悄不知道其他人是怎么想的，反正她是对吴语徽的表演心服口服。

孟悄悄想到外面流传的她和吴语徽之间的王者之争，摇了摇头。首先配音不是竞技，再者，她并非吴语徽的对手。

就在这时，现场导演进入休息间催场，通知孟悄悄这一组做好上场准备。下一组就轮到她们了。

孟悄悄深吸一口气，她知道，成败与否，就在此一举。

第十章

我见过这世上最美的风景，却又明白，那风景不属于我

舞台大概一个篮球场那么大，面向观众设立了一面巨大的LED投屏。而面对舞台的，除了观众席以外，最前面还有三张椅子，上面坐着三名评委。

孟悄悄走在她们这一组的最后面，跟着另外两个人上了台。台上的光线很刺眼，孟悄悄看不见坐在台下密密麻麻的观众，却能看见坐在观众席前的三名评委：一名是知名配音演员江自谦，一名同样是知名配音演员洪鹄，还有一名，便是陆寻。

江自谦锐利的目光像一柄长剑，锋芒毕露，森冷的刀锋割裂了她的面具，好像要将她撕破一样，让她竟有些心虚。

这时，评委洪鹄说道："请三位先介绍一下自己吧。"

杨懿率先凑近话筒，说道："东煌，三千年前，你我写在三生石上的约定，你当真是忘了吗？"

杨懿的话引起场上观众的侧目和雷鸣般的掌声。刚才她模仿的，正是时下大热的仙侠电视剧《仙外飞仙》女主角的声音。

场面热了，杨懿这才笑了，正式和众人打招呼："大家好，我是5号参赛选手杨懿，来自中央戏剧学院08级播音主持专业的，也是《仙外飞仙》中女主角碧游的配音演员。"

台下媒体记者的闪光灯争先恐后地闪了起来，连评委他们也为她献上了掌声。杨懿不愧是见惯了大场面的前辈，气定神闲地微笑，整个人散发着一股极为强大的气场。

即使只隔着一个人，杨懿的那气场也极具攻击性地将孟悄悄笼罩其中。她用余光打量着杨懿，颇为羡慕，对方身上洗尽铅华的气质并非一朝一夕能形成的，那是无数历练累积下来的经验。

洛冰倩立刻不甘示弱地说道："大家好，我是53号选手洛冰倩。可能对大家来说，我很陌生，因为之前我一直是在网上活动的，请让我

以网络上的身份向大家介绍我自己。大家好，我是CV落水之滨，也是动画作品《器之约》中女主角霄雨的配音演员。”

洛冰倩的经验虽然没有杨懿的那么丰富，但到底也不是名不见经传的角色，场上为她而响的掌声也是不少的。

终于，轮到了孟悄悄。

原本热闹的录制现场因她的出场而陷入奇怪的安静中，人们一边好奇地打量着她的面具，一边窃窃私语，讨论她的来历。

“大家好，我是真真。”

孟悄悄说完便闭了嘴，没有再说下去的打算。

三名评委互看了一眼，洪鹄故作惊讶地说道：“这就介绍完了？真真，你这样可是很吃亏的啊。”

江自谦突然问道：“你为什么要戴面具参加比赛？”

“我觉得声音更重要，长相并不那么重要。”

江自谦颇为意外地多打量了“真真”一眼，然后，他低下头翻了翻“真真”的资料。待他看见孟悄悄的资料表上填的名字时，猛地一怔，他难以置信地看着台上的“真真”，又迅速将心中的惊讶按下不表。

陆寻做了个手势，冷声道：“请开始表演吧。”

顿时，场上的灯光变暗了些，孟悄悄面前的显示屏亮了，跟着亮起来的，还有她身后的大屏幕。

孟悄悄深吸两口气，轻轻闭上眼睛，就在这么一个瞬间，她决意忘掉周围的一切。现在的她并不是在评选声音的舞台上，而是在那个炮火连天、硝烟四起的年代里。

在那个年代里，人们苦苦挣扎，生命没有高低贵贱，人人想的是怎么活下去；纯洁天真的女学生对未来抱有幻想，不敢轻言放弃希望。而她，只是秦淮河畔的一个胆怯的妓女，她没有这些与生俱来的纯真，甚至连姿色都没有了。

这个晚上，夜很黑很黑，也很静很静，她和其他姐妹围坐在一起，挤在一间小小的阁楼里，没有人敢先开口说话，因为，她们刚刚救下了一群走投无路的女学生，并决定代替那些女学生去日本人的军营里，做日本人的慰安妇。

可是，小日本的残暴是出了名的，她们去那里做慰安妇，就是去送死啊！谁愿意呢？谁又敢呢？

红菱说道：“我们是想先把她们哄下来，才那么讲的。”

小蚊子着急了，她有些害怕。可是，心底的善良又不断敲打着她，让她无法接受红菱的话。她忐忑而小心翼翼地说道：“不管怎么说，不能骗人吧？”随即，她扭头看向美花，想从美花那儿争取到一些支持，“美花，你想想看，你要不是被人家骗，也不至于被卖到窑子里面去。”

她的这句话无疑在戳美花的伤疤，果然，美花急了，道：“小蚊子，你少给我装糊涂，你以为我傻呀？这里的任何一个不去，你都要去，你可是被小日本鬼子点了名的！”

小蚊子的力气如同被抽尽了一般，颓然地缩在一边，恐惧感裹挟着她，她轻轻地颤抖了起来。

就在这时，向来稳重的玉墨说了话：“我觉得，小日本只要不是发了疯，总不至于要我们的命吧……”

……

表演结束的时候，孟悄悄依然没有睁开眼睛。她意识到自己仍在颤抖，仿佛依旧置身在那个永无天日的夜晚，她和她的同伴们商讨来商讨去，每一句话都是在葬送她们自己的未来。

直到灯光亮起，台下响起了此起彼伏的掌声，孟悄悄才从掌声中恍惚回神，回到了属于她的安宁人间。

面前，三名评委正在对她们的表演报以礼貌和认可的掌声。

洪鹄是曾为多部电影、电视剧配过音的大前辈，风华正茂，可谓是配音界的流量大咖。他率先拉过话筒，点评道：“其实，我和杨懿是老搭档了，今天看到她的表现，我非常自豪。另外两名参赛者也表现得非常不错，这让我实在有点坐不住了，我们这些前浪很有可能随时会被这些后浪拍死在沙滩上啊，哈哈哈哈……陆总，你觉得呢？”

从她们三个人的现场表现来看，专业又经验丰富的杨懿无疑是表现最好的，另外两个人的发挥也是不相伯仲。洛冰倩的表现力更强，更具有张力，而真真的情感表现十分到位。如果从角色贴合的程度上来说，真真方才的表现是完全还原了角色本身的状态的，她惶恐、迷茫，既带着点求生般的小心翼翼，又带着角色与生俱来的愚钝和卑微。

但不可否认的是，从配音技巧上来说，真真是最薄弱的。她几乎是凭借着本能在说话，那种本能富有极强的生命力，但同时，也会成为她的短板——一个配音演员，不可能连基本的配音技巧都不掌握，而情感并不是决定配音演员优秀与否的关键。

陆寻不带一丝感情地点评道：“杨懿小姐表现得十分优异，也非常专业，但你的声线不太适合我们牧禅这个角色。洛冰倩小姐表现得过于外放，同时，你的声线过薄，也不是很适合牧禅。真真小姐的声线最适合牧禅，但你的基本功还要加强。”

场上能见到脸的两个人的表情都不算太好。不过，杨懿到底是身经百战，十分有气度地笑笑，便也释怀了。洛冰倩的笑容有些僵硬，眼中的不服呼之欲出。相比之下，戴着面具的孟悄悄有些格格不入，她礼貌地朝陆寻鞠了一躬。

主持人适时上台走流程，宣布赛果：“三位老师依次为三位参赛选手亮灯，三盏灯同时亮起，则顺利晋级；一盏或两盏灯没有亮，则为待定；没有灯亮，即为淘汰。”

就在这时，陆寻忽然抬起了手，他转过头对现场的执行导演做了个手势。执行导演立刻跑上台，对台下的所有人宣布暂时休息，五分钟后继续直播。孟悄悄她们被请到后台暂时休息，三名评委相继离席，看来也是去洗手间了。

正在做直播的主播对着镜头露出一个甜甜的笑容，朝气十足地挥了挥手，道：“中场休息，赛果稍后继续。大家有什么想看的，请给我评论，我会尽量满足大家哦！”

孟悄悄走到无人的角落里才摘下面具，这才发现自己的脑门上早就被闷出一层薄汗，而掌心里也满是汗渍。

孟悄悄吐出一口气，自己远比想象中的要紧张，然而，自己也远比想象中的要激动。就在刚才，在用来造声势的音效之下，她觉得自己的心脏快要从喉咙里跳出来了，那种心底深处的痒意又来了，从她的心脏处一路蔓延到她的四肢百骸里，让她的骨血似乎都跟着燃烧了起来。

有个声音在她耳边说话，那个声音对她说：“悄悄，你一定不能输。”

她记得，那是云真的声音。

孟悄悄不敢怠慢，她只有五分钟缓和情绪，现在得去找点水喝。

因为时间太短，无法回到后台去喝水，她记得离休息间最近的饮水机是在洗手间附近。她靠着墙大口大口地喝着水，一杯温水下肚，她这才觉得她焦灼的心熨帖了起来。

两个人对话的声音忽然传进她的耳朵。

“通稿跟媒体确认了吗？”

“放心吧，目前真真的热度很高，媒体记者都很配合，要炒红她，不是难事。”

孟悄悄心中一惊，无意识地捏了捏手中的纸杯。那边的对话声戛然而止，脚步声朝她的方向而来。她猛地回过神来，要逃走已经来不及了，下一秒，她和转弯的陆寻撞个正着，手上的面具被撞掉在地上，发出沉闷的声音。

孟悄悄低着头慌乱地退后几步，给陆寻让路。

陆寻却不急着走，反而弯腰捡起地上的面具，拿在手里随意地把玩着。

孟悄悄被逼得没办法，只能抬头，对上陆寻没有温度的目光。

“你就是真真。”陆寻紧紧盯着她，眼睛一眨不眨，里面有着她不懂的深意。

孟悄悄心知这次她是无处可逃的，又庆幸还好她只是被陆寻发现，细想起来，这也算不上多严重的事。于是，她点点头，轻轻地说道：“是的。”

这时，外面传来催场的声音。陆寻却无动于衷，孟悄悄见他并没有把面具还给她的意思，指了指他手中的面具，提醒他道：“它是我的。”

陆寻恍若未闻，仍是一动不动。孟悄悄有点着急了，正想再次讨要面具时，他突然开口道：“为什么在路上哭？”

孟悄悄呆了一下，道：“啊？”

陆寻不说话，冷冷地盯着孟悄悄看。她只得努力回想，最近什么时候在路上哭过，细细想来，应该是那次从医院出来的时候。想到这里，她心情又低落起来，平静地说道：“就是有那么一件难过的事情，你大概是不会懂的。”

陆寻在心里冷哼一声，把面具还给她。

孟悄悄终于拿到了面具，此时马上要上场了，她只能当着陆寻的面匆匆忙忙地重新将面具戴上。许是越忙越乱，面具不小心勾住了头发，痛得她皱眉。

“别急。”陆寻的语气清淡，他走到孟悄悄的前面，帮她解开缠绕着她的头发的带子。他反常的举动吓到了她，她本能地往后退，却被他冷冷斥道：“别动。”

缠绕着头发的带子终于被解开了，陆寻冷冷地说道：“下次不许哭！”说完，他就转身冷漠地离开，留下一脑袋疑惑的孟悄悄。

孟悄悄皱了皱眉，也不敢再浪费时间，朝候场区走去。就在这时，她发现江自谦居然一直站在角落里，对方深沉的目光一直落在她的身上，似乎就这么观察了她很久。

江自谦是配音界的大前辈，出于某种原因，孟悄悄一直很崇拜对方，她连忙朝他鞠了个躬。可不想对方却理也不理她，径直转身离去了。

……所以，LD 的人都是这样的吗？孟悄悄的头忽然有点儿疼。

再次站在舞台上的时候，孟悄悄居然不那么紧张了。她镇定自若地看着坐在台前的陆寻、陈与均，还有台下那些密密麻麻的观众，忽然觉得自己犹如置身在一场虚幻的梦境里，抑或是那些人正隔着一层肥皂泡看着她。

总之，台上和台下差着千沟万壑。台上的灯光再绚丽多彩，也只是一个虚妄的梦境，而台下，那些无法被光照到的地方，才是真实的世界。

第一个上前接受亮灯的是杨懿，在紧锣密鼓的背景音乐和满场乱飞的灯光中，三名评委同时亮起了灯。主持人兴致高昂地宣布，杨懿顺利晋级决赛，成为竞争牧禅配音演员的选手之一。

随之上前的是洛冰倩，同样的前奏之后，三个评委都没有按灯。结果出来的时候，洛冰倩难以置信地瞪大了她的眼睛，难以掩饰她的失望与不甘。

两位知名配音演员对此举的解释是：诚如陆寻所说，洛冰倩的声线太过单薄，变化度不高，的确不适合配牧禅这个角色。

主持人不无遗憾地鼓励洛冰倩不要灰心，她未来的路还很长。

而因为洛冰倩淘汰，孟悄悄没有经历残酷的亮灯环节，就自动进入待定席位。

孟悄悄再次朝台下鞠躬，鞠躬的时候她伸手抚住自己的胸口，发现那里异常平静，没有了剧烈跳动的架势，可以说是相当冷漠。

孟悄悄回想起陆寻和他秘书的对话，心想，自己在对方眼中应该是有利用价值的，所以，不论自己的表现如何，都不会太早被刷掉。

被利用了的事情影响了孟悄悄的心态，在接下来的比赛中，她发挥得没有之前的那么出色。不过饶是如此，她还是成功 PK 掉了对手，顺利地进入了总决赛。

四周都是祝贺的掌声，孟悄悄却觉得她犹如置身于梦中，一切如云似雾。镁光灯在她的脸上闪烁，让她的视线都模糊了起来，她依稀想着这样的画面：唯她一人戴着滑稽的面具站在喜笑颜开的人群里，是格格不入，也是讽刺别扭。

他们就像是一些零部件，为了确保这个比赛顺利进行而必须出现在现在的位置上。他们具有功能性，却并不是独一无二、不可或缺的。

可是，云真呢？属于云真的梦呢？

所有进入决赛的选手被请到台上一一亮相，而作为本场比赛的大咖嘉宾，陈与均也在这个时候上台发言。

穿着一身休闲西装的陈与均从后台走了上来，他的表情严肃，妆容精致。上台之后，他的目光先是在场上扫了一圈，然后，停在了孟悄悄的身上。

孟悄悄下意识地避开了陈与均的视线。

陈与均移开了目光，拿起话筒，清亮而坚定的声音很快传送到会场的各个角落里。

他说：“我不是专业的配音演员，但我是一名专业的演员。声音是表演的一部分，也是演技的一部分。现在，舞台在这里，请毫无保留地展现你们的演技和实力吧。”

掌声雷动，三位评委上台与参赛选手一一握手。

陆寻走到孟悄悄面前，朝她伸出了手。她犹豫了一下，还是握了上去。

忽然，陆寻目光深沉地看了孟悄悄一眼：“你不应该受外界影响。”

孟悄悄一愣。

陆寻说完这句话，抽回了他的手，朝下一个人走去。

孟悄悄几乎是不由自主地追随着陆寻的背影。男人宽肩细腰，穿着修身的西装，显得特别挺拔，可他的身上总笼罩着一层她看不清的东西，像薄薄的雾，又像是一堵模糊的墙。

第十一章

既然这世界有光，就会有追光者的存在

临近过年，乔又泽请假回了家，孟荣接到电话要去邻市喝喜酒，蛋糕店只能交给孟悄悄打理。还好春节将至，本市中的不少外地人回了老家，再加上天气寒冷，愿意出门的人渐少，所以店里的生意，即使孟悄悄一个人也应付得过来。

今天店里照样没什么人，只有一个穿得严严实实的，还用一条围巾把自己的脸遮去大半的女孩坐在角落里。那个女孩叫了个芝士蛋糕和一杯热巧克力，却没怎么动过。

也许又是陈与均的粉丝，孟悄悄没有太在意，她得趁着现在的时间为决赛做准备。她打开视频，开始对着视频进行模拟练习。

云真曾经告诉过她，对于一个优秀的配音演员来说，听力和表达能力一样重要，要能精准地捕捉到一段台词中角色的情绪，并别无二致地将其复述出来，换句话说，就是模仿。

孟悄悄还记得陆寻对她的点评，她的基本功不好，又欠缺表演能力，只能通过这种方式来突击。她特意找来了许多台词非常好的经典作品练习，一遍遍模仿。

孟悄悄选的视频片段是早年前的一部电影《我的父亲母亲》，她一遍一遍地练习，到最后，已经能完美复制出演员的声音和语气。但她始终觉得不对，在她的复述声音里面好像缺了点什么。

她不知道的是，她的一举一动全然落在那个角落里的女孩子的眼里。

只剩一双眼睛露在外面的女孩子紧紧地盯着孟悄悄的一举一动，当她发现孟悄悄就这么做复述练习做了两个多小时的时候，终于忍不住了。

她忘了自己全副武装，把脸上的围巾一扯，几步走到孟悄悄面前，道："你这样是没用的！"

孟悄悄被突然出现的女孩子吓了一跳，等她看清了对方的脸，更是惊讶。

来人竟然是吴语徽。

孟悄悄愣愣地看了杏眼圆瞪的吴语徽一会儿，迟疑地打了个招呼："你好。"

吴语徽也愣住了，顺着孟悄悄的话说道："你也好。"

可吴语徽马上反应了过来，她在干什么？她可不是来和对方打招呼的啊！上次比赛的时候，她已经能感觉到陆寻对真真的特别关注，再加上，真真那天的表现的确十分抢眼，她才会难得走走后门，查到真真的真实资料，来这儿刺探军情的。

她本以为孟悄悄是天赋异禀，可见孟悄悄像蜗牛似的慢吞吞地练了这么久"别人的东西"，她实在是看不下去了。

吴语徽甩甩头，凶巴巴地说道："如果仅仅靠复制粘贴就想打败我，那你太天真了！就算你练习一千次一万次，你得到的也永远都是别人的东西！我是绝对绝对不会输给你的！"吴语徽说到这里还不甘心，挥舞着拳头，信誓旦旦地吆喝道，"吴语徽必胜！"

谁知，孟悄悄还是没什么反应，吴语徽碰了个软钉子，满腔的壮志豪情犹如被泼了一盆冷水。

她悻悻地放下手："你给点反应好不好？你这样，我会很尴尬的！"

孟悄悄想了想，说道："你刚才说我练习得再多也是别人的东西，我的确也觉得有点怪，总觉得好像缺了点什么。"

"当然啦！虽然模仿能力对配音演员来说很重要，但你的模仿在形不在神。光还原别人的声音是没有用的，难道你打算顶着别人的声音去配音吗？在你刚才的练习中，你根本没有把握到人物台词的张力，就是不够细腻，没有灵魂。"

见孟悄悄点头，吴语徽又道："模仿对于配音演员来说，是一个吸收经验的方式。在模仿的这个过程中，他可以取长补短，同时做素材积累。好的配音演员和好的演员一样，他们的脑子里永远有一个素材库，这样他才可以在每次表演的时候，从素材库里面挑选出与当下最为匹配的情绪来完成表演。所以，你要做的根本不是模仿，而是记录，明白了吗？"

孟悄悄恍然大悟，难怪她刚才怎么都找不着感觉。

"谢谢你。"孟悄悄的语气非常诚恳。

"哼，我告诉你，我……"吴语徽说到一半，忽然反应过来——自己在干什么？刚才是不是指点了自己的对手？该死，这不是自己来这里的目的啊！

吴语徽懊恼极了，可一想到孟悄悄也没做什么，刚才一直是她在嘚吧嘚吧，也不好乱发脾气。她只好瞪孟悄悄一眼，跺着脚跑走了。

周旭赶到吴语徽约的咖啡店时，吴语徽正坐在座位上打游戏。她的手指疯狂地敲着手机屏幕，口中狠狠道：“打死你，打死你，打死你！”

周旭觉得好笑，买了一杯热巧克力后，才走过去坐下来。他深知吴语徽的脾气，也不说话，只是默默看着她，等她把那局游戏打完。

还好，吴语徽赢了游戏。

于是，周旭心中要哄吴语徽高兴的难度下来了那么一点儿。

他适时地将热巧克力推到吴语徽面前：“大吉大利，大吉大利，先喝杯热巧克力吧。”

“不要，已经喝饱了！”

周旭故作惊讶地挑起眉：“除了你们公司和这家的热巧克力，你居然还能喝其他地方的热巧克力喝到饱？”

吴语徽没好气地瞪着周旭，周旭笑了起来，不再逗她。

“你不是说你要去真真那里刺探军情吗？怎么样，你的对手还让你满意吗？”

“她的底子很差，连练习的方向还要我告诉她。她只不过是有点天分罢了。”

周旭观察着吴语徽的表情，轻笑：“哦？只有一点吗？”

吴语徽撇嘴：“好吧，比一点多一点。你上次不是也看了她的复赛吗？你觉得她和我，谁厉害？”

“你。”

“真的？”吴语徽双眼放光，显然是因周旭这句话，心情大好。

“当然是真的。”周旭揉了揉吴语徽的头，正色道，“好了，你不是约我出来，让我陪你做作业吗？”

被周旭这么一提醒，吴语徽委屈地拿过书包，周旭从中拿出一堆书，推到吴语徽的面前。

“好好学习吧，高三生。”

吴语徽不得不想起自己的身份，她知道事情的轻重缓急。前段时间，她为了准备比赛已经落下不少功课了，而高考对她来说意味着什么，她比任何人都清楚。配音的工作并不是她放松学业的借口，更何况，如果没有好的分数，她理想中的学校根本上不了。

吴语徽摊开课本，朝周旭眨了眨眼睛：“周老师，今天补哪门呀？”

“地理。”

吴语徽的脸一垮：“我讨厌地理。”

“吴同学，偏科不好。你可是要成为国内顶尖配音演员的人，所以，你得全面发展。”

吴语徽被周旭逗笑了，乖乖地打开课本，听他为她讲解起来。

她把脑袋支在胳膊上，入神地听着周旭给她讲解课本。周旭的声音温和又好听，简直比冬日里的太阳还要让人觉得温暖。尤其是，周旭的身上总是带着淡淡的草木香味，每次她闻到，都会觉得无比的安心。

突然，脑袋被人敲了敲，吴语徽回过神来，埋怨地瞪着周旭：“你干吗？”

“你走神了。”

“我也不是故意的啊。”吴语徽心虚地捋了捋头发，忽然来了兴致，“周旭，你为什么这么全能呢，又会看病救人，又什么都懂，还能给我补课，你怎么会这么厉害的？”

周旭的耳朵偷偷地红了起来，他清了清嗓子，问道：“你真这么觉得？”

“当然啦！”吴语徽肯定地点点头，“在我心中，你可是只比陆寻差一点点的男人！”

周旭的笑容淡了下来。

这世上的事，岂能皆尽如人意。既然这世界有光，就会有追光者的存在。

“对了，陆寻最近在忙什么呢？”

周旭一愣，吴语徽这么一问他才想起，他似乎有好几天没有和陆寻联系了。

晨光乍破，浮起氤氲的白雾。

白雾朦胧中，一个冷冰冰的男人站在空荡荡的长街尽头，像个亘古存在的神明。

朝霞努力穿透雾气，照在他的身上，为他镀上一层昏黄、温暖的光晕。那光淡化了他身上的些许冷意，让他有了一丝人气。

渐渐地，街上开始有了早起晨跑的人们，每个经过男人身边的人，都会忍不住多看他几眼。只见男人容貌俊美，脸色苍白胜雪，黑发黑眸，衣服上有被雾气晕湿的痕迹。

这个冷漠如雕塑的男人，正是陆寻。

事情要从前天说起，陆寻并没有按照神秘人的指示把钱送到信中嘱托的地点。对方果然惊慌失措，再次发来一封电子邮件。仿佛害怕陆寻不相信其信中所说，对方便一股脑儿地给出了新的线索。据对方所说，放火的凶手要针对的其实是陆风，陆可只是一个无辜的替死鬼。对方还说，他有能让凶手定罪的关键证据，然后，再次约陆寻交易，双方一手交钱，一手交证据。

狗急了跳墙，兔子急了咬人。

对方已经方寸大乱，这已经是最好的时机。陆寻来到双方约定的地点，等待对方来交易，可这次他却失算了，他等了足足一个晚上，对方都没有出现。

街上的人渐渐多了起来，再等下去也不会有结果，陆寻决定离开。他没有回家，而是驱车去了郊外的墓园。

今天，是陆可的忌日。

陆寻提着一袋冰激凌、一束花来到陆可的墓前，不意外地发现墓地上早有一束茉莉花。这些年来，不论他来得多早，一束茉莉花都会比他先一步放在陆可的墓前，年年如此。会这么做的只有他的父亲或者母亲。

这些年来，他们从来没有碰到过对方，想来是彼此刻意避开的。

陆寻在陆可的墓前蹲下，他看着冰冷的石碑上刻着的名字，过了好一会儿，才平淡道："陆可。"

陆寻拿出一个冰激凌，放在陆可的墓前，道："你喜欢的冰激凌。"

没有人回答他，只有墓园的风声呜咽。

陆寻不知道别人家的哥哥是怎样的，但他也知道，他并不算个好哥哥。

那时，他也不过是个未满十岁的男孩，但是一个极有主见的人，每天忙于学习、运动、看书、画画等，时间永远排得满满当当的。偏偏陆可喜欢黏他，总是哭闹着企图让他心软，让他陪她玩，但他向来冷漠无情，他甚至不会哄她。所幸她聪明、乖觉，发现她的眼泪对哥哥起不了作用，她自然会将眼泪收起。

偶尔陆寻也会买陆可喜欢吃的冰激凌给她，拿到冰激凌后，她便会很快消气，什么难过都不记得了，独独记住了哥哥的好：给她买冰激凌。

过来打扫卫生的清洁工不小心撞了陆寻一下，他才从过往的记忆中回过神来。那个满脸胡子的清洁工低垂着头，局促地向他道歉，他面无表情地表示没关系，清洁工才步履蹒跚地离开。

陆寻看着陆可的墓碑，眼神冰冷："陆可，等着，哥哥会让那些人给你陪葬。"

陆寻从郊区回来，已是华灯初上。

灯红酒绿的夜色从车窗外一闪而过，陆寻却没有动容。

街边的一间名为“旧时光”的私人影院引起了他的注意，尤其是贴在影院门口的一张海报——那是陆可最喜欢的动画片。那部动画片来自意大利，因为年代久远，已经很难找到片源，想不到他居然会在这里看见它。

陆寻立刻停车，打算把那部动画片的 DVD 买回去。他缓步走进旧时光私人影院，老板是一对老夫妇，两人是电影发烧友，收藏了很多正版老片子。影院门口贴的那张海报上的动画片，他们的确有。

但对于陆寻提出的购买请求，老夫妇婉拒了，他们认为电影应该是和大家一起分享的，而不是独占。老夫妇告诉他，现在盲人观影厅正在播放这部动画片，如果他有兴趣，可以现在就去听。

盲人电影院主要是通过第三者将电影的内容描述给盲人朋友，让他们感受电影中的画面，让他们即使不用眼睛，也能明白电影中的情节，感受电影给他们带来的震撼。

这对讲述人的语言要求非常高，如果他不能绘声绘色地将电影的内容描述出来，那效果绝对会大打折扣。

陆寻循着声音走进放映厅中，厅中关着灯，隐约可以看见几个人坐在其中。银幕上播放着的果然是那部意大利动画片，而那个正在描述电影画面的女音，他很熟悉。

孟悄悄。

那个正坐在银幕前面，手持话筒认真说话的女孩，正是孟悄悄。

陆寻并不去打扰她，找了个位置坐了下来。他缓缓闭上眼睛，让世界陷入黑暗之中，只靠听来重温那个故事。

随后，响起的是干净的女音。

“这是一片雪地，雪地空旷而寂静，一个人都没有。一个女孩儿慢慢地走了出来，她穿着一身红色的长袍，红色是炽烈的，那是盛夏的太阳照在皮肤上的颜色。她一步一步地走进雪中，在白茫茫的雪地上留下一排孤单的脚印……”

话筒通电导致的窸窸窣窣的电流声、轻缓温柔的女声交织成一支安眠曲，慢慢击溃了陆寻清醒的意识。在这一刻，连日奔波的疲累不留情面地朝他袭来，很快将他送入了梦乡。

电影放完了，孟悄悄起身向那些认真听她讲完故事的盲人们鞠了一躬。盲人们慢慢退场，孟悄悄则负责清场。

自从上次吴语徽指点了她之后，她特意在网上查了下，发现了这间私人影院，知道这里有全市唯一的盲人电影院，所以，她专门过来，一是，想要锻炼自己的表达能力；二是，也算做做义工。

这时，孟悄悄发现最后一排坐着一个人。那人坐得笔直，气质凛冽如冰雪，头却低低的，还偏向一边。他整个人隐于黑暗之中，看起来，应该是睡着了。孟悄悄从台上看去，觉得那人她有些熟悉，不过，更多的却是尴尬。看来她得继续努力，争取下次讲故事的时候，别把人给闷得睡着了。

她走过去，轻轻地拍了拍男人的肩膀："先生……先生，不好意思，我们的电影已经讲完了。"

陆寻听到动静，缓慢地睁开眼睛，眼底有一瞬间的迷茫。

孟悄悄却是一愣，心想：怪不得她觉得这人有些熟悉，有这样气质的人，她这辈子见过的也只有陆寻一人了。

陆寻迷茫不过一秒，眼底瞬间恢复清冷，表情冷漠地看着孟悄悄，宛若一尊冰雕玉琢的美人雕像。

孟悄悄被陆寻的眼神看得慢慢低下了头。没想到，她第一次做义工，却把观众给说得睡着了，她感到羞愧不已。半晌后，她咳了咳，略尴尬地说道："对不起，电影没讲好。"

"其他人也睡着了吗？"

"啊？"孟悄悄一时没跟上陆寻的脑回路，道，"其他人没有。"

"那你为什么认为是你的问题？"

虽然陆寻这话没头没尾的，但孟悄悄瞬间明白了陆寻的意思——如果其他人都没有睡着，那你为什么要在自己身上找问题，而不是在睡着的那人身上找问题？孟悄悄突然意识到，自己已经形成自我责备的惯性思维，让她凡事都喜欢在自己身上找原因。

"对不起……"孟悄悄习惯性地说对不起。

"以后不许说对不起！"陆寻冷冷地打断孟悄悄的道歉。

孟悄悄也不跟陆寻争辩，她静静地看着陆寻五官精致的脸，问道："好，那我问你，你为什么会听得睡着了？"

"你讲解得有问题。"

纵然孟悄悄心性平和、宽容大度，也快被陆寻给气笑了。所以，陆寻这是在玩她了？还是在跟她开玩笑呢？

陆寻冷眸看了孟悄悄一眼，一眼就能看穿她的心里在想什么，他冷声道："盲人的听力比你想象中的要好，电影中的有些转场你没必要再解说一遍，那样反而显得画蛇添足，但遇到复杂的场景，你可以展开讲一下……"

孟悄悄乖巧地点点头，一副虚心接受、洗耳恭听的模样。

慢慢地，孟悄悄越听越认真，陆寻一针见血地指出了她讲解时的漏洞，让她如醍醐灌顶，难怪她总觉解说时有些奇怪，陆寻的一番话就像打通了她的任督二脉。

昏暗的灯光洒在两个人的身上，孟悄悄的头发泛着黑亮的光泽，显得毛茸茸、细细软软的，不知从哪来的风将她的发丝吹动，时不时扫到陆寻的脸上。陆寻的表情还是冷漠如冰雕，心底却被那发丝扫得微微发痒，就像一片羽毛，一下一下撩拨着他的心。

第十二章

自你走后，这风是你，这云是你

直播前二十分钟。

陆寻冷冷地伫立在演播室里，专注地盯着挂在墙上的大大小小的监视屏。

监视屏中，各部门的人正在井然有序地进行着准备工作。陆寻冷眼看着，犹如在看与他无关的人间百态。

有一个显示屏里显示的是休息室的画面，陆寻盯着屏幕看了一会儿，果然看见孟悄悄的身影。她戴着耳机正坐在角落里，和周围的人没什么交集，就像自带结界一样。

陆寻不由得多看了几眼。

“陆寻！”

清脆动听、仿若银铃的声音响起后，吴语徽像一阵风似的跑过来了。

吴语徽穿着简单的T恤和背带牛仔裤，看起来像个普通的高中生，和舞台上大杀四方的模样相比判若两人。如今，她支着脑袋好奇地顺着陆寻刚才的视线看去，问道：“你在看什么呀？”

“语徽！”吴天的声音适时响起，不怒自威。

吴语徽悻悻地回到吴天的身后站好。

吴天顺着陆寻方才的视线，看着休息室里的实时显示屏，笑了起来。他这一笑，那总是笼罩在他身上的严肃好像被冲淡了些。他感叹道：“我已经很久没看到那样有朝气的年轻人了。”

吴天的眼神变得悠远起来，他似乎想起了某些漫长、峥嵘的岁月。回忆之中，他的眼睛慢慢地发起光来。

吴天道：“你的爸爸、江自谦和我一起做配音时，还是在译制片的年代，我们天天看着引进片，天天练习台词。那个时候啊，搞译制片配音的人就连平常讲话都是那个腔调的，‘嘿，我最亲爱的朋友，今天的天气可好吗？’”

吴天说到兴起时，居然绘声绘色地表演了一段，他难得放松的模样让在场的工作人员不约而同地会心一笑。

吴天叹了一口气道：“可惜啊，译制片到了今天，反倒沦为了老古董一样的东西，成了年轻人抨击那些配音演员情绪不到位的代言词。”

“时代总是在变化的，没有什么能一成不变。”陆寻冷淡地说道，“现在观众的文化水平上去了，更喜欢看原声的大片。乍看之下，译制片驻足不前，实际却是市场发展的必然结果。新事物的兴起，总是伴随着传统文化的变革。有阻力，未必是件坏事。”

“没错，配音行业需要压迫力。”吴天赞同地点头，“这次你挖掘了很多有潜力的新声音，公司会签下他们的。”

“你做得很好。”吴天欣赏地看着陆寻，赞扬了一句，然后他对一直往陆寻那儿偷瞟的吴语徽说道，“语徽，你该去休息室里准备了。”

吴语徽不想去，说：“那儿闷死了，一个个和要上战场一样，生怕多说一句话就提前露了各自的底似的，没劲。”

“事关赛果，他们紧张也是正常的。你以为个个都像你一样，没心没肺的？”吴天对着女儿吴语徽的时候，严厉中还有几分宠溺，他摸了摸吴语徽的头，“乖，快回去。”

“早知道这样，我就不让你来探班了。”吴语徽撇嘴，“还是周旭好。”

纵使吴语徽骄纵跋扈，到底不敢不听她父亲的话。她朝吴天吐了吐舌头，又冲陆寻眨了眨眼睛，明媚地笑道：“陆寻，今晚的时间留给我哦。”

“来参加我的庆功宴。”吴语徽笑起来的时候简直神采飞扬，她自信地答道，“我已经让周旭在准备啦。”

说完，吴语徽就开心地朝休息室走去。任谁看了她，都难以相信，她是为不少一线小花旦配过音的资深前辈。

吴天只有面对女儿时才有些真情流露，他有些无奈地说：“我这个女儿，真是被我惯坏了。”

“有你护着，又有何妨。”

“唉，月满则亏，水满则溢。”吴天拍了拍陆寻的肩膀。

这个时候，亚澜冲了进来。她今天忙得晕头转向的，此时火急火燎地冲进来，一脸委屈地道：“Boss，你快去看看江老师，我真的劝不动他。”

亚澜倒是没想到吴天也在，立马收起告状的架势，站得直直的，向吴天问起了好：“吴总好。”

吴天没在意她方才的失礼，问道：“江指导怎么了？”

“他就是不肯化妆，我劝了多久都没用。比赛都快开始了，这可真来不及了！”说到江自谦，亚澜又来了气，噼里啪啦地说道。

不等陆寻说话，吴天说道：“随他吧，我和他认识了很多年，他就是那个性子。”

十秒钟的倒计时声已经响起，陆寻拿过流程本，最后一次和吴天确认了流程：决赛开始后，吴天需要先上台为所有决赛的选手打气，并宣布 LD 将与胜出者现场签约这个重磅消息。而陆寻、陈与均、江自谦以及洪鹄将担任决赛评委。比赛会先选出其他几个配角的配音演员，最后才进行牧禅的配音演员比拼。至于比拼方式，则是团体合作赛。而吴天，只需要在一切敲定时上台，与胜出的选手现场签订合约。

团体合作赛，乍一听起来是大浪淘沙，实际上，波涛汹涌。毕竟十个人同时上场厮杀，任何一点错漏都会成为被淘汰的致命点。

孟悄悄抬起头，看着休息室内的电视屏。

刚才的时间里，已经陆续定下了其他角色的配音演员。女主角牧禅的配音演员的比拼马上开始。

进入总决赛的选手总共有十个，这就意味着有九个人是自己的对手。

孟悄悄摊开掌心，茫然地看着掌心被自己的指甲抠伤的痕迹。她应该感觉到痛的，可是此刻，她只觉得有一种酥麻感正顺着她的脊椎往上攀爬，连肚子都跟着痛了起来。

小的时候，老师发试卷，公布考试的成绩，孟悄悄只要一紧张就会肚子痛。过了这么多年，这个毛病始终没有改变。云真在她身边的时候会抓着她的手，这样她就能慢慢地放松下来。

想到云真，孟悄悄慌乱的心渐渐平静下来。就在刚才，她从电视里看见吴天的特写。只要她表现得好，吴天就一定会记住“真真”这个名字。

主持人那边已经催她们上场，孟悄悄站在队伍的最后，和其他选手一起走上台。

这一次，孟悄悄听到的掌声更加热烈，也不知道是不是她的错觉，连场上的灯光都比平时的更闪了。

十个选手一字排开，主持人简短的介绍之后，参赛选手身后的大屏幕亮了起来，《十二公民》的电影海报在大屏幕上缓缓出现，引起场下人的一片惊呼。

不怪场下的观众如此激动。《十二公民》讲述的是当代中国一个由富二代杀人引发了最为激烈的“陪审团”互辩的故事，最重要的是，片中的十二位陪审员都是男性。这就要求场上的十位选手，不但其中有两个人要一人为两个角色配音，还必须掌握变声的高难度技巧。

场上的十个人里面，能自如切换男音的只有吴语徽一个人。而她完全不打算保留实力，除了应有的角色外，还主动多要了一个角色，这足以见她对自己能力的自信，另一个这样自信的人自然是杨懿。

事实上，除了在变声这一点上，杨懿稍逊色于吴语徽，任意切换角色对她来说，根本不是一件难事。

主持人宣布比赛即将开始，场上的灯光为了配合剧中的气氛而暗了下来。这时，只见杨懿忽然举起了手，示意自己要说话。

杨懿举起话筒说道："很抱歉，有一件事我想在这里宣布，我要退出'音为遇见你'的比赛。"

杨懿的话刚落音，观众席立刻炸开了锅，他们怎么都没想到，竟然会在直播现场出现这么大的变故。

杨懿缓缓地说道："起初，我参加竞选，也是想证明配音是一个要求很高的职业。自打我参加比赛以来，我看见了很多对这个行业怀有热忱的新人，这让我对行业的未来无比放心。而我自己因为接下来的工作，无法继续参与比赛。老实说，我认为我的声音的确不适合牧禅。在这里，我向所有支持我的粉丝、所有的观众道歉，对不起！"

杨懿说完，深深地鞠了一个躬。

重磅炸弹出现了，余威犹在。杨懿退赛事小，比赛无法进行事大啊！毕竟，她要配音的角色有两个，其中一个角色还是男主角。

陆寻的表情依然冷漠，丝毫不见慌乱。只见他拿过话筒，冷冷的声音在整个演播厅里响起，将整个喧哗沸腾的场馆冷冻成冰，趋于冷静："作为主办方，我们尊重每一个选手的决定，也感谢你这一路对比赛的付出。在这里，我想问问其他的选手，你们认为，接下来的比赛还能进行吗？"

选手们面面相觑，猜不透陆寻到底是什么意思。

吴语徽往前走了一步，自信满满："我能。她的角色，我来配。"

陆寻不意外地点点头，视线在场上扫了一圈，最后，在孟悄悄身上停驻了几秒。他再次冷漠地说道："我再问一次，还有谁可以？"

陆寻的声音冷淡到没有任何感情色彩，没有威逼利诱。虽然，他是对着所有人问的，但孟悄悄莫名感到他是在向自己施加压力，他希望她能站出来。

"我。"孟悄悄冲动之下举了手。一开始，她的语气还带着一丝不确定，她顿了一下，又补充了一句，语气坚定，"我可以！"

陆寻盯着挺身而出的孟悄悄，当大家的注意力都集中在孟悄悄的身上时，他忽然对着她的方向潋滟一笑。

那一抹笑稍纵即逝，就像昙花一现般，短暂又惊艳绝伦，旁人都没察觉到，就好像那是独属于孟悄悄的奖励一般。她心跳如擂鼓，用手使劲地按住自己的胸口，深吸两口气，突然明白了为什么陆寻从来不笑。

“工作人员准备一下，我们通过抓阄来分配角色。”

从现在开始，你不再是孟悄悄，你是那些身份、背景各有不同的陪审团成员。孟悄悄这样告诫自己。

“你凭什么决定一个人的生死？就算一个人真的有罪，我们都要花时间讨论该不该判死刑。你握生杀大权，杀了一个无辜的人，你跟凶手有什么区别？”

“我不知道真相是什么，真的，我真不知道，也没人知道。可能是我们错了，但是我们有合理的怀疑，这在我们的社会里，是有巨大价值的一种保护措施，谁也不能随随便便宣布一个人有罪，除非证据确凿。”

……

灯光大亮，台下传来经久不息的掌声。

孟悄悄睁开眼睛，还在微微地喘着气，她感觉喉咙处滚烫，甚至还有一些痒意。她知道，这是过度用嗓子的结果。反观吴语徽，仍是一副气定神闲的模样，似乎并没有因同时配两个角色而感觉到吃力或不适。

论变声的技巧，她果然还是不如吴语徽。

洪鹄啧啧称奇道：“真是让人大开眼界，江指导觉得怎么样？”

“反串作为表演上的难点，是因为男人和女人的行为习惯不同，而从配音的角度来说，双方的声线都很难改变，贴合对方的声音。从声音的质感和技巧的角度来看，吴语徽要做得更好。”江自谦严肃且正经地说道，“至于真真，她还需要很多时间去学习。但她在配音方面的天赋让我很惊喜。她配的那两个角色，一个是性格温暾的医生，一个是年近花甲的老人，角色身份的大跨越是她表演中的难度，但是她表现得很好。”

“我喜欢真真的表演。”陈与均一句废话都没有。他这种直白的偏爱，让粉丝们开始有点嫉妒起真真。

台下发出了哗然声，吴语徽对陈与均的评价有些不满，可碍于在场上，她也不能出声反驳。

陈与均继续说道：“她的声音让我有身临其境的感觉，我喜欢那份感染力。”

这时，洪鹄看向陆寻，陆寻却在暗中给洪鹄比了个手势，示意自己不用说话。洪鹄意会，招呼几个人一起打分。

由于杨懿的退赛，这场对决几乎成了吴语徽和孟悄悄的对决。

四位评委投票时，陈与均率先按下投票键，他把票投给了孟悄悄。洪鹄和江自谦紧随其后投票，他们把票投给了吴语徽。

吴语徽的表情立刻明亮了起来，她满脸期待地看着陆寻，可这时的陆寻却让她不由得心慌起来。

陆寻还是一副冷冷的、置身事外的模样，但吴语徽在他冷漠的眼神中，莫名地看出了他对孟悄悄的关注。

吴语徽不由得看向孟悄悄，对方从容不迫地站着，好像对眼前的一切一点知觉都没有。

陆寻这时给出了他的选择，他将最后一票投给了孟悄悄。场上两名选手的比分是二比二，居然出现了戏剧性的平局场面，现场观众一片骚动。

洪鹄适时地站了出来，安抚着众人躁动的心情，说道："看来两位配音演员都很优秀，比赛出现了难得的平局，让我们先用掌声谢谢两位配音演员的精彩表演。"

洪鹄带头鼓掌，现场观众也不吝啬地鼓起了掌。掌声稍息，洪鹄接着说道："配音演员能否得到观众的喜爱也很重要。那么，我们就让现场的观众投票，做出最终的抉择。现在，请各位观众按下手中的投票器。"

随着洪鹄的声音落下，大屏幕上吴语徽和孟悄悄的名字下开始滚动起来，票数从快到慢，最后停止。最终的结果，吴语徽 165 票，孟悄悄 130 票。一切尘埃落定，牧禅这个角色还是被吴语徽成功拿下。

陆寻看着票数，并不觉得意外。

孟悄悄本就对名次不甚在意，只是在吴天上台颁奖说话的时候，难掩激动地往前挤了挤，想靠近吴天一点。即使拿不到他的签名，她多看他两眼也是好的。

谁知道，吴天的脑袋后面就像是长了眼睛似的，在她靠近时，他竟转过头来，给了她一个亲切、和善的微笑。

孟悄悄一怔，浑身的血液都因为那个眼神而沸腾了起来。

谢幕之后，孟悄悄便回到了后台。没想到，吴语徽居然堵在门口，一副来者不善的样子。

吴语徽自上而下地看着孟悄悄："你进步挺快的嘛。"

孟悄悄知道吴语徽没什么恶意，于是，顺着她的意思点了点头，道："谢谢你，如果不是你上次教我，我没这么快找到感觉。"

谁知，孟悄悄这一说，吴语徽看起来更生气了。她凶巴巴地道："我不会输给你的！"

比赛结果都已经出来了，孟悄悄不明白吴语徽话中的意思，一头雾水。吴语徽却在说完这句话之后，转身离去。

第十三章

越长大越发现，开心才是这个世界上最难得到的

“可能和大家想象的不太一样，拿到比赛的冠军，对我来说并不会让我特别高兴。冠不冠军，对我来说根本不重要，我在意的是，怎么把牧禅这个角色的配音做得更好。至于之前的传闻，我只想说，有竞争才有进步……”

陈与均抬起遥控器换了台，傲气的吴语徽立刻被遗忘在娱乐频道里，取而代之的是山清水秀、鸟语花香的动物世界。

坐在陈与均旁边的周旭立刻抱怨了起来，语气里却没什么脾气：“小均……”

“你平常看得还不够吗？”陈与均斜看周旭一眼。

如今的陈与均穿着休闲装，脚踩一双拖鞋，没带妆的脸看起来比平时柔和许多，带着少年自然的干净帅气，显得格外乖巧。

而周旭对这个异姓弟弟向来纵容，于是作为惩罚，他准备弹陈与均的额头。

陈与均自然对周旭的习惯无比熟悉，赶在周旭的手伸过来之前，立刻退到沙发的一角，躲开周旭的手。

陈与均的母亲陈杏璇笑眯眯地从厨房里走了出来，帮周旭的父亲周卓峰把生日蛋糕放在饭桌正中的位置，招呼道：“小均、周旭，洗手吃饭了。”

陈与均顺从地站起，洗了手后，回到餐桌旁他的座位坐下。

周卓峰为陈与均添了一碗汤，陈与均立刻双手接过，恭敬地道了声谢。

周卓峰无奈。周旭见状，立刻开口调动起了气氛：“这多不好意思啊，今天是陈阿姨的生日，还让你们老两口忙活。”

“为你们忙活啊，我们高兴。”

周旭又道：“陈阿姨，你是不知道，我每天上班，一到了吃午饭的时候，我就特别想念你煲的汤。你看看，我想你想得都瘦了。”

陈杏璇捂着嘴巴笑了起来。她今年四十九岁，却保养得当，眼角一丝多余的细纹都没有。她不仅肤色白皙，连气色也极为红润，穿着那身白色的棉麻长裙，乍看起来，也不过只是个三十出头的女人。不仅如此，

她的五官极为标致、精妙，身上还带着独一无二的浪漫与慵懒的气质。

陈杏璇嗔道："你啊，就是嘴甜，想喝我煲的汤了，就经常回来吃饭啊！不要非得到我的生日才回来。"

"是是是，我以后一定天天带着小均回来烦你们！"

周旭说着，变魔术似的从口袋里拿出一个红色的丝绒盒子，并当着陈杏璇的面将盒子打开，盒子里装着一条精致华贵的水晶项链。

"陈阿姨，生日快乐。"

陈杏璇开心极了，她笑着拍了拍周旭的肩膀："谢谢你。"

"你这臭小子，比我都会哄你陈阿姨了！"周卓峰笑骂道。

陈杏璇看着项链，一副心满意足的样子。可她的眼睛却不由自主地向陈与均瞥去，显然，她是期待着陈与均给她的礼物。

周旭回到座位上，暗中碰了碰陈与均的脚，陈与均这才慢吞吞地站起来，他看起来似乎有些不好意思。只见他走到门外，而后，他抱着一个有他半人高的东西进来，那东西是正方形，上面盖着一层布。

陈与均走到陈杏璇的面前，轻轻地说："妈，祝你生日快乐。"

陈杏璇的眼中有泪光闪动，她轻轻扯下那块布，发现布后是个画架，里面是一幅油画，而画中的内容是她最喜欢的玫瑰花。

"我看到就买了，我也不知道你喜不喜欢……"

"喜欢……喜欢，你给我送什么，我都喜欢！"陈杏璇拉着陈与均坐下，握着他的手道，"小均，妈妈知道你忙，但是再忙，你也要抽空回来，知道吗？"

陈与均点了点头。

见儿子这样乖顺，陈杏璇高兴极了，想再拉近些母子间的感情。于是，她夹起一片牛肉放进陈与均碗里，道："别光顾着吃饭，这是你爱吃的牛肉。"

周旭想阻止，却已经来不及了。

陈与均的动作停了停，似乎是短暂地犹豫了一下，但他最后还是把那片牛肉塞进嘴巴里，又快速地扒了两口饭，沉默地咀嚼着。

周旭惊讶地看着陈与均。

陈杏璇有些高兴，至少在她看来，儿子的这个动作是一种和解。她开心地继续给陈与均夹菜："喜欢就多吃点……"

陈与均猛地放下碗，静静地注视着自己的母亲，眼中带着莫名的悲伤。瓷碗敲击桌面，发出不轻不重的声响。

陈杏璇被陈与均突如其来的动作吓了一跳，停住了夹菜的动作，弱弱地问道："小均，怎么了？"

陈与均的眸色一黯，没有回答，而是端起碗把碗里的牛肉全部吃光。他快速吃完饭，放下碗筷用餐巾擦了擦嘴巴，说道：“我吃饱了，谢谢。”

陈杏璇勉强一笑：“跟妈妈说什么谢谢。”

陈与均起身，拿起挂着的外套：“我还有事，先走了。”说完，随即离开。

陈杏璇呆坐在椅子里，她身上的雍容和气度在这一刻消失殆尽，仿佛一瞬间老了十岁。她抬手捂住了脸，用力地揉了揉，声音里满是疲惫：“怎么会这样呢？”

周卓峰扶着陈杏璇的肩膀，安慰道：“没关系，只是孩子大了，以后会懂事的。”

目睹了全程的周旭如同一个置身事外的旁观者，他冷冷地看着陈杏璇，心中忽然升起一丝难以言喻的情绪来，而那情绪本应该属于陈与均的。可是他知道，陈与均是宁愿把话烂在肚子里，也不愿意为难别人的人。

周旭的心中腾起一丝报复的冲动。

于是，他说道：“陈阿姨，我认识小均这么多年了，从没见他吃过牛肉，何谈喜欢？”

陈杏璇愣了，像是突然想起了什么似的捂住了嘴，惊叫出声：“小均他对牛肉过敏！”

“什么？”周旭顿时紧张了起来，起初，他以为陈与均不吃牛肉只是因为不喜欢，没想到居然是这个原因。

“有一次，我回到家的时候发现他发烧了，原来他吃了我白天放在冰箱里的牛肉，后来见他的烧退了，又没什么事，我就把这件事给忘了。我……我去把他追回来。”

“我去吧。”周旭拦住陈杏璇，拿起外套就追了出去。

陈杏璇的眼泪却顺着掌心流了下来。周卓峰见状，连忙将她紧紧抱住，低声哄着。

“是我不好，都是我不好。”陈杏璇呜咽着自责。

周卓峰轻抚着妻子的肩膀，道：“孩子不会怪你的。”

陈杏璇摇头低泣：“我年轻的时候，不懂得处理感情，又怕别人欺负我们孤儿寡母，带着与均改嫁了几次。是我太自私了，忽略了他的感受，我根本不是一个称职的母亲。”

周卓峰长长地叹了一口气，他拥着陈杏璇，温和道：“没关系，我们还有很长的时间。如果以前有哪些做得不好的地方，我们一起去向与均道歉，我们一起改。”

陈杏璇再也压抑不住伤心和懊悔，靠在周卓峰的怀中哭了起来。

蛋糕店难得在周末的晚上早早地打烊了。

穿着黑裤子、白褂子的宋师傅从后厨里端出两个盘子，放在孟悄悄的面前。

盘子是塑料的，下面垫着一层吸油纸。一个盘子里盛着白嫩晶莹的肠粉，肠粉被切成拇指长短，上面撒了一层白芝麻，下面则佐以四种酱料，分别是芝麻酱、番茄酱、花生酱和辣椒酱；另一个盘子里装着鸡翅尖，是一样大小的浸泡在蒜蓉和红辣椒研制而成的卤水里的鸡翅尖，清香扑鼻而来，让人食指大动。

宋师傅递给孟悄悄一根竹签，用浓浓的港普说道："喺我哋香港，点心要用呢个食（在我们香港，点心要用这个吃）。"

孟悄悄点头，先后试吃了肠粉和卤水鸡翅尖，眼睛顿时亮了起来。

"好吃！"

宋师傅露出骄傲的笑容，孟悄悄也跟着笑了起来，她再一次确定，她请一位广东籍的点心师傅回来的决定没有错。

事情要从孟悄悄收到来自 LD 的邀请函说起。

信上这样写道：尊敬的孟悄悄小姐，我们很欣喜地看到您在"音为遇见你"中的表现，我们认为您是一位优秀的、非常具有潜力的配音演员。为此，我们向您发出诚挚的邀请，希望您能加入我们，成为配音界的一员。您将以练习生的身份进入我们公司，我们向您承诺，将为您提供业内最全面、最优质的资源，同时，我们也将安排最权威、最有经验的导师为您做技术指导。我们在 LD 期待您的到来。

孟悄悄没想到她输了比赛，却赢来了做 LD 练习生的机会。这意味着，她离云真的梦想又进了一步。

孟悄悄思前想后，还是决定先不把这个事情告诉父亲，可是店里的生意她又不能完全不顾，毕竟她在法国的那几年学的是西式糕点。于是，她向父亲提出，请一个广式点心的师傅做白天的生意，她则负责晚上的。

一开始，父亲还在担心，广式茶点和西式甜点会格格不入，两种完全不同的风格融合在一间蛋糕店里，很有可能让蛋糕店看起来四不像。孟悄悄却觉得，食物的存在从填饱肚子到现在的慰藉人心，根本没有高级和低级之分，更加没有比较的意义。如果能在同一间店里，把两种类型全然不同的食物融为一体，岂不是能让顾客享受到更多美味吗？

宋师傅看向孟悄悄，问道："你觉得点（你觉得怎么样）？"

孟悄悄竖起大拇指，学着他的语气说道："得！（可以）"

宋师傅笑了起来："咁就得啦（那就行了）！我做多几种，噉 D 品种就可以多啲（我做多几种，这样品种就可以多些）。"

孟悄悄见时候不早了，让宋师傅明天再忙，现在先下班。

宋师傅走后，孟悄悄正准备关店，不想却看见陈与均跌跌撞撞地朝店子这边走来。

孟悄悄完全没想到会在私下的场合再次遇到陈与均，一时间，她就僵在原地，半晌后，也不知该如何应对。

陈与均则觉得有些奇怪，他不明白那个总让他觉得似曾相识的女孩子为什么要用一副避之不及的表情看着他。

从母亲那里出来后，陈与均的心很乱。他急着找到能抚慰自己心灵的甜食来吃，没想到找着找着，就来到了这里。

他的确对上次吃到的蛋糕念念不忘，当然，也包括眼前这个能给他带来奇妙感觉的女孩儿。

陈与均看了看四周，发现店中只有他一个人，立刻意识到了什么。他抱歉地问道："不好意思，是打烊了吗？"

孟悄悄犹豫了一下，点了点头。

陈与均失落地垂下头："打扰了。"

孟悄悄看着他黯然离去的背影，顿时心有不忍，尤其是眼下的他并不像那个在镁光灯下光鲜亮丽的大明星，而仅仅是那个低迷、茫然的少年，灰色的卫衣也让他看起来犹如蒙上了一层阴霾。

"等等！"赶在陈与均踏出店门之前，孟悄悄叫住了他。

陈与均有些意外。

孟悄悄在心中叹了口气，再开口时，语气是自己都没注意到的柔软和纵容。

"吃的还有，你先找个地方坐吧。"

孟悄悄说着，回到了厨房。她先是透过门缝往外看了一眼，陈与均坐在橱窗边看着窗外，不知道他的脸上是什么表情。她心知，能让他这样的，怕是只有陈阿姨一个人。她摇摇头，走回案前准备起食材来。

如果她没有记错的话，陈与均最爱吃草莓蛋糕。但愿，她的草莓蛋糕能让现在的他开心一点。

很快，在孟悄悄的一双巧手下，一个三角形的草莓蛋糕跃然于盘中，松软的蛋糕上是乳白色的香甜奶油，红彤彤、让人食指大动的草莓点缀在奶油之上，实在是让人垂涎三尺。

陈与均正望着窗外发呆，听见声音便转过头来。他看见孟悄悄手上的草莓蛋糕，又是一愣，盯着草莓蛋糕发了一会儿呆，又抬头看了看孟悄悄。半晌后，他才道了一声谢。

孟悄悄笑了笑，转身欲走，听到陈与均道："如果不介意的话，能陪我坐一会儿吗？”

孟悄悄思忖片刻，在陈与均的对面坐下来。

“谢谢。”陈与均有些不好意思，低声解释道，“我只是……只是现在不想一个人待着。”

“没关系。”

陈与均稍显局促地点了点头，和那块草莓蛋糕大眼瞪小眼了一会儿，终于拿起小叉子叉下一块，送进嘴里。大概是味蕾被草莓香甜的芬芳激活了，面色凝重的陈与均终于放松了下来，他吃蛋糕的速度越来越快，动作也越来越轻松。

孟悄悄看着，忍不住笑了起来，轻声道：“吃完了蛋糕，就什么烦恼都没有啦。”

陈与均猛地抬起头来，他的一双眸子明亮而犀利，恨不得要把孟悄悄看出个洞来。

“我们以前是不是见过？”

孟悄悄意识到自己说多了，含含糊糊地回答，企图蒙混过关：“没有……”

陈与均却不太相信孟悄悄的话，还想说话。忽然，他的脸色一变，整个人像筛糠似的剧烈颤抖起来，呼吸困难，脸上的血色尽褪。

孟悄悄一愣，一颗心沉到谷底。她抓起陈与均的胳膊，撸起他的袖子，果然看见了散布在他的皮肤上的若隐若现的红疹子。

她冷声道：“你今晚吃什么了？”

陈与均的脸已经涨到通红，却仍是紧闭着嘴，不肯说话。

“你是不是吃牛肉了？你不是不知道自己牛肉过敏，为什么还要吃？”

孟悄悄顾不上责备他，想冲到后厨去找冰块，却被他反手握住手腕。他的手握得紧紧的，眼睛亮亮地看着孟悄悄，轻声说道：“你为什么……知道我对牛肉过敏？”

“这重要吗？放开！”

陈与均的眼神黯了下来，松了手。

孟悄悄得到了自由，跑到后厨抱了一大瓶烈酒来。她用干净的餐布帮他把过敏的地方做降温消毒。

“我去叫救护车，你千万不要挠，听见没有？”

“不要……”

“都什么时候了还任性！”

陈与均断断续续地说道：“不可以……去医院。打电话……给周旭……”

孟悄悄也不再犹豫，她拿起陈与均的手机，才发现他的手机关机了。想来这是陈与均闹脾气时的举措，她也顾不上责备他，立刻开机通知周旭。然后她解开陈与均衣服最上面的几颗扣子，陈与均也不避让，呆呆地让她解。

解扣子是为了让陈与均更好地呼吸，孟悄悄也没有多想，她像小时候那样安慰他：“没事的，跟着我一起吸气，呼气……”

“你怎么……知道我对牛肉过敏？”陈与均对这个问题很执着。

孟悄悄一怔，想起了十岁那年的往事。

当时，父亲和陈阿姨都在店里招呼客人，照顾陈与均的任务自然就落到了孟悄悄的身上。到了饭点，她看冰箱里有炒好的牛肉，想起陈与均平日最喜欢吃牛肉，就在微波炉里热好给他吃。没想到，他吃过牛肉后全身起了疹子，她很害怕，想给父亲打电话，却被他拦住了。她病急乱投医，在厨房里找了酒给他擦，帮他降温，没想到，居然有效。晚上父亲和陈阿姨回家时，陈与均身上的疹子已经消退了一大半，陈阿姨看并不严重，也没说什么，只关心了几句。但她一直很内疚，牢牢地记住了以后不能让他碰牛肉这件事。

“为什么……会用酒降温？”

陈与均死死地盯着孟悄悄，他吃力地问道，仿佛用尽了他这一生所有的期许：“希音，你是不是希音姐姐？”

孟悄悄再也无法伪装下去了，至少在这个时候，她没有办法让满怀期待的陈与均失望。她将自己的手覆在他的手背上，低低地承认了：“是。”

陈与均的眼睛亮了，仿佛刹那之间得到重生，整个人都焕发出光彩。

“别说话。”孟悄悄用力地握紧了他的手，“周医生很快就到了。”

陈与均粲然一笑，眼睛里似乎有星星闪烁。

彼时的吴语徽正满心欢喜地在直播间做准备。

她一边看着台本，一边不断地向她的左手边投过去炙热、灼人的视线。

吴语徽左手边的位置，那个端坐着、一动不动的冷漠男人，正是陆寻。

这是由吴语徽担任主播的一档侦探节目，每晚九点在D音直播。因为吴语徽的人气和节目本身的定位，这是D音最火的一档节目，每一期吴语徽都会说一个侦探故事，然后邀请广大听众在官网上留下推理过程，第一个推理正确的人就会收到节目组准备的奖金。

这一期侦探故事的台本是陆寻主动要求写的，吴语徽也大感意外。

陆寻却有自己的私心和打算，自从上次寄快递的幕后人失约之后，那个人就再也没有出现过。陆寻笃定对方是出了问题，那个人不出现的原因只有两种：要么，对方被人限制了人身自由；要么，对方已经死了。无论哪种，对方身上的线索已经断了，他只能另做安排。

所以，陆寻打算把陆家当年发生的事情写成一个侦探故事，准备用悬赏的方式，找到更多线索。D 音面对的人群广，用户合起来的力量也是不容小觑的。

直播时间到，吴语徽按下了直播键。

“各位听众朋友们，晚上好，我是吴语徽，欢迎大家收听今天的节目。今天我的心情特别好，因为今天这个故事，是我们 LD 获得了奥斯卡最佳动画长片奖的导演、LD 的副总裁陆寻写的，大家是不是特别期待？”

吴语徽简单地寒暄了两句之后，便公布了 LD 的练习生计划。随后，吴语徽开始进入今天侦探节目的正题：听故事，做侦探，解谜题。

随着吴语徽的讲述，发生在十五年前的真实又惨烈的事件，徐徐展开了……

第十四章

光有好声音就想成为一个好的配音演员，是不可能的

孟悄悄赶到 LD 时，距离之前 LD 通知她报到的时间已经过去了五分钟、而她因为一路急行，脸上、身上早已是一层薄汗。

她还穿着昨天在店里时穿的衣服，衣角上沾着奶油和酒渍，袖口的一块地方还因为去拿冰块时不小心打翻了油瓶而沾上了油渍。

昨晚，周旭接到她的电话之后，立刻来了店里要把陈与均带回家。谁知道，陈与均死死地抓着她的手不肯放。她没办法，只好跟陈与均一起去了周旭那里。

周旭帮陈与均做了急救处理，又帮他注射了药剂。等陈与均沉沉睡下的时候，已经是天光大亮。

孟悄悄根本来不及和周旭解释，匆匆往 LD 赶，甚至都没来得及回家换衣服。

孟悄悄刚从前台那儿询问到新人报到的地方，就听一个声音自她身旁响起。

"你也是 LD 的练习生？"

只见一个留着利落短发、神采飞扬的女孩站在孟悄悄的旁边，她穿着皮外套和牛仔热裤，露出修长的腿，似乎并不怕冷。如今，她闪闪发亮的眼睛正笑意盈盈地看着孟悄悄，她左耳上戴着的好几个耳钉也在灯光下闪烁着。

见孟悄悄点头，她大方地自我介绍："你好，我叫姜思慕。"

"孟悄悄。"

姜思慕冲孟悄悄眨了眨眼睛："我听你的声音，你应该是配音部的练习生吧？我是动画部的新人，以后咱们就是同事啦。"

姜思慕的身上有一种爽朗的亲切感，让人忍不住想要亲近。

"你好像不太喜欢说话？"姜思慕笑盈盈地打量着孟悄悄。

孟悄悄有些僵硬地点了点头。

"你话少没关系，我话多啊！"姜思慕笑了起来，孟悄悄觉得她挺

有意思，也跟着笑了笑。

姜思慕扫了眼墙上的时钟，失声道：“不好，又迟了五分钟，快走快走！”

说完，姜思慕一把拉起孟悄悄的手，带着孟悄悄往电梯那边跑去。可电梯刚上去，等不及的姜思慕拉着孟悄悄直接去爬楼梯。两人额头上都是薄汗，气喘吁吁地跑上了五楼。

可五楼的会客厅如今大门紧闭，从里面隐约传出人说话的声音。姜思慕先带孟悄悄找后门，想偷偷溜进去，可她很快沮丧地发现会客厅并不像大学教室那样有后门。两个人只好硬着头皮来到前门敲门，在得到屋内人的首肯之后，两人才走了进去。

会客厅里坐满了人，他们齐齐朝孟悄悄和姜思慕的方向看了过来。并不习惯置身于众目睽睽之下的孟悄悄简直如芒在背，反观姜思慕，倒比她放松多了。

“你们有没有时间观念？”严肃的语气中没有多余的温度。

孟悄悄对上江自谦那双不怒自威的眼睛。江自谦戴着一顶鸭舌帽，即将开春的天气有些暖，而他穿着的皮夹克原本的颜色都快被磨掉了，拉链的地方泛着旧态的白。

“对不起！”姜思慕大声道歉。孟悄悄也没有为自己辩解，跟着姜思慕一起道歉。

江自谦依旧皱着眉头，问道：“你们叫什么名字？”

“我叫姜思慕。”

“我叫孟悄悄。”

江自谦微微挑了挑眉，他不动声色地打量着孟悄悄，问道：“你是真真？”

江自谦此话一出，会客厅里的练习生们立刻低声议论起来。他们交头接耳，间或若有若无地瞥向孟悄悄，似乎难以相信那个瘦小又不起眼的女孩子，就是那个在配音比赛中与吴语徽一逐高下、在网配界颇有名气的 CV 真真。

姜思慕也一脸惊讶地看着孟悄悄。

“这就是你认为自己可以迟到的原因？”江自谦冷冷地质问道。

孟悄悄愕然，她当然没有任何那样的意思。江自谦却不再看她，他威严地在会客厅里环视了一圈，说道：“我不管你们之前是谁，在这里，你们的身份只是学生。而你们首先要学的就是时间观念，如果下次再有人迟到，可以不用来了，听到了吗？”

“江指导。”

孟悄悄听到一个清冷无波的声音从身后响起。

陆寻穿着一身米白色西装，俊逸非凡。他面无表情，金丝边眼镜干净剔透，仍是那副冷漠无情、世人皆如蝼蚁的高贵模样，身后跟着亦步亦趋的秘书亚澜。

陆寻没什么温度的视线从江自谦那儿移到孟悄悄的脸上，只见她的额头上是一层细密的薄汗，发丝被润湿，贴在脸颊上，他的视线下移，又看到她的衣服上好几处污渍，狼狈不堪。

孟悄悄若无其事地用手挡住身上的污渍，也隔绝了陆寻的视线。

陆寻看向江自谦，冷淡道："江指导，下不为例，今天还是以入职宣讲为重。"

姜思慕聪明地接过话茬："江指导，我保证，以后我们绝不会迟到。"

江自谦的目光在孟悄悄和姜思慕的身上停留了一会儿，道："找个位子坐好。"

姜思慕如蒙大赦，朝江自谦和陆寻点了点头以示感激，赶紧拉着孟悄悄找了个靠后的角落的位置坐下。

等她们坐好，陆寻看了亚澜一眼，亚澜心领神会地上前一步，笑着对众人说道："很高兴大家今天来到 LD，请先容我代表 LD 欢迎大家的到来，我叫亚澜，是陆总的秘书。今天在场的，除了参加比赛的配音演员之外，还有其他专业的人才。你们对于我们来说，是拥有无限可能的明日之星；对于整个行业，你们将会是不可或缺的中流砥柱。所以，配音比赛一结束，我们就向各位发出了邀请，怕的是有人捷足先登，把你们给抢走了。"

亚澜的话引来会客厅里的一阵低笑声。孟悄悄看了陆寻一眼，亚澜讲话的时候，陆寻始终冷淡地伫立在台上。虽然他一句话都没说，但任谁也没办法忽视他的存在，他身上持续散发的强大的气场让在场的众人都有点拘谨。只是孟悄悄没想到，他那么冷冰冰的人，秘书却圆滑幽默，倒也很合适。

"那人挺有意思的啊。"忽然，姜思慕凑近孟悄悄，低声耳语道。

孟悄悄轻轻地"嗯"了一声。

亚澜话锋一转，说："我知道在此之前，在座的有不少是做网络配音的，我相信各位的热情，但我也要向各位指出一点，成为专业的配音演员，并不如你们想象的那么容易。"

随着这一段话，场上的气氛沉了下来。坐在台下的人们，有的殷切地看着，有的眼底则流露出不服气。

这时，孟悄悄才留意到，坐在会客厅里的不少面孔是她在比赛中见过的，复赛时同组的洛冰倩也在其中。

亚澜继续说道：“你们可以将半年的时间当作一场培训，也可以将这半年的时间当成对你们的考验和你们对公司的观察。如果你们决定选择我们，我们会通过这半年的时间来决定是不是要和各位进行双向选择。当我们认为你们的能力不足或者不适合我们的时候，我们会适时地向各位提出结束，并按照合同支付足够的实习期工资。不过当然，我们更希望看到的是，各位能顺利通过实习期，成为我们的伙伴。”

“如果表现优异，那是不是可以提前转正？！”洛冰倩大声提出这个疑问。

“可以。”接过话头的是江自谦。

江自谦面无表情地说道：“在我这里，没有什么规矩是不能打破的，天才拥有一切特权。但前提是，你得是个天才。”

亚澜照例打起了圆场：“你们在LD实习期间，江指导将会担任你们的培训老师。江老师是译制片的第一代配音演员、老话剧演员，曾任职于某传媒大学播音系，现在是我们LD的艺术总监，更是不可多得的经验丰富的老前辈。”

孟悄悄听见身边又传来了窃窃私语的声音，大约是有人欢喜有人愁。

从江自谦的说话方式和态度中不难看出，他不是一个好应付的老师。

可孟悄悄对江自谦却有种莫名的信任和好感，究其原因，还是因为云真。

云真七岁的时候，被送去江自谦那里学习配音。江自谦对于云真来说，意味着配音生涯的开始，更是继吴天之后云真崇拜的第二个对象。

云真总说，江老师是一个非常好的老师，他事无巨细地领她入门，传授她配音的技巧，为人耐心又和气。而跟着他，她学到了很多很多。

不能否认的是，彼时的孟悄悄在为好友得此良师开心的同时，也不由自主地羡慕着云真。

现在，如果她可以跟着江自谦学习配音，就意味着她可以体会云真曾经经历过的，她和她的朋友将与彼此重逢。

入职宣讲结束，亚澜带大家参观公司，并宣布会给他们考虑的时间。实习期在三日后正式开始，如果愿意加入LD，只需三日后上午十点准时到公司就行；如果没有兴趣，LD也非常感谢大家今天的到来。

人群渐渐往外走，会客厅里越来越空旷，孟悄悄和姜思慕走在人群最后。孟悄悄即将跨出门，一双脚率先映入眼帘，填满了她视线的同时，也挡住了她的去路。

棕色及踝的布洛克鞋，鞋面上一尘不染，鞋带利落地打了一个完美的结。

孟悄悄抬起头，便看见陆寻那张冷漠俊美的脸。

陆寻忽然握住孟悄悄的手腕，使了巧劲把人拉了出来。孟悄悄只觉得陆寻身上冷冽的气息将她笼罩了起来。她只能僵直着背脊，尽量把脖子向后仰，才能让自己和他保持一段安全的距离。

陆寻一双冰雪铸就的黑眸紧紧盯着孟悄悄的脸，冷冽的语气带着点危险的气息："一身酒气，用手就想遮住？嗯？"

孟悄悄从陆寻冰冷的语气中听出了不愉快和一丝暧昧，她有点不安，想要挣脱陆寻的手，但尽量平静、诚恳地说道："下次不会了，你能不能先放开我？"

陆寻冷哼一声，松开孟悄悄的手。接着，他递给她一张纸巾，阴森森地说道："去洗掉。"

孟悄悄不知是该接还是不该接，柔软的纸巾带着凛冽清冷的淡香，而这股香气和陆寻身上的气味如出一辙。

姜思慕看看陆寻，又看看孟悄悄，她忽然狡黠一笑，替孟悄悄把纸巾接了过来，大大咧咧地说道："谢啦，陆总。"

陆寻漠然地转身离去。

孟悄悄忽然有一种奇怪的感觉，而这从来都没有过的感觉，让她没来由慌乱。

姜思慕挽着孟悄悄的手，笑嘻嘻地问着："陆总长得真好看啊，他把你一把拉出来的样子简直是魅力值百分百啊！你们之间的气氛很暧昧哦，老实说，他是不是在追你呀？"

孟悄悄强制自己对姜思慕提的那些问题忽略不计，免得让自己陷入尴尬的处境之中。

她不知道，这一切都被此时站在她身后的洛冰倩看在眼里。

陆寻敲开吴天办公室的门，吴天的脸色有些凝重。

"您找我？"

吴天看了陆寻一眼，道："昨天语徽的那个节目，我听了。"

陆寻漠然地点了点头。

"为什么突然查起当年的事儿？"

陆寻语气淡淡："当年的事情疑点重重，绝对不是意外。"

收到匿名信的事，陆寻并没有向吴天提起过。在他还没有弄清楚事情的真相之前，他不想让那件事成为别人的负担。

"小寻，当年的事情，警察都已经结案了，不会出错的。你不应该困住你自己，过去的事都已经过去了。”

“吴伯伯，那可是我妹妹。”

陆寻的这句话让吴天语塞，也让他瞬间明白了陆寻的执着。他长长地叹了口气，表情忽然沉重了起来。

“那你现在找到什么线索了吗？”

“还没有。”

“确实没那么简单。”停顿片刻，吴天似乎也意识到自己的失言，解释道，“我是说，如果当年的事情真的有问题，那这事情就复杂了，你也不要病急乱投医，影响自己的判断。”

“我明白。”陆寻回答道。

三日后，孟悄悄如约来到了 LD 第一天实习的地址——录音棚。

烈日骄阳下，录音棚的门前已经聚满了练习生。孟悄悄找了个离他们不远不近的位置站着，没有刻意靠近他们，也没有故意疏远他们。

只是她向来不强的存在感在这个时候不知怎么的悄然改变，周围的练习生们若有若无地瞥向她，间或窃窃私语，偶又露出不明意味的笑意。

洛冰倩朝孟悄悄跑了过来，她的笑容热情明媚，主动向孟悄悄搭讪：“孟悄悄对吧？你还记得我吗？我叫洛冰倩。”

孟悄悄点点头，一起站在舞台上过，她怎么会不记得呢？

“想不到你就是真真啊！”洛冰倩立刻拿出手机，打开前置摄像头，道，“可以和你拍张照吗？我把我们的合照发微博，粉丝一定会炸了的。”

孟悄悄连忙抬手按住了洛冰倩的手机，说：“我不拍照。”

洛冰倩没想到孟悄悄这么不近人情，完全无视了她的主动示好，直白地拒绝了她。这导致她看孟悄悄时，眼神产生了一些微妙的变化，除了猜测以外，还多了些嗔怪和不满。

孟悄悄知道自己这是得罪了人，也知道洛冰倩没有什么恶意，解释道：“对不起，我不太会拍照，我太胖了。”

洛冰倩的脸色更加难看，她笑得真假难辨，说道：“就你这样还说自己胖呢？真是太不给我们活路了。”

孟悄悄一愣，这才想起来自己已经瘦了，早就不是当年的那个小胖子了。这段时间她忙着店里和配音的事，根本没有时间在意自己体形的变化，潜意识自然还停留在自己仍是个胖子的认知上。

洛冰倩上下打量了孟悄悄一眼，不咸不淡地说了句：“我就弄不明白，像你们这种瘦巴巴的人，怎么偏偏喜欢穿这种肥肥大大的衣服呢？”

孟悄悄低头看了自己的衣服一眼，她现在穿着的卫衣是以前买的，肥大宽松的衣服如今松松垮垮地耷拉在身上，像块被水打湿了的抹布。以前的裤子和裙子都没法穿了，她只好在对面的一间小店里随便买了两条牛仔裤。她也分不出好不好看，只是裤子正好合身，就穿了。

洛冰倩也不再为难她，收起手机，状似不经意地问道："你和陆总很熟吗？"

"说过几次话而已，不算熟吧。"孟悄悄摇了摇头。

洛冰倩似笑非笑，看着孟悄悄，意味深长道："原来如此啊。"

洛冰倩不再理会孟悄悄，走回她的那堆朋友里，压低嗓音朝她们说着什么，她的眼睛还一直往孟悄悄的方向瞥。

孟悄悄丈二和尚摸不着头脑，可一想自己也没说错什么，便没将此事放在心上。

这时，录音棚的门开了，一个二十出头、戴着眼镜的男生从里面探出头来，招呼道："你们都是新来的练习生吧？我是杨亮，是江指导的助理，江指导喊你们进来，注意保持安静啊！"

一行人跟着杨亮走进录音棚里，棚里没有大太阳晒，又开着冷气，和外面简直是两个不同的世界。

杨亮为孟悄悄他们打开录音室的门，扑面而来的烟味立刻把几个学生呛得直咳嗽。

"吵什么吵？！"坐在工作台前的江自谦回过头来，凶巴巴地吼道。他戴着宽大的耳机，凶恶的脸渐渐从缭绕的烟雾里现了形，吓得那几个学生立刻噤若寒蝉。

杨亮适时说道："江指导，练习生来了。"

江自谦皱着眉头打量了站在他面前的学生们几眼，随手指了孟悄悄在内的几个人，道："你们几个，进棚里。"

突然被点名的孟悄悄和其他几个人显然一时半会儿没回过神来，他们一脸茫然，你看看我，我看看你。洛冰倩大胆地问道："请问……是要我们去录音吗？"

"难道让你们进去玩儿吗？有一段群杂，你们几个去录。"

江自谦这么一说，学生们立刻激动了起来。毕竟谁也没想到来实习的第一天就有机会进棚里，实打实地体验一把专业配音。

孟悄悄跟着其他几个人进录音棚之后，习惯性地站在队伍的最后。没想到，她这一动作很快被眼尖的江自谦挑了出来。

江自谦的声音从录音室内的喇叭里传了出来，带着不容抗拒的魄力："女生往前站，靠后了声音出不来！"

屏幕上的画面亮了起来，播放的竟然是《动画制作人》的片段。稚嫩的练习生都是奔着《动画制作人》这个项目才去参加选拔赛的，如今，他们见到制作好了的《动画制作人》的完整画面，纷纷惊喜，雀跃地议论了起来。

“嚷什么？！录音室里要保持绝对安静，没学过吗？！”江自谦呵斥道。

在场的都是二十出头的年轻人，基本是从小养尊处优的，谁被别人这样呼呼喝喝地骂过。可江自谦毕竟是德高望重的导师，没人敢对他的呼喊表示任何的质疑，他们只好把不满藏进肚子里。

孟悄悄的注意力早被屏幕中的戏吸引了去。

这场戏讲的是，男女主角第一次单独出门时，在热闹的街头闲逛、聊天。而这段群杂戏需要配音演员做的，就是为画面中的龙套人物营造气氛，说通俗些，就是制造些各景别中应有的声音，让场景更加真实。

而群杂戏的录法，就是几个配音演员一起站在话筒前，对着话筒各说各话，而所说的一切需要贴合画面中的氛围。在场有八个配音演员，分别对应画面中的几个角色，有叫卖的小贩、敲打银饰的银铺匠人、逛街的情侣和闺密等。

孟悄悄和洛冰倩的角色是闺密，她们要说的词儿剧本上也有，场景是两个人一起自拍。为了表演得更加真实，洛冰倩早早地拿出手机，准备和孟悄悄自拍，孟悄悄却迟疑起来。然而，她知道这是工作，她不能因为自己而推三阻四，影响其他人的进度。

江自谦的声音响起：“准备好了吗？准备好了就开始。”

洛冰倩闻言亲昵地挽起孟悄悄，孟悄悄则屏息凝神，盯着屏幕。

“3——2——1，action！”

随着江自谦的一声令下，几个配音演员争先恐后地发出了各种各样的声音。

洛冰倩拉过孟悄悄，说道：“你看这里多好看啊，我们拍照吧！”

洛冰倩再次举起了调到自拍模式的手机，孟悄悄犹豫了一下，刚张开嘴巴准备说话，江自谦却大喊一声“Cut”。

江自谦大声说道：“你们干什么呢？群杂是这么录的吗？！”

一时间，大家噤若寒蝉，忐忑不安地看着江自谦。

“一个个的抢什么话，生怕别人听不见你们的声音。在这场戏里，你们需要提供的只是环境音！声音有远有近，有轻有重，把握好层次！”

实习生们虽然深感委屈，但是也不敢说话。江自谦一改方才懒散的模样，锐利的目光在场上扫视了一圈，最终停在孟悄悄身上，他道：“还有你，你知不知道，你的停顿很有可能拖慢整个戏的节奏？”

孟悄悄道："对不起。"

江自谦挥挥手，道："重来。"

众人敢怒不敢言，只好按江自谦的要求，各自努力压制自我，在一遍又一遍的"重来"中找感觉。

这段群杂戏整整录了半个小时，江自谦才稍微满意，结束录音之后，学生们又被赶回了录音间，观摩资深配音演员的工作。

第一天实习直到晚上十一点多才结束，练习生们三三两两地离开LD，孟悄悄走在大家最后。被门口的风一吹，她混沌的脑子这才清醒了过来。

她紧了紧背上的包，走在空无一人的路上，这时，她听见有人喊她的名字。

"希音！"

孟悄悄回过头，一个戴着帽子和口罩的男人站在街角，定定地看着她。

男人摘下口罩，竟是陈与均。他朝孟悄悄笑了笑，笑容中有几分羞赧不安，更多的则是久别重逢、失而复得的喜悦。

孟悄悄长长地叹出一口气，用只有他们两个人能听到的声音道："小均。"

第十五章

初心是你

夜凉如水，长街之上，行人寥寥，只有皎洁的月色在人间交织成一张柔软的网。

孟悄悄和陈与均并肩走在路上，月光将两个人的影子拉得很长。陈与均大约是觉得这个点，街上不会有人发现他的身份，便摘下了口罩。

孟悄悄打量着陈与均，一种奇妙的感觉在她的心中蔓延。时光改变了他们，她和他都长大了。

“过敏完全好了吗？”

“孟叔叔最近还好吗？”

陈与均和孟悄悄几乎同时开口，两人在听见对方的问题时对看一眼，均是一笑。

“我爸挺好的。”

“我也没事了。”

孟悄悄放下心的同时，语气不由自主地严肃了起来，俨然摆出了姐姐的姿态：“明明知道自己不能吃牛肉，为什么还吃？”

陈与均没有说话，表情不知是黯然还是悲伤。

孟悄悄敏感地察觉到什么，没继续追问他，只再次叮嘱：“下次别这样了。”

陈与均小心翼翼地拉住孟悄悄的胳膊晃了晃：“肯定不会了，我都听你的。”

孟悄悄看着陈与均，脑海里浮现的却是十几年前，那张白皙稚嫩、粉雕玉琢的小正太的脸。

她想像小时候那样揉揉陈与均的头，可是，她的手刚抬起来，就尴尬地发现，如今的她和陈与均身高相差过大，她已经摸不到他的脑袋了。

陈与均愣愣地看着孟悄悄，孟悄悄也愣愣地看着陈与均。

忽然，陈与均弯下腰，把头凑到孟悄悄的掌心，蹭了蹭。

孟悄悄看着高大的陈与均一脸乖巧的模样，实在是没忍住，“扑哧”一声笑了出来。

陈与均见孟悄悄笑了，也跟着高兴起来，可他很快想起了这些天来一直憋在心中的疑惑，还是问了出来：“你早就认出我了，是不是？”

孟悄悄无法反驳，只能点点头。

这次陈与均的声音提高了：“那你为什么不认我？！”

面对陈与均的时候，孟悄悄很放松，便开起了玩笑：“你都是大明星了，我怕被你的粉丝围攻啊。”

“可我做明星的初心是为了你啊，你甚至还改了名字……”

陈与均越说越委屈，孟悄悄却有点尴尬。

孟悄悄八岁那年，陈杏璇带着陈与均嫁给了孟悄悄的父亲，重新组建了家庭。那时的孟悄悄是个大陈与均两岁的胖胖的小姐姐，不论什么时候她都很照顾他。她细心地关照他所有的情绪，抚平了他初到新环境时的不安，所以，他们的感情甚至比亲姐弟更亲密一点。

有时，孟荣从店里拿回来蛋糕，孟悄悄会让给陈与均吃，陈与均也想让给她吃。这时，她就会用抛硬币来决定，如果硬币是正面，她就吃。可她每次扔硬币，都会是硬币的背面。

后来，陈阿姨和孟荣的感情出现了问题，两人选择离婚，陈阿姨便带着陈与均离开了孟家。陈与均舍不得她，她把硬币送给了他，并安慰他说，只要有一天他学会了抛硬币只抛出背面，她就会来找他。

彼时的陈与均信以为真点点头，却还是害怕。他问孟悄悄：“可是，如果你找不到我怎么办呢？”

孟悄悄苦着脸，也没了办法。

“我知道了！”陈与均开心地叫道，“我做演员吧，站在高一点的地方，这样你就能找到我了。”

“对啊，小均你真聪明。”孟悄悄由衷地赞扬他。

没想到，陈与均猛地亲了下她的脸，真诚地说道：“希音姐姐，我好喜欢好喜欢你的，你可千万不能忘了我啊！”

事到如今，想到天真烂漫的陈与均的那个亲吻，孟悄悄还是有点脸红，她咳了咳，道：“我不是还是和你相认了吗。”

陈与均知道孟悄悄在转移话题，他不忍苛责她。那次，他在蛋糕店见到她的第一眼，是有些怀疑的。小的时候，他总吃孟荣带回来的蛋糕，自然就记住了孟荣的手艺。可那时，她却对他说蛋糕是她做的，他虽然怀疑，但是也信了她。因为他着实难以相信，这世上会有这么巧的重逢，可他没想到的是，这世上的事情真有这么简单、玄妙。

“那……你什么时候跟我回家吃饭吧？”陈与均的脸红了起来，“前两天，我妈来看我，我和她说了你的事情。她说她很想你，想见见你。”

“好。”孟悄悄又郑重地说道，“但是，除了陈阿姨以外，我和你的关系能保密吗？”

“为什么？我好不容易才找到你的。”

“我现在在 LD 做配音演员，是瞒着我爸的。”

陈与均也明白，现在的孟悄悄无疑是光着脚在刀尖上行走，而他的身份极有可能给她带来没必要的麻烦，只能无比憋屈地点头同意。

他忽然伸出手，孟悄悄还没反应过来就被他抱住了。他紧紧地抱着她，让她听见从他胸膛深处传来的心跳声。

“无论如何，能再遇见你真好。”陈与均在她耳边轻喃。

孟悄悄在心中叹了口气，伸出手回抱陈与均，并在他的背上轻轻地拍了拍。

和陈与均的重逢就像是一支插曲，孟悄悄的工作仍在继续。

新鲜劲过去之后，练习生们对进录音棚的兴奋劲也差不多没了。配音的工作本就需要重复再重复，可这样的重复久而久之就变成了枯燥与乏味，更别提在录音棚的这段时间里，他们每天都要和江自谦打照面。

江自谦并不是一个慈祥的老师，相反，他严厉、苛刻。短短几天的时间，他已经把好几个女练习生逼哭了。大家几乎是咬着牙撑着的，大概就是想等到顺利通过实习期的那一天，狠狠打江自谦的脸。

而事实证明，在折磨他们的方法上，江自谦永远能“推陈出新”。

练习生们在偌大的排练室里面面相觑，他们已经在这里等了半个小时，还是没看见江自谦的身影。

今天是江自谦为他们定好的培训的日子，可是他却迟到了。已经有一些练习生对此表达了不满，他们聚在一起窃窃私语。

就在这时，江自谦提着一个黑色的大塑料袋走了进来，他将袋子往地上一扔，抄起酒壶大口地喝了起来。

有大胆的学生实在气不过，便出声说道：“江指导，我们等了你半个小时。”

江自谦慢悠悠地拧着小酒壶的盖子：“那又怎么样？”

这话引来了更多学生的不满，又有一个人说道：“可是，你上次对我们说，不许迟到的。”

“那是对你的要求，不是对我的。”江自谦顿了一下，道，“想要求别人在面对你们的时候不要迟到，就成为别人面对你们时不敢迟到的人。”

一番话堵得学生们哑口无言，江自谦冷哼一声：“还愣着干吗？一人一个，分了吧。”

学生们凑上前，把袋子打开一看，那竟是一整袋的热水瓶的木塞子。

洛冰倩问道：“江指导，这是用来做什么的？”

“用你们的牙咬住，准备好了就开始今天的训练。”

学生们简直丈二和尚摸不着头脑，完全不明白江自谦的用意。江自谦却将他们两两分为一组，让他们找好位置站好。

江自谦道：“对于一个优秀的配音演员来说，口条要顺。不要以为你们平时说的是普通话，就真的能在配音时做到字正腔圆。要你们咬着木塞子，是帮你们练习说话时的发音的。从今天开始，我会给你们布置任务，剧也好，小说也好，你们每个人每天必须完成两个小时的朗读任务。而你们所有的朗读，必须有表演，必须揣摩那个你表演的角色在那个情境下的情绪。而且，你们必须咬着木塞子完成。”

江自谦话音刚落，引来大家一阵哗然。咬着瓶塞子讲两个小时的话？腮帮子还要不要了？

像是猜出他们心中所想，江自谦冷哼道：“吃得苦中苦，方为人上人。认为自己做不到的，现在就可以离开。”

当然不会有人走，却有人提出了质疑。

洛冰倩问道：“江指导，咬着瓶塞子，连说话都很困难，又怎么可能做声音表演呢？”

“别人做不到的事，如果你能做到，这就是你的价值所在。”江自谦环视了众人一圈，道，“配音演员不可能像演员一样有时间熟悉所演的角色，只能根据台词和台词前后的语境来猜测那个角色在说那一句话的时候是什么情绪。而一部四十集的电视剧，给配音演员配音的时间往往只有不到一个礼拜，这就要求那个角色所需的情绪是储存在配音演员的脑袋里的。”

江自谦指了指自己的脑袋，道：“你们熟悉的那些配音大腕，基本上往话筒前面一坐，一句词儿一条过，你们觉得他们是怎么做到的？他们是把剧本吃透，还是跟着导演、编剧一起讨论角色？他们只是从脑袋里把存货拿出来，现学现用而已。这意味着，你们在日常积累的素材越多，你们就能越快上手。”

学生们纷纷点头，很快把木塞子瓜分了个精光。

江自谦又道：“我现在要教你们的，就是情绪的掌握。你们两两一组，把对方当成你们的仇人，用尽你们所能去骂他，爆粗口、人身攻击都可以。

我要的，是你们把心底最深的情绪都爆发出来，并且记住那一刻你们的感受，让你们的肌肉形成记忆。”

这就是训练方式？所有人十分惊讶，毕竟他们从来没听说过把骂人当成训练的。

江自谦目光一转，看到表情有些迟疑的孟悄悄，他问道：“孟悄悄，你有疑问？”

孟悄悄忽然被点名，犹豫了一下才道：“我没有仇人。”

孟悄悄的话引来了一阵轻笑声，江自谦看了她一眼：“那就把你的对手当成一个树洞，所有你平时说不出来的话、发泄不出来的情绪，通通甩给它。”

闻言，孟悄悄看了一眼站在她对面的人，一个名叫刘皓的男孩，他有着一张娃娃脸，柔顺的黑发乖巧地盖在额前。他察觉到她在看他，便冲她笑，他笑起来时左脸上还有个小酒窝。

“都明白了的话，那就开始吧。如果你们骂得我觉得不满意，那今天的午饭，就都别打算吃了！”

回应江自谦的是，是一片死寂。

随后，不知道从哪个角落里爆发出石破天惊的怒吼：“如果不是有人撑腰，你以为你是谁？！你跩什么跩？！”

原来是洛冰倩，经她这么一带头，练习生们立刻被带动了起来，和自己的搭档开始了骂人练习，似是要将他们所有的愤怒和不满通通发泄到对方的身上。

反观孟悄悄和刘皓这一组，还在持续沉默中。

刘皓率先打破僵局，他觉得直接开骂可能不太合适，所以，他打算先和孟悄悄培养培养感情，相互了解了解，再骂不迟。于是，他自我介绍道：“我叫刘皓，白告皓，哎，也不知我爸妈是怎么想的，这名字真不吉利。”

“……孟悄悄。”

“我知道我知道，你很有名啊！我看江指导已经在看我们这边了，我们相互了解得也差不了，不然直接进入正题吧？”

只是互相介绍了下名字就叫了解得差不多了？不过，孟悄悄还是点了点头。

“女士优先，你先来？”

“我还没有想好。”

“这样啊，那……那我先？”

见孟悄悄点头，刘皓清了清嗓子，又深吸一口气。他把木塞子塞进嘴巴里：“你……耍什么帅啊？！以为自己是流川枫啊？！”

孟悄悄被刘皓那气势恢宏的骂人架势给镇住了。

刘皓大概是找着了感觉，噼里啪啦地说了起来：“自大狂、臭脾气、情商低就算了，关键是脑子还不好使！每天自说自话，从来都不听别人的想法和意见！你以为，你长得帅就了不起吗！你以为，我是脾气好才让你天天欺负的吗！除了我，你还有别的朋友吗？你个孤独精！除了损我，你还会什么？我讨厌你！我一点也不想做你的朋友！总有一天，我要证明给你看，我比你强！比你强！比你强！啊啊啊啊啊！”

刘皓骂完了，把木塞子吐了出来，拍拍胸脯，叹了一声，道：“真爽啊。”

孟悄悄一脸震惊地看着刘皓，刘皓骂得很投入，看样子，他是真的很讨厌他口中的那个人。

那自己呢？

孟悄悄从来都没有讨厌过谁，或者说，她所有的情绪波动都来自于云真。喜欢、焦急、痛苦……那些云真带给她的鲜活的感觉里，唯一没有的，就是讨厌和恨。

她是真的没有讨厌的人吗？不，应该是有的。

有那么一个人，她一直无法面对，一直藏在她的心里，就像一块坏了的肉，不断地腐蚀着她的五脏六腑。

那个人，是害死她最好朋友的罪魁祸首。

那个人……

“杀人犯。”孟悄悄冷冷地说道。

正停下来喘气的刘皓被从孟悄悄嘴里蹦出的这一句话惊到了，他傻了似的看着孟悄悄。他不知道眼前的女孩想起了什么，才会让她的表情在刹那间转变，变得阴郁而绝望。

“你这个杀人犯，你自私、胆小、怯懦，你永远只能活在阴影里。即使你每天都在忏悔，又有什么用呢？你害死了你最好的朋友，你害死了比你更应该在这个世界上好好活着的朋友……”

孟悄悄的拳头攥了起来，她浑身紧绷，正在微微地颤抖着。她瞪着眼睛，却不肯让自己流下伪善的眼泪，只能任由眼睛涨得通红。

“你明明可以帮她扣上安全带的，为什么你没有？她是你最好的朋友啊！你不是说你最爱她的吗？那你当时为什么不多关心她一点，不多考虑她一点？她特意飞去法国，是为了给你庆祝生日。如果不是你，她不会说开车带你出去玩！如果不是你，她不会死！”

孟悄悄失声叫了出来，她大叫了一声，木塞子掉到地上，可她已经不在意了。

这已经不是一场训练，而是一场批判会。在这个会上，她终于可以面对那个最不愿意面对的自己。

“你现在终于敢承认了是吗？你承认她死了是吗？你一直避开这个话题，你一直对自己说不要给别人和自己希望！其实，你就是个胆小鬼！你怕你自己承受不了！你连悼念她都不敢！你还口口声声说什么要帮她完成梦想！你永远都只会用她做幌子！她不是你的借口！你连承认自己喜欢什么都不敢，你算什么？你到底算什么？！”

孟悄悄喊完这句话后，整个人像脱力了一样，慢慢蹲下，倚着墙壁坐在地上。

她的情绪爆发不仅吓到了刘皓，还吓到了其他的练习生。江自谦的目光在孟悄悄的身上停留了好一会儿，才收回视线，对其他人说道：“看什么看，继续！”

等大家喊得声音嘶哑，江自谦才放过他们。被折磨了一个早上的练习生们垂头丧气地来到公司里的食堂吃饭，其中不乏在刚才的对骂中骂得太过，此刻谁也不理谁的。

孟悄悄在女厕中，看着镜中的自己。

她的情绪已经平复了下来，可镜中的那个人仍然让她觉得陌生。她低下头，决定不再看下去，匆匆用冷水洗了把脸，然后走了出来。

不想一个人等在那儿。

刘皓见她出来，连忙朝她挥挥手。

“你没事吧？没想到你爆发力那么强啊，整个训练室的人都被你给镇住了，大神不愧是大神啊。”刘皓絮絮叨叨地说了一通。

“刚才……对不起。”孟悄悄有点抱歉。

刘皓拍了拍孟悄悄的肩膀：“说啥对不起啊，经此一役，你已经是我的偶像了！”说着他想起了什么，跑到自助饮料售卖机前买了一瓶可乐递给孟悄悄，“我给大佬递饮料了，来，大哥，喝冰可乐。”

孟悄悄哭笑不得，刘皓真是个活宝。

刘皓揉揉肚子说道：“说实话，我有点儿饿了，要不咱们一起去吃饭吧。人是铁，饭是钢，一顿不吃，体力要被江指导榨光！”

和思维跳跃的刘皓在一起，孟悄悄并不觉得尴尬。于是，她和他一起朝食堂走去。

两人刚到食堂就碰上了姜思慕，姜思慕一脸担忧地看着孟悄悄，关切地问道："我听说你今天在课上哭了，还好吧？"

孟悄悄点点头，心中感激对方这样的关心。姜思慕见孟悄悄不愿多说，她也不勉强，目光落在刘皓的身上，刘皓连忙扬起一抹朝气的笑容，和她打招呼。

"你好你好，我叫刘皓。"

姜思慕摸摸下巴，抬起刘皓的脸仔细观察："我怎么觉得，你有点儿眼熟？我一定在哪儿见过你。"

刘皓被人调戏却一点都不慌，他睨了姜思慕一眼，深情款款地说道："可能我们……前世有缘？"

姜思慕像发现了什么宝物似的，她露出了流氓似的笑容，道："小哥哥有点意思啊。"

刘皓双手抱胸，故作惊恐道："你想对我做什么？"

姜思慕大声笑了起来，她搭着刘皓和孟悄悄的肩膀，笑嘻嘻地说道："一起吃饭吧。"

孟悄悄有些不习惯，可热热闹闹的感觉，老实说并不差。

三人端着饭，刚在一张桌子边坐下，就听见隔壁桌上洛冰倩愤愤不平的声音。

"要不是看中 LD 的名气，我干吗来这里做练习生啊？！我在网上有那么多粉丝，也不是没活干。谁知道来了这里，我被骂成狗啊……"

"就是！我来 LD 也不是为了打杂的啊！"

"把我们招进来的时候，他们说得那么好听，什么资源，我看都是诓人的吧！"

"哪有让人骂人的啊！"

"而且，一点老师的样子都没有！"

……

他们的话题从对 LD 的怀疑，慢慢转移到了江自谦的身上。显然，性格古怪乖僻、说起话来又丝毫不给人留情面的江自谦已经引起了公愤。

"那个江指导真的很厉害吗？跩什么跩啊。"

"不是说，他是第一批的配音演员吗？专门配译制片的。"

"译制片？我的天哪，那都是多久以前的事了，现在谁还看译制片啊。"

结果，话题又从江自谦身上一路发散，到了最后，已经进展到"译制片配音早该被淘汰”这样的话题。

孟悄悄皱起了眉头，等她意识到的时候，才发现她竟然已经开了口。

“不是的。”

洛冰倩没想到孟悄悄会反驳自己，表情有些尴尬：“什么不是？”

“虽然现在的观众已经有足够高的文化水平，可以直接欣赏原声作品，但是，对于八九十年代的人来说，译制片的存在把很多国外的优秀作品引进了国内。我觉得，如果不是当时译制片行业的那些人兢兢业业，也不会有配音行业的现在。译制片还是有受众群体的，比如老一辈的观众、一些无法通过字幕了解作品的人。而且……”

“而且什么？”

突如其来的声音吓得大家站起来，齐齐看向孟悄悄的身后，随后，大家的脸上不由得流露出忐忑之色。

孟悄悄也没想到，她难得开口表达自己的看法，居然被江自谦撞上了，更让她没想到的是，江自谦的身后居然还站着陆寻、吴语徽、陈与均和亚澜。

陈与均朝孟悄悄飞快地眨了眨眼，很快就装作若无其事的样子。

孟悄悄看到陈与均在众目睽睽之下，还偷偷摸摸地向自己卖萌，不由得弯了弯嘴角，笑了一下。她的眼神不经意间扫到陆寻，发现对方冷冷地盯着她，她感觉自己就像是被冷酷无情的猎人盯上的猎物，心下一冷，嘴角的笑意慢慢收起。

江自谦道：“你继续说。”

孟悄悄知道，如果她不说下去，绝对下不了台。于是，她继续说道：“而且，我觉得配音演员的价值，在于把那个角色和作品诠释得更好，弥补一些不足。译制片的配音也好，影视、动画作品的也好，都只是作品中的一个部分……”

江自谦打断了孟悄悄的话，语气严厉地说道：“你知不知道，你现在所说的一切是在否定你自己？在你看来，配音就那么不重要吗？”

孟悄悄没想到自己的意思会被江自谦曲解，连忙摇头道：“不，配音很重要。只有意识到声音的重要性，才能创造出好的作品。我只是觉得……配音演员不该站在台前，过多的曝光会削弱声音本身的魅力，会让声音没有神秘感。”

“孟悄悄有一点说对了，对于一部作品来说，配音只是其中的一个环节、一个加分项。而我们配音演员要做的，就是帮作品加分，仅此而已。LD 需要的是优秀的专业配音演员。”陆寻冷淡地接过话头，说道，“不论你们之前学过什么，经历过什么，忘掉昨日种种。现在，相信自己，相信江指导，相信 LD，最终，你们都会成为专业的配音演员。”

陆寻一番话神奇地安抚了在场人的情绪。

孟悄悄怔怔地望着陆寻，陆寻站在那里，冷漠、自信、强大，好像他从来不会有狼狈的时候，好像他永远都胸有成竹。

见场上的气氛缓和了下来，亚澜露出一抹笑，将陈与均和吴语徽介绍给众人，说道："从今天开始，陈与均先生和吴语徽小姐会开始他们在《动画制作人》里的配音工作，他们都是业内前辈，这是大家千载难逢的机会。"

“打住！”吴语徽挑着眉毛，不满地看着亚澜，嗔道，“亚澜姐姐，我刚过完十八岁生日呢！”

亚澜一拍脑门，做出一副“怎么把这事给忘了”的表情，吴语徽调皮地笑了笑。

吴语徽的目光在场上扫了一圈，最后才停在孟悄悄身上，哼了一声，快言快语道："你不要和他们混在一起。你还算有天赋，努力追上来，不然，你不配做我对手。"

孟悄悄愣了，刘皓瞪着眼叹道："这是我见过最奇葩的夸奖人的方式。"

吴语徽的声音不算小，传进场上众人的耳朵里着实不是什么难事。众人心中暗自抱怨，面上却不动声色地忍耐着。

场面一时有点冷，亚澜干笑着提出，等会儿吃完饭，大家一起合个影。有陈与均在场，场上的气氛顿时活跃了起来，方才的阴霾、尴尬顿时一扫而光。

江自谦依旧严肃，于是，亚澜笑着开解："江指导，他们现在可都是你的学生了啊。"

江自谦蹙了蹙眉，可他显然有些动容，终于不再反对。

正午过后，阳光正好。亚澜叫来杨亮帮大家拍照，跟着她指挥众人在林荫路上排成排。江自谦、陆寻、陈与均三人自然站在最前排，孟悄悄习惯性地往人群后面走。不想这时，不知从哪儿横生出一只手，抓住了她的胳膊。

炎炎夏日，那人的掌心却微凉，肌肤接触的手感如寒玉。

周围人来人往，人声鼎沸。孟悄悄慢慢抬起头来，顺着那条修长的手臂看见的，是陆寻那张清隽俊美的脸。阳光照射在他的金丝边镜框上，好像将他冷漠的眼神都染上了一丝温度。

“孟悄悄。”陆寻冷淡又不容拒绝地说道，“到我身边来。”他的语气让人难以抗拒。

孟悄悄顺从地跟着陆寻走上前，却看见站在陆寻身后、与她一步之遥的陈与均也向她伸出了手，只是他的手僵在半空中，慢慢放下了。她对他歉然地笑了笑，一只手伸过来抓了一把她的手臂，让她生出一股细微的痛意，也成功把她的注意力吸引回来。

孟悄悄听到头顶之上，陆寻冷哼一声。

杨亮在那边招呼他们看镜头，热热闹闹的人群慢慢平静了下来。

他们听着“三、二、一”的倒数，在杨亮说“茄子”的时候齐齐比起了“树杈”。

“咔嚓”一声，这一刻的时光，就这样被永久地记录了下来。

五月的晴天，阳光与人间打了个照面。

第十六章

自由是要付出代价的

自从陈与均和吴语徽开始参与《动画制作人》的配音后，江自谦需要盯他俩的进度，所以暂停了训练练习生们。即便如此，练习生们也不敢怠慢，每日在公司里练习朗读，完成要交给江自谦的作业。

这日，孟悄悄正和刘皓一起做朗读练习，录音室的门忽然被撞开。公司前台上气不接下气地跑到孟悄悄面前，大惊失色地说道："孟悄悄，出事了！"

"怎么了？"

前台来不及解释，抓起孟悄悄的手就往外跑，其他人见前台这阵仗，纷纷跟着跑了出去。

等孟悄悄来到前台，看见公司大堂里的那场面时，她全身的血液宛若忽然静止，并从脚底开始一寸一寸地冰凉起来。

她的父亲正在那儿大吵大闹，要LD把她交出来。公司的保安试图拦住他，他情绪激动，和保安爆发了激烈的冲突。

"让开！我来找我女儿，你们凭什么拦着我？都给我让开！"孟荣像头发怒的狮子怒目圆瞪，眼中满是红血丝，剧烈地颤抖着。

孟悄悄不知道孟荣是从哪儿得知她在LD，可她知道孟荣有高血压，哪里敢让他动怒，连忙跑上前拦住他的动作。

"爸！"

孟荣见到孟悄悄，猛地一颤。起初，他的心中还抱有一丝侥幸，认为孟悄悄不会这么忤逆他，不会这么不听他的话。可现在，她活生生地站在他眼前。在配音和他之间，她还是选择了配音！

"你真的在这里，你真的在这里当配音演员？"

孟悄悄难过极了，她对父亲的隐瞒纵使是无奈之举，此时也的确深深地伤了父亲的心。她试图去拉孟荣，低声道："爸，对不起……"

"你不要叫我！"孟荣一把甩开孟悄悄的手。他的情绪似乎终于崩溃了，此时的他，像个风烛残年的老人，瞬间颓然苍老。

孟悄悄顿时也红了眼眶，她紧紧咬着下唇。

她到底都做了什么呢？她的确是选择了她认为自己该走的路，可代价就是看着父亲无比痛苦吗？

孟荣伤心欲绝："她和我说的时候，我还不相信。我说不会的，悄悄最近很听话，经常去店里帮忙，还想了很多法子帮店里做生意。我说，她会听我的，去法国继续学做西点，我最近都在存钱了。这到底是为什么，为什么啊……"

孟悄悄一言不发，走上前想将父亲扶起来，不想却被孟荣一把挥开，她踉跄一步，撞到一个满是冷漠气息的胸膛里。

她回头，竟是陆寻，她立刻从他的怀里挣开。

即使面对如此混乱的场面，陆寻仍是一副泰山压顶、面不改色的冷冽模样。他不动声色地看了孟悄悄一眼，她眼眶泛红，嘴唇紧咬，努力克制着自己的情绪。

陆寻心火骤起，视线冷冷地扫向孟荣，道："孟悄悄是我 LD 的合法员工。"

孟荣却被陆寻的这句话激怒了，他愤怒地跳了起来，说道："她是我的女儿！"

孟荣喘了两口气，颤颤巍巍地走到孟悄悄面前，问道："我就问你最后一次，你是不是一定要配音？"

孟悄悄垂着头，她动了动嘴巴，却发不出一点儿声音。

孟荣又道："如果你现在肯跟我回家，我就当什么事都没有发生过，你还是我的女儿；如果你执意要留在这里，我们就断绝父女关系。"

孟悄悄难以置信地抬起头，可她瞬间又觉得自己早该料到这个结果。父亲的脾气她是知道的，东窗事发后会带来怎样的惊涛骇浪，她也不是没想过，只不过她总抱着侥幸的心理，觉得父亲不会发现，觉得说不定父亲会慢慢想通。

可事实证明，她错了。

这个世界上没有那么多的碰巧和好运，她又一次伤害了自己在乎的人。

孟悄悄的沉默让孟荣眼底最后一丝的希望破灭了。他不愿多看孟悄悄一眼，佝偻着站了起来，步履蹒跚地朝门外走去。

孟悄悄的下唇都被她咬得发白，她想追上去，想妥协说"好吧，我放弃"，但她什么都没做，只是垂着头沉默着。

围观的人纷纷散去，只剩下陆寻和孟悄悄留在原地。

陆寻看着孟悄悄惨白的嘴唇，眸色深如黑洞。他忽然伸出手，葱白修长的手指抚上了孟悄悄的唇，不够温柔却用了劲，迫使她松开始终紧咬着的下嘴唇，嘴上冷冷地说道："别咬了。"

微凉的温度传递到唇上，孟悄悄却仿佛被烫到，猛地退后一步，拉开距离。

"走吧，给你三天时间，把事情解决好。"陆寻收回手，冷漠道。

孟悄悄点点头，一言不发地朝门外走去。陆寻的心中却忽然生出一种莫名的感觉。

"孟悄悄！"陆寻淡漠的声音穿过空间，在孟悄悄的耳旁响起，"要是解决不了，你可以来找我。"

孟悄悄的脚步顿了一下，却没有回头。

孟荣和孟悄悄一前一后回了家。孟荣仿佛对孟悄悄彻底失望了，他径直朝自己的房间走去。忽然，他听见"扑通"一声。他终究是不忍心地回过头，却见孟悄悄跪在他的面前。

"爸，你记得我曾问过你'若朋友有事相托，我该怎么办'吗？你告诉我'受人之托，忠人之事'。爸，进入LD是云真的梦想，我不敢轻负。"

"云真……"孟荣叹气，他道，"小的时候，你和云真成为朋友，我就知道会出问题。你是田如婷的女儿，云真又那么喜欢配音，你怎么可能不受影响？"

孟悄悄跪在地上，不敢说话。

"后来，你和云真一起出了车祸。你醒过来后，总是去探望她的父母，一去就是大半天的光景。你真的以为我不知道你在做什么吗？我想睁一只眼闭一只眼，是因为我知道咱们家欠了云家的。可是，你居然还是骗了我，去LD当练习生。孟悄悄，你不敢辜负朋友，却敢辜负你的父亲？"

孟悄悄猛地一颤，父亲的这句话如同一记巴掌，狠狠地甩在她的脸上。

"既然你觉得朋友比父亲重要，那你走吧，现在就离开，我只当没生过你这个女儿。"

关门声重重地砸在孟悄悄的心上，跪在地上的她从未如此迷茫。

午夜两点。

陈与均驾车疯狂地奔驰在空无一人的街道上。

孟悄悄和父亲发生争执的事情成了LD最大的八卦，也很快传到了陈与均的耳朵里。

陈与均很急躁，他去了孟家，从街坊的口中得知孟家父女吵了一架后，孟悄悄离开了家。他知道现在的孟悄悄一定不好受，所以，他一定要找到她！

陈与均像无头的苍蝇似的，穿过一条又一条的街道，空旷的城市在此刻显得比宇宙还要广袤。他继而绝望地发现，他根本无法在这个像鲨鱼的喉咙一样深邃无尽的城市里，找到一个孟悄悄。

都怪他，一切都是他的错。

陈与均忽然灵光一闪，他想到一个地方，那是距离孟家只有两公里左右的小公园。小时候，只要他一不开心，孟悄悄就会带他去那里玩滑滑梯。

陈与均立刻驱车朝公园驶去。果然，他在开车路过那个公园时，就从栅栏中依稀看见孟悄悄那缩成一团的身影。

陈与均停好车，立刻朝孟悄悄跑去。待他将她紧紧拥在怀里，才发现她早就晕过去了，不但如此，她的身体滚烫，显然是在发烧。

“孟悄悄！孟悄悄！”陈与均大声呼喊着孟悄悄的名字，试图唤起她的意识。

孟悄悄干裂的嘴唇微微颤抖着，她费力地将双眼睁开一条缝，目光浑浊。她动了动唇，发出了一个干涩简短的音节：“爸……”

陈与均见孟悄悄连人都认不清了，更加慌乱，忙说道：“悄悄，我是小均！你撑住，我这就带你去找周旭！”

“爸……对不起……”孟悄悄发出了微弱的呢喃，像只羸弱的小猫。

陈与均一把将孟悄悄抱起，朝自己的车跑去。因为无处可去，他只好将她先带回了自己的家，而后即刻拨通了周旭的电话，让对方马上过来。

回到家后，陈与均跪在孟悄悄的床前，为她贴上退烧贴，可现在看来，这似乎并没有什么用。

陈与均从来没看过孟悄悄这副虚弱的样子，他印象中的孟悄悄总是一副淡淡的模样。但他知道，在她淡然的表象之下有一颗多么火热温暖的心，她从不肯让人看见她脆弱的一面，她总是默默地承受着许多痛苦。

“对不起，孟悄悄……”陈与均拉起孟悄悄的手，那只手如今烫得像烙铁一样，他心疼极了，柔声道：“撑住，孟悄悄。”

玄关传来开门的声音，陈与均知道是周旭来了，立刻迎了出去。可让他意外的是，来人除了有他家钥匙的周旭以外，居然还有那个冷面魔煞陆寻！

“你为什么会来？”

周旭看了陈与均一眼，没好气地问道：“病人呢？！”

陈与均被周旭忽然拔高的声音拉回了理智，立刻引周旭去自己的卧室，陆寻也跟了上去。

周旭探了探孟悄悄的额头，吩咐道："毛巾泡冷水，给她擦手心、脚心！"

"好的！"陈与均立刻响应，冲去洗手间准备。

看着陈与均手忙脚乱地乱转，陆寻隐隐察觉到不对劲。孟悄悄的父亲为什么会那么抗拒她接触配音呢？当年，她的父亲还送她去江指导那里上过配音课，难道这十几年来发生了什么事？

"让让！"端着一盆冷水的陈与均从陆寻的身边走过，目光中隐约含着敌意。

陆寻的黑眸冷漠地看了陈与均一眼，非常自然地去接对方手里的水盆。陈与均被陆寻看得心神一凝，下意识就把水盆给了他。

"我来。"陆寻冷冽地开口，随即一双手伸进水盆里将毛巾拧干，握住孟悄悄纤细的手腕将她的手掌摊开，细心地帮她擦手掌心，然后擦脚心，一套动作做下来一气呵成，不急不缓，让陈与均和周旭两人看得目瞪口呆。

那个冷心冷面、不近人情的陆寻，现在是在照顾病人？周旭打了个寒战。

陈与均也受到了惊吓，懵懵懂懂的，不在状况内，以至于他反应过来时，陆寻已经把该做的事情都处理完了。

"接下来怎么处理？"陆寻冷漠地看向仍在发呆中的周旭一眼。

周旭终于回过神来，吩咐道："把她扶起来，喂她吃退烧药。"

"我来。"陈与均这次反应极快。

陆寻眼神极冷地看了陈与均一眼。周旭为弟弟的小命着想，赶紧想了个办法把弟弟支开："小均，还差一种药，你去药店买一下。"

陈与均只能不情不愿地下楼去买药。

陆寻冷着脸绕到窗边，小心翼翼地把床上的孟悄悄半抱起来，让她靠在他的怀里。他抱住她的瞬间，才发现她瘦得真的只剩下小小的一点，仿佛再用力一点，她就会碎。

陆寻一只手环住孟悄悄，让她睡得安稳一些，另一只手轻轻地捏开她的嘴巴，把胶囊喂了进去，然后他从床头拿起水杯，喂她喝下。

孟悄悄大概是真的已经烧糊涂了，她迷迷糊糊地将药咽下之后，只感觉从身边传来的凉意让她无比舒服。她将脸在陆寻的衬衫上蹭了蹭，很快又睡了过去。

陆寻葱白的手指在她脸上反复摩挲着，又拨了拨她散落在额前的发，才将她放回床上。

周旭又给孟悄悄打了一针，这才长长地舒了一口气："今晚她退了烧，应该没事儿了。"

陆寻神情肃穆，没有说话。

周旭看着陆寻一副冷漠无情、不染红尘的模样，回想起他今晚种种异常的举动，八卦心起，笑着说道："看来，咱们的陆美人是动了凡心。"

"你还记得我跟你说过，去年万圣节有个小女孩问我要 Skype 账号的事情吗？"陆寻没有理会周旭话语中的调侃，看着脸色苍白、安静地躺在被子里的孟悄悄，淡淡说道。

"当然记得，就是她吗？"周旭完全不敢想象孟悄悄会做那样的事情。

"反正跟她有关。所以，在我没把事情弄清楚之前，这个人，是我的。"陆寻眸色深深，眼睛中闪着对孟悄悄感兴趣的光芒。

关于孟悄悄的一切忽然堂而皇之地闯进了他的脑海里。

螳臂当车、不自量力的孟悄悄。

深夜给他盖羽绒服取暖的孟悄悄。

为绿萝遮阳的傻气的孟悄悄。

在人行道上无声哭泣的孟悄悄。

盲人电影院里一脸认真的孟悄悄。

在舞台上配着音，闪闪发光的孟悄悄。

善良的、愚蠢的、脆弱的、闪耀的……孟悄悄的每一面都让他好奇，到底哪个是真正的她？

这时，陈与均终于把药买了回来，却发现周旭早已把一切都处理妥当，才明白自己又被哥哥耍了，气得狠狠瞪了周旭一眼。

我可是在救你！周旭在心里苦笑。他想了想，终于抓到了重点，反应过来，问道："不对啊小均，孟悄悄怎么在你这儿？你们什么关系？"

"我们从小就认识，她是我姐姐！"陈与均说完以后发现不对，立刻补充道，"没血缘关系的那种！"

周旭惊讶不已："她就是你之前一直提到的那个小胖姐姐？陈阿姨前任丈夫的女儿？"

"嗯！"陈与均用鼻子重重地哼了一声。

周旭点点头，拍拍陆寻的肩膀道："既然如此，今晚就让小均照顾她吧，没几个小时就要天亮了，不能影响病人休息。"

"没错，我会照顾好她。"听到周旭的话，陈与均仿佛得到了友军加持，立刻挺直腰杆。从刚才陆寻的种种举动，他已经猜出了陆寻与他是对立的身份！他并不打算在这个时候示弱。

空气中的温度骤然下降，陆寻眼绽寒芒，紧紧地盯着陈与均。陆寻确实想把孟悄悄带走，送她回她自己的家都比在陈与均这里好，可周旭说得没错，她现在需要休息。

静立片刻，陆寻看都没看陈与均一眼，冷冷地起身离开。

周旭赶紧和他一同离开。

孟悄悄醒来时，电子钟上显示的时间正是凌晨四点。她浑身上下一点力气都没有，整个人仿佛一条脱水的鱼。

意识慢慢复苏，她想起她被父亲赶出家门之后，无处可去。她怅然若失地在大街上走着，最后，她去到儿时常去的那个公园里。她也不知道自己在那儿坐了多久，风好像一直在吹，又好像有无数的行人从她身边路过。她只觉得眼前的一切越来越模糊，那些说笑谈天的声音也离她越来越远。她觉得很冷，哪怕抱紧自己也没有办法抵御的那种寒冷。她的眼皮也越来越重，却觉得自己在意识迷糊的时候，仿佛看见了父亲。

再后来，发生了什么，她就不记得了。

孟悄悄环顾四周，发现周围的环境十分陌生。床头的桌上放着一个纸杯，纸杯的底部连着一根线，那根线一路延伸，爬向了门外。孟悄悄一愣，她有很多年没见过这个杯子电话了。

她勉强坐起来，纸杯下压着一张字条，上面竟是陈与均的字迹。

“醒了就叫我，我在隔壁，多晚都在。”

孟悄悄顿时想起了她和陈与均的小时候，有一次，两人一起看了部恐怖电影，他吓得不敢睡，她想起手工课上做了纸杯电话，就给了他这种电话，陪他聊天。后来，这样聊天竟成了习惯。

多少个夜晚，他们都是在彼此的陪伴下熬过恐惧和孤单，想不到那些，陈与均还记得。

孟悄悄拿起纸杯，将嘴巴笼住。她试探性地喊道：“小均？”

她将杯子移到耳边，几秒钟之后，她听见陈与均惊喜的声音。

“悄悄，你醒了？”

孟悄悄长长舒了一口气，陈与均的声音让她疲惫而紧绷的情绪放松了下来。

“是你找到的我？”

“你还敢说！如果不是我，你现在都不知道会怎样。”

孟悄悄歉然道：“对不起。”

“出了事，为什么不打电话给我？”

孟悄悄一愣："那和你没有关系。"

那头忽然安静了，孟悄悄久久都没有听到陈与均的回答，有些担忧。

陈与均的声音忽然响起，他的声音里充满了歉意："不，如果不是我，你不会经历这些。对不起，是我跟我妈说了你的事情，她去拜访孟叔叔的时候，不小心说漏了嘴，对不起！"

难怪父亲会知道自己在LD的事。

孟悄悄没想到问题居然出在陈阿姨的身上。可她知道，陈阿姨也是一片好意，更何况，这秘密也一定会有泄露的一天。

"陈阿姨也是关心我。"她反过来安慰陈与均。

陈与均苦笑："那也是好心办坏事，这么多年了，这一点她一直都没改掉。"

"别这么说，陈阿姨会伤心的。"孟悄悄说完以后，忽然意识到自己完全没有资格和立场说这句话，会让父亲伤心的话和事，难道她干得还少吗？

陈与均顿了一下，低声说道："她总是告诉我，人生在世，要勇敢地追求自由，可是她却从来没有提过，自由是要付出代价的。"

孟悄悄默然，陈与均的痛苦，她是知道的。从他第一天来到家中，她就能看出被他小心翼翼藏起来的忐忑与不安，并不稳定的生活环境使得他自小没有安全感，这一切的一切，她都知道。

"这世上，任何事都是有代价的，公平就是得到某样东西的时候，势必会失去另一样。"

陈与均听出孟悄悄语气中的黯然，他不想再影响她的情绪，道："你睡吧，我在床头桌上给你放了水，把它都喝掉，这两天就先在我家里休息。"

"谢谢你，但是我想天亮了以后，再回一趟家。"

"你疯了吗？孟叔叔会打死你的！"

孟悄悄笑了笑："就算他要打死我，他也是我爸。"

"你傻不傻？"

陈与均的气急败坏让孟悄悄忍不住笑出声来，她对着纸杯说道："早点睡，晚安。"

翌日一大早，孟悄悄打开房门，看见一脸哀怨的陈与均。陈与均知道，孟悄悄一旦决定做的事情，谁劝都劝不回来，于是，他表示除非自己和她一起去，否则，他绝不同意她离开他的家。她万般无奈之下，只得同意。

陈与均驱车送孟悄悄回家，并陪着她一起到孟家门口。她深吸一口气，将钥匙插入门中，可让她没想到的是，打开门时，她看到的居然是晕倒在地上的孟荣！

孟荣脸色苍白，只有微弱的呼吸，孟悄悄彻底慌了，却不敢触碰父亲。钻心的疼痛将她吞噬，悔恨和自责像潮水一样袭来，可她顾不上难过，连忙和陈与均一起将父亲送往医院。

好在他们送医及时，医生为孟荣做了急救处理，孟荣总算脱离危险，只是仍在昏迷。医生告诉孟悄悄，孟荣会晕倒，是高血压所致。孟悄悄却心知肚明，她是那个让父亲血压升高的罪魁祸首。

陈与均还有通告，孟悄悄不好麻烦他，劝他先忙他的事。他既不舍又担忧，可见她坚持，便也只好答应。

离去前，陈与均扶着孟悄悄的肩膀，温声叮嘱道："有什么事，你一定要第一时间打给我，知道吗？"

孟悄悄拍拍陈与均的手，朝他勉强露出一个笑容，他这才依依不舍地离去。

陈与均走后，孟悄悄来到病房门口，从小窗口看着躺在床上的父亲，发现他真的老了很多。

其实父亲说得对，她只顾着完成云真的梦想，却忽略了他的感受，让他承担了不该他承担的痛苦。

她已经伤害了云真，难道还要继续伤害父亲吗？

她的额头抵着冰凉的玻璃，不知所措。

第十七章

原来他什么都记得，原来他从没有忘记

江自谦来医院已是三天后的事了，他提着水果篮在医院的门口抽了几根烟，确认孟悄悄从医院正门离开以后，把未抽尽的烟扔进垃圾桶里。

孟荣的病房并不算难找，江自谦没费什么劲就来到病房门前。病房里除了孟荣以外，还有其他病人，孟荣躺在最里面的一张病床上，柜子上放着饭盒和一箱开了的牛奶。

江自谦走到孟荣面前，原本正看着窗外的孟荣以为是孟悄悄回来了，冷着脸一动不动。

江自谦道："好多年不见了，孟荣。"

孟荣猛地扭头，看见来人是江自谦时，立刻怒了："江自谦，你还有脸来见我？"

"为什么没有？"江自谦怡然自得地将水果篮放在柜子上，指着西瓜道，"多吃点，帮你降火。"

孟荣猛地坐了起来，连手上还插着针管子也不顾了。江自谦早有预料，不动声色地将帘子拉了起来，把那些朝他们窥探的好奇的视线隔绝在一旁。

"如果不是你，我们家不会变成现在这样！"

"当年的事，即使没有我，该发生的，一样会发生。"

田如婷是江自谦的徒弟，徒弟和学生的定义不同，那时的田如婷基本上天天跟着江自谦学艺，两家人也建立了非常好的关系。那时，田如婷在选择梦想还是家庭之间摇摆不定，美国那边的邀请函再次发来了。田如婷找江自谦倾诉心事，江自谦劝她想清楚后再做选择，而且一旦做了选择，往后就不要后悔。

最后，想清楚了的田如婷选择了去美国追逐梦想。她请江自谦帮她打掩护，他便在她出国的那天约孟荣出来喝酒。他本想将孟荣灌醉，让孟荣错过她离开的时间，不想喝到最后的时候，孟荣忽然酒醒了。

孟荣拼了命地跑回家，正好撞见拿着护照准备前往机场的田如婷，他再次和田如婷爆发争吵。当他发现，无论是吵架还是哀求都无法挽留田如婷的时候，他死心了。田如婷如此不负责任的做法彻底激怒了他，造成了他心中对她无论如何都无法消磨的怨恨。

想到这里，孟荣冷笑一声，道："田如婷走的那天，我知道你是想拖延时间。我陪你喝酒，无非是在赌，赌她对我们父女俩还有感情。可是，喝到后来我就发现，我输了，她根本不在乎我们。"

"如果她不在乎你们，她不会纠结那么久，是你不能理解她！"

孟荣愤怒道："这就是你为田如婷的自私找的借口？抛夫弃女，我为什么要理解她？"

江自谦冷笑："自私的那个难道不是你吗？"

"什么？"

"你把对如婷的恨转移到你的女儿身上，你限制她的梦想，限制她的成长，你看看你把她逼成了什么样子了？！"

孟荣气得哆嗦了起来："我知道了，我终于知道悄悄为什么要去LD了，原来是你啊，江自谦！我早该想到的，除了你，还有谁会用那些狗屁梦想做借口，诱拐我的女儿！"

"是我逼着她配音的吗？那是她自己选的！我看一直在逼她的人是你！"

"你胡说八道！"

江自谦终于忍不住，言辞犀利，指责道："你知道她有多讨厌她自己吗？你不知道，对吧？因为她从小到大就没有自信！她既没有得到过母亲的爱，也没有得到过父亲的爱！所以，她才会把什么话都放在心里！不敢表达自己的想法，甚至连难过都不敢说，因为她怕自己成为别人的负担！你觉得，让她成为这样的人，还有谁？！"

孟荣被说蒙了，忘记了还嘴。

"你认为，我今天为什么要来医院？如果不是怕你把孟悄悄毁了，我才不要来看你！孟荣，你真的了解过你的女儿吗？她到底喜欢什么，不喜欢什么，你知道吗？你真的关心过她吗？"

孟荣如遭雷击，他不肯承认，依旧嘴硬："她……她最喜欢蛋糕了！她小时候，只要我一拿蛋糕给她吃，她就会笑。所以，我送她去学做西点，我知道她喜欢！"

"是吗？你觉得她是真的喜欢，还是怕你不开心，装出一副喜欢的样子？！"

孟荣的手颤抖了起来，有些他不愿意回想起的细节，偏偏在这个时候浮现在他的脑海里，比如，自打孟悄悄回店里帮忙以后，他从没见她吃过那些精致的糕点。

江自谦道：“你不知道，你什么都不知道！你只知道她是你的女儿，是你的附属品，所以，你恨田如婷，也要她陪你一起恨；你讨厌梦想，讨厌配音，她也没有权利喜欢！可是，凭什么，我就问你凭什么？！拆散你和如婷的真的是配音吗？你有试过去了解如婷吗？”

孟荣嘴唇哆嗦，一句话也说不出来。他隐约想起那些年，田如婷不是没有和他说起过她那些远大的梦想，他却总是粗暴地打断他，他害怕生活的变数。许是因为他觉得眼前的一切正好，许是因为他从来都不肯面对。

江自谦越说越气：“田如婷为什么要离开你，你知道吗？你只怪她狠心，可你这些年又做了什么？你有试过和孟悄悄好好谈过吗？她难过的时候，你有好好开解过她吗？对，你是可以怪田如婷，你也可以怪我，但是孟荣，你不开心，凭什么要你的女儿跟着你一起不开心？你想抱着仇恨过一辈子，为什么要逼你的女儿和你一起？！”

“我……我……”

江自谦冷冷地说道：“别再用爱她作为借口，而不敢承认你的自私和懦弱了。”

江自谦深深地看了陷入挣扎中的孟荣一眼，拉开了帘子。

孟悄悄站在帘外，怔怔地看着江自谦，她的手里还提着一袋刚买的苹果。

江自谦蹙了蹙眉，丢下一句“不要辜负你自己”便转身走了。

医院外阳光明媚，江自谦站在阳光底下深呼吸，胸中的郁结仍未散去。他疲惫地揉了揉眉心，按住胸口，感觉那里的肝还在隐隐发痛。他自嘲地想，原来动怒真这么伤身。

“江指导！”

孟悄悄的声音自江自谦身后传来，她跑得十分匆忙。

江自谦停住脚步，看着孟悄悄问道：“怎么，有事想要问我？”

孟悄悄迟疑了一下，问道：“您……认识我的爸爸妈妈？”

江自谦却没有回答孟悄悄这个问题，他反问道：“配音是你想做的事情吗？”

孟悄悄沉默。

江自谦审视着孟悄悄，拿出自己的手机，翻出一张照片，然后将手机扔进孟悄悄怀里。孟悄悄看了照片，不由得惊讶起来，她居然在那张照片里看见了她的母亲！

那时的田如婷比孟悄悄的印象中要年轻一些，正是风华正茂的年纪。她穿着素雅的长裙，站在 S 市译制片厂门前，与她站在一起的，竟然还有吴天、陆风、江自谦等配音界数一数二的大佬们！

“她是最让我骄傲的徒弟，和你们不一样，她是直接管我叫师父的。为人师者，传道授业解惑，嗯，偶尔也教人离婚。”

孟悄悄没有笑，她实在是没心情。

江自谦耸耸肩，说他是八十年代入的行，配过不少经典的老电影，也结识过不少志趣相投的朋友。田如婷是在 1994 年毕业后进入上译厂的，由于她天赋极高，便成了江自谦的徒弟。

江自谦耸耸肩，眼神悠远，回忆道：“你出生的时候，我和我的夫人去医院里看你，你不哭不闹，只对着我们笑。我和我的夫人没有孩子，她就很喜欢你，后来，我们还常常会去孟家看你。那时候，你还不叫孟悄悄，你叫孟希音。”

孟悄悄陷入强烈的震惊中，江自谦说的这些，她竟然什么都不知道。

“记不起来，对吗？”江自谦冷笑一声，“你母亲走后，你父亲就断绝了和过去的人的一切联系，就是不想让人找到你们。你参加配音比赛的时候，我认出了你，你和你的妈妈长得很像。我又调查了一番，才知道原来是孟荣给你改了名字。”

孟悄悄咬着嘴巴：“是您鼓励我妈妈去美国的？”

“对。”江自谦并不避讳，“你爸爸恨我，是应该的。你可以理解成，是我拆散了你的爸爸妈妈。”

江自谦顿了一下，又问道：“孟悄悄，你知道为什么你的母亲会口技吗？”

孟悄悄摇摇头，她四岁那年，母亲便离开了。在那之前的记忆，她都模糊不清，父亲更是对之前的一切绝口不提。

江自谦说道：“因为你的外婆曾经是口技大师的关门弟子，也曾红极一时，后面因为时局动荡便隐退了。即使是在十分艰难的情况下，你的外婆都没放弃让你的母亲学习口技。你的母亲很聪明，虽然从不在外人面前展示自己的能力，可那时的她已经蓄势待发。她肩负着你外婆的期望，靠她的努力一步一步走出大山。现在，你明白当年你的母亲为什么要离开了吗？”

“因为在她的心中，梦想比她的丈夫、女儿更重要。”她定定地看着江自谦说道，“如果实现梦想，就意味着要伤害最亲的人，那这个梦想，我不要。”

“这世上往往没有两全其美的事，自古情义两难全。人们往往只能择其一，并在之后的年岁里，告诫自己不论发生什么事都不可以后悔。你呢，现在放弃了，数十年后想起来，会后悔吗？”

孟悄悄下意识地想逃避：“以后的事，我不知道。”

“你知道！”江自谦一针见血地戳破了孟悄悄的谎言，“你只是怕伤害别人，所以宁愿选择伤害自己。”他叹了一口气，道，“你需要回答的那个人不是我，而是你自己。孟悄悄，想清楚再告诉你自己，这个问题的答案。”

孟荣醒来时，是凌晨两点。

窗外夜色深沉，病房里安静极了，孟悄悄在陪护病床上半躺着睡着了，她戴着耳机，眉眼间都是疲惫之色。孟荣看着她叹了口气，把小毯子盖在她的身上。他没有惊动她，轻手轻脚地去上了趟厕所，回到房间时，她翻了个身，嘴里呢喃着什么。他迟疑了一下，走到女儿面前，侧着耳朵仔细辨别着——原来，她是在叫妈妈……

孟荣心里有些隐隐作痛，他轻轻取下孟悄悄的耳机塞进自己的耳朵里，瞬间，他被卷入那熟悉的声音里。

是田如婷的声音啊。

他还记得，这是田如婷的第一部配音作品。当时他们还没结婚，只是甜甜蜜蜜的小情侣。第一部作品出来时，田如婷高兴坏了，孟荣还特意带她去吃了一顿大餐。回到家中，他们把那部电影循环着放了一夜，两人在电影声中跳舞。

那时候的田如婷美极了，她如果是耀眼的火，他就是飞蛾，他的目光总是不由自主地被她所吸引。

孟荣突然有些难过。

原来他什么都记得，原来他从没有忘记。

他把耳机轻轻放回去，慢慢地躺到病床上。

第二天早上，孟悄悄一大早就出去给父亲买早餐。

孟悄悄回到病房里，孟荣坐在床上发呆。她默不作声地走了过去，低声道：“爸，吃早餐吧。”

她知道孟荣是不会回答她的，孟荣自从醒来以后就没有对她说过话。

她知道，父亲还在生她的气。

“你真的是那么想的吗？”

孟悄悄感到意外，抬起了头。

孟荣拍了拍身边的位子，道：“过来。”

孟悄悄犹豫了一下，慢慢地坐在孟荣身边。

“你听着，从现在开始，我不会再反对你配音了。”

“爸……”

“你先别说话，听我说完。”孟荣看着孟悄悄，一字一句地说道，“如果你选择继续配音，那你就要从家里搬出去，你自己养活你自己；如果你去店里，我会把你的工作折成相应的薪水发给你。”

孟悄悄急了：“爸！”

“你别着急，我这不是要和你划清界限，也不是在支持你。我只是想让你看看什么是现实，想让你知难而退。如果你能扛得住生活的压力，如果你的梦想能养活你自己，以后你可以去做任何你想做的事情。”

孟悄悄抬起双眼，缓慢又坚定地说道：“爸，这些天我一直在想一件事，那就是您和配音对我来说，哪个更重要。然后我明白了一点，不论发生什么事，我都不能没有您，您是我在这个世界上最亲最亲的人，把您和配音放在一起比较，是对您的不尊重。”

孟荣有些动容，泪光在他的眼中闪烁，可是，他没有让眼泪掉下来。

孟悄悄又道：“但是，我也弄明白了一点。我……我真的很喜欢配音，我不想放弃。”

孟荣在心中叹了一口气，他早知道这样的结果。

孟悄悄却对孟荣感激不尽：“爸，谢谢你。”

得到孟荣的同意之后，孟悄悄回家收拾了行李，四处去找房子，最后好不容易找到一间价格可以承受的单间，便搬了进去。店里的工作，她也没有落下，在孟荣出院前的那段时间里，她终日在店里和医院两头跑，孟荣也如他所说，把她在店中的工作折成薪水给她。

孟荣出院这天，孟悄悄把他送回了家。父女二人隔着门板，久久没有说话，最后还是孟荣叹了口气，道：“行了，去吧。”

孟悄悄点点头：“爸，你注意身体，有什么事儿，随时给我打电话。”

孟荣点了点头，话哽在喉头，只是朝孟悄悄无声地抬了抬手，示意她不要再留恋。

孟悄悄移开目光，深吸一口气，转身离去。

孟荣站在家里，他定定地看着孟悄悄离去的方向，迟迟没有关上门。

他知道孟悄悄此行路途势必凶险，可那路既然是她自己选择的，她就必须要承担。苦也好，甜也好，那都是她自己修成的果。

孟悄悄再次回到 LD，她的风波似乎已经过去了。同事们除了朝她投来若有若无的探究目光，倒也没有哪个敢真的上来询问她这段时间的经历。

刘皓和姜思慕早早地等在大门口，他们什么都没问，只是给了孟悄悄一个安慰的微笑，像之前一样和她一起回公司上班。

走廊上，孟悄悄和江自谦擦肩而过，江自谦并没有对她的归来有任何特殊的表示，只是嘱咐她，将之前请假落下的练习补上。

孟悄悄应了一声，自然不敢怠慢。她落下的配音练习的确不少，若要跟上大家现在的进度，她必须比旁人付出多一倍的时间。刘皓和姜思慕热心帮忙，他们两个人陪着她补她的练习。

这日，恰逢姜思慕和刘皓都有事，不能帮孟悄悄监音，她不好意思耽误他们两个的时间，将他们先送走后，独自留了下来。她想起吴语徽上次和她说的，于是，她打算还是先从模仿开始。

孟悄悄从 iPad 中调出她特意下好的选段，那都是些台词量大且难度高的影视片段。她选中的，是《走向共和》中慈禧太后会群臣、向列国宣战的那场戏。

那台词这样写道——

“这国难，非自今日始啊！明朝的时候，葡萄牙人偷偷登陆我澳门岛，从此就赖着不走了，几经交涉，至今也没还给我们。我大清入关以后，国泰民安，咱们关起门来，好好过了两百年的好日子。可到了道光朝，英国人来了，他带着鸦片来了。洋枪洋炮，逼着咱大清把香港割给了他，还闹了个五口通商。以后没几年，英国人和法国人合着伙儿又来了，把你们的咸丰皇上赶到了热河……奉天承运，皇帝诏曰：洋人欺我太甚，竟致国之将亡。与其苟且图存，贻羞万古；何若大张挞伐，一决雌雄。朕，今日庄严宣示，向英吉利国，开战！向法兰西国，开战！向美利坚国，开战！向德意志国，开战！向俄罗斯国，开战！向意大利国，开战！向奥地利国，开战！向日本国，开战！钦此。”

这段台词波澜壮阔、中气十足，除了慈禧本人的气势之外，若想完美复述，还需要还原话中的京腔。

孟悄悄将词儿记下后，深吸一口气，开始了她的表演。

可是，孟悄悄到底不是演技精湛的演员，她也根本不能体会到慈禧的心境。所以，当她表演这段台词的时候，她完全找不着感觉，更别提找准对方的语气了。

这时，录音室里忽然传来陆寻冰冷如玉石的声音。

“很多人对北京话的误解是，他们以为不论北京人说什么都要加儿化音，实际上并不是。要想讲好京片子，你就得当现在的自己置身在胡同里。忘掉你是在表演，先用你自己的方式把这段词说出来。”

孟悄悄惊讶地看向玻璃窗，陆寻戴着耳机，安静地坐在半明半暗的操作室中，让人有一种孤寂疏离之感。

“陆总？”

“私下里，你可以叫我陆寻。”

“啊？”孟悄悄又没有跟上陆总的思路。

“继续练习。”陆寻不多做解释，眸色深沉，语气冷漠依旧。

既然陆寻这么说，孟悄悄也不好拒绝，又开始自己的练习。

按照陆寻所说的，当她用自己的方式去讲台词的时候，她是舒服的。可只要她一尝试去模仿，讲出来的话就怎么听怎么怪。

孟悄悄练不到自己想要的效果，不由得有些急，毫无章法地咬着牙一遍遍地练习。

陆寻终于出声制止：“停。”

陆寻打开录音室的门，走到孟悄悄身边，拉过一张椅子坐下，递了一瓶水给她，淡淡道：“欲速则不达。”

孟悄悄默默地喝着水，润了润火辣辣的嗓子。

陆寻见孟悄悄把水喝得差不多了，道：“冷静下来了吗？”

“嗯。”

“闭上眼睛。”

气氛顿时暧昧起来。

孟悄悄惊讶地看着陆寻，陆寻表情清冷又坦荡，反倒衬得她有些大惊小怪的。

“乖乖听话。”陆寻冷冰冰的声音里平白生出一丝旖旎来，他忽然伸出一只手，轻轻蒙住了她的眼睛。

孟悄悄的眼睛被那双微凉的手覆盖的时候，她的心跳漏了半拍，她还听见陆寻的声音在耳边响起。

“模仿的精髓并不在于说，而在于听。孟悄悄，你必须把注意力集中在你的耳朵上，用耳朵记下所有你听到的声音，这样，你才可能做到你想要做的。”

说完，陆寻配了一段台词，竟是孟悄悄怎么都说不利索的那段台词！

孟悄悄震惊了，除了男声和女声本来的差异之外，陆寻的语气简直和原版的一模一样！想不到，喜怒不形于色、终日冷漠待人的陆寻居然有这样的本事。

惊讶和尊敬过后，孟悄悄慢慢地冷静下来，她开始摒除一切杂念，只是单纯地听着陆寻的声音。

她学着用耳朵记忆。

而她那怦怦直跳的心，似乎也在这悄然流逝的时光中，记住了什么东西。

第十八章

人活着太苦了，应该多吃一点甜的东西

“悄悄，这里这里！”

孟悄悄扶着孟荣来到餐厅，一眼就看见雀跃着朝他们挥手的陈阿姨和笑着看着自己的陈与均。

多年没见，陈阿姨保养得当，举手投足间有着孟悄悄熟悉的气度与从容。

“陈阿姨。”

孟悄悄乖巧地叫了一声，立刻被陈杏璇拉进怀里，陈杏璇心疼地摸着孟悄悄的脸：“哎呀，怎么瘦了这么多？”

孟荣一脸别扭地入座，陈与均也向他问好：“孟叔叔，好久不见。”

孟荣眯着眼睛，笑容里有几分宽慰，他道：“与均，你都长这么大了，我总能在电视上看见你，你小子有出息了。”

“那当然，你以为人人都像你一样固执吗？孩子喜欢什么，就该让他们去做什么。”陈杏璇不满地说道。

孟荣啧了一声：“说你胖，你还喘上了。”

陈杏璇没好气地白了孟荣一眼：“你啊，要一直还是这么个脾气，就等着孤独终老吧！”

“要你管！”

孟荣和陈杏璇之间的斗嘴活络了气氛，孟悄悄和陈与均相视一笑。当年，他俩因为性格不合，和平分手，现在他们年纪大了，反倒有了他们独特的相处方式。

陈杏璇偷偷观察着陈与均的表情，见儿子的所有注意力都在孟悄悄身上，都说母子连心，她怎么会不明白自己儿子的心思呢？

陈杏璇自知这些年来亏欠儿子许多，又见儿子难得有了喜欢的对象，孟悄悄又是个好孩子，当下起了撮合的心思。

陈杏璇拉着孟悄悄的手，笑着问道：“悄悄，这些年你好不好？上次小均跟我说你们重逢了，我就想去看你，谁知道你不在，偏偏碰上了你爸，还给你惹了麻烦。对不起啊。”

“什么麻烦啊？”孟荣吹胡子瞪眼。

孟悄悄道：“陈阿姨，你别这么说。”

“你看，这个世界这么大，都让我们再碰上了，这就是缘分，对吧？”

孟悄悄附和着点了点头，陈与均却觉得似乎哪里有点不对。

陈杏璇摸了摸孟悄悄的头发，又问道：“你看你，现在出落得亭亭玉立，有男朋友了吧？”

“没有。”孟悄悄有点尴尬。

陈杏璇的余光扫了陈与均一眼，笑意盈盈地说道：“不着急，缘分到了，自然能遇到一个能陪你走完一生的人。”

孟悄悄附和着点了点头，心中却一片茫然，着实弄不清楚陈阿姨和自己说这些的用意是什么。

倒是孟荣瞪大眼睛道：“干吗啊，干吗啊？不是说好了就聚个餐，吃个饭吗，怎么弄得和相亲似的？”

陈杏璇气得无话可说，反观陈与均，大概是自觉心虚，闹了个大红脸。

这一顿饭吃得还算气氛愉快，陈杏璇和孟荣虽然依旧不和，但再见亦是朋友。两家人坐在一起，絮絮叨叨地说了不少当年的事。

快到结束的时候，陈杏璇让陈与均送孟悄悄回店里，自己则拉着孟荣，非要和他就子女教育问题再“好好谈谈”。他被陈杏璇缠得没办法，只好冲孟悄悄挥挥手，让她先跟陈与均回店里。

孟悄悄一脸无奈，陈与均的表情也和她差不多，无奈中还有一丝尴尬。

两人在保姆车上坐定以后，陈与均的司机立刻驾驶着车朝蛋糕店的方向开。

车走了一程，陈与均才闷闷地说道：“刚才不好意思啊。”

“怎么了？”

“我妈让你觉得尴尬了吧。”陈与均有些不好意思，“我也不知道怎么了，她最近就像变了一个人似的。”

“她担心你，所以才想方设法地和你拉近距离。”

“是吗？”

看着陈与均一脸呆滞的样子，孟悄悄笑了，她伸手揉了揉他的头，轻声道：“现在，一切都还来得及，弟弟。”

孟悄悄的称呼让陈与均的心凉了半截。

一辆黑色的保姆车停在街角的蛋糕店对面。

孟悄悄从车上走下来时，被车里的陈与均叫住，她在车边驻足了许久。两个人一个在车上，一个在车下交谈着。

陈与均还在纠结是否要去找母亲谈谈，孟悄悄微笑着鼓励他。

蛋糕店的斜右边停着一辆白色卡宴，车里坐着的人眼神深邃地盯着孟悄悄那边，周身散发着一股骇人的冷酷气息。

陈与均的车子缓缓开走，孟悄悄慢慢朝店的方向走去。她经过一辆白色卡宴时，觉得这辆车有些熟悉，刚想着，那车窗就摇下了，露出一张棱角清晰的侧脸。那人黑发细碎如墨染，睫毛浓密纤长，根根分明，气质冷漠，而那平静无波的表象下似乎压抑着某种疯狂和躁动。

是陆寻。

陆寻并没有看孟悄悄，而是冷淡道："上车。"

孟悄悄不知道陆寻怎么会出现在这里，她敏锐地感觉到陆寻的心情不是很好，但她不知道自己哪里惹到了他，迟疑地问道："陆总？"

"陆寻。"

孟悄悄无奈，问道："好吧，陆寻，你怎么会在这里？"

"带你去收音，这也是实习内容的一部分。"陆寻终于转过头来看她，眼神不善，似乎只要她再多问，他就要亲自下车把她塞进车里。

孟悄悄只好钻进陆寻的车里，系好安全带。

陆寻一脚踩下油门，车子迅速汇入车流之中。

车内空间不算狭小，可此时的孟悄悄却觉得有点喘不上来气。陆寻一直没有说话，面无表情地开着车。孟悄悄瞟到车内的导航上标记的地点是城西的一个小树林。她想到姜思慕说过，陆寻对音效的素材要求很高，所以，经常会亲自去收音，把他们一群后期部的实习生折磨得够呛。

孟悄悄还是第一次收音，面对陆寻时的紧张感慢慢散去以后，她渐渐期待了起来。再加上，车途遥远，磨掉了她的紧张感和戒备心。

她扭头望着窗外的风景，车子已经驶离了城市，没有了高楼大厦，视野变得开阔起来，树木连绵成排，碧草如茵。

孟悄悄的心情越来越好，连她自己也没发现，脸上慢慢绽开了一抹笑容。

"你喜欢陈与均？"陆寻不动声色地看了孟悄悄一眼，回想起他在她上车前看到的那一幕，突然打破一路的安静，冷冷地开口。

孟悄悄被问得一愣，下意识回答："没有。"待她彻底反应过来，心中不由得恼了，强调补充了一句，"他是我弟弟！"

思想能不能健康点？！

陆寻冷哼一声，道：“那下次别对着他笑，女孩子要矜持自重。”

她到底哪里不自矜自重了？

孟悄悄的好脾气彻底破功，扭头看向窗外，不想再理陆寻。

“你要是想笑的话，可以对我笑。”孟悄悄的耳边再次响起陆寻不咸不淡的声音。

孟悄悄绷着脸，语气平静：“是你说的，女孩子要矜持自重。”

“我是你的上司，你对我笑是基本的职场礼仪。”陆寻的语气清清冷冷的。

孟悄悄感到了一丝挫败，她意识到她怎么都不是陆寻的对手。每次跟他对话，他总能蛮横地找到最刁钻的角度反驳她，让她无话可说。

孟悄悄挤出一抹职业假笑，彬彬有礼道：“陆总，请认真开车，注意安全。”

陆寻轻飘飘地看了孟悄悄一眼，踩了刹车，车子就停了下来。他解开安全带，转身静静地注视着孟悄悄的眼睛，慢条斯理地叫道：“孟悄悄。”

孟悄悄看着陆寻一连串的动作，不明所以地应了一声：“嗯。”

只见陆寻葱白修长的手指缓缓地把鼻梁上的眼镜取下来。没有了眼镜遮挡，他的美貌得到了释放，一张脸更显精致俊美：向来如冰雪冷漠的眼睛，居然弯成一个让人心动的弧度；嘴角挂上一抹清新的笑容，那笑容，宛如山雨初霁，冰山初融。他语气低沉，略带诱惑地说道：“该怎么笑，也要我教你吗？”

孟悄悄的脸腾地红了，如燃烧的云，她的心跳突然加快。她觉得她快要溺毙在那笑容和眼神里，连忙转头专注地看着窗外的景色。她的心里倏忽冒出一句词：春水初生，春林初盛，春风十里，不如你。陆寻，真是应了他的名字：美人难寻。

若周旭在这里，必定会为陆寻的这一番操作鼓起掌来。从未谈过恋爱，也不懂如何恋爱的陆美人，居然知道放大自身的优势，采取色诱手段，不愧是足智多谋、诡计多端的陆寻啊。

陆寻重新戴上眼镜，若有若无地轻笑一声，再次启动车子。不知道什么时候，天又变蓝了，藏在影影绰绰的树林之中，像一幅水彩颜料泼写而成的画。

“快到了吗？”孟悄悄头也不回，整张脸几乎要贴在玻璃上，声音却不由自主地轻快了起来。

“嗯，快到了。”

他们停在森林公园的半山腰里，接下来，他们要去的地方车子无法进入，只能依靠步行。陆寻提着一个不算小的手提箱，稳稳地走在羊肠小路上。孟悄悄想帮忙提来着，最终，她伸出的双手被陆寻塞了两瓶水。

“跟着。”陆寻淡淡说道。

孟悄悄只好跟在陆寻的身后，深一脚浅一脚地往树林深处走。走着走着，孟悄悄就开始数起地上的陆寻的脚印来。每一步她都能准确地踩到陆寻的脚步中，仿佛他走出的每一步都是为她铺垫好的一样。

清风徐来，孟悄悄觉得脸颊有点痒，原来是被风吹起的头发拂过脸庞。她抬起头来，把头发撩到耳后。

“到了。”

陆寻忽然停住了脚步，孟悄悄也跟着停下。等她从陆寻的身后钻出来，简直被眼前的景色惊呆了！

孟悄悄做梦都不会想到，这儿会有这么一个打破次元壁的地方。一看就是长了几百年的大树交错着，棕色的树干粗壮，又爬满了岁月的痕迹。树木的枝叶交缠在一起，分不清哪些来自于哪棵树的。阳光从茂密的树叶间投射在地上，连光线也被分解成许多不同的光束。

完全是在动画片中看到过的场景，她没想到那些美景，竟然是真实存在的。

她刚想和陆寻说话，一个柔软的东西却忽然覆上了她的耳朵，柔软的海绵像一个轻柔的吻停留在她的耳郭上，而两只耳朵被包围起来的感觉，像极了陷入一个温柔的怀抱中。

陆寻贴近了她，他的鼻息轻轻地拂在她耳边：“要不要试试收音？”

孟悄悄扶着刚刚被陆寻戴上的耳机转过身，说道：“我不会。”

“我不介意教你。”陆寻意有所指。孟悄悄想起他刚刚教自己微笑的事情，脸又红了。

孟悄悄还是把耳机摘下来，说道：“你这些音是要做后期的时候用的，万一被我搞砸了怎么办？”

“我考考你。”陆寻拿出长长的收音麦，指着麦克风上面裹着的毛茸茸的话筒套问道：“这是干什么用的？”

“降噪。”孟悄悄不假思索地脱口而出后，立刻意识到这是陆寻在放水。

“带你来，就是让你收音的。”陆寻轻描淡写地说道。

孟悄悄点点头，认真地说道：“如果我哪里做得不对，你一定要马上指出来。”

“收音没有对与错，只有能捕捉到和不能捕捉到。你闭上眼睛，把耳机当作你的耳朵，把麦克风当作你的心。这样，你听到的所有声音就能捕捉下来。”

孟悄悄怔怔地听陆寻说完，好奇地问道：“为什么要教我？”

陆寻冷淡开口道：“想教就教了，哪有那么多为什么。”

陆寻按住孟悄悄的肩膀，让她转过身子。他从背后扶住她的肩膀，再次凑到她的耳边说道：“孟悄悄，你要记住，眼睛长在耳朵的前面。所以，很多时候，我们看到的东西反而不如我们听到的东西真实。闭上眼睛去看，捂住耳朵去听，你就可以找到你想找到的声音。”

孟悄悄承认，这一秒钟，她被陆寻蛊惑了。

她听话地闭上了眼睛，所有的注意力自然而然地集中在一左一右的两个耳机上。陆寻是什么时候松开她的肩膀的，她感觉不到了，就连她刚才走过哪些土地，看过哪些风景，她都忘记了。

她的世界里，只剩下耳畔的声音。

这是一片一望无际的沙漠，风在空中呼啸，尘埃漫天飞扬。旅人蹒跚地走在沙漠里，突然他发现了一片绿洲。他欢天喜地地朝绿洲跑去，在那里，他看见了水。

旅人亲吻着洁净的水源，冰凉而凛冽的水滋润了他干裂的唇。他的双脚慢慢生长入土，渐渐地，他就成了一棵树。他的身上长出了枝丫，枝丫上又长出了新叶。

不知何时天空中下起了雨，黄沙退去，一棵一棵的大树拔地而起。它们盘根错节，只往最深的地方长，紧密地连接在一起，这就成了树林。

雨还在下，太阳却出来了，温暖而热烈的阳光照在大地上，使泥土中的湿气慢慢蒸发，腾起一阵又一阵清新的泥土味。鸟儿从北方飞了回来，它们拍打着翅膀，轻轻地啼鸣。

这里，仿佛过了一个世纪那样久远的光景。

孟悄悄睁开眼睛，她拿着收音的麦克风，不知道自己在原地到底站了多长时间。她只知道，她睁开眼睛的那一刹那，对上的是陆寻那双深如寒潭的眼睛。

陆寻倚在一棵大树下，静静地看着她。

他的眼中，有孟悄悄从未见过的光。

他们收完音，已经是傍晚时分，旷野之上，暮色四合，可见度渐低。

陆寻把设备收进后备厢后，就倚在车门上，黑眸深沉地看着孟悄悄的脸。

孟悄悄被陆寻盯得不自在，问道：“可以走了吗？”

陆寻刚想说话，但他的耳朵动了动，本来云淡风轻的脸突然冷了下来。

几乎在同时，孟悄悄看见有两伙来势汹汹的人朝他们这边走来。那些人大多身强体壮，穿着黑色 T 恤或者是无袖背心，面目凶狠，手中还拿着铁棍。

“上车，系好安全带。”陆寻冷声道，孟悄悄立刻钻进车里。几乎就在她关上车门的那一瞬间，那些壮汉走到车前，其中一个人手中的铁棒狠狠地砸在了前窗玻璃上。

“坐稳！”陆寻吩咐道，而后猛地发动汽车，一脚将油门踩到底，双手猛打方向盘，飞快地驶离危险地。

壮汉们见状，立刻挥舞起手中的铁棒，用力地砸向陆寻的车。

孟悄悄哪里见过这样的画面，她紧紧地抓着安全带，用力咬住下唇，控制自己不要发出任何声音。

“别怕。”陆寻冷静地驾着车，竟然还用手握了握孟悄悄的手。

他们的车子像朝着天空发射的火箭一样，腾起了一阵烟雾。很快，他们就把那些徒步而来的打手抛在身后。

不知何时，夜色吞没了旷野，视野里只有车灯照到的地方，黑暗使孟悄悄的心更加慌乱。她看着陆寻，不知怎么的，就伸手握住了他按在挡位上的手。

她也不知道这一刻，她是想从陆寻那儿得到勇气，还是想尽自己所能给陆寻勇气。

“我不怕。”

孟悄悄的话音未落，强大的冲击力几乎让她从座椅上弹出去，久违的失重感和恐惧感再次席卷了她，车子在原地打滑，飞速旋转带来的眩晕感，让她止不住地想要呕吐。她的余光看见打着方向盘维持着车子平衡的陆寻。而在车子无休止的旋转中，她隐约看见一辆向他们撞来的越野车。

在这个时候，一些被孟悄悄深埋在心底的回忆打破了她心中的牢笼，争先恐后地跑了出来。她仿佛又回到那个冬天，仿佛再次置身在那条铺满大雪的道路上。

云真开车带着她，上一秒，她们还嘻嘻哈哈地说着悄悄话，下一秒，一辆车子迎面朝她们开来。云真连大叫都来不及，拼命地把方向盘往她的方向打。

车头撞上坚硬的山岩，安全气囊重重地弹在了孟悄悄的脸上，之后她什么都不知道了。

她的身体仿佛在这个时候离她而去，她只能感觉到黏稠而腥臭的液体顺着她的头缓缓流下，像极了千百条蜈蚣在她的身上缓缓地蠕动。

她费力地想睁开双眼，却只能撑开一条缝。在那条缝隙中，她看见驾驶座空了。

云真不见了！

这是那时的孟悄悄能感知到的唯一，也是最后一件事。

“孟悄悄！孟悄悄！”

陆寻冰冷的声音拉回了孟悄悄的意识，她这才发现车子不知何时停住了，陆寻握着她的肩膀摇晃着。他的眸子紧紧盯着她，眼底深处有着焦急。

“陆寻……”

见孟悄悄终于开了口，陆寻冷静地牵起她的手，道：“跟我走。”

孟悄悄这才发现陆寻已将车灯熄灭。趁着夜色，他带她在一望无际的旷野上奔跑起来，她只听见飒飒的风声从耳边掠过，四肢百骸因为恐惧而陷入了永无止境的冰冷。

此时此刻，让她觉得她和这个世界还有联系的，就只有陆寻掌心传来的微凉的触感了。

带孟悄悄躲到一个灌木丛中后，陆寻飞快地扯下枝叶盖住她，冷声说道：“藏好，报警。”

孟悄悄心中闪过一丝不祥的预感，她反手握住陆寻的手，焦急地问道：“你要干什么？”

陆寻安抚地摸了摸孟悄悄的脸，而后，他的目光蓦地凌厉起来。他拉下她的手，只身走入夜色中。

孟悄悄大惊失色，她看着陆寻刻意出现在那辆黑车前。于是，那辆车上的人跳下来，朝着他狂追而去。

那些打手终于也从四面八方追了过来，他们无一不朝着陆寻追去。

孟悄悄的心顿时提到了嗓子眼儿，那些人是奔着陆寻来的！陆寻显然是意识到了这一点才替自己把他们引开的！可是……可是那些人那么狠，如果陆寻被他们抓到，说不定他会有性命危险！

孟悄悄立刻拿出手机报警。时间一分一秒地流逝，她的内心越来越担忧、着急。

如果警察不能及时赶过来的话……孟悄悄简直不敢想下去！

忽然，一个大胆的念头在她的脑中一闪而过，她定了定心神，朝陆寻方才离开的方向跑去。

月光之下，她隐约看见有些黑色的液体洒在地上。液体腥味浓重，看着像触目惊心的血，也不知道是不是陆寻流的。

孟悄悄越追越担心，她依稀听到沉闷的呼吸声和呻吟声。

孟悄悄躲在树后，探头一看，那被打手们团团围住的人不是陆寻是谁！

陆寻背靠一棵粗壮的古树，利用树干防止自己的后背被人偷袭。明明打手那边人多势众，但双方居然形成了对峙之势，谁都不敢轻举妄动。

孟悄悄再仔细一看，陆寻的神态虽然依旧冷漠、淡定，但他的身上已经多处受伤，满身是血，已经是强弩之末了。

孟悄悄定了定神，深吸一口气，抬起一只手捂在自己的嘴边。很快，急促而响亮的警笛声从她的口中发出。警笛声由远而近，大有山雨欲来的架势；紧接着，汽车紧急刹车发出的摩擦声，车门打开又关上的车门声，多而不乱、井然有序的脚步声依次响起……

这些声音很快传到了那些打手的耳朵中。他们以为警察来了，立刻作鸟兽散。孟悄悄确认打手们已经走了，赶紧朝陆寻跑了过去。

“陆寻！陆寻！”她颤抖着叫着陆寻的名字。

陆寻倚靠着树干坐着，一只手拿着棍子撑在地上，艰难地保持不倒下的姿势。他喘了口气，脸色苍白，毫无血色，语气却依旧冷漠、淡定：“放心，我还没死。”

孟悄悄也不敢动他，甚至不敢抬手帮他把脸上的血污擦干净。

“警察和医生很快就来了，你还好吗？你撑住！”孟悄悄也不知道自己到底在说什么，她语无伦次，只想让陆寻千万别放弃。

“好，让我休息一下。”陆寻疲惫地闭上眼睛，浓密纤长的睫毛轻颤。

“你别睡啊！”孟悄悄着急万分，却不敢碰陆寻，生怕让他更加痛苦。

“孟悄悄。”陆寻喘了几下，伸手揽过焦急的孟悄悄，将她抱入怀里，念着她的名字，而他的语气竟是从未有过的温柔，“别怕。”

这个混合着血腥味、冷香的怀抱让孟悄悄一怔，她的心被什么重重地击了一下，化成了一汪春水。

第十九章

让我抱一下，我就告诉你

孟悄悄蹲坐在走廊上。

从她现在的角度，她只能看见走廊里来来去去人的脚，那些脚步来去匆匆，步步都显得十分忙乱，除了穿着白鞋的护士以外，还有穿皮鞋的警察。

人声嘈杂，好像每个人都在说话，可那些声音却遥远得仿佛来自另外一个世界。

孟悄悄摊开手掌，怔怔地看着掌心中那些已经凝固了的暗色液体，一种久违的、让她胆战心惊的腥臭味传来，那气味像是一根粗糙的麻绳，勒住她的脖子。

"孟悄悄！孟悄悄！"

尖厉而焦急的声音响起，有人在叫她的名字，她实在无法忽略不计。

孟悄悄涣散的眼神慢慢聚焦了，她看见的是吴语徽那张担忧迫切的脸。

吴语徽见孟悄悄有了反应，大声问道："陆寻呢？我问你陆寻呢！"

"……手术室。"

"他怎么样了？"

"他的头部五处受损，肋骨折断一根……"孟悄悄麻木地重复着刚才医生告诉她的话。

吴语徽捂着嘴巴尖叫，眼泪"唰"地流了下来，又立刻被周旭拉进怀里。

"语徽，你冷静一点！"

周旭一边一只手撑着吴语徽，一边看着孟悄悄，关切地问道："你还好吗？"

孟悄悄点点头，神情依旧木然。

周旭看着孟悄悄这副模样，更加担忧。他接到同事打来的电话时，正和吴语徽在外面吃饭。同事认得常来找他的陆寻，便打电话告诉他，他的好友出了事。吴语徽一听，急得哮喘病差点发作。他连忙先安抚好她，再带着她一起赶来医院。

可周旭不曾想到，会在医院里看见孟悄悄，而以孟悄悄的经历来说，让她经历两次类似的事情，未免太过残忍。

周旭再一次看向孟悄悄，女孩的脸污浊，身上、手上都是血，一身狼狈，也不知道那些血究竟是陆寻的还是她的。他叹了口气："先去检查一下吧，孟悄悄。"

急救室的灯在这个时候灭了。

孟悄悄完全没听见周旭的话，立刻拔腿朝门前跑去。急救室的大门被打开，护士们推着一张病床从里面走了出来。

陆寻躺在床上，伤口已经被妥善地包扎好，而他睁着眼睛，竟已经醒了。

孟悄悄第一个扑到床前，她对上陆寻清冷的视线，一句话都说不出来，只能紧紧地攥着被子，眼睛一眨不眨地看着陆寻。

陆寻脸色苍白，头被纱布包着，显得嘴角的瘀青更加明显。

陆寻定定地看了孟悄悄一会儿，说："还好你没事。"

孟悄悄死死地盯着陆寻苍白如纸的脸，颤声问道："有没有哪里痛？"

"让我抱一下，我就告诉你。"陆寻语气清冷地诱哄着。

而跟着孟悄悄一起扑到床边的吴语徽怔怔地看着陆寻，她看见陆寻眼中只有孟悄悄的模样，这让她的心被深深地刺痛了一下。

而此刻，吴语徽只想把陆寻的所有注意力抢回来。她问道："陆寻，到底出什么事了啊？"

陆寻早就看到了吴语徽和周旭，他淡漠道："小事。"

"你都成这样了还叫小事？！"

唯一还有理智的周旭和那个医生同事交换了个眼神，为陆寻抢救的医生摘下口罩，露出一张笑脸来。他道："放心吧，陆寻没有生命危险。"

周旭长长地松了口气，拍了拍同事的肩膀，这才走到病床跟前，低头看着陆寻，无奈地问道："陆美人，你怎么总是和人打架啊，进入叛逆期了？"

陆寻的表情有些疲惫，道："累了，以后再说。"

孟悄悄听了这话，立刻松开扶着床的手，吴语徽也只得依依不舍地退下。

"周旭。"陆寻转头吩咐，语气平淡吩咐道，"带孟悄悄去检查，然后送她回家。"

周旭看出陆寻眼底的认真，无奈地点了点头。

陆寻这才放下心来，长长的睫毛垂下，慢慢地闭上眼睛。

孟悄悄等三人停在原地，目送着陆寻被护士们推走。

周旭长舒一口气，道："孟悄悄，跟我去检查吧。"

孟悄悄又恢复成平时那副温暾、安静的模样，她只觉得浑身的力气都在这一刻被抽空了，无力地点了点头，麻木地随着周旭去检查。

三日后，陆寻受伤入院的消息已经在整个 LD 传得沸沸扬扬了。

吴语徽走进录音棚时，听到的就是几个练习生聚在一起议论这事。在他们的口中，陆寻和孟悄悄就像是亡命鸳鸯一样，故事缠绵凄美：陆寻身陷险境时，孟悄悄舍身相救，二人终于在医院里情定三生……

他们估计这次事件之后，LD 要多一对神仙眷侣了。

"上班时间都在干什么呢？！"

吴语徽瞪着眼睛吼道，被她吓到的练习生们立刻散开。她大口大口地喘着气，还是觉得心中有一口恶气盘踞不散。

该死的，现在这些人的消息是从哪里听来的？不过是警察来做个调查，也能听风就是雨，居然传起陆寻和孟悄悄的绯闻来了！

陆寻才不是那样的人！吴语徽低下头，不服气地想。他那样冰冷，高高在上，才不会那么轻易地喜欢上一个人。

所以说，他们懂什么？！就算陆寻不会喜欢上自己，也绝对……绝对不会喜欢上那个孟悄悄！

可是，陆寻看孟悄悄的眼神却让吴语徽根本无法忽略。她是女人，有着女人可怕的直觉，至少她觉得，在陆寻的心中，孟悄悄已经成为一个特殊的存在了。

而"特殊"这个词，往往比喜欢或者不喜欢，来得更为干脆直白。

因为吴语徽的到来，练习生们不敢再三三两两地聚集在一起。他们四散而去，吴语徽就能一眼看见站在角落里的孟悄悄。

孟悄悄的脸色依旧苍白，表情也十分恍惚，眉目之间满是担忧和愁色。

那天，吴语徽和周旭带孟悄悄去做检查，医生说孟悄悄只是轻微的脑震荡，没有太大问题。说实话，吴语徽还挺感谢孟悄悄的，毕竟要不是孟悄悄，陆寻的现状可能更加危险。

但是，陆寻为什么偏偏对孟悄悄青睐有加呢？

吴语徽捏着拳头，眼睛直直地瞪着孟悄悄，从情敌的角度来说，她应该要对孟悄悄生气的。

“吴语徽，你站在这里干什么？”

江自谦的声音自吴语徽身后传来，吴语徽立刻回过神来，只见江自谦正一脸严肃地看着她。她天不怕地不怕，唯独对她的老师江自谦是敬畏有加的，于是，她立刻站到一边。

江自谦没有看出吴语徽的异样，拿着他的小酒壶走进录音棚里。他翻了翻今日工作安排，随意地挥了挥手，立刻有几个练习生走到棚里，开始为今天的录音做准备。

孟悄悄也在其中，她木然地跟着前面人的步伐，低着头看着掌心里的手机。忽然，那手机亮了，孟悄悄滑开手机屏幕，看清上面的内容时，嘴角忽然泛起一抹如释重负的笑容。

而目睹这一切的吴语徽，一直藏在心中某个角落的情绪忽然爆发了。她从刚才开始就一直盯着孟悄悄，所以，她不难看到孟悄悄点开的是微信，而给孟悄悄发微信的人的头像更是她一眼就能认出来的：陆寻。

陆寻从来不会主动给她发微信。

强烈的妒意将吴语徽吞噬，她想也不想，直接开了口：“孟悄悄！”

吴语徽无视孟悄悄的茫然，道：“进棚的时候不许带手机，你不知道吗？！”

“对不起。”孟悄悄立刻将手机收了起来，充满歉意地说道。

孟悄悄的歉意并没有让吴语徽偃旗息鼓，她转头对江自谦道：“江老师，今天是我的最后一段戏，可是，牧禅遭遇车祸后短暂失声的那段，我总是把握不好。”

江自谦看着吴语徽，不明白她这么问的用意何在。

吴语徽只觉得自己仿佛被什么驱使着一样，说道：“听说孟悄悄之前有过车祸的经历，能不能让她示范一下？”

江自谦皱起眉头，严厉地呵斥一声：“吴语徽，你是女主角，你要有担当女主的实力。”

吴语徽还想争辩什么，孟悄悄却说道：“没事，我可以试试。”

不仅仅是江自谦，连吴语徽听了孟悄悄的话也愣住了，她有一瞬间的愧疚，但转瞬就被没有发泄出的怒火淹没。

江自谦的表情有些松动，他转头看向孟悄悄，问道：“你可以吗？”

孟悄悄点了点头：“我的确有过类似的经历。”

江自谦想了想，道：“那你就试试吧。”

说完，江自谦让孟悄悄先读一遍本子，再让各部门做好录音准备，预计十分钟后开始。吴语徽说的这段情节是牧禅遭遇车祸后短暂失声，为了做好演讲，她积极复健，找回声音的这么一段戏。

江自谦皱眉审视着孟悄悄，吴语徽说的话并没有错，但这对孟悄悄来说未免有些残忍。曾经经历的伤痛，没有人愿意再回忆一次，他没想到孟悄悄能主动答应下来。

至于吴语徽……

江自谦走到吴语徽身边，说道："下次不要用这样的手段，我的徒弟只能堂堂正正地对决。"

吴语徽在江自谦的质问下有些心虚，她没有说话。

这时，满头大汗的杨亮走了进来，说道："录音师已准备好，可以开始了。"

江自谦看向孟悄悄，孟悄悄拿着台本站在收音话筒前，做了一个 OK 的手势。

录音开始，孟悄悄感觉自己好像回到了那场车祸后，她沉睡了半年，醒来时，云真不知所终，她失语后陷入颓废之中。然后，她看到了云真写给她的遗书。她为了云真努力复健，一次次摔倒爬起，一次次摸着自己的声带试图发出声音，无忧亦无惧……

这一刻，孟悄悄就是牧禅，她懂牧禅的苦泪、懂牧禅的压抑……她努力发出声音，不过是为了不让自己留下遗憾。

配音完成后，全场寂静无声，众人被孟悄悄表演中的充沛情感打动。吴语徽率先回过神来，便走到孟悄悄的面前，递给对方纸巾，孟悄悄一摸脸才意识到自己居然已是满脸泪水。

孟悄悄低声道谢："谢谢。"

吴语徽有点别扭："这段配得不错，我知道怎么表达了。"

孟悄悄点点头，放下耳机便离开了录音室，没有再多做停留。

之后的配音过程十分顺利，吴语徽全身心投入，又有孟悄悄珠玉在前，整个配音录制呈现出超高的水准。

而随着吴语徽的完美发挥，历时三个月的《动画制作人》的配音正式完工。

江自谦看着这一切，露出难得的微笑。他看了看陷入狂喜中的学生们，将笑意压下，大赦天下，宣布放他们两天的假，让他们好好休息。

练习生们一哄而散，江自谦走到孟悄悄面前，说道："有竞争是好事，你们两个都成长了。"

孟悄悄怔怔地点了点头。

江自谦用宽大的掌心拍了拍孟悄悄的肩膀，道："刚才表现得很好，继续努力。"

"谢谢江指导。"孟悄悄突然被江自谦夸奖，有些激动。

江自谦突然说道：“《动画制作人》的动画马上要播了，真人影视项目也已经开始筹备，角已经选好了，男主角是陈与均，女主角是谢瑶。”

孟悄悄“哦”了一声。

江自谦责备地看了孟悄悄一眼，继续引导道：“谢瑶，是出了名的台词功底差的。”

孟悄悄还是没开窍。

江自谦憋不住了，无奈地摇摇头，直截了当地说道：“谢瑶需要配音演员，制作公司马上会开始为她接洽配音演员，这和作秀不一样。语徽要准备高考了，我打算推荐你去试试。”

“我？可我只是个练习生……”

“练习生怎么了？我这点看人的眼光还是有的。”江自谦严厉地说道，他看了孟悄悄一眼，无奈地放缓语气，道，“只是推荐而已，制作公司也要挑的，最后能不能成，全看你自己。”

孟悄悄只剩下点头的份了。

江自谦哼了一声，道：“行了，这两天好好休息。”

孟悄悄走到门边，还是转过身来，朝江自谦深深鞠了一躬，诚恳而感激地说道：“江指导，谢谢您。”

江自谦颇为不自在地挥挥手，把孟悄悄赶走了。

孟悄悄推门而出，和洛冰倩撞了个满怀。她朝洛冰倩点点头，对方却神色难看，并没有搭理她。

吴语徽蹲在路边，恨恨地啃着手中的冰激凌。周旭站在她的身边。

夜色刚刚降临大地，路边的街灯一盏一盏地亮了起来。灯光之下，吴语徽的影子被拉得很长，活像个张牙舞爪的怪物。而周旭，就像那个小怪物总是依附的大树一样温柔可靠。

“我不开心！”

周旭笑了一声，吴语徽忍不住抬起头瞪他。可那笑声顺着空气传进吴语徽的耳朵里，让她觉得自己好像没那么生气了。

于是，吴语徽委屈地哼了一声。

“那你告诉我，谁惹你不高兴了，我去揍他。”

“孟悄悄！”吴语徽恨恨地说道，“她那个人真的很奇怪啊！我很难讨厌她，但是，我又有必须讨厌她的理由！啊啊，好生气！”

“这……”

吴语徽立刻瞪大眼睛，质问道：“你干吗一副舍不得的样子，你是不是也喜欢孟悄悄？”

“喜欢啊。”周旭顿了一下，柔声道，“可我最喜欢你。”

吴语徽噘了噘嘴巴，多少还算满意周旭的这个回答。

周旭在她身边蹲下，保持着和她一样的高度，问道：“你为什么不喜欢孟悄悄？”

“就是讨厌！”

周旭开心地笑了起来：“其实，你是喜欢她的吧。”

“我……”吴语徽一时语塞，停顿了一会儿之后，磕磕巴巴地说道，“我才不喜欢她！”

“不要激动！”周旭严厉地制止吴语徽，道，“你忘了我和你说过什么了吗？！”

吴语徽悻悻地点了点头，忽然沮丧了起来。她没有心情再吃冰激凌，那些奶油就顺着球体懒洋洋地流了下来。周旭看不过去，伸手接过黏糊糊的冰激凌帮她扔掉，又从口袋里拿出湿巾帮她擦手。

吴语徽低声道：“你说，是不是因为我有病，陆寻才不喜欢我的？”

周旭一愣，眉头深锁，他严肃地说道：“不许胡说八道。”

“其实我知道的，像我这种稍微激动就会哮喘发作的身体，根本没资格喜欢陆寻。他那么优秀，那么好，怎么会想和我一个病秧子在一起呢？不论我怎么努力，都是没用的。”

周旭沉默了片刻，叹道：“你还太小了，还不明白什么喜欢。”

“我已经十八岁了。”吴语徽反驳道，“那你告诉我什么是喜欢。”

周旭苦涩道：“喜欢是基于了解后的选择，你看得到他的优点，你也看得到他的缺点。他让你盲目，也让你理智；他让你勇敢，也让你懦弱；他让你想要拥有他，却更害怕失去他。”

吴语徽听得似懂非懂，她摇头晃脑地说道：“这么复杂的吗？我以为喜欢一个人，就是眼里心里只有他。”

“你这么说也对。”周旭的声音忽然温柔了起来。

周旭的温柔让吴语徽不知为什么有些紧张，她怔怔地看着周旭，当她发现周旭也正在看她的时候，她的心忽然怦怦地跳了起来。

周旭缓缓看向吴语徽，眼神温柔，像是怕惊吓到她，他的声音轻得像梦：“就像我喜欢你，不是哥哥对妹妹的喜欢，是男人对女人的喜欢，明白吗？”

吴语徽张了张嘴巴，第一个反应是落荒而逃！

被留在原地的周旭看着吴语徽消失的方向，苦涩地轻笑一声。

他还是没忍住，所以，他把一切都搞砸了。

第二十章

我身边很危险，你要不要过来

孟悄悄其实并不喜欢医院，一是，她在这里住得够久了；二是，每次来医院都意味着有人不舒服。

孟悄悄站在陆寻的病房门口，真到要敲门时，她却有些犹豫。

冷静过后，她回想起那日出事时，自己对陆寻的种种表现，心中颇有些无所适从。她不傻，她知道那时的自己，紧张得有些不对劲。

那似乎并不是单纯的对朋友、对上司的关心，那关心和担忧中还有一种无力和茫然。她完全不知如何应对他，只能被动地接受着他的一切，大脑似乎也在面对他的时候停止了运转。最重要的是，在面对他的时候，她变得有些不像自己了。

可真实的自己又是什么样的呢？孟悄悄有点茫然。

她心虚地朝病房里面看了一眼，不想却正好撞进陆寻清冷的眼睛里。

穿着一件宽松纯白的病号服的陆寻坐在病床上，他的脸上依旧没什么表情。兴许是因为尚在病中，他整个人的气质不如平常那么冷冽、锋芒毕露，淡漠的眼睛里隐隐带着一点亮光。他就那样看着孟悄悄，也不知道看了多久。

孟悄悄低下头，提着大果篮走了进去。

她在陆寻床边坐定，陆寻没有说话。她虽然有千万个问题想问，一时却不知道该从何说起。她只好从水果篮里拿出一个苹果，一声不吭地削了起来。

“我带你去收音，让你遇到了危险，你是不是生气了？”陆寻冷冷的声音响起，打破了一室的宁静。

“怎么会。”孟悄悄尽量平静地回答，心里不断地提醒自己，陆寻是个病人，不要跟病人计较。

陆寻停顿了一下，黑眸紧紧盯着孟悄悄，语气冷漠地说道：“既然你没有生气，那我住院几天了，你为何都不来探病？”

孟悄悄顿时心虚起来，她怎么跟他解释，她是因为心里那些剪不断、理还乱的小心思，才不敢过来看他。她收起心里复杂的情绪，像哄难缠的小孩一样，笑着说：“我现在不是来了吗？你看……我还给你削苹果。”

说完，孟悄悄晃了晃手中的苹果。风从敞开的窗子中吹入，卷起苹果的清香，空气中多了一分沁人心脾的暧昧。

陆寻冷哼一声，暂且放过了她。

孟悄悄细心地将削好的苹果切成小方块，再放到果盘里，然后将盘子递给陆寻，可陆寻半天没接。孟悄悄不知道怎么了，便端起果盘仔细端详了一会儿，并没有看见什么脏东西。

陆寻举起他被绷带包扎得严实的双手，以退为进，说道：“吃不了，你先放一旁。”但他的眼睛却若有若无地看向那个果盘。

孟悄悄看着陆寻那双活动不便的手，心下有些不忍，但让她喂陆寻吃，她又着实做不到。她迟疑地问道：“你平时怎么吃饭？”

“趁换绷带的时候吃。”

“那不会撕裂伤口吗？”孟悄悄皱起了眉头。

“我不喜欢别人喂我。”陆寻声音冷冷的，他顿了一下，一脸坦然地接着说道，“如果是你喂，我可以接受。”

孟悄悄思绪纷乱，就像把泡腾片丢进一杯可乐里，那翻涌的情绪压制不住地往外涌。她皱着眉，看着陆寻，不悦地说道：“陆寻，你为什么总这样戏弄我？”

陆寻看着孟悄悄的眼睛，镜片也盖不住他眼底的光。他说话的声音轻之又轻，冷之又冷，就像落在孟悄悄的心里：“孟悄悄，我为什么这样，你真的不知道吗？”

孟悄悄的心狠狠一动，她狼狈地收回自己的视线，垂下头默不作声。半晌后，她才生硬地转移话题，问道：“那群人为什么袭击我们，警察查到了吗？”

陆寻看出孟悄悄眼底深处隐藏的关心和担忧，他知道他可以轻描淡写地遮掩过去，可是，他突然就贪恋起她给予的这一点关心。

“想知道？”陆寻的语气平静无波，眼中似乎笼罩着淡淡的白雾，让孟悄悄看不清楚他在想什么，只听他说道，“你坐到床边来，我告诉你。”

孟悄悄依言坐了过去。

那天，警察很快查出了那些混混的身份。陆寻在做笔录时，一眼就认出了混混的大哥正是前段时间被自己举报，进了公安局的那个诈骗犯。那诈骗犯有些黑道背景，听了吴语徽在节目上说的侦探故事，便动了歪脑筋，想来敲诈勒索他。

想必是那诈骗犯的那些小弟气不过，来找陆寻的麻烦。

“故事？”孟悄悄不明白。

陆寻表情冷淡，这让孟悄悄也安静下来，静静听他说十五年前的往事。

有关那场惨剧的惨痛记忆，大概要从陆寻九岁那年回乡下祭祖说起。

陆寻看完书睡着没多久，就被一脸泪水的母亲摇醒。

他看了眼表，凌晨三点。

母亲发出一声悲鸣：“家里出事了。”

陆寻顿时清醒，坐上了母亲的车。母亲一边开车一边掉眼泪，而那些眼泪让向来冷漠沉着的陆寻有点心慌。他看向窗外，可视线所及之处皆是一片漆黑，连月亮都带着一层猩红的光晕，仿佛是什么不祥之夜。

夜色比他来乡下时更黑了。

陆寻的心里隐约有了一些不好的预感，一种压抑感像块石头一样，沉甸甸地压在他稚嫩的心头。他觉得胸口有点闷，好像失去了什么。

清晨六点多，陆寻才和母亲到了家。在那缓缓明亮起来的晨曦之光中，他隐约能看见大片大片黑烟正盘旋着升起，许多人围在陆家独栋院子的门口，他们议论纷纷，裹着大袄在看热闹。

人群中，警察、医生、消防员的衣服特别扎眼。

陆寻和母亲下车的时候，母亲的腿已经有些软了。她跌跌撞撞地向前走，他则拨开人群。从人们的议论声中，他这才将发生的事情拼凑了个大概：家里昨晚着了火，火很大很大，消防员花了三个多小时才刚刚把火灭了。

他和母亲在人群中找到了父亲，父亲像丢了魂魄一样跌坐在地。父亲一身狼狈，还在喃喃自语，也不知道在说些什么。

母亲扑到父亲身上，揪住父亲的领子嘶吼：“可儿呢？我的可儿呢？”

父亲就像被什么刺激到了，他的嘴唇哆嗦得更厉害，浑浊的眼中涌上了泪。就在这时，两个消防员抬着一副担架出来，担架上面盖着白布，能看见一个小小的人的轮廓。原本还站在一旁的父亲立刻冲了上去，抱着担架仰天痛哭起来。母亲见到父亲这个举动，顿时也明白了什么，她拦住消防员，浑身颤抖着掀开了白布。

白布之下，只能依稀看出是陆可，她已经被烧得面目全非了。她直挺挺地躺在那里，早就没有了气息。

母亲尖厉地叫了一声，晕了过去。

太阳缓缓升起，只照见一片狼藉。

陆寻说到这里忽然停住，半晌后，他才继续说道：“是我让陆可留下的。”

往事是十几年未痊愈的伤口，如今被残忍地掀开撕裂，鲜血淋漓，让人不忍触碰。陆寻的语气却依旧冷静淡漠：“她不愿去乡下，是我做主让她留下来的。”

有风吹过，卷起床边纯白色的窗帘翻飞着，一室的悲伤静默，只能听到陆寻呢喃着：“她才五岁……”

这种悲伤太过于沉重，任何安慰的语言都显得苍白无力。孟悄悄猛地抱住陆寻，仓皇而又紧密地抱着，她的身躯微微有些发抖。

陆寻愣了下，缓缓回抱住孟悄悄。远远看去，他们就像两头互相舔舐伤口的动物，交颈相依，在尽自己所能给对方温暖。

仿佛过了一生一世那么久，孟悄悄终于回过神来，她有些尴尬地想推开陆寻，陆寻却不想放手：“别动！再让我抱一会儿。”

孟悄悄瞬间心软，她一动不动的，任他抱着她。她听到他在耳边说：“孟悄悄，我会把当年的事情查个水落石出，为陆可报仇。”

陆寻终于放开了孟悄悄，他又想到那天，孟悄悄不顾他的劝阻冲过去救他。他眸色深深地注视着她，道：“我身边很危险，你要不要过来？”

“陆寻，为什么是我？”孟悄悄不明白陆寻到底看上了她什么。

“你很温暖。”温暖到让早已习惯冰冷的他不自觉朝着她散发的热靠近——

第一次见面，她给陌生司机两百块修车费的温暖。

第二次见面，她给予他一件羽绒服的温暖。

第三次见面，她给绿萝遮阳的温暖。

……

“不会再有下次了，我不会让你再置身于危险之中。”

孟悄悄抬头，看到了陆寻的眼睛，他的眼神冷静、淡漠，而且坚定。

这是一个承诺。

而孟悄悄知道，对于他们这样的人来说，承诺到底是一件多么重要的事。

《动画制作人》的配音告一段落，练习生们以为可以好好休息一下的时候，江自谦忽然通知他们晚上八点在 S 大的操场集合。

这消息传来后，练习生们自然是怨声载道。孟悄悄才两分钟没看手机，微信群里面的抱怨已经刷了几百条，有人说，连和男朋友约会的时间都没了。可江自谦发话，也没人敢不听。

时至晚上八点，练习生们神色恹恹地聚集在操场上。操场两旁是宿舍楼，因为是新修的宿舍楼，还没有练习生住进来，楼里走廊上的灯灭着，看起来黑黢黢的。

初夏之际，已经有许多蚊虫。可怜穿着清凉的练习生们大剌剌地站在操场上，无端端地奉献身体，成了蚊虫们食用美餐的天堂。

这时，江自谦来了。

练习生们赶紧闭了嘴，但大多数人站姿随意，队伍也松松散散的。

江自谦的目光在场上巡视了一圈，火气“噌”地就上来了：“不想学的，现在就给我滚蛋！想学的，现在，六个人一排，列五列，站好！”

方才还一副散漫样子的练习生们听了这话，连忙列好队伍，站得笔直。

江自谦让第一排学生上前，指着又归于漆黑的宿舍楼，对他们说：“从现在开始，你们每个人对着这栋楼练声，从最小的气声到咆哮声，直到你们能喊亮整栋楼的声控灯，你们就可以下课。”

这训练简直让在场的学生觉得莫名其妙，他们根本摸不清江自谦的葫芦里卖的是什么药。孟悄悄和刘皓互看一眼，两人也是疑惑不已。

刘皓实在是憋不住，说道：“江指导，这儿离楼的距离那么远，我们是不可能把声控灯喊亮的。更何况，我们是用气声……”

“你试都没试，怎么知道自己做不到？”

学生们面面相觑，还是没动。

“别磨磨蹭蹭的，赶紧开始，我不喊停就不能停！”

那些练习生再也不敢多言，只能心不甘情不愿地按照江自谦的指示做了起来。

有些练习生中气十足，发出咆哮声的时候还好，多少能喊亮几盏灯。不想他们的夜半吼声没喊亮几盏灯，倒是喊来了宿管阿姨。宿管阿姨挥着扫把出来赶人：“兔崽子们，大晚上鬼哭狼嚎，瞎叫什么？！”

一些练习生猝不及防地挨了好几下，一边跳着脚躲阿姨的扫把，一边不敢停，继续训练。

江自谦对现场的惨状视若无睹，拿起酒壶喝了一大口，一抹嘴巴道：“继续！”

洛冰倩的腿被阿姨的扫把狠狠地打了一下，她连忙躲开，急道：“江指导，救命啊，有人打我们！”

江自谦拿着酒壶，一脸轻松地说道：“不想挨打就跑啊，但训练是不能停的。”

洛冰倩看着江自谦那张“无耻”的笑脸，难以置信地瞪大了眼睛。其他练习生在宿管阿姨的追逐下，早就抱头逃窜了。可江自谦没叫停，他们也不敢停，只好边躲避宿管阿姨的大扫把，边迂回着跑到指定的位置上大喊。

一时间，操场上人声鼎沸，热闹极了。

江自谦优哉游哉地喝着胖大海，完全没被影响。

这样来来回回、你追我赶地折腾了半个多小时，江自谦才喊停。

练习生们早已筋疲力尽，一个个东倒西歪的，都快累趴下了，气喘吁吁地看着江自谦。

江自谦踱着方步，围着这群练习生慢慢转了一圈，一边一脸嫌弃地打量，一边啧啧称叹：“你们看看，你们哪里像个年轻人？还说什么要当配音演员！就你们这点气息，还想配音？”

虽然江自谦的话说得毒辣，但对于这些饱经折磨的练习生来说，却让他们根本无法反驳。

“你们是我带过的练习生里最差的！”江自谦摇着头，痛心疾首。

“你总共也没带过几届吧……”正喘着气的刘皓被江自谦一激，居然头脑发热地小声反驳道，“你行，你上啊！”

孟悄悄想拉刘皓已经来不及了，果然，江自谦冷眼瞟了刘皓一眼，点名让他出列。

“刘皓，你出来！”

刘皓懊恼地一拍脑门，垂头丧气地走出队列。

只见江自谦稍微提了一口气，而后屏住呼吸，从喉咙深处发出了中气十足的气声。那声音果断利落，爆发力极强，不难让人听出他声音的厚重和底蕴。

更让人惊讶的是，随着江自谦的这一声声响，走廊拐角的灯竟然应声而亮。那是距离他们最远的一盏灯，居然真的被江自谦给喊亮了！

刘皓傻了眼，大家都呆住了。江自谦顿了一下，眸子来回扫视，忽然发出一个中气十足的气声。

江自谦的身后，一盏灯突然亮了。

学生们看得是目瞪口呆，江自谦却好像是开了挂似的。他的声音越拔越高，身后亮起的灯也越来越多，最后到了咆哮声时，居然连宿舍楼拐角的声控灯都被他喊亮了！

这一招，震得场上的众人是心服口服。

江自谦看向刘皓，慢条斯理道：“我行我上是吧……你说，我行不行？”

刘皓为求保命，笑嘻嘻地、毫无节操地乱吹一气：“行行行，江指导，您宝刀未老、老当益壮、老骥伏枥……”

“你给我回去！”江自谦嫌弃地摆手，清了下嗓子，继续说道，“不要以为你做不到的事情，别人也做不到。以前条件不好时，在没有话筒等扩音设备的帮助下，话剧演员的声音是能覆盖整个剧场的，你们认为他们是怎么做到的？他们靠的就是发声练习，让声音有穿透力。”

练习生们恍然大悟。

江自谦又道：“别人都说配音这行当是老天爷赏饭吃，可吃这碗饭的人，他们需要经过多少练习，你们知道吗？基本功都不扎实，你们还谈什么配音？！”

江自谦这一番话掷地有声，练习生们自知理亏，都不敢再多言，而孟悄悄听了后如醒醐灌顶。

“你们现在最需要练习的是气息。不要拿播音主持的那套气息练习方法来对付配音，那是没有效果的！你们需要加强发声锻炼，这样才能做到中气十足。下一次，我会教给你们高呼低语。”

江自谦说完，不知朝哪个方向招了招手，那些方才还拿着扫把的阿姨齐齐放下手中的武器，脸上也换上了明朗的笑意。在杨亮的带领下，她们簇拥着走进楼里，然后端着两个大保温桶摇摇晃晃地走上前来。

保温桶放定之后，宿管阿姨就走了。杨亮掀开保温桶的盖子，银耳雪梨汤的香味立刻飘了出来。

练习生们被这一系列的操作弄得目瞪口呆，刘皓好了伤疤忘了疼，他呆呆地问道：“江指导，原来那些宿管阿姨是你的人啊？”

“什么我的人，会不会说话呢？”江自谦斥了刘皓一句，脸上却是掩饰不住地得意起来，他笑道，“我不这样锻炼锻炼你们，你们何时能成材啊？”

江自谦继续道：“我要教给你们的是，不要为了想要的声音而去勉强你的声带，要循序渐进地练习，不断地找感觉。用丹田说话是最正确的，所谓气托声，声传情，而有没有用到丹田的一个检验方法就是你的嗓子累不累。假如你今天出了次早功，自认为声音洪亮地完成了任务，念了半小时的字词和绕口令，结果第二天，你的嗓子就哑了，那就是没用对发声方法，可能这次只是哑了，但是长时间这样，嗓子就废了。”

温热的银耳雪梨汤被送到练习生的手里，他们面面相觑，也不敢喝。

“所以，学会怎么保护嗓子也很重要，这是你们吃饭的家伙。”江自谦抬起手腕看了看时间，道，“限你们十五分钟之内喝完手里的汤，休息之后继续练习！”

练习生们在江自谦的话语中，一个个好像活了一样，虽然仍然能看出他们心有不满，但此刻，他们却好像充满了气一样，一个个都来了精神，大有要和江自谦杠到底的架势。

“我是服了江指导了。”

孟悄悄捧着银耳雪梨汤喝的时候，听见刘皓在她耳边感慨道。她笑笑，的确，她现在知道为什么云真那么崇拜江自谦了。

刘皓贼兮兮地瞄了孟悄悄一眼，眯着眼睛问道：“你最近心情很好嘛，总是在笑。”

孟悄悄有点心虚：“没有。”

“就你，还想骗我？！你看看你，双眼含春，你是不是谈恋爱了？”

孟悄悄的心跳漏了半拍，她之前没有过任何的恋爱经验，所以并不确定她和陆寻现在的情形算不算谈恋爱。

那一天，直到孟悄悄离开医院，他俩都没说什么，她没有听到他任何的告白，自然也没有海誓山盟。

孟悄悄摇头没有回答，刘皓也不想逼她。于是，他换了个话题，问道：“悄悄，你是因为什么想配音？”

“我朋友。”

“这么巧，我也是。”刘皓挠了挠头，道，“谢洋，知道吧？”

孟悄悄点头，谢洋是一个配音公司的配音演员，特别擅长配高冷男神的声音。前些时候因为一部偶像剧，谢洋一炮而红。

“我和谢洋是高中同学，他那会儿就特别厉害。我呢，我什么都不会，只能给他打打下手。那个时候我就在想，要是哪天我能站在他的身边，和他一起配音就好了。”刘皓用力地甩了甩头，不好意思地笑道，“唉，我和你说这个干吗呀？”

那边，江自谦喊他们继续训练，刘皓像打了鸡血似的站起来，元气满满地对孟悄悄说道：“走了，继续朝着我们的梦想努力吧！”

孟悄悄用力地点了点头。

每个人在梦想面前都是一样的，要得到它，只在于一个人能为它付出多少。

陈与均推开小酒吧的门，很快在一个角落里找到周旭。

周旭的面前摆着许多空了的酒瓶，还是洋酒。

陈与均皱了皱眉头，在周旭把杯中酒送下肚前挡住了他的手。他有些醉了，迷蒙的眼睛怔怔地看着陈与均，陈与均看了他一眼，一仰头，将杯中的酒一饮而尽。

陈与均把酒杯重重地放在桌上："我不想送一个醉鬼回家。"

"我的酒量你还不知道吗？我不会醉的。"

"那是平时，不是现在。"陈与均看了周旭一眼，想再挖苦他两句，可终归不忍心，问道，"你怎么了？"

周旭莞尔："你关心我？"

"我最讨厌你这么说话了。"陈与均嘀咕着。

周旭又笑："孟悄悄不也这么说话吗？"

"她才没有！"陈与均反驳之后立刻意识到他上了周旭的当。他红了脸，本想骂周旭两句，可见周旭现在这副模样，他到底是于心不忍。他无奈道："周旭，能告诉我发生什么事了吗？"

这是陈与均第一次看到周旭这副模样。在他的印象里，周旭总是温柔和善的，而会让周旭这么失态，那原因一定不简单。

"我和语徽告白了。"

陈与均凉凉地说道："我还以为你打算烂在肚子里，一辈子不说呢！"

周旭见陈与均不意外，反倒有些意外，他问："你知道我喜欢语徽？"

"除了吴语徽以外，还有谁不知道？"

周旭摇摇头："我……我大语徽十岁，她不知道很正常。没有人会觉得我们相配。"

陈与均看了陷入消极情绪中的周旭一眼，老气横秋地说道："不要妄自菲薄。"

"我第一次见到语徽的时候，她才刚刚满一百天。是我爸带着我去吴家的，我记得。那个时候，她一直在哭，谁抱都没用。我觉得这小妹妹真可怜啊，就说我也想抱抱她，谁知道，我一抱，她就笑了。从那以后，我看着她长大，除了我去美国的那几年，她几乎没有离开过我。她十六岁时，去美国看我，我突然发现，原来我记忆中的那个小姑娘已经长大了啊。而我对她的感情，也慢慢地变了。"

周旭有些懊恼，又有些自责。他揉了揉脸，低声道："她把我当成哥哥，可我没办法把她当成妹妹。说到底，这一切都是我的错。我看到她那么喜欢陆寻，我嫉妒了。”

陈与均不知道在想什么，没有说话，反而喝起周旭的酒来。

周旭自嘲地笑了笑，继续喝酒，而陈与均没有拦周旭。对于现在的周旭来说，他需要一个发泄的方式。

而周旭为情所困的模样，没来由让陈与均想到了自己。至少，周旭比自己勇敢。

那晚，周旭和陈与均都喝醉了。据后来接他们俩回家的罗彬所说，他赶到酒吧的时候，他们已经喝醉了，凑在一起悄悄地说着酒话，也不知把对方当成谁。

周旭说：“我不想做你的哥哥。”

陈与均说：“这么巧，我也不想做你的弟弟。”

第二十一章

重逢恨晚，愿君长安

吴语徽今天第十三次看手机。

让她失望的是，她的手机屏幕一次都没有亮起。

吴语徽悻悻地坐在公司天台的小咖啡桌旁，怎么也打不起精神，算算时间，她已经有一个月没见到周旭了。

自从那天周旭向她表白以后，她便一直躲着他。可躲着躲着，她就发现，她根本没有躲着他的必要，人家根本就没找她的意思！

吴语徽顿时慌了，哪怕以前陆寻不理她，她也没像现在这么慌过，难道周旭真的打定主意不理她了吗？

吴语徽回想起那个让她怦然心跳的夜晚，自责不已。那天，她的举动太不成熟，居然在周旭向她表白以后落荒而逃！现在想来，她当时的举动一定很伤他的心。

可她也觉得委屈，要知道在此之前，她对周旭没有动过一丝一毫的念头。她也压根没想过，周旭对她的喜欢，会是她对陆寻的那种喜欢。一个她追随了十年的大哥哥突然对她说“我喜欢你”，她的第一个反应肯定就只有逃啊！她又不是故意的！

吴语徽有点慌，她烦躁地抓着头发，如果就这么一直等待下去，周旭会不会永远都不和她说话了？

放在桌上的铃忽然响了，这是提醒她，她的热巧克力做好了，可以去拿了。她心事重重的，刚站起身，一不小心就和人撞了个满怀，那人手上的热茶洒了她一手。

吴语徽倒吸一口冷气，手背立刻红肿一片，火辣辣的。

而撞了吴语徽的孟悄悄忙道：“对不起！”

“没事没事，是我自己没长眼。”吴语徽心烦意乱，想息事宁人，但她的手却被孟悄悄紧紧攥住。

孟悄悄皱着眉头打量着吴语徽的手背，道：“烫伤了。”

“哎呀，真的没事儿啦，我没那么脆弱。”吴语徽好不容易把手抽了出来，她对着伤口吹了两口气，要说不疼肯定是假的，只是孟悄悄这么紧张，她反倒有些不好意思。而且，她从小到大，不管有个什么病啊、痛啊的，都是周旭帮她打点的。

吴语徽心中一酸。

“我去给你拿烫伤药！”

吴语徽眼睛突然亮了，好像突然想通了什么一样，反问道：“你要去拿什么？”

孟悄悄一怔：“烫伤药，楼下有。”

“不用了，我自己去医院就好！”吴语徽一脸的愁容刹那间消失得无影无踪，她把手中的取餐铃往孟悄悄的手里一塞，喜笑颜开说道，“谢了！请你喝热巧克力！”

孟悄悄完全不明白这事儿的逻辑，明明是自己把她的手给烫伤了，她反而谢起自己来……

吴语徽才不管孟悄悄在想什么，她只觉得四肢百骸、奇经八脉都被打通了一样！她胡思乱想再多也没用，周旭不来找她，那她可以借口手烫伤了去找周旭啊！

吴语徽一溜烟来到医院，脑科的护士早就认识她这个周医生的小尾巴，都笑着和她打招呼。她匆匆一一回应，一鼓作气地推开周旭办公室的门。

可周旭不在。

吴语徽对着空无一人的办公室傻了眼。

这时，有护士路过，对着吴语徽道：“找周医生吧？他去查房了，没这么快回来。”

吴语徽“哦”了一声，见这护士姐姐身材凹凸有致，长得既温柔又成熟，立刻说道：“那我在这儿等他！”

护士没说什么，笑笑便走了。吴语徽藏在门后，悄悄探出半个脑袋，看那护士婷婷袅袅的背影。

她嘟囔道：“放着这么好看的护士姐姐不喜欢，偏偏喜欢我，什么毛病啊？！”

这个念头一旦起来，吴语徽就止不住地往下想，比如，周旭到底是什么时候喜欢她的呢？她每天对着周旭说她喜欢陆寻的时候，他会不会难过呢……思多且杂，再加上，她刚才那一路紧赶慢赶，就犯起了困。

周旭的办公室是吴语徽常年待的地方，她熟得不得了。她往周旭的沙发上一倒，随手拿起他的外套往身上一披，又用手机设了个十五分钟的闹钟，就这么睡了。

结果，没等闹钟响，周旭就回来了。他进门时看见的就是这一幕：吴语徽盖着他的外套，在他的沙发上睡得香甜。

刚刚回来的路上，他就听那些护士说吴语徽来了。这一路上，他的心里也有忐忑，准备了几十种面对吴语徽时不尴尬的开场白，却不想等待他的竟是这个场面。

周旭无奈地笑了。

周旭动作轻缓地走到吴语徽的身边，她的小脑袋歪向一边，看起来极不舒服。周旭忍不住抬起手，想托住她的脑袋，让她好受一点，可他的手刚探到半空中，便停住了动作。以现在他和她之间的状态，他着实不适合做这么暧昧的动作。

周旭停在半空中的手转了个方向，改为轻拍吴语徽的肩。

“语徽，醒醒，醒醒。”

吴语徽迷迷糊糊地睁开眼睛。她见是周旭来了，立刻放下了所有的起床气，冲他仰头一笑：“你回来啦，周旭。”

周旭一怔，不知该如何反应。

吴语徽调的闹钟在这个时候响了起来。她一个激灵，终于从困顿的睡意中彻底清醒，想起她来这儿的用意，连忙从椅子上弹了起来。结果，盖在她身上的衣服“哧溜”一声，滑到地上。

吴语徽去捡，周旭也弯腰去捡，两个人的手好死不死地撞到一起。

吴语徽的俏脸一红，整个人都弹开了，周旭却是一僵。

周旭把衣服捡了起来，提在手中掸了掸，漫不经心地问道：“你怎么来了？”

吴语徽讷讷道：“来找你。”

“有事儿？”

吴语徽摇摇头，又赶紧点点头，生怕周旭把她赶出去。

“说吧。”

周旭的冷淡让吴语徽难以接受，她负气地问道：“现在没事儿，我就不能来找你了吗？”

周旭停顿了一下，低声道：“最好不要。”

吴语徽直直地看着周旭，周旭移开视线，就是不肯看她。吴语徽没来由有些生气，拍桌而起，却忘了她的手上还有伤，“哎哟”叫了一声，周旭的目光终于落在她的手上。他看见她的手背上那红彤彤的一片，眉头立刻皱了起来。

“这是怎么回事？”

他拿来急救箱，拉过吴语徽的手，为她上药。

吴语徽本来觉得没什么，可她一看见周旭还关心她，连日来的慌乱、委屈顿时找了个突破口，都变成眼泪发泄了出来。她撇着嘴，嘟囔："不小心被烫的，好疼啊。"

周旭拿吴语徽一点办法都没有，叹气道："为什么你总是这样毛手毛脚的？"

吴语徽撇嘴："因为你不在我身边啊。"

周旭一怔，药已经上好了。他松开了吴语徽的手，默不作声地起身，显然想装作什么都没发生过的样子。

吴语徽急了："周旭，我要和你谈谈！"

"谈什么？"

"我和你的事。我们之间的事！"

周旭的手有些颤抖，半晌后，他才问道："你想谈什么？"

"是不是我不接受你的告白，你就永远都不理我了？"

周旭苦笑："我怎么会不理你，我只是……不知道该怎么面对你。"

"对不起，周旭，我那天不该什么都不说就跑掉的。我承认，我当时是被你吓到了。我不知道该怎么反应，也不知道该怎么面对你。这些天，我一直在想你对我说的那些话，很抱歉，我……我还是没有想清楚。"

周旭轻轻地"嗯"了一声。

"可是……可是如果你就此不理我，我也不能接受！我知道，这种要求对你来说很过分，但是，你要给我时间，让我想清楚。"吴语徽可怜兮兮地说道，"周旭，你不能说不理我就不理我！"

周旭无言地摸了摸吴语徽的头发。

也许吴语徽不知道，从小到大，她总能精准地拿捏住周旭的七寸，让他对她无法招架，让他永远无法对她说出拒绝的话。

与此同时，LD 的练习生们正陷在一片愁云惨雾中。

江自谦又想出了新的花样折磨练习生们，这次他训练的是他们的听力。练习生们还是两两分成一组，要求是把对方的台词、语气重复出来。

因为曾受过吴语徽和陆寻的点拨，孟悄悄的起点算是比别人高的，所以，她的完成度也比旁人要好。反观与她同组的洛冰倩，不知是因为紧张还是什么，始终不得其法。

洛冰倩被江自谦批评了好几句，让其好好跟孟悄悄学。

洛冰倩的脸色越来越难看，终于在轮到她向孟悄悄说话的时候，压低嗓音对孟悄悄说道："你少得意。"

孟悄悄以为自己听错了。

洛冰倩的眼睛气红了，她瞪着孟悄悄："你有什么了不起的，你不过是仗着有人给你撑腰罢了！别以为我不知道，陆总和江指导都在帮你！"

孟悄悄没什么表情，也没有反驳，而是模仿洛冰倩的音量和语气，做起了训练："你少得意。你有什么了不起的，你不过是仗着有人给你撑腰罢了！别以为我不知道，陆总和江指导都在帮你！"

洛冰倩简直难以相信自己的耳朵："孟悄悄，你是不是有病！"

"孟悄悄，你是不是有病？！"

洛冰倩彻底被激怒了，这场小风波很快引来了江自谦的注意，他皱眉问道："你们两个，怎么回事？！"

洛冰倩心知自己惹了事，不敢说话，孟悄悄道："没什么，我们在做训练。"

江自谦狐疑的目光在她俩身上来回扫视。

一旁的刘皓苦着脸解围："江指导，您布置的介四嘛玩意儿啊？太难了啊！你看你看，我现在说话都带天津腔了。"

刘皓之所以这么说，是因为和他一组的是个天津人。天津人说话的语速本来就快，如今，对方为了给刘皓提升难度，在说话的时候特意用了天津腔。

江自谦冷哼："怎么又是你这小子？你们自己能力不够，就不要抱怨难。"

一石激起千层浪，练习生们的自尊心被江自谦这句话挑了起来，纷纷不服气，认为江自谦布置的任务简直强人所难。

群情激昂之中，江自谦问："是不是只要我能找出一个完美完成这个任务的人，你们就心服口服？"

"对！"

江自谦乐了："好，我还就真给你们找了这么一人。"他对着门口喊道，"进来吧！"

孟悄悄隐约有了些预感，生出一丝期待。大门打开，一个长相俊美、面色冷漠的男人缓缓走了进来。

"陆总！你出院啦？"练习生们爆发出阵阵惊呼。陆寻不在公司的这段时间，公司少了一道亮丽养眼的风景线。虽然练习生们被陆寻不苟言笑的气势所慑，但爱美之心，到底还是人皆有之的。

陆寻平静无波地说道："让大家担心了。"

陆寻的目光准确无误地落在孟悄悄的身上，孟悄悄心漏跳一拍，掩饰性转头看别处，若无其事地顺了下头发。

陆寻又看了江自谦一眼，冷冷道：“声音的还原的确有难度，训练过程枯燥，但我还是能够做到的。”

江自谦却笑得一脸奸诈：“光说他们可不会信服我们，我们还是练练吧。”他的目光在场上巡视了一圈，道，“孟悄悄，你上来。”

孟悄悄头有点疼，又不好当面拒绝，只好慢腾腾地走到陆寻面前。他们面对面站着，孟悄悄有点尴尬，偷偷看了陆寻一眼，陆寻还是清冷如仙、四平八稳的模样。

“陆总，是不是什么都可以？”江自谦笑意盈盈地问道。

陆寻瞟了江自谦一眼。

“既然如此，孟悄悄，你有什么想说的就说吧，让陆总给大家伙儿演示一下。”江自谦虽然说得一本正经，但是他冲孟悄悄飞快地眨了眨眼睛。

孟悄悄福至心灵，知道这是江自谦要她给陆寻增加难度。她看着陆寻淡定的模样，心中忽然生出一些挑战之意。她知道陆寻有多厉害，可她不想输给他。她想了想，忽然低下头，嘴角泛起一抹狡黠的微笑。

孟悄悄向后一步，腹中微微提气，竟开口唱了起来——

“我有一段情，唱给诸公听……”

她唱的，竟是吴侬软语、哀婉凄切的《秦淮景》！

孟悄悄的嗓子唱起歌来倒是一绝。这首江南口音的小调在她口中吟唱而出，轻巧灵动，即使是和大师媲美也毫不逊色。

一曲唱罢，先反应过来的刘皓率鼓起掌来！其他练习生既被孟悄悄的歌喉折服，也为她的机敏点赞，欢呼着，并齐齐看向陆寻。

陆寻也没料到孟悄悄居然会用这种方式将他的军，他看向她，她的眸光如水般荡漾，似粼粼波光，璀璨闪耀，而他看得她阵阵心悸。

他俩离得很近，孟悄悄听到陆寻用低沉、暧昧的声音说道：“你有一段情？”

孟悄悄脸上的红云飞起，退后一步，一本正经地朝陆寻做了个请的手势。

陆寻轻笑一声，眼睛始终看着孟悄悄。他清了下嗓子，竟真的提气唱了起来。

这下，不仅仅是练习生们，连孟悄悄也惊住了。她想不到陆寻真的接下了她的战书，男音和女音之间的区别虽然无法消弭，但他真的细腻而生动地还原了她的音调和神韵。

其实她应该知道的，没有什么是能难得住陆寻的。她的心中，忽然升起不可名状的骄傲。

最后一个音结束，场上的气氛彻底被陆寻炒热，先前练习生们和江自谦之间的龃龉就这样消散了。

江自谦拍了拍陆寻的肩膀，打趣道：“陆总，声音不错啊，要不要考虑参加今年的‘好声音’？”

陆寻恢复了他冷心冷面的模样，不理会江自谦拙劣的玩笑，径直走下了台。

孟悄悄也跟着陆寻下了台，她路过陆寻身边的时候，衣角忽然被他拉了一下。他的眼睛里带着一丝笑意，如寒潭揉碎了星芒，他的声音清淡低沉，像一曲动人的音符：“我有一段，情。”

一个“情”字拖出了缱绻旖旎的尾音，轻轻滑过她的心。

孟悄悄捂住脸不理陆寻，她回到原本的位子上，才发现洛冰倩看她的眼神更冷了。

孟悄悄道：“我只是想训练，可以开始了吗？”

洛冰倩冷哼一声，收起情绪认真训练。这一次，她倒是没再变着法儿地找孟悄悄的麻烦。

孟悄悄重新投入练习的时候，发现亚澜匆匆来了，她附耳对陆寻说了几句之后，陆寻脸色微变，快步离开。

孟悄悄不由得紧张起来。

下了课，孟悄悄犹豫再三，还是端了一杯咖啡来到陆寻的办公室门前。亚澜不在座位上，没法为她通传，她只好自己敲门。陆寻的声音很快从屋内传出来。

孟悄悄推门而入的时候，心中还在通过陆寻刚才的语气揣测他的心情，而她得出的结果是：他的心情不太好。

孟悄悄把咖啡轻轻放在陆寻的办公桌上，道：“你给配音部做了代课老师，江指导派我给你送杯咖啡作为感谢。”

陆寻点头，他自然知道江指导没有这么细腻，也不打算拆穿她。

孟悄悄担忧地看着陆寻，迟疑地问道：“出了什么事情吗？”

“孟悄悄。”陆寻淡淡地看向她，道，“过来。”

等孟悄悄坐到陆寻旁边时，他把他的手机递给了她。她满腹狐疑地接过手机，发现手机上显示着一段音频。

陆寻清冷的声音响起：“今天亚澜在筛选留言板的时候，发现了一封匿名邮件。发件人说他是我家邻居，是个摇滚发烧友，家里有录歌的设备。案发前的几个小时里，他正在录歌，后来下楼会客，没关的设备就恰好录下了一些东西。他当时没留意，最近整理旧东西时，把这个录音带找了出来。”

孟悄悄一听就明白了：“录到了什么线索吗？”

陆寻为孟悄悄戴上耳机，两个男人的声音立刻从耳机里传了出来。孟悄悄耳尖，再加上她一直是译制片的爱好者，所以，她立刻就听出那是陆风和吴天的声音！

陆风：“除非我死，否则我绝对不会同意你的计划！”

吴天：“陆风，你不要冥顽不灵，我不会让你一个人耽误整个配音行业！”

陆风：“你少惺惺作态了，你别以为我不知道你在想什么！”

吴天：“你说什么？”

“以要做动画为借口，说什么‘只有做自己的东西，配音演员才有发展的可能’，我看你这算盘对准的不是行业，而是 LD！”

“如果你再血口喷人，那就别怪我对你不客气！”

录音到这里戛然而止。

孟悄悄沉默了片刻，才皱着眉问道：“你怀疑吴总？”

陆寻表情漠然，沉默不语。

这段录音除了能证明当年吴天跟陆风在公司的经营上有过巨大分歧之外，并没有任何字词能证明吴天跟当年的纵火案有关。以吴天的个性，陆寻并不认为吴天会为了公司而对陆家痛下杀手，但慎重起见，他也需要对吴天进行一番彻查。

见陆寻始终不说话，孟悄悄误会了陆寻的意思。她下意识为吴天辩解，斩钉截铁道：“绝对不是他！吴总不会这样做！如果不是他，LD 和配音这一行不会发展到今天的水平。”

陆寻瞬间冷了脸，他不喜欢孟悄悄对其他男人这样无条件地信任，尤其她这信任还是建立在与他对立的基础上。他冷冷地说道：“你也听见了，这段音频里他的态度很决绝。”

孟悄悄吃惊：“那只是气话。”

“你怎么能确定？你为什么这么相信吴天？”陆寻紧紧盯着孟悄悄，眼神阴鸷。

“我只是觉得你不能这么草率，只凭一段录音就定一个人的罪！”

“定罪？”陆寻松开领带，语气越发冰冷，“我何时给人定了罪？”

孟悄悄一怔，在这件事上，她有些过于理智了。而不可否认的是，因为吴天是她的偶像，所以，她在情感上产生了偏颇，而她的偏颇，伤害了陆寻。

“对不起。”孟悄悄意识到自己的错误，马上道歉，“我不应该妄加评判。”

陆寻看了她一眼，那眼神无波无澜，既没有责备也没有怒意，却让她心中一痛，只听他冷冷说道：“孟悄悄，你应该学着信任我。”

从空调里吹来的冷风拂在孟悄悄的身上，让她觉得有些冷。

“我去倒杯水。”

陆寻转身离开办公室。

孟悄悄感觉到在那刹那间产生的，她和陆寻之间的距离。

离开陆寻的办公室之前，孟悄悄突然被陆寻办公桌上的一张明信片吸引了，那明信片上是阿尔卑斯山脉。

孟悄悄之所以会注意到这张明信片，是因为当时云真去法国看她的时候，她陪云真买过一套一模一样的。云真笑着说要挑一张最好看的寄给小哥哥。那时，云真选的就是这张。

那时，云真说什么都不让孟悄悄看她写在明信片上的话，红着脸把明信片投进了邮箱里。

如今，孟悄悄看着眼前的明信片，身上的血液一点一点地倒流、冰冷、干涸。

明信片上的字，她不会认错。

那是云真的字。

上面这样写道——

TO 小哥哥：

重逢恨晚，愿君长安。

——真

第二十二章

我是爱配音，但配音公司不是只有 LD

“你的小老板怎么了？”

正在收拾桌子的乔又泽吓了一跳，道：“我不知道啊，大老板。”

孟荣嫌弃地挥挥手，蹑手蹑脚地走到厨房门口，偷偷打量着正一言不发做蛋糕的孟悄悄。

不对，太不对了，女儿虽然平时也是个闷葫芦，但是绝不会像现在这样，周身笼罩着低气压。难道是两头跑太累了吗？孟荣很快把这个怀疑推翻了，孟悄悄可不是因为劳累就情绪低落的人。

孟荣赶紧反思了一下自己，最近自己似乎也没有找她麻烦啊！不是家里，难道是公司？那个倒霉催的 LD 有人欺负女儿？

孟荣的眼睛“噌”地一下冒起了火，他拍了拍乔又泽的胸膛，气势汹汹地说道：“我出去一会儿，你好好看店。”

乔又泽完全弄不清楚大老板要干什么，当然，他看到大老板那凶神恶煞的模样也不敢问，只能默默地看着大老板夺门而去。

大约四十分钟以后，孟荣怀里揣了个什么东西回来了。他神神秘秘地把那东西塞到收银台里面，招呼乔又泽过去。

“去喊你小老板过来拿，记得！要喊得不着痕迹！还有，不要让她知道东西是我买的！”

莫名其妙就陷入大小老板哑谜中的乔又泽苦着脸答应了。他端着餐盘走进后厨，瞧了眼正一言不发做着蛋糕的孟悄悄，忽然就觉得，今天的孟悄悄比往日里的孟荣还要可怕。

“小老板……小老板……”

他连续喊了好几声，孟悄悄才有了反应：“嗯？”

“你……你去收银台那儿看看吧，抽屉里闹……闹老鼠……”

孟悄悄皱起眉头，又见乔又泽皱成一团的脸，以为他是害怕老鼠，于是，她解下了围裙。她到收银台那儿检查了一遍，没见到老鼠的踪影，又想到乔又泽提到抽屉，便拉开抽屉再次检查。

谁知，抽屉里没有老鼠，却安安静静地躺着一本书。

孟悄悄拿起来一看，封面上赫然写着《办公室三十六计——让你告别办公室受气包》。

哭笑不得的孟悄悄看向孟荣，一直在观察她举动的孟荣连忙装作什么事都没发生过的样子，他背着手在店里巡视，检查起边边角角的卫生来。

孟悄悄当然知道父亲反常的举动意味着什么，父亲对她的关爱让她的心里暖暖的。

“爸，谢谢。”孟悄悄扬了扬手中的书。

孟荣身体一僵，说话都有些磕巴：“谢什……什么就谢……谢谢，肉麻！我……我回家了。”

父亲落荒而逃的背影让孟悄悄觉得有趣极了，这或多或少缓解了她此刻的心情，可也仅仅是缓解而已。

放在口袋里的手机振了起来，孟悄悄的心也跟着沉到谷底。她没有看手机，也大概能猜到是谁在找她。

自从孟悄悄发现陆寻就是云真的小哥哥之后，那些盘踞在她心底的疑惑就这么顺理成章地解开了：为什么陆寻会对她青睐有加，为什么陆寻总是会特别关心她？

原来，陆寻口中的那个人一开始就是云真。

而她孟悄悄不过是鸠占鹊巢的自私鬼，她不但害死了云真，还自以为是地抢走了本属于云真的爱。

陆寻挂了电话，脸色阴沉得像隆冬里压抑的天空。

发给孟悄悄的微信、打给孟悄悄的电话都石沉大海，自从那次争执之后，孟悄悄再也没有回复过他。

亚澜抱着一叠文件进来让陆寻签字，陆寻突然问道：“最近配音部练习生都在做什么？”

亚澜表情暧昧地看了陆寻一眼，老老实实地汇报：“江指导在可劲儿地操练他们，其中孟悄悄尤其刻苦，总是一个人加班加点地训练。”

陆寻驾车来到录音棚已经是傍晚时分了，正是吃晚饭的点，练习生们正三三两两地聚集在后门吃盒饭，他们见到陆寻，都主动和他打招呼。

陆寻漠然地点点头，他没有看见孟悄悄，便径直朝录音室走去，还未进去，就听到江自谦训人的声音。

“我不知道你出了什么事，但你用这种自虐式的方法配音，伤害的不仅是你的声带，也是浪费你自己的时间！”

“对不起，我知道错了。”

孟悄悄低着头，头发垂在耳侧，脸半隐在阴影里，看不清她的表情。

江自谦深吸一口气，严肃地说道：“如果你还是这个状态，我要考虑是不是推荐你去参加牧禅真人配音的竞选。”

“江指导。”陆寻淡淡地出声打断。

孟悄悄听到陆寻的声音，还是低垂着头，一动不动。

“你怎么来了？”江自谦疑惑地问道。

“孟悄悄我带走了。”陆寻的视线始终放在孟悄悄身上，话却是对着江自谦说的，“等她回来，还你一个状态正常的孟悄悄。”

江自谦狐疑的目光在陆寻和孟悄悄身上来回扫视，最终点了点头。

孟悄悄没想到江自谦就这么把她给卖了，抬起头却对上陆寻那双似乎能看透人心的冷眸。陆寻握着她的手腕，不容抗拒地说道：“跟我走。”

录音棚后面的长街上，陆寻和孟悄悄相对而立。他们站在街角的路灯下，地面上还残留着未散尽的暑气，温热的晚风轻拂在两人身上，远处夏蝉不知疲倦地鸣泣着，像在说着不能说的心事。

“孟悄悄抬头，看着我。”陆寻眼睛一眨不眨地看着孟悄悄，语气冷淡又带着一丝诱哄，他问道，“告诉我，为什么生气？”

孟悄悄不打算再逃避下去，她目光平静地看向陆寻，说道：“你是不是早就知道，我就是真真？”

这风马牛不相及的问题，陆寻瞬间就听懂了。

他并不打算隐瞒她，他只是觉得没有解释的必要。孟悄悄是不是真真，对他们的感情没有任何影响。他从来就不是因为她是真真，才想接近她。真真是妹妹，是陆可的延续，而孟悄悄不是，孟悄悄是爱人。

虽然，她们是同一个人。

但在他爱上了现实里的孟悄悄后，就不会再有什么妹妹，只有爱人。

陆寻和真真初次相识，是他十岁那年，在江自谦的工作室里。经历了家庭一连番的打击，就算冷漠无情如陆寻，也濒临崩溃了，更何况，当年的他只是一个孩子。他患上了癔症性失明，从此他的世界陷入无边无际的黑暗，没有光，也没有任何声音，安静得像一潭死水，他也再没说过一句话。吴天带他遍访名医，但没有任何效果，最后，他被吴天送到江自谦的工作室，他们希望通过音乐和声音唤醒他对这个世界的反应。

时间一天天流逝，奇迹并没有出现，陆寻还是无知无觉。

直到有一天，陆寻听到疑似陆可的女童音怯生生地唤他：“哥哥，你怎么坐在这里？”

仿佛已经沉默了一个世纪之久，他听到自己冰冷喑哑的声音，诡异又恍惚地在室内响起："陆可，哥哥在想，要怎么才能为你报仇。"

那个唤他哥哥的小女孩就是真真，那就是他们的初次相逢。

她唤醒了他对这个世界的关注，从此也成了陆可的延续。他视力未恢复，不知道她的长相样貌，所以，她在他心里就是陆可的样子。

但他心里又很清楚，真真并不是陆可。真正的陆可孤独地躺在那冰冷黑暗的地下，也许每日都在哭泣，毕竟她胆小又爱哭。

"我只是觉得那并不重要。"陆寻沉默了许久，淡淡地回答道。

孟悄悄脸上的表情似痛苦似埋怨似愤怒，更多的则是一种无法言喻的绝望。陆寻仿佛觉得孟悄悄在哭，但她的脸上却没有一滴泪。

他心念一动，上前一步把孟悄悄拥进怀里，清冷的语气中带着丝情动："不要用这种表情看我。"他执起孟悄悄的手，按在自己的心上，"这儿会痛。"

孟悄悄猛地一颤，挣开陆寻的怀抱，抬起手横在他的面前，阻止他靠近。

"陆寻，我们到此为止吧。"

陆寻冷着脸，像看怪物一样看着孟悄悄，他声音含冰："到此为止？"

"以前怎么样，现在就怎么样，未来也还是怎么样。我和你，只是下属和上司的关系。"

陆寻倏忽一笑，笑得犹如春花绽放，有万物复苏之感，明艳之下又充满了杀机。他眼神森冷地盯着她，一字一句道："孟悄悄，你休想。"

孟悄悄竭力压抑着情绪，语气平静："因为现在的我只想完成我的梦想，我不想让任何事情影响我。我会当什么事都没有发生过，希望你也是，陆总。"

陆总。

这两个字轻描淡写，却极其冷酷地在他们之间划下了一条不可逾越的鸿沟。

孟悄悄说完这句话转身就走，背影决绝。

陆寻没有追上去，冷冷地伫立在原地，看着孟悄悄离开的方向。

次日，陆寻刚到公司，就收到了一封来自除孟悄悄以外全部练习生的联名信。

联名信的性质实则是控诉，他们控诉孟悄悄以练习生的身份参与《动画制作人》的真人配音竞选，要求公司取消她的资格，否则对其他练习生不公平。

吴天放下手中的投诉信，目光停留在江自谦和陆寻的脸上。江自谦东倒西歪地斜坐在沙发上，陆寻一如以往的冷漠中带着明显的克制，显然，他的心情似乎不是很好。

“江指导，推荐孟悄悄去参加试音是你的主意？”

“是，我不认为这有什么问题。”江自谦一脸理所当然，“同期生中，孟悄悄的表现是最优异的。她是有天赋的人，不该错失任何一个机会。”

“你求贤若渴的心情我能理解，我也看好孟悄悄，但你不能一意孤行。”吴天屈起手指，叩了叩手中的投诉信，“如果放任这些声音，会砸了 LD 的招牌。”

江自谦吊儿郎当地问道：“那你想怎样啊？”

“按公司规则来，取消孟悄悄参与真人配音竞选的资格。”

江自谦冷笑：“这样就公平了？”

“规则制定出来，就是让人遵守的。如果一家公司人人都搞特殊，那公信何在？”

“公信？”江自谦掏了掏耳朵，满脸嫌弃道，“我只是一个配音演员，我只知道什么是好声音，好声音就不应该被埋没和浪费！”

“江自谦！”吴天也动怒了。

吴天深吸两口气，看起来正在平复着他的心情。江自谦面无表情，场面一时之间陷入了僵局。

“事情并非没有回旋的余地。既然练习生要求公平，不如举行一次出道测试，表现优秀的提前出道，第一名拿下真人版女主的配音。”陆寻漠然开口。

吴天没有说话，江自谦皱了皱眉。

“《动画制作人》的真人影视版权我们早就转让给了影视公司，我们已经没有了主导权。目前，LD 和一声的竞争激烈，此事不容再拖，必须尽快定下来。”

吴天不置可否，他的手指一下一下地敲打着桌面，极有节奏。从那不疾不徐的声音中就能得知，结果已经注定。

从吴天的办公室里出来，陆寻看着江自谦，忽然问道：“江指导，昨日我在家中，翻到你、吴总以及陆风的合照。”

“嗯，我们以前在一起共事，拍了不少照片。”

“你们的感情似乎很好？”

“好？”江自谦冷笑，“你是没看到我们吵架的时候，尤其是你父亲和吴天，他俩吵得最凶。”

“他们有矛盾？”

“也不是有矛盾，大家感情都很好，就是经营理念不合。你父亲只想把 LD 做成配音公司，吴天却想多方面发展，将 LD 打造成全方位的声音提供商，他想往动画这个方向发展，但这个想法在当时是疯狂的。”

江自谦的话证实了陆寻的猜想，那段录音只是吴天和陆风争吵的日常而已。

下班以后，天公说变脸就变脸，忽然下起了很大的雨。孟悄悄站在屋檐下，她没有带伞，但刚才陈与均打电话跟她说，他会来接她。

《动画制作人》的配音工作完成以后，陈与均似乎正在准备新戏。孟悄悄有一段时间没见他，直到前两天，他才兴冲冲地告诉她，他的戏杀青了，还说他买了话剧的票，要请她去看。

孟悄悄推托，陈与均就装可怜，弄到最后，她也心软了，只得同意，虽然她并没有什么看话剧的心思。

陈与均的黑色保姆车缓缓驶来，停在公司门口的街道上，那儿距离孟悄悄的位置还有一段路。几乎是同一时刻，孟悄悄的手机响了。

陈与均在电话中说道："悄悄，你在那儿等我，我来接你。"

"不用了，我跑过去就行……"

话音未落，一把伞遮在了孟悄悄的头上，那是一把黑色的伞，伞骨分明，雨水像断了线的珠子似的淌在地上，汇成一片小小的水洼。

孟悄悄顺着伞看向身后，陆寻目光沉沉地看着她。他黑眸氤氲的墨色，比天边的云还要阴沉，却又温柔得像随时能滴出水来。

陆寻朝陈与均的保姆车看了一眼，他看见陈与均撑着一把蓝色的伞，踩着水向孟悄悄跑来。

"有人接你。"陆寻语气淡淡的，声音很低，让人听不出情绪。

孟悄悄没有应声，她想离陆寻远一点，脚步却怎么都移动不了。

"悄悄！"

陈与均的声音近在耳边，他已经走来了孟悄悄的身边。

孟悄悄被两把伞夹在中间，两个男人的身躯像两道天然的屏障，为她隔绝掉了雨声，却让她更加无所适从。

陆寻的目光冰冷锐利，并不把陈与均放在眼里，对着孟悄悄冷漠开口："你要跟他去哪儿？"

孟悄悄的表情淡淡的，嘴角甚至带着一抹微笑，完美地维持着下级对上级的基本礼仪。她的笑容无懈可击，她的声音礼貌又疏离："陆总，现在是下班时间。"

现在是下班时间，所以我并不需要向你交代我的行踪。

陆寻沉默半晌后，冷然开口："那你就留下来加班。"

陈与均闻言挺身而出，拦在孟悄悄身前，怒道："陆寻，你别太过分！"

孟悄悄安抚似的拍了拍陈与均的肩膀，冷静说道："陆总，今天配音部的工作，我都已经完成，你不要强人所难。"

"如果我非要为难你呢？"

"我确实很热爱配音。"孟悄悄目光平淡、坦然地直视着陆寻的眼睛，说道，"但配音公司不是只有 LD。"

孟悄悄说完，低声道："小均，我们走吧。"

陆寻像棵扎根的树，一动不动地站着，他又像一座被人抛弃在时光长河里的钟，而早就被雨水溅湿的镜片蒙上一层薄薄的雾气。

孟悄悄走出他的伞，钻进了陈与均的伞里。

他们好不容易上了车，陈与均这才发现孟悄悄的半边身子淋湿了。他连忙找来干毛巾帮她擦身子，可她像个木偶一样。

司机缓缓开动车子，陈与均的视线越过孟悄悄，通过她身侧的车窗玻璃，他看见依旧站在原地的陆寻。他觉得，孟悄悄现在的表情和陆寻的表情一模一样。

陈与均用毛巾轻轻擦着孟悄悄的头发，问道："我是不是来晚了？"

孟悄悄有了点反应，她茫然地看着陈与均，似乎并不明白他在说什么。

陈与均忽然笑了起来，他凑近孟悄悄道："我们不去看话剧了。"

这句话终于让孟悄悄恢复了正常，她问："你不是说你想看那部话剧很久了吗？"

陈与均笑得灿烂："现在不想看了。我现在想听相声，我带你去听相声吧。"

孟悄悄忽然明白了陈与均的用意，他想让她开心。他这样贴心，让孟悄悄的心又酸又胀，充满感激。

陈与均却道："你什么都不用说，坐着休息就好。"

孟悄悄点点头，从陈与均手里接过毛巾，擦着自己的衣服。

陈与均带孟悄悄去的是一个年轻名角儿的相声专场，此专场本是一票难求，还好陈与均之前拍戏时就认识了对方，还和对方成了朋友。他打了个电话拜托了两句，那名角儿爽快答应给他找两个最好的位子。

他们到表演地点时就快要开场了。陈与均拉着孟悄悄的手，穿过层层人群，坐在那名角儿给他们留的位子上。他看了眼孟悄悄，她的眼睛盯着舞台，眼神却有些涣散。

那一整场相声表演下来，名角儿的捧哏将全场的观众逗得前俯后仰，偌大的场上，只有一桌安静得如同另一个世界。

临近结束，名角儿在台上唱歌，答谢观众。角儿嗓音清亮，唱的是《天涯歌女》。他这样唱道——

嘿，多么远遥，那时的年少
物去人非，我不能够再看到
天涯呀海角
你的歌声谁知晓
唱尽天涯不归路
患难甘苦都是福
那份爱现在再没有
只能在我耳边一遍一遍萦绕

陈与均的余光里，有什么晶莹的东西闪过。他扭过头，歌声之中，孟悄悄静静地淌着泪。

第二十三章

她最好的朋友，如今只能存在于她的耳机里

几乎所有的练习生报名了出道考试，毕竟他们练习生的实习期太久，都想搏一搏。江自谦认真思考了一番，最终决定将考试方式定为抽签选题、自由发挥。

这意味着，考验这些练习生的不仅仅是他们的实力，还有他们的运气。江自谦并不打算放过他们，由他亲自选出的电影、电视剧的桥段五花八门，可谓什么都有。

如果运气好，抽到相对简单的题目，那只要正常发挥，就大有机会突围而出，反之亦然，那些难度系数较高的题目，挑战的将会是这些练习生们的极限。

出道测试被 LD 包装成了另一场秀，毕竟此前 LD 的配音选秀办得风风火火的，这场考试也可以算是阶段性成果的展示。他们需要在配音演员和观众之间架起桥梁，让观众对配音这个职业再多一些了解。

在陆寻的示意下，亚澜配合市场部特意安排了直播，在 D 音上全程播出，主持人是吴语徽。而在出道测试之前，由于前期策划和宣传工作做得到位，“LD 练习生出道考试”的话题一度上了热门。

出道考试当天，吴天、江自谦、陆寻则担任评委，他们齐刷刷地坐在一面玻璃窗之隔的录音室外，气氛严肃得犹如三堂会审。

其他练习生则聚在录音室外，拿着他们刚刚抽到的题目和剧本做准备。小小的房间被人挤满了，充斥着各种各样的声音。

直播开始之前，吴语徽轻快地来到孟悄悄面前，一把抢过孟悄悄手中的剧本。

“《泰坦尼克号》？”吴语徽撇撇嘴，“这也太简单了吧。”

孟悄悄没有反驳，她的运气的确不错，译制片对她来说可谓信手拈来，只要她能准确把握 Rose 的情感，应该就能完成这个片段。

“不要因为简单就掉以轻心。”

“谢谢。”

陪同吴语徽一起来的周旭则看着孟悄悄笑道：“一直没来得及和你认真说一声‘加油，配音演员’。”

“配音演员”这四个字，忽然让孟悄悄感受到了分量。

送走了吴语徽和周旭，孟悄悄出去倒水时，正碰上陆寻从外面进来。他是评委之一。

两个人迎面撞上，不过孟悄悄对陆寻视而不见，擦着他的肩膀走过。

孟悄悄倒水回来后发现有些不对，她座位上的剧本似乎被人动过，不但被人翻过，还有移动过的痕迹。

孟悄悄翻看了一下，发现她的剧本被人调换了！如今的这份剧本是电影《新不了情》的选段，而最要命的是，题目要求配音演员全程用粤语来诠释角色的感情，其中还有一段唱段！

孟悄悄攥着剧本的手紧了紧，有人趁她不在时换了她的剧本，这是竞争手段的一种，更是一种自我保护，毕竟这《新不了情》的难度系数太高了，没人愿意不自量力。

可就在这时，孟悄悄听见吴语徽的声音，直播开始了。如果现在她提出异议的话，很有可能会被播出去，影响 LD 的形象。孟悄悄咬咬牙，决定把这件事藏进心底。

那边，吴语徽大大方方地冲手机镜头打着招呼，笑道：“大家好，我是吴语徽。今天呢，就由我来为你们揭开配音演员的神秘面纱，也算是请大家一起检查我这些师弟师妹这段时间的训练结果吧！如果你们喜欢谁，就在评论里 pick 他的名字哦，我一定会把你们的喜爱带到的！”

吴语徽活泼甜美的风格，缓和了场上的紧张气氛。她像小蝴蝶似的扎进人堆里，一把揪住了一脸紧张的刘皓。

“来来来，刘皓，和大家打个招呼吧。”

刘皓太紧张，以至于一直没回过神来。他傻乎乎地和屏幕中的自己大眼瞪小眼了好一会儿，才惊叫道：“直播啊？”

刘皓一溜烟跑了个无影无踪，吴语徽想抓都抓不回来。她一脸无奈地对着镜头解释道：“看来不是所有配音演员都习惯上镜，你们还想看谁？哦，真真啊……”

吴语徽调整手机的摄像头，用后置镜头在场上找了一圈，终于在角落里找到了埋头准备的孟悄悄。

吴语徽把镜头转了回来，笑道：“看见了吧，真真正准备着呢，我们还是不要打扰她啦！等会儿，我会带大家进入配音室，你们今天可算是有眼福了，可以见证配音新星的崛起之路。现在，让我们所有的配音演员和大家打个招呼吧。”

经吴语徽这么一吆喝，正在准备的练习生们都仰起头来，镜头所到之处，记录下的是一张张充满朝气的脸庞。

“加油！”他们异口同声，共同呼喊，为了自己，也为了这个共同的梦想。

孟悄悄这边的情况却不太好，她觉得自己准备得还不是很到位，可亚澜已经喊到了她的名字。

孟悄悄避无可避，只得应战，她尽量沉稳地走进录音室里。

录音室内忽然传来了陆寻的声音，那声音隔着麦克风，听起来冰冷而遥远。

“孟悄悄，做自我介绍。”

孟悄悄深吸一口气，道：“我是二十八号孟悄悄，我要表演的选段是《新不了情》。”

她的话音刚落，吴语徽低呼一声，周旭的眉头也皱了起来。

吴语徽先把直播静了音，才不可置信地说道：“我刚才去看孟悄悄的时候，她拿的还是《泰坦尼克号》的剧本呢！”

众人心中均是一沉。《新不了情》的选段算是难度系数较高的，因为那段配音的要求是全程粤语配音，还要完成一段唱段。

可事已至此，他们已经没空去追究事情的真相。吴天沉声问道：“可以开始了吗？”

孟悄悄深吸一口气，《新不了情》她是看过的，而她要表演的那一段是天真无邪的少女小敏和萨克斯风手阿杰的一段对话。

那段台词并不难记，难的是小敏开头时哼着的歌和粤语发音，以及最后那唱段。粤语的发音和说话方式会严重影响配音的节奏，产生强烈的违和感。

现在准备已经来不及了，孟悄悄只能拼命回忆宋师傅的粤语发音，临时抱抱佛脚。

江自谦追问道：“孟悄悄，你准备好了吗？”

孟悄悄点了点头，忽略了陆寻朝她看来的目光。

少女小敏哼着歌走进了狭窄的厕所。这首歌是她从阿杰那儿听来的，尽管只是一段不成曲的调子，可她觉得很好听，一如她觉得，看起来颓废又神秘的阿杰很有趣一样。

她看着镜中的自己，快乐地刷着牙，仿佛于她而言，这世上并没有什么痛苦的事。

这时，她忽然听见门外传来什么撞击的声响，这吓得她惊叫起来。

“啊！”

小敏推开门，发现阿杰站在二楼，居高临下地打量着她。

活泼的小敏问道：“喂！你叫我啊？”

“你点会识得我首歌嘎？（你为什么会唱我的歌？）”

“首歌原来系你作嘎？点解会无尾噶？（这首歌原来是你写的？为什么会没有尾巴？）”

……

小敏和阿杰就在这样的交谈下，不知不觉走近了对方。

而孟悄悄站在话筒前，依旧沉浸在小敏那颗飘摇的少女心里。

她知道结局，知道即使是这样曼妙的相遇，也逃不过生老病死的天人永隔。

最后，主题曲响起，正是那首脍炙人口的《新不了情》——

心若倦了，泪也干了
这份真情，难舍难了
曾经拥有，天荒地老
已不见你，暮暮与朝朝
这一段情，永远难了
愿来生还能再度拥抱
爱一个人，如何厮守到老
怎样面对一切，我不知道
……

孟悄悄以前听过这首歌，那时她的心中毫无波动，却不知道为什么，现在唱起来，她就像打通了任督二脉似的，感到一种无法言喻的心痛。

当她闭着眼睛唱着那些歌词的时候，陆寻的脸出现在她的脑海里，而她根本挥之不去。与陆寻相处时的一幕幕毫无征兆地出现在她的脑海里，她根本摆脱不掉。

她还看见了云真，云真站在她的面前，伤心地说道：“悄悄，你怎么可以这样做呢？”

孟悄悄像是发泄一样唱着：

……

回忆过去，痛苦的相思忘不了
为何你还来拨动我心跳
爱你怎么能了
今夜的你应该明了
缘难了，情难了
……

云真说：“悄悄，你永远都是我最好的朋友。”

陆寻说：“我有一段情。”

……

孟悄悄流下了泪。

歌唱完了，可她久久没有睁开眼睛。所以，她并没有看见，坐在录音室外的陆寻，脸上的表情阴沉、寒气逼人。

那样撕心裂肺的孟悄悄就像一个钻子一样，狠狠地钻着陆寻的心脏。他知道孟悄悄的心思很重，背负了很多她不该背负的东西。

他恼怒随口就能说出“到此为止”的孟悄悄，嫉妒可以随意靠近孟悄悄的陈与均，他想狠狠地惩罚她。可他现在只想抱住她，紧紧地抱住她，什么都不说，什么也不想。

吴天和江自谦在点评着孟悄悄的表演细节。孟悄悄的发音当然不够标准，可是她胜在模仿到位，情绪饱满。发音并没有成为她的绊脚石，因为在这场戏中，她的表演足够流畅，情绪也足够饱满。

而她的歌声更是加分项。孟悄悄的声线比较中性，可塑性强，声音压低，颇有几分洗尽铅华的沧桑味道。不可否认的是，这段她配得很好，让人哀伤，却又沉醉着迷。

“真好听。”周旭感慨道。

这一次，吴语徽没有反驳他。

吴天觉得他在孟悄悄的身上看到了很多的可能性，于是问道：“你学过唱歌？”

“没有，只是喜欢。”

“你什么时候学的粤语？”吴天问道。

孟悄悄犹豫了一下，道：“我小时候喜欢看香港的电影和电视剧，后来，我家请了一个从香港来的广东籍点心师傅，我经常和他聊天，就记住了一些发音。”

江自谦有些意外：“只是记住？没有特意学过？”

孟悄悄摇了摇头。

吴天心中了然，他看着江自谦和陆寻道：“我没有疑问了，你们呢？”

江自谦耸耸肩，脸上的满意之情已经一目了然。

陆寻沉声道：“打分吧。”

孟悄悄垂下目光，她知道自己刚才失态了，而陆寻没有对此过多关注，反而让她放松了不少。

一直站在吴天身后的吴语徽，却在这时朝孟悄悄绽放了一个无比灿烂的笑容。她对着直播着的手机语气欢快地宣布：“我可是有什么就说什么的。从今天开始，孟悄悄就是我职业生涯中正式的对手了！”

周旭微笑，余光里是三张评分卡上高得可怕的分数。

出道考试直到下午五点才结束，所有练习生陷入了焦灼的等待中，因为出道考试的结果马上就会公布。

而面向大众的直播早就结束，具体的赛果将会通过微博公布。事实上，通过D音直播出道测试也只是想让观众先对LD新人的实力有所了解。从这一点上来说，这场直播无疑已经成功了。

等待的过程中，练习生们也在讨论着刚才各自的表现。其中不乏佼佼者，但话题度最高的，还是孟悄悄。

孟悄悄刚才唱的一首《新不了情》，唱哭了很多人。他们都被这首歌里藏着的感情打动了，或者说，他们都被孟悄悄感染了。

吴天带着江自谦和陆寻走上台，他冷峻而严肃的目光在会议室内扫视了一圈，这才清了清嗓子说道：“首先，很高兴各位有这个勇气参加这个考试，你们对自己有信心，公司也会对你们有信心。在座的各位中，将有人通过本次考试，提前成为LD的正式员工，希望你们能再接再厉，对得起自己的梦想。”

他顿了一下，又说道：“在这里，我需要再强调一点的是，LD欢迎一切良性的竞争，我希望你们能在危机感中不断进步。但是，我希望你们收起一切无用的小心思，那只会让你们故步自封。LD，也绝不允许这类事情的发生！”

练习生们不知道发生了什么事，一时间噤若寒蝉，没人敢应声。人群中只有洛冰倩的表情有些难看。

吴天又道：“我想要说的是，今天的考试中，出现了学员的剧本被偷换的情况。本来我打算彻查到底，可是那名被换了剧本的学员告诉我，她并不打算追究。她相信，这只是一个误会。出于对当事人的尊重，今天的事，我可以不追究。但我希望你们明白，你们做这份工作是为了什么，不要让胜负心改变你们的初心。”

吴天说完后，示意江自谦上前。江自谦拿着名单，道：“接下来，我会公布通过本次考试的人的名字，排名将按照考试的得分由低到高，最后一个名字，就是《动画制作人》真人版的配音演员。”

场上立刻骚动了起来，练习生的脸上纷纷涌现出兴奋和激动。通过出道考试也许并不意味着什么，但这是对他们这段时间的付出及习惯的一种检验，也是他们这段时间自己给自己的一个交代。

他们大多怀揣梦想，咬着牙坚持着，而成为 LD 的正式员工，恰恰是他们朝自己期待的人生迈出的第一步！

江自谦已经开始念起了名字，被叫到名字的人，有的欢呼雀跃，一蹦三尺高；有的“哇”的一声，哭得稀里哗啦；还有些关系好的，甚至紧紧地抱在了一起……

江自谦念道：“洛冰倩！”

洛冰倩难以置信地睁大眼睛，她浑身颤抖，好一会儿后，才捂着脸蹲下来，放声大哭。

江自谦又念了名字：“刘皓！”

刘皓“啊啊啊”地狂叫了起来，他掏出手机对着江自谦狂拍。江自谦停下来，问道：“你干什么？”

“江指导，你再念一遍！你再念一遍！我要录下来！我要发到我们家的群里，光宗耀祖啊！”

江自谦当然不会理会刘皓，赤裸裸地威胁道：“刘皓，你再拍，我就把你名字画掉！”

“我错了！我错了！我错了！”刘皓立刻服软，手忙脚乱地把手机收起来，引来大家的一阵哄笑。

江自谦又念了几个名字后，顿了一下，故作玄虚道：“通过本次出道考试的最后一个实习生也是表演得分最高的人，她用精湛的技巧说服了我们，同时，她将成为《动画制作人》真人版牧禅配音的最终人选，她就是——孟悄悄！”

场上众人顿了一下，忽然爆发出热烈的掌声。

孟悄悄深陷在那掌声之中，觉得这一切就像一场梦。

这场梦从她进入 LD 的时候开始，一路延伸，终于成了可以描述的形状。她身边的人都在向她祝贺，那些心悦诚服的脸庞，让她的呼吸有些停滞。

她从来没有像现在这样享受过鲜花和赞扬，而这一切都是配音带给她的。配音帮她告别了生命中的某些阴暗与忧伤，让她以一种、更积极的态度去正视她自己。

这是配音带给她的荣耀，也是配音带给她的尊严。

她没有给云真丢脸。

“云真，你听到了吗？我是配音演员了。”孟悄悄喃喃自语，“我们终于是配音演员了。”

陆寻越过人群看着孟悄悄，他看到那个总像海一样有着包容心的女孩的脸上涌现出喜悦和伤感，这让此时的她比以往任何时候的她都要鲜活生动。

出道考试结束后，陆寻需要马上去美国出差。

好莱坞一间知名的动画公司蒂尼正面向全世界征召声音服务商，被选中的公司不但会和蒂尼建立战略合作的关系，还能拿到蒂尼公司所有引进动画作品的配音工作。

对于 LD 来说，这不但能帮他们在国际上打响品牌，更是一个绝好的学习机会。蒂尼成熟化的运营理念和管理方法，对于 LD 来说，有很重要的参考价值。

而吴天将这个重任交给了陆寻，他让陆寻在出发之前好好准备一个公司的资料片，以便届时好好展示 LD 的优势和长处。他还告诉陆寻，到了美国以后会有专人接待，对方是华人，还是业内公认的前辈。

要准备公司品牌的宣传片，需要汇总大量的视频资料。陆寻这两天一直在后期室，负责素材整理的人是姜思慕，她被陆寻折磨了几天，几乎快要被奉行完美主义的陆寻逼疯。

陆寻做起事来精益求精，所有素材都要亲自过一遍眼，这就意味着姜思慕整理素材的进度会被陆寻严重拖慢，而多年来，LD 的经典作品无数，这样的筛选根本是在羊的身上拔毛！

这日，两人一直加班到了夜里九点，连着两天没好好睡觉的姜思慕已然神经衰弱，让她忽视了陆寻一贯的冷酷无情，开启无差别攻击模式。

她道：“陆总，你这是要逼死我吗？”

陆寻面无表情，冷冷答道：“我对杀人没兴趣。”

姜思慕痛心疾首：“陆总啊，不是我姜思慕不敬业，是你的标准真的很变态啊。”

“所以？”

“嘿嘿，为陆总效劳，我赴汤蹈火，在所不辞，但你以后能不能帮我个忙？”姜思慕立刻来了精神，她狡黠一笑，道，“陆总，我是坚决支持你和悄悄的。”

“可以。现在，专注工作。”陆寻冷淡说道。

姜思慕打起十二分精神，再次投入工作中。

这时，众多素材中的一条记录吸引了陆寻，那是 LD 旗下最知名的广播节目“音悦之声”的录音文件，文件上写着：2003 年 1 月 11 日吴总访谈。

1 月 11 日是陆家火灾发生的那一天，而音悦之声是每晚九点半准时开始，这么多年从未改变过。如果吴天参与了这期节目，那就意味着他根本不可能在同一时间去陆家放火。据警方的调查，火应该是在九点五十燃起来的。以吴天谨慎的个性，他也不可能雇凶纵火。

陆寻立刻点开那条录音。

那段访谈是针对吴天发展理念和行业规划的专访。在访谈里，吴天严肃且认真地表示，他将努力推进 LD 往全方位声音服务商的方向发展，这意味着 LD 将不仅局限于配音的工作，还将开发自己的动画作品，以此支持行业的发展。

吴天认为，能体现最高影视制作技术水平的电影是不需要配音的，而除了引进片以外，电视剧配音工作在日后的发展中也会越来越少。因为随着整个行业的发展，观众将无法容忍演员“表演不够，配音来凑”的现象，为明星配音、补音的行为更是限制配音演员本身的技术发挥，毫无意义。

而唯一能支持配音演员工作和发展的，还是动画。在这一点上，吴天充分认可了日本的声优文化的做法。吴天认为，只有动画作品，才能让配音演员有更多的发挥空间。

吴天的这个想法在当时听来无疑太超前，这已经不是一块普通的饼了，说是宏伟蓝图，更像是天方夜谭，难怪向来保守的陆风无法接受。

陆寻彻底排除了吴天的嫌疑，心里重新梳理了一遍线索，或许可以从纵火视频中那个手腕上有胎记的女人下手。

然后他想起了孟悄悄，他觉得在动身去美国之前，他必须要和孟悄悄把两人的隔阂解决，时间拖得越长，两人之间越容易生变。

陆寻突然起身离开后期室，也不管姜思慕在他身后大呼小叫的。

孟悄悄听乔又泽说有人找她时，她还没意识到什么。她从店内烘焙室走出来，这个时间点，店里已经冷冷清清的，没什么顾客了，所以她一眼就看到一脸冷漠地站在店里的陆寻。她想要转身已经来不及了，因为陆寻已经一把拽住了她的手。

“陆总，放手！”孟悄悄想甩开陆寻的手，却被他禁锢得死死的。

“这辈子都不会放的。”相较于孟悄悄的怒气，陆寻却波澜不惊，语气清淡，“孟悄悄，你早日认清这一点，我们就早日相安无事。”

躲在角落里偷看自家小老板爱恨纠缠戏码的乔又泽，简直要跪倒在这个冷漠、俊美的男人的西装裤下，连他的少男心都已经开始小鹿乱蹦了，怎么自家小老板还是一副无动于衷的表情？

“陆寻。”

孟悄悄终于看向陆寻，他执着的眼神让孟悄悄意识到，她单方面的自说自话是没有用的，逃避也是没有用的，那只会耽误他的精力和时间。

思及此，孟悄悄低声说道：“我带你去个地方。”

城中的游乐场营业到十二点，月光与霓虹互相呼应，各种各样的气球悬浮在半空中，五彩斑斓，让游乐场像极了一本童话书。

一路上，孟悄悄都没有开口说话，陆寻亦随之沉默。

最终，孟悄悄停在了早就停止运行的云霄飞车前。她仰着头看着镶嵌在轨道上的盏盏灯光，那些光线一闪一闪的，像极了夜空中璀璨而永恒的星。

陆寻走到孟悄悄的身边停下，随着她一起抬头向上看。

“你喜欢云霄飞车吗？”孟悄悄忽然开口问。

“我的人生中，没有什么特别喜欢的事情。”陆寻语气淡淡的，目光冰冷又炙热地看着孟悄悄，他的眼睛不同以往那般冷漠，如今是鲜活的。

他轻声说道：“除了你。”

孟悄悄的表情却很悲伤，她带着怀念的语气安静地说道：“我有一个很好的朋友，她很喜欢云霄飞车。她说，坐着云霄飞车向上攀爬的时候，就像人在追逐梦想的道路上遭遇到忐忑、惶恐和期待一样。”

陆寻遗世而独立般站着，不言不语，静静地听孟悄悄说话。

“可是，她一次也没有坐过。”孟悄悄自顾自地继续说道，“其实，我很害怕云霄飞车，但是，我却坐了很多次，每一次从上面下来，都觉得是劫后余生。”

“因为你朋友？”

孟悄悄停顿了一下，喃喃说道：“只要是她想做的事情，我一定会帮她做到。”

所以，我会为了她的愿望去配音；会为了她的愿望，对你隐瞒她的死讯；同样也会为了她，离开你。你现在可能不明白，但你以后终会明白，我不仅仅是孟悄悄，我还背负着云真的人生。云真不能做但又想去做的事情，我都会帮她做到。

“为什么要和我说这些？”陆寻沉默了半晌后，淡漠地开口说道，“难道你是因为她，而要和我划清界限？”

孟悄悄惊讶于陆寻的敏锐，她看着陆寻，目光深沉如大海：“我只是想告诉你，陆寻，你并不了解我，连接我们的道路上有着千沟万壑。”

她抬头看星空，不知何时吹起的风吹乱了她的发，那些柔软的发丝缠缚在她的脸上，忽明忽暗的灯光打在她脸上，让她看起来有几分凄美。此刻的她给人一种异常脆弱的感觉，虽然脸上始终在笑，但笑容之下却是汹涌的悲伤。

“我妈在我四岁那年就离开了我和我爸。我爸大受打击，把所有的精力都放在蛋糕店上。于是，我的一日三餐大多是蛋糕。久而久之，我就成了个小胖子。那时，我刚上一年级，也没有什么人爱和我玩。我的运动细胞很差，没有人愿意和我在体育课上组队。后来我发现，除了我以外，还有个人和我一样，她总是乖乖地坐在树荫下看，秀气得像个洋娃娃。再后来的一次体育课上，我还是一样坐冷板凳。‘洋娃娃’忽然过来和我说话了。她问我：‘为什么你看起来很羡慕的样子啊？’我说：‘你不也是一样？！’她不服气，说：‘我才不羡慕他们呢！’她为了证明她的洒脱，问我敢不敢陪她一起逃课，去小卖部买雪糕吃。我当然说敢，然后我们俩就因为逃课和偷吃雪糕被老师抓住了，结果一起罚站。我这才发现，原来她只是长得像洋娃娃，她其实调皮极了。”

孟悄悄说到这里，像是陷在美好的回忆里，微笑起来。

“那个时候，我总是很想我妈，可是我爸不许我接触有关我妈的一切。她就把她的 MP3 借给我，让我可以下载我妈的一些作品来听。我常常因为这个，在被老师点名起来回答问题的时候慌乱不已，她总是会偷偷告诉我答案，帮我蒙混过关。慢慢地，我们成了朋友。”

孟悄悄继续说道：“后来，我们慢慢长大了。她长成一个漂亮又有才华的女孩，几乎每个人都喜欢她。而我从一个小胖子长成了一个大胖子，除了她以外，没有人愿意和我交朋友，只有她，从来都没有嫌弃过我。”

孟悄悄停了下来，她看着眼前的云霄飞车，视线有些迷离。她弯了嘴角说道：“这世上不会有人比她对我更好。”

随着孟悄悄的讲述，陆寻脑子里隐约有了某种猜测，那个猜测也越来越清晰。孟悄悄说的故事，在细节上破绽太多。要么，她讲的这个故事是假的；要么，一开始，他就搞错了。从半年前他突然收到那条 Skype 留言开始，他就觉得哪里不对劲。因为那时觉得不重要，所以他没去深究，但如果它已经影响到他和她的感情，那就另当别论了。

陆寻不动声色地看了孟悄悄一眼，说道：“你的好朋友，她救了你，可是她也困住了你。”

“什么？”

“我们活在这个世界上，能依靠的人只有自己。如果你把别人当成光，你会永远生活在黑暗里。”

孟悄悄有点出神，她的余光里，轨道上的灯光连成一片，交织成一片朦胧而又灿烂的星河。

她深吸一口气：“陆寻，因为我伤害到了你，我很抱歉，但我真的不能和你继续。”

“洛杉矶的冬天冷不冷？”陆寻沉默片刻，突然开口问道。

“不知道，我没去过洛杉矶。”

陆寻一双黑曜石般的眸子定定地看着孟悄悄，看得她几乎以为自己是不是哪里露馅了。在心思细腻的陆寻面前，她并非没有警惕之心，但云真一直在纽约念书，从未去过洛杉矶。

“好。”陆寻冷淡地应道，竟意外地同意了。

陆寻可以肯定孟悄悄并不是真真，真正的真真应该就是孟悄悄所说的那个好友了。他虽然还未了解整件事情的来龙去脉，但以孟悄悄对她的好友的重视程度，他知道他毫无胜算。事已至此，他只能兵行险着，以退为进。

他从口袋中拿出了一个蓝色的丝绒盒子，再将盒子打开，一条白金项链静静地躺在盒子里。那项链的样子十分特别，竟然是一串声纹。

“这条项链是你小时候送给我的，现在我把它送还给你。”

孟悄悄从不知道还有这条项链，陆寻居然就这样被她说服，她瞬间感觉自己的心里空落落的。

那天晚上，孟悄悄回了家，用电脑查询着那条声纹项链，云真的声音很快在耳机中响起。

孟悄悄几乎是在听到那声音的第一时间掉下了眼泪，在这个时候，她才意识到，她真的有很久很久没有听过她朋友的声音了。

她最好的朋友，如今只能存在于她的耳机里。

云真说：一直陪着你。

陆寻去了美国，一切好像恢复了正常，却好像有哪里变得不一样了。

孟悄悄还是重复着每天三点一线的生活，不断在家、店、公司之间往返。江自谦也会安排一些小角色、小项目给练习生们，孟悄悄就在那些项目中不断地尝试，汲取经验。

这日，她在棚中录音，微信中视频通话的提示音响起。她见屏幕上不断闪烁着的“小均”，以为是陈与均有急事找她，便将视频接通了。

陈与均那张眉清目秀的脸立刻弹在手机屏幕上。

“悄悄，我听说你拿到了牧禅的真人配音？”

“你怎么知道？”

“这不重要。”陈与均看起来比她还要高兴，他道，“后天你有没有空？我可以帮你分析角色和剧本。”

“你不用拍戏吗？”

“放心，我会安排好自己的事的。就这么说定了，后天我来接你。”

陈与均像是怕孟悄悄反悔一样，果断地挂掉了电话。

还是像个孩子一样。孟悄悄看着手机苦笑着摇头，却从黑掉的手机屏幕中看到刘皓那副暧昧、好奇的模样。她这才想起来，姜思慕和刘皓一直在她身边，刚才她和陈与均的对话全然被他们听了去。

“原来你认识陈与均！”姜思慕的眼睛又亮了。

刘皓忽然捧着孟悄悄的脸，逼她看向自己。

“要死了！孟悄悄，你到底是什么来头？”

孟悄悄扒下刘皓的手，平淡地说道：“什么来头都没有。”

刘皓拿起餐叉，架在孟悄悄的脖子上，阴恻恻地威胁道：“交出陈与均的签名、裸照，则不杀。”

孟悄悄哭笑不得。

刘皓还在垂死挣扎：“实在不行的话，裸上半身也行啊！我把它拿出去，一定能卖个好价钱。”

孟悄悄的电话却再一次响起，这一次，打来电话的人竟然是云阿姨。

孟悄悄不敢怠慢，连忙将电话接起。

“云阿姨？”

云阿姨带着哭腔的声音从电话那头传来，说出的话却仿佛隔了一个世纪那么遥远。

她说：“悄悄，真儿回来了！”

第二十四章

噩梦醒来后，会笑；美梦醒来后，会哭

坐在窗边的白衣女孩若有所思地听着从耳机里传来的故事。

“沙——沙——”

铜皮少女努力地踩着自行车的脚踏板，发出这样的声音。

老旧的链条牵动起车轮，不停歇地向前转动着，车轮每每转动到缺油的部分，就会发出“咯噔”一声。风钻进车轮里，紧贴着斑斑锈迹的钢圈，像一团一戳就会抖动的大棉花。

海浪拍击着礁石，“哗哗”作响，沿途的景色随着疾速前行的自行车不断后退，久而久之，就成了一幅静默的山水画。

忽然，自行车的前轮从地上的一块石子上碾过，石子四分五裂，铜皮少女无法控制住平衡，“啪”的一声摔在地上。

车轮在半空中徒劳地转着，又老又旧的链条断了，噼里啪啦地从车子上掉了下来。

铜皮少女试图扶起自行车，然而老爷车上的每一个部件都发出“吱呀”的绝望声响。

一滴、两滴……铜皮少女的眼泪砸在地上，像雨天屋檐下的水珠子成串地落下，很快汇成一条小小的河。

铜皮少女带着哭腔，沮丧地说道：“可恶，来不及了……来不及了……”

“什么来不及了？”清亮的男音自前方响起，既稳又沉，带着不属于他那个年纪该有的沧桑。

铜皮少女惊喜地抬起头，独眼骑士站在她的前方，只用一只咖啡色的瞳孔安静地看着她。

“独眼骑士，是你！”

独眼骑士又问道：“什么来不及了？”

“你还记得我们的朋友小公主吗？就是那个不会说话的小公主，曾

和我一起冒险的小公主！”铜皮少女有些激动，可很快懊恼起来，继续说道，“为了救我，她被抓到城堡里了。今天是她十八岁的生日宴会，可是，我赶不及去参加了。”

“为什么赶不及？”

铜皮少女吸了吸鼻子，忍住唇齿之间的酸涩，说：“城堡在海的那边，我的自行车坏了。”

“这个简单，我送你去。”

“真的吗？”

“这不是什么难事。”

独眼骑士将他的剑朝天上扔去，那把剑立刻悬浮在半空中。他带着铜皮少女跳到剑上，说道：“抓稳。”

铜皮少女连忙抓紧骑士的衣摆。

“出发了。”

载着两个人的剑朝大海的另一个方向飞去，风声一下子变得自由起来，夹杂着大海的咸腥味。因为他们飞得高了，就可以看见远方海天交接的地方，那儿正是落幕的夕阳。夕阳的余晖洒在平静的海面上，如同为大海披上一层温柔的纱衣。

“哇！”铜皮少女惊喜地叫了起来。

“抓紧！”独眼骑士认真地警告道。

“是是！”铜皮少女听话地抓紧了骑士的衣角。

“独眼骑士，谢谢你啊。”

“嗯。”

“你总是能在我们最需要的时候出现呢。”

“嗯。”

“你说，小公主今晚可以找回她的声音吗？”

声音戛然而止，或者说，是被脚步声给打断了。

孟悄悄感觉自己把全身的力气都用尽了。

从下了出租车开始，她就开始奔跑，明亮的太阳并没有为她让路，那炽热的光线很快在她的全身上下灼烧出细密的汗。

可孟悄悄仍没有停歇，她害怕这又是一场梦。

孟悄悄跑到小区楼下，连电梯也来不及等，连跑带爬地上了十二层，来到云真的家门前。

这时的孟悄悄已经像条水中的鱼儿一样，浑身湿透了，她顾不上那些贴在身上的黏糊糊、湿淋淋的衣物，抬起手想要敲门，却忽然不敢敲下去。

云真就在这扇门后面吗？还是说，这是一场梦？

就在这时，门被打开。开门的是云阿姨，脸上还挂着未干的泪痕，可嘴角却带着无论如何都掩饰不住的笑意。

云阿姨一把抱住了孟悄悄，哭道："悄悄，真儿她回来了，老天将她还回来了！"

孟悄悄木讷地任由云阿姨牵住她的手走进屋。

孟悄悄一眼就看见坐在沙发上、戴着耳机听得出神的女孩。那个女孩穿着白色的蕾丝长裙，黑发柔顺地披散在她的肩上，阳光透过奶绿色的薄纱窗帘亲吻着她的脸庞。

她瘦了很多，可她还是那么好看。

女孩抬起眼，朝孟悄悄的方向看了过来。那双眼睛依然是孟悄悄所熟悉的深棕色，那双眼睛也依旧是那么耀眼明亮。

孟悄悄的心颤了一下，那是云真啊，真的是云真。

云真看见孟悄悄，先是一愣，旋即摘下耳机，露出一抹笑容来。她终于开了口，问道："你是悄悄？为什么不过来？"

云真起身朝孟悄悄走了过来。在孟悄悄还没反应过来的时候，云真握住了孟悄悄的手。真实而温热的触感，云真的眼中是久别重逢的温情，这让孟悄悄想都不想地反握住云真的手，用力地握住。

"云真，我不是在做梦对不对？是你，对不对？"

云真笑了，她伸出手指点了点孟悄悄的脑袋："傻了吗你？！"

孟悄悄再也控制不住自己的情绪，一把拥抱住云真，像无数次在她的梦中那样，拥抱住她的云真。

孟悄悄紧紧地抱着云真，喋喋不休地说着话，像要把那些时候没说完的话全部说完一样。

"你怎么才回来？"

"以后你不要开车了，你想去哪里和我说，我带你去。"

"你还活着，太好了，你还活着。"

"对不起，对不起，对不起，对不起……"

孟悄悄不停歇地说着，眼泪像断了线的珠子似的往下掉。云真也红了眼眶，反手抱住了孟悄悄，动作轻柔地拍着孟悄悄的背，为孟悄悄顺着气。

"让你担心了，对不起。"

"云真，你平安无事，真的太好了，真的太好了……"

云阿姨红着眼轻轻拉开两人，温柔道："悄悄，真儿她现在的情绪不能太激动。”

孟悄悄连忙放开了云真，小心翼翼地扶她坐下，眼睛一眨不眨地打量着她。

云阿姨继续解释：“悄悄，你别见怪，真儿她失忆了。”

“失忆？”孟悄悄吃了一惊。

云真道：“是啊，如果不是失忆，我早就回来了，也不会让你们担心这么久。”

随后，云真讲述了她车祸后的所有事。车祸发生的时候，她被巨大的冲力弹出车外，所幸悬崖的另一边是河流，昏迷的她坠入河中，却不想撞击到头部。后来，她被人发现，送去当地的医院，醒来的时候，她忘记了一切。云真就这样在医院里躺了大半年，她完全康复后才被法国警方送去中国大使馆。大使馆的人认出她就是半年前失踪的中国女孩，这才兜兜转转把她送回了国。

孟悄悄听得百感交集，这大半年来，云真独身一人在异乡，日子一定过得很艰难。如果她当时提醒云真系了安全带，如果不是云真在发生车祸的那个瞬间把方向盘往自己的方向打，在最关键的时候舍身救了自己的话，云真也不会遭遇那些事。

孟悄悄心疼地摸着云真的脸，内疚道：“都怪我。”

“都过去了，你看，我这不是回来了吗？”云真笑了笑。

孟悄悄的鼻子有点酸，她握着云真的手，故作轻快地说：“以前的事，你忘了也不要紧，我可以陪你去以前我们去过的地方，说不定能帮你回忆起什么。”

“好。”云真看着孟悄悄，露出微笑。

云阿姨如释重负地长舒一口气，找回女儿的喜悦让她一改往日的病态，她对孟悄悄殷切地说道：“悄悄，真儿以后就拜托你了。”

孟悄悄郑重其事地答应着，就算云真不记得她们的过去也不要紧，只要她回来了，她们就还有很好很好的未来。

“怎么了，一直在傻笑？”

孟悄悄只觉得脸颊一冰，原来是陈与均用一罐冰可乐作弄她的脸。

孟悄悄如约来到陈与均的家，等他为自己开小灶。陈与均不愧是眼下最了解牧禅这个角色的人，在他的指导下，孟悄悄对牧禅这个角色有了更深层的理解，而这层理解对于她在配音时情感上的发挥，的确起到了很大的作用。

孟悄悄摸了摸脸，问：“有吗？”

陈与均大大咧咧地在孟悄悄的对面坐下来，堂而皇之地露出一对光溜溜的脚丫子。今天的他穿着居家服，一副阳光的少年模样，许是在家被安全感包围的缘故，他整个人看起来很放松。

陈与均眯着眼睛看向孟悄悄，琢磨了半晌之后，他轻轻叹了口气，交叠双手，摆出一副知心弟弟的乖巧模样，道："说吧。"

孟悄悄一愣："说什么？"

"我从来没见到你这么开心过。"陈与均的语气酸溜溜的，"除了我以外，谁能让你这么开心？"

孟悄悄忍不住笑了起来："我最好的朋友回来了。"

"最好的朋友？"陈与均有些意外，他毕竟和孟悄悄分别经年，这些年来孟悄悄的经历，他知之甚少。

"我原本以为她死了，失而复得的开心你懂吗？"

陈与均失笑，看到孟悄悄咧着嘴笑得像个傻子。

"你以为她死了，这是怎么回事？"

孟悄悄说："我最好的朋友，她叫云真……"

那一整个下午，孟悄悄不停地在说。她说自己，也说云真，说到暮色四合，才把那个故事讲完。

可陈与均的脸色越来越凝重。

"你是说，网上的那个配音大神真真是云真？你当初进入 LD 的时候是用她的名义？"

"是！"孟悄悄道，"所以，我要把云真的身份和现在的一切都还给她。"

陈与均皱起眉头："还？你打算怎么还？"

"我会向公司说明一切，让云真进入公司……"

"不行。"陈与均立刻否决了孟悄悄的想法。

"为什么？"

"从选秀到前段时间的出道直播，大众已经接受了你是真真的事实。如果你这个时候站出来说，真真另有其人，舆论的口水会把你淹死的！"

陈与均深知网络暴力的可怕，他按着孟悄悄的肩膀，说道："你要记住，参加比赛的是你，在 LD 实习的也是你，拿到牧禅配音的还是你，明白吗？"

孟悄悄摇头，道："如果是云真，她会做得比我更好。"

"这不是一回事！"陈与均有些着急，说他自私也好，他不想孟悄悄受到任何的伤害。他道："你有没有想过，今天你所得到的一切都是你自己的努力换回来的？"

孟悄悄摇摇头："真真的身份给了我很多我不应该有的光环，我不能因为惧怕舆论的口水，就一直占着这个身份。更何况，我也没打算放弃配音，我会重新开始。"

"我没有让你占用她的身份！"陈与均颇有些恨铁不成钢，他脱口喊道，"如果你真的想还，就把陆寻还给她！"

孟悄悄惊讶地看着陈与均，陈与均脸上满是愤愤不平的孩子气。

"他已经不属于我了。"孟悄悄的声音很轻，"不，应该说，他从来就不属于我。"

陈与均神色复杂地看着孟悄悄。在谈论起陆寻的时候，孟悄悄整个人都变了，她变得柔软、忐忑、小心翼翼……而这些情绪，孟悄悄从来都没有对他展露过。

陈与均的心中生出一些不甘和懊悔来，他气自己怎么没有早一点察觉到孟悄悄的身份，至少要比陆寻早啊，这样他就可以早一些攥住孟悄悄，不让她有任何被人抢走的机会。

毕竟，他好不容易才找到她啊。在他们分别的这些年里，他时常想她。

在陈与均看来，胖乎乎的孟悄悄不但可爱，而且温柔、宽容。他缺失的那一部分的爱，孟悄悄都用她的方式为他一一填补好。可以说，如果没有孟悄悄，就不会有现在的他。

"总之……"陈与均缓了一口气，顺便缓解了一下自己的尴尬，他道，"总之，你先不要冲动，这件事让我想想，一定会有更好的解决办法，你所拥有的和你的朋友归来并没有任何冲突，知道了吗？"

孟悄悄像突然才认识陈与均一样，定定地看着他，看得他心里发毛。他讷讷地问道："你看什么？"

孟悄悄揉了揉陈与均的头发，笑道："觉得你长大了，有点欣慰。"

陈与均有些不自在，他不想孟悄悄始终把他当成小孩儿那样看待。心中的不甘在此时变成了一种冲动，他握住孟悄悄的手，忽然一跃而起，将她推倒在沙发上。他压在她的身上，自上而下地看着她。

他满意地看着身下的孟悄悄在最初的惊讶后，表情变得紧张、羞涩起来。

陈与均笑了，他道："我早就长大了。"

孟悄悄把头偏到一边，轻轻推了推陈与均，道："起来……"

陈与均却自顾自说道："悄悄，我已经不是你的弟弟了，你明白吗？"

孟悄悄隐约明白了点什么，这让她有些不安。

洛杉矶的夜晚总是那么宁静。

陆寻面无表情地拿起手机看了下，屏幕上风平浪静的，没有任何未读的信息。

来洛杉矶的这一周，对于陆寻来说，竟成了他的人生中迄今为止最难熬的七天。他有点后悔用什么以退为进的手段了，这种招数对孟悄悄那个没有良心的女人来说根本没用，不然也不会时隔一周，她连条短信都没有给他发。

陆寻的表情还是冷漠如冰雪，但只有他自己知道，冰冷的表象之下是怎样的焦躁与不安。

孟悄悄的事情并不难查，他很轻松地搞清楚了事情的真相。

一年前，孟悄悄和云真在法国遭遇车祸，孟悄悄昏迷，云真失踪。苏醒之后的孟悄悄，出于某种不知名的原因顶着真真的名字进入配音行业，成为现在的“真真”。

那孟悄悄肯定知道云真和陆寻早就相识，恐怕正是因为这点，她才和他划清界限。

他早知道孟悄悄是个傻瓜，没想到她居然这么傻。

她独自背负起另外一个人的人生，为别人活得都快没了自我，真是傻到让他心里泛疼。还有真真，她像陆可一样，离开了吗？

“怎么，等女朋友的电话啊？”

陆寻回过神来，冲坐在他的身旁开车的女人微微点了点头。

女人名叫田如婷，是业内的名望大家。当年，她凭借精湛的配音技术在美国生生杀出一条血路，同时，她是现在蒂尼公司派出的代表，专门负责本次和 LD 的面谈。陆寻和她接洽之后，双方就合作一事达成了初步共识。

既然事情已经谈妥，陆寻便打算立刻回国，田如婷得知后坚持要去机场送他。此时，他们正在去机场的高速上。

“你会为了好友，放弃你喜欢的人吗？”陆寻表情冷淡，语气中却有着实打实的疑惑。

“哈哈，这可不好回答。”田如婷笑了一下，明显被问住了，她仿佛想到了什么，表情低落下去，轻描淡写道，“我倒是为了梦想，放弃过我喜欢的人。”

陆寻不再说话，田如婷也沉默地继续开车。

很快，机场到了。

田如婷叫住准备下车的陆寻。她在副驾驶座的手套箱里翻找着什么，由于翻找的动作，她的衣袖滑落，露出一截手臂。陆寻发现她的手腕处有一枚红色的胎记。之前的几次见面，她都穿得很严实，所以陆寻没有发现。

那胎记的样子，正是当初那个神秘人寄来的、他反复查看的视频里那个不明身份的女人的红胎记。

田如婷终于找到了一张保存完好的DVD碟片，递给陆寻："你上次说的那部意大利的动画片，我找到了，我把它送给你。"

"谢谢。"陆寻不动声色地接过碟片。

临下车前，他突然问："田老师，你认识陆风吗？"

"不认识。"田如婷收回了手，然后重新启动车子，道，"一路平安，我先走了。"

在机场候机时，陆寻打开笔记本电脑，看一部译制片。

那是一部年代久远、非常小众的电影，拍摄国家是法国，曾在九十年代被引进到国内。陆寻沉默地看着，尽管这部电影的剧情他已经倒背如流。

直到电影中的某个身着西装、文质彬彬的男二号出现，陆寻的眼中才闪烁着一些久违的光芒。

男二号开口，说话时却是非常传统地道的译制片配音腔。

男二号张开双臂，对那些纯真而可爱的孩子说道："嘿，我亲爱的孩子们，欢迎回家！看，这是我为你们准备的、永不老去的乌托邦！"

陆寻闭上眼睛。

那个男人的声音仿佛再次在耳边响起，说的已经不是电影里的台词，而是父亲对儿子的谆谆教诲：

"你知道为什么人总是先看到闪电，才听到打雷吗？"

"因为眼睛长在耳朵的前面啊！"

"人们总是容易注重画面，而忽略声音。其实，相比画面，声音更是不可或缺的，只有你意识到声音的重要性，才能创造出好的作品。"

……

过往的一切在陆寻的脑海里一一浮现，而那些往事并非全部是愉悦的，却是完整和幸福的。

那个把一架钢琴送到他面前的男人；

那个坚定地牵着他和陆可的手的男人；

那个步履蹒跚，走进警察局的男人；

那个他再也没有叫过爸爸的男人；

……

"可儿，掩盖真相的迷雾，要散了。"

第二十五章

陆寻，你找错人了

孟悄悄来到录音室时，意外地发现了吴语徽。吴语徽一脸得意地朝孟悄悄招了招手，大有一副“你又输给我”的架势。

原来这是江自谦特意给吴语徽安排的工作，他希望吴语徽朝多方面发展，特意点名把旅游景区宣传片的配音导演让她做。她配音经验丰富，他也相信她能做好。

吴语徽老气横秋地拍了拍孟悄悄的肩膀：“你今天好好表现，我是不会心慈手软的。”

孟悄悄点头：“有什么问题请随时指出来。”

吴语徽十分满意，她觉得孟悄悄的态度挺好，又觉得自己真是一个懂得和配音演员沟通的好导演。

吴语徽决定录制结束后，奖励自己和孟悄悄一人一支冰激凌。

谁知真的到了录制的时候，频繁指出孟悄悄问题的人不是吴语徽，而是甲方的经理。

因为这个宣传片是景区的重点宣传视频，所以对方也很重视，特意派了华南区总经理来视察。而负责陪同的项目经理估计也是想拍总经理马屁，一直卑躬屈膝地跟在那个总经理身边，什么都不敢多说。

总经理显然是把平时对着员工的派头拿了出来，他并不懂配音，却总是喋喋不休地打断孟悄悄的配音，提出各种要求。

“你这句语气中加点神秘元素，要能勾起别人的好奇。”

“还有这里，这句欢迎词，我感受不到你的热情，你要放开一点，知道吗？热情！”

“就是当你介绍这些动物的时候，你的语气能不能随着动物的种类做些变化？比如熊猫就萌一点，老虎就凶一点，OK？”

一来二去，孟悄悄倒还好，吴语徽的表情却越来越难看。而当她看见孟悄悄任劳任怨地返工配音时，她的火气更大了。

正巧，那总经理说道：“你看这一句‘这里有企鹅、北极熊’，这南北极的动物，不常见的。你的语气要让游客有身临其境的感觉，更有代入感！代入感，你懂吗？”

吴语徽在甲方总经理没看到的地方翻了个大大的白眼，她朝孟悄悄使了个眼色，道：“孟悄悄，既然客户这么要求，你就按照客户的要求，表现出代入感。”

孟悄悄微愣，可当她看见吴语徽眼中的促狭之意时，立刻明白了对方的言下之意。她微微点点头，心中也生出了作弄之意。

孟悄悄重新开口录音，到甲方总经理提到的那一句的时候，她生生收住了声音。所有人都惊讶地看着她，只有吴语徽的一双眼睛里闪动着期待好戏的光芒。

沉默的孟悄悄脸上的表情慢慢发生了变化，她看着虚空中的某一点，她的呼吸开始颤抖起来，仿佛真的来到了南北极的冰天雪地之中，她牙齿上下打战，说道：“这里有企鹅……北极熊……”

玻璃窗外，甲方总经理的脸涨成了猪肝色，吴语徽却憋笑憋得快要内伤。

好不容易结束了宣传片的配音录制，LD 这边有专门的项目经理去安抚甲方总经理的情绪。满不在乎的吴语徽拖着孟悄悄上了天台的咖啡店，她要请孟悄悄吃蛋糕。

吴语徽喝着热巧克力，笑嘻嘻地说道：“孟悄悄，你可以啊！”

“我只是觉得他应该尊重你的工作，你才是配音导演。”

吴语徽狡黠一笑，问道：“你不怕得罪甲方总经理啊？”

孟悄悄摇头：“我只是尊重专业。”

吴语徽赞赏道：“我越来越喜欢你了，孟悄悄。”

孟悄悄微怔，她倒是想不到，这件微不足道的小事会换来吴语徽的欣赏。

吴语徽上下打量着孟悄悄，有点好奇地问道：“我没想到你还会整人。你最近心情很好，好像变了个人似的。”她顿了一下，有点酸酸地问道，“因为陆寻？”

孟悄悄一怔，陆寻出差有一段时间了。他一直在和自己联系，可都被自己刻意无视了。她笑着说道：“是我的好朋友回来了。”

吴语徽有些意外，似乎想象不到什么样的朋友才会让孟悄悄高兴成这样。

难得的休息日，孟悄悄看着放在面前的芒果千层蛋糕，这是她亲手做的，也是刚刚从冰箱里拿出来的——云真最喜欢吃的甜点。

她约了云真今天来店里，她要向云真说明一切。

悬挂在店门口的风铃因为开门时灌入的风而轻盈地响动。孟悄悄回过头，穿着 T 恤牛仔裤、把长发扎在脑后的云真朝她走了过来。

孟悄悄有点愣住，以前的云真很少会这么穿。

云真在孟悄悄的对面坐下，皮肤大约是因为久晒，微微泛着红，她的脸上沁着一层薄汗，整个人看起来很健康。

孟悄悄看见这样充满活力的云真，笑了起来，然后从桌子上拿起纸巾递给云真。

“谢谢。”云真接过，礼貌地说道。

孟悄悄有点不适应，可能是因为失忆了，云真似乎与人生疏了一些，但孟悄悄很快就释然了。她们毕竟分别了近一年的时光，而云真又什么都忘记了。

“你找我来有什么事儿？”

孟悄悄笑着说道：“请你吃蛋糕啊，还有一些事，我一定要告诉你。”

云真凑过来看了看，“啊”了一声：“芒果千层啊……”

孟悄悄敏锐地捕捉到了云真迟疑的语气，问道：“你不喜欢芒果千层了吗？”

云真笑道：“怎么会呢，你做的我都喜欢。”

孟悄悄托着下巴，开心地看着云真吃蛋糕，然后对云真说道：“有一件事，我应该早点告诉你，我现在是 LD 的配音演员。”

“LD？这是什么？”

孟悄悄没想到云真连昔日的梦想之地都不记得了，便解释道：“是吴天的配音公司，我们最喜欢的配音演员吴天！”

云真怔了怔，她似乎努力回忆了一会儿，片刻后，还是蹙眉说道：“想不起来了……”

“没事没事。”孟悄悄连忙安慰她，继续说道，“这大半年来，我一直在用‘真真’这个名字发布作品；你的《铜皮少女历险记》我已经完成配音了，我还用你的名字加入了 LD，这些都是你当初希望我做的，我都做了。”

“嗯，悄悄真棒！”

“不不，我的意思是……”孟悄悄连连摆手，正色道，“现在你回来了，我想把这一切都还给你。”

“还给我？怎么还？”云真似乎觉得有些好笑，她真的笑了起来，虽然那笑容一掠而过。

“我会告诉大家你才是真真，如果他们愿意留下我，那我们就一起在 LD 努力！”

云真的表情却严肃起来，她想了想，说道：“现在的我还没有想好以后要做什么，也不一定会配音。”

“你不打算配音了？”孟悄悄愕然不已。

“我只是还没想好。”

“可是有很多人很想你，如果你不配音，他们一定会难过的。”

云真淡淡地说道：“我只需要对我自己的人生负责就可以了，承载太多人期望的人生，太累了。”

孟悄悄有点语塞，半天才喃喃道：“你连陆寻也不在乎吗？他就在 LD……”

云真依旧皱着眉头，她颇为苦恼地移开目光，却见街角有几个形迹可疑的男人拿着相机对着她们的方向在拍摄。

云真立刻低下头，让自己不被那些人拍到。云真这反常的举动引来了孟悄悄的注意，她顺着云真的目光看向窗外，就和那几个男人视线相对。

让人意外的事发生了，那些男人竟然不再掩饰，抱着摄像机直直冲进店里。他们也不管是否打扰到食客，七嘴八舌地问道：

“孟悄悄，你和陈与均是什么时候开始恋爱的？”

“你是不是靠陈与均的关系拿到牧禅的配音？”

“之前你参加‘音为遇见你’戴着面具，是不是为了炒作？”

……

孟悄悄不明白，他们说的和陈与均谈恋爱是什么意思？

那些恼人的记者又冲了上来，嘈杂的声音在孟悄悄的耳边响起，乱七八糟的问题让她根本无法招架。

忽然，一杯水泼在离孟悄悄最近的记者的脸上。紧接着，孟悄悄的手就被人攥住，原来是云真。在泼水之后，记者为了躲避水就让开一条路，云真便拉着孟悄悄跑了出去。

孟悄悄被动地跟着云真，只觉得自己就像个亡命之徒。她明白，她即将要面对的恐怕是一场不小的麻烦。

那些记者依然穷追不舍。

跑着跑着，孟悄悄突然想起云真的心脏病，她拖着云真停下来，焦急地说：“云真，别跑了。”

“该死！”云真骂了一句，强硬地拖着孟悄悄继续朝前跑，边跑边说，“跟着我，必须甩掉他们。”云真带孟悄悄穿过拥挤的人群，故意往人多且杂的小巷子跑去。

为了避开那些记者，云真一脚踢翻了摆放在路边的垃圾桶，顿时垃圾撒了一地，有些垃圾飞在记者的身上，暂时制止住了他们追赶的步伐，但不少无辜的路人也遭了殃。

云真头也不回，她带着孟悄悄一路奔跑，终于穿过了小巷，来到大马路上。

身后，锲而不舍的记者像苍蝇似的再次蜂拥而至。

“你到底闹出什么事了？！”云真的语气有点凶。

孟悄悄摇摇头，她也觉得莫名其妙。

就在这时，路边忽然传来一个冷淡低沉的男音。

“孟悄悄！上车！”

孟悄悄循声望去，竟然是陆寻！她怎么也想不到他居然会出现在这里。

“认识的？”云真压低嗓音问道。

“陆寻……”

云真也没有多问，拉着孟悄悄跳上陆寻的车。陆寻也丝毫不含糊，驾着汽车绝尘而去，终于将那些记者甩在身后。

车上的气氛有些古怪。

陆寻沉着脸专心开车，孟悄悄一直没有说话。

云真倒是趁这个机会好好打量了这个突然出现并救了她们的男人。男人戴着一副金丝边眼镜，脸部轮廓分明，俊美无比，黑发细碎，黑眸如墨，气质冰冷。

云真觉得奇怪，她明明从没见过这个男人，此刻却生出一些似曾相识的感觉来，心脏甚至不受控制地快速跳动起来。

男人察觉到云真的目光，冷漠地扫了她一眼。她的心跳得更快，慌忙低下头，只觉得这一切都超出了她的掌控——她不该对一个陌生男人流露出这种多余的情绪来。

但是，刚才听孟悄悄说，他叫陆寻。云真只觉得这件事实在是太巧了，刚刚还出现在她和孟悄悄谈话中的人，居然就这样神奇地出现在两人面前。

这时，陆寻忽然将车子停在路边。他转过身对云真说道：“这里安全了。”

言下之意就是让云真下车，云真神色一滞，又很快恢复正常。

孟悄悄立马反应过来，反驳道：“你不能把云真丢在这里！她就是我之前说过的，我最好的朋友云真。”

陆寻闻言神色一动，这才多看了云真一眼，眼前的女孩一副运动少女的打扮，朝气蓬勃，他淡淡问道："你就是云真？"

云真被陆寻看得有点紧张，温顺地点了点头。

"云真，我有些事要和孟悄悄单独谈。"

云真明白陆寻的意思，她立刻朝孟悄悄说道："没关系，这里交通很方便，我搭地铁回去就好。我们下次再聊。"

孟悄悄阻止不及，着急万分："等一下！"

云真拿起她的背包就下了车，她走到驾驶座的窗边，朝陆寻微微致意之后便洒脱离去，走得头也不回。

"你怎么可以这样？！"孟悄悄是真的愤怒了，她拉开车门，想追上云真。

"你现在追过去，只会让她更麻烦。"陆寻冷冷地说道。

"什么？"

"你觉得为什么会有记者找上你？"

孟悄悄冷静下来，问道："你不是在美国吗？怎么会在这里？"

陆寻冷哼一声："你倒是记得我的行程。"他从副驾座上拿起 iPad 递给孟悄悄。

孟悄悄扫了一眼，眼前一黑，微博热搜上写着几个耸人听闻的大字：陈与均女友首度公开，竟是配音界新秀真真？

孟悄悄再往下翻，是她和陈与均在车中开怀谈笑的照片。

孟悄悄的手抖了一下。

陆寻扫了孟悄悄一眼，他工作处理完之后便提前回了国。没想到，他刚落地，还没来得及歇口气，亚澜就急匆匆地让他看微博的娱乐新闻。

据亚澜所说，公司的电话都已经被打爆了，不少媒体争相来打探孟悄悄的消息。

而最为严重的是，《动画制作人》的片方也找上门来，表示之前不知道孟悄悄与陈与均的关系，若他们真是情侣，顾及粉丝情绪，他们会考虑换掉孟悄悄。

事发突然，孟悄悄一定没有招架之力，陆寻这才第一时间赶到孟悄悄的家附近，及时将她救了下来。

"不解释一下？"陆寻心里压着火，表情却冷若冰霜。

"没必要。"

这时，孟悄悄的手机响了起来，她低头一看，是陈与均。她犹豫了一下，还是将电话接通。

陈与均着急的声音立刻从听筒那端传来："悄悄你没事吧？我也不知道媒体是怎么拍到的，公司不让我联系你，我好不容易才求彬哥给我手机联系你，你现在在哪儿呢？”

“我没事。”

“你告诉我地址，我让彬哥去接你，好吗？”

“小均，我真的没事，你别担心。”

陆寻闻言，脸上的冷漠更甚，把手伸向孟悄悄：“把手机给我。”

“凭什么？！”孟悄悄气道。陈与均敏感地追问“你和谁在一起”的声音传了过来。

“你缺乏面对危机如何化解的经验，你的任何举动都有可能给公司带来无妄之灾！”

陆寻说得吓人，孟悄悄被唬住了，她恨恨地瞪着陆寻，不情不愿地把手机递了过去。

陆寻冷笑一声，直接挂掉。

孟悄悄傻眼了，气急道：“陆寻！”

“我说过的……”陆寻不无醋意地冷声道，“女孩子要矜持自重。”他把孟悄悄的手机扔到副驾驶座里。

孟悄悄一怔，想起陆寻当初说的话：那你下次别对着他笑，女孩子要矜持自重。

她捏了捏眉心，颇为疲惫地闭上眼睛：“我要回家。”

“不行，现在记者就等着你自投罗网。”

“难道我要躲一辈子吗？”孟悄悄平静了下来，说道，“我还有我爸，我不能让他给我收拾烂摊子。”

陆寻依言打了方向盘。

孟悄悄家蛋糕店外的情况果然如陆寻所说，有大批记者蹲守在那里，只是更加糟糕的是，那些记者与孟荣发生冲突了。

“爸！”孟悄悄看见孟荣怒气冲冲地开始推记者，并试图抢下记者手中的相机时，她急得像热锅上的蚂蚁，可她正准备开门下车，却被陆寻按住了。

“静观其变。”

“你是要我干看着不管吗？！”孟悄悄声音拔高，她沉默半晌后，说道，“陆寻，那是我爸。”

“我去处理。”

孟悄悄神色复杂地看着陆寻，陆寻没有给她拒绝的机会，果断下了车，朝孟荣走去。

孟悄悄只能隔着窗户看着陆寻渐行渐远的背影，心里茫然。

孟荣抢下一个记者的相机，愤恨地砸在地上。被摔了相机的记者也动了怒，想要推孟荣，抬起的手却被陆寻准确无误地抓住了。

陆寻稍一用力，那个记者只好放下举在半空中的手，转头看看到底是哪个不速之客。

来人容貌出众，气质冷酷非凡，弯腰将那碎了的相机捡起，一边拍着上面的灰，一边缓缓扫视了在场的人一眼。他的眼神冰冷至极，被他的眼神扫过的人，只觉心中一寒，连蜂拥上前的动作都不由得减缓了。

只听那人说道："各位，我是LD的陆寻。"

陆寻此人，媒体圈里没有不认识他的。果然陆寻的话音刚落，记者们立刻朝他举起了相机，争先恐后地拍着照，想把他的一字一句通通记录下来。

"此事，LD会尽快给大家一个解释。"

记者们却不是这么容易被打发的，他们要的可不是解释，他们要的是头条，是可以搅乱娱乐圈风云的大新闻。

"陈与均在远洋壹号院。"陆寻冷冷地放出一个重磅炸弹：他对待敌人向来冷酷无情，对他来说，情敌也是敌人的一种，因此他说道，"诸位，想必不用我说，你们也该知道逮谁更有价值。"

记者们当然是逮不到陈与均，才退而求其次来逮女主角的。陈与均在远洋壹号院确实有房产，记者们未怀疑陆寻撒谎，他们抱着宁可错杀，不可放过的心态，开始端着长枪短炮转移阵地。

陆寻将摔坏的相机递给它的主人："你留个联系方式，我的秘书会联系你把相机赔偿给你。"

见陆寻都把话说到这个份上，那记者也不好再说什么，只得悻悻地留了个联系方式，息事宁人走了。

孟悄悄见记者走了，这才跑了过来。她上下检查父亲的身上，关切地问道："爸，你没事吧？"

孟荣摇摇头，叹了口气。这一声叹气像一记重拳，恰好砸在了孟悄悄的心头，让她的心情十分沉重。

她总觉得自己能处理好一切，事实却是她一直在给父亲添麻烦，制造混乱。她想证明配音并不是父亲口中的洪水猛兽，可结果，他们还是如此狼狈。

陆寻道："进去再说。"说着率先走进店里，孟荣和孟悄悄便跟着走了进去，并把门关上，隔绝一切屋外人的窥探。

孟悄悄这才注意到，店内一片狼藉，想来是刚才云真和自己逃跑以后，那些记者骚扰了父亲。

孟荣佝偻着背，一言不发地收拾着倒地的桌椅，孟悄悄有些难过，上前帮父亲一起整理。陆寻知道他们父女之间需要时间沟通，也不出声，默不作声地帮忙一起收拾。

好不容易将店内恢复成之前的模样，孟荣长叹一声，拉了张椅子坐下来。

孟悄悄走到孟荣面前，低声道："爸，对不起，都怪我，给你添麻烦了。"

死一般的沉默后，孟荣忽然问道："悄悄，你和小均在一起吗？"

"没有！你别听记者们瞎说！"

孟荣道："悄悄，钱的话，爸爸已经存得差不多了，只要你想，我可以马上送你去法国学甜点。正好发生了这样的误会，你也可以出去避避风头。"

"爸，我不能走，我还有工作呢……"

孟荣摆了摆手，打断孟悄悄的话道："悄悄，配音这条路没有你想的那么容易！以前你说你是为了你和云真的梦想，可现在云真已经回来了，你还打算走下去吗？"

陆寻倚在一旁，没有说话。

孟荣叹了口气道："你就听爸爸的吧。我知道你一直很内疚，觉得是你害云真出了车祸。这段时间，你总是去探望她的父母，你又代替她去实现她的梦想，你能做的一切，你都做了。现在，你该放手，回归你自己的生活了。"

孟悄悄紧紧抿着唇，她无法回答父亲的这个问题。

孟荣见孟悄悄沉默不语，有些失望，步履蹒跚地朝厨房走去。

"孟悄悄。"

孟悄悄听见陆寻的声音轻轻地、似乎从极遥远的地方传来，她转过身，发现陆寻看她的眼神，如同在看一个陌生人。

"你有什么想解释的吗？"

虽然陆寻问得很模糊，但是孟悄悄瞬间就明白了他问的是什么，他那么聪明，怎么可能到现在还猜不明白她的身份。

而她没有阻止父亲说下去，也是有意为之。她之前答应了云真，要帮云真对陆寻撒一个善意的谎言，永远不让他知道云真离开这个世界。现在，云真回来了，这个谎言也应该结束了。

"没有什么好解释的，一切就如你听到的那样。"孟悄悄深吸一口气，谎言被揭穿后，她并没有如她想象的那么痛苦，反而如释重负，她平静道，"我不是真真，我是顶替了云真的身份进入了 LD。"

"陆寻，你找错人了，我们原本不过是陌生人。"

陆寻忽然笑了起来，笑容妖魅，嘴唇殷红如血。他声音轻柔如情人的耳语：“孟悄悄，谁告诉你，我在找云真？”

孟悄悄呆住了，她不明白陆寻知道真相后，为什么是这样的反应。

只见陆寻慢慢收住了笑，看她的眼神越来越冷，冷冽地问道：“所以，你现在要把我推给云真？”

“对。”孟悄悄下意识点了点头。

陆寻周身冷气四溢，宛如极地里突如其来的暴风雪。他漠然地看着孟悄悄，仿佛他们未曾相识，仿佛这些时日，不过是他们之间的一场荒唐的梦罢了。然后，他毫不留恋地转身离去。

陆寻走后，孟悄悄麻木地摊开了自己的手，掌心里，她看到两道深深的血痕。

第二十六章

世事多磨，让相爱的两个人，互相折磨

孟悄悄推开自家的门，发现家中被人布置得十分温馨。

一双手忽然从她的背后蒙上她的眼睛，她立刻从对方身上那熟悉的味道认出了那个人是谁。

“云真？”

“哎呀，你好歹装一下嘛，这样显得我很傻！”

云真撤下手，走到孟悄悄的面前，虽然语气十分不满，但眼中却满是笑意。

孟悄悄感动地抱住她的朋友，哽咽着说道：“你回来了。”

“我一直都在，哪儿都没去过啊。”云真回抱孟悄悄，像哄孩子似的拍了拍孟悄悄的背。

云真笑盈盈地牵着孟悄悄的手，带着她走到另一扇门前。云真推开房门，孟悄悄被眼前的一切惊呆了：餐桌上摆放着让人垂涎三尺的菜肴，正中间还有一个生日蛋糕，五彩斑斓的气球悬浮在空中，墙上也贴着 Happy Birthday 的字样。

“这是……”孟悄悄想向云真问个所以然，却发现刚才还在她身边的云真不知何时不见了。

“悄悄，还站在那里干吗？快去洗手，准备吃饭了！”

陌生又熟悉的声音在孟悄悄耳边响起，她猛地回过头，视野中出现的那个穿着围裙、手捧汤碗喊她的，不是她的妈妈田如婷又是谁？

经年未见，她的妈妈还是那么的年轻，微卷的长发披在肩上，看起来和她藏起来的那张母亲的照片一模一样，娴静又温柔。田如婷踩着居家拖鞋，好像永远属于这个家，似乎根本不曾离去。

“我们的女儿什么时候变得这么傻了？”

后脑勺吃了一记宠溺的栗暴，孟悄悄瞪大了眼睛，然后她看着从她身后走出来的孟荣。随后，孟荣揽着她的肩膀，拥着她朝她的妈妈走去。

孟悄悄这才看见那个蛋糕上写着偌大的几个字：亲爱的女儿，生日快乐！

一种从未有过的幸福感像一只张大嘴巴的鲸鱼，将孟悄悄一口吞噬。

可就在这时，孟悄悄脚下站着的地方突然剧烈晃动了起来，那坚固的房屋在晃动中变得不堪一击，犹如将倾的大厦。不知何时，孟悄悄的脚下空了，她就那样毫无征兆地掉了下去。饶是她拼命伸出双手，还是离她的父母越来越远。

永无止境的下坠中，孟悄悄发现周围的一切又开始发生变化，温馨的生日派对不见了，取而代之的是夜晚中的游乐场。她坐在高耸入云的云霄飞车上，俯瞰着脚下城市中的点点灯光。她心下一惊，下意识地抓紧防护栏。

这时，有人在她耳边喊她的名字。

"孟悄悄。"

孟悄悄不得不看向那个坐在她身边的男人。

陆寻冷冷地看着孟悄悄，眼中一点温度也没有。

"你这个骗子。"

忽然，陆寻纵身一跃。孟悄悄这才发现，陆寻根本没有系安全带！她大惊失色，想抓住下坠的陆寻，可伸出的五指只能和他的衣角擦过了。

"陆寻！"

孟悄悄绝望地喊着陆寻的名字，却眼睁睁地看着他被黑暗吞噬，他的气味、温度……所有的一切在那一瞬间消失、散尽，余下的只有他那冰冷的眼神，和那句斥责：你这个骗子。

孟悄悄从梦中惊醒，满身是汗，整个人犹如刚从水里爬出来一般。

诚如陆寻所说，一切似乎都脱离了控制。先是媒体大传孟悄悄和陈与均的绯闻，接着，那天云真拉着她逃跑的照片被他人发了出来，被激怒的陈与均的粉丝人肉她，说她是冒名顶替的大骗子，她根本就不是真真。洛冰倩也爆出了当时和她的那张合照，以同事的身份对此加以佐证。

孟悄悄被公司停职，直到事情调查清楚为止。《动画制作人》的制片方担心影响不好，和LD商量，取消了孟悄悄女主配音的资格。

一时之间，孟悄悄一无所有，还成了人人喊打的过街老鼠。江自谦给她打了电话，先是恨铁不成钢地将她批评了一顿，而后无奈地建议她在家休息，短期内暂时不要露面，等到风波平息再回公司。

孟悄悄有点心烦意乱，事情发展到这一地步，已经完全不是她能控制得了的了。她打开电脑，犹豫了一下，还是点开了Skype。

云真的Skype上除了圈内的朋友以外，还有一些粉丝。孟悄悄一登录，留言像潮水一样涌来，而那些留言无一不是在骂自己。

最新的一条来自于熊猫姑娘，孟悄悄点开，熊猫姑娘给她留了言。

熊猫姑娘：希望你能出来给大家一个解释。

孟悄悄默默退出了 Skype，现在无论她解释什么都像是在狡辩，还不如保持沉默。

这时，窗外传来了轻轻的敲击声。起初，孟悄悄以为自己听错了，等她定睛一看，发现隐约有个东西挂在窗外。她推开窗户，赫然发现陈与均居然攀在她家的窗外！

孟悄悄租的这个地方在二楼，虽不算高，但在她看来也十分危险。她紧张地看着陈与均手脚并用地往上爬，又帮他盯着四周，以免被人发现。终于在他快爬到时，她朝他伸出了手，他笑着握住她的手，她使力把他拉进房来。

陈与均看似瘦削，其实多年一直在坚持健身，爬个楼对他来说易如反掌，甚至连口多余的气也没喘。

孟悄悄问道："你怎么来了？"

"担心你啊！这么晚了，我怕惊动到别人，也不敢大声敲门，给你打电话，你也没回。"

孟悄悄一愣，拿起手机才发现，手机居然关机了。

"没电了。"

陈与均眼泪汪汪地看着孟悄悄，自责道："我这次把你给害惨了，对不起。"

陈与均向来小心，本来是不会发生这种事的。可他太害怕陆寻把孟悄悄抢走了，一时之间失了分寸，没有注意掩饰，才让那些狗仔有机可乘，连累了孟悄悄。

孟悄悄道："和你没关系，骗人的是我。"

陈与均听不得孟悄悄这么说，他烦躁地抓抓头发，孩子气道："是我的错，我应该早点想出解决办法，算我们倒霉了。"

孟悄悄问道："外面的情况怎么样了？"

陈与均叹气："我的经纪公司和 LD 昨天联合召开记者会，也在我的个人微博上澄清了我和你只是儿时好友，并不是情侣关系。"

说到这里时，陈与均的语气中难免有些郁闷和无奈。

陈与均看了孟悄悄一眼，一边观察着她的反应，一边又小心地说道："至于你不是真真的新闻，LD 申明会在彻查清楚之后给公众一个交代。如果查明你冒名顶替的情况属实，不排除开除你的可能。"

这一切虽然江自谦没有对孟悄悄细说，却也在她的意料之中，她认为这是她必须付出的代价。可此时此刻，她却还担心一个人。

“小均，你能不能帮我个忙？”

“什么？”

“你能不能找个安全的地方？我想和云真见一面。那些记者既然能找到我，一定会去骚扰她！”孟悄悄想了想，说道，“我也想向大众澄清，一切都是我的错。”

孟悄悄给云真发过信息，询问云真那边的情况，云真虽然回答得云淡风轻，但孟悄悄总不放心她，感觉那些记者并不会那么轻易地放过她。

陈与均简直不知是该气还是该哭，纵观全局，恐怕没人的情况比孟悄悄的惨，可她却关心起旁人来。

陈与均按住孟悄悄的肩膀，严肃地说道：“很多事情不像你想的那么简单，你的处境远比你朋友的要麻烦，明白吗？现在的你正站在风口浪尖上，不论你说什么都会是错的。不要做伤害你自己的事，因为那更加有可能伤害到你的朋友，明白了吗？”

孟悄悄被说动了，道：“那能不能让我见见云真？”

陈与均点头道：“我会想办法。”

孟悄悄郑重其事地向陈与均道了声“谢谢”。

这声“谢谢”听在陈与均的耳里，不知为何，他觉得分外刺耳，他不喜欢孟悄悄对他这么疏离。

沉默却极其绅士的司机将车开进僻静的别墅区，一路上静悄悄的，并没有什么闲杂人等，反倒衬得这小区神秘而舒适。

司机稳稳地将车停在路边，并赶在云真下车之前，为她拉开车门，这阵仗让她有些惶恐。

大概是昨晚，那些堵在她家门口的记者忽然消失了，她终于得以清静，顺便安抚父母因这两日来的骚扰而不安的心。母亲是个宽容善良的人，并没有责怪孟悄悄，反而很担心孟悄悄的处境。

孟悄悄给云真发过短信，云真让孟悄悄不要担心，等一切平静后再说。

云真走了没两步，就看见等在别墅门口的大明星陈与均。

虽然云真早有心理准备，但这么一个大明星出现在她的面前，一时半会儿，她还是不免产生惊艳的感觉。毕竟陈与均正当红，走在大街上，随随便便路过一个什么广告牌，都能看见他的脸。

陈与均和云真联系是在那些记者消失之后，她接到陈与均打来的电话时以为自己听错了，可他谦和有礼的态度和所说的事情很快打消了她的疑虑。原来，他想请她去一个地方，见一见孟悄悄。

若不是那天见过那个叫陆寻的男人，她恐怕真的以为陈与均和孟悄悄是一对了。

想到陆寻，云真的心没来由又跳了两下。

“云小姐，你好。”陈与均踱步到云真的面前，礼貌地朝她伸出了手。

云真连忙收回思绪，举止得体地握上陈与均的手：“你好。”

“我带你去见悄悄。”陈与均弯了弯嘴角，气质纯真，虽然是在笑，但是云真看得出来，这笑容只是源于个人修养，至少不如他在提到孟悄悄的名字时，不经意流露出的表情来得自然。

见云真沉默不答，陈与均道：“放心，这里是我一个朋友的家，很安全。”

云真点点头，也没有多问，她深知言多必失的道理。更何况，她更喜欢不动声色地应付周围的一切。

云真跟随陈与均来到二楼的客房。在陈与均推开房门后，云真看见孟悄悄时不由得愣住了。不过几天没见，如今的孟悄悄看起来憔悴了不少，却在看见她的时候笑了笑。

云真快步走到孟悄悄的面前，担心地问道：“你还好吧？”

陈与均体贴地为她们带上门离去，把空间留给了她们两个人。

孟悄悄的眼里也满是担忧，急切地问道：“你呢？你没事吧？”

见云真摇了摇头，孟悄悄自责道：“对不起，都怪我惹出这么多麻烦。”

“我们是朋友，说这些干吗？”

孟悄悄苦笑道：“我只是觉得，也许这一切一开始就错了！我并不适合做配音演员，我现在拥有的一切不是因为我的实力，而是因为那是你。”

云真想说点什么，却被孟悄悄打断：“你先听我把话说完。我想了很久，虽然现在局面变成这样，但是我还是要按照原计划行事，因为这一切本就属于你，配音，还有陆寻……”

云真心念一动，问道：“你上次说的陆寻，到底是怎么回事？”

孟悄悄解释道：“陆寻就是当年你在江指导的录音室里认识的小哥哥，他把我当成你。在LD，他一直很照顾我，但是我知道，他想要照顾的人是你。”

云真敏锐地捕捉到孟悄悄话中的沮丧，她察觉到孟悄悄和陆寻之间不同寻常的关系。但她没有戳破，只是捋了捋孟悄悄耳边的发，转移了话题，开玩笑似的说道：“你瘦了好多，现在真成行走的衣架子了。”

孟悄悄笑了：“以前我天天想着减肥，成为一个瘦子，没想到最终，我是躺瘦的。”

说完，两人抱成一团，乐不可支地笑了起来。

笑着笑着，孟悄悄又红了眼眶。她觉得梦中那个自己熟悉的云真又回来了，这失而复得的喜悦冲淡了她对陆寻的不舍，却依旧无法消弭她内心深处的愧疚。

孟悄悄抓住云真的手，斩钉截铁道：“我明天就去 LD 辞职，事情都是我惹下的，和你无关，你的配音梦想不能在我这里中止。”

窗外不知何时飘来了乌云，将方才还普照在大地上的灿烂阳光遮住了。云真的表情在骤然阴暗下来的房间中有些晦暗不清。她任由孟悄悄握着她的手，仿佛过了一个世纪那么久远，她才说道：“悄悄，我想进 LD。”

孟荣正在看店，这些时日，孟悄悄的风波渐渐平息，那些恼人的记者们终于走了，他们的生活恢复了原状。忽然，他收到孟悄悄发来的微信。

孟悄悄在发来的微信上说，她决定从 LD 辞职，请孟荣放心。

孟荣收到这条消息后先是一愣，但迟迟都没有开心的感觉传来。

“乔又泽！”

乔又泽以为孟荣又怎么了，一脸紧张地看着孟荣，但看起来孟荣比他还要紧张，孟荣吩咐道：“你赶紧上网查查，就查你小老板的名字，看看出了什么事。”

乔又泽也知道事情的前因后果，自然不敢怠慢。他连忙上网，把孟悄悄、真真等关键词搜索了个遍。结果，这一查不要紧，他很快就惊叫了一声。

孟荣一把将手机夺过，看见搜索出来的内容后，他火冒三丈。乔又泽是在微博上搜的，搜出来的结果都是对孟悄悄的辱骂！

有人骂孟悄悄心机重，有人骂孟悄悄爱装，还有人骂孟悄悄蹭热度……总之，各种各样难听的字眼是不计其数。孟荣找了一条最难听的留言，想也不想地打字回骂道：“闭上你的臭嘴！键盘侠！”

乔又泽目瞪口呆地看着孟荣。

孟荣挥斥方遒：“乔又泽！”

“是！”

“给我多注册几个小号，我要一个一个骂回去！”

乔又泽傻了眼，讷讷地问道：“大老板，你还知道小号呢？”

“哪儿那么多废话！赶紧的！”

乔又泽也心疼孟悄悄，如今看见大老板这么维护小老板，心中也是一腔热血。他就像战场上被点名的将士，应和一声后，壮志豪情地注册小号，准备怼人！最后，连宋师傅都加入了战局，还说要让他的儿子、儿媳一起帮忙。

这边，孟荣慢慢冷静下来之后，盯着孟悄悄发来的那条微信，不免有些担忧。

如果说以前的他不了解女儿，那现在的他多少能猜到孟悄悄的心思。他的那个女儿向来坚强隐忍，习惯把什么苦都嚼碎了往肚子里咽。她越是轻描淡写地说没事，问题恐怕就越大。

孟荣犹豫再三，最终还是拿起手机拨通了一个电话。

“喂——”

第二十七章

崇拜光的人，永远住在阴影里

孟悄悄回到公司时，颇有种恍如隔世的感觉。尽管她刻意降低自己的存在感，可朝她看过来的同事们，还是什么眼神的都有。

昨天她接到江自谦的电话，说让她来公司一趟，有点事儿要和她说。正好她打定主意辞职，便来了公司。

路过配音部时，她听见了洛冰倩尖厉的声音。

“吴语徽，你别以为我怕你！”

孟悄悄停住了脚步，她望去时只见洛冰倩和吴语徽正在激烈争执。她们周围还有不少同事，刘皓、姜思慕赫然也在其中。

吴语徽嗤笑：“无聊！你就会虚张声势。”

洛冰倩被吴语徽的话激怒了，反击道:“你还不是靠你爸，跩什么啊？真以为自己是小公主呢。”

吴语徽这辈子最讨厌的就是别人说她靠老爸。她一改平时的气定神闲，气得跳脚：“有本事，你也投个好胎啊！像你这种只会在背后诋毁别人的跳梁小丑，给孟悄悄打杂都不配！”

孟悄悄一怔，没想到她们的争吵居然和自己有关。

“我说错什么了？”洛冰倩满脸不屑，掷地有声地说道，“难道不是吗？孟悄悄一开始就是打着真真的名号蹭关注度的，事实证明，她就是个骗子！在公司的时候，她就用各种方式拍江指导的马屁，还和陆总搞暧昧……停职算便宜她了，那种人，就应该被开除！”

少数几个人听了洛冰倩的话，附和点头，人群中有人议论纷纷。

“那你呢？别以为我不知道你在背地里干的那些龌龊事！出道考试的时候，孟悄悄的剧本是被你换掉的吧？”吴语徽一针见血地戳穿了洛冰倩。

洛冰倩气得脸红脖子粗，刘皓和姜思慕闻言却不满了。

“我说孟悄悄这是犯的哪门子太岁呢，搞了半天原来是你！”刘皓恍然大悟，也加入混战中，道，“你亏心不亏心哪？非要把一好好的励志剧搞成宫斗，你老实点不行吗？”

洛冰倩被怼得无话可说：“你……你们偏帮孟悄悄！”

姜思慕也冷冷地说道：“现在使手段、诋毁人的好像是你。”

吴语徽见有人帮自己，更来了精神，她一字一句说道：“道……歉！”

洛冰倩被他们围攻得下不来台，道：“你们都被孟悄悄洗脑了！你们都是神经病！”

吴语徽从小被吴天捧在手心中，又脾气火暴，如今听洛冰倩骂她神经病，火气登时蹿了上来，她上前一步，拦住打算离去的洛冰倩。

“除了骂人，你就不会干别的了吧？我让你道歉！”

洛冰倩被咄咄逼人的吴语徽逼得心烦不已，终于忍不住，伸手想把挡住去路的吴语徽推开。吴语徽本就在气头上，等不到道歉不说，对方还跟自己动起了手，这下她哪里还忍得了，张牙舞爪的就去抓洛冰倩的头发。

围观的众人傻了眼，没想到这两个人一言不合，竟然真打起来了！

姜思慕和刘皓对望一眼，急忙冲上去拉架。一时间，场面大乱，叫骂声和痛呼声不绝于耳。孟悄悄再也无法置身事外，她从角落里冲了出去，想把洛冰倩和吴语徽分开。

恨不得手撕了对方的两个人一见孟悄悄来了，矛盾激化。尤其是洛冰倩，她几乎是将所有的怒气都转移到孟悄悄的身上。

孟悄悄的包包被洛冰倩打落在地，里面的东西全部掉了出来。

“都给我住手！”

江自谦愤怒的声音凭空响起，终于结束了这场“战争”。他怒气冲冲地看着一身狼狈的吴语徽和洛冰倩，目光又扫过事不关己的姜思慕和死猪不怕开水烫的刘皓，最终停在没回过神来的孟悄悄身上。

江自谦怒斥道：“这里是公司，不是菜市场，一个两个都在干什么呢？！”

洛冰倩一指吴语徽，飞快地说道：“是她先挑衅的！”

“你要不要脸？是你先动手的！”

“都闭嘴！”江自谦严厉地打断了二人，道，“你们的嘴巴是用来配音的，不是用来吵架的！”

吴语徽到底是敬畏江自谦的，只好悻悻地闭嘴。她一脸郁闷地低下头，却看见她的脚边有一封信，那信上，赫然写着“辞职信”三个大字。

吴语徽一愣，看了看散落一地的孟悄悄的私物，立刻就明白了过来。她弯腰将信捡起，几步冲到孟悄悄面前，难以置信地问道：“你要辞职？”

孟悄悄原本是想私下里找江自谦递出辞职信，没想到还是事与愿违。

场上的人纷纷朝孟悄悄看了过来，目光千奇百怪，什么情绪都有，连洛冰倩也颇为意外地看了孟悄悄一眼。

刘皓失声道：“悄悄，你疯啦？”

“说话啊！”吴语徽咄咄逼人，“为什么要辞职？”

孟悄悄沉默半晌后，才说道：“我不是真真，没有资格在这里继续待下去。”

“什么叫没有资格？！”吴语徽这回是真急了，她觉得孟悄悄有点不可理喻，“我问你，参加比赛的人是不是你？在LD受训这么久的人是不是你？拿下牧蝉真人版配音的人又是不是你？”

吴语徽的发问让孟悄悄语塞，可她不想再多犹豫，斩钉截铁地说道：“总之，我就是来辞职的！”

吴语徽无法接受，她一直觉得，假以时日，孟悄悄也许会超越自己，所以她一直把孟悄悄当成真正的对手，而现在孟悄悄却在说“我不干了”，这让她觉得有些可笑。

“孟悄悄，你知不知道你在说什么？配音难道不是你的梦想吗？”

这一句话重重地敲击在孟悄悄的心上，让她的心里百感交集，无限难过起来。她沉默了片刻，淡淡地说道：“一开始，我进入配音这一行，就只是帮我的朋友完成她的心愿。”

吴语徽气极反笑：“孟悄悄，我不是不知道别人在背后说我什么。可不论他们说什么，我都可以不闻不问，因为我真的打心眼里喜欢配音。走到今天这里，我靠的是我自己的努力，是我对配音的执着！可是你……你真是让我太失望了。”

吴语徽又道：“孟悄悄，遇上这么点挫折，你就想逃避，你根本就不配与我相提并论，不配喜欢配音。”

吴语徽说完，重重地将那封辞职信扔在地上。许是因为动怒，她抚着胸口喘了两口气，才毅然决然地走掉，仿佛身后的孟悄悄只是空气，至少已经没有资格再出现在她的眼中。

孟悄悄低垂着头，神情漠然。

刘皓和姜思慕走上前来，姜思慕轻声道：“你真的考虑清楚了吗？”

孟悄悄还是沉默着。

刘皓苦笑着道：“之前想和你联系来着，但是我又怕打扰到你，没想到你回来就给我们整了这一出，搞得我们是措手不及的。我们是你的朋友，我们相信你，也尊重你的决定。但是悄悄，你听我一句，你做每一个决定的前提条件是——你自己的确已经想清楚了，明白了吗？”

终于，江自谦开了口：“行了，都散了吧。”

有人簇拥着洛冰倩离去，姜思慕帮孟悄悄把东西收拾好递给她之后，才和刘皓一起离去。

人群终于散去，江自谦这才对孟悄悄说道：“有什么话，跟我回办公室再说吧。”

甫一走进江自谦办公室的门，孟悄悄就闻到一阵久未散去的烟草味。江自谦打开窗户，悬挂在窗户旁的绿萝因为灌入的风而轻轻摆动起来。

那绿萝的颜色鲜艳，仿佛有着极强的生命力。

江自谦一言不发地泡茶，又把茶杯端到孟悄悄的面前。孟悄悄低头一看，白瓷杯子里面泡着的是润嗓的胖大海。

孟悄悄狠狠心，将辞职信递到江自谦的面前。

江自谦没有像孟悄悄想象中的那样暴跳如雷，他也没有接那封信，问道：“真的决定好了？”

孟悄悄咬了咬下唇，轻轻地点了点头。

“配音不是你的梦想？”

孟悄悄很想顺着江自谦的话承认，可是话到了嘴边，她怎么也说不出口。

江自谦审视着孟悄悄，忽然长叹一口气，道：“孟悄悄，你怕伤害别人，所以宁愿选择伤害你自己。”

在江自谦面前，孟悄悄觉得她实在是无所遁形。她强装镇定，道：“江指导，我已经做好了决定。我今天来，是因为还有一件事想求您帮忙。您还记得云真吗？她七岁那年曾在您家学习过配音。她才是真真，真正的真真回来了，我想请您帮她，让她进 LD 学习配音，她是一个非常难得的配音演员。”

云真？

江自谦皱了皱眉，努力回忆了一会儿，终于想起来了。

那大概是 2004 年的事，云真的父母托关系找到江自谦，说他们的女儿对配音很感兴趣，请他教云真学习配音。虽然他接了这个差事，但他那时正承受丧妻之痛，基本是放任云真在录音室自己练习自己摸索。他没有用心教云真不说，还大多是敷衍了事的。

后来，没过多久，云真就离开了他的录音室。云真走之前还给他送了礼物，竟然是十分珍贵的译制片集锦。他没想到那个他从不上心的徒弟居然会对他有这份孝心，难免懊悔没多教她一些东西。

他记得那丫头，的确是个好苗子。

“答应你可以，但是，我有条件。”江自谦终于拿起了孟悄悄的辞职信，将它递还给孟悄悄，他道，“条件就是，你不许辞职。”

孟悄悄没想到江自谦居然要挟她，一时之间，她根本毫无招架之力。她反驳道：“凭云真的实力，你不答应帮我，她也能进 LD。”

“没错，但你说的是以前的云真。现在的她有将近一年的时间没有接受过系统的练习，她的实力已经跟不上 LD 大多人。”江自谦有些冷酷无情，他顿了一下，又松口道，“我知道，现在的情况让你很难面对，公司对于你也有了处理的结果，我们还是不希望流失一个难能可贵的人才。所以，我们会送你去日本，参与公司合作的一个项目。你大可以放心前去，等你回来后，你再告诉我你的决定。”

不顾孟悄悄的惊讶，江自谦出言打断了她下意识脱口而出的拒绝。

他道：“孟悄悄，想清楚了再回答。”

送走了心事重重的孟悄悄，江自谦打开手机，看着躺在手机里的孟荣的名字，这才长长地吐出一口气。

孟荣会打电话给江自谦，完全在江自谦的意料之外。向来固执难缠的孟荣在电话里气急败坏地向他追问孟悄悄的情况，末了，孟荣才语焉不详地跟他说，孟悄悄打算辞职。

得到这个消息的江自谦并不意外，以他对孟悄悄的了解，她的确是一个习惯了将所有责任都背在自己身上的人。

事实上，危机出现之后，他也在努力想着解决之法。孟悄悄是优秀，但还没有优秀到让整个公司为她开绿灯的地步，更何况，若是孟悄悄自暴自弃，那他也无能为力。

江自谦和孟荣阐明清楚情况后，孟荣久久没有说话。江自谦本就心烦不已，如今也没了耐心，道：“你要没什么事，我就挂了。”

“等等！”孟荣在电话那头支吾了半晌后，才说道，“你帮我想想办法，把悄悄送出去学习一段时间吧，让她出去避避风头。”

江自谦以为自己听错了，孟荣生怕他不同意，急道：“不论你用什么方法，我这儿存了一笔钱，铁定够你用的，不够的话，我就再去筹！”

“孟荣，你是怎么想通的？”江自谦啧啧称奇，不知孟悄悄这算不算是因祸得福。

孟荣没好气地说道：“她要真是自己想通，不打算干配音，我巴不得放鞭炮庆祝。只是现在的这状况，我不想她以后后悔！”

江自谦乐了，挂了电话以后，他又仔细琢磨，终于想到公司在日本那边正好有个合作项目，主导人还是田如婷。此去日本，一是让孟悄悄远离国内的纷纷扰扰，找到自己的方向；二是，当年她们母女分离，终究有他的一点过错，如今他就当是还债了。

从江自谦的办公室出来后，孟悄悄靠墙而站，久未动弹。

原本她只是想来低调辞职，不想又陷入了纠结中。江自谦是个老到的捕蛇人，准确地拿捏住她的七寸，他的每一句逼问都让她无法反驳。

如今静下心来，孟悄悄认真思考，才发现一切果然如刘皓问她的那样，是否要继续配音的这一点，她的确没有考虑清楚。

太多事情堆在一起爆发，使她失去了理智，她只想尽快解决眼下的一切麻烦，不再给身边的人添乱，就选择了快刀斩乱麻。但事实上，眼下的结果并不如她所想的那么顺利。

就在这时，面沉如水的陆寻出现在走廊的尽头。

两人视线相交，均是一愣。可陆寻的眼神很快从孟悄悄身上滑过，似看到了她，又似没看到她。他面无表情地朝她走了过去，仿佛她于他而言，只是个陌生人。

他们的距离越来越近，终于近到咫尺，近到孟悄悄可以感受到从陆寻身上传来的冰冷气息，那气息将她拒之门外。

“陆寻。”

就在陆寻快要离开时，孟悄悄喊住了他。

“对不起，骗你非我本意。”

陆寻想听的根本不是这个。他生性凉薄，初次这样狂热地喜欢一个人，交出的一颗真心，却被人弃如敝屣。凭什么孟悄悄可以毫不在乎？凭什么她可以这样云淡风轻？

孟悄悄只觉得自己像是被人丢进了冬日里的冰河中，身上的温度快速消失，但她极力忽略这种刺骨的冷，脸上的表情甚至是平静的：“我只是想告诉你，我骗你不是为了得到什么，而是因为我答应了云真，有朝一日她不在了，我要替她完成梦想，还要替她对你瞒住她离开人世的消息。她喜欢你，不想你为她的离去而伤心。”

孟悄悄越是平静，陆寻就越是无法接受，仿佛他与她之间的种种，不过是他的一头热，而她毫不在乎，也越发显得他可笑。

他想狠狠撕开她的面具，想掰开她的心，看她的心是不是热的。他上前一步，把孟悄悄圈在他的臂弯里，抵在墙上，那姿势暧昧无比。他在她耳边温柔低语道：“那你呢？你敢说你不喜欢我？云真知道吗？”

他的语气像情人一样温柔，说出来的话却淬着毒，那毒混进血液中再流入心脏，让人痛不欲生。

孟悄悄脸色瞬间苍白，她沉默了片刻，淡淡说道：“我喜欢你的时候，不知道你和云真的关系。”

陆寻黑眸中隐隐跳动着炙热的火焰，他低头狠狠地吻住她的唇，又急又狠，辗转厮磨，纠缠逗弄，让她嘴里再也说不出令他讨厌的话。她被他吻得脸红心跳，几乎喘不过气来。她拼命挣开他的压制，怒喊道："陆寻，云真喜欢你！我们不能继续错下去！"

陆寻脸色阴沉道："我对你来说，就只是个错误？"

"是我不该对你产生感情，如果我早知道，我能早知道……"面对陆寻的质问，孟悄悄平静的面具终于有了一丝裂缝，她深吸一口气，艰难地说道，"但我现在已经不爱你了。陆寻，你别再纠缠了，一切都还来得及，我们还可以回到自己原本的位置。"

陆寻反而平静下来，脸色淡漠如初，仿佛刚刚失控的男人并不是他。他最后看了孟悄悄一眼，道："既然如此，那就如你所愿。"

说完这句，他头也不回地走了。

孟悄悄听着那渐行渐远的脚步声，心中这才传来迟迟的钝痛。

没关系的，没关系的。她对自己说道，然后朝与陆寻相反的方向走去。

陆寻敲开吴天办公室的门，吴天第一时间察觉到他面色不好，关心地问他是不是不舒服。他轻轻地摇了摇头，他不能让私事影响到公事。

吴天便将陆寻的异状归结于这段时间陆寻处理了太多的事务，可眼下乱七八糟的事情一堆，吴天纵使有心，也没办法放陆寻去休息。

吴天叹了口气，道："这次孟悄悄的负面新闻闹得这么大，给我们LD的打击挺大啊。"

陆寻的背挺得很直，脸色不是很好，他说道："抱歉，我没有处理好。"

吴天摆摆手："需要检讨的是没诚信的员工，而不是你。"

陆寻淡淡说道："孟悄悄并非有意。"

和吴天简单地讲述了孟悄悄的情况之后，陆寻脸上的表情也缓和了一些。吴天沉吟道："可她冒名顶替毕竟是事实，如果我们不处理，其他员工难免会产生负面情绪，不便于日后的管理。"

"这点我和江指导已经商量过了。田如婷老师和我们公司合作的项目正在日本那边执行，我们打算安排孟悄悄去日本一段时间，等眼下的风波过去，她再回来。而在这段时间里，我们会签下真正的真真，并请她澄清一些事情。至于陈与均那边，他现在处于事业上升期，他的公司也不会任由绯闻发酵。"

吴天对这个方案并没有什么异议，问道："你有把握孟悄悄从日本回来的时候，会是一个全新的她，能重新开始吗？陆寻，舆论有的时候并不会那么善罢甘休。"

陆寻紧抿着唇，平淡道："我有把握处理好。"

“那就按照你的想法去做吧。”吴天终于露出一抹笑容，他毫不吝啬地夸赞道，“我相信你的能力，和蒂尼合作的事情你就处理得很好。”

陆寻心中一动，问道：“吴总对田如婷有了解吗？”

吴天有些意外地看了陆寻一眼：“怎么忽然想起来问这个？”

“只是这次去美国和她打交道，觉得她能力不凡。”

吴天笑笑：“你的感觉不错，田如婷的确是个传奇，否则她也不会走到今天这个位子。实际上，在我们那个年代，她就足够优秀。她是老天爷赏饭吃的典型，当然，她也够狠。”

“狠？”

“抛夫弃女、远走美国、咬牙打拼、受尽冷眼……随便哪一点都不是寻常人能忍得下来的。我们是同一时代的人，田如婷是江自谦的徒弟，跟我和陆风都是很好的朋友。”

田如婷果然认识陆风，现在陆寻可以完全肯定，视频中那个手背上有红色胎记的人就是田如婷。不管她跟当年的陆家纵火案有没有关系，她肯定隐瞒着什么。

“对了……要说起来，还有一个人和她的渊源更深。”吴天慢悠悠地说道，“我也是听江自谦提起的，刚才又听你说起孟悄悄，这世上的事果然都是有因缘际会的。有些东西，也的确会遗传。”

陆寻没想到会在这个时候听到孟悄悄的名字，他问道：“什么？”

吴天看了陆寻一眼，道：“你还不知道吗？孟悄悄就是田如婷的女儿。”

孟悄悄最终还是决定去日本，她不想辜负江指导的好意，也需要一个让自己喘息的地方。离开国内的那一天，孟荣没来送她，倒是陈与均坚持要送，她拗不过，只好由着他。

陈与均戴着口罩，直到把孟悄悄送到安检口前，她还是能从他的眉眼中看出他的依依不舍。

陈与均还在自责，他哭丧着脸道：“如果不是我，你就不用走了。”

孟悄悄捏捏陈与均的脸，道：“别胡思乱想。这对于我来说，也是一个难得的学习机会。”

“那你会回来的吧？”陈与均突然想到这种可能，忍不住皱了皱眉，“你不会在日本一待就是一辈子吧？”

孟悄悄像看傻子一样看着陈与均，笑着说道：“想什么呢？我爸还在这儿呢。”

“那我呢？我也在这儿啊。”陈与均不满地说。

“有空的时候多去看看陈阿姨，没有什么比家人更重要。”

“我跟我妈已经和好了。”陈与均悻悻的。

“那就好。好了，我走了。”

如今的孟悄悄让陈与均产生了一种感觉，她好像更加成熟，也更加洒脱了。只是她的那种洒脱仿佛是什么都可以不要了的决绝，这让他不由得慌张起来。

这一别后，他会失去孟悄悄吗？

他本来就比陆寻晚一步认出她，现在好不容易等到陆寻认错了人，他又怎么能丢掉这难得的机会呢？

陈与均忽然几步上前，拉住孟悄悄的胳膊，将她拽了回来。

孟悄悄就这样跌进了陈云军的怀里，他不是第一次抱她，他们小的时候他就经常抱她，只是这一次，她感觉到从他身上传出来的压迫，那力量让她有点慌，现在的他和平时的他有点不一样。

“怎么了？”孟悄悄问道。

陈与均却哑口无言。

他有很多很多话想对孟悄悄说，他想告诉她他对她的喜欢，可是他也知道那些话不应该在这个时候说出来。现在的她已经面对了太多，他不能再给她增添负担。

更何况，他知道在她的心里，陆寻始终就像一根刺一样横亘在那里。

现在不是时机，他对自己说。他必须是孟悄悄永远都不会感到压力的那个人，他必须是孟悄悄可以永远信赖和依靠的港湾。

“没什么。”陈与均笑着说道，“早点回来，我等你。”

第二十八章

你所拥有的，是许多人求而不得的，你有什么理由放弃

奈良的冬天是宁静的。

广袤的天地是极为开阔的，隐约可以看见藏在树林间的庙宇，连停在庙宇屋檐上的露珠都记录着岁月的痕迹。

孟悄悄拿着仙贝，几只鹿围在她的身边，乖顺地等她投喂。此前她听人说过，奈良的鹿看似温顺，实际上极为凶猛，手上有仙贝的人，没少被鹿群追着跑过。她觉得大抵是自己的运气好，并没有遇到过那种情况。

那些鹿乖巧地蹭着孟悄悄的掌心，孟悄悄脸上有了一丝笑意。

到日本已经有好几天了，老实说，这几天孟悄悄过得不算太好。

异国他乡、语言不通，所有的工作没有想象中那么顺利。更何况，孟悄悄的心中一片混沌，她会来这里，也是为了让江自谦答应让云真进公司，实属无奈之举。发生了这么多事情，她不由自主地陷入了自我怀疑和厌弃的怪圈中，她怀疑她是否能胜任配音演员这个称号，到底要不要继续配音……她的确并没有考虑清楚。

喂完了手中最后一块仙贝，孟悄悄摸了摸离她最近的那只鹿，便起身离去。

日本的这个项目是 LD 和美国蒂尼公司共同合作的新人培训计划，这次举办的配音进修班主要针对的是美国、日本和中国三国的配音演员，除了巡回交流之外，还有系统的课程。LD 是想做一所自己的配音培训学校，而这次的合作是个新的尝试。

为了有一个更好的环境，蒂尼将培训地选在了相对于安静的关西，而这几天的课程，则在奈良。

今天会有一个新的老师来，听说是第一个在蒂尼出道的华人配音大家。孟悄悄到的时候，离上课的时间还有五分钟，她习惯性地找了最后一排的位子坐下。坐在她旁边的位子上的是一个衣着精致、打扮成熟的女人，女人正低头看着什么。

坐在孟悄悄前面的是两个美国的配音演员，正在聊天。他们的声音不算大，语速很快，孟悄悄无意偷听，却还是听到了他们的对话。他们大抵是在讨论这三个国家配音演员的专业水平，他们认为中国配音演员的综合实力是最差的，因为他们大部分只为电视剧配音，而为电视剧配音这件事，几乎是不可能出现在美国和日本的！

孟悄悄的脸有些发烫，但这是行业普遍现象，绝不能片面地代表配音演员的水平高低。孟悄悄忍不住用流利的英语反驳道："即使一切如你们所说，那也不能证明中国的配音演员没有实力。"

她的声音不大不小，不卑不亢，小半个教室的人朝她看了过来。

孟悄悄礼貌地说道："诚然，在现在的中国，配音演员大多是在为电视剧配音，但这只是市场环境使然，不能因为这个就全盘否定中国配音演员的实力。"

她顿了一下，道："我见过一个人，他经营着一间很大的配音公司，他不断地给配音演员们提供机会，甚至自己开发动画项目，给配音演员创造发挥的空间；还有……我的同事们，他们每天都在训练，为了一个机会而努力奋斗。我们的行业发展的确不如日本和美国，你们有着完整的产业链，但我们都在努力，也在改变。"

教室里不知何时安静下来。

"说得没错。"

声音是从孟悄悄身旁传出的，方才还低头忙碌着的女人站起身来。孟悄悄却看傻了眼，她以为自己是在做梦，否则怎么会在青天白日看到那张陌生又熟悉的脸？

女人现在的模样，已经和孟悄悄当初藏起来的那张照片上的不一样了，但还是能看出相似的轮廓。孟悄悄想过无数种和她重逢的情境，激烈的、悲伤的、温柔的……却不曾想是这样平常，平常得就像某个周末的清晨，她只是出去买了个早餐回来；平常得就像代表她身份的那个词一般——妈妈。

没错，妈妈，孟悄悄的妈妈。

孟悄悄的目光就像定在了田如婷身上一样，她无法移开视线，她有很多话想要问田如婷，为什么要抛弃她？为什么那么绝情？为什么从不回来看她……

但她什么都说不出来，只能傻傻地看着田如婷，所有的话语都哽在喉咙里。

田如婷看了孟悄悄一眼，孟悄悄觉得既紧张又期待。

她有认出自己吗？认出以后，她会失态吗？会过来抱着自己吗？

不，即使她哭泣道歉，自己也绝不会原谅她。

可让孟悄悄失望的是，田如婷的视线只在她的身上停留了一秒就掠过了，冷淡得仿佛她只是一个陌生人。

所以说，妈妈没有认出自己吗？

转瞬之间，田如婷已经走到了讲台上，说道：“我承认文化上的差异，但我认为，配音这个职业不论在哪个国家，都是干着一样的事情。”

田如婷的目光平静地扫过在场的众人，道：“下面向各位正式介绍一下，我叫田如婷，是你们的老师，在未来一个月，将由我来辅导你们。”

孟悄悄看呆了，和记忆中那个温柔的女人截然不同，现在的田如婷迷人，周身散发着强大的气场。那气场并非是身为她母亲时的慈爱，而是经由岁月打磨出的老练与淡然。

“下面，请各位做一下简单的自我介绍，你们需要认识彼此，因为在接下来的时间里，你们将会成为彼此的同伴。”

孟悄悄的心随着一个接一个起身做自我介绍的人而越跳越快，她的大脑一片空白，连自我介绍都忘了准备，只能眼睁睁地看着轮到了她。

孟悄悄“噌”地一下站了起来，即使她知道她现在的状态一定傻极了。

“我……”孟悄悄犹豫了一下，紧紧盯着田如婷的眼睛，用中文说道，“我叫孟悄悄。”

田如婷静静地与孟悄悄对视，眼神波澜不惊，说道：“这么简单？你刚才不是挺能说的吗？”

孟悄悄的心乱成一团，田如婷对她的态度太奇怪了。她不死心，又补充了一句：“孟悄悄是我爸爸给我的名字，我还有一个名字，叫孟希音。”

孟悄悄想从田如婷的神态中找到一丝对方还记得自己的线索，可是很快，她的希望就破灭了。

“是吗？”田如婷淡淡地说道，“你和我女儿的名字一模一样。”

孟悄悄忽然明白了。

田如婷并不是不记得自己，只是于她而言，自己和别的人没什么不同，自己是不是她的女儿，她根本不在意。

孟悄悄突然觉得很委屈，明明被抛弃的是她，受尽苦难的也是她，而如今像个孩子一般，想抓住重要的东西不肯放手的，为什么也是她？！

和田如婷的相遇并没有改变孟悄悄的生活，她所幻想或期待的情节并没有出现。如今她和田如婷的关系，不过是普通的师生关系，不，或许连师生关系都算不上。

田如婷甚至都没有对孟悄悄表现出过多的关注，待她像待其他人一样，并未将她放在心上。而在田如婷的指导下，新一轮的配音训练马上开始了。

蒂尼除了动画以外，也有参与美剧的投资。而由蒂尼投资的一部美剧即将在海外发行，田如婷便以此设立了配音班，要求各国的配音演员用各自的母语配音来做训练。

这对美国人来说并不是什么难事。相比之下，日籍配音演员和中国籍配音演员面临的挑战更大，因为他们需要整理演员的全部台词并自行将台词翻译成各自的母语，以最契合的方式为原片做配音。

这是孟悄悄素来很感兴趣的领域，再加上负责人是田如婷，她更是憋着一口气。她差不多用了一天的时间把整部剧啃完了，她负责的是剧中一个女配角的配音，这让她更加不敢松懈，又用了三天的时间把女配角的台词全部翻译完并吃透，但她始终理解不了她要配的那个角色的感情，也代入不了，所以她配起音来，传达出的情感总是不到位。

孟悄悄要配的那个角色从小就被母亲抛弃，虽然知道了她的母亲是个自私自利的女人，但她却始终敬仰着、思念着她的母亲。

这样不间断地熬了几天的夜之后，孟悄悄的黑眼圈已经比拳头都要大了，可她神经依然紧绷着，因为第一堂配音课就在今天。

孟悄悄简单地洗漱了一下，早早地来到录音室。直到她在椅子上坐定时，那些几天不见的困意才向她席卷而来。她看了看时间，还有一个小时才开始上课。她想趁这点时间眯一下，应该没关系。

这样想着，困意更盛，孟悄悄靠着墙壁睡了过去，怀中还紧紧地抱着她的台词本。也不知道她睡了多久，突然就听到一阵责备声，她立刻清醒了过来。

孟悄悄这才发现，周围已经坐满了她的同学，而她居然就在众目睽睽之下睡着了，而此刻的田如婷正训斥一个美籍华裔的配音演员。

“你配的这叫什么东西？！有没有提前对过台词？有没有研究过人物的感情？如果你不清楚你的职责所在，就回去好好学习一下配音演员的基本素养！”田如婷严厉地呵斥道，“给我出去！”

那个美籍华裔的男学生一看就家境优越，哪里受得了这门子气，他也不愿意再搭理田如婷，甩门而去。男同学走后，田如婷恢复了漠然的神色，她又戴上耳机，严厉的目光在场上扫了一圈，最终定格在孟悄悄身上。

“孟悄悄。”

孟悄悄连忙站了起来。

田如婷的语气中带着愠怒：“你睡够了吗？”

孟悄悄有点尴尬，田如婷显然误会了什么。她解释道："我不是……"

"任何理由都是借口，我不想听。如果你准备好了，就进去配音；如果没有，就趁早走。"

田如婷不带感情的指责就像两个大巴掌，狠狠地扇在孟悄悄的脸上，羞耻感噬着孟悄悄，她咬咬牙，用力地点了点头。

孟悄悄走进录音室时，胸中燃烧着一团怒火，这让她产生了十分强烈的欲望，她要表达自己，她要证明给田如婷看，她并不是像对方说的那样一无是处。

孟悄悄紧张地盯着屏幕，她要配音的那个角色走到了窗边，面目惆怅地望着窗外的庄园。她对身边的用人说："我知道的，她不会回来。"

"停！"

田如婷看起来十分严肃，她毫不留情地批评道："这个角色是在什么情况下说的这句话，你真的理解吗？"

这一句话使孟悄悄愣住了。她的确是用了极短的时间吃下了台词，但是她确实理解不了那个角色的感情，只能凭经验去配音。

田如婷一针见血地戳中了孟悄悄的短板。

按以往的行事风格，孟悄悄早就已经承认了错误，但此刻，她却一点都不觉得自己有错。她略带尖锐地说道："我努力过了，但真的代入不了。我觉得这个剧本有问题。"

"剧本有问题？"田如婷表情更加严肃，她说道，"行啊，孟悄悄，作为一个配音演员，你逾矩了。剧本不是你该管的问题，你不能因为自己理解不了角色就怪剧本！"

孟悄悄还想争辩，忍了又忍，低头道："对不起。"

"一句对不起就可以弥补被你浪费掉的时间吗？"田如婷不为所动，"像你这样的年轻人，我见过太多了，眼高手低，经不起打击。如果你以为配音是这么容易的事，就趁早卷铺盖回去！"

"我本来就不打算再做配音演员了。"孟悄悄捏着拳头，她的心中升起怒意，气话就这样脱口而出。

田如婷目光犀利地看着孟悄悄："如果这样，那你何必来这里？配音是需要你用一生认真对待的职业，不是你们这些年轻人觉得新奇、有趣，就可以随便玩玩的玩意儿。"

田如婷淡漠的言语像一块块巨石狠狠地砸在了孟悄悄的心上，她心生悔意，却仍不肯向母亲认输。

孟悄悄紧紧地咬着下唇，田如婷的讥讽让她无地自容。但不可否认的是，田如婷精准地戳中了她身上的每一个痛点，她根本一点反对田如婷的气力都没有。

孟悄悄知道自己做得不够好，她不敢再与田如婷争论什么，低着头走出了录音室。田如婷没有看她，兀自喊道：“下一个。”

录音室内的气氛更为严峻压抑，孟悄悄不想再在这里待下去，便默默地推了门走出去，想去外面喘口气。

刚走到门外，孟悄悄忽然听到角落里传来的陌生的男音，一个男人正语气不善地辱骂田如婷。

“田如婷以为她是什么东西？我看她是单身久了，人都跟着变态了。女魔头、老妖怪！这件事我跟她没完！”

孟悄悄皱起眉头，她走到拐角，把正叼着烟打电话的年轻男人吓了一跳。那男人就是刚才被田如婷骂出录音室的配音演员，孟悄悄记得，他叫 James。

James 看到孟悄悄的脸色铁青，以为她也是在田如婷那里受了气的战友，招呼道：“嘿，你是不是也受不了那个老巫婆？过来这儿，我正在想办法对付她。”

孟悄悄一言不发地走到 James 面前，她神色严肃地盯着他看了好一会儿，忽然从他嘴巴里把没抽完的烟拔了下来。

James 莫名其妙，粗声粗气地喊道：“你干吗？”

“这里不是吸烟区。”孟悄悄毫不示弱地回敬道，“还有，你应该学会尊重你的老师。”

“神经病！”

James 用力地推了孟悄悄一把，憋着一肚子闷气走开了。孟悄悄看着手中那个忽明忽灭的烟头，心中不由得有些烦躁。

她对田如婷的维护，好像完全是出自于本能。

拜第一堂并不怎么顺利的练习课所赐，孟悄悄心结难解，但她不甘示弱。于是，她拼了命地训练，她不想被人看扁，尤其那人还是田如婷。

这日课后，孟悄悄将自己关在教室里做练习。她也不知道练了多久，只看见窗外的天黑了，端起水杯时发现杯中早就没有了水。

孟悄悄觉得喉咙干哑，她清了清嗓子，但仍觉得不舒服，咳嗽了起来。

一罐梨汁放在孟悄悄的面前，她有些惊讶地看着拿梨汁给她的男孩子。男孩子金发碧眼，看起来不过二十岁出头，有着姣好的面容，笑得十分亲和友善。

孟悄悄认得他，他是田如婷的助教 Justin。

“你还好吗？”Justin 关切地问道。

孟悄悄点了点头：“还好，谢谢。”

“可我看你这样练了很久。”Justin 诚恳地说道，“老实说，我不认为这样有什么效果。”

“除了练习以外，我不知道我还能做点什么。”孟悄悄低声道，她并不想在陌生人面前展露自己的情绪，可长久的压抑让她实在是控制不住了。

“是因为田女士吗？”

孟悄悄意外于 Justin 的敏锐，她没有肯定，也没有否定，一贯地沉默着。

“田老师对谁都是这样的，你不要太放在心上。”Justin 挠了挠头，不好意思地说道，“我刚跟着她的时候，还被她骂哭过呢。”

孟悄悄没想到这么阳光的 Justin 也有被母亲骂哭的时候，她不由得好奇起来，问：“你跟着……她很久了吗？”

“有七八年了吧。我跟你说哦，其实田女士只是看起来不好接近，实际上她是一个非常温柔、坚定的人。能跟着她学习，是我的荣幸。她非常有魅力！”

是吗？孟悄悄在心中苦笑，想不到她对田如婷的了解还没有一个陌生人多。

“如果可以的话，我希望你不要责怪她。在工作上，田女士一直都是这么认真、敬业。虽然她的那种训练方式很容易让人受不了，但是如果你知道她是怎么对待自己的，你就会发现，你现在经历的一切不过是小巫见大巫。”Justin 无奈地耸耸肩。

“她怎么了吗？”

Justin 叹了口气，道：“几年前，田女士患上 Bell 麻痹。她的半张脸都动不了，更何况是配音。那个时候，我们都以为她的职业生涯会断送在这里。”

孟悄悄一惊，她对此一无所知，甚至从如今田如婷的面相上来看，也根本看不出什么异状。

“那她现在康复了吗？”

“放心，她已经恢复健康了！”Justin 笑道，“但是你想象不到，她是经历了怎样痛苦的治疗和复健才把那个病治好的。田女士对配音这一行的热情，让我十分佩服，一直到现在，我都在想，到底是什么让她坚持下来的。她一定很喜欢配音。”

她当然很喜欢配音，她对配音的喜爱，甚至让她愿意抛弃她的家庭！可孟悄悄心中的不解似乎随着 Justin 的解释消散了一些。连对她自己都如此苛待的母亲，并不是用狠心两个字就能概括的。

割舍，未必不是一件痛苦的事，可她为了她的理想，甘愿去承受这样的痛苦。

Justin 道：“明天放假，田女士要配一场戏，如果你有空的话就来看看吧。”

等孟悄悄回过神来的时候，她才发现自己已经点了头，似乎和母亲有关的一切对于她来说，都具有强大的吸引力。

翌日，孟悄悄如约来到录音棚，虽然她并不认为这样就能和母亲和解，但不可否认的是，和母亲有关的事情，她总是不由自主地想去关注。

录音棚的气氛有些肃穆。Justin 来迎孟悄悄，并向她解释这一切都是田老师授意的，田老师要为等会儿的那场戏酝酿情绪。

孟悄悄便找了个角落坐下来，对于即将发生的一切，她难免有些期待。这还是她第一次以配音演员的身份观摩田如婷的工作。

身后的门开了，田如婷走了进来，她的状态和平时的有些不太一样。孟悄悄知道，她这应该是入戏了。她看也没看孟悄悄，孟悄悄也并没有打扰她，目送着她走进棚里。

田如婷坐在话筒前，让孟悄悄意外的是，她竟然没有拿台词本。

“田女士配音从来都不带本的。”Justin 笑着说道，“她每次都会把词儿背下来，然后酝酿情绪，现场发挥，这么多年从来就没错过。”

孟悄悄屏息凝神，她看见玻璃后的田如婷比了个 OK 的手势。

“你想听我忏悔？别做梦了。我告诉你，这些年来，我过得很好，我从来都没有后悔过。

“你看看这庭院和庄园，这佣人和车马，哪个不是靠我自己的努力挣回来的？如果我还过着以前的生活，我永远都不可能拥有眼前这一切。

“对，我是抛弃了你的父亲，也抛弃了你，你可以不认我是你的母亲，我不在乎。事实上，我并不需要向你解释。每个人都必须要为他做过的事付出代价，失去你们就是我的代价，我不会哭着求你们原谅我，永远不会……

“恨我吧，顺着你的心意。”

……

田如婷现在配的正是孟悄悄上次配的那部美剧，不过田如婷配的是女主角的母亲。

这个角色的经历和田如婷有些相似之处，至少在表面上看起来，她们都是抛夫弃女，毅然割舍过去的一切后，才拥有了现在的财富和生活。这场戏讲的是女主角经历了种种磨难，终于找到了她的母亲，却不料她的母亲拒绝承认当初的错误，反而说了很多刺痛她的话。

孟悄悄在一旁听着，她觉得那些话也在刺着她。

屏幕中，伤心的女主角走了，剩她母亲一人留在原地。屏幕外，孟悄悄神色复杂地看着田如婷，迟迟抬不起脚。

这时，坐在话筒前的田如婷忽然哭了起来。孟悄悄几乎是第一时间看向屏幕，屏幕中，女主角的母亲正在哭泣。

那哭先是呜咽，最后变成了放声大哭。田如婷哭得歇斯底里，眼睛却还死死地盯着屏幕上的女演员，把控着节奏。

孟悄悄收回了惊讶，原来这于田如婷而言，也只是例行的公事。她的母亲，也许真的是一个没有感情的人。

一场戏录完，配音导演宣布暂时中止，让田如婷平复情绪，再进行下面的配音工作。田如婷调暗了录音室的灯，独自一人坐在里面。

Justin 端来了一杯温水，孟悄悄犹豫了一下，问："能让我送进去吗？"

Justin 大方地将保温杯递给孟悄悄，孟悄悄放在手上掂了掂，轻手轻脚地推门，走进录音室里。

田如婷似乎还没有从刚才的情绪中走出来，对外界的一切声音置若罔闻。孟悄悄迟疑了一下，才将保温杯放在她的面前。

田如婷的眼睛依旧泛红，她端起保温杯，道："谢谢。"

孟悄悄有点紧张，轻声道："你配得很好。"

田如婷这才抬头看向孟悄悄。她的眼中没有惊讶和意外，看样子是知道 Justin 带孟悄悄来的事。

"你知道 Kate 为什么要哭吗？"

Kate 就是方才剧中女主角的母亲。孟悄悄不明白田如婷这么问的意思，只能摇摇头。

"她是有悔意的。"田如婷看着孟悄悄的眼睛说道。

孟悄悄愕然，又听田如婷说道："虽然那悔意稍纵即逝，但是，她还是不敢承认。我看见她的手在颤抖，我看见她避开了她女儿的视线，我听见她在说这些话的时候，紧窒的声线。"

经田如婷这么一说，孟悄悄才想起方才田如婷配音时，声音里的嘶哑和颤抖。起初，孟悄悄还以为那是田如婷没有开好嗓子，可现在结合着田如婷所说的一切，孟悄悄才意识到，那是母亲刻意为之的处理方式。

"但是她不能让她女儿知道，因为一旦承认了错误，就等于否定了她这些年的所有努力。所以，她只敢在女儿离去之后哭，哭她这些年独行的悲苦，也哭她当初的选择。”田如婷深吸一口气，道，“但是，哭过之后，她就会重新站起来，去面对接下来的人生。因为她知道她并不是生活在过去，而是生活在当下。”

孟悄悄听田如婷说起这些时，隐约看到对方的眼中有泪光在闪动。孟悄悄忽然就明白，也许母亲是借着这个角色告诉自己，母亲也有过一瞬间的后悔，但是母亲已经走到了今天，她不能承认过去的选择是个错误。

这世上哪有那么多的事事顺意，所谓的光鲜亮丽，何尝不是建立在孤单、痛苦之上？只不过世人习惯了先看眼前的东西，而忽略了身后的。

都是这么一步一步走过来的人，谁的心里没压着苦呢？

可孟悄悄忽然就不平了，所以说，田如婷这是愿意承认她了？用这种方式？她质问的话就脱口而出：“所以你才会抛弃我，选择配音是吗？”

田如婷敛眉沉默，半晌后才抬头看向孟悄悄，她的眼神里看不出一丝情绪，慢慢开口说道：“我知道，你恨我。”

田如婷眼中骤然浮现的黯然清晰可见，让孟悄悄有些不忍。孟悄悄本想安慰母亲，说“没有啊，我不恨你”，更想躲进母亲的怀里，告诉她，比起恨她，其实自己更想她，可是她一句话也说不出来。

“事实上，我并不知道该如何对你。十几年了，母亲这个角色，对我来说，真的太陌生了。”田如婷声音平静无波，没有遗憾，没有惋惜，没有悔恨，平静得就像是在说：啊，今天的天气真好。

孟悄悄心中的千言万语、百转千回只化成了一句话，她轻轻地问道：“这些年，你一个人，很辛苦吧？”

田如婷放下手中的水杯，似乎已经恢复了平静，风轻云淡道：“苦不苦都是自己选的。”她想了一会儿，继续说道，“你们对我来说很重要，但是这世上没有两全其美的事。一个人不能什么都占着，不论有多难，你总得去选。任何人想要得到什么，都是要付出代价的。做出选择的那一刻，你就要做好心理准备，无论过程和结果有多惨烈。”

“所以你选择了你的梦想。”孟悄悄虽然还不能对母亲的选择释怀，但她很敬佩母亲身上的那种气魄，以及那不顾一切、义无反顾地实现自己梦想的勇气。

虽千万人，吾往矣。

孟悄悄突然有些羞愧。

“是我对不起你。”田如婷声音里满是痛苦，她停顿了一下，又坚定说道，“但让我重选一次，结果是一样的。”

即使孟悄悄早就有过设想和心理准备，听到母亲的话，她还是有些心酸。她摆摆手，故作洒脱道：“其实，我觉得你很厉害，知道自己想要什么，也知道该选什么，可我却做不到。”

“你知道我为什么要给你取名叫孟希音吗？”田如婷自嘲地弯了弯嘴角，“虽然你现在叫悄悄。”

孟悄悄摇摇头。

“希音是指奇妙的声音，也可以是充满希望的声音。那个时候，我很自私，我希望你长大以后能和我一样，从事和声音有关的工作。其实，我知道你在配音的时候，我很高兴。”

“你是怎么知道的？”孟悄悄几乎立刻反应了过来，“江指导说的？”

田如婷的眼中闪过一丝赧然，她没有正面回答这个问题，而是说道：“其实十年前，我回过国，可是你爸爸不让我见你，我只能隔着窗户看着你。现在想想，就算你爸爸让你见到我，你也未必会开心。”

“我知道的。”

田如婷有些惊讶：“你知道？”

孟悄悄点点头，道：“你带给我的巧克力，爸爸拿给我吃了。”

田如婷张了张嘴，想起那个时候自己和孟荣发生争执，臭脾气的孟荣还把自己带给孟悄悄的巧克力抢走，并扬言要扔掉，没想到，孟荣还是拿给了孟悄悄。想到孟荣的那个牛脾气，田如婷觉得头有点儿疼。

休息时间已经结束了，工作人员催促着田如婷继续工作，孟悄悄只得“哦”了一声，结束了这场短暂且可贵的寒暄。

那日和田如婷聊过之后，孟悄悄和田如婷虽然暂时还没有以母女相称，但两人之间的关系却不再那么僵硬。

这天晚上，田如婷告诉孟悄悄，LD 有人来日本出差，喊她一起吃饭。她摆手拒绝了，一是，她和公司同事本就算不上太熟；二是，在现在这个阶段，她也不太想面对 LD 的人。

田如婷也不勉强孟悄悄，独自去了。孟悄悄则在酒店的房间中温习课程，正好遇到一个问题不明白。孟悄悄估摸着田如婷应该回来了，便给田如婷的房间打了个电话，不想却没人接。

孟悄悄有些担心，日本的治安虽说很好，但毕竟天色已晚。她在房中坐了一会儿，实在是坐不住了，便拿着房卡下楼，想出去看看，顺便透透气。

这几日气温回暖，又没有寒风，孟悄悄走到酒店外，看到不远处田如婷和一个男人面对面站着。孟悄悄正打算回避，一阵争执声传来，那个没什么温度的男声，在凛冽的夜晚让她的心不由得颤抖了起来。

那是陆寻的声音！

可是，陆寻为什么会在这里？

“为什么要隐瞒？”

“我不明白你在说什么。”

比起田如婷的激动，陆寻异常平静，他条理清晰地说道：“通常，人们隐瞒某件事，要么有难言之隐，要么背后的真相会带来灭顶之灾。你是哪种？”

田如婷听了这质问，愤怒不已，厉声道：“陆寻，你给我让开！”

孟悄悄连忙冲了出去，挡在田如婷的面前，喊道：“陆寻！”

孟悄悄看到陆寻听到她的喊声，抬头看向她，他的眼神淡漠到没有任何感情，是冰冷的、陌生的、让人痛彻心扉的。

陆寻这次来日本出差，他想过可能会遇到孟悄悄，但没想到会是在这样的情形之下。上次的事情涉及吴天，她就无条件地站在吴天那边；这次涉及她的母亲，那她是不是要跟自己一刀两断？

陆寻在心里冷笑一声，他差点都给忘了，为了云真，她早就已经跟自己一刀两断了。

吴天、云真、田如婷……任何人都比他要来得重要。

孟悄悄扶着田如婷，问道：“你没事吧？”

“没事。”

孟悄悄恼怒地看着陆寻：“陆寻，你说话能不能不要那么刻薄？”

陆寻脸色更冷，一字一句地说道：“孟悄悄，你想清楚了再说话！”

陆寻被孟悄悄质问，只觉得心灰意冷，不想再与她纠缠下去，对着田如婷开门见山地说道：“我问你，陆家大火的那晚，你是不是去过陆家？”

孟悄悄一怔，母亲怎么会和陆寻家的火灾有关？

田如婷有些震惊，问道：“你是陆风的儿子？”

“没错。”

田如婷拍拍孟悄悄的手，示意她不用再扶着自己。田如婷上前两步，走到陆寻面前，细细打量他，道：“你虽然长得和陆风不像，但细看之下还是有他的几分影子，我居然没看出来。”她自嘲一笑，干脆利落道，“是，我确实认识陆风。”

孟悄悄惊讶地看着田如婷。

田如婷又道：“可我不想谈陆风，只是因为往事已矣，我不想再多做牵扯。你在调查当年陆家的纵火案？”

陆寻没有回答，默认了田如婷的问话。

孟悄悄皱了皱眉，想起陆寻看她的眼神，还是按捺住心里的疑问，静观其变。

田如婷知道这事一时半会儿说不清楚，道：“我们去酒店聊。”说完，她率先朝酒店楼上走去。

孟悄悄和陆寻默默跟在田如婷身后。

酒店内，三个人在沙发上落座。

孟悄悄紧挨着母亲田如婷，陆寻坐在两人对面，隐隐成了对峙之势。

田如婷点了根烟，深深吸了一口，眼神慢慢变得悠远起来，像是陷入了回忆之中。半晌后，她才开口道："没错，我不但认识陆风，他还是我的青梅竹马。"

孟悄悄有些惊讶，没想到母亲和陆寻的父亲居然还有这么一层关系。

"上大学后，我们就分开了，直到工作后才重逢。那时，我们已经各自有了家庭和爱人。再后来，我去了美国发展。你家出事那天，我的确回了国，也的确去过你家。"

听到关键部分，孟悄悄下意识地看了陆寻一眼，他端坐在沙发上，神情依旧冷然。听到田如婷的话，他皱了下眉，再没有其他的反应。孟悄悄突然就心软了，她不再怪陆寻，因为她知道，为了追寻真相而孤独努力着的陆寻有多么辛苦。

田如婷道："那次我回国是想去探望悄悄，可是我被孟荣拒之门外。"

这些孟悄悄都知道，可她没想到，在冥冥中她和陆寻竟然有着这么深的渊源。

田如婷又道："陆风知道我回国了，约我谈合作，我就去了你家。之后因为聊到了当年分手的往事，我们的谈话并不愉快，所以我很快就走了。"

"我的心情很不好，再加上我没见到悄悄，所以我连夜回了美国。"田如婷顿了一下，平静地说道，"如果你不相信，你可以去查当年的出入境记录。"

田如婷的出入境记录，陆寻在来日本之前，早就托警察查过了。他早就知道田如婷并没有作案时间，陆家的纵火案跟她没关系。

他来日本出差其实没有任何意义，商业洽谈其实可以在网络上完成。他不知道自己是为什么而来，是为了弄清楚田如婷和父亲的关系，还是为了某个身在日本、铁石心肠的女人。

陆寻什么都没说，面无表情地起身离开。

孟悄悄猛地站起来，想跟过去安慰陆寻。

田如婷知道现在的陆寻需要消化的时间，拉住孟悄悄，说道："悄悄，你让他静一静。"

孟悄悄愣了一下，到底没有挣脱母亲的手，慢慢在沙发上坐下。

那天之后，孟悄悄再也没见过陆寻，听母亲说，陆寻连夜回了国。

孟悄悄担心陆寻，却也明白她的担心毫无作用，也是多余的。可让她没想到的是，很快，一场小小的危机降临在田如婷的身上。

原来，James 不仅是个普通的配音演员，他更是和蒂尼有着业务往来的公司的公子。他以田如婷执教失当的理由，向蒂尼投诉，蒂尼只好把田如婷项目负责人的职位停了，并让她尽快回美国负责原来的项目。

田如婷并没有向蒂尼解释，当即收拾了行李，和 Justin 飞回美国。

孟悄悄却不能理解，不过，她不理解的并不是不愿意解释的母亲，而是母亲对这件事满不在乎的态度。被撤职一事可大可小，她不认为这件事不会影响到母亲的事业。

田如婷离开美国那天，孟悄悄坚持去送她。偌大的机场十分安静，田如婷终于解答了孟悄悄心中的疑惑。

她道："我只是个配音演员，除了配音以外，什么都不是我的本职工作，你明白了吗？"

孟悄悄似懂非懂地点点头。

田如婷拍拍孟悄悄的肩膀，道："我走了，你一个人在这里要照顾好自己。"

孟悄悄愣愣的，原来母亲的关心是这般滋味，就像冬日里的一口热茶，熨帖暖心。她红了眼圈，起了倾诉的欲望，开口道："其实，我来日本之前发生了一些事情，让我不确定我选择配音是因为自己，还是因为我的好朋友。"

田如婷轻轻地叹了口气，道："我知道，江指导跟我说，你的状态很不好。只是，我打算等你自己开口，没想到竟然会是在这么个场合。"

"我不知道该怎么办。"孟悄悄低落地说道。

"配音的时候，你开心吗？"田如婷突然问道。

孟悄悄想了想，肯定地点了点头。

"是不论别人用什么和你交换，你都不愿意换的开心吗？"

孟悄悄迟疑了一下，点头的幅度更大。

田如婷道："如果你认定了一件事，就不要动摇，坚定地走下去。而你的选择到底是对是错，时间会告诉你。到那个时候，不论结果是好是坏，你只要接受就好了。"

孟悄悄一怔，她忽然豁然开朗。

田如婷握了握孟悄悄的手，终于露出了她们重逢以后的第一个笑容，她微笑着说道："想再多都是没用的，跟着你的心走吧。"

孟悄悄感觉自己就像在迷雾中独行的路人，突然找到了前进的方向。

第二十九章

翻山越岭，只为与你相见

上午八点五十，正是上班的高峰期。

云真拎着两个大大的环保袋，迈着轻盈的步伐，跟随人群一起走进 LD 大厦。新来的保安小哥笑眯眯地和云真打招呼，她则回以热情而礼貌的微笑。

时间如同潺潺的流水一样溜走，算一算时间，云真已经在 LD 工作两个月了。因为从小她就心思缜密，即使当时她不打算再从事配音行业，她的配音训练也丝毫没有落下。她习惯做两手准备，所以，这两个月她在 LD 做得不好也不坏。

孟悄悄在去日本之前给了云真江自谦的电话。事后没过多久，江自谦果然联系了云真。与多年未见的爱徒重逢，江自谦心中觉得愧疚。当年是他亏待了云真，如今他就悉心地教导她。所以，她凭借着自身的聪慧和良师的指导，慢慢找寻着昔日的状态。

云真进入办公室，同事中立刻有人笑意盈盈地迎了上来，并主动接过她手中的环保袋，问道："真真，今天又给我们带了什么好吃的啊？"

云真笑道："在新开业的网红店里买的千层蛋糕，有芒果的，还有榴梿的，我们可以一起喝下午茶。"

同事们都发出欢呼声，一是，下午茶着实是所有人都可以放松的 happy hour；再就是，自打云真加入配音部以来，他们的嘴巴和胃就没有被亏待过。

云真刚加入 LD 时，所有人还对她持观望态度。毕竟彼时，孟悄悄事件的余波未平，谁都知道云真才是真正的真真大神，而她们之间的关系早已传出了无数个版本。不过，云真很快用超强的亲和力和同事们打成一片，她笑容甜美又细心体贴，根本让人挑不出毛病。就连和孟悄悄过节不小的洛冰倩，都对她赞不绝口。

云真拿了一块草莓慕斯递给洛冰倩，笑道："我记得你喜欢吃草莓，对吧？”

从来都没有享受过这种待遇的洛冰倩很是惊喜：“你还记得啊？”她感动极了，“想想你的经历我就心疼，不过像你这么好的人，老天一定会眷顾你的。”

云真笑了笑，显然不打算在这个话题上和洛冰倩产生没有必要的龃龉。

随着一阵脚步声传来，原本热闹的办公室顿时安静了几分，上一秒还与云真说说笑笑的洛冰倩瞬间拉长了脸，回到自己的座位上。

云真这才发现，是吴语徽和陆寻来了。

见到陆寻，云真的眼睛顿时亮了。陆寻去日本出差前，一直在忙着摆平舆论风波和《动画制作人》影视真人版的事。昔日熟悉的两人，一个失忆，一个忙于工作，始终没有在私下里好好聊过。云真终于鼓起勇气约陆寻的时候，刚好撞上他要赶去日本出差。

直到前两天，陆寻才回国，听亚澜说，他这几天的心情似乎不太好。

日本，悄悄……

云真没法不去联想，却懂得收敛克制自己的情绪。她主动上前一步，先和吴语徽打起了招呼：“早啊。”

吴语徽扫了云真一眼，没理她。

云真又主动邀请陆寻：“我带了千层蛋糕来，大家喝下午茶的时候可以吃，你要不要一起？”

云真对着吴语徽说话，可她的眼睛却一眨不眨地看向陆寻。陆寻的脸上看不出什么情绪，但他看她的眼神却晦涩难懂。

“下午有会议。”

云真有点失望，可还是洒脱地笑道：“没关系，正好还有一个迷你千层，等会儿给你送过去，你饿的时候可以吃。”

“你怎么不再问问我啊？”吴语徽凉凉的声音适时插入。

云真笑道：“怎么会不问你呢？只是一直以来你都比较忙，很少和我们一起喝下午茶。”

吴语徽一看云真就知道她的小心思，冷笑一声：“我今天正好有空，一起吧。”

云真的笑容微滞，似乎是没有想到吴语徽居然会这么爽快地答应和他们一起喝下午茶，毕竟此前的吴语徽向来不屑与他们为伍。云真很快调整了情绪，露出一抹得体的笑容，道：“那太好了，正好，我也有很多配音方面的事想向你请教。”

吴语徽却没有多理会云真这套近乎的方式，她挽着陆寻的手往前走，道：“走了，去找我爸。”

云真体贴地为他们让路。

当他们从云真的视野中消失，云真脸上的笑容才淡下来。但她很快便像什么事都没有发生过一样，迅速地融进她的同事圈中。

而这边，吴语徽挽着陆寻刚走出录音室——

“放开。”陆寻冷淡的声音从吴语徽的头顶上传来。

“陆寻，云真好像喜欢你啊！”吴语徽恶作剧得逞，笑嘻嘻地说道，“你不知道，我刚刚挽你的手时，她的脸色多难看。”

“你别捉弄她。”

吴语徽心虚地摸了摸鼻子，不开心地反驳道：“我哪有！要不是你配合，我哪能挽得了你的手。”

陆寻没有说话，他现在对云真的感情有些复杂。他素来把她当成陆可的延续，但正如吴语徽所说，对方对他却并不是那么简单的情感，而且这其中还涉及了孟悄悄，孟悄悄就是因为云真才义无反顾地放弃了他。

安静不到两分钟，吴语徽一脸八卦地凑到陆寻的面前，道：“不过，你不觉得那个云真有点怪怪的吗？笑容是要腻死谁啊？对谁都很热情，像戴着个面具的假人。这样一看，孟悄悄看起来舒服多了。”

“别再提孟悄悄。”陆寻漠然道。

“不是吧？”吴语徽一脸难以置信的表情，“你不是去日本了吗？你们还没和好？”

和好什么？人家根本就不在乎他！陆寻在心里冷哼一声。

初秋的天气不再那么燥热。阳光下，LD 顶楼的活动区本应呈现出惬意、慵懒、闲适的氛围，只可惜，因为某个人，整个气氛都别扭了起来。

吴语徽像尊煞神一样，端坐在配音部的一众员工之间。她也不吃蛋糕，只是喝着手中的热巧克力。她本就和配音部的其他人没什么交集，碍于她在场，配音部的人也不好畅所欲言。

云真率先发现这种不对劲，于是对吴语徽说道：“语徽，能不能请你帮我一个忙？我还请了江老师，一会儿他上来，我想给他点些喝的。你能陪我一起去吗？”

“好。”吴语徽放下手中的纸杯，率先站了起来。

咖啡车的店员和云真十分熟络，热情地问她要什么，还表示可以用内部员工价，帮她打个折。

“一杯热巧克力。”吴语徽言简意赅地说道。

店员讶异地看了看难得出现的吴语徽，又向云真征求意见。店员见云真笑着点头，这才下单去准备。

吴语徽靠在咖啡车的旁边，自下而上地打量着比她高一个头的云真，凉凉地说道：“你还挺厉害。”

云真不明所以地看着吴语徽。

吴语徽讥诮道：“你那么会交朋友，还配什么音啊！”

云真不以为然，笑眯眯地说道：“我不认为配音是曲高和寡的工作。更何况，我不认为交友和配音之间有什么冲突。”

“可你不知道洛冰倩是怎么对待你朋友的？你居然还能和她说说笑笑？”吴语徽气道：“你有没有良心？”

“那是她们之间的事。我不会因为她误解悄悄，也不会因为悄悄误解她。”她顿了一下，又道，“我已经在微博上发了声明，澄清一切都是误会，那些粉丝也不再追究，这样还不够吗？”

吴语徽被云真轻描淡写的态度堵得哑口无言。这时，店员端来热巧克力，云真笑着接过，邀请吴语徽和自己一起回去。

江自谦这时也来了，叼着烟，一只手在手机上敲敲打打，似乎正在和人发微信。云真迎了上去，吴语徽连忙跟上。但吴语徽的目光却落在云真手中的热巧克力上，等着看好戏。

云真想要拍江自谦的马屁，吴语徽偏不让她如愿，故意点了杯江自谦最讨厌的甜巧克力，想让她把马屁拍在马腿上。

“江老师，您来了。”云真笑意盈盈地喊道，视线扫过江自谦的屏幕，发现他联系的人是孟悄悄时，她不着痕迹地收回目光。

“嗯。”江自谦闻言抬起头，并将手机收好。

吴语徽插嘴道：“老师，你的宝贝关门弟子特意给你准备了喝的。”

江自谦看了吴语徽一眼。

云真笑了起来，只见云真折身从桌上拿起一个保温杯，双手递给江自谦。

云真道：“我见您的喉咙最近不舒服，给您泡了点胖大海，我记得您平时也喝这个的，是吧？”

说完，云真将热巧克力塞到吴语徽的手中，道：“我看你那杯热巧克力喝完了，再来一杯吧。”

吴语徽原本打算看好戏的笑容僵在脸上。

江自谦也不扭捏，将保温杯接过来，道：“有心了。”

云真答得滴水不漏：“应该的，平时我总是给您添麻烦。”

“也算不上是麻烦，我给你布置的作业，都做完了吗？”

“嗯，八个小时的录音练习，已经完成了。”

"一天时间？你没休息？"江自谦惊讶地看着云真。

云真笑笑："我只是把一切可以利用的时间都利用了起来。我起步晚，总要比别人更努力才能跟得上大家的进度。"

江自谦满意地点点头。

吴语徽目瞪口呆地看着这一切，她明明想看云真出丑，结果，反而好像成了对方的助攻。

吴语徽再次看着云淡风轻的云真，心中忽然闪过一丝寒意，眼前的这个人总是不动声色，绝非她想的那么简单。

"江指导，您先坐，我去给陆总送点东西，马上就回来。"

云真拿起包装精致的小巧蛋糕盒，甚至连一个多余的眼神都没有分给吴语徽，便迈着无比从容的步伐离去。她深知，她真正的战场并不在这里的这些人身上。思至此，她紧了紧手中的蛋糕盒，在那里面，有一张她写给陆寻的邀约字条。

周末，游乐园人头攒动，放眼望去，有出来游玩的一家三口，还有约会的情侣，更有亲密无间的闺密。

在一水儿成双成对、盛装打扮的路人中，穿着T恤、牛仔裤的云真显得过于随意，可这随意并不会让她看起来格格不入，反而带着另一种清新自然的美。

陆寻在原地伫立不动，隔着来来往往的人群看云真，周围的环境却让他有些恍惚，这个游乐场，孟悄悄曾经带他来过。那个夜晚，他们驻足在停运的云霄飞车前，共同看着同一片夜空中的星光。那时候，他们之间的距离很近。

云真发现了不远处站着的陆寻，露出一抹娴静的笑容，朝他走来，道："你来啦？"

陆寻点了点头。

"你刚才在想什么？"

"没什么。"

云真笑道："其实我看你最近压力好像很大，想带你散散心。"

陆寻想起在美国的那段时间，因为总是梦到陆可，他夜夜失眠。云真知道后给他出了无数个主意，褪黑素、健身，甚至还给他寄了一本砖头厚的《辞海》，顾名思义催眠。然而方法他都试尽了，却没一个有效果，最终失眠是怎么好的呢？有次云真给他传了ASMR的音频，他听着那些声音，居然奇迹般睡着了，比任何方法都管用。

其实现在看来，云真并不像陆可，云真温柔，陆可胆小、黏人，她们没有任何相似之处。

“要不要吃冰激凌？”

“好啊。”云真想都没想，立刻同意了陆寻的意见。

游乐园中人潮拥挤，别说去玩那些游乐设施，连公厕前都挤满了排队的人。陆寻和云真得紧紧挨在一起，才不会被人群冲开。

迎面来了一对毛毛躁躁的年轻情侣，眼见就要撞向云真，陆寻立刻伸出手，将云真拉开。云真心中一动，可陆寻很快将手拿开了。

云真不经意地起了个话头，问道：“你来过游乐场吗？”

“来过一次。你的记忆有恢复吗？”

小时候，陆寻家附近有一个在建的游乐场，建了好几年终于开业。陆可一直吵着让他带她去玩，可他从未带她去过。

陆可想去游乐场，是因为她一直记得，哥哥曾经带她去游乐场玩过。陆可记忆中的那次游乐场的经历，正是他把陆可丢到游乐场迷宫里的那次。

“以前的事，我还是不太能想起来。”云真黯然地笑笑，继续说道，“说起来，我和悄悄给你添了很多的麻烦。其实我今天约你出来，也是想郑重地和你道个歉。”

陆寻轻描淡写道：“不重要。”

云真怔了怔，未免尴尬，她提议道：“要不，你先去买冰激凌吧，我去下洗手间，等会儿我去找你。”

和云真暂时分开后，陆寻找到了冰激凌车，那里也是排了一条长龙。他冷着脸排在队伍中，忽听头顶上传来一阵机械运作和撕心裂肺的惊呼声。

原来，冰激凌车后正是云霄飞车，车厢正载着一批游客从最高处垂直坠下。齿轮咬合发出沉闷而迟钝的机械声，与之相应的，是人们撕心裂肺的尖叫声和被尖叫声冲撞得支离破碎的风声。

陆寻不由得抬头望去，可他脑海中浮现的，却是那天晚上孟悄悄和他说话时的模样。

为什么又想起孟悄悄……

排在陆寻前面的人结完账，陆寻买好冰激凌退到一边，然后他向四周张望，寻找云真的身影。

这时，一个十分熟悉的身影映入了他的眼帘，他捏紧了手中的冰激凌。

人群中与他只有一条长街之隔的那个人，这些天来总是出现在他脑海里的那个人，让他爱恨交织的那个人……不是孟悄悄，还能是谁？

孟悄悄并没有发现陆寻，她独自一人站在长街之上，任由路人从她身边经过，她却充耳不闻。她只是抬起头，怔怔地看着云霄飞车。

这时，人群中爆发此起彼伏的欢呼声，原来是游乐园中的游行表演开始了。游客顺着游行队伍的方向往前走，像潮水一样。

陆寻很快被蜂拥而至的人群推搡了几步，就连冰激凌也掉在地上，很快化成了一摊水。

对面的街道上，孟悄悄也是如他一般的处境。她随着人潮挪动脚步，跌跌撞撞的模样颇有些狼狈。

她大约是想顺着人群的方向走。她转过身，视线跟着平移，然后就对上陆寻冷冷的目光。

陆寻的身体早就先大脑一步反应过来，他裹挟着冰雪骤来的气势，径直朝孟悄悄走去，他要再问问她，要不要回到他的身边。

然而，游行的队伍已经走到了眼前，阻断了陆寻的脚步。

那些活灵活现的卡通人物从陆寻面前一一路过，却不能让他切实感觉到任何的快乐与雀跃之情。他只觉得他的脑袋要炸开了，他从来没有像现在这样渴望站在孟悄悄的身边。

好不容易游行的队伍散去，孟悄悄却不见了。

陆寻惶然地在原地张望，他的周围人来人往，每个人都是那么开心，唯独他，觉得此时的自己好像失去了什么。

“园区的游客们，你们好，现在向大家插播一条寻人通知……”

藏在树中的喇叭响起来，工作人员的寻人声音过后，云真的声音从喇叭里传出来：“陆寻，我是云真，我在旋转木马前等你，不见不散。”

陆寻猛地回过神来，原来他刚才已经被人群挤走了，早就不在卖冰激凌的地方了。

云真放下手中的话筒，脸上闪过几分大事落定的神情。她礼貌地朝游乐园广播站的人道谢，正要离去时，却被广播站站长拉住了。

站长夸云真的声音好听，问她是做什么的，有没有兴趣来他们广播站工作。

云真笑道：“我是配音演员，现在已经有工作了，并且暂时不会跳槽。”

站长有些遗憾，悻悻地念叨着相逢恨晚。云真想了想，忽然说道：“不过，只要薪水合适，兼职还是没有问题的。”

站长没想到云真这么直接，不由得又看了眼前的女孩一眼。女孩站得很直，还有着一双饱经风霜的眼睛。

十五分钟后，陆寻赶到旋转木马前，云真果然等在那里。

“刚刚被人群挤走了。”陆寻解释道。

“没关系的。”云真连忙摆手，不好意思地说道，“本来我也不想搞那么大阵仗，可是我去卖冰激凌的地方没有找到你，又发现我好像没有你的电话，在 Skype 上给你发消息，你也没有反应。”

“手机在车上。”陆寻随口应了一声，仍有些心不在焉。

云真敏锐地捕捉到陆寻此刻的情绪，她笑着道：“看来今天不适合出来玩，要不我们先回去吧。”

回去的路上，陆寻开车，云真坐在副驾驶座上，余光一直偷偷地观察着陆寻。她能感觉到陆寻对她的态度，她也知道如今的陆寻心乱如麻。而她，知道造成他心乱如麻的原因。

放在口袋里的手机振动了一下，云真没有拿出来看，也知道是谁在找她。

孟悄悄。

孟悄悄几乎是从游乐场中落荒而逃的。她找了个相对安静的角落，后怕地检查四周，确定没有看到陆寻的身影才给云真发微信。

孟悄悄：云真，你还约了陆寻？怎么不和我说一声呢？那我就不做电灯泡了，先走了啊。

孟悄悄等了很久都没有等来云真的回复，她觉得有些奇怪，不由得想起回国的那一天。

孟悄悄在日本的训练提前结束就回了国，她告诉了父亲她回国的时间，却不料那天来机场接她的人是云真。

云真从孟悄悄的手中接过行李，又挽起她的胳膊，道：“走了，我们回家。”

“你没有开车吧？”孟悄悄紧张地问道。

云真被孟悄悄逗笑了，道：“放心，我是打车来的。”

孟悄悄心有余悸，说道：“我只是一朝被蛇咬，十年怕井绳。”

云真一脸感动，表情夸张地看着孟悄悄。

孟悄悄笑着问：“你在 LD 还好吗？”

“放心吧，挺好的。”云真顿了一下，道，“陆寻也很照顾我。”

孟悄悄面色如常地点了点头。

云真忽然牵起孟悄悄的手，问道：“悄悄，你不会因为陆寻，就不要我了吧？”

“怎么会呢？”孟悄悄笑着道，“天大地大，云真最大！”

“那就好。”

孟悄悄还记得，那时，云真脸上洋溢着许久未出现的甜美笑容。云真还约了她今天在游乐园见面，可让她不曾想到的是，她等了许久，没有等来云真，却等到了陆寻。接着，她又听到了从广播里传来的云真的寻人启事。

云真这是要做什么呢？

周四早上，陆寻像往常一样回 LD，却发现门口似乎正有一场小小的争执。

等他走近一看，那正身处矛盾旋涡中的，正是昨天才乱了他心神的孟悄悄。

原来是孟悄悄的出入卡被停掉了，保安又换了人，孟悄悄被拦在门外，保安怎么都不肯让孟悄悄进去。孟悄悄向保安解释，保安坚持要孟悄悄给出证明。周围路过的人未必不认识她，只是纷纷想起一个月前的那场风波，还摸不清形势，便没人愿意替她出头。

陆寻面无表情地走上前去。

“她是配音部的员工，孟悄悄。”

孟悄悄吃了一惊，扭头见是陆寻，便微微朝他点了点头，以示感谢。

保安自然认识陆寻，见他出声，也不再为难孟悄悄。

孟悄悄跟着陆寻走进 LD，随陆寻一起来到电梯前。电梯到了，陆寻率先走了进去，孟悄悄停顿了一会儿，等其他人走进后才跟了进去，站在最外面。

电梯门缓缓合上，孟悄悄抬头看着正在不断跳动的数字，努力放空自己，却怎么都忽略不了自己身后散发的冰冷气息。

电梯一路攀升，很快到了配音部所在的楼层。

孟悄悄走下电梯，陆寻漠然地看着电梯门慢慢阖上。

吴天正在办公室里审阅文件，陆寻走了进来。

吴天的神色憔悴了一些，几个月前的那场风波不只殃及了孟悄悄，她好不容易拿到的牧禅的配音也被替换成老对手一声的人，这对于 LD 来说，着实是个损失。

见陆寻来了，吴天放下手中的文件，问道：“怎么样？”

“已经查到了，之前孟悄悄的那件事，是一声在背后推波助澜。”

吴天眉头一皱，一巴掌拍在桌子上，骂道：“混账李一声，只会搞这些上不了台面的小手段！”

陆寻并不觉得奇怪，冷声道：“这几年一声和各大制作公司频繁接触，所以，他们推向市场的作品多，旗下配音演员的人气也很旺。国内的配音公司里，能和他们抗衡的只有我们LD，他们会视我们为眼中钉，使些打压手段，也是正常的。”

吴天不屑道：“LD自创业以来，风风雨雨的什么没见过，难道是他李一声就可以搞垮的吗？”

陆寻却非常理智，冷静地分析道：“在把配音演员明星化的这条路上，我们做得的确不如他们好。现在公司里，除了吴语徽，叫得出名字的都跟我们公司只是合作关系，我们没有自己的配音明星。”

吴天沉吟道：“公司现有的这些人，你看好谁？”

结果陆寻答非所问：“孟悄悄回来了。”

吴天严峻的脸色柔和了一些，道：“既然风波已经平息，那差不多可以让她复职了。”

“新人里面，云真也可以培养，一是她实力不俗，二是她自带粉丝。”

吴天点了点头，道：“按照你的意思去办吧。”

第三十章

当你凝视深渊的时候，深渊也在凝视着你

孟悄悄步入配音部，云真、刘皓和姜思慕早早等在那里。

刘皓一把搂过孟悄悄的肩膀，一副哥俩好的模样，嬉笑道："悄悄啊，你可算是回来了！"

姜思慕扯开刘皓："我都还没搂呢，你凑什么热闹？"

"就许你和孟悄悄义结金兰，不许我跟她姐妹相称啦？"

姜思慕翻了个白眼，朝孟悄悄问道："怎么样，恢复了吗？"

孟悄悄看着姜思慕和刘皓两个活宝，露出一抹笑容。

刘皓和姜思慕对看一眼，双双松了口气。刘皓拍拍孟悄悄，笑道："恢复了就好。"

云真也笑着走了上来，并挽住孟悄悄的胳膊："走，我带你去见江老师。"

去江自谦办公室的路上，孟悄悄没忍住，还是问道："那天在游乐园……"

"对不起，我一直没回你微信，因为我不知道该怎么和你说。"云真一脸歉意地看着孟悄悄，道，"本来我是想约你和陆寻见面，大家把话说开的。没想到，那天出了状况，我和他走散了。"

"没关系。"孟悄悄接受了这个解释，她想了想，道，"其实，也不用那么做，我和陆寻只是同事，也没什么非要解释的误会。"

"你真的这么认为吗？"云真忽然反问道。

孟悄悄一时之间不知道该怎么回答。

她们已经走到江自谦的办公室，短暂的尴尬很快被驱散。云真云淡风轻地帮孟悄悄敲开江自谦办公室的门，笑着说道："江指导，我把悄悄带回来了。"

江自谦抬起头看了孟悄悄一眼，对云真说道："你先出去吧，我和孟悄悄单独聊一聊。"

云真点点头，为二人把门带上。

孟悄悄走到江自谦面前，坚定说道："江指导，我想继续待在LD，继续做配音演员！"

江自谦的表情说明他并不意外，打趣道："怎么，不纠结了？"

"在日本的这段时间，我每天都和那些对配音怀有无限热忱的人一起上课，他们有一些甚至已经到了中年，也才刚刚进入这行。和他们相比，我觉得很惭愧。于是，我开始反思配音这件事对我来说到底是什么。"

"是什么？"

"是我要坚持一生的事。"

江自谦的眼中明显流露出笑意，但他故作严肃地说道："最近公司人手不够，你可要做好心理准备，接下来的日子没那么好过。"

"是。"孟悄悄说完，忽然向江自谦鞠躬。

江自谦立刻跳开，一脸嫌弃："干什么？我还没死呢！"

孟悄悄认真地问道："日本进修，是您自费送我去的吧？"

江自谦的表情有一丝僵硬，有些心虚："你怎么知道的？"

孟悄悄苦笑："去日本的开销应该不小吧，我闹出那么大的事，公司还这么无私送我去学习，怎么想都不正常。"

"你倒是看得通透。"江自谦又呷了一口胖大海，说道，"不过你不用谢我，虽然让公司送你去日本的是我，可背地里出主意的却是你爸，培训费也都是他给出的。"

孟悄悄吃了一惊："我爸？"

江自谦笑笑，道："为了送你去日本，他可是不容易，除了放下老脸打电话给我，还打电话给了田如婷。"

酸涩感动的情绪在孟悄悄心底膨胀发酵，她是知道父亲性格的，也知道以父亲的脾气，他为她做到这一步是多么不容易。

"孟悄悄，你知道你的问题出在哪儿吗？"江自谦慢悠悠地说道，"没有自信，又缺爱，所以才会口是心非，总是摆出一副坚强懂事的样子，拒绝外界的一切帮助。你不是不敢接受，而是害怕自己受到伤害，所以，你干脆从根本上把一切阻断掉，但这是不成熟的做法。"江自谦顿了一下，继续说道，"你总得什么都体验一下，知道快乐和痛苦是什么滋味，你的人生才完整，你才能更好地干好配音工作。"

孟悄悄的眼眶有些发烫："谢谢您，江指导，我不会再让您失望了。"

江自谦脸上终于浮现一抹笑容，道："那我正式宣布，孟悄悄，恢复原职，即刻上班。"

"是！"这一次，孟悄悄答得无比坚定。

孟悄悄刚从江自谦的办公室走出来，就被刘皓拉走了。

刘皓说："快快快快！团战了团战了！是好汉的就跟我一起上！"

孟悄悄一头雾水，她不打游戏，恐怕帮不上刘皓什么忙，不想刘皓却把她拉到了录音室。

录音室内，孟悄悄的同事们一字排开，个个神情肃穆，大有风雨欲来之势。洛冰倩也在其中，只是她看起来似乎不太好，眼睛红红的。而最让孟悄悄意外的是，她竟然主动朝自己点了点头，打了个招呼。

刘皓从桌上扯过一把红布条，一人一根分发下去，到孟悄悄这里时，她才看见布条上写着"必胜"两个字。

刘皓把红布条往脑袋上一扎，一只脚踩在椅子上，振臂高呼："同志们，战友们，大家都准备好了吗？！"

"好了！"齐刷刷的声音呈现热血澎湃之势，吓了孟悄悄一跳。

"好！头可断，血可流，我们LD人的脸面不能丢！此一战，只许胜，不许败，打得他们一声只能回家喝菜粥！"

就在刘皓指挥大家绑头带的时候，孟悄悄终于抓住机会问他："出什么事儿了？"

刘皓这才告诉孟悄悄，前段时间，陆寻帮公司挖了几个一声的台柱子之后，一声那边就开始公然放料诋毁LD。那本来是公司与公司之间的斗争，可导火索就是吴语徽主配的一部动画被放到网上，却被舆论大规模攻击。后来，攻击吴语徽的人被公司扒了出来，原来是一声的人披着马甲干的。诸如"LD的配音演员都是垃圾""除了会炒作，LD还会什么啊"之类的言论爆出后，LD的配音演员登时炸了，于是双方公司的配音演员约战，要用专业来解决这件事。

"我们约了今天决斗！不给他们一声一点颜色瞧瞧，真以为我们LD的人是吃素的啊！"刘皓热血沸腾，却不忘向孟悄悄解释，"我知道，你不喜欢拿配音来比。放心吧，我们这次是文斗，大家也只是想争口气而已！"

孟悄悄点点头，左右看了看："云真呢？"

刘皓懊恼地挠挠头，道："她说江指导给她布置的功课还没完成，在另一个录音室呢。"

孟悄悄想了想，朝刘皓伸出手，道："也给我一条吧！"

刘皓大喜过望，孟悄悄接过红布条后，想绑在胳膊上。

"我来帮你吧。"

孟悄悄一怔，说这句话的人竟然是洛冰倩。

洛冰倩没再多说什么，帮孟悄悄绑好布条之后又回到了角落里站好。

这时，刘皓呼吁大家做准备。孟悄悄大致了解了双方 PK 的方法，LD 的配音演员和一声的配音演员选择三段影视作品选段，大家在同一时间段内，用除了普通话以外的其他语言进行配音，版本多、质量好的一方即为胜利方。

孟悄悄终于明白刘皓为什么会说这是文斗，以配音的数量和质量取胜，并不是武断地评判水平高低，倒的确是不失节操又让人血脉偾张的比法。

眼见比赛时间临近，刘皓大喊一声："我们是谁？！"

"LD 的配音演员！"

"我们的目标是什么？！"

"让全世界听到我们的声音！"

刘皓涨红了脸，憋了半天的劲儿才喊道："冲啊！"

LD 和一声之间的比拼，就这么开始了。

一时间，古今中外、天南海北的方言在小小的录音间里回荡，大家铆足了劲把自己会的语言亮出来，一来，大家想争口气；二来，谁都不愿意在专业上让对手小瞧了去。

约战的 Skype 群里热闹得不得了，往往是 LD 丢出一条录音，一声就立刻回敬一条，大有你方唱罢我登场的架势。

这场有声战役持续了三个多小时，群里才渐渐安静下来，为什么？因为大家把能想得起来的方言都说完啦！场面陷入僵局，负责统计的人在群里报了数：99 比 99，双方正好打了个平手！

这时，洛冰倩从人群中走出来。

"让我再试试，可以吗？"

刘皓点点头，连忙把话筒推到洛冰倩的面前。洛冰倩捏着话筒，深吸了一口气，她的表情看起来有些紧张，沉淀了一会儿，终于开口。

洛冰倩说的是非常生僻的方言，至少在场的其他人听了完全是蒙的。要不是看着屏幕上的原选段，他们甚至都不明白洛冰倩到底在说什么，但她的情感却细腻到位，在场的其他人被镇住了。洛冰倩配完之后，室外的导演把这条录音发到群里。

之后一声那边久久没有动静。

刘皓好奇，问道："我怎么从没听过这种方言？"

洛冰倩摇头笑了笑，道："这是我老家的土话，我老家是个小地方，没什么人去过的。"

刘皓点点头。一声那边还是没动静，这下，LD 的人都屏息凝神起来，刘皓捏着表，喊道："倒计时，倒计时！"

按照规则，如果对方不能在一分钟之内回复新的录音选段，就算是输了。

时间一分一秒地流逝，连孟悄悄都跟着紧张了起来。刘皓读秒的声音快把屋顶震破："5——4——3——2——1！"

一声那边犹如一潭死水。

"赢啦！"刘皓带头叫起来。

年轻的配音演员们陷入狂喜中，他们争相欢呼拥抱，扯下头上的红布条，用力地扔到空中。

孟悄悄被这热烈的气氛感染，也忍不住笑了起来。

这是一场荣誉之战，事关的是他们的尊严和执着。

可就在这时，孟悄悄注意到站在角落里的洛冰倩深深地看了他们一眼，转身退了出去。

孟悄悄觉得有些奇怪，也有些担忧，她想了想，还是跟了上去。

与热闹欢腾的录音室不同的是，办公区内一个人都没有，显得十分安静。洛冰倩走回自己的座位，在那儿站了好一会儿，才抬头抹了抹脸，抱起放在桌上的纸箱。

她回过头，看见孟悄悄一脸愕然地看着她和她手里装着私人物品的箱子。

洛冰倩的脸上涌现出难以形容的难堪，她没有再对孟悄悄表示出敌意，反而一脸苦涩地朝孟悄悄笑了笑，道："要不要去喝一杯？"

孟悄悄点了点头。

孟悄悄陪洛冰倩来到天台，点了一杯水果茶，然后坐在洛冰倩的对面，沉默地看着眼前的桌子。这似乎是她们相识以来少有的状态，即使孟悄悄与洛冰倩并不算太熟，即使她们之间曾有过很多的不愉快。

洛冰倩扭头望着远处，视线却不知落在哪个点上。半晌之后，她才说："我辞职了。"

巨大的心理落差让孟悄悄有些无所适从，明明几分钟前她们还在同一个录音室里配音，还没有来得及分享胜利的喜悦，这喜悦就被突如其来的离别给冲散了。

"为什么？"

洛冰倩苦笑了一下，低下头嗫嚅道："没钱了，在大城市里混不下去。家里人觉得我干这一行看不到希望，让我回老家结婚。"

孟悄悄哑然，她为洛冰倩的退出设想过很多可能，但没想到会是这个。可洛冰倩的话提醒了她，做配音演员是许多人的梦想，可梦想也是建立在现实之上的。他们之中没有任何人能脱离现实过活。

所以，孟悄悄说不出任何安慰洛冰倩的话，一切话语在此刻的洛冰倩眼前都是苍白无力的，那只是客套的说辞。

好在洛冰倩似乎并不需要孟悄悄的安慰，需要的只是一个安静的聆听者。洛冰倩兀自说道：“孟悄悄，你知道我为什么不喜欢你吗？”

孟悄悄摇摇头。

洛冰倩道：“因为你是我最讨厌的那种人。明明你比所有人都要幸运，却好像过得很痛苦一样；明明你身边所有的人都在关心你，但你却把自己包裹起来，拒绝别人的关心。可是真正的痛苦是什么，你真的知道吗？”

孟悄悄想了想，认真地答道：“我不能拿自己的痛苦和你的比较，你也不能拿你的痛苦和我的比较。每个人活在这个世上，所受的痛苦是不一样的。”

洛冰倩笑了笑，这让她脸上的愁容消散了一些，她道：“我就知道你会这么说，你就是这样的人，一点假都不会装，也永远不会说些讨好人的话。可你还是活得那么生动，那么自我，我羡慕你，又嫉妒你。”

不等孟悄悄回答，洛冰倩道：“可我现在有点儿明白了，一个人会遇到什么、得到什么，并不是注定好的，而是看那个人本身是个什么样的人。”她深吸一口气，道，“孟悄悄，我向你道歉，之前是我误会你了。”

“没关系的。”孟悄悄说道。

洛冰倩道：“起初，我以为你是那种靠关系走后门，还特别会装的人，所以，你才冒名顶替，借用你好朋友的名气做文章。我觉得你没有资格站在 LD，我觉得你的存在就是对我们这些对配音心怀憧憬的人的侮辱。但是，云真已经向我解释过了，我才知道，其实一直以来，你过得也不容易。”

洛冰倩站了起来，她走到天台的边缘，俯瞰着附近的高楼大厦。大厦下的车水马龙遥远得就像来自另一个世界，连带着行人也变得渺小、软弱。冬日的阳光正好，一寸一寸地铺陈在砖瓦上，那些从明亮的玻璃窗户上折射出来的光线，形成了一个又一个永恒不灭的光圈。

洛冰倩就站在那些光圈里，她的神情宁静而哀伤，她轻轻地说道：“孟悄悄，你知道我们这些小镇青年，要想在大城市扎下脚跟有多难吗？”

“来这里的，谁不是心怀梦想。可是光有梦想有什么用呢？我们还要租房子，还要吃饭，还要寄钱回老家。不是所有人都能撑得下来的，真的。”洛冰倩说到这里，声音颤抖了起来，“我那么努力地配音，那么努力地做网配，因为我喜欢啊，我想红。因为我知道，红了我才可以向我的家人证明，我的梦想可以养活我自己，我干这一行不会饿死。可是，一个人要大红大紫，哪里是那么容易的事儿呢？”

“大家都说，干配音就是一倒贴钱的工作，没有强大的抗压能力，根本坚持不下去。因为这一行太磨人了，不是所有人能混出头的，想成名角儿，想成大腕儿，要耗费巨大的成本。我不信，我真的在努力，一直在努力，我咬牙撑着，我不想放弃。”

可洛冰倩的情绪显然撑不住了，越来越多的泪水从她的眼里涌出来，顺着她的脸流下。她哭得绝望伤心，连简单的站立都很难维持，最后慢慢地蹲下，抱着自己哭得越来越大声。

“可是我坚持不下去了，我每天都在和我爸妈吵架，我认输了，我认输了……”

孟悄悄很难过，可她知道现在的自己什么都说不了。洛冰倩说的问题是大多数人要面对的现实问题，而在现实面前，一切都是徒劳而无奈的。

孟悄悄只能伸手扶住洛冰倩的肩膀，用力地按住她，希望能将自己的温度传递给她。

也不知道过了多久，孟悄悄感觉到洛冰倩握住了她的手。她心中一颤，低下头看着洛冰倩。

洛冰倩的眼睛哭红了，说话时带着浓浓的鼻音，可她眼底的光芒，却让孟悄悄永世都无法忘记。

洛冰倩紧紧地握着孟悄悄的手，说道：“孟悄悄，你一定要坚持下去，带着我们这些先离开的人的梦想，你一定要在这条路上走下去，知道吗？”

孟悄悄只觉得有一团重重的东西堵在了她的嗓子眼里，这时的阳光正好，她用尽全身力气，应了一声好。

孟悄悄送洛冰倩离开公司，洛冰倩说大家都高兴着，她也不想扫大家的兴，让孟悄悄暂时别把她要走的事告诉其他人。

孟悄悄目送着一辆的士把洛冰倩带走，她觉得自己肩膀上的东西更多、更沉重了。

孟悄悄带着那些厚重的情绪等到了下班，然后婉拒了刘皓他们叫她去参加庆功宴的邀约，带着她精心准备的礼物，敲开了很久没有回过的家的门。

孟荣来开门的时候，腰上还围着围裙。他笑眯眯地把孟悄悄迎进门，看见她手上拿着东西时，不满地嗔怒道：“又瞎买东西，你现在很有钱吗？”

“我给你买了些衣服，不是很贵，你别嫌弃。”

孟荣嘟囔着：“乱花钱。”却拿起那些衣服在身上比画了两下，嘴硬地说不合适，又喜滋滋地收了起来。

“你坐着，很快就能开饭。”

孟荣说着，又进厨房里忙活了。

孟悄悄闻着弥漫在空气中的菜香，餐厅的桌上摆着丰盛的食物……她很久都没有感受到这种归属感了。她终于明白洛冰倩话里的意思，无论何时，无论何地，她还有家，这儿永远是她的避风港。

孟悄悄走到厨房里，默默地看着正在笨拙地颠勺儿的父亲。父亲的额头上沁出了一层细密的汗，可他的嘴里却哼着愉快的小调儿。锅里，是孟悄悄最爱吃的糖醋排骨。

她忽然想起父亲其实并不怎么爱下厨。

孟悄悄走过去，看着父亲忙碌着。

“爸……”孟悄悄克制住语气中的酸涩，轻声道，“谢谢，谢谢你。”

“呃……”孟荣支吾了半晌，才发出微不可闻的声音，他道，“你开开心心的，比什么都强。”

“爸，在我的心里，您永远都是最重要的。我爱配音，但我也爱您。”

孟荣久久没有说话，半晌后才说道：“好好的说这个干什么？我菜都煳了。”

孟荣手忙脚乱地把孟悄悄赶走，孟悄悄却分明听到他话语中的哽咽。

父亲和她一样，都不是善于表达感情的人，可不表达不代表没有感情，恰恰相反，父亲的感情比任何人的都要丰富。而她，在跌跌撞撞之后终于学会了如何和父亲相处。

那就是，多说一点，父亲总能感觉得到的。更何况，他们之间还有很长很长的时间。

临近年末，各大颁奖典礼层出不穷，LD 也受邀出席其中一个颁奖典礼。《动画制作人》在下半年上映后受到了业界人士的广泛好评，被特别选作本次颁奖典礼的国产动画表彰对象，届时 LD 将上台领奖。

陈与均凭借新戏《文武》入围了最佳男主角，便早早地给孟悄悄打了电话，想要带她一起去参加典礼。她的第一反应就是拒绝，毕竟她和陈与均沸沸扬扬的绯闻刚平息，她不想多生事端。可陈与均委屈巴巴地央求她，他真的很希望她能在现场看到他上台领奖。

两人就这么僵持着，直到刘皓打听到了公司内部消息，这次的颁奖典礼，吴天、陆寻、吴语徽等《动画制作人》的主创团队代表会去，并且公司还有些多余的票。LD 打算把这些票拿来作为员工奖励，让他们去现场看看自己喜欢的明星。

刘皓争破头抢到了三张票，然后冲着姜思慕和孟悄悄傻乐，还让她们帮他跟门票合影，当场就发了朋友圈显摆去了。江自谦不耐烦去参加这些典礼，把他的票给了云真。

颁奖典礼那天，公司的人分两拨出发，陆寻和吴语徽要上台领奖，自然是盛装打扮；员工们虽说穿得没那么隆重，但也是把压箱底的衣服拿了出来。

孟悄悄到了会场才发现周旭、陈阿姨都在，还有一个面相和善的叔叔。他们的位置紧挨着 LD，旁边就是她的位置，而这显然是陈与均有意为之。

“悄悄，你也来啦！”陈杏璇今天打扮得隆重而不失典雅，她紧紧握着那个叔叔的手，似是从紧张中抽出一丝精力来和孟悄悄打招呼，甚至紧张得碎碎念，“我怎么这么紧张啊？我感觉我的心都要跳出来了。”

周卓峰拍了拍陈杏璇的手：“还没开始，你紧张什么？”

周旭和孟悄悄眨了眨眼，笑道：“有个当明星的弟弟还是有好处的，对吧？”

刘皓几乎从坐下开始就没消停过，举着他的手机到处拍，还拉着姜思慕和孟悄悄怪叫：“你们看你们看，那不是传说中的少女杀手苏遮幕吗？想不到他真人那么高，好帅啊！”

姜思慕睨着刘皓，凉凉地说道：“刘皓，你不太对劲啊。”

“啊？”

“我发现你看男明星比看女明星多啊。”

“嘁！”刘皓俊脸一红，道，“我这是想找个参考，看以后穿衣风格往哪儿靠。”

“那你怎么不参考陈与均呢？”

刘皓一脸暧昧地凑近姜思慕，问道：“哟哟哟，我们思慕姐特意点陈与均的大名，这是有所思慕？”

“不行吗？”姜思慕被人看穿也丝毫不慌，还拱了拱孟悄悄，道，“悄悄，有空给介绍下，我对那种国民初恋款的最感兴趣了。”

周旭听见了，插话道：“想认识我弟弟，可得先过我这一关。”

姜思慕这么大方承认，刘皓反倒不好开她的玩笑了，便缩回自己的位子上，继续举着手机拍照。忽然，孟悄悄注意到刘皓手一颤，浑身僵硬地放下手机，再也不敢有什么动静。

孟悄悄顺着刘皓的目光一看，发现是谢洋。他穿着周正的西装，站在他们前三排的位置上，并朝他们的方向看了过来。

孟悄悄朝谢洋点点头，谢洋的脸上没有什么波澜。他礼貌地回礼，视线却在一脸尴尬的刘皓身上停了好一会儿，才坐回座位里。

这时，场上的光线暗了下来，气势磅礴的背景音乐响起，观众席中爆发出了阵阵的掌声。孟悄悄也鼓起掌来，目光扫过坐在前排的陈与均。

今天的陈与均和往日不同，他化了淡妆，平日里柔顺的头发全部抓到脑后，露出饱满的额头和精致的眉眼。他静静地坐在那里，只是简单鼓掌的动作就能将场上人的目光吸走，这是他的职业赋予他的光芒，而这光芒已经将他和一般人隔开了。

在这个年纪看似拥有了一切的陈与均，其实失去的远比得到的要多吧？

孟悄悄在日本的时候，陈与均经常会给她打电话、发微信，大多数时候是在片场里。孟悄悄隔着手机屏幕也能感觉到陈与均藏在妆容后面的疲惫，可他还是想方设法地逗乐，让她开心。

不可否认的是，在日本的那段时间，因为陈与均，孟悄悄觉得没有那么难熬。

孟悄悄无意中又看到了陆寻。陆寻和吴语徽坐在陈与均后几排的位子上，如今也在鼓掌。和陈与均无意间流露出来的温润不同，陆寻给人的感觉始终是那么的冷淡、疏离。

陆寻微微侧过头听吴语徽说话，便露出了侧脸。光线将陆寻那轮廓分明的脸包裹上一层糖霜。灯光下，陆寻整个人异常的清冷，那孤高又和相思缱绻，滋生出食人骨髓的惆怅来。

陆寻像是察觉了孟悄悄的视线，朝她的方向望了过来。她悚然一惊，连忙将视线收回，却发现坐在身边的云真和她一样，直直地看着陆寻的方向。

孟悄悄宛若被一盆冷水劈头盖脸地浇透，瞬间清醒。

台上，主持人登场，一番妙语连珠的开场串词后，宣布颁奖典礼正式开始。

《动画制作人》的奖项安排在典礼的中段，陆寻携手吴语徽上台领奖。

陆寻从颁奖嘉宾的手中接过奖项，走到立麦前，语气清冷地说道："很荣幸今天能站在这里代表《动画制作人》的所有工作人员拿到这个奖。这个奖不仅是对 LD 的鼓励，更是对国漫、配音，乃至整个行业的鼓励，谢谢大家对我们的认可。我们一定会在未来做出让大家更喜欢、满意，并为之自豪的作品。众所周知，LD 是配音公司起家，我们希望通过发展国产动画的方式驱动整个行业的发展，让以后的我们不必羡慕美国、日本的动画；我们希望给更多配音演员提供一个良好的平台，让他们享受到应有的待遇和尊重，谢谢！"

一席话引来了场上雷鸣般的掌声。

孟悄悄置身在雷霆般的掌声中，随着身边的人一起鼓掌。

陆寻描绘的是一个美好而没有瑕疵的未来，孟悄悄知道，要实现那样的未来很难，可是谁不对那样的未来充满期待呢？谁不会心甘情愿地为着那样的未来而努力呢？

典礼随后又陆续颁出奖项，持续了一个多小时，终于到了最佳男主角的奖项。

大屏幕上依次播放入围的演员和他们的作品，陈与均的作品是青年导演的故事片《文武》，他在剧中饰演的是一个患有自闭症的少年小文。屏幕中他的影像一一闪过，那都是一些十分精彩的片段。

孟悄悄看到小文缩在角落里，被一些流氓暴打，而小文紧抿着唇，紧紧地攥着手里的口哨——他最好的朋友小武给他的信物，她的心抽疼了起来，她听见周旭在身边的叹息和低喃。

周旭说：“他这一路走来，真是不易。”

陈与均这些年是怎么走过来的，孟悄悄不得而知，但她相信周旭一定比她清楚。周旭的话让她紧张了起来，她希望陈与均的付出能得到应有的回报。

颁奖嘉宾是一个非常有名的前辈——林战，更是上一届最佳男主角的得主。他打开写着得奖名单的信封，略带笑意的眸子在场上扫了一圈。大屏幕上适时切到所有入围的演员。

陈与均一双深邃的眸子依旧是那么沉静，可紧抿的唇暴露了他此刻的紧张。

“本届最佳男主角的得主是——”林战缓缓说道，“《文武》，陈与均！”

欢呼声响起。偌大的银幕上只剩下陈与均的画面，他局促地和身边的人拥抱，可孟悄悄看见，他的眼睛红了。

一旁的陈阿姨早就扑在了周卓峰的怀里，泣不成声。就连周旭也吸着鼻子，趁无人注意的时候偷偷地抹了抹眼睛。

孟悄悄的目光跟随着陈与均，她看他款步上台，从林战的手中接过那座奖杯。她听见他沉着地说出的话：“谢谢组委会颁这个奖给我，谢谢张导信任我，把小文这个角色给我，谢谢《文武》剧组里的所有工作人员，谢谢我的经纪公司、我的经纪人彬哥、我的助理……我还要谢谢我的家人们，谢谢我的母亲、我的继父、我的哥哥，今天他们都坐在台下。谢谢你们对我的包容和呵护，我很爱你们。”

陈阿姨哭得更加伤心，周卓峰也红了眼睛。孟悄悄听见周旭的嘟囔：

“油嘴滑舌的臭小子。”

台上的陈与均平复了一下情绪，又说道：“在这里，我还要特别感谢一个人。如果没有她，我今天就不会站在这里。我选择成为演员就是因为她。我们两个很小的时候就分开了，现在，我找到了她，她就在台下。”

陈与均的话引起了场上的骚动，人们纷纷环顾四周，想把陈与均口中的那个人找出来。

孟悄悄的心猛地跳了起来。

陈与均难得露出少年稚气，调皮地说道：“大家不用找了，我不会告诉你们她是谁的。我说这些，是因为我想把这个奖分享给她。”

陈与均说完，高高地举起了手中的奖杯。

孟悄悄的眼睛被那在灯光下熠熠生辉的奖杯晃花了。

陈与均笑着说道：“我回来了。”

颁奖典礼结束之后，孟悄悄一行人走出会场。周旭送父母回家，眼睛都哭红了的陈杏璇拉着孟悄悄的手，叮嘱她有空一定要去家里坐坐。

就在孟悄悄他们商量去搭车回家的时候，陆寻和吴语徽也走了出来。吴语徽见了周旭，立刻抛下了陆寻，要蹭周旭的车回家。

吴语徽的脸红彤彤的，显然还沉浸在方才的激动里。周旭自然不会反对，陈杏璇也喜欢活泼可人的吴语徽，自然喜不自胜。

剩下陆寻对着孟悄悄一行四人有些尴尬，陆寻从会场里走出来时，脸色就不太好看。

吴语徽在心中翻了个白眼，别人不知道，她可清楚得很。刚才陈与均在台上表白的时候，坐在她旁边的陆寻就像个大冰箱似的，别提他周身的气场有多冷、脸有多臭了。

吴语徽瞄了瞄陆寻，又瞄了瞄孟悄悄，实在是看不下去了，便道：“陆寻，你不是开车来了吗？送孟悄悄回去啊。”

“不用了。”

“好啊。”

孟悄悄和云真的声音同时响起，回答的却是截然不同的话，她们互看了对方一眼，都笑得有些不自然。

刘皓和姜思慕面面相觑，刘皓讪笑道：“那什么，要不我们还是去搭地铁吧……”

“我可以送你。”

一个低沉而有磁性的声音忽然响起，如同一把小刷子，搔得人耳根子一阵酥麻。

众人回过头，看见的是不知何时走出来的谢洋，谢洋和陆寻点点头打了个招呼，随后，他的目光一直落在刘皓的身上。

刘皓的脸都绿了，他尽量把自己藏在姜思慕的身后，东张西望的，就是不看谢洋，掩耳盗铃地逃避着。

一辆黑色的保姆车适时停在了众人面前，车门拉开，陈与均坐在车里。他见到眼前的场面先是一愣，而后看向陈杏璇说道："妈，要我送你们回家吗？"

陈杏璇笑着说道："我们自己会回去，又不是七老八十了，你送悄悄吧。"

说着陈杏璇把孟悄悄往陈与均车前一推，对着儿子眨了眨眼，然后挽着周卓峰先离开了。

陈与均被母亲如此明目张胆的撮合行为弄得有些不好意思，他征询着孟悄悄的意见，问道："悄悄，我送你回去吧？"

孟悄悄犹豫了一下，陆寻的视线如芒在背，这让她实在想尽快摆脱这让她窒息的环境。她扭头对云真说："云真，你坐陆寻的车吧，我们四个人也挤不下。"

"对对对对对！"刘皓就像逃难似的，拉着孟悄悄和姜思慕往陈与均的车上逃，他高声说话，也不知是不是故意说给谁听。他道："我要蹭影帝的车，我要发朋友圈！走走走走走！"

姜思慕不但上了车，还直接给陈与均派名片："陈老师，久仰大名，你好你好，我是姜思慕……"

孟悄悄就这么稀里糊涂被拽上了车，余光里，陆寻还站在那儿，一动不动的。孟悄悄心中五味杂陈，不知是何滋味。

谢洋皱了皱眉头，礼貌地和陆寻道别之后，转身离去，只是那背影看起来莫名像是憋着气的。

眼见着陈与均的车子带着孟悄悄绝尘而去，吴语徽恨铁不成钢地瞪了始终一言不发的陆寻一眼，拽着周旭的胳膊道："我没眼看了，周旭，我们走。"

周旭无奈地摇摇头，颇为同情地看了好友一眼，带着吴语徽离开。

云真还是落落大方的模样，她对陆寻一笑，道："走吧。"

周旭这儿也遇到了麻烦，吴语徽说什么都不肯回家，周旭拿她没办法，只好问她想去哪儿。

吴语徽有一双乌溜溜的大眼睛，她眼珠子一转，狡黠地笑道："我想去山顶。"

周旭立刻明白了吴语徽的意思，因为身体不太好，所以吴语徽一直被家里人看管得甚严。她只能在家中看电视，而受一部有些年头的电影《星愿》的影响，她从小到大的愿望，就是去山顶看星星，想必今天参加了颁奖典礼，看到了不少明星，又激发了她看星星的想法。

“想去看星星？”

“嗯！”车里暖气十足，吴语徽的脸红扑扑的。

周旭盘算了一下，自己是随身带着药的，今天的温度也不算太低，于是一边转动方向盘掉头，一边给吴家去了个电话，告诉吴家人，他会晚一点送吴语徽回家。

做完这一切后，他平稳地驾驶着车子，驶在去往附近一座小山的路上。来自吴语徽的灼灼目光让周旭很难忽略，他略微叹了口气，道：“你看我干吗？”

“你好看呀。”吴语徽支着脑袋，甜甜地说道。

周旭没想到会听到吴语徽这样的回答，猝不及防的，连耳朵尖都红了起来。他一本正经地说道：“如果你真的想夸我，可以夸我帅。”

“呸。”吴语徽推了周旭一把，又困惑了起来，她挠了挠头，道，“奇怪，我以前怎么没发现你长得好看来着？”

“可能你之前眼睛出了点问题。”

吴语徽被气笑了。

周旭忽然停下车看着吴语徽，眼神深邃无比，那黑眸就像一张温柔的网，把人困在其中，无法挣脱。他温柔又矜持，道：“如果你的眼睛没有问题，那就是……情人眼里出西施。”

吴语徽张了张嘴巴，脸也不知道是热的还是怎么的，比刚才的更红了。

周旭淡笑道：“开个玩笑，不要生气了。”

“你讨厌。”吴语徽闷闷地说道。

“好好，我讨厌，你睡一会儿吧，到了山顶我就叫醒你。”

周旭一边重新启动车子，一边语气温柔地哄着吴语徽。吴语徽听着，忽然就不生周旭的气了。她转了个身，侧躺在副驾驶座上，怔怔地看着周旭。

小的时候，她一直是用仰视的角度看着周旭。这个比她大十岁的哥哥，不知道为什么总是能让她感觉到安心，不论自己发生什么事，周旭都可以游刃有余地帮她解决掉。

起初，她还管周旭叫“周旭哥哥”，不知道从什么时候开始，她就把哥哥那两个字摘掉，直呼他的名字。他从来都不会跟她生气，即使她这么没大没小，他也总是会纵容着她。他的包容让她觉得，这世上恐怕再也找不到像他那样，让她能全心全意信赖着的人。

而且，不论她说什么，周旭都懂。

吴语徽低声道：“周旭……”

“嗯？”

“你很好，你一点儿也不讨厌。”

周旭一怔，他抬手摸了摸吴语徽的脑袋，轻声道：“知道了，睡吧。”

女孩睡在周旭的身侧，很快就进入了梦乡，发出绵长的呼吸声。周旭飞快地扫了吴语徽一眼，在他身边安然入睡的吴语徽让他感受到一种难以形容的满足感。他知道，吴语徽信任他，这种信任足以让他内心悸动，无法平息。

车子一路向前开，穿过漫漫的夜色，沿着崎岖的山路攀爬，很快来到了山顶。山顶上有一片旷野，周旭把车停好，拉开天窗，漫天的繁星就这样映入眼帘。

周旭扭头，吴语徽睡得很香。他笑笑，决定不打扰她这一场好梦。他帮她把椅子放平，又将他的外套盖在她的身上，最后拿出手机，帮她记录下这一刻无边无际的美景来。

山中日月长，他在等她醒来，一如在这些年的时光中，他一直在等她。

自从《动画制作人》拿到奖后，LD 的所有人就像打了鸡血一样，工作效率直线上升。

孟悄悄前脚进公司，后脚就被吴天叫去办公室。偶像在前，孟悄悄难免有些紧张，想她进入公司以来，其实并没有和吴天有太多的交集。

事实上，只要一想到自己是在吴天的手下工作，这就已经是件很让她雀跃的事了。

吴天打量了孟悄悄一眼，问道：“状态怎么样？”

孟悄悄点了点头，道：“对不起，吴总，之前给公司添了那么多麻烦。”

“所有麻烦都被陆寻搞定了，你要实在是觉得抱歉，就去谢他吧。在你这件事儿上，他可是出了不少力，好几天都没睡个好觉。”

陆寻？孟悄悄微微一怔。

吴天开始说正事：“今天找你来，是因为公司正在做一个秘密项目。这个项目是公司接下来的重心。我希望你能够保密，保证这件事只有你和我两个人知道，你可以做到吗？”

孟悄悄有些疑惑：“可是，这么重要的项目，您为什么要和我说呢？”

吴天被孟悄悄的耿直逗乐了：“当然是因为我想让你来负责这个项

目。”

孟悄悄一时有些无言，心却怦怦地跳了起来。自她回到公司之后，没想到吴天居然肯在这个时候给她一个机会。她回过神来，立刻答应：“我向您保证，不会对任何人提起这件事。”

吴天满意地点了点头，将一份文件递给孟悄悄。她打开文件夹，只见其中赫然写着“虚拟歌姬”四个字。

吴天道：“虚拟歌姬是一个二次元形象，我们将对她进行声源采集，从而将她打造成集歌唱、配音于一体的新型偶像，主攻二次元市场。孟悄悄，你将作为她的声源。”

“我……”孟悄悄哑然，愣愣地问道，“我行吗？”

吴天失笑，道：“你这是在质疑我的眼光？”

“我不是这个意思……”

吴天打断了孟悄悄的话，他笑道：“这是我们综合评选出来的结果，我们一致认为你的声音中性多变，可以低沉温柔，也可以通透空灵，再加上你的唱功不错，所以纵观全公司，你是最合适的人选。”

听吴天这样说，孟悄悄也打消了心头的疑虑，保证道：“吴总，我会全力以赴。”

吴天笑了笑，道：“孟悄悄，加油干。”

孟悄悄重重点头，她犹豫了片刻，终于鼓足勇气说道：“吴总，能麻烦您给我签个名吗？”

吴天惊讶地看着孟悄悄。

孟悄悄憋红了一张脸，瓮声瓮气地说道：“您年轻的时候是我的偶像！”

纵横商场几十年的吴天因为孟悄悄的这一句话而笑出声来。

第三十一章

最终，我们还是走到人生的分岔口了，一个向左，一个向右

孟悄悄正在小学门口和看门大爷交涉，颇为心力交瘁。

学校正在放寒假，校园里安安静静的，除了值班的大爷，一个人都没有。那大爷不认得孟悄悄，说什么也不让她进去。

云真这个时候来了，孟悄悄忙拉着云真给那值班大爷看。大爷推了推鼻梁上的老花镜，倒是认出了云真，似乎每个学校的看门大爷都有这样过目不忘的本事，他回忆道：“你是那个小时候瘦得和根豆芽似的姑娘吧？怎么就你一人啊？原来总和你在一起的那个胖乎乎的像朵花菜似的小丫头呢？”

孟悄悄苦笑。

总之，两个人好不容易进了校园。前些天刚下过一场雪，校卫工人把雪扫开，留出一条路。皑皑的白雪堆积在道路两旁，没有顽皮的学生，自然也没有憨厚可爱的雪人。

孟悄悄见云真把手插在口袋里，脸上冻得红红的，不由得问道：“冷吗？”

“还好。”云真在原地跺着脚，问道，“这是哪儿，怎么忽然带我来这儿？”

孟悄悄从包里拿出一个包装精致的包裹递给云真。

“送你。”

云真有些疑惑地接过包裹，发现包裹里居然是一套电视剧的影碟。电视剧名叫《叱咤江湖》，从演员的着装打扮上看，这电视剧有些年月了。而封面上，还有一个龙飞凤舞的签名。

“这是什么？”

“吴天的签名，他签的还是他配的那个角色的名字！你看，萧寒。”

云真啧啧称奇：“你去找吴总签的？你厉害啊。”

“我也是鼓起勇气要到的。你之前跟我说，最想要的就是吴天的签名，虽然你现在不记得了，但我还是想帮你拿到。”

云真一时有些五味杂陈，她道：“悄悄，我没一点印象了。”

孟悄悄有点失望，可她没有气馁。她拉起云真的手，把云真带到操场上。她指着操场的一个角落说道：“没关系，我可以一点一点地讲给你听。你看那里啊，小的时候，每到体育课，我们两个都会坐在那里。你是因为身体不好，我是因为太胖，没人愿意和我在体育课上组队。”

云真动了动唇，没说话，她跟着孟悄悄走到那个角落。

角落里有一条长椅，因为下雪，椅子上满是水迹。孟悄悄拿出纸巾把水擦干，拉着云真坐下。

孟悄悄说道：“那个时候，我就坐在这个位置，你坐在我旁边。我们俩之间的第一句话还是你和我说的呢，你问我‘你喜欢上体育课吗’……”

“悄悄。”

云真打断了孟悄悄的话，她看着孟悄悄，坚定地说道：“忘掉的就算了吧。”

孟悄悄垂下头，云真看不见她的表情，却能感觉到她的难过。

“我以为……”孟悄悄顿了一下，艰难地说道，“我以为只要我带你多走走，你就能想起来。”

云真道：“对于我来说，比起忘掉的过去，未来才更重要。”

孟悄悄怔怔地看着云真，有些茫然，那些过去怎么会不重要呢？忘掉的过去里，是她们所拥有的美好时光啊！

可是，云真说这话的时候，看起来坚定极了，那坚定的样子，让孟悄悄觉得有点儿陌生，好像她从来都没有认识过云真。

空寂的冬日，孟悄悄和她的朋友云真坐在一条长椅上，两人之间却仿佛隔着一条无法逾越的鸿沟。

云真的态度让孟悄悄有点无所适从，连云真自己都不想找回记忆，孟悄悄再努力也无济于事，只能尊重云真的选择。

虚拟歌姬的项目已经开始了，孟悄悄的工作陡然增加了许多。

而云真也开始了新的工作，听说是陆寻给她接了几部戏，都是流量巨制。

云真不愿意错过这难得的机会，拼了命地练习。江自谦认可她的态度，也常会给她一些指导。

孟悄悄推开录音室的门，云真正在里面配音，江自谦则坐在电脑前，一脸认真地听着声音。

“皇后的使命是管理繁杂纷乱的后宫，给皇帝轻松的生活，使他远离妖媚的女人，远离倾轧的后宫纷争，远离随时会出现的堕落引诱！当皇帝暴怒的时候，皇后要帮他恢复理智；当皇帝怯懦的时候，皇后要帮他恢复勇气；当皇帝意志消沉的时候，皇后要时刻提醒他，作为一位英君明主应尽的职责！一位皇后所做的一切不是为了她自己，而是为了一个伟大帝国的事业，为了一个天赐皇族的万世荣光，为了造就一个贤君明主！这是上苍赐予皇后的使命，只不过，完成这使命会很艰难，费周折，但只要能够完成它，不论做什么，我都在所不惜！”

“停！”

云真说完台词，仍能感受到从喉咙深处发出的共鸣。她微微地喘着气，感觉自己仍处在那座雍容华贵的大明宫中。

“云真，你的表演太刻意了。”江自谦的声音从云真的耳机中传来。

云真朝江自谦看去，却意外地看见孟悄悄。她朝孟悄悄笑笑，又认真地看着玻璃外的江自谦，听他点评自己方才的配音。

江自谦道：“气场并不是靠你压低声线、放慢说话的速度就能带出来的，你需要投入角色，想想武则天一生的经历，想想她和李治之间的纠葛，再将自己代入那样的情境中，才能知道她在这个时候，是以什么心情说出这段话的。你只有先了解她的想法，再辅以发声技巧，才能完整诠释出这个人。重新开始！”

“是！”

云真调整呼吸，开始新的配音。

孟悄悄不想打扰好友，她默默地退了出去。

公司里不知何时开始流传云真和陆寻在一起的消息，孟悄悄也在公司里见过他们几次。云真走在陆寻的身侧，与他肩膀相碰，身体贴合，两个人之间的距离近得几乎没有缝。他们总是出双入对，看起来是那么的般配。

各归各位，这是最好的结局。

下午，江自谦带队进录音棚，参与 LD 最近几部作品的录制。在去录音棚的车上，孟悄悄独自缩在角落的位置上默读台本，阳光熨帖地铺陈在她的身上，带着寒冬时节难得的一丝暖意。

就在这时，隐隐约约的交谈声传入她的耳朵里。

“云真怎么没来？”

“听说是和陆总一起去见大 Boss 了。”

“哎，他们是不是在一起？”

“我看像。唉，我的陆总啊……”

“他们男才女貌，哪里轮得到你这个妖怪来反对。”

笑闹声不绝于耳，孟悄悄皱眉，打起精神，继续读台本。

到了录音棚，孟悄悄马上投入工作。但不知道是怎么了，今天她就是没办法集中注意力，不是情绪不到位，就是频频念错词。

“停！”江自谦终于忍无可忍。

孟悄悄自知有错，低着头不敢说话。

江自谦的责骂劈头盖脸地向孟悄悄袭来：“孟悄悄，你今天是怎么回事啊？不要在这里浪费大家时间！”

“对不起。”

“换人重来！”

孟悄悄退出录音棚，找了个没人的角落独自冷静。她身后是记录着录音棚这些年来历史的照片墙，年代从远到近，那张之前的实习生大合照也赫然在其中。

孟悄悄怔怔地望着那张照片，照片中，她和陆寻一左一右站着，亲密又陌生，从照片上看起来，不过只隔着一个指头的距离，而如今已经是天南海北那样的遥远。

孟悄悄收回目光，离开录音棚。

同期生们约了下班后聚会，孟悄悄耗费一个小时，始终没找到状态。走出录音棚时，她难免有些沮丧，她的异样被在门口等她的姜思慕发现了。

“你怎么了？脸色怎么这么差？”

“没事。”孟悄悄朝姜思慕笑笑，问，“刘皓呢？”

“鬼知道他怎么了，请了几天假也不见人。打电话喊他出来吃饭，他又说什么没空。”姜思慕想了想，道，“倒是那个谢洋，也不知道从哪儿要到我的电话，问我刘皓在哪儿，我觉得这事儿不简单。”

一辆车横在孟悄悄和姜思慕面前，打断了两人的对话。车窗摇下来，露出陈与均那张笑得灿烂的脸来。

孟悄悄有些惊讶：“你怎么在这儿？”

“路过这边，顺便约你吃个晚饭。”

姜思慕忽然把头探进车窗，几乎要贴上陈与均的脸，吓了陈与均一跳。她插嘴道：“陈老师，是不是听者有份？”

陈与均整个人用力地向后仰，想要离姜思慕远一点。

姜思慕哼了一声：“你躲什么呀，我难道还会吃了你？”

在自来熟的姜思慕面前，陈与均显得有那么点无所适从，不知如何应对，只好求助地看向孟悄悄。

孟悄悄道：“下次吧，今晚公司有聚会。”

“这样啊……”陈与均的脸立刻像个失去了糖果的小孩儿脸似的垮了下来，可他很快打起精神，提议道，“那我送你们过去吧。”

孟悄悄有点为难，她抬起头看了看四周，陈与均立刻明白她的顾虑，他像个小孩一样举手发誓:“我就送你到附近，保证不会再被狗仔拍到！”

与无可奈何的孟悄悄形成鲜明对比的是姜思慕，她一边念叨着“要死要死，这上了明星的私家车啊，光宗耀祖光宗耀祖”，一边利落地钻进车后座。

孟悄悄见姜思慕如此，也不好再反对，跟着坐上了陈与均的车。

一路上，姜思慕不放过任何调戏陈与均的机会，完全没受他影帝光环的影响，言语之间就像他俩是认识了很久的老友，谁也看不出来两人之前连普通朋友都算不上。

陈与均头一次在与孟悄悄同处时感到时间过得太慢太煎熬了，车子终于开到了他们聚餐饭店的街角处，陈与均松了口气，道：“到了，我就送你们到这儿吧。”

“谢谢你啊，陈老师。”姜思慕笑眯眯地说道，“啊，我叫你陈老师，你不会气我把你叫老了吧？”

“不会，朋友之间称呼什么都无所谓。”陈与均一脸的乖巧客气笑容。

“既然都是朋友，那我们加个微信吧。”

……

最后，姜思慕和孟悄悄下了车，陈与均破天荒地没有想和孟悄悄再说说话的心思。他启动车子，毫不停留地绝尘而去，姜思慕笑眯眯地对着车子挥手。

聚会地址选在一间日式居酒屋。

孟悄悄和姜思慕推门进去时，大部分同事已经到了。而孟悄悄没想到的是，陆寻也在。陆寻和云真两个人头挨着头，一起点单。云真不知道说了句什么，陆寻点点头，神色居然是难得的温和。

孟悄悄移开视线，非常识相地和姜思慕一起坐在了桌子的这一头。

云真隔着桌子喊她：“悄悄，你怎么坐那么远？”

孟悄悄看着放在他们面前的酒瓶，推脱道：“我不会喝酒，还是坐在这儿吧。”

孟悄悄说话的时候，陆寻并没有看她，她也只当自己什么都没看见。

餐食很快端上了桌，众人吃着吃着，气氛很快活络了起来。几杯酒下肚，各式各样的玩笑便开了起来。

有人拿云真和陆寻打趣，还有人把领带扎在脑袋上，踩着桌子高呼:

“谢洋凭什么霸占配音男神人气榜第一？我要打败谢洋！”

又有人提议干杯，还要求所有人都一起，谁都不能落下。孟悄悄不想扫兴，随大流举起酒杯，一杯酒下喉，呛得她的眼泪都流了出来。她本就不会喝酒，苦涩的酒精像带着刺，从她的嗓子一路烧到了胃里、心里，麻痹感已经随血液一起冲向她的大脑，让她的意识也跟着恍惚了起来。她干脆趴在桌子上，借以支撑自己昏昏沉沉的脑袋。

也不知道趴了多久，强烈的恶心感忽然涌上喉头，让孟悄悄觉得反胃，她跌跌撞撞地爬了起来，凭仅剩的意识出门找洗手间。

她在洗手间吐了个昏天暗地，再出来时，看见不放心她而跟过来的姜思慕。

“你还真是一杯倒啊。”姜思慕揉了揉孟悄悄的脸，说道，“我送你回去吧。”

“不用了。我自己回去就行，你进去玩吧。”

“你这样子能行吗？”

“思慕……”孟悄悄抓住姜思慕的手，语气是连她自己都没有察觉到的哀求，她道，“我想一个人待一会儿，可以吗？”

姜思慕神色复杂地看了孟悄悄一眼，无奈地点了点头。她拿出孟悄悄的手机，把自己的号码设置成紧急联系人，又确认了电量，才对孟悄悄说道：“有什么事立刻打电话给我，知道吗？”

孟悄悄感激地点点头，在姜思慕担忧的目光下离开。

居酒屋前恰好停着一辆载客的出租车，司机问孟悄悄要去哪儿，孟悄悄的脑海中忽然浮现一个地方，她向司机报了地址。

车子很快到了目的地，旷野上只有光芒微弱的路灯。司机不无担忧地看着孟悄悄，问她要不要紧，需不需要等她。她温言拒绝，道了谢后才下车。

眼前的视线模糊，孟悄悄便打开手机上的灯照着前路。

泥土味混杂着青草的清新气味蹿入鼻腔的时候，孟悄悄终于觉得不安的心平息了下来。她踩着脚下柔软而坚韧的土地，目标却是从未有过的明确。

她穿过绿草萋萋的旷野，路过静谧高耸的树木，终于来到那片被月光亲吻的小树林。树林里，偶尔有人夜跑经过，没人在意这个深夜出现在这里的女孩。

秋风迎面拂来，孟悄悄闭上了眼睛，放纵地任由回忆将她吞噬。

在眼前的那片黑暗中，她看见周围的天慢慢地亮了起来。一切的一切，都回到了陆寻带她来到这里收音的那一天。

那时，陆寻站在她的身后，为她戴上耳机。他们一起扶着话筒，谁都没有说话，只是静静地听着从眉梢眼角掠过的风声、枝叶颤抖声和绵长的呼吸声。

孟悄悄忽然觉得很难过。

原来那些自以为已经忘记的往事，就连细节，她都记得清楚，宛如昨天刚刚经历的。她向来会自欺欺人，自我催眠久了，就连自己都信以为真。

她独自一人戴着耳机，拿着话筒，伫立在这里，生死百年，却无人问津。

孟悄悄睁开眼睛，赫然发现眼前已经天光大亮，眼前的一切如她刚才闭上眼睛见到的一样，只是，这次只剩下她一个人。

忽然，她听见了沉稳的脚步声。

泪眼蒙眬中，她看见一个人影逆着阳光朝她走来。她怔怔地看着那个影子，直到对方的轮廓在阳光中完全呈现了出来。

是陆寻。

于是，孟悄悄伸出手，抚上陆寻的脸。她的声音很低，像是怕惊扰到什么："你怎么总是冷冰冰的？"

眼前的陆寻一动不动的，她喃喃道："因为我，你更不开心了，对不对？"

孟悄悄仰着脑袋，自下而上地看着陆寻，像要把他深深地刻在脑子里一样。她的手顺着他的眉梢滑落到眼角，又从眼角流连到他的唇边。

陆寻是冰冷的，不论是他的表情还是皮肤，都让孟悄悄感受不到任何温度。

她继而明白过来，这不过又是个梦。

孟悄悄忽然踮起脚将自己的唇印在了陆寻的唇上，她紧紧地抓着陆寻胸口的衣服，只想把自己的温度传给陆寻，让他不再那么寒冷。

离开陆寻的唇的时候，孟悄悄看着那双深若寒潭的眸子笑了，眼泪却掉了下来。

"以后再也不要入我的梦了。"

孟悄悄朝面前的陆寻挥了挥手。

"再见，陆寻。"

孟悄悄是被饿醒的。她揉着肚子睁开眼睛，对上姜思慕那双亮晶晶的眼睛。她这才发现，她居然是在姜思慕家。

孟悄悄猛地从床上弹起来，结果因为头晕目眩，又跌回床上。

“歇歇吧，你宿醉刚醒。”姜思慕凉凉地说道。

孟悄悄这才回想起来之前种种，她在居酒屋喝醉了，然后她一个人跑去陆寻曾经带她去收过音的小树林，而且在那里，她似乎做了一个梦……

孟悄悄捂住脸，随即警惕起来，问道：“我怎么回来的？”

“出租车司机送回来的啊。”姜思慕摇头，一脸“你没救了”的表情，“你要感谢你的运气好，碰上个好心的司机。不然，我现在都不知道去哪里给你收尸。”

“对不起。”

经姜思慕这么一提醒，零散的记忆拼凑出了个大概，在意识淡去的最后一刻，她似乎的确是被司机拽上车的。

姜思慕忽然凑过来看着孟悄悄的眼睛，语出惊人：“你喜欢陆寻吗？”

“不喜欢。”

孟悄悄回答得太快，答案却让人难以信服。

姜思慕看了孟悄悄良久，才揉了揉她的脑袋，拿腔拿调说道：“人间不值得啊。”

孟悄悄怔怔地听着，忽然有些怅然。

姜思慕退出房间，走到厨房里。锅上用小火炖着粥，她打算等会儿端给孟悄悄吃。这还是某人特意嘱咐的，说是宿醉之后要往胃里塞点东西。想到昨天那人把孟悄悄送回来时一脸的纠结与肃穆，姜思慕摇摇头，叹道：“人但凡是沾染上感情这东西，难免会变得不像自己。”

确定孟悄悄不会听见自己说话，姜思慕这才拨通了一个电话。

未等那边开口，姜思慕笑意盈盈地说道：“放心吧，我帮你圆了谎，悄悄没怀疑。但是陆总啊，你可要记得你欠我一个人情啊。”

姜思慕挂了电话，笑得有几分得意。

陆寻坐在天台上，手边放着一杯冰美式咖啡。

昨天晚上，他见孟悄悄和姜思慕一前一后地出去，又见孟悄悄走得跌跌撞撞，放心不下，便跟了上去。孟悄悄一个人坐上的士离开，他也叫了一辆车，追着孟悄悄的的士而去。

在出租车上的时候，云真数次打来电话，陆寻都没有接，只是用微信回复云真，自己有事先走了。

陆寻一路跟着孟悄悄的车，最后竟然来到了那片小树林。陆寻看着孟悄悄下车，往树林的深处走去，小小的身影很快被树林吞噬。

陆寻慢慢跟在孟悄悄的身后，孟悄悄深一脚浅一脚地走着，并没有发现他的存在。再然后，孟悄悄像傻了似的定定地站在小树林的中央，他藏在树后看了她许久，终于走上前扶住她。

孟悄悄却一脸难过地看着他，他都不知道拿她怎么办才好。

最后，孟悄悄吻了他。

孟悄悄是将陆寻当成了一场梦，可对于陆寻来说，孟悄悄唇上的温度是那么的真实。

可那短暂的一吻越是真实、温暖，陆寻的心就越是郁结难受。

陆寻和孟悄悄形同陌路的这段时间，他本意是惩罚她，可看她难过，他会心痛；看她冷淡，他也会心痛，到头来就像是在作茧自缚，惩罚自己。

他不能再这样放任地下去了，她是他的，他必须要让她有这个清醒的认知。

但孟悄悄心中始终有一个无法跨越的云真，云真永远比他更重要，所以，他必须先解决云真的问题……

陆寻的眼神慢慢地沉了下来。

“等很久了吧？”云真的声音在陆寻身后响起，她坐在陆寻对面的位置上，朝他展露出温和的笑容。

“还好。喝点什么？”

云真朝陆寻晃了晃手中的保温杯，道：“最近工作太多了，我还是喝胖大海比较好。”

陆寻沉吟了一下，说道：“云真，我有事想和你说。”

笑容在云真的脸上渐渐淡去，她意识到了什么。

“你说。”

“我昨晚是去送孟悄悄了。”

云真并没有露出意外的神情，道：“我知道。”

“你向来聪明。”陆寻淡淡称赞了云真一句，道，“我第一次见孟悄悄是在停车场，那个时候，她拦住一辆车的司机，非要让他把车上的安全带修好才让他走。我当时怎么都想不明白为什么她要这么做，现在想来，她是因为你。”

云真有些动容，她将头别到一边，说道：“我并没有怪过她。”

“可是她就是这样的人，死心眼，心思又重，对自己也毫不留情，冷酷又绝情。”

比他有过之而无不及，他当初怎么会觉得她善良的？明明她对他那么残忍。

“你很了解她。”

“因为我和她是同一类人。”

“你想说什么？”

陆寻正色道：“云真，你知道吧，如果当年没有你的声音，我可能到现在都是个瞎子。”

“嗯，悄悄和我说过。”云真点头。

“我现在还记得你第一次跟我说的话，你说‘哥哥，你怎么坐在这里’。”陆寻眼睛无波无澜地看着云真，道，“你小时候的声音跟我妹妹陆可的很像。那一瞬间，我以为我听到了陆可的声音。你的声音就像光一样，带我走出了黑暗。”

云真不知道该说些什么，陆寻说的她都不记得了，但她明白陆寻的意思，在陆寻心里，她和陆可是同样的存在。

“我们重逢是在一年前，你加上了我的 Skype，我们做了三个月的网友，然后你突然消失了。”陆寻说到这里，顿了一下，声音冷漠又认真，“云真，我感激你，但不爱你。”

云真终于维持不住脸上的笑容，她受伤地看着陆寻，眼中涌上了一丝怨恨。如果不是喜欢，她怎么可能在什么都忘记的情况下，面对陆寻还能脸红心跳。

“最近公司传出了一些你我的谣言，我不想你误会。”

云真沉声问道：“陆寻，如果先出现的人是我，而不是孟悄悄，结果会不会不一样？”

“一样。”

云真咬了咬唇，她低下头整理着自己的情绪。再次抬起头时，她脸上的阴霾已经散去，又恢复了平常得体的样子。她落落大方道：“那从今天开始，我们继续做朋友吧。”

江自谦看着站在他面前的孟悄悄，问道：“你把你刚才说的，再说一遍。”

“我以后想专攻动画配音。”孟悄悄一点躲闪都没有，她道，“江指导，能不能麻烦您帮我缩减电视剧配音的数量？”

江自谦神色不明，沉默了片刻，道：“你应该知道，动画配音的关注度远不及电视剧配音的。如果你能赶上一部大热剧，你甚至可能比你的同门少走十几年的路。”

“我知道，但是我想纯粹一点。”

“那你认为什么是纯粹？”

“用声音去传达角色的心声，将他们的想法表达给观众，甚至是还原。”

江自谦竭力隐藏着嘴角浮上的笑意，他没想到孟悄悄的心智越来越坚韧、成熟，不但如此，她对配音也有了自己的见解，她的通透和聪慧让他感到惊喜。尽管她本就天资聪颖，但在江自谦看来，现在的她才算是开了窍。

可江自谦仍旧板着脸，道："但你知不知道，动画配音和电视剧配音这两者之间并没有冲突？"

"我知道，我只是觉得现在自己的能力不够，我的精力恐怕没办法两边都顾到。"孟悄悄道，"人不能贪心，什么都想占着的。"

"你说的这些，我会考虑。"江自谦从抽屉里抽出一沓厚厚的剧本，扔到孟悄悄面前，慢条斯理地说道，"但是很遗憾，你接下来的工作已经有了安排。在我决定好你的未来方向之前，先把这部电视剧配了。"

孟悄悄没想到江自谦早早准备好了活儿等着她，拿过来一看，这是一部三十集的都市言情剧，名叫《天作之合》，剧中的女主角因事故变成了盲人，是个让人十分心疼的角色。

江自谦道："你对自己的未来有规划，这点很好，但是我想告诉你的是，动画配音和电视剧配音并不冲突，电视剧配音也并不是没有发挥的空间。活儿是没有高低轻重之分的，只要你还是个配音演员，你就要认真对待自己的每一部作品。别忘了你说过的话，配音的本质是传达角色的心声。在你能实现自己的理想之前，先把这个角色吃透吧。"

从江自谦那儿出来之后，孟悄悄开始认真看剧本。江自谦的话让她无法反驳，她的想法可能太理想化，而现下她能做好的，只有眼前的工作。

女主角苏萌是由当红小花旦阮丽翘扮演的，阮丽翘本人走的是甜美可人的路线，由她饰演的女主角给人的也是我见犹怜的感觉。孟悄悄首先研究了阮丽翘的原声，结果发现阮丽翘的声线和苏萌并不协调——苏萌这个人物的性格远不是可爱就能概括的，她更坚韧，也更硬朗。

孟悄悄琢磨着在两人之间找一个平衡点，她就像是一根纽带，又像是针线，需要将苏萌和阮丽翘严密地联系在一起。孟悄悄可以尽量模仿阮丽翘的声音，但是苏萌是个盲人，孟悄悄抓不准她说话时的状态。

这时，孟悄悄忽然想起自己去日本学习的那段时间，母亲配音时所用的方法。她总是把台词都背下来，然后通过体验角色而进入配音状态。在那种状态下配出来的音，是非常自然的。

体验……孟悄悄想了想，这未必不是一个办法。

下班后，孟悄悄找来手巾和盲杖，刘皓和姜思慕皆用看智障的表情看她。

"你这样也太拼了吧，会不会有危险啊？"刘皓关切地问道。

“是啊，至少让刘皓这条导盲犬跟着你……”

刘皓狠推了姜思慕一把。

孟悄悄忍俊不禁，拒绝道：“苏萌一直都是一个人，我想体验她的心情，如果有人在，会影响模拟效果的。”

说服不了孟悄悄，刘皓和姜思慕只好再三叮嘱她万事小心，一切以个人安全为主。

孟悄悄朝两个人笑笑，先是用手巾将眼睛蒙上，而后打开盲杖，轻轻点地。

顿时，世界被黑暗笼罩了，什么都看不见的感觉让孟悄悄有点恐慌。原来突然看不见的感觉是这样。孟悄悄觉得她有点明白苏萌的感受了，可她知道，这远远不够。她还需要体验苏萌在人群中的感觉，所以才特意选在了下班这个点，希望通过融入真实的场景而体会苏萌的心情。

其他人都用奇怪的眼神看着孟悄悄，不少人指着形迹古怪的孟悄悄窃窃私语。孟悄悄充耳不闻，把所有的注意力放在了耳朵和手中的盲杖上。她只能凭着记忆和别人发出的声音判断所处的位置，这让她的每一步都走得无比缓慢、艰难。

尽管孟悄悄已经走得很小心，可她还是频频摔倒，搞得一身狼狈，而这期间，没有任何人来扶她。她一次次摔倒，再一次次爬起来。膝盖磕破了，手摔肿了，她也只是拍拍衣服，继续。

当眼睛看不见时，听觉就格外敏锐，她听到人们对她的行为议论纷纷：

“这个孟悄悄真作啊，她这是干吗呢？”

“听说是接了个本子，女主是个盲人，在这儿扮盲人感受角色的内心呢。”

“啊，她这么敬业啊，都摔流血了。”

“敬业什么呢敬业，就是瞎折腾。谁也不许扶她啊，让她好好地体验角色。咱们可不能坏了人家的好事。”

孟悄悄对人们的议论置若罔闻，想必苏萌当初眼盲时，遭受的议论不会比她现在少。她任由黑暗和不安感笼罩着自己，几次害怕得停下脚步，又坚定地往前走。

那些议论她的声音已经渐行渐远，大概人们看够了她怪诞的行为，找不到什么意思，都赶早下班了。没有了声音的指引，她有些茫然。她只知道刚刚乘了电梯，来到楼下，大门应该在她的正前方。

孟悄悄抬起手，一边摸着前方，确认没有障碍物，一边用盲杖点着地，确认脚下的路。忽然，她的膝盖撞上一个坚硬的东西，她的身子一歪，猝不及防地想起在靠近门的位置是放着几盆盆栽的。

就在孟悄悄摔倒之际，一只强有力的手横生而出，将她稳稳地扶住了。

孟悄悄稳住身子，这才松了口气，道：“谢谢。”

谁知那人并没有松开孟悄悄的意思，一直扶着她，带她朝前方走去。孟悄悄没有拒绝，被人帮助也是苏萌经历的一部分，她被动地跟随着对方，直到走下台阶，对方才放开了扶着她的手。

孟悄悄再次道谢：“谢谢你。”

那人没有说话。

空气忽然安静，弥漫在空气中的只有平缓的呼吸声，孟悄悄猛地意识到什么，就在刚才，她跌入对方怀抱的时候，闻到了一阵熟悉的味道，那是陆寻身上清冷的香味。

孟悄悄立刻后退一步，朝另一个方向走去。

她留意了一会儿，身后的脚步声消失了，仿佛刚才的一切只是她的错觉。她顿了一下，继续向前走。

而她不知道的是，在离她十几步之遥的地方，有个人放轻了脚步，亦步亦趋地跟着她。

那人不是陆寻，又能是谁？

陆寻从姜思慕那儿听说了孟悄悄为了配音打算熟悉盲人生活的事，他怎么放心得下，所以他赶紧过来找她，刚好撞到她差点摔倒，看她一身狼狈，想必她已经摔过不少次了。他的心微微抽痛，但他不能阻止她。

他跟着她走进电梯，跟着她来到大堂，跟着她走入人潮……如果不是刚才她差点摔跤，他绝对不会出手，让她发现他的存在。

陆寻忽然想起他第三次见孟悄悄的情景和现在很像。那时，孟悄悄也像个无主孤魂似的走在路上，而他的车因为路上拥堵，一步一挪地往前开，便相当于慢慢地陪着她一路前行。

也许一切早就已经注定，从那时候开始就注定他会追随着她的脚步，不问去向，不问归途。

孟悄悄就这样每天模拟盲人，很快到了《天作之合》正式配音的日子。这段时间，孟悄悄已经把主角所有的台词背了下来，牢牢记在心里。配音这天，孟悄悄请同事把灯关掉，自己则保持着盲人的状态为苏萌配音。

因为看不见画面，孟悄悄所有的注意力都必须集中在听力上，然后听着耳塞中阮丽翘的原音进行配音。

配音的过程远比孟悄悄想象中的要顺利许多，中场休息的时候，工作人员都围了上来。

“悄悄，你配得太好了，苏萌那种痛苦和挣扎，你全都表现出来了！”姜思慕负责这部电视剧的后期，此刻也在录音室外，朝孟悄悄比了个大拇指。

“加油，照这个进度，我们一定能完成得又快又好！”

孟悄悄朝姜思慕笑了笑，继续沉浸在自己的思绪里，她不能让自己的情绪断掉。

这时，录音室外忽然传来一阵骚动，一个人从外面进来，不知道说了什么，导致听了他话的人都露出了惊讶和恐慌的表情。

孟悄悄觉得有点儿奇怪，尤其是当她察觉到姜思慕的目光若有若无地朝自己的方向飘来时，她的心里忽然有了一丝不好的预感。

“思慕，出什么事了？”

姜思慕沉声道：“悄悄，陆寻被警察带走了。”

第三十二章

我喜欢你担心我的样子

深冬很快就袭来，人们换上厚重的冬衣，穿梭在大街小巷里，往往张嘴还没有说话，就先呵出一层白气来。

孟悄悄忍不住往陆寻办公室的方向多看了一眼，他办公室里的灯是关着的。

自从那天听人说陆寻被带去警察局之后，孟悄悄就再也没有在公司里见过陆寻。公司里开始流出各种各样的传言，有人说那天来了两个警察，直接去了陆寻的办公室，总共也没聊几分钟，陆寻就被他们带走了。

据说，有胆子大又八卦的人向江自谦打听消息，问陆寻是不是惹了什么事，结果被江自谦骂了回来。事实上，陆寻从那天开始的确没有再回过公司。

就在这时，孟悄悄听见一阵急促的脚步声，那是高跟鞋撞击地面发出的笃笃声。亚澜火急火燎的大嗓门由远及近："找鸟都找不到，要你还有什么用？！我 Boss 最近神变态，你再不给我把鸟找出来，等我被解雇，没钱结婚，你就哭去吧！"

亚澜挂了电话，气哼哼地来到茶水间，倒了满满一杯水一饮而尽，这才发现孟悄悄。亚澜一时有点不好意思，连忙整理好仪容。

孟悄悄没忍住，问道："陆寻放出来了吗？"

亚澜先是一怔，而后"扑哧"一声笑了起来："你想什么呢？"

原来，陆寻去警察局只是为了协助警方调查，他当天就离开了。这段时间，他没回公司是因为在收音。原来《天作之合》的后期音效签给了 LD，里面需要一群白鹤振翅高飞的声音，但市内的白鹤在冬季早就南下了。

陆寻对素材库里现有的白鹤振翅的素材不满意，为了这个，陆寻特意飞去南方，但也没找到白鹤。现在项目将近收官，他便让亚澜帮忙，还下了不完成任务就炒她鱿鱼的死命令。

孟悄悄放下心来，想了想，说道："不如你试试去西边找找，那里有个小县城，县城外面有个沼泽，那里有一群白鹤南迁得比较晚。"

亚澜的眼睛登时亮了："真的假的？"

"小时候我曾经去过那边，在那儿看到过，不知道现在还有没有。"

"死马当活马医。"亚澜十分有决断力地做了决定，"我这就去向 Boss 汇报，谢了啊孟悄悄。"

孟悄悄目送亚澜风风火火地跑远，自己才离去。

周末下午，结束完虚拟歌姬收音的孟悄悄刚从录音棚里走出来，赫然见前方停着陆寻的车。孟悄悄顿住脚步，没有上前。

僵持了一分多钟，陆寻摇下车窗，冷漠开口："上车。"

像是料定了孟悄悄会拒绝，陆寻又道："这是工作，职业态度端正点。"

他倒恶人先告状，孟悄悄憋着一肚子气上了陆寻的车。

陆寻立刻发车，孟悄悄一直把头别向窗外，假装看风景。

陆寻突然开口，语气冷漠："我既然已经答应你，你又何必避我。"

"我没有！"孟悄悄否定的话脱口而出，见陆寻朝她看了一眼，她自己也觉得这话很没有说服力，悻悻说道，"好吧，我承认我是在刻意避开你，但我还是觉得，我们需要保持距离。"

"孟悄悄，你确定要保持距离？"

"确定！"

"你不知道吗？距离产生美，我怕你再次爱上我。"

陆寻的声音很平淡，孟悄悄看不出他是开玩笑，还是认真的。她心里有些难受，何必再次爱上，她的初次都还余情未了，但他们注定是不可能的。

陆寻转移了个话题，问道："听亚澜说，你以为我被关牢里了？"

孟悄悄面上一哂，有点儿尴尬。

陆寻心情似乎突然变得很好，他主动解释道："警察找我去，是因为他们找到了那个寄快递给我的人。"

"有进展了？"孟悄悄反应过来，又赶紧闭上嘴巴。

不出陆寻所料，那个寄快递的人之所以没有出现在交易地点，是因为他已经死了。

警察查到那人叫刘老四，几个月前死了，尸体最近才被找到。找到刘老四的家里时，警方发现他家里贴满了陆寻的照片。警察请陆寻回警局协助调查，这才知道原来刘老四一直在跟踪陆寻。

陆寻问警察是否有在刘老四那里找到视频，警察却说没有。之后的详情，警方一直缄口不言，陆寻使了点手段，从其他渠道打听到刘老四是死于他杀的。陆寻怀疑那些视频资料很有可能是被凶手拿走了。

孟悄悄听到这里，眉头已经蹙了起来。

“你要小心，那可是杀人犯、亡命之徒！”孟悄悄说完之后，才意识到她说这些有些不合适，道，“算了。”

陆寻紧紧地盯着孟悄悄，半晌后，他的眼睛里似乎盛满了星光。就在孟悄悄觉得自己要溺死在那星光里时，他突然轻笑一声，开口说道：“我喜欢你担心我的样子。”

谁担心你了！孟悄悄很想这样回敬他，可她最终什么都没说。

谁都没有再说话，斑驳的光影在车内流动。

到沄县的时候，正是黄昏时分。他们的车一路向西开去，能看见那柔和而温暖的夕阳。前面的路已经没有办法开车进入了，必须徒步走到沼泽边缘。陆寻下车后就开始搬器材，孟悄悄为难地看着他，本来她打算带他来了以后就走的，可是他一个人去沼泽地，她难免不放心。

最终孟悄悄还是走上前，想帮陆寻拿收音的设备，陆寻却递了两瓶水给她。

孟悄悄拿着那两瓶水，有种恍若隔世的感觉。

陆寻低声道：“跟着我。”

孟悄悄知道陆寻这是想帮她开路。她看着那根长长的收音话筒，咬了咬牙，走到他的前面：“这里我来过，你跟着我。”她顿了一下，又道，“早点收完音，可以早点回去。”

陆寻其实并不想太早回去。脚下的土地绵软泥泞，孟悄悄在前面开路，每一步都走得小心谨慎，却的确没有一步踏错地方。

轻风拂面，在夕阳余晖的包裹下，他们一点儿也不觉得冷。一切都刚刚好，好到陆寻想永远就这样走下去。

忽然，孟悄悄停下脚步，嘘了一声，指着前方：“看！”她压低的声音里满是惊喜。

陆寻顺着孟悄悄的指尖看去，立刻被眼前的一幕惊艳：圣洁的光芒亲吻着大地，将那片沼泽地照耀出粼粼波光。柔软而潮湿的泥土上，栖息着十余只白鹤，它们慵懒地享受着温暖的夕阳，有的在沼泽中徐徐漫步，有的两相依偎，互相啄着羽毛。旷野一望无际，与布满晚霞的天连成一片。金光穿透云层，恍若为那些白鹤披上一层薄纱。

天地间所有的声音仿佛都在此刻淡去，只有白鹤低鸣咕叫的声音。眼前的这一切，就像一幅缓缓铺陈开的画卷，等着误入仙境的凡人观赏。

孟悄悄与陆寻几乎同时看向对方，陆寻朝孟悄悄扬了扬手中的话筒，孟悄悄点点头，指了指自己的嘴巴，陆寻立刻明白了她的意思。

趁着孟悄悄蹑手蹑脚向前移动的瞬间，陆寻悄无声息地探出了话筒。两个人不敢发出一丁点儿的声音，生怕在此刻惊扰了那些休憩的白鹤。

陆寻打开录音开关，朝孟悄悄比了个手势。孟悄悄点点头，喉间忽然发出一声长鸣！

鹤鸣声像一首歌曲，宛转悠扬，回荡在天地间。那些白鹤立刻被这声音吸引了，纷纷侧目，想看看这声音是从哪里发出的。

孟悄悄不疾不徐，仿佛又一只白鹤从她的喉间飞出，那只白鹤飞到了它的同伴身边，它收了翅膀，和它们一起感受着潮湿土地。它啄了啄同伴的毛发，凑近同伴的耳边轻喃，似乎是在低声询问：要不要去南方？

这只白鹤太美了，吸引了同伴们的注意力。它们不由自主地抖动着翅膀，想要跟随它，随风远去，踏上新的征程。

就是这个时候！孟悄悄果断地发出尖厉的长鸣，那鸣叫声雷霆万钧，仿佛那只白鹤振翅而起，这让所有的白鹤都跟着引颈！它们拍打翅膀的速度越来越快，终于，一只白鹤振翅飞上天空，其他白鹤也随之起飞。

霎时间，这天地之间只剩下白鹤争相鸣叫的声音，它们不断拍打着翅膀，在天空中飞舞盘旋！

孟悄悄回头看着陆寻，笑得天真欢喜，那双琉璃一样清澈剔透的眸子里，再也没有了隔阂与疏离，仿佛回到他们刚刚认识时，单纯、美好；她眼中不再是戒备、警惕，而是柔和、坚韧。

收获了白鹤的音之后，陆寻和孟悄悄之间的关系似乎恢复了正常的同事关系，孟悄悄不再像躲瘟疫似的躲着陆寻。一切好像回到了他们最初相识时，他们礼貌客气，隔着恰到好处的距离。

就在孟悄悄以为一切都走上正轨时，一件突如其来的事打乱了她所有的节奏——姜思慕要辞职了。

刘皓无法接受，扯着姜思慕的袖子问："为什么？谁不知道你在动画部混得风生水起啊。你必须给我解释！"

"因为我来 LD 本来就是为了偷师啊。"

姜思慕说要庆祝自己恢复自由身，在家里支了个自制火锅，拉着孟悄悄和刘皓陪她一起吃。热气袅袅，她一边涮着羊肉，一边往孟悄悄的碗里扔："哎哟，肉熟了，快吃快吃。"

"偷师？"

姜思慕嘿嘿笑道："其实吧，我当初进 LD，是想找几个好的配音演员来为我的毕业作品配音。当时，'音为遇见你'太火了，好像整个行业的大神都去了 LD，我想着这是和配音演员套近乎的好机会啊，就报了名去动画部实习。现在该认识的人我都认识了，我的毕业设计也要开始筹备了，我还留着那儿干吗？”

刘皓瞠目结舌：“这是什么奇葩操作？你这个心机狗！”

姜思慕挑了挑眉，暧昧地看着刘皓问道：“说起来，你是不是和谢洋很熟？有没有联系方式可以共享一下？”

刘皓顿时把头摇得像拨浪鼓一样：“没有没有！”

姜思慕“喊”了一声，转头看向孟悄悄，一副“你懂的”的表情。

孟悄悄心领神会：“想让我帮你配音吧？”

“聪明啊孟悄悄，不愧是我的朋友！”

姜思慕忽然正色起来。她拿起一瓶啤酒，对着孟悄悄和刘皓说道：“我向你们道歉，这瓶我干了！”然后一仰头，对着瓶子“咕嘟咕嘟”喝完了。

孟悄悄和刘皓被姜思慕的豪迈之气震住了。

正经不过三秒，姜思慕打了个酒嗝，笑嘻嘻地说道：“我承认，一开始，我是看中了你们的配音能力，所以是有意接近你们的，但我也是真心把你们当朋友。所以我觉得，现在要请你们帮忙，就一定要向你们坦白，你们可以拒绝我，但不能和我绝交。”

孟悄悄被姜思慕耍赖的模样逗笑了，刘皓翻了个白眼：“你都把话说到这份上了，我要再生你的气，岂不是显得我很小气？”

孟悄悄道：“你的毕业作品，我一定会尽全力帮你完成！”

“孟悄悄！我爱死你啦！”姜思慕给了孟悄悄一个大大的拥抱。

姜思慕虽然日常总是中性风的打扮，但她的身材其实十分火辣。孟悄悄的脸因为这个拥抱，几乎埋进了她的胸里，差点被闷死。

刘皓羡慕极了，嚷嚷道：“我也要抱抱！我也要抱抱！”

姜思慕放开孟悄悄，上上下下盯着刘皓看，然后问道：“你的事儿还没完呢？”

“我有什么事儿？”

“前段时间你去哪儿了？干吗突然闹失踪？”

刘皓心虚地摸了摸鼻子：“没事，没事……”

“可我连着好几天见到谢洋堵在我们公司的门口。”姜思慕的表情更加八卦，问，“你不会是为了躲他吧？”

“我用得着吗我？！”刘皓激动地反驳。

“你跟谢洋到底是怎么回事啊？说嘛说嘛，满足一下我的好奇心。”

耐不住姜思慕的逼问，刘皓只好悻悻地交代：“也没什么啦，就是那小子打小就厉害，走到哪儿都自带光环。真是邪了门了，他成天摆着一张棺材脸，但无论男女，都想和他做朋友……而我，是那个幸运儿。”刘皓回忆起往事，越说越气，“可他根本没把我当朋友，玩弄我纯洁的感情！”

玩弄感情都来了，这尺度越来越大，姜思慕听得津津有味，追问道：“你怎么知道的？”

“我听到的。有人问他‘你为什么会和刘皓做朋友啊’，然后他说‘刘皓不是我的朋友’。”

向来信奉友谊万岁的孟悄悄问道：“是不是有什么误会？”

刘皓一脸愤慨：“有个屁！他不把我当成朋友，我还不稀罕了！大路朝天，各走一边！”

孟悄悄还在劝道：“我觉得，朋友之间没什么是解释不清楚的。”

刘皓却沉浸在自己的愤慨里，嚷道：“我发誓，我要变强，然后狠狠地打他的脸！”

姜思慕托腮想着两个心智年龄加起来还不到十岁的无邪少年，恨铁不成钢地叹了口气。

姜思慕很快办理了辞职手续，又死皮赖脸地和江自谦借了个LD的录音棚。为了照顾到孟悄悄白天要上班，她把配音的时间定在了晚上。

孟悄悄来到录音棚时，没想到居然看见了陈与均。

陈与均正小声地和姜思慕讨价还价：“我最近不忙，你可以给我多加戏！还有，男女主的感情戏为什么这么少？你这本子有问题啊。”

姜思慕白了陈与均一眼：“请不要对我的作品指手画脚，不然，我取消你男主角的资格。”

陈与均委屈地抗议：“你之前喊我来的时候，明明说我和悄悄有很多对手戏！”

“我骗你的，你打我啊！”姜思慕看着吃瘪的陈与均，笑得特别欠揍。

孟悄悄实在忍不住，插嘴道：“你们拿我当谈判筹码，是不是该请我吃宵夜啊？”

陈与均见孟悄悄来了，立刻欢天喜地地替她卸下背上的包，又伸出手想摸一摸她被冷风吹得凉凉的羽绒服：“外面很冷吧？”

孟悄悄摇摇头，本能地避开了陈与均的手。

“说戏吧。”孟悄悄对姜思慕说道。

姜思慕看了眼手表，表情神神秘秘：“不着急，人还没齐。”

话音刚落，录音棚外又传来了脚步声，正是陆寻和云真。两人一前一后走了进来，陆寻面如冰霜，眼神沉稳，气质高贵又疏离；云真面带微笑，亲和、温柔。

陆寻似乎并不知道孟悄悄会在这里，而姜思慕在看见云真时，脸上的笑容褪了几分。

云真看到孟悄悄很欣喜，笑着和孟悄悄打招呼："悄悄，你也在啊。"

孟悄悄道："嗯，思慕叫我来帮忙。"

姜思慕凉凉说道："云真你这么敬业，大半夜回棚里加班？"

云真笑着解释："我刚才听陆寻说要过来帮忙，心里好奇，就求他带我过来看看。你放心，我不会打扰你们工作的。"

姜思慕冲云真弯了弯嘴角，显然没什么诚意。她拍了拍手："既然人到齐了，我们开始吧。"

云真果然依她所说，找了个角落坐下来，一点要打扰他们工作的意思都没有。

刘皓非常热心地帮着忙前忙后可他搬一套餐具的时候不小心绊到了地上的电线，离他最近的孟悄悄连忙扶了他一把，却让自己失去了平衡。她想用手去撑离她最近的台本架，结果却把台本架也给带倒了。

眼见着整张脸要狠狠地砸到地上，孟悄悄忽然被一双横生出来的手一捞，稳稳地跌入一个熟悉的怀抱里。

眼明手快接住她的人，是陆寻。

"哇哦……"姜思慕几乎想吹口哨了。

陈与均冲了上来，将孟悄悄扶起来，紧张道："你流血了！"

孟悄悄这才注意到，餐具摔碎了，在她手上割出了一道口子，鲜血从伤口处汩汩流出，带着些微的刺痛。

"没事。"

陈与均拉着孟悄悄就往外走："先去处理伤口。"

"一道小口子而已，不用了。"

"孟悄悄！"一直没有说话的陆寻，突然冷冷地开口，"去处理伤口。"

这时，云真忽然起身说道："我陪悄悄去吧。"

昏暗的灯光并不能完整地照到她的脸，所以看不见她此刻的表情。

孟悄悄连忙附和点头，陈与均闻言只好放开孟悄悄的手，他若有若无地看了陆寻一眼，没有出声。

刘皓一脸丧气地坐在地上，懊恼而困惑地问姜思慕："我是不是做错事了？"

姜思慕弹了弹刘皓的脑门儿，道："没你也这样，没事儿啊，乖！"

录音棚中有个杂物间，里面备着医药箱，专门应急用。

孟悄悄被云真安置在椅子上，云真打开医药箱，动作娴熟地用棉花蘸着消毒酒精，然后拉过孟悄悄的手，为她受了伤的地方消毒。酒精刺穿肌肤，伤口火辣辣地疼了起来。

云真一边为孟悄悄消毒，一边淡淡地说道："悄悄，有的时候，我真羡慕你。"

孟悄悄不明所以。

云真把用过的棉花扔到垃圾桶里，又拿过创可贴为孟悄悄贴上："你看，有那么多人喜欢你。"

"云真，比起我，人们更喜欢的是你。"

"可陆寻就不喜欢我。"

孟悄悄一怔。

"陆寻已经和我谈过了，他从来没有喜欢过我。"

孟悄悄从巨大的震惊中回过神，喃喃道："怎么会呢？"

"他喜欢的人是你。"

云真忽然捏住孟悄悄的手，犀利的眼睛一眨不眨地看着孟悄悄。孟悄悄被云真手上的力道弄得有些疼，可很快，云真的手就松了。她叹了口气，才说道："我知道，感情的事是不能勉强的。悄悄，我不怪你。"

云真越这样说，孟悄悄就越无地自容。

"我听陆寻说，有一部大制作的电视剧来公司，要公司推荐配音演员。据我所知，他们推荐了我和你。"

孟悄悄不知道这件事，一时不知该如何反应。看来，江指导还没有把她的决定向公司上报，事实上，她也明白一切无法按照她想的那样发展。可她万万没想到，她竟然会和云真站在了对立面。

云真满脸认真地说道："悄悄，以前我浪费了很多时间，现在我不打算走弯路了。即使抱歉，我也要先和你说明，这个角色，我同样不想让给你。我们公平竞争吧。"

孟悄悄看着云真的眼睛，从那里，她看出了云真的坚定。这让她也猛然明白过来，她和云真都已经长大了，她们不再是你让让我、我让让你的小学生，如今她任何的退缩都是对云真的侮辱和轻视。

"好。"孟悄悄道，"我们公平竞争。"

配音进行到一半，陆寻就先行离开了。

陆寻连夜驱车来到了刘老四的家，那儿还贴着警察的封条。刘老四的家不能被称为家，只是一个偏僻厂房中的一间小房间。陆寻确定四下无人，趁着夜色潜入了刘老四的家里。

警方虽然没有找到视频，但这并不意味着不会留下其他的线索。刘老四既然处心积虑谋划了那么长时间，一定会留下些什么。

陆寻借着电筒微弱的光线，在刘老四的家中蹑手蹑脚地搜寻。他找得仔细，不肯放过任何蛛丝马迹，终于在沙发的缝隙里摸出一张照片！

那张照片是刘老四和一个人的合影，陆寻发现那人就是第一次交易时出现过的那个鸭舌帽。陆寻心中有了定夺，将照片收了起来。他又找了一遍，确认没有其他多余的线索了，才从刘老四的家中退了出去。

天色太暗，陆寻又走得匆忙，所以，陆寻并没有发现一个人从厂房阴暗的角落里走了出来。那人一双眼睛透出阴险的光芒，若有所思地望着陆寻离去的方向。

陆寻离开刘老四的家中，驱车想回家时，却无意中在车上看到了那张意大利的动画碟片。他打着方向盘掉转车头，直接去了墓园。

夜半无人，他也不觉得害怕。他拿着碟片，缓缓走到陆可墓前，竟看见一个人影伏于陆可的坟前。

陆寻走近，冷声问道："谁在那里？！"

趁着月色，他这才看见那人穿着墓园环卫工的衣服，坐在陆可墓边睡着了。他这一叫，那工人很快醒了，对方佝偻着站起来，始终低着头。环卫工人抓起扫把，含糊地说道："对不起，我太困了……"

那工人似乎真的很不好意思，蹭过陆寻的肩膀匆匆离开了。

月色之下，那人不知为何看起来特别可怜，又总给陆寻一种熟悉的感觉。

可这异样稍纵即逝。

第三十三章

感情是没有可比性，也没有输赢的

云真说的那部大制作电视剧是大女主题材的古装宫廷戏，名叫《凤舞天下》。《凤舞天下》的制作团队很有经验，也捧红了许多小生花旦，配音方面向来是与 LD 进行合作的。让吴语徽一炮成名的，正是他们投拍的第一部戏。

本来这次他们给女主选的配音也是吴语徽，但她没档期。纵观公司内现有配音演员的整体素质，吴天在孟悄悄和云真之间举棋不定，最终决定送两人一起去试音。

江自谦认为孟悄悄的发挥空间比云真的大，为了帮她争取到这个角色，特意把她叫来，想帮她做突击训练，可是，她却拒绝了。

“我要和云真公平竞争，所以，我不想在这个时候开小灶。”孟悄悄认真地说道，“江指导，谢谢你。”

江自谦对孟悄悄的执着无可奈何，可也为她的正直而感到骄傲。

江自谦说：“等这个阶段过去了，我会主要给你安排动画项目。我想，对于现在的你来说，不管是电视项目还是动画项目，你都可以胜任。”

孟悄悄一脸感动，被江自谦一脸嫌弃地打发走了。

试音到来之前，孟悄悄找来许多同题材的影视剧做针对性练习。而为了不影响虚拟歌姬的项目，孟悄悄把训练时间定在上午，这是大多数配音演员的休息时间。这样一来，她一天的时间基本上被占满了。

可孟悄悄不敢懈怠，因为她的对手是云真，她必须全力以赴，才是对云真的尊重。

试音这天，孟悄悄和云真来到制作方准备的录音棚，二人之间的气氛有些尴尬。孟悄悄觉得云真似乎不是很想说话，也就闭口不言。

按照顺序，是先由孟悄悄进行试音。孟悄悄走进录音室，却发现制作方为她挑选的选段是《大明宫词》中武则天的一段。

这一段，云真曾在做练习的时候配过。孟悄悄不免为朋友开心，可她更不敢懈怠。

孟悄悄知道，要给武则天这样的角色配音，最需要的就是气场，而气场并不是靠压低声线、放慢说话的速度就能带出来的。她沉下心神，回想武则天这一生的经历，想武则天和李治之间的纠葛，再将自己代入那样的情境中去，揣摩在这个时候武则天是以什么心情说出这段话。只有先了解角色的想法，再辅以发声技巧，才能完整诠释出这个人。

孟悄悄深吸一口气，将记在心中的台词说了出来……

制作方的负责人客气地让她回去等通知。出来以后，孟悄悄为云真加油，云真笑了笑，让孟悄悄不要等自己，先回去。

望着孟悄悄离去的背影，云真脸上的笑容渐渐淡去。

想到这段时日在 LD 的经历，云真更加有些意难平。

实际上，在孟悄悄去日本的期间，云真在 LD 的工作并不顺利，无论怎么训练和尝试，她都找不来配音的感觉。她不肯轻易认输，有什么问题都向江自谦和陆寻请教，两人对她的教导也是尽心尽力，让她进步很快。

可孟悄悄回来以后，一切都变了。

云真捏紧拳头，无论如何，她都要捍卫属于自己的东西。

她拿出手机，从中找出一个电话号码，发了条短信过去。

夜里十点，陆寻正在后期办公室里盯进度，手机忽然亮了。屏幕上显示的是云真发来的微信，他觉得有些奇怪，点开对话框，上面赫然是一个定位，可这个定位的地址却很诡异：那是一家酒店！随后，云真又发了一条微信，是房间号和“救命”两个字。

陆寻心知出事了，驱车到云真发来的酒店只用了不到十五分钟的时间，他不顾前台的阻止，径直来到云真发给他的房间门前，用力地敲门。

前台已经带着保安朝陆寻跑来，想要阻止他的行为。陆寻当机立断，长腿一踹，一脚将房门踹开。房间里，云真衣衫凌乱地倒在床上，《凤舞天下》的曾姓导演正一脸慌乱地扣扣子。

他一言不发，上去狠狠给了那曾姓导演一拳，登时将他掀翻在地。

“陆寻……”床上的云真叫住他。陆寻收了手，脱下外套盖在云真身上，将她扶起来。“我没事……”云真声音里还有些劫后余生的惊恐。

那好色的曾姓导演还四仰八叉地躺在地上，捂着脸咿呀呀乱叫。陆寻眼中闪过一丝寒意，走到曾姓导演面前，居高临下地看着他，道：“狗胆包天，你死定了。”说完，陆寻才扶着云真，转身离开。

走廊的光线昏暗，显得通往电梯的路无比漫长。云真的力气似乎恢复了些，她搂着陆寻的胳膊越收越紧，陆寻身上的温度，让她那颗慌乱害怕的心终于渐渐地平静了下来。而一旦进入安全的范围内，迟来的委屈和后怕立刻像潮水一样将她吞没。

云真没想到自己会着了别人的道。

她原本只是想起此前在选角会上，自己曾经和制作方的人接洽过。当时，那个曾姓导演就在，还和自己交换了联系方式。

今天试音的内容虽然是之前练习过的，云真却觉得自己的发挥并不算太好。她心里没底，便私下里约导演见面，本想请他替自己美言几句，没想到他居然是个老流氓，纵使自己小心提防，还是被他下了药。

还好她强撑着一口气，趁那老流氓去洗澡的时候，挣扎着给陆寻发了微信，这才没酿成大祸。

陆寻没有说话，默不作声地把云真扶上副驾驶座。

夜色更沉，那月光照在陆寻的脸上，才让云真看清那张英俊的面庞上的表情，或者说，是没有表情。

"我……"

陆寻沉声打断："不要再做这种蠢事。我先送你回去。"

云真立刻否决："我爸妈会担心……"

"那今晚先住酒店。"

云真点点头，疲惫地靠在座椅上，沉沉地睡了过去。

翌日，孟悄悄刚来到录音棚，注意力就被那些正在聊八卦的同事吸引了。

原来，有同事昨晚结束了和朋友的聚会后，亲眼看见云真挽着陆寻走进了一家高档酒店，那个同事还绘声绘色地描述他看到的场景，当时，陆寻和云真两人的神情，那叫一个你侬我侬。

经他这么一说，其他同事也开始描述各自看见的和陆寻、云真有关的事情。有人说经常看见他们一起上下班啦，吃饭啦；还有人说，数次看见陆寻开车送云真回家；更有甚者，说有一次看见陆寻和云真在公司顶楼的角落里接吻。

总之，陆寻和云真的恋爱关系，再一次被炒了起来。

孟悄悄静静地听着，她的心里竟然远比她想象的平静，她感受不到一丝一毫的痛楚，也许陆寻想明白了，她总算不欠云真的了。

这时，江自谦脸色阴沉地走了进来。配音演员们自然早就习惯了他的脾性，如今见他这样，都不敢多说话。

江自谦的目光在场上扫了一圈，最终落在孟悄悄的身上。他轻轻地叹了口气，道："我刚才接到电话，《凤舞天下》那边今天早上已经决定了女主角的配音人选，是云真。"

配音演员们闻言，立刻低声议论起来，其中不乏有人朝孟悄悄投来探究的目光，毕竟谁都知道，她正在和云真竞争那个角色。

可孟悄悄置若罔闻，仿佛他们看的并不是自己。

等人群稍稍散去，江自谦这才走到孟悄悄面前，不无惋惜地说道："制片方那边也不知道怎么的，今天早上忽然就定了人。"

"不论是我还是云真，我们都不会给公司丢脸。"孟悄悄笑道，"输给云真，我很服气。"

见孟悄悄这么想，江自谦也放心了，拍了拍孟悄悄的肩膀："虽然失去了《凤舞天下》这部剧，但是你可以先从配角配起，一样能锻炼能力。是锥子，总会脱囊而出的。"

"谢谢江指导。"

"我就不喜欢听你说话，谢来谢去，生疏，还假。"

孟悄悄失笑："那我应该说什么？"

江自谦老神在在地说道："你要说，江指导，您放心，我这就去征服世界！"

孟悄悄被江自谦这幽默的腔调给逗笑了，两人笑成一团。

送走了江自谦，孟悄悄回到座位上，发现桌上有一个快递，快递上没写寄件人的名字，只写了"孟悄悄收"。孟悄悄掂了掂快递盒，很轻，拆开盒子后，里面竟然是一条蛇！孟悄悄吓得脸色一白，手中的盒子"啪"地掉在了地上。

办公室里有几个人见了蛇，都吓得发出尖叫声。刘皓大着胆子凑上前，仔细一瞧，发现那是条仿真的道具蛇。刘皓一边安抚众人，一边把那道具蛇捡了起来。

"谁啊，开这种玩笑？缺德！"

孟悄悄发现地上有张纸，是从那盒子里掉出来的。她捡起来看，上面写着几个字：你不配给阮丽翘配音，滚出配音圈！

刘皓凑过来一看，登时奓毛了："阮丽翘粉丝是不是有病啊？没你撑着，就阮丽翘那种烂演技，那部剧早就糊了！"

《天作之合》上星以后，因为剧情比较老套，所以反响不是很好。再加上，配音过程中导演数次改词，这就导致了声画不同步，配音效果大打折扣。阮丽翘的粉丝见偶像的电视剧收视惨淡，纷纷把矛头对准配音，认为是配音毁了这部剧。

孟悄悄的遭遇引发了众人的共鸣和同情，大家入行以来多多少少都受过那些演员粉的气，但像孟悄悄这样直接被演员粉寄东西恐吓，在 LD 却是头一回。

有同事附和着嘲讽道：“他们知道什么啊？自己偶像的专业能力不行，还怪配音，当谁愿意给他们擦屁股了，有本事用原音啊！”

要说不沮丧，那是假的，那毕竟是自己耗尽心血配的剧，不仅结果不尽人意，还要被人误解，被别人攻击。可孟悄悄也知道，没有解释的必要，总要有一个人来承担这个坏结果，而粉丝找的人恰好是她而已。她拍拍刘皓的肩膀，让他帮忙把假蛇扔掉，她则像是什么事都没有发生过一样。

可这件事还是在公司里面传开。吃饭的时候，云真端着餐盘走到孟悄悄面前坐下。

“没被吓着吧？”云真关切地问道。

孟悄悄笑了笑，道：“没事。”

云真叹了口气道：“你别太往心里去。”云真又嘲道，“那部剧本来就不行，你再努力也无力回天！就当是吃一堑长一智呢，下次遇到这种剧，别太认真，反正粉丝才不会管我们配得好不好！”

孟悄悄有些惊讶地看着云真，她没想到云真会这么说。在她心中，云真是一个不论对什么事都很认真的人。无论是什么作品，云真都会倾注自己所有的心血去完成，绝不会说出刚才那样的话。

连云真都变了，自己这样尽心尽力，难道真的是死脑筋吗？

见孟悄悄一直端详着自己，云真问道：“怎么了？”

孟悄悄摇摇头，迷茫道：“感觉你好像变了，以前的你只会比我更认真。”

云真一愣，脸上闪过一丝不自在，可很快被她遮掩过去，她说道：“人都是会变的。”

孟悄悄无法反驳云真的话，但是如果可以的话，她希望她们永远都不要变。

孟悄悄不仅痛失大制作《凤舞天下》的配音，还被阮丽翘的粉丝骚扰，简直屋漏偏逢连夜雨，流年不利、倒霉到家。俗话说好事不出门，坏事传千里，这些消息很快被刘皓这个大嘴巴传了出去，彼时，他和陈与均、姜思慕、孟悄悄四人正围坐在录音棚里吃外卖。姜思慕眼明手快地从陈与均的饭盒中把鸡腿夹走，不顾一脸可怜巴巴的陈与均，她美美地吃着鸡腿，一本正经地吐槽道：“我看《凤舞天下》的配音导演应该是瞎了。”

陈与均暂时放下夺鸡腿之仇，积极响应：“我也觉得悄悄更好。”

刘皓恨恨地吐着骨头，道："还有那些粉丝，真的可怕！陈与均，你的粉丝是不是也那样？"

陈与均苦笑，他的粉丝之前还扒过孟悄悄和他的关系。

"哪个明星没几个脑残粉啊，你看我们陈老师不也是孟悄悄的无脑吹吗。"姜思慕看陈与均脸色不是很好，赶紧出来打圆场。

"还有那《凤舞天下》的制片方，我总觉得很奇怪。按理说，他们不会定角色定得那么快啊！"刘皓皱着眉头，道，"而且，我不觉得悄悄会输给云真。"

在嘴炮三人组面前，孟悄悄终于有机会开口说话："输给云真，我心服口服，而且制片方有他们自己的决定，我已经尽力了。"

姜思慕一拍胸口，道："没事，不就丢了部宫斗剧的配音吗？还有我呢，我一定亲手送你上一线！"

陈与均显然觉得他比姜思慕靠谱，也出谋划策道："悄悄，我公司里有几个演员最近声势正旺，或许你可以做她们的绑定配音……"

"这些事由不得你来决定。"

陆寻的声音突兀地响起，打断了陈与均的话。他像尊煞神一样站在门口，冷冽的目光直指陈与均，他面无表情，带着迫人的压力。

刘皓一边念叨着"修罗场修罗场"，一边抱着外卖盒滚到旁边。

陈与均站起来静静地与陆寻对视，分毫不让。他道："那我这就让罗彬起草文件。"

孟悄悄刚想说话，却被等着看好戏的姜思慕拉住了。

陆寻言简意赅："绑定配音会限制她。"

陈与均一片好心，却被陆寻说得像个害人精，便气道："LD 现在给她的作品，有多少可发挥的空间？"

"这是 LD 的事情。"

"只要和悄悄有关，就都是我的事！"

孟悄悄看着两个人剑拔弩张，太阳穴突突地跳了起来。她先拉陈与均坐下，然后转身看着陆寻，道："我有东西要给你，可以跟我来一下吗？"

陆寻朝陈与均眨了眨眼，陈与均则被姜思慕拉着坐下，不甘心地看着他们离开。

姜思慕拍了拍陈与均的肩膀，道："认命吧，陈老师。"

陈与均一愣，他没想到姜思慕如此通透，却还是装傻，问道："什么？"

姜思慕淡淡地笑了笑："感情是没有可比性，也没有输赢的。"

陈与均似乎是听到了，又似乎没听到，他低下头，认真地看起了手里的剧本。

陆寻跟着孟悄悄来到棚外，街道两旁堆满皑皑白雪，房屋静静地立在雪中，显得岁月静好。湿滑的路面上车子的数量锐减，让街道显得更加宁静。他不由得看向走在他前面的孟悄悄，她裹着厚重的羽绒服，看起来还是只有小小的一点。

原来他看她时，总觉得她瘦瘦小小，现在再看她，觉得她那安静的背影带上了些坚韧与刚强。

孟悄悄失去《凤舞天下》女主配音的资格，陆寻心中是有愧疚的。

那日，陆寻送云真去附近的酒店休息后，立刻着手对付曾姓导演。对方为了名声和前途，自然被陆寻压住，便主动提出把《凤舞天下》的女主配音定为云真，以求息事宁人。这非陆寻的本意，可云真却不想继续与对方纠缠下去，陆寻只能尊重云真的意见，快刀斩乱麻般同意了对方的条件。

但这件事对孟悄悄来说，却是非常不公平的。

他来时，还得知孟悄悄被阮丽翘的粉丝寄包裹恐吓的事情。她付出的努力和心血，一而再、再而三地付诸东流，她应该会难过的吧，而且她的安全也是问题，难保不会再出什么意外。

陆寻沉默片刻，当机立断："以后我接送你上下班。"

孟悄悄想也不想就拒绝了："不用。"

陆寻眸色只会比眼下铺天盖地的大雪更冷，他觉得他缺失的二十多年的感情全在孟悄悄的身上应了现世报。他压着火气，冷漠开口："你什么时候才能学会不逞强？"

"真没有那么严重。"孟悄悄不想多谈，问了一个她一直想问的问题，"陆寻，我记得你为了《天作之合》的音效，费尽心思找白鹤振翅的音效，如今剧的成绩不尽如人意，你会感到失落吗？"

"我做事只求自己满意。"

孟悄悄苦笑，这的确是陆寻的风格。自从和云真交流之后，她一直在想自己是不是真的很愚蠢，直到现在，她终于得到了慰藉。她感到有点冷，把手插进口袋里，却摸到了一个硬壳的盒子。她心念一动，才想起叫陆寻出来是为了什么。

"这个给你。"孟悄悄将那个他无比熟悉的首饰盒递还给他。

陆寻当然知道盒子里装的是什么，那是当年云真送给他的声纹项链。

"物归原主。"

陆寻站着没动，半晌后才抬手从孟悄悄手心取过那个小盒子。于情于理，这条声纹项链都不适合放在孟悄悄那里。

孟悄悄见目的已经达成，匆匆说道："听说你们在一起了，你……

你要好好对云真，我先走了。”

“孟悄悄。”谁知刚转身，陆寻就从身后喊住她。她站在原地，没有回头。

然后，她就被一个气息微凉的人从背后紧紧地环抱住，难以挣脱。她觉得陆寻用尽了他身上所有的力气，好像怕她跑掉似的。她心中的酸涩更甚，她也觉得很痛很苦，可她不敢沉沦，于是她奋力挣扎了起来。

“孟悄悄，孟悄悄！你听我说！”陆寻提高音量，孟悄悄一怔，慢慢地冷静了下来。

“仅仅凭一些流言蜚语，你就判我死刑。”陆寻将孟悄悄抱得更紧，仿佛要把她揉进他的血肉里，他哑声道，“孟悄悄，你知不知道，我也会难过？”

孟悄悄心中倏然一痛，没有说话。

“不要再把我往外推了，孟悄悄。”

孟悄悄觉得自己就像是个残忍的刽子手，一刀一刀剜在陆寻的心上。她于心不忍，但又必须坚持。她带着哭腔，仓皇而不知所措，道：“陆寻，陆寻，求你了，别逼我。”

陆寻放开孟悄悄，转到她面前看着她。他眼里的情感像一坛陈年美酒，散发着致命的吸引力，他语带怜惜：“孟悄悄，你没有错。如果喜欢你是错的，那我愿意一错到底。”

“喜欢”两个字在孟悄悄的耳边炸开，让她心中百感交集，她也不知道是该高兴还是该伤心，各种各样的情绪将她包围。

“我早已和云真说清楚了，我喜欢的人是你，从前是，现在是，以后也会是。”

孟悄悄颤了颤，逃避似的闭上眼睛。

可陆寻又道：“你休想逃开我，孟悄悄。”

陆寻知道要给孟悄悄时间和空间，先行离开了。

孟悄悄回到录音室时，仍是心慌意乱，半天无法静下心神。

陈与均看出她的异样，关切地问道：“冻着了？”

回答陈与均的不是孟悄悄，而是姜思慕的一声惊呼：“又下雪了。”

孟悄悄扭头望向窗外，果然洋洋洒洒下起了鹅毛大雪，她猛地想起陆寻今天没开车，刚才走的时候，他也没拿伞。顾不上回答陈与均，她抄起放在一旁的伞，几乎凭本能追了出去。被她晾在原地的陈与均怔了怔，眼中闪过一丝苦涩。

喜欢一个人后，所有的行为都会变成本能，也正是因为这样，喜欢才是这世上最藏不了的情绪。

也许连孟悄悄自己都不知道，她有多喜欢陆寻。

可是作为一直把她放在眼里的旁观者，陈与均清楚得很。

孟悄悄到底没追上陆寻，片刻之后又沮丧地回来了。陈与均走去角落里坐好，刻意保持着和孟悄悄之间的距离。

虽然他不想这么做，但是他知道，自己应该这么做了。

寒假来临之前，医科院举办了一场讲座，周旭作为特邀嘉宾重返母校演讲。不料，经过学校的包装宣传，他不知怎么得了个最年轻有为的学长称号，来听他讲座的学弟学妹不少，现场爆满不说，还有很多人站着。

周旭演讲最后是自由提问环节，现场气氛更加热烈。周旭始终面带笑容，这让现场举手的女生数量陡然暴增。

而这一切，通通落入戴着帽子和墨镜、偷偷摸摸坐在最后一排的吴语徽的眼中。

“笑什么笑啊，跟朵向阳花似的。”吴语徽小声嘟囔，颇为不爽地看着周旭那副来者不拒的模样。

吴语徽的怪异装扮引来了身边一个男学生的好奇，那人问道：“同学，你是哪个系的？”

“监视系！”吴语徽阴恻恻地笑道。

她不是故意跟踪周旭的，她发誓！会偷偷来这里只是因为她好奇。

今天，本来她是打算让周旭陪她去玩儿的，周旭却说要去母校出席一个讲座。她一下子来了兴趣，毕竟她从来没有接触过周旭这样的一面，她对周旭的母校也很感兴趣。可是，当她让周旭带她一起去的时候，周旭居然拒绝了她！还说什么讲座的时间比较紧，怕到时候照顾不好她。

开玩笑，她吴语徽是需要人照顾的人吗？

你不让我去，我偏要去！吴语徽天生叛逆，越想越气，便自个儿摸来了。她对自己说，就偷偷看看，看完就跑。

这时，有个女学生被周旭点起来提问。那女孩儿问道：“学长，我听说你是第一医院最年轻的跨科室的医生，我真的非常崇拜你。我的导师曾是你的导师，我听导师说，你以前是专攻脑科的，为什么会跨到呼吸科呢？”

周旭笑道：“其实也没什么，我是为了一个人。”

场上一片哗然，置身在起哄声中的吴语徽红了脸，心里却隐秘地生出了一丝甜来。她知道周旭说的人是她，她一直都知道，周旭做的很多事都是为了她。

那女学生大胆地追问道：“是你女朋友吗？”

周旭顿了一下，气氛火热的现场立刻安静下来，就连吴语徽的心都慢慢提了起来，既期待又害怕。

半晌后，周旭笑道："不是。"

吴语徽瞪大眼睛，心里突然有着说不出的失望。

女学生更加大胆地问道："那学长你现在有女朋友吗？"

周旭摇摇头，道："没有。"

场上的女生忽然沸腾了，爆发出尖叫声，每个人都摩拳擦掌，看起来跃跃欲试。

吴语徽用杀人的眼光死死地盯着台上的周旭。

那男学生被吴语徽宛若奓毛的模样吓到了，战战兢兢地问："同学，你还好吧？"

"我好……我好想杀人啊！"吴语徽咬牙切齿。旁边的男同学落荒而逃。

讲座结束后，周旭还被学生们围着，多亏了学校的老师们出手相助，他才得以脱身。

周旭刚走到门口，不料一个人朝他直直撞来。他立刻认出了她，只好张开手臂迎着，免得对方摔倒。

从她小时候起，他就注视着她，怎么可能认不出她是谁呢？

"语徽？你怎么会在这里？"

回答周旭的是一阵刺痛。周旭吃痛地低下头，戴着帽子和墨镜的吴语徽拉着他的手臂狠狠地咬了一口。

而除了疼痛以外，更让周旭在意的是吴语徽那双红通通的眼睛。他忍着痛，柔声问道："谁欺负你了？为什么不开心？"

吴语徽因为这一句话，肚子里的那团怒火忽然就消失得无影无踪。她本来是很生气的，周旭背着她招蜂引蝶就算了，她可以当那是周旭的魅力使然，可周旭居然对那些无关紧要的人说他没有女朋友！这算什么，否定她的存在吗？之前他对她说的那一切都是在骗她吗？

可吴语徽也不是不讲理，她知道自己一直没有给周旭一个答案，周旭会这么说也是应该的。但他们好歹还在暧昧期啊，能不能给她这个暧昧者一点尊重？！

而她会红眼睛，不是因为生气，而是因为害怕。

吴语徽觉得一定是周旭每天都在她身边的缘故，她才忽略了他的优秀，原来还有那么多人喜欢他，原来他随时都可能离开自己。

吴语徽难掩心中的惊慌和酸涩，啜泣了起来。周旭一惊，连忙扶起她的脸，担心地问道："你别哭，告诉我，怎么了？"

周旭不问还好，一问，吴语徽哭得更伤心了。她拽起周旭的胳膊，看着胳膊上的牙印，又是心疼，又是懊悔，眼泪就像断了线的珠子一样砸在他的手臂上。

周旭更急："到底怎么了？你别吓……"

吴语徽忽然踮起脚，捧着周旭的脸吻了上去。

周旭被吴语徽突如其来的举动惊呆了。他难以置信地再三确认，才相信眼前的一切不是梦，吴语徽是在亲自己。

周旭很快冷静下来，他拉开吴语徽，吴语徽气鼓鼓地看着他，脸却早就涨了个通红。

"你今天到底是怎么了？"

"你以后都不许再拈花惹草！"

"我？拈花惹草？"周旭失笑，"什么时候？"

"刚才！以后没有我的允许，你不许和其他女人说话！"

周旭一怔，心中立刻被一阵狂喜填满了，可他深知吴语徽的性格，怕她这是一时在气头上才说出来的气话，于是，他抓着她的肩膀，正色问道："你知道自己在说什么吗？"

吴语徽咬了咬唇，红着脸点了点头。

她说："我知道。我亲你，就是想告诉你，我喜欢你。"

周旭声音微微有些颤抖："你再说一遍。"

吴语徽仰起脸，看着周旭的眼睛说道："我喜欢你，周旭。"

周旭手上的力道大了些，还是不放心地问："你确定是喜欢，不是感动，不是把我当成哥哥，也不是一时的气话？"

"你什么时候变得这么婆婆妈妈了？我和你说我喜欢你，你也不信我，那你还要我怎么样？"

周旭一把将吴语徽抱进怀中，紧得似乎再也不会放手："你现在要把话收回也来不及了，我不会再放开你了。"

吴语徽拥着周旭，把脸埋进他的胸膛，声音闷闷的，却笑着说道："你敢放开试试看啊。"

周旭也笑了，为他这迟来的爱情。

第三十四章

成为声音的匠人或者时代的声音偶像

“我们要去那里！”孟悄悄录完最后一个字，耳机里传来“Cut”的声音。孟悄悄取下耳机，和陈与均一起走出录音棚。

“天啊，总算配完了。”姜思慕从操作台后起来，迎了上去，道，“悄悄，陈老师，走！为了庆祝杀青，我请你们去吃大餐。”

孟悄悄却没有吃大餐的心思，自从陆寻上次跟她告白之后，她就陷入了无尽的烦恼和纠结中，今天帮姜思慕录制毕业作品，都是提前调整了状态，才顺利录制完成。现在工作一结束，她又陷入烦恼之中，于是她笑着推脱道：“你和小均去吧，今天我就先回去了。”

陈与均看着心不在焉的孟悄悄，对姜思慕使了个眼色。姜思慕立刻明白，道：“那就下次吧，正好这个月我钱包告急，感谢两位大神替我省这一餐。你们先走吧，我再看下片子。”

陈与均执意送孟悄悄回家，拉着她上了车。

孟悄悄恍恍惚惚地系了半天安全带都没系成功，还把安全带给插反了。陈与均叹了口气，倾身过来，手臂绕过她的腰，帮她把安全带系好。即使这样，她还无知无觉、自顾自地神游天外。

车子平稳地驶出停车场，汇入道路上的车流中。陈与均的余光看到孟悄悄还在发呆，她这情况可不多见，他实在忍不住内心的好奇，问道：“你怎么了？”

“嗯？”孟悄悄一时没反应过来，下意识地说道，“没事。”

“还没事，大白天就开始梦游了。”陈与均毫不留情地戳破某人的谎言。

孟悄悄笑了笑，算是打了个不怎么漂亮的马虎眼。

陈与均道：“你不想说，我不勉强你。但你什么时候想说，我保证是你的最佳树洞。”

对于现在的孟悄悄来说，她的确需要倾诉。她是真的感觉进退维谷，一边是陆寻，一边是云真，她觉得不论自己怎么做都是错的。

孟悄悄斟酌着开口："你知道吧？云真喜欢陆寻。"

陈与均暗自叹了口气，他早该想到的，能让孟悄悄这样反常的人只有陆寻，他只是不愿意往那想。他没有说话，听孟悄悄继续说下去。

"可陆寻他……他前两天向我告白了。"孟悄悄吞吞吐吐，觉得有点难以启齿，这毕竟是很私人的事情，她深呼吸了一下，继续道，"他还说，他已经和云真解释清楚了，但他怎么能这样，我也不可能接受他的。"

"为什么不行？"陈与均知道自己不应该说这种话，这无疑是把孟悄悄把陆寻那边推。可对于他来说，没有什么比让孟悄悄快乐更重要了。他只是想尽快替她排忧解难，让她变回以前的那个样子。

陈与均又问："因为云真喜欢他，所以，你就不能喜欢？"

"是啊！"孟悄悄睨了陈与均一眼，一副"这种傻瓜问题，还要问吗"的表情。

陈与均突然有些同情起陆寻来。他应该万万没有想到，他千防万防、针锋相对，却莫名其妙地输在一个女人手里吧。

想到陆寻此时有多吃瘪，陈与均的心情莫名飞扬起来。他秉着最后的人道主义和良心，再劝了孟悄悄一句："有的时候，我真怀疑你爱的是云真啊，哪有你这样交朋友的！"

孟悄悄仍旧固执己见："别胡说！他们俩是先认识的。"

"爱情是没有先来后到的。更何况，你要真算起来的话，陆寻先遇到的、先喜欢的人是你。而且，你不觉得你这样对陆寻很不公平吗？"

陈与均说着说着，感到心有戚戚焉。他每每暗自拿自己和陆寻对比，也总是自诩认识孟悄悄在前，可就像他自己说的，爱情哪来的先后。

孟悄悄怔了怔，半晌后，答不上来。

"他明确地和你说过对吧，他喜欢的人是你。可是你呢，却一次又一次地把他往外推。对你来说，他真的不重要吗？你拒绝他是担心伤害到云真，那你就真的不担心，你这样做会伤害到他吗？"

"我……"孟悄悄哑然。她想到当时陆寻那隐痛的目光、沙哑的声音，他说他也会难过，她就觉得心跟着揪了起来。

陈与均看着孟悄悄被他问住了的模样，心里颇不是滋味。他把头别向一边，用只有自己能听到的声音嘟囔："我干吗要对你说这些……"

见孟悄悄一脸挣扎犹豫，陈与均知道现在的孟悄悄必然是无法思考的。他清楚现在孟悄悄和陆寻是陷入了死循环，如果没有人替他们打破这个循环，他们两个人都会深陷其中，万分痛苦。他不忍心看孟悄悄受苦，既然如此，那就逼陆寻吧！他心里已经想好了对策，道："你是不是真的想清楚了，要拒绝陆寻？”

孟悄悄迟疑着点头。

“如果你真的想清楚了，我可以帮你，但是你一定要配合我。”

“嗯。”孟悄悄轻若未闻地应了一声，感觉心里好像空了一块。

陈与均却不知道自己做这个决定，以后会不会后悔。

这时的陆寻并不知道，自己已经被设进一场局中。他正在和吴天讨论工作，网络视频平台优藤策划做一档声音综艺节目《万里挑音》，想找LD合作，希望LD的配音演员能够加盟。优藤平台实力雄厚，流量惊人，而LD的配音演员专业能力很强，名气也不小，所以优藤希望能和LD联手。

时下的确是网综大火的时代，而声音类的综艺节目却是少之又少的。陆寻认为，现在的观众对配音的关注度越来越高，而LD培养的配音演员势头正好。先不说老戏骨江自谦、一姐吴语徽，就连云真、孟悄悄等后起之秀的作品陆续推出市场后，也已经有了一定知名度。而且《凤舞天下》的配音已经完成，届时网台联播，云真绝对能一炮而红。

吴天沉吟，久久没有回应陆寻。不可否认，这的确是顺应时代潮流的做法，但是吴天考虑得更长远。

吴天问：“陆寻，你真的认为配音演员应该走到台前吗？”

吴天继续道：“过度消费配音演员会使他们失去神秘感，观众记住了他们的脸，就会记住他们的声音。而一个被人记住了声音的配音演员，从此以后无论他配什么角色，都能让人认出来，这真的是一件好事吗？‘铁打的配音演员，流水的角色’这句话你不是没听过，名气很有可能成为他们的包袱。”

陆寻早就考虑过这个问题，淡然道：“配音演员和演员一样，都不适合过度参与综艺节目，曝光他们自己，我们可以适当削弱节目的娱乐性，提高它的专业度。优藤主创团队也更倾向于把它做成一个科普、专业类的节目。如果这个节目让更多人了解配音这个行业，吸引到更多的新鲜血液，我认为这不是坏事。”

吴天致力于配音行业的发展，听陆寻这样分析，也有些被说动。

“我们公司的配音演员都知道自己要走什么路，如江指导那样的声音匠人，如语徽那样的新时代声音偶像，都是他们选择和前进的方向。”

吴天终于露出一抹笑容，点头道：“那跟优藤谈吧。”

陆寻走出吴天的办公室。

陆寻已经给了优藤LD的提案，第一期安排的嘉宾是吴语徽、云真和孟悄悄。云真和孟悄悄因为之前的新闻，本来就自带热度，再加上《凤舞天下》已经进入了宣传期，安排她们两个上节目再合适不过了。

孟悄悄，陆寻嘴里咀嚼着这个名字。

经过优藤大手笔的宣传和推广，《万里挑音》在观众们的期待中，很快开始了第一次的录制。

孟悄悄生平第一次来录影棚，从幕后走到台前，紧张是不可避免的，吴语徽倒是一副轻松自然的模样。孟悄悄扭头看向云真，发现云真也有些拘谨。孟悄悄极少看见云真这样，她下意识握住云真的手，云真惊讶地看着她。

孟悄悄小声说道："我这辈子就没在台前露过脸。"

"没事，你当台下的人是木头就行。"随着孟悄悄直白的倾诉，云真的紧张似乎也被缓解了。

导演和吴语徽短暂寒暄后，让执行导演跟她们对台本。孟悄悄这才知道，原来节目是有流程的。按照台本上的要求，上半场，她们三个人会在幕后分别选取影视片段进行配音，而后，观众会挑出最想见的那个幕后配音演员，也就是人气最高的吴语徽；吴语徽现场进行配音表演后，主持人会再介绍出云真和孟悄悄；因为她们两个是配音圈的新秀，主持人会结合两个人此前爆出的新闻，以友情为主题，打造"冰释前嫌，友情弥坚"的姐妹花形象；之后，再由她们两人合唱一首歌曲。下半场，则是以科普环节为主，以吴语徽为主，为观众科普配音方面的知识，以趣味课堂的形式展现，辅以游戏互动和自由提问环节。

这样的安排让孟悄悄有些不自在，仿佛她只是提线木偶，说什么、做什么都不受自己控制。尤其是，节目组需要她和云真在录制现场上演姐妹情深的戏码，这让她更觉得别扭，感觉像是做戏，什么都是假的。

可云真没反对，吴语徽也一副习以为常的样子，她也只好顺着节目组的要求去做。

云真顺口问道："观众也知道是有台本的吗？"

执行导演笑道："观众不知道，如果告诉他们节目的流程，就无法记录他们真实的反应了。"

"那他们为什么一定会选吴语徽？"云真追问道，说完后，她看吴语徽冷了脸，又笑着解释，"别误会，我就是想知道节目流程和判定的标准。"

"这……"执行导演为难地看了看面露不悦的吴语徽，斟酌着说道，"以你们现在的名气，吴语徽声音的辨识度是最高的，正常来讲，是最有可能被选出来的。"

吴语徽冷笑："哼，跳梁小丑。"

云真没有理会吴语徽，转而对执行导演道："我想先去准备一下。"

吴语徽看着云真走开了，对孟悄悄道："她一直都这么讨厌的吗？"

孟悄悄也有点不明白云真的想法，她摇了摇头，借此反驳吴语徽的话。

节目录制在筹备下开始，孟悄悄一行人被带到录制间，里面有三把椅子，还有一套录音设备，等会儿三人就会依次站在录音设备前表演。而为了让节目更有看点，节目组给三人安排了不同的人设：吴语徽自然是当之无愧的"大神之声"，云真是即将大火的"梦中之声"，孟悄悄则被设计成"神秘之声"。

因为云真和孟悄悄的定位比较相似，孟悄悄又有超强模仿能力，所以节目组让孟悄悄以模仿为主，模仿杨懿的声音，达到迷惑观众的效果。

随后，录制马上开始。三人按照台本的流程来进行，吴语徽的少年音辨识度极高，很快掀起场上第一个高潮。再加上这段时间她忙于学业，许久没有露面，早就闻讯赶来的粉丝的欢呼声快要把棚顶掀翻了；云真第二个上场，由她担任女主配音的一些作品不乏热播剧，观众对她配过的角色不算陌生，也赢得了不少掌声；而到孟悄悄上场时，她严格按照节目组的要求，完全忽略了自己，重现杨懿的声音。

一轮表演结束，主持人请嘉宾点评，熟知台本流程的嘉宾自然不着痕迹地制造爆点，开始引导观众怀疑"杨懿"的声音。场上立刻出现了第二个小高潮，也因此出现了变故，当主持人让观众挑选此刻他们最想见的幕后配音演员时，除了吴语徽的粉丝之外，场上大多路人观众竟然都把票投给了孟悄悄！

幕后的孟悄悄傻眼了，这和刚才说的完全不一样啊！节目组紧急做出调整，催促孟悄悄代替吴语徽上台。

吴语徽幸灾乐祸地看云真，后者则神色莫辨。就刚才的表演来说，云真的表现比较中庸，难以给人留下深刻印象，基本已经被她和孟悄悄压制。只要云真不好过，输给孟悄悄，她也认了，谁让云真挑衅她的！

于是吴语徽上前，拍了拍孟悄悄的肩膀，一脸语重心长："孟悄悄，好好表现，别浪费这个机会。"

孟悄悄被吴语徽的话点醒，点点头，比了个加油的手势。

登台迫在眉睫，孟悄悄朝那扇缓缓打开的门走去。

万丈光芒就在她的眼前，仿佛指引着她通往一条光明而漫长的路。她再次听见观众的欢呼声，那些声音遥远又真实，仿佛只为她一人而响。

等孟悄悄站到台前，不出意外地引起观众的一片哗然。摄影机连忙将此刻的戏剧效果记录下来，执行导演笑得合不拢嘴，知道这期的卖点有了。

主持人请孟悄悄介绍自己，孟悄悄捏紧话筒，深吸一口气，沉稳说道：“大家好，我叫孟悄悄，是 LD 的一名配音演员。”

她的声音不大不小，在说完这些之后，她感觉四肢百骸中宛如有热血奔腾。

主持人为了突出孟悄悄模仿达人的特点，给出了一些经典的角色让孟悄悄模仿。孟悄悄果然模仿得惟妙惟肖，引来观众的阵阵掌声。

主持人请云真和吴语徽上台，三个女孩并肩站在镁光灯下。主持人按台本提到了云真和孟悄悄之前的那些小纷争，云真握着孟悄悄的手，说道：“我和悄悄认识十七年了。十七年是什么概念？就是翻开相册，不管是童年的我、少年的我、成年的我，旁边站着的始终是她。希望大家以后不要再质疑我们之间的关系，她是我这辈子最重要的朋友。”

孟悄悄没有说话，随着云真的话语，她慢慢陷入那些美好的往事中，等她反应过来的时候，脸上已经濡湿一片。

云真看着孟悄悄：“悄悄，你还记不记得我们一起录的那首歌？”

记得，当然记得。

云真看着孟悄悄的眼睛，清唱了起来。孟悄悄跟随着云真的节奏，为云真轻声和声。

一首歌唱完，台下有观众在擦拭眼泪。

吴语徽站在旁边，凉凉地看着云真动情的表演。

中场休息时，有粉丝上台给吴语徽献花。花粉引发了吴语徽的哮喘，她脸色立刻苍白，抚着胸口深呼吸。

孟悄悄见过吴语徽哮喘病发的样子，赶紧扶住她：“吴语徽！别急，深呼吸！”

这时，所有人都察觉到吴语徽的异样，录制被迫中断，节目组工作人员赶紧围过来。

云真见状立刻冲到吴语徽身边，检查完她的情况，厉声问孟悄悄：“她有哮喘？”

孟悄悄连忙回答道：“是的。”

“都散开！病人需要氧气！”云真大声命令道，人群立刻散开，把氧气留给吴语徽。

“孟悄悄，找气喘喷雾剂！应该在她包里！”

孟悄悄立刻去翻吴语徽的包，果然被她找到了。云真开始对吴语徽进行急救。云真扶着吴语徽半卧坐好，解开吴语徽领口的扣子，同时用手不断按摩着吴语徽的背部肌肉。

孟悄悄将喷雾剂递给云真，云真娴熟地将喷雾剂放到吴语徽嘴边按压。在药物的作用下，吴语徽的呼吸渐渐平复了下来，休息了片刻，总算是有惊无险。

这件事自然没过多久就被“护女朋友狂魔”周旭知道了，除了责备吴语徽不注意身体以外，周旭还特意请云真和孟悄悄吃饭，感谢她们对吴语徽的救命之恩。陆寻也会参加饭局，而陆寻和孟悄悄同时出现的地方，陈与均自然也是要去的。

陈与均早早给孟悄悄打了电话，说要和她一起去。她本来想说不用这么麻烦，陈与均却提醒她是不是忘了要配合他的事了。她这才想起来上次两人的约定，她也不知道陈与均葫芦里到底卖的什么药，便答应了。

陈与均开车载孟悄悄去饭店的路上，孟悄悄果然接到了陆寻打来的电话，可在陈与均的授意下，孟悄悄对那些电话视而不见。两人到达饭店，在进包厢之前，陈与均朝孟悄悄使了个眼色，半真半假地牵住她的手。她一惊，刚想挣扎着甩开陈与均，陈与均顺势把她拥进他的怀里，耳语提醒道：“配合配合，我不会害你的。放轻松点，陆寻来了。”

孟悄悄浑身僵硬，就这样不期然地和陆寻的视线相撞。原本坐在云真和周旭之间的陆寻在看到陈与均扶在孟悄悄胳膊上的手时，脸色沉了下来。

孟悄悄十分局促，陈与均却好像什么都没发生过一样，带着孟悄悄坐下。

周旭将席间的腥风血雨尽收眼底，却不过多言语。他摸了摸放在吴语徽面前的橙汁，确认温度正好，对着服务员道：“我们人都到齐了，上菜吧。”

饭桌上，陈与均时不时地给孟悄悄布菜，旁若无人地和她说着话。陆寻脸色越来越冷，握着红酒杯的手越来越紧。

“这道虾球做得挺好吃的，陆寻，你要不要尝尝？”云真说道。

“我自己来。”陆寻冷漠道，然后，他狠戾的眼神扫向非要给孟悄悄剥虾的陈与均。

云真轻描淡写地笑了笑，把剥好的虾肉放进自己碗里，小口小口地吃着。

孟悄悄抬头看了云真一眼。在孟悄悄的记忆中，云真从来不吃虾的，因为小时候被虾刺到过手，从此云真讨厌一切虾类，对虾敬而远之。孟悄悄心想，云真算不算因祸得福，因为她把什么都忘了，反而能吃到以前不吃的美食。

吴语徽在周旭的催促下朝云真举起橙汁，吞吞吐吐地道谢："谢谢你救了我。"

云真大方地和吴语徽碰了碰杯子："不客气。"

"云小姐，多亏你施救得当，这一杯，我敬你。"

吴语徽拍了周旭一巴掌，嗔道："人家救了我，凭什么是你谢啊？"

周旭别有深意地笑道："你说呢？"

吴语徽就喜欢调戏周旭，却耐不住脸皮薄，她赶紧端起杯子喝口橙汁掩饰心虚。

云真客气地说道："人命关天，应该的。"

这倒像是医生的口吻了，周旭忍不住多看了云真一眼。可这一眼却让周旭生出些微妙的熟悉感，目光也一直留在云真的身上，没有移开的意思。

云真自然感觉到了周旭那灼灼的目光，她不得其解，只能掩饰性地喝了口酒。

这时，周旭突然道："云小姐，我突然发现你长得很像我的一个学妹。"

云真还没搭话，吴语徽就愤怒而用力地扯着周旭的脸，凶巴巴地道："周旭，你居然敢在我面前用这种过时的搭讪法！"

周旭笑意温柔，他拉下吴语徽的手握在掌心里，吴语徽的脸立刻红了，也不再闹。

云真干笑："是吗？那可真是太巧了。"

"我想应该也不可能，只是你们真的很像。不过，你是学配音的，而我那个学妹是学医的。我听我的老师说，她本来是个好苗子，不过突然退了学。现在基本没人能联系上她，她就和失踪了一样。"

吴语徽来了兴致："还有这种事儿？"她对云真打趣道，"你是不是有什么失散多年的姐妹啊？"

孟悄悄一怔，云真脸上的笑容有些僵硬。

周旭刮了刮吴语徽的鼻子，没什么威慑力地警告："小姑娘，不要乱说话。"

吴语徽嘟着嘴巴，委屈兮兮地看着周旭。

陈与均插嘴说道："狗粮发得差不多就得了啊，照顾下两个单身的。"

周旭问："两个？"

陈与均的目光若有若无地扫了眼陆寻和云真，道："他俩可不是单身的吗？"

周旭笑了：“你这话说得好像你不是一样。”

陈与均望着孟悄悄笑得暧昧，没有回答。而孟悄悄直到现在，才后知后觉地明了陈与均之前所说的配合和计划是打的什么鬼主意。

有关自己的话题终于被带过，云真的心里松了口气，她几乎是下意识地看向陆寻，却发现陆寻的注意力始终停在孟悄悄的身上，她心中平白生出些妒意和不甘心。

吃完饭，周旭送吴语徽回家，剩下的两对的情势就更是明朗。陈与均是和孟悄悄一起来的，自然要和孟悄悄一起走。

孟悄悄整个晚上都在躲避陆寻的视线，本就如芒在背，浑身不自在，现在她巴不得赶紧离开这快要让她窒息的环境，却不想陆寻这时开了口，打破了须臾的平静。

“孟悄悄跟我走。”

所有人都惊讶地看着陆寻，云真的脸色更是难看，唯有吴语徽的眼中闪过一丝亮光。

“不用了，谢谢。”孟悄悄说着推了推陈与均，不想却被陆寻紧紧地攥住了手腕。

孟悄悄一惊，看向陆寻，却对上他那双藏在镜片后面深沉的眼眸。她皱眉，想抽走自己的手，可是他的力气变得越来越大。

她只能提醒他：“陆寻，你喝醉了。”

陆寻定定地看着孟悄悄，面如冰霜，一言不发，他忽地上前一步，将孟悄悄拦腰抱起，不管不顾地把她塞到副驾驶座上，关上车门，启动车字，随后车子一个摆尾，瞬间驶离。

直到车子尾气扫到众人的脸上时，大家才反应过来。

陈与均和云真望着车子远去的方向，神态各异。

第三十五章

你的声音里没有爱

姜思慕的毕业作品完成，群发信息告知了亲朋好友，自己要闭关做后期，闭门谢客。

孟悄悄忙完了姜思慕的事，还没来得及喘口气，云真就找上了她。

云真找孟悄悄是想把一个项目推荐给孟悄悄，那是日本动画大 IP《喵呜》中文配音版的女主角，原版动画本身就有很强大的粉丝基础。云真和《喵呜》的导演很熟，本来对方通过 LD 找的人是云真，由于云真的档期与《喵呜》的配音时间撞了，云真没办法接下这个工作。云真知道孟悄悄对动画配音比较感兴趣，所以和《喵呜》的配音导演推荐了孟悄悄，导演听了孟悄悄以往的作品也很满意。

孟悄悄心里很清楚，日系动画的配音并不是那么容易做的。首先因为人文环境不同，配音时讲话的方式就有所不同；其次，日文的语感和中文的大相径庭，如果配音者不能完全吃透剧中角色，就会在声音方面造成违和感。

但这是云真拜托的，孟悄悄也想挑战一下，所以她思考了一下就点头答应了。

事后，孟悄悄也征求了江自谦的意思，江自谦很支持，认为译制片很锻炼人，让孟悄悄好好珍惜这个机会。

LD 方面立刻和《喵呜》那边对接，很快把项目谈妥，还多谈了一个男配角回来，配音演员的人选就定下了刘皓。

半个月后，《喵呜》正式开始录制。

孟悄悄早早地来到录音棚里，男主角的配音演员谢洋却迟到了。听说《喵呜》的男主角配音原本定的不是谢洋，但谢洋动了关系，才把这个角色拿了回来。

孟悄悄担忧地看着刘皓，从知道男主的配音演员是谢洋开始，刘皓的精神就一直处于紧绷的状态。刘皓本来想退缩的，奈何合同在身，他实在是没钱赔付巨额的违约金。

孟悄悄安慰刘皓道："你现在很优秀，不用怕面对谢洋。"

刘皓点头，却还是一副快要晕死过去的样子。

大约等了一个小时，谢洋终于来了，还是那张冰山脸，却在看到刘皓的时候，表情有了一丝松动。

谢洋想上前，可见刘皓一副如临大敌的模样，只好硬生生地收回脚，转而向孟悄悄点了点头，不咸不淡地打了个招呼。

孟悄悄这才知道，谢洋来得晚是因为从另一个录音棚过来的。谢洋原本就有戏在身，《喵呜》的档期和那部戏撞了档期。这行里轧戏的人不少，只是孟悄悄多少有些想不明白，被誉为"最酥男声"的电视剧配音一哥谢洋，怎么忽然想起来要来配动画。

既然谢洋来了，《喵呜》的录制也不再耽搁，马上就开始了。可一到了正式配音，孟悄悄马上察觉到问题所在。

《喵呜》的男主角猫太是个热血的元气少年，而谢洋配惯了电视剧里的霸道总裁、高冷学长的音，那些早就熟悉习惯的现代配音技巧反而在这个时候限制了他，让他的声音和猫太产生了一种违和感。偏偏《喵呜》的配音导演是新人，一来脾气挺好，二来又没什么底气，让他录了几条之后，居然就这么让他过了。

就这么一直到了午饭时间，刘皓食不知味，孟悄悄还在琢磨刚才的配音效果，两个人都没怎么动饭盒里的饭菜。这时，谢洋端着他的外卖，走到刘皓身边坐下。

刘皓汗毛倒立，如临大敌。

谢洋坐下之后，也没有开口说话，只是坐在刘皓旁边默默地吃东西。他似乎想努力降低自己的存在感，可天知道此刻的他和煞神没什么区别。

就在刘皓一直朝孟悄悄使眼色，让孟悄悄想办法把这尊大神请走的时候，爱岗敬业的孟悄悄一脸严肃地和谢洋探讨起了业务。

孟悄悄问："你觉得猫太是个什么样的人？"

一开始，谢洋还以为自己听错了，见孟悄悄看着自己，才明白，对方这是要和自己探讨剧本了，他便回答道："中二、热血。"

孟悄悄摇摇头，说："猫太的声音初听是中二、热血，但这其实是他伪装出来的。他有着惨痛的过去，但是不想向任何人示弱，所以就逼着自己元气满满，其实，他是个非常寂寞的人。"

谢洋的视线射向刘皓，刘皓几乎把头埋进了饭盒里，努力扒着饭。

孟悄悄突然问："你是不是不喜欢《喵呜》？"

谢洋皱皱眉："你为什么会这么想？"

“你的声音里没有爱。”孟悄悄一针见血。

谢洋倒是很坦然：“对，我对译制片不感兴趣，而且，我一直是走男神音的路线，这种中二少年并不适合我。我接这部动画，纯粹是私人原因。”

刘皓扒饭的动作更快了，就像一只疯狂刨土的土拨鼠。

没想到会听到谢洋的这种回答，孟悄悄有点不能接受，她不是多管闲事的人，可谢洋是这部剧的男主角，他的发挥影响这部剧的最终质量：“你不觉得你这样做，对那些喜欢《喵呜》的人来说很不负责吗？而且我觉得你完全可以配好猫太。”

看着孟悄悄略显激动的样子，谢洋有点莫名其妙。

“你的声音质感很好，可塑性也很强。对于你来说，明明是有多选项的，如果只做成男神音这个单选项的话，未免太可惜了。将《喵呜》当成你的一个新的尝试，比让它成为流水线上的产物要好，不是吗？”

谢洋没想到自己干了多年的配音，爬到了如今的地位，现在居然被一个后辈指导。他倒不觉得丢面子，只是有些感慨。

谢洋半天没有说话。刘皓偷偷瞄了一眼谢洋的脸色，会错了意，心想，完了完了，孟悄悄虎口拔毛，谢洋这个大魔头肯定生气了，接下来还不知道谢洋要怎样折磨孟悄悄了。瞬间，对孟悄悄的友情战胜了对谢洋的恐惧，刘皓鼓起勇气挺身而出，眼睛却看都不敢看谢洋，只是虚张声势地威胁：“我可喜欢看《喵呜》了，这部动画的粉丝众多，谁要是搞砸了，等着被粉丝的唾沫淹死吧。”

刘皓刚说完，就有个声音不给面子地嗤笑了下。刘皓生生地呛了一口，瞬间尿了，再不敢说话。刘皓已经仁至义尽了，现在他能做的，只是在心里默默地为孟悄悄祈祷。

谢洋露出了认识孟悄悄以后的第一个笑容，尽管那笑容清淡，可十分真诚。他说：“你们说得对，如果你有空的话，我想和你多聊一些有关角色的事。”

这个转折，顿时让刘皓愣在当场。

谢洋顿了一下，余光扫向刘皓，补充道：“我希望刘皓也能一起，他的性格对我来说，很有参考价值。”

刘皓的脸彻底垮了下来。

为了方便，三人的剧本讨论会选在孟悄悄家的蛋糕店里。乔又泽是谢洋的粉丝，对男神的到来，他表现得十分激动，鞍前马后地给谢洋上好吃的。

谢洋在私下里还是放不太开，倒是从琳琅满目的蛋糕中挑出草莓大福，推到刘皓的面前。

全程一言不发的刘皓完全忽略了谢洋殷切的眼神，一口一口地吞着草莓大福，恨不得把自己的存在感降到零。

孟悄悄和谢洋都不是多话的人，两个人交流完剧本之后，就眼观鼻、鼻观心地坐着，犹如两大冰窖对坐施法。后来，店里的客人渐多，孟悄悄看父亲和乔又泽忙不过来，交代一声便去后厨里帮忙，只剩下谢洋和刘皓大眼瞪小眼。

刘皓吃完了草莓大福，开始吃草莓慕斯，恨不得把头埋到桌子下面。

可就算他喜欢吃草莓，也扛不住这一口接一口地吃啊，很快他就被齁着了。

然后一杯水递到他的面前，他像抓住了救命稻草似的大口喝完，然后他的眸子对上为他递水的谢洋沉静的眸子……

“谢谢。”刘皓道谢，继而觉得自己这样扭扭捏捏的不太好，毕竟自己是个大老爷们，又不是手无缚鸡之力的书生，难道还怕他谢洋不成？

刘皓扯开一个假笑：“哎呀，想不到你这么忙，还能抽出时间来参加剧本讨论会，真是不容易啊。”

“我把其他工作安排到晚上了。”

刘皓一愣，干笑道：“那倒是挺辛苦的。”

“值得。”

谢洋不愧是话题终结者，刘皓觉得他们这天没法聊了，于是选择安静地坐着，谢洋却不打算放过这好不容易打开的话头。

谢洋问：“你为什么说都不说一声就转学？”

“家里着急。”

“还把所有的联系方式停掉了？”

“忘记了密码。”

谢洋沉默，他似乎对自带结界的刘皓一点办法也没有，有些黯然地垂下眼睛，那么高大的一个人，这个时候看起来竟有些委屈。

刘皓有点无奈，怎么现在好像做错了事的人是自己一样？当年的事，自己还没找谢洋算账呢，他倒还扮起委屈来了？

刘皓怒从心头起，恶向胆边生，刚要开口骂人，谢洋却先开了口。

谢洋低声道：“我一直以为是我做错了什么，可是，你连让我问的机会都没给。”

谢洋这种哀怨的语气让刘皓瞬间熄火。他有些难受，谢洋这样，倒像是他在无理取闹了。可是天知道，那个时候谢洋给他的打击也是致命的，他以为他们是朋友的，可在谢洋的心里，他是那么不值一提的。

可时过境迁，刘皓突然什么都不想追究了。他叹了口气，道："那些都过去了，你别放在心上。"

谢洋没有说话，他只是目光灼灼地看着刘皓。刘皓在他的注视下越来越不自在，隐约有了一丝不祥的预感。

就在《喵呜》的配音工作结束后，由LD和蒂尼联合制作的动画电影《奇诺历险记》提上了日程。

LD有意携《奇诺历险记》冲击奥斯卡奖，所有的制作标准都按照国际上顶尖的规格来。在这个项目中，他们采用的是先建模，让配音演员根据脚本配音，再后期制作画面的做法。而这部动画的主角奇诺是一条约克夏公狗，在动画中奇诺说的是英文，而它的主人却是一个中国女孩，在动画中说的是中文。

而这个中国女孩的配音演员，将在公司内部挑选。

吴天在公司的大会上宣布这个消息，最后，吴天表示将有一个来自美国蒂尼的重磅嘉宾加盟本次的项目，担任本次项目的配音指导。在大家的翘首以待中，田如婷款款走了出来。她环视场上一圈，对上孟悄悄惊喜的目光，朝孟悄悄盈盈一笑。

散会之后，田如婷喊住孟悄悄。田如婷看着女儿，笑道："《奇诺历险记》是个好项目，你好好加油，选拔的时候我是不会放水的。"

孟悄悄点头，她当然也没有走后门的打算，让她兴奋的是，时隔多年，田如婷终于回国了。

"这一次，你会在国内待多久？"

"直到选出合适的人。"田如婷笑了笑。自从在日本和孟悄悄相认，孟悄悄回国后，她很是思念。因此，这次的项目她才主动向公司提出申请，如愿回了国。

孟悄悄试探地问道："那你住哪儿？要不，回家住吧？"

田如婷立马拒绝："我住酒店就可以了。"

孟悄悄有点失望，田如婷摸了摸孟悄悄的脸，笑道："你可以随时来酒店找我。"

孟悄悄心里盘算的不是这个。上次她听江指导说，父亲为了自己放下架子，主动和母亲联系，这本就是破冰之举，如今又恰逢母亲回国，她总觉得自己应该做点什么。

"那晚上我们一起吃顿饭吧？"孟悄悄怕母亲拒绝，急忙补充一句，"我请你，给你接风洗尘。"

田如婷不疑，立刻答应了。

孟悄悄暂别了田如婷，转身便给父亲发了短信，说晚上要请父亲吃饭。父亲云里雾里，问她花那个钱做什么，她一点儿没退让，让父亲一定要来。

晚上，孟悄悄和田如婷前脚刚到，孟荣后脚就来了。孟荣看见满脸惊讶的田如婷，先是一愣，然后转身就想往外走。孟悄悄早料到父亲会是这个反应，挡在门口拦住父亲，然后把一脸别扭的父亲拉到桌边坐下。

孟荣恨了田如婷这么多年，如今看到这个曾经是自己妻子的女人，想起的竟不是那些绵绵的恨，而是一种岁月变迁、沧海桑田的感慨。原来已经过去这么多年了，久到曾经那么漂亮的姑娘，现在也有了岁月的痕迹。

“今天我请吃饭，你们两个谁都不许走。”孟悄悄左瞧瞧，右看看，看父母两人不对盘的样子，难得硬气一回。

孟荣和田如婷见孟悄悄这么说，也不好拂了女儿的面子。只是两人如坐针毡，气氛尴尬，谁都放不下架子。

孟荣垂头丧气道：“我还说呢，你怎么想起来请我吃饭，搞了半天，是这么尊大佛回来了。”

田如婷也来了脾气，道：“你要是不想吃，你可以走，我陪女儿！”

孟荣瞪眼：“什么你陪女儿，那是我女儿！”

“没我，你生得出来吗？”

“田如婷，这么多年了，你还真是一点儿没变啊！”

“这句话我原封不动地还给你！”

孟悄悄看着拌嘴的父母，颇为无奈地叹气。但不管怎么说，眼前热热闹闹的两个人总好过冷战、不说话。她越想越觉得这是个好现象，忍不住笑了起来。

她这一笑，孟荣和田如婷反倒有点不好意思了。两个人没好气地瞪了对方一眼，开始吃起饭来。

这顿饭的气氛说不上好，但也说不上坏。

晚饭结束后，田如婷喝到微醺，摇摇晃晃地起身要先走。

孟荣犹豫了半晌后，才粗声粗气地说道：“大晚上的，你一个女人，人生地不熟的，往哪儿走？”

孟荣让孟悄悄打辆车，先送田如婷去酒店，父女俩再回家。孟悄悄打了车，抢先一步坐在副驾驶座，把车后座的位置留给父母。

酒店很快就到了，孟悄悄送田如婷到酒店大门口。田如婷温柔道：“早点和你爸回去吧。”

“你早点休息。”孟悄悄想了想，说道，“今天我真的很开心，谢谢你，妈妈。”

田如婷马上红了眼眶，这是和孟悄悄重逢以来，孟悄悄第一次叫她妈。她一把抱住打算离去的孟悄悄，哽咽着对孟悄悄说道：“妈妈也很开心，谢谢你，女儿。”

孟悄悄缓缓回抱住母亲，轻轻抚摸着母亲的背。今晚的田如婷看起来特别温柔，她的脸上有着淡淡的红晕，那是久违的幸福感。

孟悄悄没有问母亲，是更喜欢在美国的日子，还是更喜欢跟她和父亲在一起的时光。

诚如母亲所说，人生不是多选题，人往往只能选一个选项，而承担自己所选择的，就是对自己负责的做法。

追忆过去并没有意义，人永远是活在当下的，就如同实在没必要争论过去的父亲和母亲谁对谁错，他们还能重逢，这就是好的。

“悄悄啊，茫茫人海遇到契合的那个人实在不易，希望你不要像我一样，希望你能抓住幸福，得偿所愿。”

孟悄悄愣在原地。

白色卡宴行驶在曲折蜿蜒的盘山公路上。

暮色四合，山风习习，公路上来往的车辆很少。陆寻看了一眼导航，已经快要接近目的地。

副驾驶座上放着一束花，那是陆可最喜欢的向日葵。今天是陆可的生诞，陆寻早早推掉了所有工作，把今天的时间留出来给陆可。

墓园里十分安静，的确没什么人在这个时候来扫墓。陆寻抱着向日葵走到陆可的墓前，不出意外，他再次在那儿看到一束花。

在夜色的渲染下，整个墓园显得冷冷清清的，一座座墓碑蛰伏在黑暗中，像大张着嘴觅食的巨兽。

忽然，一股劲风对着陆寻的头横扫过来。陆寻反应极快，低头避开了这一击，迅速朝后退几步，就见一个戴着口罩的黑衣人挥着刀子，还不依不饶地继续进攻。陆寻敏捷地躲闪着，寻找着反击的时机。

几个来回之间，陆寻隐约觉得眼前这人的身形十分熟悉，他冷喝一声：“是你！”

那人被陆寻吓了一跳，陆寻等的就是这么个间隙，抄起地上的向日葵朝男人砸去。男人没有提防，下意识伸手去挡，陆寻趁机卸掉男人手中的刀，压制住男人的胳膊。

陆寻刚想伸手摘了那人的口罩，却不想那人衣服里还藏着一把刀。

男人打算和陆寻拼个鱼死网破，抓起刀子就朝陆寻挥来。陆寻躲闪不及，眼见就要被那刀子刺穿胸膛，一个不知从哪儿来的绿色身影冲了过来，一下子将男人撞开。男人的头狠狠地撞在陆可的墓碑上，整个人倒在地上。

陆寻迅速扑过去，将那男人死死按住，单手解下领带将男人的手反捆住，然后一把扯掉男人的口罩，果然是之前与自己交过手的鸭舌帽。陆寻冷笑一声，心想鸭舌帽真是自投罗网。

陆寻报完警，然后一把揪起鸭舌帽的领子，逼问道："想杀人灭口？"

鸭舌帽啐了一口："我不杀你，你迟早会查到我的头上来，到时候，死的就是我！"

不容陆寻再逼问，警察已经迅速赶到。因为上次刘老四的案子，负责这个案子的警察就认识了陆寻，警察向陆寻承诺，一旦查出了什么线索，会立刻告诉陆寻。

即使抓住了关键嫌疑人，陆寻脸上也没什么表情，他漠然地伫立在陆可的墓碑前，静静地看着墓碑上陆可的照片。五岁的陆可，睁着一双圆溜溜的大眼睛，好奇地看着这个世界，笑得一脸天真。

半晌后，陆寻才想起刚才和鸭舌帽缠斗时，那个突然冲出来帮忙的人，便扭头想看那人是否还在，然后就看到那人安静地站在自己的身旁。借着月色，陆寻看到了那人的侧脸。

那人一身清洁工的装扮，尽管胡子拉碴，尽管岁月在他的脸上留下了如沟壑一般的皱纹，可陆寻还是一眼就认出来了，那分明是他多年前懦弱逃跑的父亲——陆风。

难怪，他每次见这个清洁工时，总觉得有些眼熟。

他们已经有十几年没见了，陆寻没想到他们居然是在这种场合下相见，更没有想到，陆风居然就在墓园，就在他的眼皮子底下。

陆风局促地搓了搓手，拾起地上的扫把准备离开。然后，他听到陆寻冷淡的声音从他的身后传来，像穿过了无尽漫长的岁月，穿过了重重的黑暗。那声音和多年前的声音重合，恍惚在陆风的耳边响起。

"你一直都在这里？"

陆风慢慢转过身来，点了点头。

当年，他去警局自首，可警察查明，他是过失造成陆可死亡，并未构成犯罪，就把他放了。他自觉无颜面对妻儿，也无法面对自己，去其他城市流浪了一段时间，但他夜夜梦到陆可对着他哭。于是，他来到墓园当个清洁工，近距离地陪伴着陆可。陆寻回国后，他见陆寻常来探望陆可，却始终不敢现身相见。若不是今天看见有人想伤害陆寻，他一样不会出现。

陆寻面无表情地听完，陆寻一直以为陆风当年是因为受不了发生的事情而逃走的，可陆风竟然选择了回到这里，陪在陆可身边。陆寻沉默半晌后，道：“当年的事是有人蓄意放火。”

陆风难以置信地看着陆寻，干裂的嘴唇哆嗦起来，他失声道：“你说的都是真的？”

“这件事很快就会有结果。”

陆风早已老泪纵横，他用粗糙的手捂住脸，发出了低低的哭声。陆寻觉得自己的心顿时茫然了，空荡荡的，但从他的眼睛里却依旧看不出什么情绪。在他记忆里，陆风从来都是意气风发的，而现在的陆风已经苍老。

陆风慢慢稳住了情绪，他浑浊的眼睛里满是沧桑与疲惫，低声道：“这些年，我对你从来都没有尽到过一个做父亲的责任，小寻，你不要怪我。”

陆寻没有说话。

陆风继续道：“你回去吧，我待在这儿陪可儿。”

陆寻清楚，只有等到真相大白的那天，所有人才能将过去翻篇。

第三十六章

拒绝是不会伤人的，欺骗才会

没几天，警察就打来电话。

警察告诉陆寻，之前在墓地里对他痛下杀手的人叫赵海，也正是杀害刘老四的凶手。

原来刘老四年前刚刚出狱，他出狱后，穷得叮当响。他在电视上看到了陆寻回国的新闻，认出了陆寻就是当年陆家的那个儿子，就想到用多年前陆家的纵火案勒索陆寻。他找来了狱中好友赵海帮忙，没想到，最后因为分赃不均，他死在了赵海的手里。

赵海没有交代刘老四是不是当年纵火的人，只交代刘老四说的那个视频确有其事。赵海也看过视频，只是不知道刘老四后来把视频藏到了哪里。赵海也一直在找视频，却始终没找到。

据赵海交代，视频中纵火的人是个女人，身材矮小，齐耳短发，但没有拍到她的脸。最后，警方表示会尽快将那个视频找到，查出当年纵火案的真凶。

多年前的案子终于要有结果了。陆寻起身走到落地窗前，目光沉沉地看向窗外。

忽然，办公室外传来一阵骚动。亚澜的大嗓门穿过门缝，直直地撞进陆寻的耳朵里：

“云真、孟悄悄，你们俩怎么了？！”

陆寻的身体已经先大脑一步跑了出去。

云真和孟悄悄不知为何浑身湿透，狼狈地站在公司里，两人瑟瑟发抖。亚澜一边招呼着其他同事调高暖气温度，一边找人拿毛巾、拿毯子。

陆寻快步走过去，接过亚澜手里的毯子，一把裹住孟悄悄，把她裹得严严实实的，才开口问道：“出什么事了？”

上次在周旭的饭局上，孟悄悄和陈与均故作亲密，他醋意大发，直接将孟悄悄劫走。在车上，孟悄悄不顾死活，强行开车门要下车，他不得不在半路就将她放下车。

想不到，他们不过几天没见，孟悄悄就把自己弄成这样。

“我刚才不小心掉进水里，悄悄为了救我……”云真也抱着毯子，脸色苍白，声音都在哆嗦。

《万里挑音》之后，LD乘胜追击，为当时云真和孟悄悄在节目中合唱过的歌曲《再次遇见你》拍摄MV，打算日后投放在网络上，而拍摄地选在了湖边。

可前两天下了雨，地面又湿又滑，云真一不小心掉进湖里，情急之下把孟悄悄也带入水中。云真奋力挣扎，多亏了孟悄悄把她拉上岸。

陆寻紧抿着唇没有说话，气氛瞬间降到冰点。

“你们俩赶紧先去换一身干净的衣服。”亚澜把两人推进更衣室，公司里一般放了大家备用的衣服。

孟悄悄拿开裹在身上的毯子，此刻，湿透了的衣服像冰坨子一样挂在她的身上。她浑身颤抖，勉强换了一套干净的衣服，只觉得眼皮越来越重，视线有些模糊。

最近她有点感冒，断断续续的，一直没好，现在恐怕是雪上加霜。

换完衣服，孟悄悄打起精神走了出去，没想到陆寻还等在外面。云真早已换好衣服，手里抱着一杯热饮，亚澜正帮她擦着头发。

陆寻看到孟悄悄出来，递给她一杯热饮，脸色还是很阴沉：“趁热喝。”

孟悄悄没有接饮料，她的嘴唇被冻得乌紫，只觉得全身都冰冷刺骨。她觉得自己可能撑不住了，但不想在陆寻面前示弱。于是，她迷迷糊糊地说道：“我要请假。”说完，也不等陆寻同意，就自顾自地往外走。

陆寻看着孟悄悄背对着他努力往外走，然后……她直直地倒在了地上。

他眼睁睁地看着她在自己面前倒下，一时不知作何反应，只觉得心中抽痛。直到亚澜和云真惊叫着跑过去，他才疯了般跑过去将她抱起来，手触及之处是滚烫的，那火热的温度从指间一直蔓延到他的心底。

“孟悄悄！”

陆寻听见自己声音颤抖。

陆寻用最快的速度把孟悄悄送去医院，孟悄悄被送进急救室，又被推进病房，前前后后折腾了两三个小时。等她终于躺在病房的床上，陆寻才木然地坐在医院的走廊上发呆。

周旭在陆寻的身边坐下来。

“她醒了吗？”

“本来就发烧，又被冷风那么一吹，怎么也要睡一晚。”周旭顿了一下，道，“我记得，上次你出事儿的时候，她就像你现在这样傻坐着，好像丢了魂儿一样。”

“是吗？”他没看见，真是可惜。

周旭道：“云真也住院了，你知道吗？”

陆寻对此置若罔闻。

周旭无奈地摇摇头，陆寻这人，虽然在认识了孟悄悄后慢慢找回了缺失的情感，但陆寻骨子里的冷淡，恐怕没有那么快烟消云散。又或许，陆寻的满腔热爱，只能倾注给一个人，旁人休想瓜分丝毫。

孟悄悄醒来时，只感觉到嗓子里火辣辣的，好像被人用辣油浇灌过似的。她艰难地睁开眼睛，依稀看见几个人影站在她的床边。

爸爸、妈妈、周旭、姜思慕、刘皓、陈与均……还有站在角落里的陆寻。

陆寻怎么会在这儿？还有，自己这是在哪里？

孟悄悄慢慢找回混沌的意识，一些零散的画面相继出现在她的脑海中……云真跌下水，惊恐地在水中挣扎，她从背后抱着云真奋力游向河岸，却觉得那河岸越来越遥远……陆寻凶巴巴地……

最后，孟悄悄的记忆定格在将她打横抱起的陆寻那张焦急的脸和他剧烈的心跳上。

“孟悄悄，感觉怎么样？”

孟悄悄渐渐有了些力气，想回应周旭的问题，可她张开嘴巴，却发现自己竟然无法发出声音！孟悄悄急了，用尽全身力气想要说话，憋得一脸通红，却始终发不出任何声音。

“悄悄，怎么了？”陈与均率先察觉到孟悄悄的不对劲，刚想上前，却不想有人快他一步。

在角落里的陆寻几步迈到孟悄悄的面前，他俯下身子，伸手轻轻地按着她的肩头。

如冰如雪的气息中透着一股若有若无的暗香，那气息熟悉得让孟悄悄几乎要落泪，仿佛突然就有了安全感，惊慌的她慢慢冷静了下来。

“周旭。”

事实上，不等陆寻发话，周旭已经去叫医生了。

陆寻修长的手抚过孟悄悄柔顺的发丝、苍白的脸，最后温柔地握住她的手，语声低沉却有着抚慰人心的力量，他道：“别怕，我陪着你。”

孟悄悄紧紧地反握住陆寻的手，犹如抓住了一根救命稻草，将整个生命的重量都交托出去。

陈与均默默地看着两人，退到一边。他的袖子被人轻轻地扯了两下，回头一看，姜思慕有些担忧地看着他。他笑了一下，示意自己没事。

周旭喊来的张医生很快为失语的孟悄悄进行进一步检查，检查完后，张医生表情凝重，这让在场的人都屏住呼吸，没有人敢先说话。

“失语症。”

所有人怔住了，孟荣惊呼：“你说什么？！”

张医生看向周旭，问道：“病人的声带之前是不是受损过？”

在得到周旭的肯定之后，张医生严肃地说道：“病人发了两天的高烧，引起了并发症，导致声带受损，现在没办法说话。”

“恢复时间呢？”田如婷担忧地问道。

“恢复时间暂时还无法确定，得做进一步检查。”

陆寻觉得掌心一疼，原来是孟悄悄的指甲不知何时嵌进他的肉里。他一动不动，任由她握住他的手。

“大家先出去，让孟悄悄休息一下。”周旭冷静下来，对张医生说道，“张医生，借一步说话。”

陈与均看向孟悄悄，可身陷慌乱中的孟悄悄从头到尾都没有注意到他。她只是握着陆寻的手，只是凝望着陆寻。

陈与均收回自己的视线，跟随周旭离开。姜思慕和刘皓也不敢在孟悄悄面前流露出让她情绪失控的担忧，快步跟着大家一起离开。

孟荣和田如婷对视一眼，田如婷温柔地摸了摸孟悄悄的脸，也和孟荣退了出去。

偌大的病房里只剩下陆寻和孟悄悄两个人。

孟悄悄还有点失神，医生说的失语症是什么意思？她会从此无法开口说话吗？她好不容易才找到配音对于她的意义，她会再次一无所有吗？

“孟悄悄。”

孟悄悄回过神来，怔怔地看着陆寻。陆寻的声音在她耳边响起，冷淡又坚定：“相信我，我不会让你有事。”

孟悄悄呆呆地看着陆寻，陆寻的眼神坚如磐石，表情冷漠沉静，似乎连天塌下来都不足为惧，让她不由自主地信服。

所以，她信，信她能挺过这个坎，也信他的承诺。

孟悄悄彻底冷静下来，理智回归后，发现她和陆寻的手还紧握着。她觉得不妥，想抽出手。

陆寻却不允许她挣脱，他什么都没说，只是握得更紧。

孟悄悄窸窸窣窣摸了半天，终于拿出手机，打字道：“云真呢，没事吧？”

“周旭会照顾她。”

云真可是有心脏病，虽说这段时间她看起来是恢复了许多，但孟悄悄还是有点着急。

陆寻深深地看着孟悄悄，她终于鲜活起来，不像之前躺在病床上脸色惨白、了无生气的模样。那时，他都分不清到底是被子白，还是她的脸色更白。

“当时到底发生了什么？”

孟悄悄回忆，写道：“当时情况紧急，水又很凉，云真掉下去之后被吓傻了，连她会游泳都忘记了，我必须去救她。”

陆寻不知在想什么，半晌后才问：“云真会游泳？”

孟悄悄的脸上闪过一丝迟疑。生死攸关，游泳属于一种技能，就算失忆了，也应该不会忘记。事实上，她也觉得奇怪，可她还是分析道：“可能是之前的车祸让她对水产生了阴影吧。”

陆寻心下有了打算，不再询问。他伸手，轻轻贴在孟悄悄的额头上，轻声道：“睡吧。”

孟悄悄的眼中有各种情绪闪过，可都被她压制住，最终只是顺从地闭上了眼睛。

许是诸多的变故消耗了她太多精力，她很快就睡着了，蜷缩成一团，被子也看不出什么起伏，就好像被人遗弃的小奶猫一样，毫无防备。

陆寻摸了摸她的头发，起身退出病房。

吴天带着吴语徽来了，病房外的气氛颇有些肃穆。孟悄悄的失语症对于吴天来说，无疑是一记重创。

虚拟歌姬推进到一半了，《奇诺历险记》的选角又迫在眉睫，孟悄悄在这个时候生病，不但会耽误接下来的收音，更会影响到项目推出市场的时间。毕竟这种项目的卖点就是新颖，需要抢占先机。

可吴天再着急，也还是担心孟悄悄的病情。对于他而言，孟悄悄是难得一见的天赋和努力并存的配音演员。如果她的路就停在这里，那着实是件让人扼腕的事。

吴天对陆寻道：“先对外封锁孟悄悄失语的消息。如今，她小有名气了，不能传出任何断送她职业生涯的新闻。”

“明白。”陆寻沉声道。

方才还在颤抖的田如婷努力让自己平静下来，她沉吟道：“悄悄的情况，也不是完全没办法。”

闻言，孟荣的眼睛都亮了，急忙问道：“你有办法？”

田如婷点头：“我得 Bell 麻痹的时候，也导致声带严重受损，有一段时间根本发不出声音。当时，我认识了一个姓金的咽喉科博士，是他治好了我的病。”

陆寻也是有此打算的，如果国内不行，就带孟悄悄去美国治疗，他在美国认识一些医生和专家，也许他们有办法。

“他在哪儿，还能找到他吗？”陈与均问得小心翼翼，生怕听到否定的答案。

田如婷慢慢地点了点头，道：“金博士早就退休了，这几年一直在四处旅行，不过我们一直保持着通信。我马上发邮件给他，只要能请得动他，就能治好悄悄的病。”

刘皓双手合十，诚心诚意地祈祷起来：“阿弥陀佛，大慈大悲的如来佛祖、观世音菩萨，求你们大显神威，一定要帮悄悄度过这次难关啊。”

吴天探视完孟悄悄，又去云真那儿看了看，这才回去。其他人不好多做打扰，最后只有孟荣和田如婷留下照顾女儿。

“陆寻。”陈与均走之前想了想，还是把陆寻叫到了角落里，“你喜欢悄悄吗？”

陈与均问得十分平静，但看着陆寻的目光是带着一丝审视和考究的。

“我需要告诉你吗？”

“这些话我只说一次，你听好了。”陈与均的表情认真且严肃，“我喜欢悄悄，从很小的时候就喜欢。这些年，我一直在找她，论喜欢她的那份心意，我不会输给任何人。”

青梅竹马又怎样，是我的就必须是我的。陆寻心里冷哼一声，面无表情地听着。

“可我已经决定放手了，我不和你争。”陈与均说到这里顿了一下，似乎有些难过，不过他很快整理好情绪，继续说道，“我不和你争，是因为我知道她喜欢的人是你。我不会勉强她做任何事，我只想她开心。所以，如果你敢玩弄她的感情，如果你敢让她不开心，我一定不会放过你。”

陆寻对上陈与均认真的目光，拍了拍陈与均的肩膀，淡淡地说道：“你选择放弃是对的。”

送走了他们，陆寻径直去了云真的病房。

云真没有睡，只是坐在床头，保持望着房门的姿势。赵婉蓉坐在她的床边，正在给她削苹果。

云真看着推门而入的陆寻，平静道：“我以为你不会来。”

赵婉蓉担忧地看了看云真，又朝陆寻点点头后便离开，将空间留给了他们两个人。

陆寻走过去，拉开一张椅子在云真身边坐下。

云真自嘲地笑了，道：“陆寻，你这人是真狠心。”

陆寻知道云真的言下之意，并没有说话。

“虽说我忘了以前的事，但我觉得，以前的我对你是有企图心的，那根本不是什么友情，更不可能是什么兄妹之情，那就是爱。这段时间，你对我诸多关照，我总觉得还有希望。老实说，对你，我一直没有真的放弃。可是，当我看到你抱着孟悄悄往外冲的样子，我就知道，我输得很彻底。”

“这段时间我关照你，不过是还你当年的恩情，仅此而已。”

云真的眼中蓄满了泪水，可她强忍着不肯让它们流下来，甚至还挤出了一抹笑。

云真看着陆寻，不甘心地问：“告诉我，我比她差在哪里？”

“你不是她。”

云真闻言彻底死心，她将眼泪通通收起来，换上冷漠的表情，下了逐客令：“我累了，想睡了。”

陆寻不咸不淡地道了句“好好休息”就离开了。

陆寻走后没多久，赵婉蓉走了进来，看着云真的表情有点奇怪。

“妈。”云真觉得赵婉蓉有点不对劲。

赵婉蓉勉强笑道：“真儿，还好吗？”

云真点点头，关切地看着赵婉蓉。云真的眼睛长得又大又圆，静静看人的时候带着一股子纯真，让人心生怜爱。

赵婉蓉错开云真的视线，帮她掖了掖被子：“听说悄悄也住院了，明天我们去看看她吧，她最喜欢喝我煲的汤了……”

“您自己去吧。”

赵婉蓉半天没有说话，云真觉得奇怪，抬头竟看到母亲在掉泪。

云真意识到自己的态度过于冷漠，她温柔地抱住赵婉蓉，乖巧地说道：“对不起，妈。我只是很累，想休息。”

“好、好，多休息一下好。”赵婉蓉温柔地笑了笑，“你睡吧。”

云真缩进被子里，背对着赵婉蓉闭上眼睛。

“妈……”

也不知道过了多久，赵婉蓉听见云真的声音。

云真道：“等我出院以后，我想出去走走。”

“我陪你吧。”

“不用了，我会向公司请假的。”

赵婉蓉看着云真的背影发呆，想起刚刚医生说的话，心隐隐抽痛。

屋漏偏逢连夜雨——孟悄悄患上失语症没多久后，《喵呜》正式上映，引起了不少话题的同时，也掀起了一场中日配音演员专业对比的吐槽大战。虽然专业人士对《喵呜》的配音评价很高，比如，孟悄悄的声音多变、可萌可盐，配音技巧高超；谢洋终于摆脱了男神音的人设，从此，他的声音不再只有好听这一种评价……但原版动画的粉丝却不买账，认为配音演员毁了他们心中的神作。而因为这样的鼓吹，力挺国产动画的粉丝也掉转枪头，吐槽制作方为什么非要购置日版动画，中国本土又不是没有好东西。

总而言之，译制版《喵呜》被夹在中间，两头不讨好。舆论也在这个阶段开始朝不太理想的方向走，人们讨论的焦点发散到配音演员不专业、国内居然没有专门的配音学校等行业现状上来。

事情大概是在几天后出现了转机——姜思慕的毕业作品拿到了国际动漫大奖，作为女主角配音演员的孟悄悄，以流利的英文配音和高超的配音技巧上了头条。LD自然不会浪费这个机会，立马安排通稿，大肆炒作。

孟悄悄的风头一时无二，可不知为何，她患上失语症的风声居然走漏了。

陆寻沉着脸看着围在医院外面的记者，将车开到后门，从后门走进医院。

他没有调查消息是怎么走漏的，因为那根本解决不了现在的情况。各种乱七八糟的猜测纷至沓来，大多数是在猜测孟悄悄恐怕会在一夜爆红后坠落谷底。毕竟没有什么比新星坠落，更能引发人们关注的。

病房中，孟荣和田如婷就"该给孟悄悄喝粥还是喝汤"的问题吵得不可开交。

孟荣气红了脸，道："你非要跟我抬杠是吗？她现在身子这么弱，当然要好好补，这是老母鸡汤，怎么就油腻了？"

"你看看上面那一层油！这对她的嗓子不好，她现在要吃清淡的，你到底懂不懂？"

"就你懂！就你懂！要我说啊，悄悄干脆就趁这次辞职算了，爸爸送你去西点进修班，都是行业泰斗授课。你学成了回来，咱们继续做蛋糕师！"

"胡说八道，怎么可以就这么放弃呢？悄悄，你听妈妈的，妈妈一定会治好你，我们一定要在配音这一行坚持到底。"

陆寻看着被夹在孟荣和田如婷之间的孟悄悄，她的脸上带着一丝笑意，显然十分享受父亲和母亲这争吵式的关怀。

"陆寻来了啊。"田如婷率先发现陆寻，笑着和他打了个招呼。

陆寻点点头，走到孟悄悄面前俯下身子："好点了吗？"

孟悄悄点点头，孟荣却丧气道："好什么啊！那帮记者天天堵在楼下，烦都烦死了。”

“放心，我会想办法解决。”

孟荣还打算说话，田如婷推了他一下，顺便给他使了个眼色。他有些茫然，不过倒没再多说什么。

这时，田如婷的手机响了，她将电话接通，眼睛立刻发亮。电话是金博士打来的，只不过，他现在人还在海外，要回国并没有那么快。

金博士告诉田如婷一种药可以暂时帮孟悄悄缓解病情，其他的等他回国后，再对孟悄悄进行会诊。

“我去找周旭！”

陆寻说完急匆匆地往外跑，孟悄悄发不出声音，想拦他都拦不住，只能眼睁睁地看着他离开。

田如婷凑到孟悄悄的耳边，低声笑道：“他对你很上心呢。”

孟悄悄红了脸。

陆寻去找周旭查询那种药，虽然不是什么名贵的药，但是很难买，本市大量缺货，唯有一家药房告知，他们邻市的连锁药店还存了少量余货。陆寻不敢耽搁，和田如婷交代一声后，立刻驱车前往邻市，总算在一家偏僻的医院旁边的一家药店，找到了金博士提到的那种药。

陆寻拿着药打算尽快赶回本市，穿过那家医院的小花园时，一道熟悉的身影却在他的眼前一闪而过。

云真。

陆寻觉得有哪里不对，下意识跟了上去。云真病愈后便向公司请假，说打算出国深造一个月，她怎么会出现在这里？

云真并没有发现陆寻，她捧着饭盒，脚步十分轻快，只见她来到一个中年妇人的面前，将手中的饭盒递给妇人，随后，她便亲昵地坐在那妇人身旁，陪着妇人有说有笑地吃起饭来。

那妇人抬起头，陆寻发现妇人居然是十几年前他家的保姆叶如春。

云真怎么会认识叶如春？

陆寻觉得情况有点可疑，可手中捏着的药却提醒他不能再耽搁。

他只能再多看云真和叶如春一眼，连招呼都来不及打，便匆匆地离开了。

第三十七章

情不知所起，一往而深

大概一周后，金博士回了国，这对所有人来说无疑是一个天大的好消息。孟悄悄的病情在药物的控制下已经稳住了，可以发出一些简短的音节。

金博士对孟悄悄进行会诊之后，提出了自己的独门诊疗方案，但他要求孟悄悄一定要积极配合，做声带复健。

孟悄悄担忧虚拟歌姬的录制进程，又想赶《奇诺历险记》的选拔，每天都拼了命地复健。

这天，孟悄悄独自一人在病房中，按照金博士教她的方法，站在窗前，深呼吸了几次之后，慢慢使呼吸自然，而后全身放松。

孟悄悄将头抬到最大限度，慢慢张开嘴巴，稍微停顿后，再逐渐放松闭合，再停顿片刻后，将牙齿咬紧，最后，再将牙齿放松。几个来回之后，她觉得腮帮子有些酸疼，可她仍不敢停下，继续发音训练。

发音训练也是循序渐进的，她先发六个单韵母的音，声音比平时讲话大一些，维持时间也要长一些。而后，她再发七个音符的音。

这些训练说难不难，对现在的孟悄悄来说，却也不算简单。几轮下来，她已经累得满头大汗。

陈与均来病房时，看到的便是这样的画面：孟悄悄的脸涨得通红，却憋着全身的劲儿发音。他连忙奔到孟悄悄的床前，把她按停。

陈与均递了一杯水给她，没好气地说道："有你这么练习的吗？还想不想恢复了？"

孟悄悄闷闷的，没有说话。

陈与均料想是自己把话说得太重，赶紧补救："声带的康复训练是场长久战，急于求成只会带来反作用。"

孟悄悄点头，却还是闷闷不乐的。

陈与均见孟悄悄这样，知道她记挂着工作，心里着急，便说道："要不这样，我陪你玩游戏，帮你做声带复健，好不好？”

孟悄悄眼睛里登时有了光，好像于她而言，现在能让她开心的只有复健这一件事。

陈与均无奈地摇摇头，他拿出耳塞递给孟悄悄，对她说道：“我们现在来做对口型练习，我们戴上耳塞，然后看对方的嘴型，把对方说的话复述出来，好不好？”

陈与均的这个做法，是让孟悄悄可以张嘴说话，却尽量少用声带发出声音。孟悄悄立刻兴致高昂地应了下来。

第一轮是由孟悄悄来猜。陈与均帮她把耳机的音量调到适中，想了想，还是用双手捂住了她的耳朵。

陈与均的手指还带着外面的寒气，刚贴上孟悄悄的耳朵，就让她瑟缩了一下。他立刻把手撤了下来，放在嘴前哈气，搓热了，再贴在她的耳朵上。

窗外斜阳西下，安静的病房中只有他们两个人。孟悄悄觉得眼前的陈与均有些不一样，可是，她又说不出来他哪儿不一样。

陈与均笑得很得意，他说：“这样才能确保你不会偷听。”

孟悄悄微微皱眉，似乎是在向陈与均抗议。

陈与均笑笑，很快开始了发声训练。他说的是一些简短的单词，可以让孟悄悄轻松猜出，又不用使太多力气。

陈与均用嘴巴比了个“娃娃”。

“娃娃？”孟悄悄低声说道。

陈与均笑道：“谁说是‘娃娃’的，我说的是‘蛙蛙’，青蛙的蛙。”

孟悄悄无奈地看着陈与均，陈与均开心地笑了出来。

随后，轮到孟悄悄了，她努力地比着口型，尽力发出声音。病房里的暖气很足，她因为过于努力地发音，额头上很快沁出了一层汗。

陈与均眼中便是这样的孟悄悄，认真而努力。他不由得想起，他随母亲刚到孟家，第一次见到孟悄悄时，他还有点怕她，因为她几乎不会笑。可很快他就发现，她是个细心又温柔的人，总是默默地照顾他，关心他的情绪。

所以，他才会那么喜欢孟悄悄，因为陪着那个时候的他的孟悄悄，是独一无二的。

可是陈与均也明白，在孟悄悄的世界里，他是属于过去的。即使他是独一无二的陈与均，也只是一个过去的弟弟。这个弟弟并不存在于她的现在，并不能成为那个伴她余生的人选之一。

陈与均忽然有些难过。他知道，已经到他和孟悄悄告别的时候了。

他稍微调大了一些音量，又捂住孟悄悄的耳朵，低声说道：“悄悄，我喜欢你。我已经记不清对你的喜欢是从什么时候开始的了，或许，是小时候，我因牛肉过敏，你急得掉眼泪的时候；或许，是那次我们放学回家，都忘记带钥匙，我翻墙进去开门，你在墙下面担惊受怕的时候；或许，是你看完恐怖片，害怕得不敢睡觉，一定要拉着我聊天到半夜的时候。那时候，我还小，但喜欢这种感情就是这样，日积月累的，直至由嫩芽长成参天大树。”

孟悄悄怔住了，她的脸慢慢地红了起来。

陈与均却只当什么都没有看见，他神色如常地说道：“我知道，你现在什么都听不见，所以我才敢对你说这些。”

孟悄悄慌乱地垂下眼睛。

陈与均道：“我当演员，就是希望你能一眼就找到我。可是，我发现我错了，我不该等着你来找我，我应该主动一点去找你。时间和机会都是不等人的，错过一次，就永远错过了。”

孟悄悄始终低着头，她不敢抬起头，她怕对上陈与均那双深情却无奈的眸子。陈与均会这么说，分明是给了她台阶的。他知道她能听见，却故意说她听不见。他并不想得到她的回应，不想让她为难。

等耳机取下来，他们还是一对好姐弟，这是他们多年以来形成的默契。

陈与均道：“我告诉你，不是想得到你的答案，而是这件事憋在我心里太久了，不说出来，我永远都不能放下。悄悄，我要放下你了。”

他松开了捂着孟悄悄耳朵的手，摘下了耳机。

他的演技向来不错，所以，他能在这个时候，对孟悄悄展露一个云淡风轻的笑容，说了一个无比拙劣的谎言。

“我先走了。”

陈与均眼底的黯然让孟悄悄有些难过，可她知道自己并不能拦住他。任何的安慰都有可能成为他的希望，那会拖累和耽误他，让他更加难过。而她的感情，已经没有多的可以分给其他人了。

陈与均走得有些仓皇狼狈，可他不想让孟悄悄多担心。直到把门带上，他才靠着墙壁，低垂着头沉默着。

他的余光里出现了一个人影。

陈与均一怔，扭头时看见不知在门边站了多久的姜思慕。

姜思慕叼着一根棒棒糖，歪着脑袋看了他一会儿，朝他露出一个灿烂的笑容。

田如婷来的时候，孟悄悄正坐在床上发呆。她轻轻捏了捏女儿的脸，孟悄悄才抬起头来朝她微笑。

田如婷听到窗外的喧嚣，笑道：“今天是跨年，可惜了，你要待在这里。”

孟悄悄摇摇头，道：“快点……好。”

田如婷在孟悄悄床边坐下，盯着孟悄悄看了好一会儿，问道：“是什么事让我的女儿不开心了？”

孟悄悄没想到自己的烦恼居然会被母亲一眼看穿，也许这就是母女之间独有的心灵感应。她吃力地说道：“伤害……了……人。”

“喜欢你的人？”

孟悄悄想起陈与均的脸，点了点头。是她太迟钝，到现在才发现陈与均对她的感情。

可是，她知道自己无论如何都回应不了他的情。

因为，她已经有喜欢的人了——陆寻。即使她一直想否定这一点，即使她不可能和他在一起，她也不能否认，她是喜欢他的。

田如婷摸了摸孟悄悄的头，轻声说道：“悄悄，喜欢一个人不是错，不喜欢一个人也不是错。错的是你喜欢一个人而伤害他，是你明知一个人喜欢你而你利用他的感情。”

孟悄悄一怔，那她是不是伤害了陆寻？

“陆风是我的初恋，可是我们还是分开了。然后，我遇上了你爸爸……”田如婷说到这里，轻声笑了一下，“你爸啊，年轻的时候就是现在这个脾气，可是不知道怎么的，我就喜欢上了他，然后就有了你。我在美国那么多年，实在受不了那种漂泊孤独，也交过几个男朋友，但是都无疾而终了。我离开了你们两个那么多年，可我人生中最快乐的时光，就是我们一家三口在一起的那些日子。”

田如婷说到这里，表情有些黯然，可她很快将那份伤感一带而过，揉着孟悄悄的脑袋说道：“我和你说这些，是想告诉你，感情的事情没有人可以盖棺定论，但至少，我们不能欺骗自己，明白了吗？”

孟悄悄想起了陆寻。

她生病的这段时间，一直是陆寻忙里忙外地照顾她。不知道从什么时候开始，陆寻看她的眼神中全是细细密密的情意，那情意像一张密实的网，把她网在其中，让她无法逃脱。

可能人在病中，内心会软弱很多，孟悄悄再也没办法骗自己，她喜欢那个男人，不想错过他，也不想再让他难过。

田如婷看了看时间，笑道：“我猜，等会儿还有人要来看你吧？我就不在这儿打扰你啦。粥帮你买来了，记得保温，免得他来的时候凉了。”

田如婷说着把瘦肉粥放在了桌上，孟悄悄红了脸。

孟悄悄听同病房的阿姨说小食堂的瘦肉粥可好吃了，特意拜托母亲去买了回来，因为陆寻每次都是一下班就来看她，十次有九次是空着肚子的。她不是没拒绝过，可是陆寻却无动于衷，一如既往地强势和不容人拒绝。

田如婷走后，孟悄悄盯着摆放在小桌上的瘦肉粥发呆，眼睛不由自主地瞥向门口，还竖起耳朵想听清楚外面的动静。

像是感应到她的思念似的，门开了。

陆寻黑发黑裤，上身一件白色衬衫，气度非凡，长相俊美，像一幅泼墨美人像。

只见那美人缓缓地从画里走了出来，孟悄悄连忙收回视线，有些心虚。

陆寻眼尖，一来就看到放在小桌子上、被孟悄悄妥帖保温着的打包盒。他非常自然地走到孟悄悄面前坐下，气氛静好，现世安稳，好像他们是这红尘之中的一对寻常夫妻，就这样度过了许多年。

“给我的？”

孟悄悄点点头，把粥往陆寻前面推了一点。

陆寻轻笑一声，端起粥，慢慢喝了起来，优雅如初。

孟悄悄有点看呆了。

陆寻一抬眼，就看到孟悄悄傻乎乎地看着自己，低声笑道：“怎么这样直勾勾地看我？”

陆寻慢条斯理地擦着嘴，冷淡矜持道：“慢慢看，还有一辈子的时间。”

孟悄悄被抓了现形，脸登时红了。她的脸颊白皙，此时，因为羞意染上一抹红晕，仿佛酒意微醺，让陆寻心神悸动，看得竟有些醉了。他克制似的别开视线，问道：“今天有没有好一点？”

孟悄悄点头，因为声带还没恢复，说话的声音软软的，有点哑：“很快……能出院。”

她这副模样着实乖巧，陆寻忍不住抬起手揉揉她毛茸茸的脑袋，将她拉近自己，抵着她的额头道：“快点好起来。”

他的呼吸轻轻拂在她的脸上，潮湿暧昧，让她心痒难耐。她的心跳有些快，转移话题道：“云真呢？”

孟悄悄得知云真病愈出院后就请了长假，连手机也打不通了，自己一直联系不上她，有点担心她的安全。

陆寻想起自己在邻市见到了云真，但没有告诉孟悄悄，只轻描淡写说道：“不知道。”

不等孟悄悄向陆寻传递不满，陆寻抬手看了看表，道：“快十二点了。”

孟悄悄顺着陆寻的目光望向窗外，虽然外面是漆黑的夜色，但是流光溢彩。灯光像点缀在银河中的星辰，发出熠熠的光芒。隐约之中，她还能听见喧哗的人声。

今天是跨年夜，很快他们就要告别过去的一年，迎接新的一年。电视上说，跨年的时候会在江边燃放烟花，而她所在的医院，应该是能看见的吧。

陆寻忽然问：“你想对今年的自己说些什么？”

孟悄悄想了想，拿了一张纸，用笔写下：但行好事，莫问前程。

写完，她抬眼望向陆寻，无声地询问他。

陆寻接过孟悄悄手中的笔，在她的那句话下面写下：情不知所起，一往而深。

孟悄悄低下头，避开陆寻灼热的视线。天边的烟花在这个时候忽然绽开，“啪”的一声，在夜幕的尽头迸发绚烂的光彩。她只觉得那些光是从她的眼中生出的，又顺着血液流淌在她身体里，走向死亡。

那些欢呼跋山涉水般钻进孟悄悄的耳朵里，像一场盛大的狂欢。

火光在陆寻的镜片上闪烁，让她看不见陆寻的眼睛，只能在他脸上看到忽明忽暗的斑斓色彩，犹如一夕老去的万家灯火。

陆寻抬起手腕看了看手表，将孟悄悄拥入怀里，低声道：

“悄悄，新年快乐，平安喜乐。”

陆寻的声音，竟然没有被窗外的欢呼声淹没。

新的一年到来的时候，陈与均和姜思慕走在一条没什么人的小路上。那些庆贺新年到来的欢呼声和烟火，仿佛来自遥远的宇宙。

陈与均低着头，他不愿意说话，姜思慕跟在他身后，也不知道在干吗。

“陈老师！”

陈与均听见姜思慕喊他，顿住脚步回过头，却听见“咔嚓”一声，姜思慕一脚踩在他的影子上，一只手握着手机拍照。

“你在干吗？”

“拍照留念啊，我踩到大明星的影子了。”姜思慕嬉皮笑脸地答道。

陈与均没好气地回过头，继续向前走。要不是这个安静得能让他好好沉淀一下的地方是姜思慕带他来的，他才不会在这里陪她玩这种幼稚的游戏。

谁知姜思慕几步跳到他的身上，勾着他的脖子笑道：“不就是失恋吗？没什么大不了的，十八年后又是一条光棍。”

陈与均没好气道：“说得好像你失恋过一样。”

“你怎么知道我没有？”

陈与均感到身旁姜思慕的声音忽然低沉下来，他有点惊慌，担心自己说错了话，忍不住扭头看她，却看见她在路灯的照耀下熠熠生辉的耳钉。

可姜思慕的眼睛比她的耳钉还要明亮。

姜思慕果然正经不到三秒，一本正经地笑道：“我还真没有。”

……

“哎呀，开个玩笑嘛，我们陈老师可是国民初恋，苦着一张脸就不好看啦。”姜思慕拍拍陈与均的后背，道，“这样，我请你吃烤串。咱们穿过这条小路，那尽头有一家烤串店，那味道……啧啧，我敢保证你吃过之后，连孟悄悄长什么样子都忘了。”

陈与均苦笑：“你还真是很容易就幸福。”

姜思慕不以为然，笑着全受了。

过了片刻，她又开口说道，平淡的语气中还夹着一丝关心：“陈与均，这个世界上还有很多人爱你，你的粉丝、你的朋友……你不孤独的。”

陈与均的心颤了颤，他看着眼前的姜思慕，觉得自己的眼睛被她耳钉上的光芒晃花了。

姜思慕拍拍陈与均的肩，语重心长道：“世界上最好的陈老师，肯定能找到世界上最合适的那个人。”

陈与均愣了愣，也笑了起来——如果他能遇上那个人的话，但是在那之前，还是先跟着眼前的这个女孩把这条马路走完吧。

一月中，孟悄悄的失语症彻底痊愈后就出院了，负责接她出院的是吴语徽和刘皓。吴语徽二话不说，就和刘皓一起把孟悄悄押上了车。开车的人是陆寻，见孟悄悄上了车，也不多话，立刻一脚油门，让车子飞驶出去。

“你们……”孟悄悄刚开口就被刘皓打断，他神神秘秘地朝孟悄悄笑了笑，不说话。

陆寻避重就轻道：“靠会儿吧，一会儿就到了。”

孟悄悄当然不会听话，她狐疑地打量着陆寻他们，可惜这几个人都一副“无论如何，你也别想撬开我的嘴”的模样，她也只好顺其自然了。

车子开到 LD 的楼下缓缓停下，吴语徽和刘皓抓着孟悄悄先一步跳下车。可怜还没回神的孟悄悄被吴语徽拉着各种摆弄，又是整理衣服，又是整理头发。吴语徽和刘皓使了个眼色，两个人带着孟悄悄进了电梯。

随着楼层的不断攀升，在电梯里的孟悄悄越来越忐忑。

就在这时，电梯到他们要去的楼层了。孟悄悄他们刚走进配音部的门，彩带“啪”的一声在她眼前炸开。

孟悄悄吓了一跳，那不断盘旋降落的彩带落在她的头顶，倒成了发卡一样，点缀在她的头发上。

她的同事们聚在桌前，桌上放着一个小小的蛋糕，上面写着“凤凰涅槃，浴火重生”。

孟悄悄还在状况外，尤其是看见正带着笑容鼓掌的吴天、江自谦，还有公司熟悉的、不熟悉的同事，她觉得更蒙了。

吴天说道：“孟悄悄，欢迎回归。”

孟悄悄不知该说什么，看着同事朋友们的笑脸，憋了半天，终于憋出一句话来：“我请大家吃饭！”

这句话惹来哄堂大笑。

吴天挥挥手，示意大家安静下来。他道：“今天，我还想向大家宣布一件……”

这时，满脸尽是慌张之色的秘书快步来到吴天身边，不知秘书说了些什么，吴天的脸色登时一变。

众人被这突如其来的变故惊到了，纷纷担忧地望着吴天。可吴天只用了几秒钟就冷静了下来，他恢复成那副淡定、沉着、无坚不摧的模样。

吴天沉吟了一下，说道：“本来，我想向大家宣布，我们公司马上推出的项目——虚拟歌姬，它主要针对二次元市场，声源采集者就是孟悄悄。但是，就在刚才，我得到了消息，一声在今天早上推出一款虚拟偶像，名叫未音。”

此话一出，场上一片哗然。

孟悄悄意识到问题的严重性，一声先声夺人，迅速抢占市场，而市场一旦被一声攻下，不论之后LD推出什么，都会被大家说成是东施效颦。

“对不起，吴总，是我耽误了虚拟歌姬的推出时机……”

吴天摆摆手，打断了孟悄悄的话：“时也，命也！这与你无关。”

陆寻道：“还有机会，我们的卖点是歌姬，风格不一定和一声撞上。”

吴天道：“薛玥，知道吗？”

在场的人怎么可能不知道，薛玥在配音界是已经封神的人物，有着无与伦比的人气。可惜的是，在她二十七岁那年，她因为一场意外事故离开人世，至今令业内外还在追忆、惋惜。

“未音的声源采集者，就是薛玥。”吴天长长地叹出一口气。

LD真的毫无胜算了，孟悄悄的脑子里百转千回。

当下，年轻人对高科技的接受度很高，吴天推出虚拟歌姬的理念就是将配音和二次元文化相结合，而一声正是看穿了这点，选择薛玥生前的声源，而已逝大神薛玥的存在，不论是对发烧友，还是对路人，影响力都是巨大的。

在虚拟歌姬这个项目上，吴天投入了很多心血，没想到，得到的结果却是这样的。

吴天环视众人一圈，忽然开口说道：“但是，这只是被人抢了先机，不代表是绝路。LD 什么大风大浪没见过，翻起的这点小水花，大家不必过于失望、遗憾。抬起头，打起精神来，LD 的年轻人们！”

吴天顿了一下，又道：“我知道，配音这一条路并不好走，但我能向大家承诺的是，只要我还在一天，我就会为你们保驾护航！让你们的未来可期！”

吴天的话顿时击溃了众人失落的心情，怀揣着梦想的年轻人们纷纷鼓起掌来，那大概是种与有荣焉的自豪。而他们的心底，腾起的更是前所未有的斗志和勇气。

吴天笑道：“好了，忘掉这些不开心的事，尽情开心吧！”

孟悄悄不由自主地被这种气氛感染，手都拍红了，就在这时，她接到赵婉蓉的电话。

电话中，赵婉蓉支支吾吾的，什么都没说清楚，只在挂电话前问了一句：“悄悄，要是云真不是云真该怎么办？”

孟悄悄愣住了，她的脑海中闪过的那些被她忽略的记忆和不安渐渐清晰起来，比如，云真对恢复过去的记忆毫无兴趣、娴熟的救人手法、突然喜欢吃虾、掉下水的意外……一桩桩、一件件都让她困惑不已，也找不到答案。

她一直没有向人说起，那日在水下，她试图去救云真时，在水底看见的却是云真那双异常冷静的眼睛，冷静得让她心慌。

孟悄悄心烦意乱，安慰了云阿姨几句后，才将电话挂了。

一直关注着孟悄悄的陆寻察觉到她的异样，问道：“出什么事了？”

孟悄悄抬眼，看到是陆寻，犹豫了下才说：“刚刚云阿姨给我打电话了，就是云真的妈妈。”

“怎么了？”

“她说，要是云真不是云真该怎么办。”孟悄悄蹙眉。

陆寻安静地听着。

“云真确实和以前很不一样了，那种变化不是失忆带来的，像是换了一个灵魂……”孟悄悄没有继续说下去，因为这实在太荒谬了。

“脑子不好就别想太多。”陆寻摸了摸孟悄悄的头发，淡淡地说道。

孟悄悄委屈道：“你才脑子不好。”

“先出去吧，他们都在等着你呢。”

陆寻目送孟悄悄离开，心中不停地思考着。

有一件事，陆寻一直没有和人说。孟悄悄患上失语症的那段时间，媒体曾大肆报道孟悄悄患失语症这件事，根据与他相熟的媒体所说，那个消息是云真透露出去的。

云真身上的疑点太多了，比如云真和叶如春的关系、上次周旭说云真像他的学妹……所有的碎片渐渐清晰起来，隐隐能拼成一个完整的拼图。

也许，他要去邻市走一趟了。

第三十八章

生存的艰难，不是我躲着它，它就会放过我

陆寻提着补品，按照护士的指引敲开了 301 号病房的门。

“阿凉，你来了？”

坐在窗边的妇人慢慢地回头，她面容枯槁，似乎只有在叫叶凉这个名字的时候，才能焕发一些光彩。可是，当她看到来人是陆寻时，她的瞳孔陡然之间放大，好像看见了什么可怕的人，整个人像筛糠一样颤抖了起来。

几乎是在一瞬间，她脸上的血色尽褪，只是大张着嘴巴，怔怔地看着陆寻，一个字都说不出来。

“叶阿姨，好久不见。”

陆寻和眼前的妇人已有十几年没见了。

叶如春曾是陆家的保姆，当年父亲和母亲都忙着工作的时候，是叶如春事无巨细地照顾着他和陆可。可是，当年的那场灾难之后，叶如春也从家里消失了，这么多年来一直杳无音信。

现今的叶如春一夕苍老，干瘦的脸上满是病容，那种强撑着的气色陆寻不是没见过，他有了些不好的预感。

“你……你……”叶如春手足无措地站起来，看着陆寻一个劲儿地支吾。

难道她不认识自己了？陆寻上前一步，道：“我是陆寻，您还记得吗？”

谁知陆寻这一上前，叶如春立刻惊慌地往后退了一步，差点撞翻放在床边的暖水瓶，好像陆寻是个什么危险可怕的怪物。她战战兢兢地问道：“是阿凉告诉你的吗？”

阿凉是谁？

正在这时，病房的门被人推开，那人有着陆寻无比熟悉的声音，她道：“妈，我来了。”

陆寻缓缓地站起来，犀利的目光透过镜片折射进云真的眼睛里。

云真全身血液急剧倒流，一种从未有过的眩晕感席卷了她，让她几乎要站不住。她竭力稳住情绪，走到陆寻面前，若无其事地问：“你怎么来了？”

“上次过来给孟悄悄拿药，我就看见你们了，但是那次的时间太赶，没来得及和你们打招呼。”陆寻意有所指，“没想到，你是叶阿姨的女儿。”

云真惊讶的目光在陆寻和叶如春的身上流连。虽然那时候，她才五六岁，但她隐约记得，母亲曾在一个大户人家做保姆，可她万万没想到，那居然就是陆寻他们家。她在心中苦笑，原来一切在冥冥之中早有注定。

云真将怀中的保温桶递给叶如春，柔声道：“妈，你先喝汤，我和他出去单独聊两句。”

叶如春看着女儿，又看着陆寻，欲言又止。

云真抬眼看向陆寻，轻轻地说道：“走吧。”

陆寻点点头向叶如春道别，看样子，他并不打算在这个时候让云真难堪。

云真在心中苦笑。

叶如春望着陆寻和女儿走远，灰白色瞳孔中的最后一丝光也消失殆尽。

云真带陆寻来到医院的小花园里，因为天气寒冷，花园里并没有什么人。云真走到长椅旁坐下，指着一棵掉光了枝叶的树说道：“那棵是樱花树，再过几个月，天气变得暖和起来，就能看见樱花了。日本的樱花很美，其实，这间医院的樱花也不差。”

她等了一会儿，并没有等来陆寻的附和。陆寻在离她几米的地方就停住了脚步，平静又疏离地看着她，似乎在等她开口。

看来陆寻是一点与她寒暄的打算都没有了。

她换上一个正襟危坐的姿势，看着陆寻，道：“问吧。”

陆寻冷冷地问：“你和云真是什么关系？”

云真笑了起来，那笑容有几分凄然，更多的则是凛冽的傲然。

她看着陆寻的眼睛，一字一句地说道：“云真是我的双胞胎姐姐，我是叶凉。”

我和云真是一对双胞胎。

当年，我们的亲生父母生下了我们，又不想要我们，把我们其中一个送去了孤儿院，一个放在村民的家门口。可能他们觉得我是妹妹，所以想对我好一点；又或者，他们认为被村民抚养总好过去孤儿院。但是，他们绝对不会想到，云真有一天会被云家收养。而我，跟随我的养母一起相依为命。

不过你别多想，我的养母对我很好，我们的日子虽然过得清贫，但也很快乐。

我妈的身体一直不太好，我知道，只有读书才能改变我和我妈的命运，所以我拼命地学习，就是为了有朝一日可以摆脱现在的生活，可以让我妈过得好一点。终于，皇天不负有心人，我考上了医学院。

在医学院里，我不敢松懈，利用所有的时间做兼职，而且我的学习成绩非常优异，因为我要拿奖学金，以便为家里减轻负担。就这样，我安安稳稳地读到了大三。我以为我和我妈终于苦尽甘来，再熬几年，我们肯定能过上好日子。

可是，我妈的前夫是个浑蛋吸血鬼，他入室抢劫，想把我们辛辛苦苦攒下来的钱拿去赌场翻本。我妈拼命从那个浑蛋手里把钱抢了回来，却刺伤了那个浑蛋，最终我妈被法院判了防卫过当，进了监狱。而那个浑蛋也因为拐卖、故意伤人等多项罪名，被关进了监狱。

大四那年，一个很欣赏我的教授帮我争取到了去纽约医科大学习交流的机会。我特别开心，那可是美国，我能去见识更大更广阔的世界，我甚至觉得，只要我再努力一点，说不定我能在美国定居，说不定我能把我妈也接过去。

然后，就是在美国，我遇到了云真。

她那个时候也在美国留学，她去医院看望住了院的教授，我们就在医院相遇了。我们真的长得一模一样，我看着她的脸，犹如在照镜子，就连我们的声音也很相似。我们终于相认了，我还住进了云真的家里。

云真她真的很优秀，她对这个世界好像充满着永不停歇的爱，她从来不会瞧不起任何人，哪怕是块烂泥，她都想帮它一把，把它扶起来。

她就像太阳，让你觉得温暖，可同时也能照见你心里的阴暗，就好像无论你付出什么样的努力，你都比不过她。

我本来没那么自卑的，真的！但与云真相遇以后，我觉得我二十多年来的人生就像是一个笑话。我就像个小丑，为什么……为什么我明明和云真长得一样，为什么我们明明是双胞胎，我却不能拥有和云真一样的生活？我自卑到不想让云真对任何人说起我的存在，和云真在一起，我只是她的影子，但我不想做影子。她虽然不明白为什么，但还是答应了。

陆寻，你有遇到过这样一个人吗？你爱她，也恨她；你羡慕她，也嫉妒她；你希望她好，也希望她过得没你好……云真让我和她一起住，那段时间，我总是下意识地模仿和观察她的行为举止。她喜欢配音，经常会带我一起配音，我也觉得配音很新奇。从小到大，我除了会学习，其他的什么都不会。

一个偶然的机会，我才知道原来我能去美国学习，是因为原定给我的“国家千人培养计划”的名额被另一个有家庭背景的同学顶替了，我的导师看我可怜，才给我争取了那次国外的交流机会，算是一种弥补。

所以你看，我再怎么努力也拼不过那些有背景的人，所以我就在想，如果当初被放在孤儿院的人是我会怎样。可是你知道的，这个世界上的事，没有如果。

叶凉说到这里，脸上还挂着淡淡的笑容，可眼底却没有笑意，冷冰冰的。

那是在岁月中积累下来的、割骨换血也洗不掉的、刻在她灵魂深处的漠然。

“后来呢？”陆寻平静地问道。

“我和云真住了两个月后，云真告诉我，孟悄悄要过生日了，她打算飞去法国为她的好朋友庆祝生日，给孟悄悄一个惊喜。”叶凉笑了起来，“你看，公主的朋友也是公主。公主想去美国就去美国，想去法国就去法国。”

她顿了一下，又说道：“我不喜欢孟悄悄，你知道为什么吗？她总是一副自怨自艾的样子，好像全世界都欠了她似的。和我相比，她有亲生父亲，不用为生计担心，可以去想去的地方留学，凭什么摆出一副可怜相呢？”

陆寻淡淡道：“每个人的痛苦都是不同的。”

叶凉冷笑，继续说了下去：“云真去法国的那段时间，我的交流学习也快结束了，我即将回国，所以，我和云真互留了联系方式，直到有一天……”

叶凉说到这里，脸上所有的表情渐渐淡去了。她缓缓抬起手，捂住了她的心口，慢慢地说道：“那天，我的心忽然很痛。我不知道为什么，但就是很痛，很想哭。我根本控制不住我的眼泪，它们就那样一个劲儿地往下流。那种感觉告诉我，我永远失去了一些东西……”

“后来，我在网上看到了寻人启事，这才知道，云真和孟悄悄在国外出了车祸，云真生死不明。几乎是同时，监狱打电话给我，说我妈在狱中被检查出患了淋巴癌，需要马上入院治疗。那个时候，我知道我不能再逃避下去了，生存的艰难，不是我躲着它，它就会放过我。于是，我决定放手一搏。”

“伪装成云真？”

“是。”

“破绽太多了……”

陆寻说到一半，对上叶凉一双凉薄如水的眼睛。他忽然明白，叶凉敢回来，也许是因为她知道云真永远不可能回来拆穿她。

“我反复模仿云真的行为举止，甚至为了配音演员的身份不露馅，每天做大量的配音练习，所幸我还算有些天赋。待一切准备妥当后，我用我所有的钱买了一张飞往法国的机票，并来到云真失踪的地方。我观察了现场，然后假装失忆去警局寻求帮助。接着，我就被大使馆送回中国，然后我伪装成云真的样子出现在你们的面前。”

陆寻忽然问道：“为什么要针对孟悄悄？”

“我能感受到，她怀疑我了。我得反击，就这么简单。”叶凉说道，而她没有宣之于口的，是那些和陆寻有关的情愫。

“她根本没有怀疑你。”陆寻淡淡道，一个人心里藏的事情太多，就容易疑神疑鬼的，人都是这样的。他继续说道：“你辞职吧。”

“不拆穿我的身份？”

“叶阿姨还要治病，你需要钱。”

叶凉冷笑道：“是为了云真，还是为了孟悄悄？”她自顾自地问道，“害怕孟悄悄知道云真已经死了而伤心，是吗？”

陆寻没有回答。

确实，云真是叶凉假扮的，对陆寻来说是个天大的好消息。这个消息能让孟悄悄再也不会因为云真而放弃他，也能让她再也不会因为顾及云真而不断地把他往外推。

只要把这个消息告诉孟悄悄，他们之间的一切阻碍都将不存在，但陆寻突然就不想把真相告诉孟悄悄了。他能想象得到，如果知道云真已经去世，孟悄悄该多么难过。

他不愿看到她难过。

叶凉点点头，仿佛终于放下一切重负似的，客气地微笑道：“那就谢谢你了，陆总。”

说完，叶凉毫不留恋地起身离开。

叶凉回到公司就立刻提出了辞职，理由是有了更好的去向。离职后，叶凉关闭了所有通信设备，孟悄悄给叶凉打了好几个电话都没有联系上她。孟悄悄想，也许她有什么难言之隐。孟悄悄的心中藏着那个秘密，便也没再追问。

《奇诺历险记》的配音演员的选拔赛就在这个时候开始了。嗓子已经完全恢复了的孟悄悄凭借着扎实的配音技巧，从众多参赛者中胜出，正式成为该剧女主角的配音人选。吴天拍着孟悄悄的肩膀，对她说虚拟偶像被抢占先机，她现在可是临危受命。

可孟悄悄不免也有些担忧，电子科技在配音领域的应用究竟会给配音行业带来什么，是谁都无法预测的事情。

如果什么声音都可以复制，那配音演员的价值又在哪里？

她这样向陆寻提问的时候，陆寻想了很久才回答她："科技诚然会替代很多东西，但它永远复制不了人的情感。用电脑做出来的，始终是数据。人，才是这个行业的核心。"

孟悄悄听了陆寻的一席话，茅塞顿开。

孟悄悄经历了人生几次起落，变得更加沉稳淡定，对吴天表示自己一定不负众望。

偏偏在这时，孟悄悄接到了一个来自美国知名游戏公司"狂雨"的配音邀约。狂雨曾经制作过多个脍炙人口的游戏，被誉为童年的回忆。而他们计划在最新推出的游戏中加入一个中国女性的角色，所以针对这个角色，他们打算在中国挑选几个配音演员。他们正好看了孟悄悄在国际动漫节中的获奖作品，对她比较感兴趣，希望她能到美国试音。

两个项目撞在一起，孟悄悄毅然决然地选择了前者。可不想她刚做出这个决定，田如婷和江自谦就参毛了。

江自谦道："在国内乃至全世界，狂雨不论是人气还是口碑，都是顶尖的，参加他们的项目，对你的职业生涯是百利而无一害的。"

"可是……"

田如婷也劝孟悄悄："这两个项目的时间是错开的，而且《奇诺历险记》本来就在美国录制，时间上应该可以协调过来的。这是一个好机会，悄悄，你千万不要放弃！"

孟悄悄明白田如婷说的，同时进行两个项目对她来说并不是太难的事。只是，接受狂雨的试音就意味着她要在美国待不少于三个月的时间。

她不知道她在抗拒什么，心里好像一直有个声音在提醒她，这里有她放心不下的东西。

孟悄悄从江自谦的办公室里走出来，觉得脑子有点乱，不知不觉就走到了公司的天台上，想要透透气。她推开天台的门，一抬眼就看到那个背对着自己、光风霁月般的男人——陆寻。

孟悄悄犹豫了一下，还是走上去。

陆寻伸手抚上孟悄悄的眉头，竟是替她将眉间的褶皱一一抚平。

“《奇诺历险记》的配音马上就要开始了。”

“我知道。”

“狂雨给我发来了邀请，希望我能去试音。”

“我也知道。”

孟悄悄看了陆寻一眼，不再说话。

“我会等你回来。”

孟悄悄一怔，陆寻的声音像烟雾一样亲吻了她的耳朵，又从她的耳边飘过。

“接下来我会很忙，和蒂尼公司联办的配音培训学校正式启动，是专门为行业输送专业人才的。江指导虽然不喜欢那种模式化的现代教育，但是，他也认可模式化培养新人对行业发展的重要性，他会帮我，我们会一起去学校挑选好苗子进行培养。”

孟悄悄笑了起来：“太好了，真不愧是 LD！”

“所以……”陆寻顿了一下，看向孟悄悄，他目光专注、深沉，暗藏着深情，“我会等你回来。”

孟悄悄一愣，她再次看向男人的脸——陆寻还是如她初识他时的冷漠、清隽，只是现如今面对她时，那份冷漠和清隽中多了些温柔和深情。

是眼前这个男人，让她明白，爱一个人，甜蜜是他，苦涩也是他。

她何其幸运。

孟悄悄的航班在一周后。

孟荣把女儿送到机场，各种叮嘱，她笑着一一应着，反倒安慰起父亲:“爸，放心吧，我也不是第一次出国了。再说，有妈妈照顾我啊。”

孟荣的眼中涌上了一些不舍：“好好……我放心。”

田如婷及时打断了孟荣 ：“干什么啊？我又不是要把你的女儿拐走，过完三个月，我们就回来了。”

孟荣嘴上仍是要强：“我女儿回来就行，你回来干吗？”

对父母的吵吵闹闹已经习惯了的孟悄悄笑了笑，她的目光在机场里巡视一圈，果然没看到陆寻的身影。她心中有些怅然，可更多的还是释怀。既然她和陆寻之间有约定，那他们都应该好好遵守。

告别了孟荣，孟悄悄和田如婷过了安检，来到候机区，发现云真也坐在那里。

“云真？！”

云真抬起头，看见孟悄悄时先是一愣，然后露出一个淡淡的笑容。

孟悄悄从云真的笑容中看出了疏离，她踌躇了一会儿，还是走上前去：“我可以坐在这儿吗？”

“当然。”云真说道。

田如婷借故走开，把空间留给她们两人。孟悄悄坐下后，两人谁都没有说话。她用余光偷瞄着云真，才发现云真的气色很差。

“云真，你脸色很不好，是不是病了？”孟悄悄想起云真那羸弱的心脏，不免有些担忧。

“没事。”云真还是淡淡的，她忽然问道，“你和阿姨去美国旅行？”

“不是，我是去参加试音。你呢？”

云真有些惊讶，半晌后，才生硬地说道：“我也是。”

顿时，孟悄悄说不出话来了。想不到兜兜转转，她和云真又成了竞争对手，真是世事弄人。她想起要跟云真说自己和陆寻的事，沉吟着不知如何开口。

“你想说什么？”云真看孟悄悄那副吞吞吐吐的样子，主动问她。

“云真，对不起，我没办法再骗自己了，我喜欢陆寻。我不知道事情为什么会走到这一步，但错过他，我真的会后悔。”

“那你就不怕失去我？”云真嘲讽地笑道。

“我怕！但我不会放弃你。”

适时响起的机场广播打断了这场气氛紧张的对话，原来是通知乘客们上机。云真率先站了起来，匆匆说道：“我先走了，再见吧。”

孟悄悄连忙跟着站了起来，却只来得及说一个“好”字。

好不容易熬过了一路的颠簸，孟悄悄终于在十几个小时后到达大洋彼岸。她揉着惺忪的睡眼，想和云真告个别，却发现同机乘客行色匆匆，里面早就没有了云真的踪影。

田如婷拍了拍孟悄悄的肩膀，道：“悄悄，准备好了吗？”

孟悄悄深吸一口气，郑重地点了点头。

彼时，孟悄悄还不知道的是，她即将面临人生中最大的一劫。

第三十九章

闭上眼睛去看，捂住耳朵去听

晨曦微露，陆寻敲开了田如婷家的门。

田如婷面容憔悴，眼眶红红的。她看见陆寻就一把抓住他的手，仿佛抓住了救命稻草。

“到底是怎么回事？”陆寻一身风霜，唇色苍白。

十几个小时之前，陆寻接到田如婷的电话——孟悄悄失踪了。事实上，陆寻和孟悄悄的确在两天前断了微信联系，而这是孟悄悄来美国一个月以来从未发生过的事。

陆寻接到田如婷的电话后，连夜飞到美国，一路上，他预想了很多种可能，可无论哪一种，他都承受不起。

田如婷回忆……那天，孟悄悄要去狂雨试音。她送孟悄悄出了门，可眼见过了时间点，她都不见孟悄悄回来。她便给孟悄悄打电话，却发现孟悄悄的手机关机了。当时，她没有多想，直到夜色更沉，过了午夜十二点，她还是没有联系上孟悄悄。她就打电话问狂雨的负责人，对方却告诉她，孟悄悄根本没有去参加试音。她大惊失色，这才报警。

警方调取监控后发现，孟悄悄最后出现的地方是一条偏僻的巷道。

饶是陆寻连夜赶来，距离孟悄悄失踪也已经过去了四十八个小时。

“那是去狂雨公司的必经之路，可谁都想不到，她居然会出事。”田如婷懊悔不已，“早知道，我应该陪她一起去的，都怪我，是我太大意了。”

陆寻勉力稳住心神，道：“警方怎么说？”

“警察先问我悄悄在美国有没有其他朋友，有没有可能去找朋友了。可这是她第一次来美国，怎么会有朋友呢？！”

“悄悄失踪后，你有没有接到过类似绑匪的电话？”

“没有。”田如婷深吸了一口气，平复着自己的心情，她道，“所以，我才更着急。如果不是因为钱，那我完全不知道对方是什么目的。”

陆寻陷入沉思。

田如婷看陆寻不说话，她慌张地问：“现在怎么办？要不要告诉悄悄她爸？”说着说着，她的眼睛又红了起来，“悄悄在我这里丢了，我怎么对得起他……”

“告诉叔叔也解决不了问题，只会徒增他的担忧。”陆寻深吸一口气，道，“你再给我详细说说，你们这几天有没有遇到过什么奇怪或者巧合的事情。”

田如婷的心中纵使有万千担忧，此刻也只能点点头。她从机场说起，然后说到她们在机场遇到云真，云真也接到了狂雨的试音邀请。

瞬间，陆寻确定此事跟叶凉有关。自从他识破叶凉的身份后，为了不让叶凉伤害悄悄，他把叶凉介绍给了另一家配音公司。但是，据他所知，叶凉在那儿的日子并不怎么好过，一直被人打压。如果这次叶凉也接到了狂雨的试音邀请，那么，叶凉势必会破釜沉舟。

陆寻正打算联系叶凉时，绑匪首次打来了电话。

警方立刻开启监听模式，陆寻则陪在田如婷身边，陪她一起接通绑匪的电话。

绑匪言简意赅，要田如婷在明天十点交赎金，在告知了田如婷交易的具体位置后，对方准备挂电话。

在警方人员的提示下，田如婷要求和孟悄悄对话。绑匪那边似乎有些不情愿，他们压低声音简短地交流了几句后，终于同意田如婷的要求。

电话那头有片刻无人说话，只传来一阵窸窸窣窣的声音。陆寻屏息凝神听着，他的大脑在飞快地分析耳朵接收到的信息：充斥着黑话粗口的人声、塑料滑轮与地面摩擦的声音、球棒敲击墙壁的声音、老旧的汽车引擎频频震动的声音、叫卖包子的声音……

忽然，电话那头传来了脚步声，随后还有什么被拖行的声音……陆寻捏紧拳头，这时，他听到了孟悄悄的声音。

“……妈？”

陆寻微微颤抖，现在至少能确认孟悄悄还活着。

“悄悄？你怎么样？”田如婷紧紧抓着话筒，一迭连声地问道。

"我很好，妈，你别担心。"

"你放心，妈一定会救你出来！对了，陆寻也来了，妈让你跟他说几句话……"

"陆寻……"

陆寻正要拿起电话，却听电话那头又是一阵窸窸窣窣的声响。一个人压低嗓音急促地叫了一句之后，电话就被挂断了。

美国警方人员一脸遗憾地摇着头，表示并没有监测到对方的位置。

"那个地方应该盘踞着很多游民，环境杂乱、潮湿，附近应该有条水管破了，我听见了滴水的声音。那周围应该停了很多废弃的车，那里一定居住着华人，并且有华人在做面点生意，我听见他们叫卖包子的声音……"

负责孟悄悄案件的美国警方人员惊讶地看着陆寻："中国侦探？"

陆寻压迫力十足："相信我，按照这些条件去找，一定可以缩小你们寻找绑匪的范围。"

美国警方对刚才的录音进行比对之后，决定按照陆寻提供的线索去查。

刚才在电话里的最后那个声音虽然极低且短促，可还是被陆寻敏锐地捕捉到了。那个声音，正是叶凉的声音。

陆寻冷着脸拨通了叶凉的电话。

"听说你也在美国？出来见一面吧。"

对陆寻忽然发出的见面请求，叶凉一点也没有表示出她应有的意外。非但如此，她还约陆寻在咖啡厅见面。

陆寻早早到了咖啡厅，坐在里面等叶凉。不多时，叶凉到了。

叶凉神色如常，双眼中没有丝毫的波动。她平静地注视着陆寻，一双眼睛像是寒潭，要将陆寻整个人都吸进去。

叶凉道："真想不到你会主动约我，怎么？想和我叙旧？"

陆寻见叶凉的这副架势，明白无论自己用什么手段套她的话，以她的脾性，她一定咬死不松口。他放弃跟她绕圈子，开门见山地问道："孟悄悄在哪儿？"

叶凉大概没想到陆寻会这么问，镇定的表情中多了一丝慌乱，但很快被她遮掩过去。

她道：“她在哪儿，我怎么会知道？”

“我联系过狂雨那边的负责人，他们说你的试音表演很成功。”陆寻顿了一下，冷冷地说道，“这成功，是来自你的实力，还是因为你提前把你的绊脚石给清除了？”

叶凉笑了起来：“陆寻，你的想法可真有意思。”

陆寻面色阴沉，声音森冷：“你现在收手，还来得及。”

“抱歉，我实在不知道你在说什么。本来我以为你约我出来，是想和我叙叙旧的。既然如此，我们也没有聊下去的必要了。”

“叶凉，孟悄悄从来没有伤害过你。”

叶凉沉默半晌后，还是转身离去。

而陆寻悄悄跟了上去。

叶凉回到废弃的厂房时，那几个她雇来的人正围在一起抽烟。他们是美国街头的地痞流氓，只要你给够他们钱，他们就会去做任何你让他们做的事。

叶凉上前，压低声音问他们：“孟悄悄今天有没有吃饭？”

对方对叶凉的提问表现得漫不经心，其中一个随手指了指角落。叶凉看着那个大半包装纸浸在污水里的汉堡，深深地皱起了眉头。

叶凉抬头搜寻了一阵，发现街角有个小小的包子铺，华人老板正坐在铺中打盹。叶凉朝包子铺走去，从黑黢黢的店里买了两个尚算干净、热腾腾的包子。

“我提醒你，最好别做些多余的事。等我们收到了钱，我们自然会放了你的朋友。”

叶凉对此置若罔闻，径直越过那几个地痞，走进厂房里。

孟悄悄被绑在一张椅子上，她的眼睛被一块脏兮兮的布蒙着，几天的囚禁让她看起来筋疲力尽，被汗水打湿了的头发湿淋淋地黏在她的脸上。

叶凉屏住呼吸走上前，将包子递到孟悄悄的嘴边。

孟悄悄瑟缩了一下，大概是闻到了包子的香味，她犹豫了一下，凑上来咬了一口，她慢慢地咀嚼着，用尽力气补充着能量。

“谢谢。”孟悄悄能感受到，虽然自己被绑在这里几天了，但是那些人没有真正伤害过自己。

一直以来，叶凉都认为孟悄悄是伪善的，她那副对谁都好像很宽容大度的样子，不过是惺惺作态罢了，她要骗取那些长辈、男人的同情，就势必要让她自己看起来弱不禁风、楚楚可怜。

可叶凉没想到，孟悄悄在这个时候，居然还对着绑架了她的人道谢。

叶凉神色复杂地看着孟悄悄，耳边又响起了陆寻对自己说过的话：叶凉，孟悄悄从来没有伤害过你。但孟悄悄抢走了自己喜欢的人，抢走了自己无数次本应拥有的机会。一开始，她们俩就是竞争关系，注定是水火不容的。也许，孟悄悄的确没有动过和自己抢东西的心思，但是孟悄悄的确抢走了太多本属于自己的东西，这也是不争的事实。

如果自己是云真，也许不会在意这些。可是，自己是叶凉啊，没有和孟悄悄经历那些不可取代的时光，更没有沉淀出那些岁月累积出的感情。

而当叶凉听说孟悄悄的母亲田如婷和狂雨总裁的私交甚笃，她就意识到她能被狂雨选上的可能性一定是小之又小的，所以，她不能让孟悄悄再破坏她的人生。毕竟这是她好不容易才争取到的机会，如果没有这个机会，她要如何负担母亲以后的生活?

那时，叶凉决定铤而走险，她在美国做交流生的时候认识了一个在地下赛车场工作的男人，通过那个男人，她花钱找了一批当地的地痞，让他们埋伏在前往狂雨必经的巷道中。而她则故意等孟悄悄路过时出现，引孟悄悄来追她，从而让地痞顺利地将孟悄悄绑架。

原本叶凉打定主意，只要狂雨那边的试音期过去，她就会让他们放了孟悄悄。可她没想到，那些地痞根本没有信用。那些地痞拿了她的钱后，还打算再勒索田如婷一笔。

叶凉当然拒绝过，但她很快就弄清楚了形势，她根本没有和那些地痞讨价还价的资本。

事已至此，已经脱离了叶凉的掌控。

不如带孟悄悄逃走吧，趁一切还来得及，趁还没有酿成大错。

这个念头生出来，叶凉就无法停止这种想法。她想起还在医院里等着自己照顾的养母，想起孟悄悄在深冬里毫不犹豫地跳下水救自己，想起她们也曾相互温暖。

叶凉一把扯下孟悄悄眼睛上的布条，突如其来的光线让孟悄悄无法适应眼前的一切，她眯着眼睛，意外地发现站在她面前的人，道："云真？！"

叶凉道："是我。"

孟悄悄似是怔住了，脸上没有任何表情。她只是将脸朝着叶凉的方向，好像在用全身心来感知这个她并不想承认的答案。

叶凉不允许孟悄悄逃避，直截了当地说道："是我让人绑架了你。"

孟悄悄颤抖了起来，低声问道："为什么？"

"你知道这次狂雨的选角对我来说有多重要吗？我已经用尽全力了，可是你知道我那天去狂雨听见了什么吗？我听见你的妈妈和狂雨的负责人说，让他们多多关照你。孟悄悄，你凭什么？"

"对不起，我并不知道……"孟悄悄内心苦涩。

"不要一副无辜的样子。"叶凉冷笑，"伪善！"

"云真！"孟悄悄缓了缓，说，"无论你做了什么，我都不怪你，所有的一切都是我欠你的。过去的十几年，没有你，我可能早已坚持不下去。"

叶凉一怔。

"你还记不记得《铜皮少女历险记》？其实我知道的，在你的故事里，你就是铜皮少女，而我就是那个不会说话的小公主。是你带着她去认识这个世界，是你带着她去冒险，带她去做那些疯狂的梦……你希望她走出那个困住她的城堡，让她拥有自由。"

叶凉怔怔地听着，忽然笑了起来，她满脸的嘲弄之意，看着孟悄悄，一字一句地说道："孟悄悄，你口口声声说云真是你最好的朋友，可是，你却连我是个冒牌货都没发现。"

孟悄悄如遭雷击。

"我不是云真，我叫叶凉，云真的双胞胎妹妹。这所有的一切都是假的，是我骗你的！"

"不……不可能！"孟悄悄有些慌乱，更多的则是拒绝接受现实。

"你以为云真死里逃生了？不，一开始回来的就是我。孟悄悄，你不配当她的朋友，你根本就不了解她！"

叶凉声嘶力竭道：“你以为《铜皮少女历险记》是云真写给你的劝词？你根本不知道她这个故事的意义！太可笑了，你们真的太可笑了！你以为是她拯救了你，可是你永远都不知道，在这个故事里，你才是铜皮少女！云真才是那个不会说话的小公主！”

因为叶凉这一段冲击力大的话，孟悄悄久久不能回过神来。

叶凉仿佛累了，喃喃自语：“那个时候，我们在美国相遇。她开心地告诉我，她写了一个故事，她把她最好的朋友写进故事里，她的那个好朋友名叫孟悄悄。在她看来，孟悄悄永远是那个勇敢执着、有着铜皮少女一般性格的姑娘，而她是永远被困在城堡里的那个公主。她希望有朝一日，那个叫孟悄悄的少女能带着她的梦想走过千山万水，把发生在外面的那些精彩的故事讲给她听……”

叶凉说到这里，已是泪流满面。她松开攥着孟悄悄衣领的手，看着孟悄悄如她一样失魂落魄。

“为什么……你们根本不了解对方，为什么还是能在对方的生命里占据如此重要的位置？什么友情！明明都是骗人的……骗人的！”

孟悄悄只觉得脸上一片冰凉，她悲从中来，胸腔深处在悲鸣着，那种痛彻心扉的感觉像一双掐住她喉咙的手，让她根本透不过气来。

窒息感与绝望感排山倒海般向她袭来，几乎要将她吞噬殆尽。

云真……

叶凉看着孟悄悄绝望的样子，想起那时自己得知云真失踪时的心情……她割断绑住孟悄悄的绳索，一脸的冷漠：“要悼念云真，就出去再悼念！”

忽然，门从外面被人踹开。原来地痞们听见了厂房里的动静，便进来查看。当他们发现孟悄悄眼睛上的布条不见了，她能清楚地看见眼前的一切的时候，他们脸色一变。

“你到底在干什么？！”地痞凶神恶煞地质问叶凉。

“她看见我们了。”

“不能留活口。”

叶凉立刻把地上的孟悄悄拉起来，在她的余光里，一个地痞正在厂房里找可以当作武器的东西，还有人试图将她们团团围住。

叶凉低声道：“跟紧我。”

“叶凉……”

“你别误会。”叶凉冷冷地打断孟悄悄，“我只是不想当杀人犯的帮凶。”

孟悄悄反手握上叶凉的手，静静地看着叶凉，孟悄悄那冷静而坚定的眸光让叶凉一怔。

地痞们冲了上来，叶凉连忙把手中的麻绳甩了出去。那粗糙而有韧性的绳子像条蛇一样狠狠地弹在离她们最近的地痞脸上。那地痞立刻捂住了眼睛，吃痛地接连后退。

孟悄悄就趁着这个间隙，带叶凉逃了出去！

她们拼了命似的奔跑，很快就冲出了破旧的厂房。她们踏在地上，积水飞溅，泥点子很快污了两人的鞋。

可叶凉和孟悄悄不敢停下，她们听到她们身后叫骂的声音，也听见钢管与地面摩擦发出的刺耳的声响。

前面是一条漆黑得不见五指的小巷，孟悄悄铆足了劲带叶凉跑进小巷里，随后两人藏身在暗处。地痞们呼啸着跑过，大概是见追丢了人，又料想到她们跑不远，骂骂咧咧地在附近找起人来。

孟悄悄低声道：“想办法报警，我去把他们引开。”

叶凉反手拉住了她，惊道：“不行！”

“你是云真的妹妹，我不能让你有事！”孟悄悄哑着嗓子喊道，叶凉一怔，孟悄悄看着叶凉微微一笑，道，“云真保护我，我要保护好你。”

说完，孟悄悄猛地跑了出去，并故意制造出很大的动静，果然引得那些地痞朝她追去。

孟悄悄跑啊跑啊，她听见呼啸的风声，那风声呜咽轰鸣，仿佛只要她稍不留意，就会将她吃干抹净，连骨头都不剩。

害怕吗？当然害怕。

她怕见不到爸爸妈妈，她怕见不到她的老师、朋友。

她怕见不到陆寻。

陆寻……孟悄悄心中抽痛，他们明明约定好了的，如果自己失约，陆寻一定会很失望吧。

不行，她和陆寻都不能再失去什么了，哪怕为了陆寻，她也一定要活下去！

孟悄悄穿过废弃厂房外的那条巷道，突然从斜刺里伸出来一只手，把她拉进阴影里。孟悄悄刚想挣扎，来人紧紧地抱住她，似乎是用尽了全力抱住她。那力道勒得她肋骨生痛，她突然意识到什么，不再挣扎，反而反手抱住了那个人。

“你还好吗？”陆寻声音沙哑。

孟悄悄说不出话来，她没想到自己朝思暮想的人会出现在这里。她用力地拥抱着陆寻，让他感知到自己的存在。

这时，地痞们追了上来，陆寻果断拉起孟悄悄，边跑边说：“走！别害怕！”

他们沿着路往前跑了六七百米，看见了一个破破烂烂的码头，陆寻忽然问道：“孟悄悄，你信我吗？”

孟悄悄笑了，一脸明媚、张扬：“信！”

他们两个同时加速，把一切抛在脑后，而他们的面前，只剩下那片来自宁静大海的光明。

终于，没有路了，两人眼前只有破烂的围栏。

“跳！”

陆寻搂着孟悄悄，纵身一跃！

灌入眼耳口鼻的，是咸腥的海水。他们在水中失去了重力，只能顺着水流永无止境地下沉。

而唯一能让孟悄悄抓住的，能带给她实感的，只有陆寻的手。她在水中隐约看见陆寻焦急地侧过脸来，然后用他的唇贴住她的唇，渡气给她。

四周只剩下死一般的寂静。

孟悄悄的眼前，忽然被前所未有的光明取代。

她睁开眼睛，看见满身狼狈的叶凉开着一艘快艇过来，满脸焦急地朝着他们伸手，想把他们拉上去。

“悄悄，来！”

孟悄悄朝叶凉伸出了手。

古堡建立在麦尔奇斯山的最深处。

独眼骑士带着铜皮少女飞过万水千山，终于把她安全送到了古堡门前。古堡里已经传来了歌舞声，想必那盛大的舞会早已开始。

捧着礼盒的铜皮少女却忽然不敢上前了。

独眼骑士问少女："你为什么还不进去，小公主不是在等你吗？"

铜皮少女苦笑着告诉独眼骑士，在她和小公主走过第八十一个国家的时候，小公主晕倒了。那时，她才知道，原来小公主从小身体虚弱，需要依靠城堡里的天使泉水才能维持精力和生命。而她们一路的颠簸，耗尽了小公主所有的力气。

原来小公主并不能长途跋涉，可铜皮少女却什么都不知道。

为了小公主能活下去，铜皮少女只好想办法通知了城堡里的人，让他们把小公主带了回去。

"我忘不掉那个时候她看我的眼神。"铜皮少女说，"我没脸见她啦。"

"不会的。"独眼骑士出声安慰道。

"你怎么知道不会呢？"铜皮少女嘟起嘴巴，不服气地反驳道。

"你们不是最好的朋友吗？朋友和朋友，是没有隔夜仇的。"独眼骑士说着从怀中拿出一个木头做成的小盒子，他把那盒子塞进铜皮少女的手里，道，"帮我把这个礼物送给小公主。"

"你不进去吗？"铜皮少女疑惑道，随后又信誓旦旦，"我觉得小公主想见你。"

"我们早晚会见面的，但不是现在。"独眼骑士轻声说道，然后又招来了他的剑，他跳到剑上，道，"走啦！"

铜皮少女只好目送独眼骑士走远，她不满地嘟囔道："总是这样高冷，迟早会有人让你吃亏的。"

铜皮少女在崇山峻岭间，没有了自行车，自然也没有了退路，只能徒步朝古堡走去。

侍卫们并没有为难少女，他们认识这个铜皮铁骨的姑娘，知道她是小公主的好朋友。于是，他们用最盛大的礼节迎接了她。他们请来花车，让她坐在花车里，把她送进了古堡内。

厚重的大门在铜皮少女的面前被缓缓拉开，她听到泉水的声音，那么富有生命力；她又闻到了花儿的甜香，那是她总在小公主身上闻到的味道。

她看见她的小公主，穿着圣洁、美丽的公主裙坐在大殿最上方的那个公主椅里。小公主还是那么优雅，那么纯洁。

铜皮少女羞愧地低下头，可她又不舍得就这么不看小公主，于是，她又偷偷地抬起头看向小公主。

小公主一直望着铜皮少女，脸上挂着恬静而期待的微笑。

铜皮少女的眼睛一下子湿润了，小公主还是那个小公主，小公主没有怪她。她从花车上跳了下来，走到小公主的面前。

她在小公主的面前单膝跪下来，然后握住小公主的手，低声道：“对不起，我来晚啦。”

小公主不会说话，但小公主俯下身，在好朋友的铜皮头上落下轻轻的一吻。

“对不起，我不知道你不能离开城堡；对不起，我知道你还想去好多地方……可是我太没用了，我什么都做不到。”

小公主牵起铜皮少女的手，将少女的掌心贴在自己的胸口上。铜皮少女怔怔地看着小公主，觉得自己似乎能听见小公主心里想对自己说的话了。

“我从来没有怪过你。”

少女用心听着小公主的声音，它是那么悦耳、动听，像从山间缓缓流下的一汪清泉，又像在天空中慢慢散开的云朵。

“能认识你，我很高兴；和你一起冒险的那段日子，是我最快乐的时光。”

“真的吗？”铜皮少女难以相信自己的耳朵。

小公主点了点头，很开心的样子，铜皮少女能明白小公主想说的话。

铜皮少女哽咽道：“你别怕，以后不管我去哪里冒险，我一定会把那里的风土人情都记录下来，然后一件一件地说给你听；我会走遍这个世界上的每一个角落，直到找到能医治好你的药，那样你就能跟我一起去冒险了！”

小公主点了点头，她相信铜皮少女，在这个世界上，没有谁比她的这个朋友更让她相信了。

于是，铜皮少女拿出了她和独眼骑士给小公主准备的礼物。说来可真是巧啊，独眼骑士准备的是一条手链，而她准备的是一条项链。

那手链和那项链是用同样的材质做成的，原来是他们路过魔鬼城的时候，不约而同地用那儿最坚硬的黑曜石打磨出来的。

小公主握着手链和项链，露出一个笑容。

她无声地说道："这个世界的其他样子，你替我去看吧。"

眼泪滑过眼角时，孟悄悄醒了。这是在美国某间医院的病房内，而她第一眼看到的是田如婷和孟荣担忧的脸庞。

"醒了！醒了！"田如婷喜极而泣。

"爸……妈……"孟悄悄声音嘶哑地唤道。

"是我们，是我们！"孟荣和田如婷一迭连声地应着。两个人争相握住孟悄悄的手，眼中满是心疼与爱惜。

田如婷道："别担心，你已经安全了。"

孟悄悄试图坐起来，却发现她全身上下一点力气都没有，她猛然想起最后关头出现的叶凉。

"云真呢？！"

孟荣和田如婷对视一眼，孟荣起身走到门边，拉开病房的门，低声朝外说道："进来吧。"

叶凉坐在轮椅上，被云阿姨推了进来。

"云阿姨……"

云阿姨一把将孟悄悄按住，温声道："悄悄，不要动，我们就是来看看你。"

孟悄悄点点头，看向叶凉，关切地问道："你没事吧？"

叶凉依旧神色复杂："所有的一切都是因为我，我任你处置。"

"不怪你。"孟悄悄说完，担忧地看向云阿姨，她不能在云阿姨的面前拆穿叶凉的身份。可让孟悄悄意外的是，云阿姨的脸上并没有出现任何的惊讶之色。

大概是感应到了孟悄悄的目光，赵婉蓉扭头看向孟悄悄，脸上浮现一抹平淡的笑容："悄悄，你别担心，你昏迷的时候，阿凉已经把一切都告诉我了。我的真儿到底是没有回来。"

"云阿姨……"孟悄悄担忧地看着云阿姨，叶凉的脸上也满是内疚。

赵婉蓉笑道："其实，我们早就发现真儿有些不对劲。虽然真儿不是我生的，可是我养了她二十一年，怎么会分不清她呢？上次'真儿'落水，医生跟我说真儿的心脏没有任何问题，我便心中有数。只是，我太思念真儿了，于是我把阿凉当成上天给我和你云叔叔的第二份礼物，但是对不起，阿凉伤害了你。”

孟悄悄摇摇头，表示没有关系。

“这段时间以来，我和你云叔叔也对阿凉产生了感情，命运对她太不公平，让她承受了太多她不应该承受的东西。”云阿姨抚摸着叶凉的头发，“你是真儿的妹妹，也就是我们的女儿。”

叶凉难以相信她的耳朵，她没想到，在她做了那么多的错事之后，还能得到大家的原谅。

“对不起……”叶凉在心中忏悔，喃喃道。

赵婉蓉紧紧地扶着叶凉的肩膀，道：“以后无论发生什么，我都会陪你一起面对。我希望，你的人生可以从现在重新开始，好吗？”

叶凉无声地点着头，后悔的泪水在脸上蔓延。她紧紧地依偎在赵婉蓉的怀里，在泪眼婆娑中睁开眼睛，看着孟悄悄。

“对不起。”叶凉一脸愧疚地说道。

孟悄悄微笑着摇了摇头，她忽然想起陆寻，那个时候，在水底是陆寻用力把她往小艇上面托。

孟悄悄顿时慌了，挣扎着想要坐起来：“陆寻呢？”

“别着急，他没事。”田如婷拍了拍孟悄悄的肩膀，“他回国了。”

孟悄悄有些意外。

“他给你留了一张字条，让我在你醒了之后交给你。”

孟悄悄接过田如婷递来的字条，不知道为什么，她的心脏怦怦地跳了起来。她慢慢地将字条打开，上面果然是陆寻的笔迹。

陆寻写的是：我找到当年的真凶了。

孟悄悄猛地一怔。

陆寻缓缓地走在医院的长廊上。

在孟悄悄昏迷的时候，陆寻接到了国内警方打的电话。警方告诉他，那个被刘老四藏起来的视频带子找到了。

陆寻连夜回了国，警方播放视频给他看，他这才得以看到视频中缺失的那部分。

大概是凌晨两点四十分，一个模糊的身影出现在镜头里，因为光线过于昏暗，那时候的摄像头像素也非常低，他只能隐约辨认出那是一个女人。陆寻看不见女人的面貌，却能从她的动作中感受到她的焦灼。

下一秒，陆家大宅内燃起了火光。那女人发出尖厉的叫声，大喊道：“不行！”

仅凭那短促的一声，陆寻就能确定，那是叶如春的声音。

陆寻已经走到病房门前，将门推开。

叶如春依旧是瘦骨嶙峋的模样，她正用颤抖着的双手拨打着手机，整个人陷在巨大的恐慌中。

她看见陆寻，先是一愣，然后像抓住一根救命稻草似的抓住了陆寻，问道：“你知不知道阿凉在哪里？我打电话给她她不接，我很担心她。”

陆寻漠然地看着叶如春，眼神冰冷如刀，没有回答。

叶如春干裂的嘴唇哆嗦着，看着陆寻，似乎意识到了什么。忽然，叶如春屈膝，竟在陆寻面前跪下。她紧紧地抓着他的胳膊，痛哭起来：“陆寻，对不起，是我害了你，害了你们全家啊……”

陆寻任由叶如春跪着，也不去扶她。这个女人最该跪的人是陆可，而不是他！

叶如春还在喃喃自语：“我知道，从我见到你的第一眼起，我就知道会有这么一天。”

“起来！”陆寻厉声道，“告诉我真相。”

叶如春慢慢地抬起头来，怔怔地望向远方。

原来，刘老四是叶如春的前夫。当年，他在外欠了巨额赌债，威胁叶如春给他钱，不然他就要把叶凉卖给人贩子。她迫不得已，只能铤而走险。

那天，叶如春打扫陆风的房间时，看见陆风放了一大笔钱在家里，她便谋划着趁陆家人回乡下祭祖的那天把那笔钱偷走。凌晨时分，她和刘老四一起潜入陆家，但她不知道刘老四提前蹲点的时候拍了视频。

她拿了钱就想直接走，刘老四却执意在厨房里点火，企图掩盖他们盗窃的痕迹，甚至逼迫她点火。她被逼无奈，只能任由熊熊烈火在陆家燃起。

后来，她看了新闻，才知道那天陆可和陆风没有去乡下祭祖，也才知道陆可被烧死在那场大火里。从那以后，她天天在家吃斋念佛，想弥补自己的过错。

陆寻紧紧地捏着拳头，他想不到，他终于找到了他想要的真相，可是这个真相于他而言，却不是最能接受的。

他曾经猜测过很多真相，有蓄谋已久的，有谋财害命的，或者和陆家有深仇大恨来报复的……可他没想到，害死陆可的原因居然是一系列意外和疏忽，他也没有想到，真凶居然是曾经照顾他们兄妹的叶如春。

叶如春还在忏悔道："去年，我得知自己患了癌症，本来我想一死了之，可是阿凉执意要救我。她什么都不知道，在她眼里，我还是个好妈妈。如果不是为了她，我不会活到今天。陆寻，我知道我活不了多久了，所有的罪孽我只能下辈子还了……"

陆寻闭上眼睛，把一切复杂的情绪与外界隔绝开来，他道："这些话，你自己去和陆可说吧。"

陆寻抽出了手，他再不想看这个行将就木的妇人。他只希望自己真的可以忘记那些属于过去的仇恨。

孟悄悄出院后，没有状告叶凉，而选择了和解。叶凉则在网上公布真相后，向狂雨交代了一切，并主动推掉了那个角色的配音工作。在田如婷的帮助下，狂雨重新为孟悄悄安排了试音。孟悄悄发挥稳定，一举拿下那个配音工作。

之后孟悄悄便投入了配音工作中，既紧张又忙碌，孟荣、赵婉蓉和叶凉则先回了国。

大约过了一个月，叶凉告诉孟悄悄她的养母去世了。在去世之前，养母向她忏悔，说自己是害陆寻家破人亡的真凶，请她再次向陆寻致歉。

孟悄悄这才知道，那桩多年前的案子终于有了结果。

这段时间，孟悄悄一直和陆寻有联系，但两个人的聊天从来不涉及过去。孟悄悄不想重新揭开陆寻的伤疤。她也相信，陆寻想告诉她的时候，一定会说。

她希望他们见面的那一天，一切已经云淡风轻。

又过了一个月，孟悄悄结束了阶段性的工作，终于有了一个为期一周的假期。她立刻订了回国的机票，但她并没有将回国这件事告诉陆寻。

坐了十几个小时的飞机后，孟悄悄终于闻到了让她安心的熟悉的空气。她来到公司时才傻了眼，她竟然忘了今天是休息日。

在公司里怕是找不到陆寻了，孟悄悄又想起她似乎从来没去过陆寻的家。她给陆寻打了个电话想问他在哪儿，不料，他的电话一直无人接听。

孟悄悄只好先去做自己的事情，她打算去旧时光私人影院探望那对她许久未见的老夫妇。这次从美国回来，她给他们带了不少珍藏的碟片。

老夫妇见到孟悄悄很是高兴，拉着她的手好一阵寒暄。

老奶奶笑道："还真是巧呢，你的朋友也来了。"

孟悄悄一怔，心不由自主地跳了起来。

"就是上次那个男生，是你朋友吧？那次和你一起聊到很晚的那个。"老奶奶笑眯眯地看着孟悄悄，道，"你看，真是巧呢。"

"他还在这儿吗？"

"在啊，就在盲人观影厅，他在看上次的那部意大利动画电影呢。"

孟悄悄露出了笑容，她知道，这种重逢是多么的不易。

陆寻特意拜托老夫妇再放一次那部动画片，那部陆可最喜欢的动画片。他闭着眼睛，听着动画片中那个小女孩儿的声音在他耳边说话，远远近近，像是在和他告别。

从叶凉那儿得到叶如春的死讯时，他茫然了许久，也许是因为压在心头的情绪终于得到了宣泄，也许是因为他一时半会儿不习惯，背负了多年的痛苦突然释放了的感觉。

正在播放着的动画片忽然停了，陆寻未来得及睁开眼睛，就听见一个他很熟悉的声音在不远的地方响起："痛苦是永远都无法消弭的，人们只能依靠时间的流逝，慢慢淡忘痛苦。可是，接受痛苦本身就是一件无比艰难的事……"

这个声音，陆寻无比熟悉，而这个声音的主人，更让他无比思念，可他仍闭着眼睛。他想借着此刻纯粹的声音，将他们两个人牢牢地系在一起。

闭上眼睛去看，捂住耳朵去听。

只有用心，才是真的身临其境。

孟悄悄缓缓说道："在天灾人祸面前，人都是渺小的，就好像时间长河那般漫长。人们无法回到过去，也无法去到未来，能把握的只有现在。"

"痛苦也好，欢愉也罢，那都是人生的体验，那都是在提醒人们，要珍惜当下的每一秒。"

孟悄悄的声音已经近在咫尺。

陆寻终于睁开眼睛，他自下而上地看着孟悄悄，女孩的眼中有着让他眷恋追逐的光。

孟悄悄俯身拥住了眼前的这个男人，多少个她觉得痛苦迷茫的时刻，都是他陪她度过的。她只能用这种简单的方式告诉他，她在。

"以后我会陪着你的，陆寻。"孟悄悄轻轻地说道。

孟悄悄知道，陆寻的痛苦，恐怕还需要很长很长的时间去接受，如同她要接受云真的离去，恐怕也要很长很长的时间。

他们能做的，只有相互依偎着，共同面对而已。

而眼下这双紧握着的手，就是他们的誓约。

为他们的过去，为他们的现在，也为他们的将来。

尾　声

我活着，你就活着

半年后，赵婉蓉接到了法国警方的电话，说他们发现了云真的骸骨。原来，云真在被弹出车外后，跌入了悬崖下一个非常隐秘的山洞里。前些时候，有个不小心掉进山洞里的登山客发现了她。因为法国警方一直在做骸骨的身份鉴定，所以耽误了时间。

赵婉蓉立刻和丈夫收拾心情，去法国接云真回家。

七日后，他们为云真举办了一场葬礼。

孟悄悄、陆寻、叶凉、江自谦都到了，甚至连孟悄悄的父母、陈与均、姜思慕、刘皓、吴语徽和周旭也来了，还有些云真的粉丝自发组织起来，在场外为云真默哀，并没有打扰她的家人朋友。

葬礼是按照云真生前喜欢的样子布置的，没有庄严肃穆的黑，有的只是素净的白，而云真的照片，选的也是她生前最喜欢的那张——她穿着白裙子，笑得眉眼弯弯，很开心。

陆寻让人在靠墙的位置支起投屏，葬礼开始前，场上的灯悉数灭了，一段悠扬的旋律响起，两个女孩清脆而甜美的声音在场上回荡：

我们在茫茫人海中相遇
不曾记得今夕何夕
你看遍春雷夏雨
我路过秋风冬意
你是我不曾见过的美丽
你是我踏遍千山的勇气

是你教会我什么是珍惜
是你告诉我生命的意义
原来我们不曾分离
请教我们生死相依
你永远住在我心里
是我不能言说的秘密
再次遇见你
在这流动的四季
时间没有停留
容颜不曾老去
我们念念不语
我们一如往昔
……

一曲终了，场上众人的眼中都闪着点点泪光。孟悄悄听着自己和云真的歌声，看着照片中云真的笑容，只觉得恍如隔世。

这时，投屏开启，一段动画的预告片在屏幕上缓缓铺陈。在千山万水之中，一个铜皮铁骨的少女踩着自行车，努力奔向她的前方。沿海的礁石上，身着白衣的小公主慢慢回头，朝铜皮少女露出一抹温婉、恬静的笑容。

孟悄悄的声音率先传出："你好，我叫铜皮，很高兴认识你。你叫什么名字啊？"

一阵停顿后，一个澄澈、空灵的女音说道："这个世界的其他样子，你替我去看吧。"

云阿姨难以置信地捂住嘴巴，哭了起来。

那是云真的声音！

孟悄悄泪眼婆娑，陆寻朝她一笑。随后，他拿起手中的话筒，道："云真，永远是 LD 的一员。我们将会利用电脑技术找回她的声音，而她将会担任《铜皮少女历险记》中小公主这个角色的配音演员。在这儿，我宣布，LD 的最新动画项目《铜皮少女历险记》正式启动！"

回报给陆寻这番话的，不，应该说回报给孟悄悄和云真的，是经久不息的掌声。

陆寻放下话筒，转过头看着照片上纯真无邪的少女，又想起那年，他在江自谦的录音室里见到的那个少女，她的声音像铃声一样清脆，说出的话像流水一样动听。那少女就像光一样，带着极强的生命力，亲手撕开了笼罩在他头顶上的阴霾。

陆寻在心中对云真说话，他知道云真一定能听得见。

——真没想到，现在才见到你。

——谢谢你。如果不是你，一定不会有现在的陆寻。我已经把我爸接回来了，我们都在学着淡忘伤痛。

——再见，云真。

陈与均、姜思慕、吴语徽和周旭先后上前为云真献花，以寄托哀思。

吴语徽靠着周旭的肩膀，她眼睛红红的，低声说道："她一定个很优秀的对手。"

"她也是个很优秀的医生。"周旭看着陆寻和孟悄悄，笑着说道。

江自谦走上前，他将手中的白色郁金香放在云真的骨灰盒前，说道："很抱歉，我没有教会你更多的东西。但是，我敢肯定，你是我最出色的学生之一。"

云真报以江自谦的，是甜美安详的笑容。

叶凉走到云真面前。她看着云真，半晌后才道："你是独一无二的。"

云真的笑容里满是宽容。

叶凉道："起初我以为，我和你并没有什么不同。你能做到的事情，我一样都可以做到。可事实证明，你永远是你，没有人能替代你。"

她说着说着，眼睛里面就有了泪。

她说："我不会再羡慕你，我会去山区支教，用后半生弥补我和我妈犯下的所有过错，我也会帮你好好照顾叔叔阿姨，你放心吧。"

叶凉顿了一下，道："姐姐，其实我一点儿也不讨厌你。"

孟悄悄看了看四周，现在好像就剩下她没和云真说话了。她忽然有些紧张，毕竟以前和云真说悄悄话的时候，可没有这么多人在场。

孟悄悄走到云真的骨灰盒旁边，像凑近云真的耳朵说话时那样，喃喃道："云真，你疼不疼，摔下去的时候疼不疼？"

赵婉蓉看着孟悄悄，轻轻叹了口气，请场上的人暂时离开，把空间留给了孟悄悄和云真。

陆寻深深地看了孟悄悄一眼，他知道这个时候的孟悄悄一定有很多话对她的朋友说。他轻轻地抱了抱她，最后一个走了出去。

孟悄悄在骨灰盒边坐下，她靠着桌角，就好像依偎着云真。

"其实，我现在都难以相信你走了。我总觉得，当我去我们曾经去过的地方，你会忽然出现，然后对我说：'意不意外，惊不惊喜？！'"

孟悄悄笑了起来，她的目光茫然，却又是从未有过的清明。

“你在那个山洞里，暗无天日，无边无际，该有多孤独呀！还好有人找到了你，还好云叔叔他们把你带回了家。对不起啊云真，我以后会常来看你的，不会让你孤孤单单的。”

孟悄悄转过头，看着那个紫檀木制成的骨灰盒，盒子上雕刻着栩栩如生的郁金香。她吸了吸鼻子，从口袋里拿出一封叠得工整的信。她将信纸慢慢展开，望着纸上娟秀的字迹，终于再也忍不住，无声地哭泣起来。

这是一封云真留给她的信。

这封信是云阿姨在医院时拿给她的。那时，她还没有走出车祸的阴霾，心中还挂念着云真的生死，也对自己的未来感到无限的迷茫。

正是这封信，指引着她一步一步走到了今天。

这封信这样写道——

悄悄：

展信佳。

当你看到这封信的时候……哈哈，我本来想像电视剧里演的那样，写“可能我已经不在这个世界上了”，但是，真正写起来的时候，我发现那太腻味了，完全不是我和你说话的风格。

所以，悄悄，如果你看到这封信，千万不要难过，虽然我知道，那也许很难。但是至少你可以每天少难过一点，慢慢地，一定就会好起来的。我和爸爸妈妈也是这么说的，他们年纪越来越大，会慢慢忘记一些事情。所以，你要记得，还要提醒他们，现在难过不要紧，但是时间久了，一定要好起来。

我和你说过的对吧？很小的时候，我就知道自己有心脏病，说不定哪天会突然离开这个世界。所以，我把每一天都当作我生命的最后一天来活。其实，我一直很孤独，因为心脏病，我没有办法像其他同学一样运动或参加课外活动，我没有朋友，觉得自己就像是一个异类，直到我遇见了你。

在我心中，你一直就像个从天而降的女侠。从你朝我伸出手的那个瞬间开始，我就产生了一种感觉，我们两个会产生很深很深的羁绊。结果，我果然猜对了。

偷偷告诉你，从认识你的那天起，我就开始攒钱了。我刚才数了数，你猜有多少？居然有十万块了！我打算拿着这笔钱带你出去玩儿，嗯，不如就赶在你二十一岁生日的时候吧？我去法国找你！如果……我能活到那时候的话，哈哈。

对了，我现在会开车了，到时候我们自驾，车开到哪儿，我们就去哪儿，你说好不好？

悄悄，你一定不知道我有多感激你。如果不是你，我就死在六岁那年了。我很高兴，和你做了十五年的好朋友。虽然，我们分隔两地，时差有六个小时，但是没关系，我想着你，你想着我，我们就不算分开过。

啊，说起来，我好像应该给你解释一下，为什么会有这么一封信。因为我怕我走得突然，连想对你说的话都没说完，可怎么办。你又不是不知道我是话痨。所以啊，每当我过完一年的生日，我都会给身边所有的人写一封信。当然，如果可以的话，我希望你们永远不要看到这封信。但是，如果你真的看到了，也千万不要因为我的离开而难过。

说点开心的事吧！就是我七岁那年，我在江老师的录音室遇到的那个小哥哥，我和你说过的，你记得吧？其实，我一直没告诉你，三个月前，我找到他了。你知道我是怎么找到他的吗？那天是万圣节，我和我的同学去湖心公园，简直太巧了，他居然在那儿画画！我跟你说，看到他的第一眼，我就认出他来了。可是，那个时候我还没准备好和他见面呢，我就拜托了一个小妹妹找他要了他的 Skype 账号。怎么样，我是不是很聪明？现在，我们经常在 Skype 上聊天，虽然我和他没有见过面，但是那种感觉特别好。

悄悄，其实，唯独给你的这封信，直到今天我才开始动笔。悄悄，我有好多话想和你说，可是提起笔来，又不知道能对你说点什么。你那么聪明，我想，就算我什么都不说，你也一定懂的，对不对？

唉，不知道怎么回事，明明前面写得还挺开心的，但是，写到这里的时候，我居然忍不住难过起来了。可能因为是对着你吧，所以，我不用一直笑。偶尔哭一哭，也没有没关系的，不会显得自己很没用。

悄悄，其实，我挺害怕的。因为我真的很喜欢这个世界啊，这个世界上还有那么多美好的东西是我没有亲眼看见的！只要一想到我可能以后都看不到它们了，我就觉得很遗憾。还有爸爸妈妈，还有那个小哥哥，只要我一想他们因为我难过的样子，我就更加难过了。

我不怕死，我就是很舍不得。我想再多活两年，我想看着你谈恋爱，看着你结婚，看着你有自己的小宝宝。我想一直和你们在一起，永远都不要分开。

我还想实现我的梦想，成为优秀的配音演员，我想让全世界的人都听到我的声音！不不，是让全世界的人听到我们的声音。你还记不记得，我们最喜欢的那部电视剧《叱咤江湖》？就是因为替男主角配音的大神吴天，我才决定成为一个配音演员。要是能见到他就好了，我一定要找他签名。

我真的很害怕，悄悄，我害怕我明天就死了，连见你最后一面都见不到。但是，我知道，就算我害怕也没有用，有些事情是注定好了的，我们都改变不了。我就只有找一种让自己最舒服的方式接受它，我会努力学着接受即将到来的死亡。

悄悄，你知道我最在意的是什么。拜托你，如果我死了，替我好好照顾我的爸爸妈妈，替我多陪陪他们。还有两件事，无论如何都希望你能帮我。

第一，如果我死了，至少不要让那个小哥哥知道。我想我这个人还算不错，我死的那一天，为我哭的人应该会比为我笑的人要多。所以，不要多让一个人伤心了。我把Skype的账号和密码给你，你就帮我留下一个善意的谎言吧。我想，让他忘记我，好过让他知道我死了。

第二，帮我实现我的梦想吧，悄悄。不要浪费你的天赋，你比我更适合成为一名配音演员。即使我离开了这个世界，你也要把我们的声音留下来。

悄悄，谢谢你，我真的很爱你。

悄悄，不要害怕，不论什么时候，我都会一直陪着你的。

悄悄，像爱我一样，爱这个世界吧。

你永远的朋友 云真

2018年5月20日

孟悄悄读完了信，早已泪流满面。她以为自己不会哭，可是，她的眼泪还是在这个被夕阳亲吻的黄昏不期而至。

她合上信纸，垂下头。

泪水洒在信笺上，晕染了上面的字。

孟悄悄像是对云真，又像是对自己说道：“我活着，你就活着。”

END

后记①

每个人，都拥有一束光

事实上，在敲下《声临其境》全稿最后一个字的时候，我的第一句话是：“我终于能和陆寻和孟悄悄 say goodbye 了。”

真不是我不爱他们，而是对于他们这两个陪伴我也折磨我良久的人，我的心情很是复杂，有解脱，也有舍不得，仿佛敲下 END 并不是结束了这个故事，而是跟自己的某段时光告别。

坦诚地说，在写《声临其境》之前的那段日子，差不多可以算是我活到现在过得最灰暗的一段时光。

于是，《声临其境》成了当时解救我的那束光。

你能想象吗？一个不知道自己是不是该继续走写作这条道路的人，碰上这样一个题材时那种喜从天降的掉落感，犹如在河中抓住一根救命稻草，犹如在无边无际的黑暗中抓住一只温暖的手。

我从小爱看港剧，所接触到的所有电视剧都是配音作品，古天乐版的《神雕侠侣》、黄日华版的《天龙八部》、陶大宇版的《刑事侦缉档案》……除了记住那些精彩的剧情，我记住的还有那些配音老师的名字，杜燕歌老师、叶清老师、张艺老师、苏柏丽老师……可以说，他们陪伴了我整个童年。

在《声临其境》的创作过程中，为了搜集素材，尽可能地还原配音这个行业，帮配音老师们讲出他们心底的话，我和乔幸运特意拜访了许多行业内久负盛名的配音老师，和他们聊天非常愉快。

对于我们来说，那是另一个生机勃勃、充满想象力的世界。他们的梦想和坚持是那么的真实与鲜活，那么让人热泪盈眶。

在这里，我要感谢成都声娱文化传播有限公司对《声临其境》的大力支持，更要感谢每一位配音老师在创作过程中给我们的帮助。

再说这本书的主题，我将它归结于两个字：救赎。

这一直是我很喜欢的一个主题。我少年时代最爱的一部动漫作品是峰仓和也老师的《最游记》，而其中金蝉童子与悟空、三藏与悟空的关系感动了我很多年，也影响我至深。

每一个身处黑暗和绝望中的人，都期待能遇到另一个人，那个人有万夫莫当之勇，身披金甲战衣，脚踩七色彩云，将你从千万人中救起，一如云真之于孟悄悄，之于陆寻；一如孟悄悄之于云真，之于陆寻。

说到底，这其实是两个女孩儿的故事。她们的人生纠葛在一起，互相影响，继而形成一种羁绊，而这种羁绊并不会随着生命的消亡而消失。

我喜欢这份执着，也喜欢这份纯粹。我羡慕她们的感情，也希望你们能拥有这样一个朋友。

也许，他并没有陪你走过千山万水，但你可以带着他给予你的力量勇敢前行。

他是你的光，在他的照耀下，你并不会成为影子，而是焕发出属于你自己的光彩。

你们共同拥有的时光，没有任何东西可以取代。

也许，现在你还没有遇到这样一个人。但是，请相信我，世界很大，余生很长，那个人一定会披荆斩棘，来到你的身边。

李望水

2018.9.12 深圳

后记②

少 年 心 不 死， 梦 想 光 不 灭

和孟悄悄的相遇，是偶然，也是必然。

那时，公司要求我写个新故事，写什么呢？当时，我正好在刷微博，看到《英雄联盟》的游戏配音片段，那一个个英雄角色，经过配音老师们的完美演绎，开始拥有个性，拥有灵魂，让人沉迷。

突然，我就忆起了那些被我掩埋在时光深处的梦想——曾经，我也是想过做配音演员的。没有过多纠结，我就已经在心里做好了决定，那就来写一个关于声音的逐梦故事吧。

于是，有了《声临其境》这个故事，故事中有自卑又坚定的孟悄悄、温柔又执着的云真、认真又严苛的陆寻。面对梦想，他们跌跌撞撞，摔倒又爬起，满腔热血，一往无前。

创作是反复推翻又重建的过程，这个故事反反复复在我脑海里上演了几千遍、几万遍，无数个夜晚的挑灯修改再修改，只为尽可能还原配音行业，还原那些配音演员、幕后英雄。最终，它成为你们现在看到的样子。也许它还不尽完美，但它真诚。

这也是我第一次和其他作者合写一个故事，我很庆幸这个人是李望水。我和阿水相识多年，彼此了解，配合默契。我们一起熬过很多个不眠的夜晚，日子难挨、备受挫折、无比焦虑的时候，我们相互打气，整理心情，重新出发。

我们携手以往，步伐坚定，目标一致，正如孟悄悄与云真。

追寻梦想的道路是坎坷、孤独的，还好孟悄悄身边有云真。云真是孟悄悄心中的灯塔，是信仰，愿你们也能找到人生中的灯塔。

我们的人生就像一列长长的列车，不断有人上车下车，而有些人就算下车了，也意义非凡、无可取代，当离别的时刻来临，不必感伤，请微笑告别。

故事的最后，孟悄悄在葬礼上和云真告别，她总算没有辜负云真的遗愿，没有辜负自己的梦想和心意，终是成了一名专业的配音演员。而在他们的故事中，我那年少时的一些执念也终得圆满，没有任何遗憾。

虽然我最终没有成为配音演员，但我写了一个配音演员的故事，这也是梦想的一种样子吧。

少年心不死，梦想光不灭。

梦想就是有这样的魅力，让人心之所向，素履以往。

少年啊，别低头，别向这个世界妥协，坚定地走下去吧。

乔幸运

2018.9.12 长沙